내 안의
악마를
위하여
vol.1

내 안의
악마를
위하어 vol.1

초판 1쇄 발행 2020년 8월 10일

지은이 | 피숙혜

발행인 | 김성룡
기획, 편집 | (주)스마트빅(쉼표)
교정 | 박소영
표지디자인 | 우물
출판등록 | 제2014-000017호 (2011년 6월 30일)

펴낸곳 | 도서출판 가연
주 소 | 서울시마포구 월드컵북로 4길 77, 3층 (동교동 ANT빌딩)
전 화 | 02-858-2217
팩 스 | 02-858-2219
ISBN | 978-89-6897-073-3 03810

For The
Devil
Inside
Me

내 안의
악마를
위하여
vol.1

피숙혜 장편소설

차 례

I. 기억

나는 동복 앞을 꼭 여몄다. 주름 많은 A라인의 교복 치마는 무릎 밑까지 내려왔고 새카만 머리카락은 보기 아플 정도로 뒤로 당겨 정수리에 돌돌 말아 올렸다. 사방으로 삐져나온 잔머리들이 마치 보푸라기가 일어나듯 너울거렸지만, 오히려 그럴수록 기분은 편안해졌다. 마지막으로 친구들이 '할머니 돋보기'라고 부르는 커다랗고 둥근 안경테를 콧등 위로 올린 후 나는 작은 옷장을 닫았다.

교복 단추를 다 잠그고 바닥에 떨어진 머리카락을 치울 때쯤이 되어서야 귓가에 부스럭거리는 소리가 들렸다.

지혜가 1층 침대에서 거북이처럼 몸을 꿈틀거리며 자신의 휴대폰으로 시간을 확인하더니, 이불 밖으로 빼꼼히 고개를 내밀고 물끄러미 나를 훑었다.

"박은금 씨, 오늘도 그러고 가십니까?"

어쩐지 조금 진력난 듯한 뉘앙스로 말하는 그녀의 시선은 내 발목 위에서 언짢게 자리 잡힌 채였다. 정확하게 두 번 접힌 하얀 양말, 그녀는 못 말리겠다는 듯 고개를 절레절레 저으며 혀를 찼다.

"넌 얼굴도 예쁘고 몸매도 날씬한데 스타일이 완전 쒯이야."

"쒯이 똥 같단 말 아니야?"

"어, 너 지금 똥 같아."

내가 웃을 틈도 없이 그녀가 기지개를 요란스럽게 켜며 자리에서 일어나 뚜벅뚜벅 화장실로 들어갔다. 구겨진 박스 티에 짧은 핫팬츠 차림의 그녀는 마치 외국 영화 속에 나오는 자유로운 무용수처럼 길고 늘씬했다.

"너 수학 숙제 했어? "

그녀가 화장실에서 치약을 칫솔에 짜며 물었다.

"응, 했어."

"아씨. 나 한다고 펴 놓고 그냥 자 버렸어. 나 숙제 좀 보여 줘, 베끼게."

"나 틀릴지도 모르는데."

"괜찮아. 내가 한두 문제 정도는 풀면 되니까."

그것보단 네가 다 푸는 게 나을 거야. 나는 속으로 그 말을 삼키며 쓸쓸하게 웃었다. 그녀가 아주 조금만 더 시간을 들인다면 가능한 일이다. 지혜는 아주 똑똑하니까. 거기에 비하면 나의 수학 실력은 형편없다고 말하기에도 처참한 수준이었다.

선천적으로 수학이나 과학에는 소질이 없었다. 아무리 노력해도 60점을 넘기기가 힘들다. 그나마 암기 과목이나 국어, 영어 등 언어 영역은 제법 점수가 잘 나와 평균 수준을 유지할 뿐이었고 점수가 더 오르기란 요원한 일이었다. 엄마, 아빠는 내가 남들처럼 평범한 고등학교에 진학하고 평범하게 공부해서 서울에 있는 대학에 입학하기를 원하셨지만 나는 그런 나의 미래를 도저히 그려볼 수가 없었다.

머리가 나빠서 아무리 노력해도 서울에 있는 대학에 갈 만큼 성적이 좋아질 가능성이 없었다. 평생 이룰 수 없는 목표를 위해 나 자신을 내던질 만한 용기도 없었지만, 그걸 뒷받침할 만한 끈기도 마찬가지로 없었다. 난 형편없는 자신에게서, 그리고 숨 막힐 만큼 지겨운 그 동네에서 그저 벗어나고만 싶었다. 최대한 멀리, 아주 멀리.

내가 가진 거라곤, 아빠에게 물려받은 손재주 하나뿐이어서 오로지 그것만이 유일한 탈출구라고 여기며 고속버스로 두 시간 반 거리에 있는 예술 특성화 고등학교에 진학했지만, 막상 여기 와서 보니 그 역시도 하찮고 별 볼 일 없는 수준이었다. 그나마 내게 위로가 되는 사실은 이 학교가 지극히 폐쇄적인 시설을 갖췄다는 것, 그래서 낯선 이와 마주칠 일이 거의 없다는 것이었다. 나는 다시 미로에 갇혔고 이번엔 출구가 전혀 보이지 않았다.

"교실에 가서 보여 줄까?"

나는 책상 위에 올려 둔 책가방의 지퍼를 닫으며 지혜에게 물었다.

“어…… 작업실에서.”

“그래, 알겠어.”

5분 정도 걸리는 기숙사에서 학교까지의 비탈길을 종종걸음으로 걷고 있자니, 하나둘 낯익은 얼굴들이 말을 걸어왔다. 사교성이 없는 나에게 기숙사 생활의 장점이자 단점은 혼자인 시간이 없다는 것이었다. 아이돌, 어제 본 만화책, 드라마, 인터넷 게시판에 올라온 재미있는 이야기, 수능, 과제, 짜증 나게 만드는 선생님, 남자 친구 이야기를 쉴 새 없이 떠들어 댔고 그중 대부분이 알아들을 수 없는 이야기였지만 나는 적당히 이해하는 척했다. 알아들을 수 있는 말 중에서도 흥미 있는 부분이라곤 전혀 없었지만 말이다.

“박은금!”

그 목소리가 내 등에 콱 비수를 꽂았다. 난 움찔했고 절로 미간에 힘이 들어갔다. 아침부터 마주치고 싶지 않은 목소리였기 때문이다.

“정우 쌤! 안녕하세요!”

아이들의 목소리가 아까와는 비할 수 없이 한 톤 높아지며 잔뜩 상기되었고, 잠깐의 정적이 흘렀다. 아마 내 인사를 기다리는 중이겠지. 난 대충 몸을 돌려 눈도 마주치지 않고 모기만 한 소리로 인사했다.

“안녕하세요.”

시야에 언뜻 시원하게 드러난 그의 하얀 치아가 들어왔다. 아마 세상에서 그의 그런 미소를 싫어하는 사람은 나 하나뿐일 거다. 정확하게 표현하자면 공포스러웠다.

"너희 과제는 다 했어?"

"아, 진짜. 얼굴 보자마자 과제부터 물어봐."

아이들이 등 뒤에서 그에게 코맹맹이 소리를 내며 애교를 떨어 댔다. 그들은 저 남자의 입에서 나오는 사소한 한 마디라도 놓치지 않겠다는 듯 그에게 몸을 기울였고 난 그 틈에 멀어지려 좀 더 보폭을 넓혔다.

"박은금."

그는 마치 내 머릿속을 읽기라도 한 듯 언제나와 같이 꼭 유행가 가사를 읊조리는 듯한 억양으로 날 불러 세웠다.

"넌 했을 테고. 이번엔 뭘 그렸어?"

최정우의 이런 태도는 그가 4층, 3학년 전공 교실에 나타나 처음으로 출석부에서 나의 이름을 발견했던 날부터 시작되었다.

이해해.

할아버지가 아무렇게나 지어 버린 뜻도 의미도 없는 이름이 얼마나 촌스럽게 들리는지. 전봇대에 붙여진, 아니면 어느 전단 뒷면에 나온 '노인을 찾습니다' 페이지에 적혀 있을 법한 이름 옆에 19세가 찍혀 있는 것도 재미있는데 당사자의 외형마저 80년대 기록 사진에서나 볼 법한 고루하고 올드하다 못해 촌스럽기까지 하다면 아마도 더 웃기겠지. 그는 매번 날 더욱 초라하게 만드는 미소를 지어 보였다.

"이번에도 정물이야?"

난 대답하지 않았고 그도 다시 묻지 않았다.

"선생님! 선생님 진짜 너무 숙제 많이 내주는 거 아니에요?"

"맞아. 죽겠어요! 공부할 시간도 없다니까요!"

"과제 핑계 대지 마. 언제는 공부했다고. 너넨 머리 쓰는 걸 못하니까 손이라도 많이 써야 해."

"너무해!"

어색한 공기가 흐르기도 전에, 아이들이 불평을 터트렸고 그가 귀찮다는 듯 대꾸하는 사이 도망치듯 발걸음을 옮겼다.

1교시가 시작되기 직전에 반장은 수학 과제를 모두 걷어 갔다. 지혜는 아슬아슬하게 공책을 냈지만, 그녀를 짝사랑하는 반장이 일부러 아주 늦게 공책을 걷기 시작했다는 건 알 만한 사람은 모두 눈치챌 수 있었다. 나는 서둘러 앞치마를 교복 앞에 두르고 단단히 묶었다. 매주 화요일과 목요일은 늘 그렇듯 실기 수업이었고 한때는 내가 가장 좋아하는 시간이었다. 국어나 문학 시간을 제외하면 유일하게 숨을 쉴 수 있는 시간이기도 했다. 머릿속에 잡념이 사라지고, 새하얀 도화지만이 전부였다. 그것이 내 세계의 전부였고 모든 것일 수 있는 순간이었다. 최정우가 끼어들면서 다 망했지만.

학년주임은 그가 RISD란 이름을 가진 무척이나 유명한 학교에 다니는 수재이고 개인 사정으로 학교를 휴학한 덕에 1년 동안 실기를 가르치게 되었다고 했다. 아주, 몹시, 어렵게, 특별히 이사장님의 소개로 모셔 왔으니 다들 열심히 배우라고 무척이나 강조했기 때문에 첫날부터 무척이나 강한 인상을 받았다.

거기에 스물세 살의 나이는 선생이라고 하기에는 지나치게 젊은 데다가, 새까만 머리나 어디서든 남들보다 머리 하나는 더 껑충 나와 있는 커다란 키, 쌍꺼풀 없는 깊은 눈매 말고도 그에겐 다른 뭔가가 있었다. 그에게선 또래 남자아이들에게 볼 수 없는 강인함과 어른스러움이 있었다. 제법 강해 보이는 턱선 때문인 건지, 아니면 꾹 다문 입매 때문인 건지는 모르겠지만 그를 보고 있으면 꼭 자기 영역에서 어슬렁거리는 사자나 표범 같은, 사람을 숨죽이게 하는 분위기가 있었다. 여자아이들은 그런 그를 엄청나게 관능적이라 여겼고, 남자아이들은 그를 재야에 숨어 있는 고수처럼 우러러봤다. 느끼는 법은 달라도 그 모든 것은 한 가지를 가리켰다.

발톱을 숨긴 맹수.

아이들이 그에게 열광하는 건 비단 여타의 교사들보다 어리기 때문에, 혹은 더 잘생겼기 때문만은 아니었다. 여자아이들에겐 '달성 가능한 목표물'이라 치더라도, 남자아이들은 그에게서 느껴지는 압도적인 강인함 때문에 좋아했다.

내 눈길은 그의 책상으로 쏠렸다. 성격답게 전혀 치우지 않은 것 같이 어지러운 책상 위에는 아이들이 사다 바친 간식, 음료, 마음을 담은 편지 등이 너절하게 쌓여 있었다. 아마 오늘 치워도 반나절이 지나면 같은 상태일 거다.

우린 대리석으로 만든 커다란 책상 앞에 8명씩 조를 나눠 앉은 채 그가 들어오길 기다렸다. 여자애들은 립글로스를 바르고 머리카락을 매만지는 데 온통 신경이 쏠렸고, 남자아이들은 미완성인 그림을 완성하는 데 정신이 없었다. 나는 대각선 앞자리에 앉아 얼굴에 분칠하기에 여념 없는 친구를 멍하게 쳐다봤다. 반년이 다 되어 가는데도, 아직도 저렇게 잘 보이고 싶은 열정이 있니……. 어떤 면에선 존경스럽기까지 했다.

학기 초, 그는 가장 먼저 내 이름을 외웠다. 반 아이들은 무척이나 부러워했고 아주 잠깐 나 역시 기뻤다. 나의 하찮고 촌스럽고 웃긴 이름이 좋은 점도 있구나 하고 생각했다. 하지만 그 기분은 그리 오래가지 않았다. 첫째로 그가 좋아하는 건 촌스러운 내 이름과 그에 걸맞은 촌스러운 내 모양새의 우스움이지, 그걸 걷어 내고 본 나 자체를 좋아하는 건 아니었다. 둘째로, 수업을 듣고 채 2주가 지나기도 전에 난 그의 눈빛에 잔뜩 겁을 먹기 시작했다. 지혜는 선생님의 쌍꺼풀 없이 큰 눈이 그렇게 보일 수도 있다고 말했지만 내가 겁을 먹은 건 그의 눈이 크고, 쌍꺼풀이 없기 때문이 아니었다. 그가 겹겹이 쌓아 놓은 내 벽안에 손을 뻗어 마치 심장을 뜯어 가듯 날 발가벗기고, 숨기고 싶어 하던 가장 더러운 것을 꺼내 놓을 것 같아서였다.

그런 느낌은 특히 그가 나의 그림을 본 이후, 날 쳐다볼 때 더욱 강렬해졌다. 마치 나에게, 네가 아무리 하찮은 겉모습으로, 하찮은 손재주로 혹은 침묵으로 감추려고 해도 소용없다고 이야기하는 것만 같았다. 나는 그 무언의 시선이 날 무너뜨릴까 봐 겁이 났다. 어째서 그런 감정을 느끼는 것인지 알 수 없지만, 그는 언제나 나를 읽어 내려는 것 같았다.

나는 내 손에 쥐어진 점묘화를 내려다봤다. 꼭 스스로 감추려는 나 자신처럼 돌돌 말려 있었다. 그의 수업을 받은 이후로, 그에게 내가 어떤 사람인지 들킬까 봐 난 캔버스 안에서도 자유롭지 못했다. 나의 갈망은 길을 잃었고, 그림은 엉망진창이었다. 희망적이었다가 절망적으로 변하기를 반복하는 마음처럼 형편이 없었다.

"와! 역시 추지혜!"

옆에서 들려오는 감탄사에 난 얼른 그림을 가슴팍에 붙이고 눈을 들었다. 언제나 그렇듯 지혜의 그림 앞에 아이들이 몰려 있었다. 정밀해 보이는 점들이 조각같이 예쁜 여자아이의 옆모습을 선명하게 나타냈다. 그 주위로는 나무뿌리나 비단 같은 무늬가 추상적으로 감겨 있었는데 완성도가 무척이나 훌륭했다. 멀리서 봐도 그녀의 그림만 눈에 들어올 것이다. 매일 대충 생활하는 것 같으면서도 지혜는 자신이 할 일을 언제나 훌륭하게 마무리했다. 그녀의 옆에서 내 그림은 더욱 초라해지겠지만 열등감 같은 건 느낀 적이 없었다. 가장 빛나는 자리 옆이 가장 어둡다는 사실을 제대로 직시하고 곁에 있는 거니까.

"야, 시끄러워. 자리에 앉아."

문이 덜컹 열리고 아이들의 웅성거림 사이로 최정우의 낮고 귀찮은 듯한 목소리가 울렸다. 그는 50cm 자로 자신의 뒷목을 두드리며 들어왔다. 책상 위에 놓인 열혈 팬들의 선물 중 바나나우유를 집어 드는 사이 아이들은 우르르 흩어져 제자리에 앉았다. 눈에 반짝거리는 호기심, 그를 바라보는 열망에 찬 여학생들의 눈빛. 단정치 못하게 풀어헤친 최정우의 소매 끝이 유독 거슬리는 건 오로지 나 하나뿐이었다.

"반장. 인원 좀 세어 봐."

그가 익숙하게 명령하며 손으로 윗면을 콕 찍어 포장을 뚫더니 바나나우유를 꿀꺽꿀꺽 목으로 넘겼다. 보통 저런 건 교무실로 가져가 먹든가, 아니면 안 먹든가. 적어도 학생 앞에선 무시하

는 게 보통 아닌가? 저 위에 놓인 편지 중 단 한 통의 러브레터라
도 뜯어서 볼까? 보고 나서 어떤 감흥이라도 받을까? 그럴 리 없
지. 그냥 목이 말라 마시고 입맛에 당겨 먹을 뿐 선물에 담긴 사
랑이나 애정 따윈 안중에도 없을 거야. 그런 걸 소중히 여기는 사
람 같지 않아.

"다 맞는데요."

반장의 말에 그는 다 마신 바나나우유를 획 하고 쓰레기통에 던
져 넣더니 탁탁탁, 교탁을 자로 두드렸다. 바나나우유 통에 보이
는 까만 점. 누군가의 가슴 졸인 애정의 글귀가 10초 만에 쓰레
기통으로 직행했다.

"점묘화는 다 그려 왔어?"

"네."

아이들이 합창했다.

"그럼 작품 좀 보자. 다들 꺼내 봐."

그는 맨 왼쪽의 첫 번째 자리부터 어슬렁대며 움직였다.

"야, 넌 점을 뭐로 찍은 거야. 손가락으로 찍었냐?"

그는 남자애의 머리카락을 쥐고 흔드는 시늉을 하며 성의 없다
고 타박했고 왁자지껄 자리에서 웃음이 번졌다.

"아니에요. 보드 마커로 했어요, 보드 마커. 어쨌든 점묘화잖
아요."

"그래, 창의적이라고 해 두지. 다음! 야! 지금 해 봤자 소용없
어 내놔."

"선생님, 저 어제 진짜 하려고 했는데 몸이 안 좋아서 못 했어
요."

"그래? 이왕 이렇게 된 거, 손가락도 하나 부러뜨려 줄까? 그럼 두세 달 그림 안 그려도 될 텐데. 고통은 잠깐이야."

시시껄렁한 농담들. 그에겐 선입견이라는 것도, 흔한 선생의 꼰대질도 없었다. 아이들은 그의 앞에서 유독 말이 많아지고 표정도 밝아졌다. 그는 선생이라기보단 차라리 동네 아는 형에 가까웠다. 그럼에도 불구하고 수업 시간은 늘 새롭고 재미있었기 때문에 자유로운 분위기 속에서 도태되는 아이들은 없었다. 모두 신기할 정도로 집중력을 발휘했는데, 어쩌면 고3 수험생의 질식할 것만 같은 스트레스에서 유일하게 탈출할 수 있는 시간이기 때문인지도 몰랐다. 그의 수업 방식을 못마땅해하는 선생들이 꽤나 많았지만, 그가 실력 있고 똑똑하다는 걸 모두 알고 있는 데다가 이사장과 친분이 있다는 사실 때문에 모두들 나서서 불만을 터트리지 못했다. 그는 한 사람 한 사람 차분히 돌아보며 조금씩 우리쪽 테이블로 다가왔다.

"오. 멋지네."

그는 지혜의 그림 앞에서 만족스럽게 웃어 보였다.

"나보다 잘하는데?"

지혜의 볼에 홍조가 붉게 피어올랐다. 지혜가 그를 짝사랑하고 있다는 건 이미 공공연한 비밀이었다. 그리고 내가 생각하기로 정말 그라는 목표물에 달성할 사람이 이 중 있다면 그건 아마 지혜가 될 확률이 높았다. 나는 혹여 흐를지 모르는 둘 사이의 묘한 케미스트리를 읽고 싶었지만 차마 그와 눈을 마주치지 못해 눈앞에 보이는 지혜의 얼굴만을 바라봤다. 그녀가 행복해 보이는 것만으로도 충분했다. 분명 난 가질 수 없는 싱그러움이었다.

지혜를 바라보고 있는데 눈앞에 뭔가가 훅 들어왔다. 핀트가 어긋났지만, 최정우의 허리춤이란 건 알 수 있었다. 그는 돌돌 말린 그림을 타박하지 않고 침착하게 폈다. 최정우가 아무 말 없이 그림을 내려다볼 동안 내 손에는 차가운 땀이 고였다. 숨통도 조였다. 난 그가 그림에서 아무것도 읽을 수 없기를 바랐다.

 "구름."

 그가 한참 만에 중얼대는 바람에 나는 손톱을 물어뜯다가 깜짝 놀랐다.

 "구름 맞아?"

 난 희미하게 고개를 끄덕였다.

 "좋아. 맘에 드는데?"

 그는 경쾌하게 말했다. 그러고는 두어 번 고개를 주억거리더니 내 그림을 돌돌 말아 자신의 옆구리에 끼웠다.

 "다들 이름 적어서 빨리 제출해. 뒤에서 앞으로 걷어."

 어? 잠깐. 그거 이름도 안 적었는데? 내가 대꾸하기도 전에 최정우는 벌써 저만치 멀어졌다. 그는 책상 위에 내 그림을 아무렇게나 던져 놓더니 다시 교탁 앞에 섰다. 다른 잡동사니와 마찬가지로, 책상 위에 볼품없이 얹어진 내 그림은 꼭, 쓰레기 같았다.

* * *

 사람을 그리는 것에 재주가 없는 나지만, 크로키를 그리는 것은 의외로 괜찮았다. 꽃이나 나무를 그리는 일과 별반 다를 게 없는 양 느껴졌기 때문이다. 최정우는 수업 시간에 꼭 한두 시간 정도는 크로키를 그리게 했다. 그는 사람을 그리는 걸 무척이나 중요하게 여겼고, 그런 수업 기조는 나와는 전혀 맞지 않았다. 따져 보자면 하나부터 열까지 맞는 게 없었다.

점심을 먹은 뒤 한두 시간 동안 아이들은 자유롭게 모여 앉아 그림을 그렸다. 수다를 떨어도 음악을 들어도 그는 신경 쓰지 않았다. 집중력을 발휘하는 건 처음의 30분 정도뿐이었다. 나중엔 그림을 그리는 시간보다 시시콜콜하게 떠드는 시간이, 몇몇은 아예 포즈를 취한다며 조는 시간이 더 많았다. 아이들의 조곤거리는 수다 소리에 파묻혀 나 역시 지루한 시간을 달래기 위해 인체의 한 부분만을 정밀묘사 하기 시작했다. 앞자리에 앉은 아이의 발, 손, 필통 같은 것을.

그는 천천히 아이들 사이를 돌며 그림을 쳐다보다가 멍청하게 창밖을 보길 반복했다. 나는 행여 그의 눈에 띌까 봐 그가 지나갈 때까지 잔뜩 움츠려 있다가, 멀찌감치 멀어지는 걸 확인하고서야 등을 폈다.

"자, 다들 그만하고."

그는 콩콩 교탁을 두드린 후 자신의 손목시계를 들여다봤다.

"지금부터 서로의 초상화를 그릴 거야. 데생하듯 명암 넣을 필요 없어. 아주 심플하고 간략하게 그려, 밑그림 그린다는 생각으로. 중간실기평가에 반영할 거야."

초상화? 내 얼굴 근육이 살짝 꿈틀댔다. 필시 일그러졌겠지. 그다지 좋아하는 주제가 아니었다.

"둘씩 짝지어."

지혜와 나는 자연스럽게 서로를 쳐다봤다. 그녀는 내가 사람을 쳐다보는 것에 익숙하지 않다는 사실을 잘 알고 있었다. 그녀는 내가 아무런 불편함 없이 쳐다볼 수 있는 몇 안 되는 사람 중 하나였다. 게다가 피조물로도 아름다웠으니, 더할 나위 없이 좋은 모델이었다.

"동성 친구끼리 안 돼 남녀로 짝지어."

뭐? 그는 또 수업을 어렵게 만들고 있다. 몇몇 아이들이 내 의견에 동의하는 듯 푸념 섞인 한숨을 내뱉었다. 어째서 그래야만 하냐는 항의 섞인 목소리도 들렸다.

"시끄러워, 시끄러워. 앓는 소리 그만하고 자리 이동해. 맨날 보는 얼굴 지겹지도 않니. 부드러운 것에 익숙한 사람은 거친 걸, 거친 게 익숙한 사람은 부드러운 것을 봐야 해. 그래야 정말 실력이 늘어. 잔말 말고 움직여."

아이들의 투덜거림이 에코처럼 나를 감쌌다. 머릿속에 우리 반이 25명이란 사실이 스쳤다. 파트너를 찾지 못해 한 명이 남게 된다면 그건…… 의심할 여지없이 나였다. 반에 친한 여자애들조차 몇 되지 않는데 친한 남자애가 있을 리가 없었다. 아니 친하긴커녕 반년이 다 되어 가도록 말을 섞어 보지도 심지어 얼굴을 제대로 마주한 적도 없었다. 이미 일찌감치 자신의 파트너를 찾은 지혜가 걱정스러운 얼굴로 날 바라보고 있었다.

'드륵' 하고 뭔가가 바닥에 끌리는 소리에 시선을 돌렸을 때, 전혀 뜻밖의 것을 마주했다.

"야, 이거 미팅 아니야. 맘에 드는 애 찾으려고 하지 말고 대충 빈자리 아무 데나 앉아 빨리."

그가 내 맞은편에 앉아 아무렇지 않은 표정으로 책상을 두드리며 아이들에게 소리를 지르고 있었다.

"다 앉았어? 어이, 거기 대충 빈자리 찾아 앉아. 다시 말하지만 이거 짝짓기 프로그램 아니야. 어?"

"아 진짜! 선생님이 계속 그러니까 더 못 앉겠잖아요!"

"10초 줄게. 자리에 빨리 앉아. 하나 둘……."

그가 볼멘소리 하는 남자애를 협박할 동안, 난 그의 집게손가락에 시선을 고정하고 솟아오르는 부끄러움과 싸워야 했다. 그는 내가 혼자가 될 거란 사실을 동정했다. 아무렇지 않게 배려한 것이겠지만 그의 그러한 행동이 날 더 주눅 들게 했다. 나는 혼자만의 섬에 갇힌 짐승이었다.

초침이 째깍째깍 울렸다. 그가 아이들에게 서로의 얼굴을 자세히 관찰하고 러프하게라도 그려보라고 한 이후에도, 또 그보다 더 시간이 지나고 난 이후에도, 캔버스에 어떤 것도 그릴 수가 없었다. 그리는 것은 고사하고 그를 똑바로 바라볼 수조차 없었다. 그가 내 맞은편에 앉아 팔짱을 끼고 가늠하며 주시하고 있다는 사실을 알면서도, 지혜의 부드러운 손이 마치 잠에서 깨우려는 듯 숨죽여 흔드는 것을 알면서도, 아무것도 할 수가 없었다. 내 머릿속처럼 새하얀 캔버스를, 연필을, 지우개를 그저 말없이 쳐다보는 것 말고는.

결국 수업이 끝날 때까지 그를 그리지 못했다. 단 한 개의 선도 말이다. 몇몇 아이들은 놀라고 몇몇 아이들은 예상했다는 듯 대수롭지 않아 했다. 나는 부끄러움과 스스로에 대한 혐오에 내내 고개를 들지 못했다. 지혜가 내 팔을 잡아끌지 않았다면 난 아마 그 자리에 얼어붙은 듯이 앉아 움직이는 것조차 하지 못했을 거다.

수업 시간이 끝나는 그 즉시, 그는 자리에서 미련 없이 일어났다. 선생님은 내가 자신을 앞에 두고 단 한 순간도 쳐다보지 않았음을, 그리고 단 한 개의 선도 그리지 못했음을 알면서도 아무 말도 하지 않았다. 아마 다른 몇몇 아이들처럼 예상했는지도 몰랐다. 간단한 일이었다. 그냥 고개를 들고 그를 쳐다보면 될 일이었다. 하지만 그건 내게 수학시험이나 과학시험을 만점 받으라는 것과 다를 바 없었다. 거의 불가능에 가까웠다. 마치 누군가가 머리를 위에서 내리누르듯, 온몸이 경직되어 아무것도 할 수가 없었던 것이다. 억눌러지지 않는 죄의식과 비참함을 꾸역꾸역 삼키는 것은 무척이나 힘든 일이었다. 나처럼 그것이 전혀 성미에 맞지 않는 천성을 지닌 사람이라면 더욱 그랬다.

나는 혼자 내가 토해 낸 것들을 삼키는 힘겨운 싸움을 하고 있었다. 누구도 알아주지 않는 싸움이었고 누구도 알아서는 안 되는 싸움이었다. 그리고 나는 그를 거북해하면서도, 그가 날 어떻게 생각할까 몹시도 걱정이 되었다. 내게 실망했을까? 아니면 화가 났을까? 어쩌면 질렸을지도 모른다.

"은금아, 너 왜 그랬어?"

지혜가 날 부축하듯 팔짱을 낀 채 복도를 같이 걸으며 재촉하듯 물었다. 그녀의 목소리엔 아주 선명한 근심이 담겨 있었다.

"너 진짜 이상해 보였던 거 알아?"

난 이상해 보이는 게 아니라 이상했다. 그녀는 나와 너무 가까이에 있어 그걸 보지 못하는 것뿐 나는 원래 비정상적인 사람이었다.

"불쾌해하셨어?"

내가 묻자 지혜가 내 얼굴을 보고 가엾다는 듯 눈썹을 내렸다.

"아니. 아무렇지 않아 하시더라. 그래도 기분이 좋진 않으셨겠지. 너…… 정우 샘 싫어해?"

난 잠시 생각하다 고개를 저었다. 차라리 싫어한다고 단언할 수 있다면 속이 편할 텐데.

"그럼 혹시…… 좋아하니?"

뭐? 어처구니가 없어 눈을 크게 떴다. 내 표정에 지혜가 당황하는 게 보였다.

"쳐다보지도 못하기에. 너무 좋아하면 그럴 수도 있잖아, 네 성격에."

"아니야."

나는 재빠르게 대꾸했다. 너무 단호하고 빠른 대답에 지혜가 머쓱하게 웃었다.

"기지배, 정색하긴. 누가 철벽녀 아니랄까 봐. 알았어, 알았어. 화내지 마."

난 화낸 게 아닌데……. 대수롭지 않은 오해였지만 그녀의 대꾸에 기가 죽었다. 조금이라도 그녀가 날 싫어하게 되는 건 정말이지, 상상하기도 싫었으니까. 지혜가 애교 섞인 몸짓으로 불편하게 땅에 박힌 듯 선 날 잡아끌 때쯤,

"박은금."

그의 목소리가 들렸고 난 자리에 얼어붙었다. 벼락이 떨어진 것만 같았다. 아니 물귀신이 발목이라도 잡은 것같이 등골이 쭈뼛거렸다. 지혜가 각목처럼 딱딱해진 나를 돌려세웠다. 교실 밖으로

상체만 빼꼼히 내민 채 무표정하게 나를 쳐다보는 최정우의 얼굴이 시야에 들어왔다. 그의 얼굴에서 불쾌감이나 혐오, 아니면 분노 따위를 읽어 내려 해 보았지만, 아무것도 보이지 않았다. 나 같은 게 그를 읽는 건 애초에 불가능했다.

"이따 종례 마치면 나한테 와."

마치 사형 선고를 하듯이 선언하고 대답을 듣기도 전에 그는 문을 닫고 안으로 들어가 버렸다. 난 멈췄다. 숨 쉬는 것조차 완전히.

"어떡해……."

지혜가 발을 동동 굴렀다. 그와 단둘이 대면해야 한다고 생각하니 차라리 이대로 버스를 잡아타고 내가 떠나온 집으로 돌아가고 싶은 마음이 간절해졌다. 말도 안 되는 생각이란 걸 알면서도, 피할 수 있다면 그렇게라도 도망가고 싶었다. 가서 또다시 예전처럼 이불 속에 숨어 있는 거야. 아니야. 그건 정말이지 최악의 방법이었다. 열여섯 살 겨울에, 이불 속으로 숨어들어 간 다음 느껴졌던 공포가, 안도감과 뒤섞였던 그 짓눌릴 것 같았던 공포가 다시 어깨에 내려앉았다.

아니, 그건 방법이 아니야. 나는 더 이상 도망칠 곳이 없어.

Ⅱ. 용기

　나는 종례 시간 내내 손톱을 뜯었다. 진정하기 위해 다리를 떨든지 손톱을 뜯든지, 아니면 책상에 머리를 처박기를 반복하든지 뭐라도 해야 했다. 담임이 뭐라고, 뭐라고 했는데 귀에는 하나도 들리지 않았다. 아마도 지혜가 기숙사에서 알려 줄 것이다.

　지혜는 옆자리에서 초조하게 손톱을 물어뜯는 날 걱정스럽게 쳐다보았다. 그 시선이 한층 더 불안하게 만들었다. 나는 상황을 냉정하게 판단하기 위해 애썼다. 어떻게 봐도 내 행동은 괴상하고 기분이 나빴다. 누구에게도 이해받을 수 없을 것이다. 하물며 수업 시간에는 더 그랬다. 그는 내게 벌을 주겠지. 다른 방법은 필요 없어. 그저 얼어붙는 듯한 표정으로 날 내려다보는 것만으로 충분했다. 아마 10초쯤 후면 난 심장마비로 즉사해 버리겠지. 아주 간단하고 쉬웠다.

겁쟁이.

변명의 여지가 없다. 나는 그의 기분을 망쳐 놓았다. 내가 어떤 사람이건 그건 중요하지 않다. 중요한 건 수업 시간이었단 것과 선의에서 우러난 행동을 무시한 셈이 되었다는 것이다. 그가 뭐라고 할지 어떤 제스처를 취할지 머릿속으로 그려 보려 노력했지만 허튼짓이었다. 떠올릴 수 있는 거라곤 수업 시간 내내 쳐다본 그의 손이었다. 팔짱을 낀 그의 손목에 채워져 있던 가죽 시계, 그리고 힘줄이 불룩하게 솟아 있던 커다랗고 선이 굵은 손마디. 얼이 빠진 듯 보고 있었던 그것이었다.

복도까지 같이 가 주겠다는 지혜의 배려를 거절했다. 용기가 났기 때문이 아니었다. 지혜에게 나의 두려움을 들킬까 봐 겁이 났기 때문이었다. 그저 내가 남들보다 조금 내성적이고 수줍음이 많을 뿐이라 여기는 그녀의 편견을 깨는 것이 싫었다.

나는 불이 꺼진 해 질 녘 오후의 어스름한 복도를 걸으며 상황이 더 나빠지기 전에 그의 눈을 피하지 말자고, 그를 제대로 마주하고 사과하자고 결심했다. 미리 겁을 먹지만 않으면 가능한 일이었다.

복도의 맨 끝, 어렴풋이 불빛이 보였다. 마치 탈출구를 찾듯 주위를 둘러봤지만, 온통 어둠뿐이었다. 그게 꼭 지금의 내 모습을 설명해 주는 것만 같아 나는 그만 거기서 한풀 꺾이고야 말았다.

문 앞에 서서 창문을 들여다봤다. 그의 책상 위에 아이들이 그린 점묘화가 어지럽게 널려 있었다. 차곡히 쌓인 캔버스 옆에 흉하게 말린 내 그림이 저만치 떨어져 있었다. 나는 그림 사이에조차 제대로 섞이지 못한 것이다.

그런데 그는 어디로 간 걸까? 의자는 비어 있었고 교실 어디에도 그의 흔적은 없었다. 어디론가 가 버렸나? 찾아오라던 말을 까먹은 건 아닐까? 그렇게 생각하니 갑작스럽게 기쁜 마음이 샘솟았다. 그래, 잊고 있을지도 모르지. 실은 대수롭지 않은 일일 거야. 정말 그럴걸?

드르륵.

내가 멋대로 생각을 펼쳐 갈 때, 예고 없이 문이 열렸다. 열린 문의 불빛을 등지고 그림자가 거대한 공룡의 아가리처럼 내게 드리워졌다. 나는 놀라서 뒤로 한 발 물러섰고 그도 날 발견하고 놀란 듯 한 발 뒤로 물러섰다.

"깜짝이야."

그가 작게 안도의 한숨을 내쉬며 달갑지 않은 내 등장에 미간을 좁혔다.

"안 그래도 왜 안 오나 했네. 들어와."

그는 교실 문을 연 채 버티고 서 있었고 난 뭔가에 홀린 듯 교실 안으로 들어갔다. 이젠 어떻게 해야 하지? 나는 갈피를 못 잡은 채 교문 앞에 서 있었다. 선생님은 날 지나쳐 자신의 자리로 걸어갔다. 그의 등에 붙은 셔츠가 움직이는 대로 물결쳤다.

"아무 데나 앉아."

그는 책상 위에 수북하게 쌓인 점묘화―내 것을 포함해―를 정리해 한구석으로 치우고 새하얀 도화지를 꺼내 들었다.

아무 데나? 난 주위를 둘러보다 늘 앉던 자리에 앉았다. 그는 내 위치를 확인하더니 피식 웃음을 흘리고는 곧 다가와 새하얀 도화지와 4b연필, 지우개를 차례대로 내려놨다. 반성문? 난 눈동자를 움직이며 그가 내놓은 물체들의 조합에 머리를 굴렸다. 아니, 반성문치고는 종이가 너무 두껍고 큰데? 설마……. 내가 불안한 예감에 고개를 갸웃거리고 있을 때 그가 아까와 똑같이 드르륵 소리를 내며 내 앞에 앉았다.

우리 사이에는 늘 그래 왔듯 어색한 침묵이 흘렀다. 이 침묵이 어색한 건 아마도 나 하나일 테지만. 그의 표정은 지나치게 여유로웠다. 기분이 좋아 보인다고 할 만큼. 내 고개는 자동으로 찔그러졌고 그가 '자애로운 선생님' 가면을 쓰고 있는 건 아닌지 골몰했다. 그 괴상했던 상황을 설마 아무렇지 않게 여길 리가 없어. 적어도 왜 그랬는지는 궁금해하는 게 당연해. 그런데 왜 그는 아무것도 궁금하지 않은 표정일까. 너무 담백하고 아무 생각이 없어 보여 오히려 내 쪽이 당황하게 되었다.

정말 궁금하지 않은 걸까? 아니면 그냥 날 아예 또라이 취급하는 건가? 그가 빙그레 웃어 보이고서야 나는 지나칠 정도로 오랫동안 쳐다보고 있었다는 것을 깨닫고는 얼른 고개를 숙였다. 맙소사. 창피해.

"그만큼 봐서 그릴 수 있겠어?"

웃음기가 가득한 목소리에 난 다시 고개를 들었다. 그는 언제나처럼 삐딱하게 의자에 다리를 꼬고 앉아 손으로 톡, 톡, 톡 테이블을 두드렸다. 더없이 상쾌한 표정이었다.

"말했지만, 이거 실기 평가야. 졸업전시회에 걸어 놓을 작품이고 완성해 주지 않으면 내가 곤란해."

"……"

난 말 그대로 병쪘다.

"잘 봐, 내가 어떻게 생겼나."

멍청하게 앉아 있는 내게 다정하게, 더없이 진중하게 그가 말했다. 그 목소리가 너무나 낮고 고요해서 텅 빈 실습실을 울렸다.

"내 눈, 코, 입, 이마, 얼굴선, 귀…… 네가 관상쟁이가 돼서 날 보고 있다고 생각해."

그가 단어를 내뱉는 순간마다 최면이라도 걸린 것처럼 그의 눈, 코, 입을 선명하게 내 눈에 담았다. 그리고 그럴수록 겁을 먹은 것인지, 아니면 흥분을 한 것인지 알 수 없는 홍조가 얼굴을 뒤덮었고 결국 난 나를 통제할 수가 없어서 다시 고개를 떨궜다. 그는 다시 침묵했고 그 침묵이 가시 바늘처럼 날 쿡쿡 찔러 댔다.

말해, 박은금. 너 사과하기로 했잖아. 상황이 더 나빠지기 전에! 그게 바로 지금이야!

"죄, 죄송해요. 제, 제가…… 원래 사, 사람이랑 누…… 눈을 잘 못…… 못 맞춰요."

내내 머릿속에 그려 왔던 말을 내뱉은 후련함보단 한심할 정도로 작은 목소리를 내 버렸다는 실망감이 먼저 들었다. 더욱더 나락으로 떨어지는 기분이었다. 휴, 잘한다, 박은금. 그가 목소리를 듣긴 했나? 한 번 더 이야기해야 하나?

드르륵. 다시 의자가 바닥에 끌리는 소리가 났고 그가 시야에서 잠시 사라졌다가 다시 돌아왔을 때 그에 손엔 나와 똑같은 종이와 펜이 들려 있었다.

"생각해 보니까, 널 그려 줄 사람이 없겠네. 이렇게 하는 게 어때? 내가 널 그릴 테니까, 넌 날 그려. 내가 그림 그릴 때 날 보면 되겠네. 난 고개를 숙이고 있을 테니까 운이 좋으면 1초도 안 마주칠 수 있지 않겠어? 안 그래?"

그는 '크흠' 하고 헛기침을 하고선 팔에서 옷깃을 걷었다. 자세를 똑바로 고쳐 앉은 다음 그는 말했다.

"시작."

뭐야……. 난 동의도 하지 않았잖아. 하지만 그는 내가 동의를 했어도 대답하지 않을 만큼 미련하다는 걸 잘 알고 있었다. 연필이 들린 그의 손은 하얀 캔버스 위에 정지해 있었고 나는 그의 까만 손목시계 줄을 쳐다보며 속으로 또 멍청하게 굴 거냐고 스스로를 질타했다. 그는 널 혼내지 않았잖아. 혼낼 생각도 없어 보이는 데다가 친절하게도 그릴 수 있는 시간까지 내준 거잖아. 친절한 행동이야. 그러니까 너도 뭔가를 해 보여!

눈을 들었을 때 그는 나를 아주 강렬하게 쳐다보고 있었고 내 시선은 다시 빠르게 바닥에 꽂혔다. 잠시 후, 그가 종이 위에 선을 긋는 소리가 교실에 웅웅댔다.

"……"

도대체 난 여기서 뭘 하고 있는 걸까. 난 시간이 지날수록 점점 더 모든 걸 엉망진창으로 만들고 있었다. 오늘도 내가 얼마나 한심한 인간인지 깨닫고야 만다. 어쩌면 나는 여기서 벗어나고자 하는 의지마저 포기해 버린 것일지도 모른다.

"은금이 너 말이야."

그가 종이 위로 바쁘게 손을 움직이며 다시 입을 뗐다. 나는 퍼뜩 상념에서 깨어나 뒷말을 기다렸다. 너 정말 이상해. 너 나한테 왜 이러는 거니? 나한테 뭔가 숨기는 거니? 무슨 비밀을 가지고 있니? 머릿속에 그가 던질 질문들이 뒤섞였고 두려움이 날 압살하기 직전이었다.

"제법 그림에 재주가 있어."

예상치 못한 말이었다. 귀가 펑 트이며 나는 순식간에 상념에서 깨어났다.

"그러니까 주제를 한정 짓지 말고 자유롭게 그렸으면 좋겠어. 사람이란 무척이나 흥미로운 피사체거든. 특히 얼굴은 수많은 이야기가 담겨 있어. 네가 그린 꽃이나 구름, 나무, 그런 걸 보면 나는 네가 그리는 것에 애정을 갖고 대하고 있다고 생각해. 왜 네가 사물이 아닌 감정이 있는 것들을 그리는 걸 어려워하는지 모르겠지만, 눈앞에 있는 걸 그냥 관찰해 봐."

그가 다시 눈을 들었을 때 나는 몸에서 일어나는 이상한 화학작용에 당황하여 그의 시선을 피하질 못했다. 그는 그런 날 보며 만족스럽게 웃었다.

"그럼 분명 그 안에서 읽을 수 있는 게 있을 거야. 피사체가 가진 여러 가지 감정들. 기쁨, 슬픔, 고통, 괴로움, 사랑…… 읽을 수 있으면 아주 쉬워. 그걸 캔버스 위에 담아내기만 하면 되거든. 넌 소질이 있으니까 아주 잘할 거야. 나는 네 그림 좋아해."

날 칭찬하고 있어. 말도 안 되지만 사실이었다. 그를 만나기 전에 내가 느꼈던 공포나 초조함은 완전히 멍청한 판단이었다는 듯 그는 내가 이곳에 발을 내딛는 이후 단 한순간도 내 예상대로 행동하지 않았다. 이건 좋은 건가? 아니면…… 나쁜 건가?

나는 그를 만족시킬 그림 따위 그리지 못해. 속으로 그렇게 낙담하면서도 한편으론 울컥했다. 예감하지 못했기 때문에 더 그랬는지도 모르겠다. 그러고 나자 내 안에서 마치 아지랑이가 피어오르듯 스멀스멀 손끝에 힘이 들어가게 하는 벅찬 감정이 조심스럽게 솟아올랐다. 아마도 용기인 듯했다.

나는 연필을 꼭 쥐고는 그를 똑바로 응시했다. 그의 얼굴형, 눈, 코, 입, 이마, 귀. 그 안에서 그가 어떤 사람인지 파악하려고 노력했다. 그가 느끼는 감정이나 성격 같은 것. 그의 말들을 되뇌며 눈에 보이는지 알아내려 했다. 무엇보다 그의 진심이나 의도를 읽는 것이 지금 이 순간에는 내게 가장 절박한 문제가 되었다.

많은 이야기가 있다고 말했지만 난 그에게서 어떤 이야기도 읽을 수가 없었다. 다만 용기를 내어 펜을 쥐고 난 뒤에 무언가에 홀린 듯이 그를 그렸다. 그것만으로도 내겐 놀라운 변화였다. 사각거리는 소리를 들은 탓인지, 그는 고개를 숙인 채 그림에만 열중했다. 나는 그의 찌르는 듯한 시선을 받지 않는 것만으로도 편안한 기분이 되어 하얀 캔버스 위에 빠르게 선을 채워 나갔다. 아주 오랜만에, 무아지경에 빠지는 것 같은 집중력을 발휘했다. 아주 오랫동안 잊고 있었던 감각이었다.

교실에 저녁 시간을 알리는 알림 종소리가 시끄럽게 퍼졌고 그때가 되어서야 제정신을 차렸다. 그는 손목시계를 한 번 쳐다보더니 연필을 내려놨다. 6시. 두 시간이 순식간에 흘러 버리고 만 것이다.

"끝."

그는 경쾌한 목소리를 내며 미련 없이 자리에서 일어섰고 그 순간 나는 그가 내게 걸어 놓은 마법에서 깨어났다.

"다음 수업 시간에 보자."

그는 그린 그림과 연필을 책상 위에 아무렇게나 던져 놓고는 쌩하게 교실을 빠져나갔다. 최정우가 미련 없이 떠나 버린 교실 안에서 난 물벼락을 맞은 숯불처럼 갑작스럽게 식었다. 허무하고 이상한 감정이 돌멩이처럼 침전되었고, 나는 멍하게 앉아 내가 그린 그림을 쳐다봤다. 거기엔 그가 있었다. 이런 사람인가……?

거기에 그려진 그는 마치 순정 만화에 나오는 남자 주인공처럼 보였다. 난 늘 그를 무섭다고 생각했는데 그림 속 그는 전혀 그렇지가 않았다. 오히려 부드럽고 따뜻해 보이기까지 했다. 그 차이가 너무 심해서 정말 내가 그린 그림인지 의심스러울 지경이었다. 난 그를 읽을 수조차 없고, 그를 무서워하는데 어째서 그림 속 그는 따뜻하게 느껴지는 것일까. 이 그림을 그린 건 난가……? 아니면 그인가?

* * *

그날 이후 난 마치 아주 은밀한 비밀을 간직한 것만 같은 기분에 휩싸였다. 그것이 착각인 줄 뻔히 알면서도 그것에 완전히 사로잡혀 하루 중 대부분의 시간을 그때를 음미하는 데 허비했다. 그 시간은 아무리 떨쳐내려 해도 내게 무척이나 특별하게 여겨졌고 그것이 날 무척이나 지치게 만들었다. 딱히 그가 날 특별하게 여겨서가 아니다. 그의 말대로 난 멍청하고 미련해서 그 상태로라면 작품을 제대로 그릴 수도 없었을 테고, 단지 그걸 걱정했을 뿐이다.

그가 내게 당근을 쓴 것이라면 그건 아주 성공적이었다. 난 뭔가에 홀린 듯 결국 그를 그리지 않았나. 알기 쉬울 정도로 잘 넘어가 어처구니가 없을 지경이지. 심지어 내 그림을 좋아한다는 말에 감동까지 받았잖아. 하지만 그게 사탕발림이 아니라고 어떻게 믿지? 결심했잖아. 무엇도 쉽게 믿지 않겠다고.

그가 평소에 이죽거리고 투덜거리며 이야기할지언정 빈말은 하지 않는 타입이란 걸 모두가 알고 있었지만 정확하게 어떤 사람인지 아무도 알지 못한다. 이제 와서 달리 생각할 필요가 어디 있겠는가? 이제 와서 그가 내 이름을 진지하게 받아들일 리도 없고, 날 놀리는 것을 그만둘 리도 없었다. 딱 한 번, 아무렇지 않게 한 칭찬과 그에게는 전혀 특별한 의미가 없었을 시간을, 엄청난 것인 양 감복하지 않아도 되는 게 아닐까?

나는 나의 그런 점이 진력났다. 누가 조금이라도 손을 내밀면 꼬리를 흔들며 덥석 잡아 버리는 것. 그것 때문에 죽을 만큼 힘들었음에도 여전히 그 천성에서 벗어날 수가 없었다. 그것이 날 무기력하고 지치게 만든다고 해도 말이다.

"와, 이거 진짜 좋다."

문학 숙제를 위해 시집을 펴 놓고 또다시 멍청하게 그 생각에 잠겨 있는데 지혜의 목소리가 들려왔다. 고개를 돌리자 책상 한편에 밀어 둔 그림을 손에 들고 눈을 빛내고 있었다.

"딱 정우 샘인데…… 훨씬 따뜻하고 상냥해 보여. 진짜 맘에 든다."

대체 난 무슨 생각으로 저 그림을 그린 걸까? 처음으로 그림 안에 날 투영하지 않아도 된다고 생각했다. 그래서 편안한 마음으로 그 안에 날 담아내는 대신 그냥 그를 담아낸 것뿐이다. 그럼에도 불구하고 그림에서 느껴지는 상냥함은 비단 나뿐만 아니라 타인이 느낄 정도라니. 황당하기가 이루 말할 수 없었다. 지혜가 나와 시선을 맞추기 위해 쪼그리고 앉아 책상 위에 턱을 괴었다.

"너 진짜…… 정우 샘 좋아하는 거 아니야?"

입가에 만연한 그녀의 미소를 보고 내가 무슨 표정을 지은 건지 모르겠지만 지혜가 웃음을 터트렸다.

"야, 박은금. 너 내가 정우 샘 좋아한다고 하면 어떻게 할까 봐 그래? 걱정 마, 아무 짓도 안 하니까. 막말로 5개월 후면 미국으로 갈 거고 정우 샘이 우릴 여자로 볼 리도 없고, 이어질 가능성도 전혀 없는데 그냥 짝사랑이나 하는 거지. 설마 내 거니까 건들지 말라며 화를 내겠어, 뭘 하겠어? 그냥 아이돌 좋아하듯 좋아하는 거지."

나는 억지스럽게 미간을 풀었다. 이런 얼토당토않은 오해도 모두 내 탓이겠지만 기분이 좋지는 않았다.

"알아. 근데 나 안 좋아해."

"진짜?"

내가 끄덕거리자 그녀는 다시 한번 최정우가 그려진 그림에 시선을 돌렸다.

"음……."

그녀는 볼 양쪽을 번갈아 부풀리며 고개를 갸우뚱거렸다. 아무래도 아닌 거 같은데…… 하는 표정이다.

"내가 선생님 무서워하는 거 알잖아."

"너무 너한테 강렬한 감정이라 그럴지도 모르지. 정우 샘은 좀…… 강한 타입이고."

난 입안에 똥을 씹은 것처럼 표정을 구겼다. 그럴 리가 없잖아. 불가능한 일이었다. 그걸 지혜에게 설명할 수가 없어서 더 힘이 들었다. 지혜가 내 어깨를 툭 치며 웃었다.

"됐어. 아니면 말고. 이따 떡볶이 먹으러 나갈래?"

학교 바로 앞에 있는 떡볶이집이었다. 원래는 그렇고 그런 동네 슈퍼였다는데 학교가 들어서면서 건물을 두 채나 샀단다. 건물 모두 그 집안사람이 나눠서 장사하고 있는데, 떡볶이집은 그 집 할머니의 아들이었다. 학생들 덕분에 돈을 많이 벌어서인지 인심이 제법 후했다.

"그래."

지혜는 기분 좋게 웃어 보이곤 자리에서 일어섰다. 나는 그녀가 자리를 뜨자마자 최정우를 그린 그림을 뒤집어 책상의 가장 구석 자리에 밀어 놓았다. 신경 쓰고 싶지 않았지만 지혜의 말 덕분에 더 신경을 쓰게 되고야 말았다.

"야, 걔 진짜 이상하지 않냐? 무슨 지금이 쌍팔년도도 아니고 혼자 고귀한 양가 댁 규수야 뭐야?"

"실습 시간에 걔 봤어?"

"어. 걔 최정우 완전 좋아하나 봐. 진짜 눈도 못 마주치더라?"

"진짜 웃겼어. 또 주제에 그래도 이성에 관심은 있나 보지?"

"넘볼 걸 넘봐야지. 정우 쌤 진짜 불쌍해."

"야, 그 앞에서 걔 쳐다보고 앉아 있는 것도 고역이었을걸? 와 진짜 난 무슨 성인군자인 줄 알았어."

"나 같으면 진짜…… 어우, 생각만 해도 소름 끼쳐."

지혜와 8시에 같이 나가기로 약속했건만 나는 화장실 칸막이 안에 꼼짝없이 앉아 있었다. 익숙해지려고 노력해도 매번 익숙해지지 않는 것이 아이들이 하는 나의 험담을 듣는 일이었다. 날 좋아하는 친구가 있는가 하면 날 싫어하는 친구도 존재한다는 사실을 나는 인정한다. 그렇기에 더 주눅 들고 어두운 구석으로 스스로를 몰아넣는 것은 사실이지만 내게 선입견이 있는 아이들에게 군이 나 자신을 설명할 필요성을 난 느끼지 못했다. 설령 설명한다고 해도 그들이 태도를 바꿀 것이라는 확신도 없었다. 하지만 그날의 행동이 얼마나 많은 아이에게 나에 대한 선입견을 심어 준 것인지 나는 뼈저리게 깨달았다. 나는 이제 공공연한 놀림감이 되었고, 공공연한 혐오물이 됐다. 선생 좋아한다는 착각은 두 번째였다. 내게 있어 가장 힘든 건, 아이들이 정우 선생님을 좋아하는 만큼 날 주목하고 있다는 것이었다. 아주 안 좋은 방향으로. 날 따라다니는 시선이 내 행동을 주시하며 내가 어떤 아이인지, 무슨 짓을 하는지 관찰할 것이라는 예감이 내 숨통을 조였다. 그게 가장 두려웠다.

지이이잉. 지이이이잉.

내 교복 앞주머니에서 진동이 울리자 아이들은 깔깔거리던 웃음을 멈췄다. 나는 재빠르게 휴대폰을 껐다. 잠깐의 정적. 그들이 내 존재를 모르길 간절히 바랐지만, 아이들은 조용히 속삭이며 화장실을 빠져나갔다. 나는 그 후로 10분이 더 지나서야 화장실을 빠져나왔다. 지혜가 도대체 어디에 있었느냐며 캐물었지만 미안하다고만 전한 후 입을 닫았다. 지혜는 불만스러워하면서도 더는 묻지 않았다.

"너 진짜 뭔지 모르겠지만 속으로만 끙끙 앓다간 조만간 죽고 말 거다."

떡볶이를 먹으며 지혜가 참다못해 말을 했다. 그녀가 묻는 게 아까 전의 일인지, 아니면 더 오래된 것인지 알 수가 없어서 대답하지 않았다.

"아, 답답해. 너 진짜 가끔 무슨 수도승 같아."

그나마 내게 호감을 갖고 대해 주는 아이들이 있는 것이 다 지혜 덕분이란 걸 안다. 빛이 나는 그녀가 날 아껴 주니까, 아이들은 내게 음침함이 아닌 다른 면이 있다고 믿는 거다. 지혜가 날 떠나면 난 어떻게 될까? 그녀에게 버려지고 나면 정말 내겐 아무런 빛도 들지 않을 것이다. 난 어둡게 썩어 가겠지. 그녀에게 아무 말도 하지 못하는 건 그런 이유에서다. 날 싫어할까 봐. 날 혐오할까 봐.

떡볶이를 다 먹고 자리에 돌아왔을 때 정우 선생님을 그린 그림이 책상 위에 반듯이 놓여 있었다. 내가 분명 뒤집어 한쪽 구석에 처박아 둔 그림이 보란 듯이 말이다. 난 당황해 얼른 그림을 다시 덮어 놓고는 주변을 두리번거렸다. 화장실에서 험담을 들은 이후에는 더욱더 그 그림에 예민해졌다. 누가 본 걸까? 누가 함부로 내 것을 펼쳤을까? 난 불안함을 느끼며 결국 그림을 책상 서랍 깊숙이 넣어 놓고 잠갔다.

이 그림은 옳지 못해. 내가 그를 좋아한다고 모두가 생각하게 될 거야. 내 의도와는 상관없이 모두 그렇게 생각할 거야. 수만 개의 눈이 내 깜깜한 주위를 밝히고 있는 것 같았다. 무섭고 두려웠다. 날카롭게 쥐어짜지는 기분에 정신이 까마득해지는 것을 느끼며 의자에 주저앉았다. 도망가지 않아. 도망가지 않아. 도망가지 않아. 되뇔 수 있는 말은 고작 그게 다였다. 스스로를 진정시키고 다시 자리에 앉아 못다 한 문학 숙제를 하려고 시집을 펼쳤는데, 이상하게도 아까 읽던 것과 전혀 다른 페이지가 펼쳐져 있었다.

[너는 누구냐 그러나 문밖에 와서 문을 두드리며 문을 열라고 외치니 나를 찾는 일심이 아니고 또 내가 너를 도무지 모른다고 한들 나는 차마 그대로 내버려 둘 수는 없어서 문을 열어 주려 하나 문은 안으로만 고리가 걸린 것이 아니라 밖으로도 너는 모르게 잠겨 있으니 안에서만 열어 주면 무엇을 하느냐 너는 누구기에 구태여 닫힌 문 앞에 탄생하였느냐.]

잘 정리된 문단의 맨 앞쪽에 작가의 이름이 쓰여 있었다. 이상. 어째서 이 시가 펼쳐져 있는 거지?

다시 한번 주위를 둘러보았다. 혹시나 눈이라도 마주치는 이가 있을까, 누가 왔다 갔는지 알 만한 단서라도 있을까 했지만, 그 어디에도 나를 주목하는 사람은 없었다. 누군가 의도적으로 이 페이지를 펼쳐 놓은 거라면, 내게 뭔가를 전하기 위함이 아닐까? 그저 우연히 펼쳐져 있는 것인지도 모른다. 사실 그럴 확률이 가장 높다. 하지만 어째서인지 나는 몇 번이고, 그 의미를 알기 위해 반복해서 그 구절을 읽었다. 가슴이 찌르르. 귀뚜라미가 날개를 비비듯 간지러운 느낌이 들었지만 정확한 뜻을 파악하기가 힘들었다. 그러나 그것은 무척이나 강렬했다.

* * *

나는 웅크려 있었다. 사시나무 떨듯 떤다는 말이 무슨 뜻인지 몸의 떨림으로 확실하게 깨달았다. 나는 머리가 찡할 정도로 담배 냄새가 배어 있는 점퍼를 뒤집어쓰고, 단지 공포에 질려 있었다.

살려 주세요…….

살려 주세요…….

내 흐느낌에 그가 괴물처럼 끔찍하게 고함쳤다.

'입 다물어!'

아랫도리에서 팬티가 떨어져 나갔고 난 울음을 터트리며 몸을 더욱 바짝 웅크렸다. 그는 내 발목을 잡아당겼다.

'죽고 싶어?'

아니!

난 그저 살고 싶었다. 머릿속에는 살아야 한다는, 죽고 싶지 않다는 생각만이 간절했다. 무릎에 닿는, 벌거벗겨진 아랫도리에 닿는 차가운 시멘트의 느낌이, 볼을 짓누르는 그 남자의 무릎이 죽음의 시간을 알려 주는 것만 같았다. 텅 빈 공간 안에 그의 바스락거림이, 구둣발 소리가, 지나치게 흥분한 짐승 같은 숨소리가 죽음처럼 울렸다.

엄마…… 아빠…… 엄마…… 아빠…….

악!

가랑이 사이에서 찢기는 듯한 고통이 느껴져 비명을 질렀고 어둠 속에 갇힌 내 얼굴 위로 뭔가가 세게 떨어졌다.

'내가 닥치랬지!'

* * *

"은금아! 박은금!"

지혜가 날 흔들어 깨웠다.

꿈. 꿈이다.

"또 가위눌렸어?"

나는 엎드린 채 움직이지 못했다. 사지가 마비된 듯이 저렸고 눈을 뜬 채 숨만 내쉬었다. 지혜는 머리맡에 있는 숯을 확인했다. 내가 악몽을 꿀 때마다 내 기가 약하기 때문에 단순히 가위에 눌리는 것뿐이라고 설명했고 얼마 되지 않아 그녀는 숯을 사다 주었다.

'가위눌리는 데에는 이게 직빵이래.'

지혜가 근심스러운 얼굴로 내 팔을 주무르자 손끝부터 천천히 감각이 돌아오는 것이 느껴졌다. 나는 떨림을 감추기 위해 무던히 애를 썼다.

"한동안 괜찮더니, 숯발이 다된 건가……. 땀 좀 봐."

지혜가 소매로 내 이마를 훔쳤다. 땀으로 축축했다.

"스탠드 불 켜 둘까?"

지혜의 물음에 천천히 고개를 끄덕였다.

"같이 자 줄까? "

내가 고개를 저어 보이자 그녀의 얼굴이 다시 근심스러워졌다.

"또 가위눌릴 것 같으면 말해. 알겠지?"

"응. 고마워."

지혜는 깡충 계단에서 뛰어 1층의 자기 자리로 돌아갔고 난 삐걱거리는 관절을 움직여 힘겹게 웅크렸다.

꿈이야. 괜찮아. 넌 안전해. 안전해. 여긴 기숙사고 문은 잠겨 있고 밤새 사감이 지키고 있잖아. 괜찮아, 아무도 널 해치지 못해.

나는 계속해서 되뇌었다. 터져 나오는 울음을 삼키는 내내 목이 따가웠다.

들켜선 안 돼, 아무에게도. 아무에게도 들키면 안 돼. 그럼 절대로 안 돼.

꿈은 너무나 생생했다. 마치 다시 그 일을 겪은 것처럼 말이다. 그 탓에 내내 기분이 저조했다. 나는 평소보다 더 움츠러들었고 평소보다 훨씬 예민했으며 훨씬 더 겁이 났다.

조회를 마치자 나는 전공 교실로 발걸음을 무겁게 옮겼다. 화요일 저녁, 그의 교실에서 느꼈던 특별한 기분 따윈 이미 사라진 지 오래였다. 대신 내 머릿속엔 지난밤 꿈의 공포만이 가득했다. 난 손에 쥔 최정우의 그림을 꽉 쥐고 복도에 멈춰 섰다.

갈 수 없어. 그 수업에는.

모든 상황이 내게 말했다. 몸 안의 모든 감각도 그랬다. 주목받고 싶지 않아. 누군가의 시선을 견디고 싶지 않아. 아니 그 무엇도 하고 싶지가 않아. 그곳에 들어가면 또다시 선생님을 마주해야 하고 그의 눈길을, 그리고 나를 혐오하고 못마땅하게 여기는 수많은 시선을 감당해 내야 했다. 난 그걸 견딜 수 없을 거다. 나는 도망쳐야 했다. 오로지 살기 위해서 그래야만 했다.

"나 안 되겠어. 나…… 보건실에 가야겠어……."

"그래? 같이 가 줘?"

지혜가 근심스럽게 물었다. 요즘 내내 그녀를 걱정시키는 것 같아 몹시도 미안하다.

"아니, 괜찮아. 그냥…… 선생님한테 말만 해 줘."

"알겠어. 그거 줘. 내가 쉬는 시간에 작업실에 가져다 놓을게."

나는 순순히 지혜에게 내 그림을 내어 주고는 서둘러 복도에서 빠져나왔다. 도망가자, 어디로든. 숨을 쉬어야겠어. 숨 쉴 만한 곳이 필요해.

내가 택한 곳은 보건실이 아니었다. 보건 선생님은 무척이나 깐깐한 데다 학생들이 찾아오는 걸 귀찮아해서 웬만큼 안 좋아 보이지 않으면 침대를 내어 주지 않았다. 나는 그만큼 아파 보일 자신이 없었기 때문에 시도도 해 보지 않았다. 들켜서 혼나는 건 나중 일이다. 실은 전혀 신경 쓰이지 않았다. 내겐 흔한 열아홉 살짜리가 갖는 고민 따윈 없었다. 난 성적도, 다가올 수능도, 대학교도 전혀 신경 쓰지 않았다. 그건 내게 너무나 먼 이야기였다. 난 당장 눈앞에 있는 두려움과 공포를 이겨 내기에도 하루하루가 급급했다. 나는 지렁이였다. 살아남기 위해 땅을 기며 꿈틀거리기에 바쁜 지렁이.

6층 학교 옥상으로 올라갔다. 가을이 시작됐다는 듯 바람이 몸을 앞으로 떠밀었고 나는 오로지 숨을 쉬기 위해 발걸음을 옮겼다. 산, 바람, 나무 외엔 아무것도 보이지 않는 곳. 저기 멀리로, 산 아래로 사람들이 사는 세상이 까마득하게 펼쳐졌다. 나는 풀 한 포기 자라지 못한 화단가에 앉아 그 세상을 바라보며 스스로를 진정시켰다. 나중의 일은 나중에 생각하자. 지금은 아무것도 생각하지 말고 마음을 다스려야만 한다.

십자가가 눈에 들어왔다. 저 멀리 세상에 과할 정도로 많이, 무성하게 자라나는 잡초처럼 쓸모없이, 비죽비죽 튀어나와 있는 십자가가 내 눈을 따끔거리게 만든다.

열여섯 살 늦여름에 그 일이 일어나기 직전까지 나는 꽤 평범한 아이였다. 남들처럼 꾸미기 좋아하고, 유행가를 즐겨 듣고, 친구들과 왁자지껄 떠들기를 좋아하는 평범한 여중생. 매주 일요일이면 부모님과 같이 교회에 나가 예배도 드렸다. 우리 집은 독실한 기독교 집안이었고 난 엄마의 배 속에 있을 때부터 오로지 하나님만이 신이라고 믿으며 자라 왔다. 자연스러운 신앙이었지만 사춘기에 들어서면서는 짝사랑하는 오빠를 보기 위해 더욱더 신앙에 매진했다. 나는 그게 무척 자연스러운 거라고 생각했다. 어린 내게 하나님의 사랑이란 게 맘에 와닿기보단 차라리 눈앞에 있는 연상의 남자가 훨씬 더 큰 영향을 미쳤다. 주변 친구들도 마찬가지라 나는 그것이 잘못된 것이라 생각하지 않았다.

상대는 목사의 아들이었다. 키도 크고 이국적으로 생겨서 교회 안의 모든 여자애들이 다 그를 좋아했다. 나는 짝사랑이 시작된 이후로 매일매일 그 건물 주변을 돌며 생활했다. 내 하루의 중심은 오로지 짝사랑하는 오빠를 한 번이라도 더 볼 수 있느냐 없느냐를 기준으로 흘러갔다. 나는 아직도 그때의 설렘을 기억한다. 매일 잠자리에 들기 전 그를 떠올리고 내일은 만날 수 있을까 기대했었다. 아마도 그때의 나는 지금의 지혜처럼 반짝거렸을 거다.

그 짓거리를 당하는 내내 그의 점퍼를 뒤집어쓰고 있었기 때문에 거기가 어딘지, 그가 누군지 알지 못했다. 다만 더러운 짓이 끝난 후 바지 지퍼를 올리는 소리가 들리고 난 다음, 그가 훈계하듯

뇌까렸던 말들은 선명하게 기억에 남았다.

'네가 이런 짓을 당한 건 네가 술집 여자처럼 남자를 밝히고 천박하게 입고 다녔기 때문이야. 넌 더러운 창녀고 악마의 자식이니까! 이건 하나님께서 너에게 주신 벌이야. 내가 널 지옥에서 건져 준 거야.'

그는 눈을 뜨거나 몸을 돌리면 죽여 버리겠다고 협박했고 나는 얼굴 위에서 냄새나는 점퍼가 거둬진 후에도 한참 동안이나 그 자리에 꼼짝없이 엎드려 있었다. 공포는 날 지배했고 그의 말은 신의 언어처럼 내 몸의 의지를 완전히 앗아 갔다.

아주 오랜 시간이 지나 공포에 질려 눈을 떴을 때에야 교회라는 것을 깨달았다. 내가 다니던 교회에서 내가 믿는 신의 이름을 부르짖는 사람에게 벌을 받은 것이다. 부모님에게는 차마 말하지 못했다. 충격으로, 내가 무슨 짓을 당한 건지 정확하게 기억하기도 어려웠다. 뺨에 든 멍 자국은 학교에서 교문에 부딪혔다고 대충 둘러대자 엄마는 그 말을 믿었다.

그 이후로 내 인생은 완전히 뒤바뀌었다. 나는 내게 그 짓을 한 남자가 누군지 알지 못했기에 사방의 모든 사람에게서 그의 환영을 봐야 했다. 길거리에서, 수많은 사람들 사이에서 그가 불쑥 뒷덜미를 낚아채 내 목을 조를 것 같은 공포에 시달렸다. 교회도 당연히 나가지 못했다. 예배당은 더 이상 내게 신성한 장소가 아니라 나를 더럽힌 장소였고, 또한 내가 더럽힌 곳이었다. 그런 곳에 어떻게 다시 발을 디딜 수 있을까.

멋을 내는 것을 그만두었다. 매번 바꾸던 머리 스타일, 유행하는 신발, 교복 줄이기, 새로 나온 파우더, 립글로스. 모든 것을 버렸다. 유일하게 행한 일은 내가 창녀가 아님을, 내가 천박하지 않음을, 내가 그토록 잔인한 벌을 받을 만한 사람이 아님을 증명하고 다니는 것이었다. 그래서 두 번 다시 누군가에게 그런 짓을 당하지 않는 것이, 그 어떤 짐승의 눈에도 띄지 않는 것이 내 목표였다. 그래서 누구의 눈에도 띄지 않는 것이, 숨을 죽이고 지렁이처럼 살아가는 것이 내게 남은 유일한 생존 방법이었다.

그때 신에게 떨며 기도했다. 왜 내게 이런 벌을 내린 건지, 내게 이런 벌을 내린 게 정말 당신이 맞는 건지, 나는 왜 이런 일을 당해야 하는 건지……. 그 오빠를 좋아해서, 순수하지 않아서 신의 이름을 더럽힌 것인지, 그게 이토록 혹독한 벌을 받을 만큼 잘못된 것인지, 나는 묻고 또 물었지만 돌아오지 않는 메아리처럼 그는 내 간절한 기도에도 답해 주지 않았다.

나는 버림받았다고 생각한다. 확실히 버려졌다. 내가 더럽고 부정하기 때문에, 그 남자의 말대로 내가 악마이기 때문에 구원받을 수 없는지도 모른다. 날 지옥에서 건져 줬다고? 천만에. 내가 사는 지금 여기가 지옥이다. 나는 이미 지옥의 한가운데에서 온몸이 불에 지져지는 듯한 고통을 느끼고 있다.

살기 위해 발버둥 치는 것이 의미 있는 것일까? 내가 두려운 건 죽는 게 아니다. 매일 날 위해 기도하는 엄마나, 딸이라는 이유만으로 자신의 모든 것을 내어 주는 아빠의 슬픔이 두려웠다. 그들의 마음에 상처를 내고, 내가 지옥에서 살고 있음을 들킬까 봐 무서웠다. 당신의 딸이 더럽다는 걸, 악마라고 불렸다는 걸 그가 알게 될까 봐 겁이 났다. 그로부터 3년을 잘 버텨 왔다. 그림을 그리는 것이 나를 버티게 만들었다. 내 재능이 쓸모없다는 걸 알아도,

결국엔 도화지 위에서마저 자유롭지 못해도 그것만이 고통을 잊을 수 있는 수단이었다. 그리고 지금은 거기에서부터도 도망치고 있었다. 잔뜩 겁을 집어먹은 채로.

삐꺽 문이 열리는 소리에 나는 자리에서 벌떡 일어섰다. 괴로움에 잠식당한 채 당장이라도 뛰어내릴 듯 난간을 꽉 쥐었다. 문 앞에 선 최정우가 담배를 입에 살짝 문 채 날 보고 미간을 찌푸렸다. 철컹 문이 닫히고 그가 뚜벅거리고 걸어왔다. 나는 난간을 등지고 서서 그를 경계했고 그는 내게 멀찌감치 떨어진 곳에 자리 잡은 후 담배에 불을 붙였다. 그가 깊게 담배를 빨았다. 담배의 빨간빛이 반짝였다가 이내 희미해졌다. 후우. 그의 입에서 하얀 연기가 뿜어져 나왔다. 나는 혼날 각오를 다지고 있었다. 아프다고 거짓말을 하고 땡땡이를 치고 있었으니까. 수행평가 점수는 최악이 될 테고 혼쭐이 난 후, 아마도 반성문을 쓰게 되겠지.

"왜 꼭 옥상이야?"

한참 만에 그가 던진 말은 늘 그렇듯 날 당황하게 했다.

"네?"

"왜 꼭 땡땡이를 치면 옥상이냐고. 어차피 학교 안인데. 나 같으면 학교 밖으로 나가겠다."

그가 허리를 숙여 난간에 기대며 다시 담배를 물었다.

"진부하잖아. 옥상이란 공간이. 안 그래?"

담배를 문 채 미소를 짓자 치아가 하얗게 드러났다. 그는 혼낼 마음이 없어 보였다. 혼란스러웠지만, 어떤 면에서는 참으로 그답다는 생각을 했다. 나는 거짓말을 했다는 미안함과 그가 화를 내지 않는다는 안도감에 용기를 얻어, 좀 더 친근하게 굴고 싶어졌다.

"선생님은 왜 옥상이에요?"

"여기가 제일 조용하니까."

그가 꽃이 피지 않은 화단에 툭툭 담뱃재를 털었다. 그러고는 집게손가락과 중지 사이에 담배를 끼운 채 입가에 가져가며 내 얼굴을 아주 유심히 쳐다봤다. 평소였다면 진즉 발끝에 맴돌았을 내 시선은 한 번도 그를 피하지 않았다.

"좀 창백해 보이긴 하네."

"저 멀쩡해요."

"알아. 그래도 창백해 보이니까 보건 선생님한테 배가 아프다고 속이면 먹히지 않을까 생각한 것뿐이야."

난 작게 웃음을 터트렸다. 생각하는 포인트가 절대로 선생 타입은 아니야. 그러니 선생들이 그를 싫어하지. 알 만해.

그는 내 웃는 모습을 기분 좋게 쳐다봤다. 돌이켜 보니 그의 앞에서 웃은 적이 없었다. 이번이 그가 보는 최초의 미소일 거란 생각이 들자 돌연 안면이 굳었다. 나는 손을 들어 입을 가리고 '크흠' 헛기침을 했다.

"저 또라이는 뭔가 이렇게 생각했지?"

"아니요."

나는 손을 저으며 강하게 부정했고 그는 재미있다는 듯 쳐다봤다. 최정우는 햇빛에 반짝이고 있었다.

"보건실에 가서 드러누울 것도 아니고, 여기에서 멍청하게 몇 시간 동안 앉아 있을 생각도 아니라면 적당히 있다가 교실로 들어와."

그가 손가락으로 담뱃불을 튕겨 내고 남은 담배꽁초를 구겨서 화단에 던지고는 발로 슥슥 밀어 흙을 덮었다.

"거긴 못 가겠어요."

"왜?"

"아이들이 날 시……싫어해요."

그는 좀 더 설명이 필요하다는 듯 나를 뚱하게 응시했다.

"모두가…… 모두가 그렇다는 건 아니지만요. 내가…… 내가 그, 내가…….""

"네가?"

"그…….""

내가 선생님을 좋아한다고 생각해요. 이 말을 어떻게 입 밖에 낼 수 있단 말인가. 그 말은 쌍시옷이 들어간 욕설만큼이나 불경스럽게 여겨졌다.

"네가 날 좋아한대?"

어찌나 크게 떴는지 눈 주위가 아플 정도였다. 심장이 입 밖으로 튀어 나갈 것처럼 쿵 하고 뛰었다. 그는 내 찔린 표정이 재미있다는 듯 낄낄댔다.

"지난번 수업 시간을 생각하면 자업자득이지. 너도 참 인생 피곤하게 산다."

그가 가벼이 말했다. 내게는 무척 중요하고 진지한 문제였는데, 대수로울 것 없다는 태도에 기분이 가라앉았다. 그의 눈에 띄고 싶지 않다고 피해 다니던 건 내 자신이었건만.

최정우는 난간에 몸을 기대었다. 햇살을 등진 채 양손을 쭉 뻗어 난간을 잡자 크고 날렵한 그의 자태가 선명히 펼쳐졌다. 마치 바람에 제 몸을 다 피어 올린 채 펄럭이는 연처럼 드라마틱했다. 아이들이 열광해 마지않는 그의 강인함이 내게도 느껴졌다.

"내가 진지하게 충고 하나 해 주자면, 그 오해를 푸는 방법은 네가 교실에 들어와서 아무렇지 않게 날 그리는 거야. 시간이 지나면 소문은 가라앉기 마련이지. 시간은 흐르기 마련이고."

그의 실루엣이 눈이 부셨다. 가을바람이 햇살에 반짝이는 낙엽을 흔들듯이, 그의 머리카락이 흔들렸다. 내 마음속에 귀뚜라미가 다시 날개를 비벼 댔다.

"실패하지 마, 박은금. 도망가는 건 실패하는 거야. 강함은 도망가지 않는 것에서부터 시작되는 거니까."

그가 으레 아이들에게 하듯 내 머리카락을 장난스럽게 흐트러뜨렸다. 나는 그가 옥상 문을 열고 계단으로 사라질 때까지 멍하게 그를 응시했다. 나는 자꾸만 귀뚜라미의 날갯짓에 마음이 울렁거렸다.

아무리 생각해도 무척이나 기묘한 것이었다. 그 일을 겪고 난 이후 아빠를 제외한 어떤 남자와도 대화다운 대화라는 것을 제대로 나눠 본 적이 없었다. 눈조차 제대로 마주치지 못하는데 당연한 일이 아닌가. 그런데 그중에서도 가장 무섭고 두려워하던 사람과 처음으로 제대로 눈을 맞추고 이야기를 나눴다. 아주 짧았지만 내 모든 것을 꺼내 보인 것이나 다름없었다. 그가 먼저 자리를 뜨지 않았다면, 먼저 대화를 매듭짓지 않았다면, 나는 그 자리에 서서 몇 분이고 몇 시간이고 그와 이야기를 할 만큼 나 자신을 완전히 무장해제 한 상태였다.

어째서였을까? 여러 가지 생각들이 떠올랐다. 가장 많이 떠오른 건, '내가 그를 좋아하는가?'라는 의문이었다. 헷갈리는 점은 그게 진짜 내 마음인 건지, 아니면 아이들의 소문에 최면이라도 걸린 듯 그렇게 의식하는 것인지였다. 무엇도 아니라면 이 이상하고 설명되지 않는 감정은 무엇일까.

나는 그가 옥상에서 사라진 후, 30분 정도 더 옥상에 머물다 작업실로 내려왔다. 차가운 몸을 보면 보건실에 가지 않은 것을 지혜가 눈치챌 게 분명했다. 점심시간 전까지 몸을 작업실에서 미리 데울 요량이었다.

나는 이 일들을 지혜에게 말하고 싶기도, 또 말하고 싶지 않기도 했다. 아마도 지혜라면 그를 좋아하는 거라고 단정 지어 줄 것이다. 그럼 그녀의 말대로 내가 그에게 느꼈던 공포와 두려움이 정말로 강한 이끌림 때문이라는 결론이 난다. 아직 나는 그걸 이해할 자신도, 납득할 자신도, 그런 나를 받아들일 용기도 없었다.

화장실에 들어가 뜨거운 온수에 손을 닦았다. 추위가 가시고 온기가 감돌자 긴장이 풀렸다. 나는 숨을 내쉬며 거울에 비친 모습을 들여다봤다. 거기엔 어그러지고 뒤틀린 얼굴을 가진 작고, 연약하고, 볼품없는 여자가 서 있었다. 바람에 흩날려서 더 엉망진창으로 변한 머리카락이 꼭 지옥 불처럼 일렁거렸다. 아이들의 말대로였다. 나처럼 볼품없고 기분 나쁘고, 음침하기까지 한 10대 소녀가 그를 좋아한다는 것은 불쾌해질 만한 일이었다. 수도꼭지를 잠그고, 나는 젖은 손등으로 코를 훔쳤다.

작업실 내 책상 위엔 약속한 대로 지혜가 두고 간 그림이 놓여 있었다. 그녀가 책상 한쪽 구석에 보이지 않도록 뒤집어 두었을 것이라 했던 예상은 보기 좋게 빗나갔다. 그림은 정가운데, 보란 듯이 놓여 있었다. 갈가리 찢겨진 채로. 놀랍지도, 슬프지도, 아프지도 않았다. 그저 멍했다. 그림을 그리던 순간이 머릿속에 필름처럼 되감겼다. 찢긴 건 그림뿐만이 아니라 순간을 무척이나 특별하게 여겼던 내 기억도 함께인 것 같았다.

"어머. 야!"

언제 온 것인지 지혜가 멍청해진 내 뒤에서 쏜살같이 튀어나와 찢겨진 도화지의 짝을 맞추려는 듯 하나씩 그러모았다.

"야! 뭐야! 이거 왜 이래!"

지혜는 놀라고 어처구니없는 표정으로 날 쳐다봤다.

"이거 네가 이런 거야??"

나는 대답 대신 고개를 저었다.

"황당해서 말이 안 나온다."

지혜는 인상을 확 찌푸린 채 이마를 손으로 짚었다.

"어떤 미친놈이 대체…."

조각나 버린 그림을 스카치테이프로 붙여 둘까? 아니, 말도 안 되는 생각이야. 이미 찢겨 나가 버린 그림을 다시 원상 복구시키는 건 불가능한 일이다. 지혜는 선생님에게 이 일을 말해야 한다고 했다. 누가 했는지는 모르지만 잡아서 혼을 내야 한다고. 나는 고개를 저었다.

"됐어. 내가 자초한 일이야."

"무슨 소리야!? 네가 무슨 짓을 했다고!?"

'실패하지 마 박은금. 도망가는 건 실패하는 거야. 강함은 도망가지 않는 것에서부터 시작되는 거니까.'

그의 말이 다시금 살아나 귓가를 때렸다. 나는 아무런 망설임 없이 찢겨진 그림을 모아서 한껏 구기고는 작업실 기둥 뒤에 놓인 쓰레기통에 뿌렸다. 지혜가 제정신이냐는 듯 쳐다보았다. 나는 웃었다. 지혜의 얼굴이 사색으로 변하는 것도 무척이나 재미있었다. 드디어 미쳤다고 생각해도 좋았다. 내게 무슨 일이 일어난 건지 나조차 알 수 없었지만, 처음으로 나는 강해지고 싶었다. 도망가고 싶지 않았다. 무슨 자신감인지, 무슨 생각인지, 나는 내 안에서 뜨거운 뭔가가 솟아나는 것을 느꼈다. 손끝에 힘이 꾹 들어가고 누군가 내 등을 곧추세우는 것. 그날 그 시간에, 그가 내게 부렸던 마법을 다시금 경험하게 된 것이다. 내가 정말 강해질 수 있다면 여기서부터 시작하고 싶었다.

III. 태풍

똑똑똑. 문을 두드리자 안에서 나지막한 그의 목소리가 들렸다. 미닫이문이 내 손에 걸려 미끄러지듯 열렸고, 그는 자신의 책상에 앉아 분명 어떤 소녀 팬이 주었을 소시지 빵을 막 입으로 뜯어내고 있었다. 무언가를 적고 있었던 듯 한 손에는 펜을 든 채였다. 그는 나를 발견하더니 호기심이 동한 표정으로 책상 위에 불량스럽게 올려 두었던 다리를 내렸다.

긴장했지만 전과 같은 두려움은 없었다. 나는 그에게 꾸벅 인사를 해 보이고는 예의 그 자리, 늘 앉던 지정석에 가서 조용히 착석했다. 아무런 말도 하지 않았지만 그러면 내가 무엇을 하려 하는지 알아낼 거란 확신에 차 있는 상태로 말이다.

그는 한쪽 눈썹을 들어 올린 채 내 움직임을 따라 고개를 돌렸다. 내가 책상 위에 종이와 연필을 꺼내 놓자 그는 저 혼자 소리 죽여 웃고는 예상처럼 내 앞에 자리를 잡고 앉았다.

점심시간이 끝난 후, 나는 빈 도화지를 들고 수업에 들어갔다. 어차피 모든 것을 처음부터 시작해야 했으므로 굳이 내 앞에 앉아 주지 않아도 상관없다고 내심 생각했지만, 아무렇지 않게 그와 다시 마주했을 때 나는 깊이 안도했다. 그리고 지금은 끝내지 못한 스케치를 마무리하기 위해 이 자리에 다시 앉아 그를 바라보고 있었다. 내가 그를 마주 볼 수 있다는 것이 얼마나 신기한 일인지 그는 짐작도 못한 채로 말이다.

마음을 가다듬고 짧게 한숨을 내쉰 후 이제는 전혀 두렵지 않은 그의 무겁고 날카로운 눈을 들여다보며 그리는 것에 집중했다. 이번에는 그를 어떻게 그려 낼 수 있을까. 그림 안에 투영되는 건 그일까 아니면…… 내 마음일까. 나는 다시 무아지경에 빠져들었다. 열기가 들끓었고 뭔가에 홀린 듯이 펜을 움직였다. 앞에 앉아 있는 것이 사람인지, 아니면 조형물인지 분간하지 못할 만큼. 모든 잡생각을 지우고 오로지 선 하나, 점 하나에 내 모든 신경을 쏟아부었다.

그가 내 안경을 잡아챈 것은 너무나 갑작스러운 일이었다. 너무 갑작스럽고 빨라서 미처 뒤로 몸을 빼기도 전에 낚아채어 가고는 형광등 불빛 아래 안경알을 비춰 보았다. 당황한 내 모습은 안중에도 없는지 태연하게 말했다.

"도수가 없네."

"이, 있어요. 근시예요."

"멀리 있는 게 안 보이는 거?"

"어…… 그리고 눈을 보호해 주기도 하고요. 저…… 전자파에서요."

말도 안 되는 변명에 그가 키득댔다.

"헛소리."

그는 안경을 접어 테이블 끝에 밀어 두었고 나는 언짢게 미간을 구겼다. 왜 매번 내 허를 찌르는 행동을 하는 것일까. 이 예측할 수 없는 남자 때문에 곤란해 하는 동안 그는 턱을 괴고 나를 빤히 쳐다봤다. 안경을 벗었다는 것 때문인지 평소보다는 평온하던 마음이 갈피를 잃고 흐트러졌다.

"이편이 훨씬 보기 좋은데."

그의 말에 볼이 타들어 갈 것처럼 화끈거렸다. 나는 이 자리를 박차고 일어나 도망가야 하는지 진지하게 고민했다. 무슨 정신으로 그림을 그렸는지. 나는 왼편 끝에 보란 듯이 놓여 있는 안경을 집어 들 용기도 내지 못한 채 그의 까만 눈동자에 어쩔 줄 몰라 하며 손만 움직였다.

이래서야 제대로 된 그림이 나올 리가 없었다. 볼은 화끈거렸고, 입술은 자꾸만 말랐다. 도대체 그게 뭐라고, 이 사람이 쳐다보는 게 뭐라고. 뺏어 간 것은 고작 안경 하나인데. 마치 그의 앞에 벌거벗고 알몸으로 서 있는 기분이었다. 그의 시선이 나의 구석구석을 관찰하고 있는 것만 같았다.

열은 그의 얼굴을 자세히 그리면 그릴수록 더 심해졌고, 눈동자를 그릴 때쯤에는 내 손등에 닿는 볼은 고열에 시달리는 사람처럼 펄펄 끓고 있었다. 호흡이 가빠지고 심장이 터질 것처럼 뛰어대고 손에서는 식은땀이 났다. 내 꼬락서니가 얼마나 우스울까. 고요한 그와는 반대로 나는 도저히 회복할 수 없는 부끄러움에 점점 더 패닉 상태로 빠져들었다.

난 가시방석에 앉은 것처럼 몸을 이리저리 뒤틀며 안절부절못하다가 결국엔 자리를 박차고 일어섰다. 계속해서 그리다간 머리가 터져 버릴 것 같았다. 내가 잔뜩 상기된 채 경직된 손길로 그림을 돌돌 말아 들자 드디어 그가 당황하기 시작했다.

"뭐야? 끝났어?"

100m 달리기를 끝내고 온 사람처럼 숨이 너무 차서 차마 대답을 할 여유가 없었다.

"야, 너 괜찮아?"

그는 천천히 자리에서 일어났으나 눈동자는 나의 부산스러운 움직임에 덩달아 바삐 굴렀다. 나는 전혀 괜찮지 않은 모습으로 고개를 끄덕였다. 상황을 정리할 시간도, 그의 당황스러움을 헤아려 줄 여유도 없었다. 나는 테이블 위에 올려 두었던 소지품을 대충 품에 안고 몸을 돌렸다. 교실에서 빠져나가려 그를 등지는 찰나 커다란 손이 손목을 잡아챘다.

"만지지 말아요!"

너무도 날카로운 외침에 허를 찔린 듯 그가 짧게 신음을 냈다. 내 반응은 즉각적이었다. 거의 동물적 본능에 가까웠고, 내 목소리는…… 내 목소리는 끔찍했다.

"야, 박은금! 너 왜 이래?"

귓가에 가장 크게 들리는 건 내 숨소리였다. 공포에 질린 숨소리 너머로 그의 황당한 목소리가 울렸다. 그리고 그는 영문을 모르겠다는 눈길이 내 얼굴에서 팔목으로 옮겨 갔다. 그는 부들부들 떨리는 손을 보고서야 천천히 내 손목을 놓았다. 손이 자유로워지자 나는 그를 밀치고 곧장 교실에서 뛰쳐나갔다.

바보 같은 짓이었다. 내가 해낼 리가 없지. 미련하고 멍청하고, 한심하기까지 한 존재. 이럴 거라면 어쭙잖은 용기랍시고 그를 찾아가지 않는 편이 훨씬 좋았어. 또다시 일을 망쳤다. 언제나 그랬잖아. 날 뭐라고 생각할까. 미친 애라고 생각하지 않을까.

'실패하지 마 박은금. 도망가는 건 실패하는 거야. 강함은 도망가지 않는 것에서부터 시작되는 거니까.'

그의 말이 또다시 귓가에 맴돌았다. 난 또 실패했다. 그것도 너무나 확실하고 분명하게 말이다. 이제, 그의 넓은 아량에 기대는 건 무리야. 더 이상 날 봐주지 않을 거야. 더 이상 장난스러운 눈빛이나 다정한 목소리로 말을 걸어 주지 않겠지. 내가 사이코처럼 굴었으니 날 상대하기도 지겨워할 것이다. 내게 진저리가 날 거다.

나는 곧장 화장실로 들어가 떨리는 손으로 간신히 칸막이 문을 잠갔다. 도화지, 연필, 손에 들린 모든 게 바닥으로 후드득 떨어졌고 나는 변기 뚜껑 위에 앉아 부들부들 떨었다. 그에게 잡힌 손목이 아려 왔다. 흔적 없는 화상이라도 입은 것 같았다. 그가 무슨 잘못을 했단 말인가. 그는 내게 해 줄 수 있는 최대한의 친절을 베풀었을 뿐이다. 나를 해코지하지도, 그 미친놈처럼 목을 조르지도, 내 몸에 상처를 입히지도 않았다. 나 역시 그를 혐오하거나 미워하거나 싫어하지 않았다. 문제는 나였다. 나를 예측할 수

가 없었다. 내 마음과 내 몸이 따로 놀았다. 나는 그의 친절함에
보답하고 싶었다. 용기를 내고, 그의 말대로 강해지고 싶었다. 그
래. 어쩌면 그를 만족시켜 주고 싶었는지도 몰랐다. 그를 기쁘게
해 주고 싶었는지도. 하지만 보라고. 난 또다시 망쳐 버렸다 내가
가장 잘하는 식으로. 내 자신에게 화가 나서, 이런 상황이 진절머
리가 나서 눈물이 났다.

누가 날 좀 이 지옥에서 꺼내 줘. 제발 날 평범하게 만들어 줘.
내가 도망가지 않도록 해 줘. 제발 날 좀 도와줘. 누구도 듣지 못
하고 아무도 답하지 않는 기도를 나는 또다시 되뇌었다. 계속해
서, 끊임없이.

나는 곧장 기숙사 방으로 돌아가 그의 모습이 담겨 있는 그림을
옷장 안에 쑤셔 넣었다. 뜨거운 물로 샤워하고 이불 안으로 기어
들어 가며 이 학교에서 얼마나 더 버틸 수 있을지 고민했다. 열아
홉 살의 계절이 얼마 남지도 않았는데……, 고등학교 생활을 무
사히 마칠 수 있을까?

2학년 때까지만 해도 이런 고민 따윈 하지 않았다. 아무 생각
없이 하루하루 숨만 쉬고 살아도 시간은 잘도 흘러갔으니까. 내
가 다른 아이들에 비해 폐쇄적이고 숫기가 없게 비추어지긴 했
지만 지금처럼 사이코처럼 보이지는 않았다. 지금은 어떤가. 시
간이 지나면 지날수록 나는 미쳐 가고 있었다. 이 상태라면 조만
간 모두가 나에 대해 알게 되지 않을까. 나는 두려움에 옴짝달싹
할 수 없었다.

끼익. 삐걱대는 방문이 열렸다. 발자국 소리, 그리고 신발을 툭
툭 발에서 털어 내는 소리가 들린 후 지혜는 이불 속에 파묻힌 내

게 조용히 뭔가를 내밀었다.

"야, 은금. 이거."

안경.

"정우 쌤이 전해 주래."

"……."

나는 천천히 그녀의 손에 들린 금테 안경을 받아 들었다. 지혜는 불쾌함과 호기심, 근심이 뒤섞인 얼굴로 날 빼꼼히 올려다봤다.

"요새 왜 그래?"

말할 수 없어. 눈물이 울컥 나올 것 같아 입을 꾹 다물었다. 내가 대답이 없자 지혜는 아주 크게 한숨을 내쉬었다. 무척이나 인내하는 것 같은 길고 깊은 한숨 소리였다.

"너 요새 진짜 불안 불안해. 무슨 하루 종일 악몽에 시달리는 사람처럼 불안해서는, 막 옆에 있는 나까지 미칠 지경이야. 아, 뭐 그건 그렇다 치고 정우 쌤이랑은 왜 그래? 그것도 말 안 해 줄 거야?"

"……."

"답답해 죽겠다 진짜! 무슨 일인지 말을 해야 알 것 아냐."

"미안해……."

"뭐?"

"미안해……."

침대 위에 메말라 붙은 듯, 나는 모기만 한 목소리로 그녀에게 사과했고 지혜는 잔뜩 화가 난 얼굴로 입술을 앙다문 채 날 노려봤다. 그녀가 듣고 싶었던 말이 그깟 사과가 아니란 걸 알고 있다. 하지만 내가 해 줄 수 있는 말은 고작 그것뿐이었다.

"어휴 진짜! 너 때문에 미치겠다, 미치겠어! 왜 이렇게 사람 피를 말리냐!"

지혜는 꼭 때릴 것처럼 타박하면서도 이불에 돌돌 말린 나를 품으로 꽉 안았다. 그 품이 너무나 따뜻하고 포근해서 나는 그 품에 매달려 펑펑 울었다. 매달리고 나서야 깨달았다. 내 안에 사는 괴물이 나뿐만 아니라 지혜를, 최정우를, 그리고 언젠가 누가 될지 모르는, 내게 가치 있는 사람들을 하나둘씩 썩게 만들 거라는 것을. 그러면서도 나를 이것에 추하게 매달리게 만들고, 좀 더 원하게 만들고, 절망의 크기만큼 희망을 부풀리는 게임을 하고 있다는 것을. 나는 그의 줄에 매달려 꼭두각시처럼 헤어 나오지 못한다는 것을. 나는 이것을, 내 안의 고통을 영원히 끊어 버릴 수 없을 것만 같았다. 그녀에게 손을 내밀고 모든 것을 털어놓고 도움을 청할 수 있다면 얼마나 좋을까.

하지만 차마 그럴 수가 없었다. 내 고통이 그녀를 물들이고 내 아픔이 그녀를 썩게 만들까 봐 두려웠다. 메마른 땅 위에서 펄떡이며 죽어 가는 생선처럼 볼까 봐, 결국엔 그런 날 외면할까 봐 겁이 났다.

무엇보다 그녀가 내 안의 천박하고 어두운 영혼을 알게 될까 봐, 그녀의 예쁜 얼굴에 혐오와 분노가 떠오를까 봐 겁이 났다. 그녀는 내가 평범할 수 있도록 지켜 주는 울타리였고, 날 감싸 주는 빛이었고, 내가 갖고 싶어 하는 모든 것을 갖고 있는 사람이었다. 내가 해 줄 수 있는 거라곤 그녀를 그런 어둠에서 지켜 주는 것뿐이다. 하지만 이젠 자신이 없었다. 그녀를 내 영혼으로부터 지켜 줄 자신이. 나는 더 이상 떠오르지 않는 배 위에서 천천히 가라앉고 있었다.

* * *

　한참을 고민하다 안경을 옷장 속에 넣었다. 어제의 일 때문인지 다시 쓰고 싶지 않았다. 그래, 마치 한 번 찢어진 그림을 이어 붙여도 쓸모가 없는 것처럼 그의 손에 의해서 이미 떨어져 나간 안경은 깨진 유리나 뚫린 방패와 마찬가지로 다시 쓴다 하여도 예전과 같은 의미가 될 수 없었다.

　한 번쯤 정신을 잃고 나서였을까. 다음 날에는 놀라울 정도로 맨정신이었다. 언젠가 다시 미칠 것이 분명하지만.

　"박은금! 너, 너 안경 벗은 거야?"

　"어? 어어……."

　"대박! 잘 생각했어! 이왕 생각한 거 머리도 좀 풀면 어때? 어?"

　"어……."

　대답도 하기 전에 지혜는 거품이 묻은 칫솔을 입에 문 채 재빠르게 내 곱창 밴드를 잡아 뺐다. 손가락으로 내 머리카락을 빗어 내리는 그녀의 눈은 즐거움으로 반짝거렸다.

　"봐봐. 박은금! 훨씬 예쁘잖아!"

　지혜는 한 손으로 칫솔질을 계속하며 한 손으로는 내 어깨를 돌리더니 옷장에 달린 작은 거울과 마주 보게 했다. 이게…… 예쁜 건가? 거기엔 여전히 초라하고 형편없는 여자애가 서 있을 뿐인데.

　나는 3년 동안 단 한 번도 손대 본 적이 없는, 윤기 없는 검은 머리카락을 가만히 바라봤다. 배꼽까지 닿는 머리카락은 끝으로 갈수록 푸석하고 거칠었다. 거기엔 단 한 번도 마주한 적이 없는 과거의 망령들이 대롱대롱 매달려 있었다. 메마른 줄기에 달라붙은 썩은 콩깍지처럼, 나를 더욱더 초라하고 음습하게 만들고 있었다. 그걸 보고 있자니 과거에서 도망치는 것조차 제대로 하지 못했다는 생각이 들었다. 나는 단 한 번도 이것들을 제대로 마주 본 적이 없었다. 이제야 그걸 깨닫다니.

"귀신 같아⋯⋯."

내가 멍청하게 중얼거리자, 키득키득 지혜의 예쁜 목소리가 종달새처럼 울었다.

"머리가 너무 길어서 그래. 드라이를 좀 해 볼래?"

그 맑은 웃음소리에 문득 내가 이 아이를 많이도 실망시켰다는 생각이 들었다. 그럼에도 불구하고 저렇게 맑은 눈으로 스스럼없이 나를 대하는 그녀는 천사나 다름없었다. 내겐 너무 과분한 친구.

다음 순간 입에서 나조차 예상하지 못한 단어가 튀어나왔다.

"그냥 잘라 줘."

내가 무슨 말을 한 거지?

지혜의 얼굴이 잠깐 멍했다가 곧 태양처럼 빛났다.

"진짜?"

"지각하겠지?"

내가 한발 물러서자 그녀가 거세게 도리질했다.

"아니! 아니! 절대 아니야! 야, 기다려 꼼짝 말고 기다려 금방이야!"

지혜는 손 빠르게 칫솔질을 하며 화장실로 뛰어 들어갔다. 다른 이유가 있을 리가 없었다. 난 그저 그녀를 기쁘게 해 주고 싶었던 것이다.

지혜는 내 머리를 어깨 길이로 잘랐다. 헝클어지고 윤기라곤 하나도 없는 푸석한 머리끝을 모두 잘라 내고 나니, 그럭저럭 귀신처럼 보이진 않았다. 큰 빗으로 몇 번이고 빗어 내렸지만 반곱슬인 머리는 어깨선을 따라 이리저리 삐치고 꼬부라졌다. 엉망진창이었지만 지혜는 손뼉을 치며 좋아했다. 그녀를 기쁘게 만드는 건 이렇게나 간단하구나.

"야, 완전! 진짜 예뻐! 딴사람 같아!"

어떻게 이렇게나 순수하게 기뻐할 수 있을까? 자신이 예뻐진 것도 아닌데…. 나라면 절대 불가능하지. 그녀를 기쁘게 하는 건 충분히 가치 있는 일이었다.

"어때? 맘에 들어?"

나는 웃으며 고개를 끄덕였다. 내 맘에 드는지는 별로 중요하지 않았으니까.

"어휴, 진짜 장족의 발전이다. 너 이러려고 그렇게 미친 사람처럼 굴었구나?"

"그랬나 봐."

"대견하다 대견해. 그 북한 무용수 같은 머리를 드디어 안 볼 수 있다니!"

북한 무용수? 내 이름이 물론 북한스럽긴 하다만…….

"그렇게 보기 흉했어?"

"어휴, 야. 그 안경은 어떻고. 진짜 맘 같아선 안경도 다 갖다 버리고 싶다."

그녀의 말에 나는 정말 진지하게 갖다 버릴까 고민했다. 그게 지
혜를 더 행복하게 해 줄까?

처음에 아이들은 내가 누군지 알아보지 못했다. 당연하지. 난 언
제나 할머니 안경을 쓴 북한 무용수 머리의 여자아이였으니까. 거
의 자포자기랄까. 예전 같으면 숨 막힐 정도로 무서웠을 아이들의
쑥덕거림이 신기하게도 대수롭지 않게 느껴졌다.

지혜는 앞으로의 프로젝트를 설명했다. 다음번엔 촌스러운 교
복 치마를 좀 줄이고, 그다음엔 흰 양말을 모두 가져다 버리고, 그
다음엔 고루한 홈웨어를, 그다음엔 같이 나가 귀를 뚫고, 그다음
엔 머리를 염색시킬 것이며, 그다음엔 같이 예쁜 옷을 쇼핑할 거
라고 말했다. 흰 양말 정도는 타협할 수 있지만, 아직 나머지 것들
은 불가능한 일이었다. 나는 설명하는 대신 그저 알아듣는 척 고
개만 끄덕였다. 모처럼 품은 지혜표 희망의 풍선에 압정을 찔러
넣고 싶진 않았기 때문이다.

아이들의 눈을 신경 쓰지 않게 되자 좀 더 평화로워졌다. 마치
죽기 직전 느끼는 고요함처럼. 그 고요함은 식당에 내려가 최정
우를 만나기 전까지 계속됐다. 금요일은 그가 학교에 나오는 날이
아니었다. 그는 아이들 틈에 섞여 특유의 심드렁한 표정으로 주
위를 둘러보다 나와 눈이 마주쳤다.

다른 사람과 마찬가지로 처음엔 내가 누군지 알아보지 못했는
지 그의 고개가 심드렁히 돌아갔다. 다시 발견했을 때 재차 확인
한 후에야 비로소 누군지 알아본 듯했다. 그의 표정이 몰라볼 정
도로 딱딱하게 굳었다. 그를 발견하자마자 잔잔했던 물결에 커

다란 돌멩이를 집어넣은 것처럼 하루 동안 느꼈던 나의 평화로움은 무참하게 깨졌다. 그랬다. 어느 순간인가부터 내 모든 감각을 깨우는 사람은 오직 이 사람 하나뿐이었다. 급식을 받기 위해 길게 줄을 서 있는 나를 향해, 그는 성큼성큼 다가오더니 팔목을 단단히 쥐고는 끌어당겼다. 나의 표정에도, 그의 표정에도 변화는 없었다.

지혜와 눈이 마주쳤다. 그녀 역시 놀란 표정이 아니었다. 알고 있는 사람은 누구나 예견했던 일이었다. 도리어 최정우에게 끌려가는 나를 걱정스럽고 안쓰러운 눈빛으로 쳐다봤다. 나는 태연한 표정으로 걱정하지 말라고 고개를 한 번 끄덕여 보였다. 좀 더 멋진 퇴장도 있을 터였다. 마치 영화 〈인생은 아름다워〉처럼.

하지만 현실은 냉혹하게도, 넘어지지 않으려 안간힘을 쓰는 것만으로 벅찼다. 팔이 붙들린 채 거의 뛰다시피 그의 보폭을 따라 끌려갔다. 최정우는 멈추지 않고 그대로 옥상까지 올라간 뒤 던지다시피 날 놓고는 문을 닫았다. 예상으로라면, 그는 날 '정신병자'라고 지칭해야 한다. 하지만 그는 단 한 번도 내 예상대로 행동해 주지 않았으니, 별다른 기대감도 없이 옥상 한가운데 섰다.

그는 한동안 말없이 나를 노려봤다. 정확한 표현은 아니겠지만 내가 느끼기엔 충분히 적대적이었다. 나는 겉으로 보기에 태연할 정도로 침착함을 유지하고 있었지만, 속으론 숨이 막히기 직전이었다. 째깍째깍 시간이 가고 있었다. 바람이 불고 낙엽이 흔들리고 내 머리카락은 바람에 따라 너울거렸다. 시간은 계속해서 흘러가는데 그는 계속해서 말이 없다. 어쩌자는 걸까.

"나한테 할 말 없어?"

어색한 침묵에 눈알을 굴리고 있는데, 그가 불현듯 물었다. 할 말?

"설명이든지, 변명이든지, 그게 아니면 사과라든지."

아. 그거.

"죄송합니다."

나는 고개 숙여 사과하고 바람에 날리는 머리카락을 귀 뒤로 넘겼다. 내 목소리가 태연함을 넘어 심드렁하게 들리는 지경이라 그다지 진실하여 보이지 않을 거라는 생각이 들었다. 그는 어처구니없다는 표정으로 고개를 흔들었다. 어쩐지 그가 듣고자 하는 말은 사과가 아닌 것처럼 느껴졌다. 역시 진심으로 들리지 않는 걸까.

그는 뭔가를 말하려고 입을 벌렸다가 다시 닫았다. 그러고는 골치가 아프다는 듯 등을 돌리고 한동안 자신의 이마를 매만졌다. 다시 나를 마주 보고 선 이후론 계속해서 입술만 씹어 댔다. 무슨 생각을 하고 있는 걸까 궁금했지만 그를 보는 대신 내 발끝을 바라보았다. 내 목소리가 의도와 다르게 그를 더 열 받게 한 것 같아 내심 위축된 상태였다. 최정우는 눈을 가늘게 뜨고 날 시험하는 듯 한 발 앞으로 다가왔다. 그가 손을 뻗자, 난 흠칫 놀라 뒤로 물러서며 방어적인 자세를 취했다.

"이것 봐."

그는 손을 위로 들어 올렸다가 허리로 떨어트리며 탄식했다.

"내가 너에게 뭔가를 했어?"

나는 고개를 저었다.

"그게 아니면 내가 무서워?"

나는 땅만 쳐다봤고 그는 황당의 끝을 발견했다는 듯 탄식했다.

"어째서? 내가 널 무섭게 한 적이 있어?"

나는 다시 고개를 저었다.

"그럼 왜?"

궁금해 미칠 지경일 거다. 나도 그랬으니까. 머리카락을 자르고 안경도 벗었다. 그전의 나라면 상상도 하지 못했을 일이었다. 아이들의 수군거림이 더 이상 예전처럼 겁이 나지 않았다. 그 역시 상상도 할 수 없었던 일이었다. 내 안에 돌을 던지고, 파장을 만들고, 날 두렵게 하고, 용기를 심어 주고, 알 수 없는 감정으로 이끌고, 동시에 날 슬프게 만들고, 미치게 만드는 것.

나는 그의 까맣고 깊이를 알 수 없는 눈을 똑바로 들여다봤다. 그가 날 읽어 낼 것이라고 믿어 왔다. 그래서 두려워했다. 어느 정도 사실이었다. 이 사람의 눈은 언제나 내 영혼을 흔들어 놓는다. 더럽든, 깨끗하든 상관이 없었다. 내가 어떤 사람이었더라도 어떤 순간이었더라도 이 눈은 날 그렇게 만들었을 것이다. 나는 헤아릴 수 없는 감정의 파도를 마주해야 했다. 다른 기분이나 다른 생각은 들지 않았다. 그저 있는 그대로의 나를 마주하고 싶었던 거다. 처음으로.

"저 선생님 좋아해요."

너무나 당돌한 고백이었다. 그 말을 내뱉고 나니 온 피부에 소름이 돋기 시작했다. 아주 차가운 이온 음료를 마신 것처럼 전신으로 시린 기운이 번졌다가 단번에 온몸을 휩쓸고 지나갔다. 이것이 정답이었다. 아주 오랫동안 날 공포에 질리게 했던, 잔인한 정답.

"뭐?"

처음 보는 표정이었다. 최정우는 당황해 미간을 찌푸리고 벌겋게 열이 올랐으며, 뒤로 주춤하며 한 발짝 물러섰다.

"저 선생님 좋아한다고요."

마음이 너무 가벼웠다. 내뱉고 나니 갑자기 큰 소리로 웃고 싶을 만큼 속이 시원했다. 나는 그 자리에서 춤이라도 추고 싶었다. 몇 번이라도 말할 수 있을 것 같았다. 노래처럼 읊조릴 수도 있을 것 같았다. 그러면서도 도대체 내가 뭘 하고 있는 건지 알 수가 없었다. 난 인생을 포기하고 싶은 건지, 아니면 다시 시작하고 싶은 건지, 희망을 품은 건지, 절망을 품은 건지. 내 인생이 뒤섞이고 엉망진창이 되어 가고 있음을 알면서도 나는 기뻤다. 정말 엉망진창으로 말이다. 나는 지금 눈앞의 남자에게 내 인생을 통째로 던지려고 하고 있었다.

Ⅳ. 대면

그는 꼭 폭탄을 맞은 사람처럼 보였다. 아니면 눈앞에서 폭탄 맞은 사람을 봤거나.

한동안 정신이 나가 있다가 제정신을 차려야겠다는 듯 머리를 흔들었다. 그래도 안 되겠는지 손가락을 곧추세우고 잔뜩 인상을 찌푸린 채 한참 동안 내 말을 곱씹었다. 내가 정신병자인지 아닌지 판단하고 있는 것 같았다.

생각보다 더 많이 놀란 것처럼 보여서 유쾌했던 기분이 시간이 지날수록 서서히 가라앉았다. 나중에는 정말 걱정이 되어 '뺑이에요!'라고 해 버려야 하는지 심각하게 고려할 지경이었다. 그는 얼굴이 정상적으로 돌아오는 듯하더니 느닷없이 내 얼굴로 손을 뻗었다. 난 숨을 멈추며 방어적으로 물러섰다. 그는 가볍게 웃었다. 꼭 안도하는 것처럼 보였다.

"너 뭔가 착각하고 있는 거 같은데?"

미소 짓고 있는 표정과는 다르게 말투에는 가시가 돋쳐 있었다.

"손만 뻗어도 도망가면서 날 좋아한다는 게…… 앞뒤가 안 맞는 것 아니야?"

잠깐 멍해졌다. 좋아하는 남자가 손을 뻗을 때 정상적인 여자가 어떻게 반응하는지 알 리가 없었다. 스스로의 행동에 대해 변명하려고 하자, 머릿속에 지혜의 말들이 떠올랐다.

"너무 좋아하면 그, 그럴 수도 있다고……."

그가 코웃음을 터트렸다.

"누가?"

"그…… 친구가요."

지혜의 이름을 말하려다 같잖다는 물음에 보호 본능이 즉각 반응했다. 나는 대충 얼버무려 대답했다.

"친구?"

내가 고개를 끄덕이는 것을 보더니, 그제야 그는 완전히 제 페이스로 돌아왔다. 멍청하기 그지없던 표정에 다시 생기가 돌고, 눈동자 역시 새까맣고 깊이를 알 수 없는 평소의 상태로 돌아와 있었다. 그는 팔짱을 끼고 서서 단단한 턱을 손바닥으로 어루만졌다. 그러면서 꼭 타는 것 같은 눈으로 날 내려다보았다.

"네가 날 어떻게 생각한대도 비난하거나 추궁할 생각은 없어. 하지만 날 상대로 장난을 쳐보겠다는 거라면…….”

나는 그의 말이 끝나기도 전에 펄쩍 뛰었다. 말도 안 돼!

“그런 거 아니에요! 제가 어떻게. 감히, 선생님한테…….”

“난 선생 같은 게 아니야!”

이번엔 그가 내 말을 가로막고 여태껏 들어 본 적 없는 목소리로 고함을 쳤다. 그게 너무 충격적이라 난 날카롭게 숨을 들이켜고 딱딱하게 굳었다.

“내 말은…….”

내 얼굴이 새파랗게 질렸기 때문인지 그의 얼굴엔 아주 짧게 후회의 빛이 비쳤다. 그는 곧 언성을 낮췄다.

“니들이 맥도날드나 피자헛에서 알바를 하는 것과 내가 여기서 너희를 가르치는 것과 별반 다를 게 없단 말이야. 그러니까 내게 선생 같은 도덕심이나 아량을 기대한다면 관두는 게 좋다는 말을 하려는 거야. 나에게 원하는 게 그거라면.”

나는 그의 말을 전혀 이해할 수가 없었다. 알 수 있는 거라곤 그가 무척이나 화를 내고 있다는 것이었다. 무슨 짓을 해도 화를 낸 적이 없던 그가 좋아한다는 고백에 단번에 화가 난 것이다. 그렇게 생각이 들자 당황스러움이 물밀 듯 밀려들었다. 그는 내 얼굴을 살피며 입술을 씹어 댔다.

“그런 표정 짓지 마. 실망했대도 어쩔 수 없어. 이유를 알 수 없지만, 넌 나한테 아주 기괴한…… 스톡홀름 신드롬이라도 있는 모양인데, 누군가는 그걸 너에게 이해시키고 납득시키고 정신 차리라고 다독여 줄 수도 있겠지. 근데 난 아니야. 난 그럴 여유도 이유도 없다고.”

그는 갑작스럽게 다른 사람으로 변해 있었다. 여태껏 봐 온 장난스럽고 매사에 심드렁하고 먼저 손을 내밀며 격려해 주던 사람은 어디 가고 무서울 정도로 진지한 얼굴로 가시 같은 말을 내뱉는 전혀 모르는 사람이 내 앞에 서 있었다.

기괴한 스톡홀름 증후군? 인질이 범인에게 감화되듯, 내가 그에게 감화되었단 이야긴가? 그러니까…… 내가 느끼는 감정이 그저…… 착각이란 거야?

나는 이 사람 때문에 머리를 자르고 안경을 벗을 수 있었다. 처음으로 용기라는 걸 냈고 아이들의 수군거림도 신경 쓰지 않게 되었다. 그의 말대로 정신병적인 착각을 하고 있다고 해도, 도대체 뭐가 나쁘단 말인가. 난 그 덕분에 겨우 숨을 쉴 수 있게 되었는데.

"번지수를 잘못 짚었다고. 이 아가씨야."

그가 냉정한 어조로 말했다. 나를 거부하는 것은 상관없었다. 하지만 틀렸다고 하는 말은 받아들일 수 없었다. 그건 나를 화나게 했다.

"그럼 안 돼요?"

가시 돋친 말투에 그가 미간을 찌푸렸다.

"나는 선생님한테 내 마음에 화답해 달라거나, 날 알아 달라고 이야기한 게 아니에요."

"박은금."

웃기는 일. 선생은 아니라며 그는 방금 나를 정말로 선생처럼 불렀다. 아주 낮게, 훈계하듯.

이 변화가 내게 얼마나 커다란 의미인지 그는 전혀 알지 못했다. 어떻게 이토록 가볍게 날 밀쳐 낼 수 있단 말인가. 차라리 '네가 싫다'라는 말이 '너의 착각이다'라는 말보다는 훨씬 덜 비참했을 거다.

"그런데도, 그저 내가…… 내가, 그게 뭐가 됐건, 조, 좋아한다고 한 그 말이, 선생님을 그렇게……그렇게 기분 나쁘게 만든 건가요?"

"박은금."

그는 다시 한번 다그치듯 내 이름을 불렀다. 전혀 듣고 싶지 않아.

"선생님을…… 화나게 하려던 게 아니었어요……. 하지만 이해해요."

화장실에서 아이들이 나에 대해 수군거렸던 말들이 머릿속에 맴돌았다.

'그 앞에서 걔 쳐다보고 앉아 있는 것도 고역이었을걸? 와, 진짜 난 무슨 성인군자인 줄 알았어.'

'어우, 나 같으면 진짜……. 생각만 해도 소름 끼쳐.'

끔찍해. 정말 끔찍한 말이었다. 하지만 아무리 끔찍해도 사실이었다. 나는 감히 그를 좋아할 자격도 없는 초라하고 역겨운 여자아이일 뿐이다.

"죄송합니다. 정말 죄송합니다."

난 그의 진저리난다는 듯 병찐 얼굴을 보고는 머리가 땅에 닿을 만큼 깊숙이 허리 숙여 사과하고 도망치듯 뛰쳐나왔다. 숨이 턱까지 차오르고 죽고 싶을 만큼 부끄러웠다. 그리고 아주 강렬한 분노를 느꼈다. 그렇게 내가 싫고 기분이 나빴다면 잘해 주지 말

앉었어야지! 친절을 베풀지 말았어야지!

만약 그가 내게 친절하지 않았더라면 아무런 일도 일어나지 않았을 거다. 설령 내가 오랫동안 좋아하고 있었다고 해도, 그래서 그를 두려워하고 있었다고 해도 이 감정이 뭔지 깨닫지 못했을 거다. 늘 그래 왔듯 지레 겁을 먹고 그 감정을 피해 다니기에 급급했을 것이다. 그렇다면 머리를 자를 일도, 안경을 벗을 일도, 이렇게 어쭙잖고 성가신 용기 같은 걸 내지도 않았을 거다.

나는 학교 지하의 보일러실로 숨어들었다. 곰팡이 냄새가 풍기는 어둡고 컴컴한 곳. 누구도 쉽게 들어올 수 없는 곳. 나는 참았던 울음을 터트리며 자리에 주저앉았다. 도대체 뭘 하고 있는 것일까. 그를 원망하는 내 마음은, 16살 때 그 미친놈에게서 들었던 이야기와 조금도 다르지 않았다.

'네가 나쁜 거야. 네가 나쁘기 때문에 내가 이런 짓을 한 거야.'

그리고 지금의 나는 기대를 품게 만든 그가 잘못한 거라고 그를 비난하고 있었다. 모든 것이 그의 탓인 양. 그 논리와 내 논리는 어디가 다른 거지? 나는 그의 선의를, 어쩌면 별다른 의미도 없었을 행동을 내 멋대로 해석하고 그를 몰아세우고 있었다.

하루에도 몇 번씩 악몽에 헤매게 하는 그 남자를, 내 인생을 송두리째 가져가 버린 그 개자식을 나는 죽이고, 죽이고 또 죽여 왔다. 나는 내가 무서웠다. 손발이 떨려 올 정도로 내리누르는 나의 분노가, 슬픔이, 부끄러움이, 비참함이 날 정말로 악마로 만들까 봐. 그래서 나 역시 그의 기억 속에서 수천 번 죽게 될까 봐 끔찍이도 두려웠다.

* * *

"그래서 말인데, 은금이 네가 수시 지원을 좀 했으면 한다."

향긋한 커피 냄새. 규칙적으로 울리는 전화벨 소리. 선생님들끼리 주고받는 시시껄렁한 농담들에 둘러싸인 교무실 안에서 담임은 옆자리에 앉은 내게 말했다.

"작년에 수상 경력이 있잖니."

아……, 그거. 그건 정말 의외였다. 심심해서 수업 시간에 끄덕였던 그림이 마침 주제에 잘 맞아떨어져 과제도 대신할 겸 대회에 낸 것뿐인데 설마 상까지 타게 될 줄이야.

통일부에서 주관했던 공모전이라 100만 원이란 상금과 함께 수상자 모두 저녁 만찬을 대접받았었다. 엄마 아빠는 뛸 듯이 기뻐하며 회사에 연차까지 내고 시상식에 참석해 남의 눈은 아랑곳하지 않고 그 역사적인 장면을 열심히도 찍어 댔지만 내겐 우연히 얻어걸린 해프닝일 뿐, 그 이상의 의미는 존재하지 않았다. 오히려 그 일을 계기로 내게 뭔가를 기대할까 봐 두려웠다면 모를까.

"혹시 추천서를 받을 만한 분이 있니?"

나는 망설임 없이 고개를 저었다.

"그래. 있으면 좋겠지만 없어도 상관없어."

담임은 내게 USB를 하나 건넸다.

"내가 원서랑 모집 요강 몇 개 넣어 놨다. 맘에 드는 학교로 원서 작성해 오렴."

나는 USB를 받아 들고 꾸벅, 담임에게 인사를 했다.

"아 참, 지혜한테 영어 선생님이 수업 준비 좀 도와 달랬다고 전해다오. 바로 교실로 좀 와 달라고."

"네."

나는 그에게 다시 한번 고개를 숙이고 교무실을 빠져나왔다. 그 일이 있고 난 뒤 일주일이 넘도록 내내 덤덤했다. 머릿속은 완전히 정신이 나간 것처럼 멍했는데, 의외로 행동은 무척이나 기민했다. 지혜는 오히려 한차례의 홍역을 앓고 난 이후 내가 무척이나 좋아졌다고 생각하는 모양이었다.

나는 여전히 내가 왜 그에게 그토록 화를 내며 머저리처럼 굴었는지 해답을 내놓지 못하고 있었다. 그나마 해낸 건, 이전에 내가 어떤 아이였는지 기억해 냈다는 것이었다. 다분히 감정적이고, 다분히 다혈질에 대책 없이 낭만적이었던 여자애. 어처구니없게도 그는 또 아무도 건드린 적이 없는 내 내면의 무언가를 또 건드려 버리고 말았다. 그것도 본인은 전혀 의도치 않게.

분통 터지는 일이었지만 그와 나 사이에는 그 이후로 아무 일도 없었다. 나만 느끼는 묘한 거리감은 존재했지만, 일상의 모든 순간이 자연스러웠다. 2주에 걸친 인물화 수업은 끝이 났고 불행인지 다행인지, 더는 그의 얼굴을 일부러 쳐다봐야 하는 일도 없었다. 섭섭함이나 아쉬움보다 안도감이 훨씬 더 컸다. 아무것도 변한 게 없다는 그 공기가 무척 위로가 되었다. 다만, 완성하지 못한 그림이 내내 마음에 쓰였다. 그의 눈을 몇 번이고 그렸다 지우기를 반복해 보았지만 나는 그것을 완성할 수가 없었다. 조금만 더 용기를 냈다면 좋았을걸. 이렇게 될 줄 알았다면 분명 내 몸이 열기에 타서 없어졌어도 자리를 지켰을 거다. 그림을 완성할 때까지 말이다.

내가 더 이상 선생님과 마주하지 않고, 얼굴을 붉히는 일도 없어지자 날 주목하던 시선들도 흥미를 잃어버리기 시작했지만, 그것과는 별개로 예전과는 무엇인가가 달라져 있었다. 여전히 조용하고 기분 나쁠 정도로 어두운 모습에는 변함이 없는데 머리를 자르고, 안경을 벗었다는 이유로 아이들은 나를 조금 더 친근하게 느끼는 것 같았다. 예전이었다면 마주치지 않았을 시선, 낯선 인사, 작게 말을 건네는 횟수가 천천히 늘어나고 있으니까 말이다.

"지혜야, 담임이 불러. 수업 준비 좀 도와 달래."

"아⋯⋯."

지혜는 내 자리에 앉아 문학 숙제 노트를 읽다가 한숨을 푹 쉬었다. 지난주에, 그녀는 여름방학 동안 치른 한국예술원 입시에 합격했다는 통보를 받았다. 단 100명이 정원인 그 예술원은 나이, 학력, 성별을 따지지 않고 한국에서 가장 재능 있는 사람만을 뽑는 곳이었다. 정부 차원에서 지원을 받는 곳이라 시설과 교수진이 어마어마한 데다가 학비 또한 전액 면제였기 때문에 경쟁률은 가히 살인적이었다.

그녀는 무척 놀란 듯 보였지만 난 당연한 결과라고 생각했다. 만약 그 학교에서 뛰어난 학생을 뽑는 거라면 지혜가 뽑히지 않을 리 없었다. 덕분에 선생들은 바쁜 자신의 업무를 보조할 사람으로 그녀를 노예처럼 부려먹었다. '학생'이란 낙인을 달고서 '무료 봉사'를 해 주니 이보다 더 좋은 보조가 어디 있겠는가.

"아니, 무슨 이건 입시생보다 더 바빠! 뭐 틈만 나면 시켜 먹어."

내가 손에 들린 USB를 책상 위에 내려놓고 외투를 벗자 지혜는 호기심에 몸을 일으켰다.

"이게 뭐야?"

"뭐…… 수시 원서래. 넣어 보라고."

"그래? 어디?"

"몰라. 나도 봐야 알지."

흐응. 그녀는 고개를 끄덕이며 콧소리를 내더니 내 앞에 노트를 내려놨다. 거기엔 포스트잇이 붙어 있는 내 지난주 문학 숙제가 펼쳐져 있었다.

"이상. 진심이야? 이상? 이상이라고?"

지혜는 믿지 못하겠다는 듯이 몇 번이고 되물었다.

"너 정말, 문학 수업 주제를 얘로 잡은 거야?"

"응……."

"띄어쓰기도 안 해서 뭔 소리인지 알아들으려면 열댓 번은 봐야 하는데?"

"응."

"난 애 싫어 수능에 나올까 봐 겁나서 그런가……."

"난 좋아. 정신병자 같잖아."

내 대꾸에 지혜가 웃음을 터트렸다.

"이 시는 마음에 드네. 네가 적은 거. 무슨 시야?"

"정식."

"뭔 뜻이래."

"뭐 일정한 격식이나 의식을 나타내는 낱말이래. 사전에 의하면."

"띄어쓰기도 제대로 안 했으면서, 시의 제목은 '정식'이야?"

"그래서 재미있잖아. 정신 나간 사람답게."

"아무튼…… 에이 씨, 기운 빠져. 가 봐야겠다."

"나 네 컴퓨터 좀 쓸게!"

"마음대로. 나 간다."

지혜는 곤란하고 성가신 얼굴로 기지개를 켠 후 내 어깨를 다정하게 툭툭 치고는 서둘러 담임에게로 향했다.

나는 노트 안에 적혀 있는 시를 다시 한번 곱씹었다. 이 시가 특별하고 강렬하게 여겨졌던 건 어쩌면 당시에 내가 무척이나 들떠 있었기 때문인지도 몰랐다. 지금은 전혀…… 귀뚜라미가 배 속에서 날갯짓하지 않는다.

나는 지혜가 어질러 놓은 책상을 대충 정리하고 그녀의 자리에 가 컴퓨터 전원을 켰다. 우리 학교에 개인 컴퓨터가 없는 학생은 많지가 않았는데 내가 그 많지 않은 학생 중에 하나였다. 집에 있는 컴퓨터는 워낙 낡고 오래되어 가지고 와도 쓸모가 없었고, 새것으로 하나 사 달라고 부모님께 요구하기엔 입이 잘 떨어지지 않았다. 지혜가 언제든지 컴퓨터를 빌려주기도 했고, 필요하다면 학교 도서관이나 기숙사 1층에 놓여 있는 공용 컴퓨터를 써도 되었기에 딱히 불편함도 느끼지 못했다. 하지만 만약에 대학 입시를 위해서 계속 컴퓨터를 써야 하는 거라면 조금 생각해 봐야 할지도 모를 일이다. 컴퓨터를 사 달라고 하면 엄마는 한숨부터 쉬겠지. 엄마가 한숨 쉬는 걸 보는 건 별로 좋은 일이 아니었다. 한숨 다음엔 푸념이 나올 테고, 푸념 다음엔 잔소리가 나올 테고, 잔소리 이후엔 설교가 끊임없이 이어질 테니까 말이다.

"저……."

모니터 창 위에 USB 폴더를 열었을 때 변성기가 막 지난 소년처럼 아직 싱그럽고, 부드러운 목소리가 조심스럽게 속삭였다. 뒤를 돌아보니, 그가 부르는 건 놀랍게도 바로 나였다.

"저…… 나 알지? 너랑 같은 반인데."

"알아. 김재현."

눈도 제대로 마주치지 않았고, 말도 나눠 보지 않았지만, 또래 친구들의 이름을 대부분 알고 있었다. 벌써 반년이나 같은 반이었는데 모르는 게 더 이상하지 않나. 내가 이름을 맞히자 그가 반색했다. 말 거는 게 무척 어려웠나 보다. 덕분에 한결 마음이 놓인 듯 그는 휴 하고 숨을 내쉬고는 방긋 웃었다.

그는 우리 반에서 가장 좋은 목소리를 지닌 남자애였다. 선한 눈망울에, 웃을 때면 볼가에 보조개가 파였는데 그게 묘하게 모성애를 자극했다. 성격도 서글서글하고, 눈웃음도 귀여워서 어디서나 친구들에게 둘러싸여 와자지껄했다. 그는 수업이 끝나고 나면 남자아이들과 우르르 체육관으로 몰려가 농구 게임을 했던 걸로 기억하는데 무슨 일인지 내 앞에 서 있었다.

"휴 다행이다. 기억하네. 실은 나 이번에 실기평가를 못 했거든."

그거 이상하네. 반에서 짝이 없는 건 나였고, 그렇단 건 분명 그는 누군가와 짝이었다는 말인데……. 내 고개가 의문스러운 마음을 따라 한쪽으로 기울자 그가 황급히 덧붙이려 입을 뗐다.

"아, 내가 지난주에 수시 면접 때문에 학교 수업을 못 들었거든."

"아……."

그제야 수긍이 되었다. 그랬지. 수시 기간이지. 아이들이 한두 명 수업에 빠져도 이상할 게 없는 기간이었다.

"지혜에게 부탁해 볼까 했는데, 알다시피 걔는 지금이 더 바쁘잖아."

그래, 그렇지.

"그래서 미안한데 네가 좀 해 줬으면 하고."

"내가? 뭐를? 그림?"

나는 화들짝 놀랐다.

"갑자기 머리도 자르고, 안경도 벗어서 처음에 너 누군지 몰라 봤어. 그래서…… 재미있을 것 같아. 어쩐지 새롭잖아."

나는 그의 악의 없이 순수한 미소를 가만히 바라봤다. 그를 보고 있자니 새하얀 우유가 떠올랐다. 가까이 가면 왠지 우유의 고소한 향기 비슷한 냄새를 맡을 수도 있을 것 같았다.

"도와줄래?"

안경은 날 보호하기 위한 거였는데……. 어쩌면 날 가둬 버린 것일지도 모른다. 위험에서 날 차단하는 데에는 효과적이었을지 몰라도 곁에 있는 것들을 바로 보는 것에는 전혀 도움이 되지 않았다. 재현의 얼굴을 보고 있노라니 그동안 느껴 왔던 막연한 공포는 그저 허상에 지나지 않았던 건 아닐까 하는 의구심이 들었다. 그 허상에 짓눌려서, 2년 반이라는 시간을 허비한 것은 아닐까.

내 앞에 서 있는 이 남자아이는 2년 반 동안 이곳에, 이 학교에 있었다. 우린 같은 건물 안에 있었고 어쩌면 3학년이 되기 전부터 몇십 번이고 마주쳤던 사이일지도 몰랐다. 내가 모든 것을 두려워하며 지혜의 등 뒤에 바짝 숨어 있지만 않았어도, 어쩌면 우린 다정하게 인사를 하고 시시껄렁한 농담을 주고받는 좋은 반 친구로 지냈을지도 몰랐다. 그랬다면 내가 느끼는 공포와 괴로움이 조금 치유됐을지도 모를 일이었다. 그 모든 기회를 날려 버렸다. 아마 최정우가 안경을 벗겨 버리지 않았다면 난 아마 여전히 모르고 있었을 것이다.

"그래, 알았어."

그에게 긍정의 의미로 고개를 끄덕이며 말했다.

"어, 진짜? 나 그럼, 지금부터 해도 돼?"

"어……."

나는 수시 서류를 보려고 켰던 모니터를 잠시 바라보다 곧 체념하듯 고개를 끄덕였다.

"그래, 그렇게 해."

시간은 얼마든지 있으니까.

지혜는 자리에 돌아오자마자 눈앞에 펼쳐진 풍경에 완전히 벙찐 표정을 지었다. 난 어색하게 정지되어 있었고 재현이는 그리는 것에 열중하고 있었으니 그녀로선 벼락을 맞은 것 같은 충격이었을 것이다. 믿어지지 않는 것이 당연하다. 여태껏 내가 아이들과, 특히 남자아이들과 얼마나 담을 쌓고 살았는지 가장 잘 아는 사람이 바로 그녀였으니까.

지혜는 입을 벌린 채 발소리를 죽여 다가오더니 재현의 등 뒤에서 고개를 빼꼼 내밀고 그림을 살폈다. 몇 초나 흘렀을까? 그녀의 눈에서 광채가 나더니 짓궂게 변했다. 꼭 '야, 대박. 네 실물보다 훨 예쁘게 그렸다'라고 말하는 듯했다. 나는 그녀의 익살스러운 표정에 웃지 않기 위해 입을 꽉 물었지만 양 볼이 부풀어 올랐다. 재현이는 내 수상한 낌새에 고개를 뒤로 돌렸다.

짝! 경쾌하기 그지없는 등짝 스매싱.

"아야!"

"김재현, 너 남의 여자한테 뭐하냐?"

재현은 손에서 스케치를 떨어트리더니 요란스럽게 몸을 비틀며 고통을 호소했다.

"야! 과제, 과제 한다고!"

"우리 은금이가 머리 자르고 좀 예뻐지긴 했어도 이렇게 막, 느닷없이 들이대는 건 안 되는데……."

지혜가 내 남자 친구라도 되는 양 목소리를 깔고 내 어깨를 확 당겨 안자 재현의 얼굴이 새빨갛게 변했다.

"와, 진짜 어처구니없어서. 들이대긴 누가 들이대! 과제 때문에 도와 달라고 한 거지."

"하고 많은 여자 중에?"

"와, 진짜 이 사이코 때문에 안 되겠다. 됐어. 관둬!"

재현이는 얼굴이 붉으락푸르락해져서는 성이 난 발걸음으로 화판을 집어 들고 사라졌다. 지혜는 낄낄대며 웃기만 했고 나는 민망함과 미안함에 어쩔 줄을 몰랐다.

"야. 진짜 과제 도와 달라고 온 건데 왜 그렇게 놀려?"

"웃기잖아. 넌 안 웃겨?"

난 할 말을 잃었다. 뭐가 웃긴 거지? 원래 지혜가 장난기가 많고, 매사에 겁이 없는 편이긴 하지만 이번엔 정말로, 너무 오버했다. 내가 자리에서 일어나자 지혜가 웃음을 뚝 멈췄다.

"어디 가?"

"사과하러."

"뭐? 야, 내버려 둬. 무슨 사과야. 걔 그렇게 쪼잔한 타입 아니야."

"그래도 네가 심했어."

"심하긴. 몇 분 있으면 아무렇지 않아 할걸?"

"그래도."

난 경고처럼 한 마디를 툭 던지고 지혜의 호기심 어린 눈빛을 뒤로한 채 재현을 찾았다. 그는 작업실 책상에 앉아 막 컴퓨터 전원을 켜다가 내가 쭈뼛거리고 다가가는 모습에 눈길을 줬다.

"미안해."

내 모기만 한 목소리에 그가 약간 고개를 옆으로 기울이더니 곧 밝게 미소 지었다.

"아…… 괜찮아. 네가 사과할 일이 아닌데 뭐."

또래 남자아이들이 이런 느낌이었나? 웃는 모습이 무척이나 싱그러웠다. 나는 그의 책상 한편에 놓인 화판에 눈길을 돌렸다. 거의 다 그린 것 같지만, 완성한 것인지는 확신이 없었다.

"있잖아. 도와 달라고 하면 도와줄게. 언제든 불러."

"진짜?"

그가 한층 높아진 톤으로 되물었다.

"응."

"그럼 전화번호 알려 줘. 지혜 놈 때문에 눈치가 보여서 말이야. 문자로 부를게."

"아, 응. 그래."

"자."

재현은 거리낌 없이 휴대폰을 내밀었다. 난 본능적으로 뒤로 물러섰다가 그의 휴대폰을 받아 들고 번호를 천천히 찍었다. 지혜가 알면 기절할 거야. 내가 남자아이에게 휴대폰 번호를 알려 주다니. 이래도 되는 건가 싶은 마음이 계속 들었지만 이미 일을 벌이고 있었다. 내 번호는 이미 재현의 손에 넘어가 버리지 않았나.

"고마워!"

그의 얼굴이 지나치게 기뻐 보이는 건 내 기분 탓이겠지. 그 얼굴 때문인지 나도 모르게 미소 지어 보이고는 뭐에 홀린 듯이 내 자리로 돌아왔다. 내가 무슨 짓을 하고 있는 거지……?

예전의 내가 물의 흐름을 거부한 채 박혀 있는 개울가의 돌멩이 같았다면 지금은 흐름에 따라 떠내려가는 부유물처럼 느껴졌다. 사람은 죽기 직전에 갑자기 변한다던데…… 나 진짜 뭐 하는 거지?

지혜에게는 휴대폰 번호를 알려 줬단 이야기를 하지 않았다. 날 놀리는 거야 상관없었지만 또 그걸 빌미로 재현에게 말도 안 되는 장난을 칠까 봐 걱정되어서였다. 그날 밤. 잠들기 직전에 재현에게 문자가 왔다.

[발신자: 알 수 없음(000-0000-0000)

안녕! 나 재현이야. 내 번호를 알고 있어야 할 것 같아 문자 보냈어. 오늘 고마웠어. 잘 자.]

이상한 기분. 기분이 정말로 이상해서 나도 모르게 인상을 썼다. 그의 번호와 이름을 저장한 후, 답장을 보내기 위해 메시지 창을 열 때도 이상한 기분은 가라앉지를 않았다.

[수신자: 김재현

응, 저장했어. 잘 자.]

휴대폰을 잠그고 침대 머리맡에 놓은 후 나는 베개 위에 머리를 떨어트리고 이불을 덮었다. 멍하게 천장을 바라보면서 무척이나 허무하다는 생각이 들었다. 뭐가 이렇게 쉽지? 갑자기 인생의 포커스가 완전히 달라져 있었다. 그동안 내 인생에서 가장 중요한 목표는 사람들 눈에 띄지 않는 것이었다. 공소시효가 없는 범죄를 저지른 도망자처럼 쥐도 새도 모르게 조용히 죽은 듯 사는 것이 언제나 가장 중요했다. 그런데 포커스가 이젠 더 이상 거기에 맞춰져 있지 않았다. 아무리 생각해도 내 인생이 뒤틀리기 시작한 건, 최정우가 안경을 멋대로 빼앗아 간 그날부터였다. 그가 고요한 수면에 던진 파장이 너무나 커서, 나는 내게 일어나는 변화를 도저히 감당할 수 없는 지경인데 그는 자신이 무슨 짓을 했는지 전혀 모르고 있었다. 나는 분통이 터져 이불을 머리 위로 휙 끌어 올렸다. 무슨 상관이야. 그 사람은 내가 자길 좋아한다는 거 자체로도 기분 나빠 하는데.

* * *

모두들 주말이 오는 걸 좋아했다. 토요일 아침이면 아이들은 모두 왁자지껄하게 치장을 하고 옷가지를 몇 개 챙겨 각자의 집으로 돌아가든지, 친구들과 어울려 어디론가 놀러 갔다. 나는 왁자지껄한 소리가 사그라진 텅 빈 기숙사에 언제나 혼자 남아 있었다. 때론 그 적막함이 무척이나 싫었지만 별다른 도리가 없었다. 우리 부모님은 여전히 내게 어떤 일이 일어났는지 모른 채 그 교회를 다니고 있으니까. 내겐 이 기숙사의 적막함보다 그 교회에 다시 발을 내디뎌야 한다는 사실이 훨씬 더 끔찍하고 공포스러운 일이었다. 그것과 비교하면 텅 빈 기숙사는 차라리 평화였다.

－ 수시 준비는 잘하고 있니?

엄마의 전화를 받을 때, 나는 시내에 있었다. 수시 원서에 붙여 넣을 새 증명사진이 필요하기 때문이었는데, 내내 기숙사 방 안에서 밍기적거리다가 늦은 오후가 돼서야 버스를 타고 30분 거리의 시내로 나왔다.

"뭐 그럭저럭."

－ 서울에 유명한 대학교 갈 거 아니면 집에서 다닐 수 있는 데로 넣어. 고등학교 3년 떨어져 있었으면 됐지, 대학교까지 딸이랑 떨어져 살긴 싫으니까.

"그게 내 맘대로 되나."

－ 어쨌든 노력은 해 봐.

"알겠어."

－ 집에는 언제 올 거야?

"몰라. 바빠."

－ 계집애, 넌 도대체 학교에 간 거야? 군대에 간 거야? 군대에서 휴가 나와도 너보단 자주 집에 오겠다.

"방학 때 가잖아."

－ 꼴랑 며칠 있다가 올라가면서. 목사님이 너 되게 보고 싶어 하셔. 항상 잊지 않고 기도해 주시고.

"……."

－ 항상 기도하고, 범사에 하나님께 감사하는 마음으로 살아. 그래야 복 받아.

"응."

─ 그래, 알겠다. 끊어.

"네."

신호음이 끊기고 난 후에 종료 버튼을 눌렀다.

한때는 엄마를 원망했었다. 어떻게 말을 안 한다고 딸아이의 변화를 전혀 눈치채지 못할 수가 있어? 내가 무슨 일을 당했는지 어떻게 모를 수 있어? 나한테 맨날 부모는 새끼들 눈빛만 봐도 아픈지 안 아픈지 알 수 있다고 큰소리 떵떵 쳐 놓고, 내가 그런 짓을 당했는데 어떻게 저렇게 아무것도 모르고 행복할 수가 있는지 나는 분통이 터졌다. 나는 곧 터지기 직전의 둑처럼 엄마가 손만 내밀면 그곳에 와르르 쏟아 낼 준비가 언제나 되어 있었다. 그러나 엄마는 언제나 코앞에서 발을 돌렸다.

그 무렵의 나는 모든 분노와 스트레스를 엄마에게 풀었다. 없는 사람 취급하기도 했고 이유도 없이 소리를 지르며 짜증을 부리기도 했으며, 엄마를 골탕 먹이려고 일부러 집 안을 어지럽히고 물건을 망가뜨리고 필요도 없는 돈을 훔치기도 했다. 그렇게 해서 엄마가 화를 내고 나 때문에 울고불고하면 고소하기도 하고 통쾌하기도 했으며, 한편으론 죄책감이 덜어지기도 했다.

시간이 지나고 내 안의 분노가 더 이상 밖으로 표출되지 않게 될 때쯤, 나는 매일매일 울고 말라 가는 엄마가 가여워지기 시작했다. 나는 망아지처럼 구는 통제 안 되는 질풍노도의 사춘기였고, 엄마와 아빠는 늘 먹고사는 문제로 바빴다. 사는 것이 너무도 힘들어 종교에라도 기대지 않으면 위로받을 수 없는 고단한 인생들. 하나뿐인 딸이 그런 일을 당했다는 걸 알면 엄마 아빠 어떻게 될까? 그게 너무도 끔찍해서 상상조차 하고 싶지 않다.

나는 대충 깨끗해 보이는 사진관에 들어가 어색한 얼굴로 촬영을 했다. 한 시간 정도 걸린다기에 근처 카페에서 따뜻한 밀크티를 시키고 한참 동안 앉아 크로키 북에 창밖의 풍경을 끼적였다. 단풍이 지기 시작한 나뭇잎, 전신주, 지나가는 자동차, 인도 밖으로 물건을 진열해 놓은 작은 가게들…….

"와, 이거 학생이 그린 거야?"

　정신을 차려 보니 남자 두 명이 날 가운데 두고 나란히 앉아 호감 가득한 얼굴로 내 그림을 내려다보고 있었다.

"실례가 안 된다면 잠깐 앉아도 될까?"

　그들은 대답하기도 전에 내 옆에 앉았다. 거리가 너무 가까웠기 때문에 무척 불편해서 인상을 찡그렸는데도 아랑곳하지 않았다.

"여기 옆에서 지켜봤는데, 학생 얼굴이 너무 예뻐서 말이야. 인상이 엄청 좋아 보인다."

　아아……. 뭔지 알겠군. 인상 더럽기로 유명해서 반에 말 거는 애도 없는 나한테 말을 걸 정도로 희생물이 절박한 모양이네.

"어디서 인상 좋다는 이야기 안 들어요? 복이 너무 많으시네."

"아, 네네."

　나는 크로키 북을 접고 연필을 필통에 정리하며 대충 대답했다.

"학생에게선 남들과 다른 기운이 느껴져요. 보아하니 조상신이 항상 지켜 주시는 것 같은데…….."

　오른편에 앉아 있던 남자가 더 바짝 의자를 당기며 나지막이 속삭였다. 그러자 그의 몸에서 아주 오랫동안 세탁하지 않은 점퍼 냄새와 매캐한 담배 냄새가 났다. 그 냄새가 코끝에 스치자마자 눈앞에 그날, 교회 안에서의 감각이 섬광처럼 지나갔다. 고약한 점퍼 냄새, 담배 향기, 어둠, 공포, 욕설, 아픔······. 안 돼. 안 돼. 안 돼. 안 돼. 온몸에 피가 차갑게 식고 손과 발이 부들부들 떨려 대기 시작했다.

"학생, 그렇게 겁먹을 거 없어. 우리는 그런 사람이 아니고, 그냥 공부하는 사람들이야. 동양철학이나······."

"필요 없어요."

경직되고 떨리는 목소리로 날카롭게 대꾸했다. 그러고는 소지품을 가방에 쑤셔 넣으며 침착하기 위해 애를 썼다. 모든 신경은 오로지 이 남자들에게서, 내 몸을 더듬거리는 그 기억에서 달아나야 하는 것에 쏠려 있었다. 내 손이 유리 테이블 위에서 파르르르 떨렸다. 새하얗게 질린 손으로 덜덜 떨며 가방을 움켜쥐고는 오로지 생존 본능에 의지해 뛰다시피 걸어가 카페 문을 벌컥 열었다. 빠져나가야 해. 질식하기 전에, 내가 정신을 놓기 전에 그래야 해.

1층으로 향하는 계단이 울렁거렸다. 어두운 계단 위에 아까는 느끼지 못했던 시멘트의 싸한 향기가 코끝을 마비시켰다. 주위의 모든 것이 나를 짓누르기 시작했고 계단에서 구르지 않기 위해 자리에 주저앉았다. 공포로 바짝 오그라든 폐가 쌕쌕댔다. 정신 차려. 정신 차려. 여기서 주저앉으면 안 돼. 나는 벽에 완전히 몸을 기대고 간신히 떨리는 다리를 하나씩 계단으로 뻗었다. 가슴이 흉곽을 뚫고 나올 것처럼 뛰었고 긴장감에 온몸에 소름이 돋았다. 딸랑거리는 종소리. 패닉 상태에도 그들이 나를 따라 카페 문을 열고 나오는 그 소리가 천둥처럼 울렸다.

"학생."

아드레날린이 솟구치고 허벅지 근육이 팽팽하게 당겨지며 힘이 들어가기 시작했다. 나는 쓰러질 듯 빠른 속도로 계단을 두 개 세 개씩 뛰어 내려왔다.

"학생! 잠깐만! 우리 나쁜 사람 아니야. 잠깐 이야기를 하다 보면……."

역겨운 냄새를 풍기던 남자가 어깨에 짚으며 재촉하듯 말을 건넸다. 그 순간 나는 방어적으로 돌아서서 온몸으로 그를 밀쳤다. 어디서 그런 힘이 났는지 내 밀침에 남자는 비틀거리며 뒤에 있는 동료에게로 크게 넘어졌다. 두 남자는 소리를 지르며 계단에 엉덩방아를 찧었다.

"필요 없으니까 꺼지라고, 미친놈아!"

내가 악다구니를 쓰자 주변의 지나가던 행인이 상황을 쳐다보며 웅성댔다. 눈에는 아무것도 보이지 않았고 살기 위한 분노가 나를 완전히 뒤덮었다. 나는 당장이라도 목을 조를 듯이 그들을 노려봤고 잠깐 어벙하게 앉아 있던 두 사람은 한 사람씩 엉덩이를 털며 자리에서 일어섰다. 이쯤에서 물러나 주었으면 하는 바람과는 달리 겁을 먹기는커녕 짜증이 난 얼굴이었다. 머릿속에 요란한 경보 소리가 점점 더 거세게 울려 댔다.

"아오, 아파. 야. 너…… 뭐야? 누가 너 잡아 죽인대? 아, 진짜 재수가 없으려니까. 야, 너 몇 살이야? 어?"

나는 꼭 방패처럼 가방을 가슴팍에 꽉 쥐었다. 옆쪽 지퍼를 반쯤 열어 손을 넣고 필통 안에 들어 있는 커터 칼을 찾으며 주춤주춤 뒤로 물러섰다. 둘 중 키가 작은 쪽이 한 발 다가왔다. 나는 당장이라도 내 멱살을 잡고 어디론가 끌고 갈 것 같은 불안감에 발톱을 세운 고양이처럼 잔뜩 몸을 웅크렸다.

"병원 진단서 떼서 확 경찰서에 고소해 버린다? 어?"

오른손에 커터 칼을 단단히 쥐었다. 정말로 다가오면 그어 버릴 요량이었다. 나는 궁지에 몰린 쥐였다. 피가 빠르게 돌고 심장은 쿵쾅거리고 모든 감각이 완전하게 깨어 있었다. 그들 뒤로 거대한 공포가 상어처럼 아가리를 벌린 채 나를 기다렸다. 나는 피가 날 정도로 입술을 깨물었다. 두 번 다시 저 안으로 들어가지 않아. 두 번 다시 그런 짓을 당하지 않을 거야. 그 결심들로 머릿속이 거대하게 부풀어서 다른 생각을 할 여유조차 남아 있지 않았다.

"진짜 별 같잖은 게 걸려 가지고는……."

남자가 한 발 더 다가왔다. 나는 뒤로 물러서며 손에 잡힌 커터를 가방에서 재빠르게 꺼내기 위해 오른쪽 발에 잔뜩 무게를 실었다. 그때,

"야."

등 뒤에서 낯익은 목소리가 온몸에 찬물을 끼얹었다.

"너네 뭐하냐?"

헉헉거리는 숨소리 사이로, 긴장감과 두려움으로 어깨를 흔들며 호흡하고 있는 그 사이로 그 목소리가 송곳처럼 찔러 왔다. 그러더니 공포보다 더 커다란 그림자가 거대한 벽처럼 내 앞을 가로막았다. 특유의 심드렁한 표정. 한 손에는 먹다 만 콜라를 들고 한 손은 주머니에 무심하게 찔러 넣은 채 그가 나를 돌아봤다. 그 긴장감 없는 모습을 보고 있자니 울컥 눈물이 날 것 같아 어금니를 꽉 물었다.

"얘네 뭐야? 너 얘네 알아?"

내가 힘겹게 고개를 저어 보이자 그는 다시 등을 돌렸다.

"야, 너희 뭐야. 일로 와."

'도를 아십니까?' 형제는 최정우의 큰 키와 골격에 위압감을 느꼈는지 뒤로 주춤 물러섰다. 앞에 선 그의 등은 무쇠로 된 갑옷처럼 견고해 보였다.

"우리는 그냥 좋은 말씀만 전하러……."

"개소리하고 있네. 너희 이 근처 사이비 종교에서 포교 나왔냐?"

"아닌데요."

그는 콧방귀를 뀌며 한 발씩 다가갔고 반사적으로 그들은 한 발씩 물러섰다. 그는 성가시고 귀찮다는 듯 고개를 삐딱하게 들고는 주머니에 찔러 넣었던 손을 빼서 손가락을 까딱거렸다. 가까이 오라는 의미였다. 그들은 본능적으로 고개를 좌우로 작게 저었다. 그들은 최정우보다 최소 머리통 하나만큼 작았다. 어쩌면 간신히 어깨에 닿을지도 몰랐다. 그는 쪼옥 하고 빨대로 콜라를 빨더니 내게 건넸다. 나는 멍청하게 콜라를 받았다. 그는 본격적으로 몸을 돌려 다가가 둘을 번갈아 쳐다봤다.

"둘 중에 누가 형이야?"

"전데요."

훨씬 더 키가 작아 보이는 남자가 말하자마자 최정우는 커다란 손으로 목을 비틀어 잡았다. 컥 하는 소리와 함께 그는 살기 위해 본능적으로 까치발을 들었다.

"왜, 왜 이러세요!"

다른 한 남자가 깜짝 놀라며 매달리자 최정우가 다른 한 손으로 그를 밀쳤다. 별로 세게 민 것 같지도 않은데 그는 쾅 하고 상가 벽에 부딪히고는 털썩 자리에 주저앉았다. 피지컬 차이가 너무 컸다.

"싫다고 하면 그냥 갈 것이지, 왜 애 뒤는 끈덕지게 따라붙어?"

"컥, 아니……그게 아니고요…….."

"미성년자를 상대로 협박한 것도 모자라서, 뭐? 진단서로 뭘해? 어디서 쌍팔년도 약을 팔아. 병신 새끼들이."

"제가, 컥 미성, 미성년자인 줄은 몰랐…… 컥."

그 말에 최정우가 손아귀에 더 힘을 주었다.

"여자애 한 명 데리고 무슨 개수작이냐고."

보도블록에 힘겹게 닿은 그의 신발이 부들부들 떨리고 이마에 벌겋게 핏줄이 서기 시작하자, 저러다가 진짜로 질식해서 죽는 게 아닌지 슬슬 겁이 나기 시작했다.

"그만하세요!"

벽에 밀쳐졌던 남자가 다시 한번 소스라치게 놀라며 달려들었다. 최정우는 한 번 더 그를 성가시다는 듯 밀쳤다. 남자는 같은 벽에 쾅 하고 어깨를 부딪쳤고 이번에는 아주 얌전히 자리에 주저앉아 있었다. 지금 상황과 최정우의 덩치를 고려했을 때 매우 현명한 선택이었다.

꺼억 하고 숨넘어가는 소리가 들릴 때쯤에야 최정우는 목에서 손을 놓았다. 쿨럭거리는 기침 소리와 함께 그는 뒤로 넘어질 듯이 물러섰다.

"형, 괜찮아?"

최정우에게 기가 눌려 숨소리도 못 내고 앉아 있던 남자가 빠르게 다가가 부축했다. 상대방은 대답도 못 하고 헐떡였다. 보는 내가 다 숨이 찼다.

"종교 단체인지, 사기꾼 새끼들 단체인지는 모르겠는데 웬만하면 기어 나오지 마라. 특히 이 근처에서는 볼 일 없길 바라. 아니면……."

최정우가 두 남자를 위아래로 훑더니 기도 안 찬다는 듯 한쪽 입꼬리를 매섭게 비틀어 올렸다.

"아주 기어 다니며 포교하게 해 줄 테니까. 알겠어? 이 좀벌레들아?"

사지를 못 쓰는 앵벌이의 모습이 눈앞에 부적절하게 스쳤다. 오싹 소름이 돋는 한편, '그의 유머 감각은 꽤 잔인하구나'라고 생각했다. 남자들은 대답 대신 열심히 고개를 끄덕이며 뒤로 주춤주춤 물러서더니 곧 전속력으로 뒤돌아 달려가기 시작했다. 난장판이었던 상황은 순식간에 정리됐다. 구경꾼들도 최정우의 매서운 기에 눌려 하나둘 눈치를 보며 흩어졌다. 모래폭풍이 지나간 사막에 나, 그리고 내 앞의 최정우, 딱 우리 둘만 남았다.

"싱겁네."

최정우는 그들이 까만 점으로 보일 때까지 심드렁하게 지켜보다가 몸을 홱 돌렸다. 나는 극도의 피로감에 그 자리에 주저앉고만 싶었다. 현기증이 느껴지고 아직도 코끝에 더러운 냄새들이 맴돌았다.

"목소리 한번 우렁차더만. 요즘 들어 네가 어떤 앤지 헷갈리기 시작한다."

정말 웃긴다는 듯 장난스럽게 치아를 드러내며 웃는 그에게 나는 대답해 줄 여력이 없었다. 속에서 매스꺼운 것들이 올라오더니 고개를 숙이자마자 입안에서 울컥 토사물이 쏟아져 나오기 시작했다.

"어!"

그는 단순하기 짝이 없는 소리를 내며 재빠르게 다가와 내 머리카락을 걷어 목 뒤로 고정했다. 나머지 한 손으로는 내 등을 두드렸다. 나는 무릎을 꿇고 보도블록에 엎드려 가로수 화단에 속이 텅텅 빌 때까지 내용물을 게웠다. 손에 들렸던 빈 콜라 컵이 떼구르르르 보도 위를 굴렀다.

한참 동안 쿨럭거리며 속을 게워 낸 후에 더 이상 신물조차 나오지 않자,

"야, 너 괜찮아?"

그가 부드럽게 등을 쓸며 물었다. 나는 눈물과 콧물과 침으로 범벅된 얼굴을 소매 끝으로 대충 닦아 냈다.

"일어설 수 있어?"

작게 고개를 끄덕이자 그는 손에 힘을 주어 내가 자리에서 일어서는 것을 도왔다. 덜컥 하고 손에 들려 있던 커터가 보도블록 위로 둔탁한 소리를 내며 떨어졌다. 최정우의 시선이 딱 거기에 꽂힌 채 한참 동안 벗어나질 못했다.

"이제 보아하니 내가 널 구한 게 아니고 쟤네를 구했네. 너 진짜……."

그는 가볍게 코웃음을 치며 중얼거리다가 곧 말을 멈췄다. 나 때문이었다. 내가 부들부들 떠는 손으로 그의 팔 언저리의 옷깃을 너무 세게 쥐고 있었기 때문이었다. 나는 제대로 서기 위해 그에게 온몸을 기댔다. 태어나서 누군가에게 그토록 모든 걸 의지하

기는 처음이었다. 그가 할 말을 잃은 채 서 있을 때 등 뒤로 딸랑 문이 열리는 소리가 들렸다.

"정우야, 이리 데려와."

묵직한 남자의 목소리에 최정우는 덜덜 떠는 나를 거의 껴안다시피 부축하고선 패스트푸드점으로 발걸음을 옮겼다.

"앉아."

향긋한 커피 향과 잡스러운 음식 냄새가 코끝에서 뒤엉켰다. 버터와 기름 냄새, 그걸 맡고 있자니 차라리 살 것 같은 기분이었다. 그의 말대로 나는 자리에 털썩 주저앉았고 최정우는 재킷을 벗어서 내 어깨에 걸쳐 주었다. 내가 너무 부들부들 떨었던 탓이다.

"아이고, 많이 놀랐나 보네. 괜찮아요?"

낯선 남자의 목소리에 정신을 차렸다. 희뿌연 눈을 손으로 잠깐 훔쳐 낸 뒤 맞은편에 앉은 남자에게 시선을 맞췄다. 최정우랑 비슷한 생김새. 턱에 수염 자국이 진하고 좀 더 각진 얼굴에 지적여 보이는 검은 테 안경을 쓴 남자. 꼭 닮은 게 얼핏 봐도 형제였다. 그는 코코아 한 잔을 내밀었다.

"먹어요. 막 시켜서 따듯해요. 입도 안 댔고."

나는 대답 대신 꾸벅 고개를 숙여 보이고 떨리는 손으로 잔을 잡았다. 손바닥으로 따듯한 온기가 느껴졌다.

"그래도 소리 지른 건 아주 잘했어요. 정우가 보자마자 뛰쳐나가더라고."

"아니, 뛰쳐나간 건 아니고……그냥 걸어 나갔지."

형의 말에 그가 '크흠, 크흠' 어색하게 헛기침을 해 대며 덧붙였다.

"뭐였어?"

"몰라. 무슨 좋은 말씀을 전하러 왔다던데. 좋은 말씀 전하는 데가 한두 군데여야지."

"몇몇 사람이 너 휴대폰으로 찍던데. 내일 뉴스 잘 확인해 봐라."

"그게 동생한테 할 소리야? 명색이 변호사가?"

"네가 뭐라고? 네가 내 월급에 1원이라도 얹어 주냐?"

최정우의 입이 곧 욕설을 뱉어낼 것처럼 씰룩대자 그의 형은 내게 화제를 돌렸다.

"근데, 둘은. 아는 사이인가? 어떤 사이? 애인?"

그 말에 나는 먹고 있던 코코아를 뿜었다.

"아 진짜. 늙어서 주책없이. 학생이야, 학생. 내가 가르치는."

"아아, 여기?"

내가 더듬거리며 휴지를 찾자, 최정우는 휴지를 밀며 자기 형을 쏘아붙였다. 형은 이제 알겠다는 듯 손가락으로 학교 방향을 가리키더니 고개를 끄덕거렸다.

"미안해요. 난 고등학생이면 교복 입고 있을 거란 생각만 했지, 뭐야."

그가 호탕하게 웃었는데 눈가에 미세하기 주름이 졌다. 삼십대 중후반……? 사십대?

"정우가 참 폐를 많이 끼치죠?"

"형……."

낮게 경고하는 목소리에도 그는 아랑곳하질 않았다.

"처음에 얘가 학교에서 학생 가르친다고 할 때 얼마나 걱정했는지 몰라. 어디 뭐 하나 그럴 자격이 있는 놈이어야 말이지. 사고나 안 치면 다행이겠다 싶었는데……. 어떻게, 학교에선 잘 지내나요?"

신선하기 이를 데 없는 애 취급이었다. 어떻게 대답해야 하는지 망설이며 최정우의 눈치를 살폈는데 그는 똥을 씹은 것 같은 표정이었다.

"그걸 왜 애한테 물어? 얘가 학교 부장 선생이야, 교장이야?"

"시끄러워. 가서 커피나 한 잔 시켜 와, 얼른."

"내가 왜?"

"네가 젤 가깝잖아."

"돈은?"

침묵.

"아, 진짜 가지가지 한다."

최정우가 한심하다는 듯 혀를 차며 못 이기는 척 자리에서 일어났다. 어슬렁어슬렁 카운터로 향하자 그의 형은 몸을 숙이며 호감 어린 눈을 빛냈다.

"저 녀석 선생 노릇은 좀 해요?"

대답하지 않고는 배길 수가 없는 표정.

"어…… 아이들은 무척 좋아해요."

"사고 친 적은 없고?"

사고는 내가 쳤지.

"네. 엄청…… 그, 엄청 자상하세요."

그가 안심했다는 듯 빙그레 웃었다.

"다행이네요."

그가 지나치게 안심하는 표정을 짓자 나는 궁금증에 사로잡혔다.

"선생님은…… 사고를 많이 치고 다녔나 봐요."

그가 깔깔 웃으며 손사래를 쳤다.

"어휴, 말도 마. 하이스쿨 때 얼마나 사고를 많이 쳤냐 하면 또래 애들이랑 어울려서 하라는 공부는 안 하고 순 파티에다가, 글쎄 어느 날부터는 마리화……."

마리……화……?

거기까지 이야기가 진행됐을 때 최정우가 그의 입에 도넛을 쑤셔 넣었다.

"노망났냐? 이 늙은이야?"

최정우는 신경질적으로 테이블 위에 식판을 '탕' 하고 내려놓으며 쏘아붙였다. 형은 넉살 좋게 입에 들어간 도넛을 씹으며 웃었다.

"너 기숙사로 돌아갈 거지?"

그가 서두르는 기색이 역력한 목소리로 물었다.

"아…… 네."

"데려다줄 테니까 일어나. 이 노인네랑 더 앉아 있다간 너한테 무슨 말을 더할지 내가 아주 무섭다 무서워."

그렇게 말하며 그는 자신의 형을 죽일 듯이 노려봤다.

"당신은 알아서 가."

냉정한 말투에 야속하다는 듯 형은 눈꼬리를 내리며 최대한 불쌍하고 천연덕스럽게 올려다봤다.

"이 형을 여기다 버려두고 갈 거야? 나 차도 없는데?"

"돈도 많은데 모범택시라도 타고 가면 될 것 아냐!"

"너무하네, 진짜. 동생이란 놈이 뭐 하나 좋은 점이 없어."

"차라리 남이었으면 좋겠다. 이 주접덩어리야!"

"너희 집 비어 있지? 혹시 뭐 여자."

"닥쳐! 진짜! 미쳤나!"

"그럼 내가……."

"꺼져."

"네 집 비번이 14……."

"그럴 줄 알고 나오기 전에 바꿨어."

"매정한 놈 같으니."

"이럴 거면 차라리 결혼을 해! 엄한 데 정력 쏟지 말고!"

그는 꽥 소리를 지르더니 내 손목을 낚아채듯 잡았다. 나는 이러지도 저러지도 못한 채 끌려가며 형을 향해 꾸벅 인사를 해 보였고 그는 부드럽게 웃으며 손을 흔들었다.

"잘 가요, 학생. 또 봅시다."

"그럴 일 없어!"

나 대신 최정우가 다시 어금니 물린 소리로 대답했다.

자기 동생을 놀려 먹는 게 세상에서 가장 재미있어 보이는 형인가 봐.

최정우는 잔뜩 골이 난 표정으로 콧구멍을 벌렁거렸는데 나는 웃지 않기 위해 어금니를 물었다. 세상에. 학교에선 그렇게 커 보이던 사람이 밖에서 보니까 완전 애구나, 애. 특히 그의 형 앞에서는. 순간 최정우가 자신은 선생 같은 게 아니라고 고함을 내질렀던 일이 생각났다. 패스트푸드점에서 아르바이트하는 것과 별반 다르지 않다는 말이 이제야 실감이 났다고 해야 할까. 나는 어쩌면 선생이라는 타이틀 하나로 그를 지나치게 경직되고, 어렵게 느낀 것인지도 몰랐다. 그의 말대로 그는 선생이라는, 되도 않는 타이틀을 내려놓고 보면 그냥 평범한 스물세 살짜리 남자에 불과했다. 어쩌면 열아홉 살의 남자와 그다지 차이가 나지 않을지도 모르는.

그를 따라 보도블록을 걷는데 왼편 골목 입구에 유려한 곡선이 흐르는 적색 스포츠카가 한 대 서 있었다. 설마. 눈부신 스포츠카를 실눈으로 살피며 설마 이 차가 그의 차는 아니겠지 하고 가늠하는 중이었다. 그런데 그가 가까이 다가가자 '삐빅' 하고 헤드라이트가 일순 깜빡였다.

"타."

농담이지? 어딜 가도 눈에 띈다고 이런 차는! 이 차를 타고 기숙사 앞까지 간다고 생각하니 정신이 아찔했다. BMW. 차에 대해 쥐뿔도 모르지만 차 옆면에 찍힌 단어를 못 알아볼 리는 없었다. 뭐야……. 엄청 있는 집 자식인 거 아니야?

나는 손잡이를 당겨 차 문을 열고 조심스럽게 조수석에 올랐다. 옆자리에 탄다는 게 무척 불편했지만, 좌석이라곤 두 개뿐이라 달리 선택의 여지도 없었다. 그와 지나치게 가까이 앉아 있다는 생각이 들어 최대한 창가에 몸을 붙여 앉은 채 몸에 벨트를 채웠다.

고급 외제차에 형은 변호사에. 그 사실을 알고 나니 이 자리가 더욱 불편했다. 아마 충동적으로 고백하기 전에 이런 사실을 알았다면 그런 일은 결코 일어나지 않았을 터였다.

"하여간 넌 참⋯⋯ 희한해."

내가 쭈뼛거리며 불편해하자 그가 질렸다는 듯 고개를 절레절레 저었다. 엔진 버튼을 누르고 기어를 뒤로 당기자 부르릉 하는 소리와 함께 미끄러지듯 차가 움직이기 시작했다.

"혹시 우리 형 때문에 곤란했다면 내가 대신 사과할게."

차가 4차선 도로에 진입할 때쯤 그가 불현듯 말을 걸어왔다.

"아, 아니요."

"좀 똘기가 있지만 나쁜 사람은 아니야. 그래 봬도 업계에서 인정받는 변호사고."

"네."

전혀 싫지 않은데⋯⋯. 오히려 호감형이랄까.

형과 나이 차이가 얼마나 나는 걸까? 적어도 30대 후반으로 보이던데. 늦둥이인가? 이사장과 모종의 관계가 있다는 소문은 사실인가? 묻고 싶은 건 많았지만 행여나 그가 싫어할까 봐 나는 입을 다물었다.

시간이 지날수록 엉덩이에 닿은 시트가 점점 더 따뜻해졌고 긴장이 풀려 버린 탓인지 잠이 쏟아졌다. 차 안은 지나치게 조용했고 최정우도 더 이상 말을 걸지 않자 나는 그대로 잠이 들어 버렸다.

* * *

시간이 얼마나 지났을까. 무심결에 몸을 뒤척이던 나는 퍼뜩 잠에서 깨어났다. 어찌나 푹 잠이 들었던지 젖은 스펀지처럼 축 늘어진 몸이 무겁게 느껴질 지경이었다. 창밖으로는 학교가 비죽 솟아 있는 게 보였다.

학교는 여기서 두 블록 정도 떨어져 있었다. 나는 내비게이션에 떠 있는 시계를 확인했다. 오후 6시. 얼마나 여기에 잠들어 있던 걸까. 최정우는 어디 있지? 비어 있는 운전석을 확인한 후, 허리를 곧추세우고 그의 흔적을 두리번대며 찾았다. 그리고 얼마 찾지 않아 그가 차 앞, 보도블록 끝에 엉덩이를 대고 앉아 담배를 문 채 누군가와 낄낄거리며 통화하는 모습이 보였다. 나는 안도했다.

나는 멍하게 자리에 앉아 아이 같기도, 무척이나 어려운 어른 같기도 한 묘한 그의 모습을 쳐다봤다. 오늘 분명히 또 잠을 못 자겠지. 온종일 오늘 있었던 일을 곱씹고 밤새 의미를 부여하고 열에 들뜨고, 그러다 좌절하기를 반복하며 뒤척이겠지. 그는 저렇게 속 편하게 낄낄거리기만 하는데, 나는 가슴이 아파 왔다. 착각이라니. 어떻게 이런 감정이 착각일 수 있을까? 띠링. 가방의 앞주머니에서 문자 메시지 수신음이 울렸다.

[발신자: 김재현

은금아. 어제 못다 한 그림 때문에 그러는데 실기실로 내려와 줄 수 있어?]

재현의 문자를 확인하고 매고 있던 벨트를 풀었다. 아까부터 걸치고 있던 그의 외투를 단정하게 접어 조수석에 내려놓고 문을 닫았더니, 그가 내 쪽으로 시선을 돌렸다.

"다음에 이야기하죠. 네."

그는 전화기를 끊고 담뱃불을 손끝으로 털어 끈 뒤 하수구 구멍 사이에 쏙 집어넣었다.

"잘 잤어?"

"아…… 네……."

대답하고 나니 볼에 열이 확 올랐다. 소리 지르고, 토하고, 졸고, 하루 종일 그 앞에서 엉망진창으로 추태를 부린 게 머릿속에 끔찍할 만큼 똑똑히 떠올랐다. 내가 그와 하루 종일 찍은 건 두근거리는 로맨스 드라마가 아니다. 하드코어 개그지.

"뭐, 창피해할 필요 없어. 다이내믹한 하루를 보냈으니 피곤할 만도 해."

"죄송해요."

하루 종일 그를 괴롭힌 것에 대해 사과하고, 도와준 것에 재빠르게 감사의 인사를 덧붙였다.

"감사합니다."

"사과를 하건 감사를 하건 하나만 해. 못 알아듣겠잖아."

"죄송해요……."

풀 죽은 목소리에 그가 갑자기 웃었다.

"너 도대체 누구야?"

내가…… 누구냐고?

"어느 날은 잔뜩 겁에 질려 매달리고, 그러다가 경계하고, 졸고, 일어나서는 말이나 더듬거리고. 대체……일관성이라고는 눈을 씻고 찾아봐도 없잖아."

아, 맞아. 내가 그랬지. 휴. 한숨이 나왔다. 그에게 어떻게 굴었는지는 너무 잘 알고 있지만 나조차 모르겠는데 그에게 어떻게 설명을 한단 말이야.

"너 뭐 혹시 이중인격자라든가…… 뭐, 그런 거야?"

나는 소심하게 고개를 절레절레 저었다.

"아니면 혹시… 진짜 나 갖고 노는 건가?"

나는 어처구니없는 표정으로 입을 벌렸다.

"아니에요."

이번엔 정말 단호하게 대답했다.

"이중인격자도 아니고, 갖고 노는 것도 아니면 그럼 대체 뭘 하는 걸까."

"전 아무것도 하고 있지 않아요."

"그럼 내가 너한테 멋대로 휘둘리는 건가?"

휘둘려? 최정우가? 나한테? 나는 그가 하는 말이 진심인지 의심스러웠다. 그럴 리가 있어? 멋대로 휘둘리는 건 내 쪽이고, 멋대로 휘두르는 건 그쪽인데? 터무니없는 소리에 눈을 가늘게 뜨고 미간을 구겼다.

"그렇게는 안 보이시는데요."

"그래? 진심으로?"

"네."

인상을 찡그리고 서 있자니 그가 턱을 괴고 관찰하는 눈으로 올려다봤다. 그는 무슨 말이 하고 싶은 걸까?

"넌 사랑에 빠진 사람처럼 보이진 않아. 박은금."

역시나 그가 하는 말은 내 예상을 벗어나 버린다.

"처음엔 네가 무서운 것과 좋아하는 걸 착각하고 있다는 생각을 했는데…… 지금은 네가 어떻게 보이냐 하면, 물웅덩이에 쪼그리고 앉아서 저긴 얼마나 깊을까 나뭇가지로 바닥을 찔러 보고 있는 것처럼 보여."

귀가 쫑긋했다. 내가 혼란스러워하자, 그는 시원스레 웃었다.

"어느 쪽으로 보건, 연애 감정은 아니란 이야기지."

치아를 드러내고 웃는 것이 무척 거슬렸다. 하지만 선뜻 반박할 수가 없는 이유는, 머릿속에 쏟아져 나온 생각들이 정리되지 않았기 때문이었다. 연애 감정? 좋아한다는 것과 연애 감정은 다른 건가? 아니면 같은 건가? 난 그저 그에게 정신없이 휘둘리는 마음을 절박하게 고백한 것뿐, 그와 앞으로 뭘 하자든가, 뭔가를 하고 싶다든가 하는 생각은 해 본 적이 없었다. 태풍 속에서 눈앞에 보이는 물건을 꽉 붙드는 것 말고 달리 뭘 생각할 수 있단 말인가.

"어쨌든, 차에 타. 나도 학교에 볼일이 있으니."

"필요 없어요."

나는 뭐에 홀린 사람처럼 중얼거렸다.

"안 타?"

"걸어갈래요. 겨우 두 블록이니까요."

귀찮다는 듯 대충 대답해 버렸지만 실은 머릿속이 무척 혼란스러웠다. 나는 어슬렁대며 넋이 나간 상태로 그를 스쳐 지났다. 너무도 낯선 감정. 아니면, 아주 오래전에 잃어버렸던 감정들이 자꾸만 느껴졌다. 그것을 파악하기가 정말로 힘이 들었다. 이럴 줄 알았다면 로맨스 소설이라도 좀 읽어 볼걸. 그렇다면 이런 상황에서 어떻게 해야 하는 건지 힌트라도 얻지 않았을까? 한참 동안 멍청하게 걷고 있었지만 엔진음은 들려오지 않았다. 아마도 그는 그 자리에 멈춰 있거나, 아니면 내 뒤를 따라 걷고 있거나 둘 중 하나라고 생각했다. 그러나 단 한 번도 뒤를 돌아 확인해 보지 않았다. 그가 없으면 낙담할 테고 아마 뒤에 있다면 내 안의 뭔가가 폭발할 것만 같아서였다. 그렇게 15분 남짓 걸어 학교에 도착했을 때 휴대폰 벨이 울렸다.

[김재현]

아. 맞네. 재현이. 잊고 있었다. 서둘러 통화 버튼을 눌렀다.

"여보세요?"

— 어?! 나야, 재현이. 혹시 내 문자 봤어?

"아, 응. 봤어. 미안. 답문을 못 했네."

— 어디야? 지금 와 줄 수 있어?

"아……."

그래, 과제.

나는 5층으로 올라가는 학교 엘리베이터 앞에 멈춰 섰다.

인물화 과제.

그건 나도 아직 끝내지 못했다. 되도 않는 고백을 한 이후, 그를 보지 않고는 그림을 채울 자신도 없었고, 그렇다고 그를 아무렇지 않게 볼 자신도 없었다. 나는 또 한 번 된서리를 맞을까 겁이 나 그림을 작업실 한구석에 처박아 두고서 이러지도 저러지도 못하고 있었다. 무엇보다 그의 눈에서 다시 분노를 마주하게 되는 것이 가장 무서웠다.

어느 쪽을 보건 연애 감정은 아니라고? 연애 감정이 아니면 내가 겪고 있는 감정은 뭔데? 호기심에 나뭇가지로 물속이나 헤집는 감정치고는 지나치게 무거운데, 그럼 이건 뭐라고 불러야 하지? 호기심이라면, 그저 그것뿐이라면 어째서 그의 눈을 그리는 것이 이토록 어려운 것일까. 왜 매일 밤 뒤척이고 끊임없이 생각하고 왜 항상 마음이 아픈 걸까. 연애 감정이란 말은 오히려 가벼웠다. 내가 가진 것은 훨씬 더 깊고 어렵고 강렬한 것이었다.

내 인생이 어떻게 꼬여 가고 있는지, 지금 얼마나 천지가 개벽할 만큼 변화하고 있는 건지, 그게 어떤 의미인지 그는 전혀 몰랐다. 모르기 때문에 가볍게 내 감정을 맘대로 재단하려 드는 거다. 어째서 그걸 모르는 걸까. 혹시 모른 척하고 싶은 걸까. 어쩌면 설명이 부족했던 건 아닐까? 좀 더 확실하게 전해야 하는 건 아닐까?

— 여보세요?

수화기 너머로 재현의 목소리가 다시 들렸다.

— 은금아?

"어. 듣고 있어."

— 실습실로 와 줄 수 있어?

실습실. 최정우가 학교에 볼일이 남아 있다면 실습실엔 꼭 들를 거야. 그런 생각이 들자 나는 행동을 서둘렀다. 어쩐지 꼭 떠나는 기차를 눈앞에 둔 사람이 되어 버린 것 같았다.

"응, 빨리 갈게."

나는 빠른 걸음으로 작업실로 올라가 책상 서랍 깊이 처박아 둔 인물화를 꺼내 들고 실습실로 향했다. 어두운 복도에 오로지 그곳만 하얀 빛이 쏟아졌다. 문을 열자, 재현이와 함께 최정우가 있었다. 나는 안도했다. 다행이야. 예상이 맞았네. 그림을 핑계 삼아 그를 붙잡아 둘 요량이었다. 그렇게 시간을 좀 더 벌고, 좀 더 여러 번 고민한 이후에 다시 한번 확실하게 내 감정에 대해 이야기해 줄 계획을 세우면서.

그는 작업실 책상 위에 엉덩이를 반쯤 걸친 채 재현과 시시껄렁한 농담을 주고받다가 누가 봐도 서둘러 내려온 티가 역력한 내 모습을 눈으로 가볍게 훑더니 난데없이 휘익 휘파람을 불었다.

"그럼 여자 친구도 왔으니, 이 몸은 이만 빠져 주지."

뭐? 내 미간이 사정없이 좁혀 들어가자 재현이의 얼굴이 새빨갛게 변했다.

"아니, 선생님. 그거 아니라니까요."

너무 기분 나쁜 표정을 짓고 서서인지 재현이 더 어쩔 줄 몰라 하며 내 앞에 서성댔다. 최정우는 목구멍 깊이, 울리는 웃음소리를 냈다.

"좋은 시간 보내라고. 너무 붙어 있지는 말고."

그렇게 말하고는 문을 닫고 교실 밖으로 나가 버렸다. 김이 샌다는 게 이런 느낌을 말하는 건가? 그 자리에 쪼그라들 것만 같았다. 힘이 빠지고 모든 의욕이 썰물처럼 빠져나갔다. 이게 아닌데. 나는 재현이랑 시간이나 때우려고 여길 온 게 아니야. 당신에게 볼일이 있기 때문에 서둘러 온 거라고.

"으, 은금아 미안해. 근데 절대로 내가 그런 이야기한 건 아니고…… 그냥 선생님이 멋대로 막 갖다 붙인 거야. 알지?"

형용할 수 없이 불쾌해졌다. 날 뭐라고 생각하는 거야! 재현이가 앞에서 발을 동동 굴렀지만, 신경도 쓰이지 않았다. 그에게 화가 난 것은 더더욱 아니었다. 나는 일관되게 내 감정을 무시하는 최정우에게 무척이나 화가 났다. 그에게 너무 화가 나 다른 것은 안중에도 없었다.

최정우가 진심으로 날 재현의 여자 친구라고 생각할 리가 없었다. 적어도 반년 동안 반에서 내가 얼마나 머저리 같은 존재였는지 그는 알고 있으니까. 내가 지혜를 제외한 그 누구와도 세 마디 이상 섞어 보지 않은 사람이란 걸 누구보다 잘 알고 있으니까. 좋아한다는 내 말을 먹던 감 찔러 보는 것과 별반 다를 게 없는 수준으로 듣지 않고서야 어떻게 이토록 쉽게 날 다른 남자애와 엮을 수 있는가. 내 기분을 무시하고 내가 원하지 않는 친절을 베풀면서 그는 나를 한없이 가벼운 여자로 만들고 있었다.

불과 몇 시간 전, 그에게 매달려 덜덜 떨면서 모든 것을 의지했다. 남자의 온기가, 따뜻함이, 그 향기가 처음으로 마음에 안정감을 가져다준 순간이었다. 매번 내가 어쩌지 못할 만큼 마구잡이로, 제멋대로 발자국을 새겨 넣고는 어떻게 이토록 내겐 진지하지 못하단 말인가. 기분이 나빴다. 나쁘단 말로는 부족해. 이건 더럽다고 표현해야 맞다. 무지막지하게 화가 나고 속이 상하고, 애가 탔다. 가슴이 울렁거리고 앞뒤로 펄떡대며 뒤집어지기를 반복했다. 고릴라처럼 가슴을 치고 입에서 불이라도 뿜고 싶었다. 기가 막혀 나도 모르게 코웃음을 치며 코끼리 발걸음으로 성큼성큼 책상 앞으로가 쾅 하고 판넬을 내리쳤다. 뒤에서 재현이가 급하게 숨을 들이켜는 소리가 들렸다.

"너 괜찮아?"

그가 조심스럽게 물었다.

"괜찮아. 괜찮으니까 그려."

여전히 화가 가라앉지 않은 목소리로 자리에 앉으며 씩씩댔다. 맞은편에 앉아 눈치를 살피는 재현은 여전히 불편해 보였다.

"너무 기분 나빠 하지 마. 선생님이 너 놀리려는 게 아니고 나 놀리려고 그런 말 한 거야."

알게 뭐야 기분이 나쁜데. 대답 대신 입을 꾹 다물고는 감정의 파도에 출렁거리며 중심을 잡기 위해 애를 썼다.

"어쨌든 미안해. 이제 그만 기분 풀어."

그의 말이 성가셔 나는 고개를 저었다.

"너 때문에 화난 거 아니야."

그는 판넬 위에 지우개질하며 기운 없이 빙그레 웃었다.

"네가 나 때문에 기분이 나쁘건, 내 여자 친구란 소리에 기분이 나쁘건, 내겐 마찬가지로 느껴지는데……."

잠시 후, 그의 말을 한 번 더 곱씹고 난 뒤에 나는 화들짝 놀랐다.

"아니야! 혹시 내가 널 싫어한다고 생각한다면 그건 절대로 아니야. 미치지 않고서야 그럴 리가 없잖아!"

되는 대로 지껄이고 난 후, 너무 대책 없이 열렬하게 부정했다는 사실에 창피해졌다.

"그러니까 내 말은…… 미안해! 널 기분 나쁘게 하려던 게 아니었어."

"알아."

알아?

"넌 착하잖아."

내가?

그는 다시 한번 기분 좋게 빙그레 웃었다.

"착하지 않고서야 지혜 그놈 성격을 다 받아 주면서 옆에 바짝 붙어 있을 리가 없거든."

틀린데. 내가 지혜를 받아 주는 게 아니고 지혜가 날 받아 주는 건데…….

"같은 반 되고 나서 한 번쯤 말을 걸어 보고 싶어도 항상 고개 숙이고 눈도 안 마주치고 다녀서 어려웠어. 그래도 학교에서 해야 할 일은 뭐든 열심히 하는 거 보고 나쁜 애는 아니라는 생각이 들더라. 그냥 사람 사귀는 게 서툴러서 그렇다고 생각했어. 네가 밝아져서 다행이야. 졸업하기 전에 친구라도 될 수 있어서."

나는 웃지도, 울지도, 그 어떤 표정도 짓지 못했다. 그저 멀뚱하게 앉아 그의 키득대는 모습만 쳐다봤다.

"방금 얼굴 좋은데? 멍한 게?"

그는 눈을 반짝이며 판넬 위로 손을 움직였다.

* * *

헤르만 헤세, 오스카 와일드, 찰스 디킨스, 마크 트웨인, 토머스 하디. 미술 서적과 마찬가지로 그의 책장에 꽂힌 문학책은 모두 원서였다. 한글보단 영어가 익숙한 사람인가? 눈을 찌푸리고 영어로 된 작가의 이름들을 하나씩 입으로 발음해 보며 최정우의 너저분한 책상을 살폈다.

책상을 보면 성격을 알 수 있다고 하던가? 책상 위에는 여러 가지가 이리저리 나뒹굴었는데 웃기게도 빛이 바래거나 먼지에 뒤덮인 물건은 없었다. 책상 위에는 색도 종류도 다양한 여러 가지의 펜이 아무렇게나 흩어져 있었는데 대신 지우개 가루나 먼지 한 톨이 없었다. 창가에는 팬클럽이 가져다준 음료, 과자, 편지들이 수두룩하게 쌓여 있었다. 제대로 정리되진 않았어도 무엇 하나 방치된 것도 없었다. 손때가 묻은 물건들과 사용하지 않는 게 전혀 없는 책상. 여전히 이 남자는 진력날 정도로 미스터리다. 한숨을 내쉬며 시선을 돌리다 책장 맨 끝에 한글로 된 책이 있음을 발견했다.

'이상'

분명 그렇게 적혀 있었다. 나는 조심스럽게 손가락으로 책을 빼냈다.

'이상 문학전집'

커다랗게 표지에 박힌 글자를 보자 배 속에서 귀뚜라미가 날갯짓하기 시작했다. 뭘까. 그의 책장 위에 있는 유일한 한글 책이 이상이라는 건 단순한 우연? 아니면 내 책상에 멋대로 이상의 시를 펴 놓은 건 혹시 그일까? 많이 읽고 펴 봐 노랗게 변하고 책의 모서리가 둥글게 닳아 있는 책장을 손으로 매만지는데 누군가 획 책을 낚아채어 갔다.

"뭐해, 여기서."

최정우의 무뚝뚝한 목소리에 나는 놀라움과 안도감에 뒤섞여 한숨을 내쉬었다. 그가 돌아와서 다행이다. 덕분에 지루하게 책상 앞에서 서성거린 일이 쓸모없는 기다림이 아니게 되었다.

"김재현은?"

"갔어요. 아까."

그는 내 손에서 빼낸 책을 제자리에 꽂았다. 그에게선 막 태운 담배 향이 났다. 분명 인상을 찡그리고, 다시 한번 토해도 이상할 게 없는 냄새인데 희한하게도 그에게서 나는 냄새는 역겹게 느껴지지 않았다.

"너는 뭐하고?"

그는 책상 위에 널브러진 볼펜을 하나씩 필기구 통에 꽂아 넣었다.

"선생님 기다렸어요."

　그가 멈칫하더니 의심스러운 눈으로 날 한 번 흘깃거렸다.

"뭣 땜에?"

　나는 내 자리로 돌아가 연필과 아직 완성하지 못한 인물화를 들고는 다시 그에게 다가갔다. 그가 그림을 확인하더니 아주 짧게 웃음을 토했다. 꼭 한숨처럼. 그는 마치 자포자기라도 한 듯이 의자에 털썩 앉고는 어깨를 한 번 으쓱해 보였다. 맘대로 하라는 뜻이었다. 나는 냉큼 아무 의자나 바짝 끌어다가 맞은편에 놓고 그와 마주 보며 앉았다.

　나는 그의 교묘하게 관찰하는 눈을 쳐다봤다. 복잡한 내 마음만큼이나 그의 눈도 복잡해 보였다. 단순히 느낌이 그랬다. 사진이라도 찍어 둘까. 어쩌면 휴대폰으로 얼굴을 찍어 두는 편이 더 좋을지도 몰라. 적어도 그렇게 하면 보고 싶을 때 마음껏 볼 수는 있잖아. 나는 그리는 것을 시도해 보고 안 되면 그의 얼굴이라도 찍어야겠다고 속으로 생각하며 분주하게 손을 움직였다.

　새까만 눈동자를 연필로 눌러 색을 채우고, 홍채를 표현하고, 반짝이는 반사광을 집어넣고…… 몇 번이고 그의 눈을 뚫어져라 쳐다볼 동안, 그리고 어쩌면 쳐다보지 않을 동안에도 그는 계속 나와 눈을 맞추고 있었다.

　그의 시선에 고개 한 번 들지 못하던 때도 있었다. 그땐 그의 시선에 반응하는 내가 두려웠었는데, 지금은 그가 쳐다봐 주는 이 순간이 소중하다는 생각이 들었다. 그는 내가 재능이 있다고 믿고 있었고 그 때문인지 진지했다. 그가 내게 진지하게 구는 유일한 순간이었다.

새까만 눈동자가 채워지자 비로소 그림에 생명력이 스며들었다. 그림 안의 그는 강인하고 남성적이었다. 눈은 깊고 날카로웠으며 냉정해 보일 정도로 꾹 다문 입술에는 웃음기라곤 없었다. 그렇지만 차가워 보이지는 않았다. 묵직하고 진중한 느낌. 이제야 비로소 내가 아는 사람을 그려 넣은 것 같은 기분이 들었다.

서서히 화가 가라앉고서부터 나는 무수히 많은 생각을 했다. 그냥 입을 다물고 넘어갈지 아니면 화가 났다고 솔직히 이야기해야 하는 건지, 만약 이야기한다면 뭘 어떻게 이야길 해야 하는 건지 말이다.

생각하는 동안 수없이 감정의 되새김질을 해 보고 다짐을 해 보고 정리를 해 봐도 난 여전히 결론을 낼 수가 없었다. 내가 화를 내는 게 정당한 건가? 너무 추한 건 아닐까? 그에게 날 너무 강요하는 게 아닐까? 어떤 식으로든 그가 느끼는 것에 간섭할 순 없는 게 아닐까? 이 답답함은, 알 수 없는 갈증은 참아 내기만 하면 어떻게든 사라지는 것은 아닐까?

도화지의 맨 구석에 내 번호와 이름을 적었고 최정우는 그 모습을 확인하더니 자리에서 천천히 일어났다. 나는 다급해졌다.

"제출은 내일 해도 좋아. 늦었으니 이만 기숙사로 돌아가도록. 내일 보자."

아직 생각을 다 정리하지 못했음에도 지금이 아니면 기회가 없을 것 같아 나는 스쳐 지나는 그의 소매를 붙잡았다. 그는 동작을 멈추고 자신의 소매를 천천히 들어 보이며 웃었다.

116

"이것 참, 묘하단 말이야."

"......."

"손만 내밀어도 벌벌 떨었던 거에 비하면, 장족의 발전이긴 한데…… 어쩌잔 거야?"

장난기가 가득했지만 어딘지 모르게 뼈가 있었다. 무엇 때문인지 몰라도, 그가 비아냥거린다는 생각에 쉽사리 입이 떨어지지 않았다. 내가 소매만 붙잡고 있자 넌덜머리난다는 듯 한숨을 쉬었다.

"할 말이 있는 거야, 아니면 옷만 잡고 늘어지고 싶은 거야 뭐야? 내 옷깃에 꿀이라도 발라 놨어?"

"......."

"너랑 이러고 있을 시간이 없어."

그 말에 나는 자리에서 벌떡 일어섰고 그는 조금 뒤로 물러섰다. 내 얼굴은 입 밖에 내지 못한 수많은 말들 때문에 터질 것처럼 부풀었다. 최정우는 미간을 찌푸린 채 흥미로운 눈으로 내 얼굴을 관찰했다.

"......."

"가기 전에 다시 한번 고맙단 말이라도 하고 싶은 거야? 아니면 뭐, 또 죄송하다고 하고 싶어?

"......."

내가 여전히 입을 다물고 있자 그는 크게 한숨을 쉬며 눈알을 굴렸다.

"차라리 이럴 바엔 편지를 보내. 생각날 때마다 적어서. 알겠어?"

"저 여자 친구 아니에요."

입 밖으로 나온 첫 마디가 그거였다.

"뭐?"

"재현이요. 여자 친구 아니라고요."

그가 피식피식 웃었다.

"그 말이 하고 싶어서 그렇게 뜸을 들인 거야?"

그는 밋밋하게 웃었다.

"뭐, 잘 알겠어. 나도 둘이 진짜 사귄다고 생각해서 그런 말 한 거 아니야. 잘됐으면 하는 거지."

"왜요?"

"좋은 아이고, 잘 어울리니까."

그의 소매 끝을 탁 났다. 허탈하기가 이루 말할 수 없었다. 그래, 이 사람은 날 짐짝 취급해. 내 감정을 너무도 가볍게 여긴다. 이처럼 비겁한 거절이 또 어디에 있을까. 비참하기 이를 데가 없는 내 처지에 화가 났다. 그리고 동시에 그에게도 화가 났다.

"전 재현이 안 좋아해요. 몇 마디 나눠 본 지 일주일도 안 됐고, 친하지도 않다고요."

"너한테 단지 길을 알려 주는 거야. 쉽고 편한 길."

그가 낮은 목소리로 대꾸했다. 쉽고 편한 길? 어떤 쉽고 편한 길? 내 인생에 그런 길 따윈 존재하질 않는데?

"누굴 위해서요? 내가 바라는 게 아니잖아요."

"네가 원하는 건 평생 못 얻어."

내가 원하는 것을 정말 그는 알고 있을까? 나조차 내가 원하는 것을 몰라 이토록 혼란스러운데 말이다.

"내가 원하는 게 뭔데요? 말했잖아요. 난 선생님한테 바라는 게 없어요. 난 그저……."

그가 내 말을 잘랐다.

"그거 이상하다는 생각 안 해? 어째서 좋아하는 사람에게 바라는 게 아무것도 없을 수가 있어? 내가 그냥 '아, 그래 날 좋아하는구나. 그래, 고맙다' 그렇게 해 주는 것에서 끝난다고? 그게 가능할 리가 없잖아. 그건 모순이야."

"어째서 그렇게 하면 안 돼요? 그냥 날 부정하지 않을 수도 있잖아요."

그냥 날 조금은…… 따듯하게 대해줄 수 있잖아. 이토록 날 몰아붙이는 게 아니라. 그는 답답한 듯 한숨을 쉬었다.

"그렇게 하지 않으면 넌 말도 안 되는 착각으로 네 감정을 소모할 테고, 그렇게 하면서 수많은 기회를 놓칠 테니까."

'말도 안 되는 착각.'

정말 일관된 자세였다. 무시. 나는 그의 말을 하나도 이해할 수 없어서 속으로 헛웃음을 들이켰다. 이 모든 게 마치 날 위한 것처럼 위선을 떨겠다고? 내가 귀찮고 혐오스러워서가 아니라?

"선생 따윈 아니라면서요."

"그래, 아니야. 봤잖아. 난 그냥 사람 패고 스포츠카나 몰고, 생각 없이 그림 그리는 걸로 시간 때우며 돈이나 버는 놈팡이야."

"그런데 왜 지극히 선생처럼 말하는 거예요? 마치 날 위하는 것처럼?"

"넌 재능 있고 매력적인 사람이잖아. 내게도 최소한의 양심이란 게 있어."

그의 진지하고 까만 눈이 날 바라봤다. 연기를 하는 중인 걸까? 아니면 정말 진심을 담아 이야기하고 있는 걸까? 왜 이런 말로, 이러한 순간마저 그는 나를 흔드는 것일까.

"넌…… 대하기 조심스러워, 박은금. 이유는 모르겠지만 무척이나 그래. 깨지기 쉬운 유리잔을 손바닥 위에 올려놓은 기분이라고. 그래서 네가 감당할 수 없는 걸 시작하지 않았으면 좋겠어."

내가 뭘 감당 못 한다는 거야? 깨지기 쉬운 유리 조각처럼 느껴진다면 처음부터 거리를 좁히려 들지 않았으면 될 것 아녀! 그런 생각이 들자 나는 머리를 흔들어 애써 생각을 떨쳐냈다. 아니, 그런 식으로 생각하는 건 옳지 않아. 그의 탓을 하면 안 돼. 그러지 않기로 했잖아.

"그냥 차라리, 그냥, 그냥 내가 싫다고 해요."

"싫지 않은데, 어떻게 싫다고 해."

잔인한 사람. 이렇게 잔인할 수가. 그를 좋아하는 것과 그가 싫지 않다고 말하는 건 전혀 다른 감정이었다. 나는 그를 남자로 좋아하는데, 그는 날 사람 대 사람으로 싫어하지 않는 것뿐이다. 내가 싫지 않다는 말은 그런 뜻이었다. 너무나 아프다. 너무나. 그는 자신의 이마를 문질렀다. 접점이 없는 소모적인 언쟁에 그는 지쳐 보였다.

"좋아하는 마음을 인정받는 것에서 끝날 수 있다고? 정말 순진하게 그렇게 생각해? 보통은 거기서부터 시작하는 거야. 그걸 인정하고 서로 확인하고 나면 거기서부터 시작되는 거라고."

시작돼? 무엇이? 같은 것을 느끼고 있지도 않은데, 심지어 이해하지도 못하는데 무엇을 시작할 수 있단 말인가.

"무슨, 무슨 말이에요."

그가 내 표정을 살피더니 크게 낙담하듯 한숨을 내쉬었다. 내가 생각보다 더 아는 게 없는 모양이었다.

"이것 봐. 넌 내 말을 이해조차 못 하잖아."

"그럼 설명해 줘요. 날…… 이해시켜 줘요."

그는 몇 번 말도 안 되는 짓을 한다며 머리를 흔들었다. 자세를 고쳐 서고 그가 깊게 호흡하는 동안 나는 조바심에 바짝 말랐다.

"난 열다섯 살 때 미국으로 넘어갔어. 중학교, 고등학교, 대학교까지 미국에서 나왔다고. 여기보다 수만 배는 자유롭게 살았어."

그런 것치고 한국말 잘하네……. 머릿속엔 단순하게 그것만 떠올랐다.

"청소년기를 몽땅 미국에서 보낸 내가, 내 모든 문화적 이해력이, 사고방식이 여기가 아닌 거기에 맞춰져 있는 상황에서 널 인정했다고 치자. 그러고 나서 뭐가 어떻게 될 것 같아? 서로 쳐다만 봐도, 서로 나란히 걷기만 해도, 손끝만 스치는 것만으로도 가슴이 콩닥거리는, 뭐 그런 연애를 할 것 같아?"

난 대답을 할 수 없었다. 도대체 이 남자가 무슨 이야기를 하는 거야. 무얼 설명하고 있는지 전혀 모르겠다.

"연애를 하자는 게 아니에요. 난 그냥 좋아하는 내 마음을 이런 식으로…… 그러니까 난 그저 인정받고 싶어서……."

"같아, 멍청아!"

그의 고함에 나는 눈을 한 번 빠르게 끔뻑였다. 왜 소리를 지르는 건지, 왜 그게 같다는 건지, 여전히 이해할 수가 없었다. 그는 감정을 꾹꾹 누르는 것 같은 얼굴로 입술을 씹으며 날 쳐다봤다.

"같은 이야기라고."

내가 또 뭘 잘못한 걸까? 되지도 않는 고집을 부리고 있나? 내가 아주 이상한 이야길 하는 건가? 어디서? 어떤 식으로?

"난 그저, 선생님에게 무시당하고 싶지 않아요. 나는, 그러니까……."

할 말을 찾아 빠르게 눈을 좌우로 굴렸다. 모든 게 흔들리기 시작했다. 같은 이야기라고? 뭐가? 그의 말을 이해 못 하겠는 건 그가 틀려서인 걸까, 아니면 내가 틀려서인 걸까. 아무것도 판단할 수가 없었다.

"네가 나한테 바라는 게 뭔지 알려 줄까?"

그가 입꼬리를 비틀고 웃었다.

"넌 내가 바다같이 깊고 넓은 애정과 선의를 가진 훌륭하고 도덕적인 선생이길 바라는 거야. 네 마음에 적당히 맞장구 쳐 주고, 그걸로 성적이나 올려 주고, 20년쯤 지나면 그 은사님 덕에 아름다운 추억을 가졌다고 기억하고 싶은 거라고. 세상엔 여러 종류의 '사랑'이 있어. 모성애, 가족애, 우정, 연민. 네가 내게 바라는 건 '남녀 간의 좋아함'이 아니야. 넌 마치 날 구세주처럼 햇살 한 줄기를 내리쬐어 주길 원하는 거라고."

부정할 수가 없었다. 수긍해서가 아니었다. 그렇게까지 깊게 생각해 보지 못해서였다. 그렇게 모든 걸 계산해 두고 고백한 게 아니야. 바라는 게 아무것도 없는 건 가진 게 아무것도 없어서란 말이야. 난 그저 당장 내 안에 일어나는 변화로도 벅차서 이 사람과 어떻게 하고 싶은지 뭘 하려는 건지 생각해 볼 여유가 없었던 것뿐이라고.

122

"난 그런 사람이 아니야. 수없이 반복해서 말해 왔잖아. 내게 바라는 그런 아가페적이고 헌신적인 애정을 줄 수가 없다고. 그럴 만큼 어른스럽지도, 성숙하지도 못해. 그러니까 차라리 또래 남자아이를 찾아봐. 어른스럽고 성숙하진 않겠지만 적어도, 너만큼 순수하긴 할 거 아냐. 감당할 수 있는 일을 벌이라고."

그는 왜 이토록 복잡하게 반응하는 걸까. 그래, 어쩌면 이 사람이 그냥 '좋아한다'는 고백에 웃으며 고맙다고 말하는 걸 바랐는지도 모른다. 생각해 본 적 없지만 그런 반응이 모든 일을 가장 쉽게 만들 테니까. 닥쳐 보지 않은 일이니, 거기에 만족할지 아니면 그의 말대로 거기서부터 시작하려 들지는 알 수 없는 노릇이었다. 내가 감당할 수 없는 건 또 뭐란 말인가. 어째서 순수하게 좋아한다는 고백을 하면 안 돼? 왜 그걸 인정받으면 안 돼? 좋아한다는 건, 그것만으로도 내게 너무 큰 의미인데.

그가 내 애정을 불쾌해하고 설득할 때마다 나는 절망을 느꼈다. 훈계나 복잡한 애정 공식에 대한 조언을 듣고 싶은 게 아니었다. 난 그저 그 용기를 내보고 싶었던 것뿐이었다. 오로지 그것뿐이라고. 그런데 왜 오명을 들어야 하지? 어째서 내 마음에 딱지를 붙이고 분류하며 아무렇지 않게 쓰레기통에 처박으려고 하는 거야. 왜 날 가르치려 드는 거냐고.

"왜, 내가, 어째서…… 아무것도 모르는 것처럼 말해요?"

"실제로 넌 아무것도 모르니까."

"내가 아무리 멍청해도 누굴 좋아하고, 누굴 싫어하고, 그 정돈 알아요! 지금 상황을 전혀 이해 못 하는 건 내가 아니라……."

"정말 말귀 못 알아먹네!"

그가 이 물린 목소리를 냄과 동시에 내 손목을 잡아 당겼고 난 그에게 확 넘어졌다. 얼굴에 무엇인가가 '쾅' 하고 눈앞이 번쩍일 정도로 세게 부딪혔다. 반사적으로 눈을 세게 감았다가 뜬 후에야 내 얼굴이 최정우의 얼굴과 부딪혔다는 걸 알았다.

나는 충격에 빠진 채였다. 내 얼굴에 왜 그의 얼굴이 닿아 있을까. 내 입술에 닿는 게 이 사람 입술인가? 그의 품에서 아주 향긋한 냄새가 났다. 베이비파우더 향 같기도 하고, 청량한 시트러스 향 같기도 했다. 멍청하게 사태 파악을 못 하는 사이, 입술 사이로 그의 혀가 비집고 들어왔다. 읍! 온몸에 칼날이 돋아나는 기분이었다. '읍, 읍' 하고 꼭 토할 것 같은 비명을 목구멍으로 삼키며 억센 손에 옴짝달싹 못 하고 붙들려 있었다. 그의 가슴을 힘껏 밀어내면 밀어낼수록 내 양 어깨를 잡은 그의 손에 더 힘이 들어갔다. 꼭 거대한 바위를 밀어내는 것 같았다.

나는 손가락을 문어의 다리처럼 쫙 펼쳤다. 손끝부터 발끝까지 힘이 안 들어가는 구석이라곤 하나도 없을 정도로 온몸에 힘이 잔뜩 들어갔다. 얼마의 시간이 지났을까. 찰나인 것 같기도, 무척 긴 시간인 것 같기도 했다. 그의 입술이 떨어지자 나는 힘없이 바닥에 주저앉았다.

"나한테 남녀 간의 '애정'이란 이런 거야. 널 봐. 네가 이걸 감당할 수 있을 것 같아?"

다리가 떨려서 설 수가 없었다. 가슴이 터질 듯 뛰고 온몸이 떨려왔다. 입술이, 얼굴이, 그에게 닿았던 모든 곳에선 불이라도 난 것처럼 뜨거웠다. 그는 무슨 짓을 한 거지? 나는 무슨 짓을 한 걸까. 눈앞이 하얘지고 발작하기 직전의 사람처럼 숨 쉬는 게 괴로웠다. 나는 사시나무처럼 부들부들 떨며 바닥을 천천히 기었다. 그러자 그는 뭔가 잘못되었다고 느낀 모양인지 분위기가 확 달라졌고, 완전히 얼어 버렸다.

"박은금."

그가 떨리는 목소리로 내 이름을 불렀을 때, 나는 가장 잘하는 것을 했다. 도망치는 것. 나는 문가에 다가가 비틀비틀 일어난 후에 몸을 일으켜 도망쳤다. 교실에서 나오는 밝은 불빛이 안 보일 때까지 단숨에.

* * *

너무 충격적이라 한동안 말을 잃었다. 지혜가 아직 기숙사에 돌아오지 않은 건 정말 다행인 일이다. 그 아이가 내 꼬락서니를 발견했다면 아마 지금쯤 또 둘이 부둥켜안고 울고불고할 테고 난 또 입을 다물어 그녀를 속상하게 할 테지. 난 기숙사의 방 불을 모두 다 끄고 이불보를 뒤집어쓴 채 숨어 있었다. 16살 가을과 마찬가지로.

그건 첫 키스였다. 그런 것도 키스라고 친다면. 평생 누군가와 키스할 일은 없을 거라고 생각했는데 이렇게 어처구니없이 하게 될 줄은 몰랐다. 영화나 드라마에서 보던 로맨틱하고 부드러운 키스 같은 게 아니었다. 나는 그의 혀가 입안으로 들어오던 감각에 몸서리를 쳤다. 그게 어떻게 키스라고 할 수 있어? 애정이라고는 한 톨도 들어 있지 않은데…… 오히려 그건 '형벌'에 가까웠다.

내가 뭘 잘못했기에? 왜? 어째서? 떨리는 손으로 쏟아져 나오는 눈물을 훔쳤다. 그는 내가 자신을 좋아하는 게 아니라고 여전히 믿고 있을 것이다. 그가 내 입술 사이로 혀를 밀어 넣고, 내가 바들거리며 도망치고 난 이후이니 더욱 그렇겠지. 내게 어떤 의미인지 그는 전혀 알지 못했다. 내가 과거에 어떤 일을 당했는지…….
하지만 그가 그 일을 알게 된다는 게, 그가 내게 키스한 것보다 비교되지 않을 만큼 훨씬 더 끔찍했다. 그는 좋아한다는 걸 인정하는 것에서부터 모든 게 시작된다고 말했다. 이제야 무슨 뜻인지 알 수 있었다.

남녀 관계, 포옹, 키스, 섹스. 그가 미국에서 자유로운 학창 시절을 보냈다는 말은 이미 아주 오래전에 모든 걸 경험했다는 뜻이었다. 그래, 바로 그런 뜻이라고.

나는 어린애고, 그는 이미 어른이었다. 어른은 누군가를 좋아할 때 그런 감정을 동반하는 것이었다. 아니, 모든 인간은 이성에게 그런 감정을 느껴야 했다. 그게 본능일 테니까. 다른 아이들은 그와 포옹하고 키스하는 순간을 꿈꿀까? 거기서 행복함을 느낄까? 오늘 같은 일을 당하면 나처럼 벌벌 떨며 도망 나오는 대신 웃으며 품 안으로 파고들까? 내가 어려서가 아니라 내가 정상적인 여자가 아니기 때문에 그 모든 걸 느낄 수 없는 것일까? 그 사람 앞에서 내가 벌거벗고 있을 수 있나? 다시 가랑이 사이로 뭔가가 들어오는 고통을, 내 무릎이 벌어지는 걸 참을 수 있나?

어렴풋한 두려움은 모두 현실이 되었다. 막연했던 공포가 바로 코앞에 들이닥쳤다. 깨지기 쉬운 유리. 그는 날 그렇게 표현했다. 내가 허둥지둥하는 게 순수해서라고 생각하고 있었다. 하지만 아니야. 그가 그 사실을 알았을 때 어떤 표정을 지을까. 내가 순진한 게 아니란 걸 알면…… 내가 더럽다는 걸 알게 된다면……. 나는 그게 너무 무서워서, 너무도 무서워서 잔뜩 몸을 웅크렸다. 감당할 수 있는 일을 벌이라는 그의 말이 귓가에 맴돌았다.

멍청이. 정말 난 멍청이로구나. 이 순간 내가 간절히 원하는 건 역설적이게도 그의 따뜻한 품이었다. 그 달콤한 향기와 따뜻한 온기에 한 번 더 모든 걸 의지하고 싶었다. 그가 아까처럼 내 등을 따뜻하게 쓰다듬어 준다면 모든 것이 괜찮아질 것만 같았다. 두려움 대신 그의 온기가 채워질 것만 같았다. 하지만 그럴 리가 없어. 그런 따뜻한 포옹은 그의 말대로 자애로운 구원을 바라는 것과 마찬가지일 테니까. 그는 내게 그걸 줄 마음이 없는 거잖아.

그에게서 '햇살' 같은 따뜻함을 원한 것은 사실이었다. 두려움을 느끼면서도 마음 한편으로 해님 앞의 나그네처럼 모든 걸 훨훨 벗어던지고 싶기도 했다. 그는 햇살이나 해님이라기보다 태양인데도 말이다.

가까이 가면 갈수록 뜨겁게 타고, 흔적도 없이 녹아 사라질 만큼 강렬한 데도, 나는 그 펄펄 끓는 강렬함에서부터 멀어질 수가 없었다. 온몸이 덜덜 떨릴 만큼 힘겨운 이 순간에도 섬광에 달려드는 나방처럼 나는 대책 없이 그에게 끌렸다. 도저히 그를 혐오하고 무시하고, 지워 버릴 수가 없었다.

* * *

밤새 한숨도 자지 못한 채 동굴에 숨어든 토끼처럼 이불 속에 숨어들어 휴대폰이 반짝거리기만을 기다렸다. 혹시나 하는 기대감. 그에게 사과라도 바라는 건가? 실은 미안하단 이야기는 듣고 싶지 않았다. 그렇다고 변명하고 설명하길 원하는 것도 아니었다. 그저 그가 나를 신경 쓰고 있다는 사실을 확인받고 싶었다. 이렇게 허무하고 비참하게 모든 게 완전히 끝난 것이 아니길 바랐다.

그가 내게 하는 말이 무엇인지 확실하게 알았고, 내가 그에게 느끼는 감정을 납득시킬 수 없음도 알았고, 이젠 어떤 방법으로도 감정을 강요할 수 없음을 깨달았지만, 그에게서 완전히 아무것도 아닌 사람이 되느니 차라리 어느 식이든 그의 속을 썩이며 관심을 받는 편이 더 좋았다. 내가 그를 생각하는 것의 단 10분의 1이라도 그의 마음을 차지하고 싶었다. 4년 전 엄마에게 못되게 굴며 관심을 갈구하던 때와 묘하게 닮은 감정. 그가 말한 것처럼 난 대상만을 바꾼 채 누군가 조건 없는 헌신으로 나를 구원해 주길 바란 건지도 모른다는 생각이 들었다. 그게 어째서 최정우에게만 한정된 건지는 잘 모르겠지만 말이다.

불현듯 내 입술을 손가락으로 매만졌다. 어쩐지 불경한 기분이 들어 바로 손을 떼어 버렸지만, 아직도 입술이 얼얼하고 꼭 부은 것만 같았다. 그때 무척 겁이 났다. 꼭 창밖에 저승사자라도 본 것처럼 머릿속엔 온통 그 자리를 빠져나가야 한다는 생각뿐이었다. 숨도 쉴 수 없을 만큼 가슴이 뛰고 온몸에서 피가 튀어 올랐다. 그가 내 반응에 당황했다는 걸 알면서도 정신없이 도망치기에 바빴다. 내가 도망친 후에 그는 무슨 생각을 했을까. 후회했을까. 그 생각이 들자 마음이 무거워졌다. 좋아하는 감정과는 다르게 자꾸 반대되는 행동만 하고 있으니까. 하지만 도망치는 것 외에 달리 무슨 반응을 할 수 있겠어.

"너 키스해 본 적 있어?"

나도 모르게 튀어 나간 말은 아침에 물을 만한 질문은 아니었다. 등교 준비를 하던 지혜는 두 눈을 똥그랗게 뜨고 옷장 문 너머로 빠끔히 고개를 내밀었다.

"키스?"

그녀는 작년까지, 한 살 위의 선배와 교제를 했다. 그가 대학에 들어가며 자연스럽게 관계가 정리됐지만, 신입생 시절부터 선배에게 콕 찍혀 꽤나 붙어 다녔다. 내 갑작스러운 물음에 그녀는 눈을 반짝였다.

"뭐야, 박은금? 갑작스럽게? 내가 곽 씨랑 사귀는 내내 연애 문제에 대해선 입도 뻥끗 안 하더니? 수상하네?"

"그냥. 궁금해서."

"진짜 그냥 궁금해서?"

"응."

"너 혹시 재현이랑 뭐 있는 건 아니고?"

"아니야."

난 짜증이 나 입을 내밀었다. 모두 다 왜 날 걔랑 엮지 못해서 안달이야.

"난 100일 때 했는데."

분명 더 캐묻고 싶은 게 많은 눈치였는데 내가 날카롭게 반응해서인지 그녀는 윤기 도는 갈색 머리를 빗으며 거울을 쳐다봤다.

"무슨 기분이야?"

그녀는 정말로 희한하다는 듯 다시 눈을 돌렸다.

"글쎄. 되게…… 좋은 기분?"

“······.”

그렇다면 그건 확실히 키스가 아니었어. 좋은 기분이라곤 한 톨도 느껴지지 않았으니까.

“그게 왜 갑자기 궁금해? 원래 이런 문제에 대해선 결벽적일 만큼 듣고 싶어 하지 않았잖아.”

그랬었지. 그럴 수밖에 없으니까. 무슨 이야길 들어도 눈앞에 떠오르는 건 구역질 나는 장면뿐이었으니까. 지금은······ 키스를 떠올리면 그에게서 나던 향기랑 입안으로 들어오던 혀의 느낌만 가득했다. 그게 구역질 나느냐고 묻는다면, 그렇지 않았다. 갑자기 온몸에 피가 싹 빠지고 등골이 서늘한 기분. 좋은 것도 싫은 것도 아닌 기분. 그 느낌을 어떻게 정의 내려야 하는지 나로선 알 길이 없었다.

“그냥 이젠 궁금해지네.”

“네가 이제 연애할 때가 됐나?”

지혜는 기분 좋게 까르르 웃음을 터트렸다. 연애라. 그게 뭔지 생각해 본 적이 없었다. 인생에서 불가능한 챕터였으니까. 하지만 이렇게 될 것이었다면 대책 없이 고백하기 전에 꼭 생각해 봤어야 했다.

좋아하면 가까이 있고 싶고, 그래서 만지고 싶고. 그런 감정들이 자연스럽게 든다는 것을 꼭 생각해 봤어야 했다. 내가 가능한지, 내 몸에 남자의 손이 닿는 걸 견딜 수 있는지 꼭 생각해 봐야 했다. 그랬다면, 어느 정도 정리가 되었다면 그에게 고백하면서 그의 손길을 피하는 일도, 그가 하는 말을 못 알아들어 멍청하게 키스를 ‘실습’ 당하는 일도 없었을 것이다. 모든 일이 지금처럼 복잡해지지도 않았겠지.

"좋아하면…… 바라는 게 많아지는 건가?"

나는 나갈 채비를 마치고 윗옷을 입고 있는 지혜를 따라 일어서며 물었다. 그녀는 정말 신기한 것을 쳐다보듯이 반짝거리며 웃었다.

"아무래도 그렇지 않겠어? 특별해지고 싶잖아. 누구보다 가까워지고 싶고, 이해받고 싶고, 기대고 싶고, 하루 종일 같이 있고 싶고, 좋아하는 걸 같이하고 싶고, 우울하고 슬프면 날 위로해 줬으면 좋겠고. 어느 순간이건 가장 먼저 떠오르잖아."

"……."

신발을 신고 기숙사 밖으로 나서며 내가 생각보다 더 멍청했다는 걸 깨달았다. 단순히 누군가를 만지고 껴안는 문제뿐만 아니라 누군가에게 뭔가를 원한다는 욕구조차 없었다. 그런 감정을 느끼지 못할 만큼 나는 둔했다. 나의 모든 문제는 거기에 있었다.

내가 원하는 게 무엇인지 알려면 나에게 귀를 기울여야 했다. 하지만 내겐 내가 느끼는 감정이 중요하지 않았다. 순위를 따지자면 가장 밑이었다. 어쩌면 가장 무시하고 싶은 부분이기도 했다. 내 안의 추악함과 마주할 자신이 없었다. 내가 어떤 사람인지 밖으로 꺼내 보이고 싶지가 않았다. 그러면 내 몸에 난 모든 흔적이, 상처가, 나의 모든 알맹이가 그대로 드러날 테니까.

최정우에게 좋아한다는 고백을 했지만, 밑도 끝도 없이 한 마디를 던졌을 뿐 내가 왜 그를 좋아하는지, 그래서 그와 어떻게 하고 싶은지, 좀 더 친해지고 싶다거나, 좀 더 특별해지고 싶다거나, 좀 더 날 여자로 봐 주길 원한다거나 그런 이야기를 한 적도 없었다.

그저 컵에서 쏟아져 나오는 물을 그에게 덜어내기에 급급했지 그 걸 조절해 볼 생각조차 하지 않았던 거다. 나조차 나를 이해하지 못하고 받아들이지 못하면서, 그에게 나를 이해하고 받아들이고 인정해 달라고 말하는 건 모순이다. 나조차 불가능한 일이 그에 게 가능할 리가 없었다.

그게 가능해? 나조차 나 자신을 제대로 쳐다보고 싶지 않은데, 누군가에게 날 나누고 가깝게 봐 주길 원하는 게 가능하겠냐고. 오히려 그럴수록 난 도망쳐 버리고 싶어질 텐데. 오랫동안 그렇게 나는 타인에게서, 나에게서, 나 자신을 차단하며 살아왔는데. 나 는 나를 이해하는 대신 절실하게 최정우를 이해하고 싶었다. 하 지만 그의 모든 행동에 의미를 부여하고 해석하기에는 나는 그 에 대해 너무도 몰랐다. 누군가를 이해하기에도 부족했던 것이 다. 내겐 다른 방도가 없었다. 유일하게 할 수 있는 일이라곤 시간 이 흐름에 완전히 몸을 맡기고 떠밀려 가는 것뿐이었다. 이미 가 능성조차 제로에 가까운 애정에 나 자신을 송두리째 거느니 여태 껏 그래 왔고 앞으로도 가장 안전한 방법을 택하는 것뿐이다. 모 든 것을 포기하는 것.

월요일에 그는 학교에 나오지 않는다. 당연했다. 수업이 없으니 까. 그는 분명 내일 보자고 이야기했지만 잘못 말한 것일 터였다. 또 보면 뭘 하겠어. 또 달려들어서 밑도 끝도 없이 받지도 않을 '애정'이란 쓰레기를 던져 보게? 그가 말했잖아. 그건 쓰레기니까 받지 않겠다고.

"박은금!"

4교시 영어 수업이 끝나자 교문 앞에서 누가 날 불렀다. 고개를 들어 보니 바로 2반 여자아이였다.

"보건 선생님이 보건실로 오래."

시크하게 할 말만 하고 그녀는 친구와 종종걸음으로 어디론가 사라졌다. 아마 밥을 먹으러 식당으로 향하겠지만.

"무슨 일로?"

지혜가 책상 위에서 영어책과 필기구를 챙기며 나 대신 중얼댔다.

"모르겠는데."

지혜에게 영어책을 건넸다.

"내 것도 좀 작업실에 가져다 놔 줘. 보건실 들렀다가 갈게."

"그래, 끝나면 전화해. 문자 보내든가."

"응."

보건 선생님이 날 찾을 이유가 뭐가 있지? 내 얼굴조차 모를 텐데. 나는 불길한 마음에 두근대는 심장 위로 손을 얹고 보건실로 향했다. 3층 기둥 뒤, 맨 구석에 자리 잡은 어둡고 조용한 공간. 나는 숨을 죽이고 똑똑똑 문을 두드렸다.

"네."

한층 높아져 간드러진 보건 선생님의 목소리가 들리고 나서야 손잡이를 돌렸다.

조용하게 흐르는 클래식 음악, 연한 헤이즐넛 커피 향, 그리고 소독약 냄새. 문을 열고 들어서자 보건 선생이 하얀 가운을 입고는 날 돌아봤다. 빨간 뿔테 안경에 볼륨 펌을 한 커트 머리. 새빨간 립스틱, 통통한 체구에 멋 내는 데 꽤 공을 들인 40대 유부녀.

보건실이 아픈 학생들을 위한 치료 공간인지 아니면 개인적인 취미 공간인지 분간하기 어려울 정도로 제멋대로 운영하는 사람. 보건 선생이면서 아픈 환자 받기를 싫어하는 그녀가 내게 무슨 볼일이 있어서?

"박은금?"

그녀는 야무진 입술로 내 이름을 한 번 더 부르더니 위아래로 훑었다.

"네. 전데요. 그런데…… 무슨 일로 부르셨어요?"

"그쪽이 부른 거 아니야. 내가 부른 거지."

등 뒤에서 들리는 목소리에 위로 펄쩍 뛰었다. 내 모습에 보건 선생이 웃음을 터트렸다. 고개를 돌리자 커피잔에 입술을 댄 채 새하얀 시트 위에 엉덩이를 대고 앉은 최정우가 보였다. 비니에 후드 티, 무릎이 찢어진 청바지 차림을 한 월요일의 그는 평소보다 더 선생처럼 보이질 않았다. 어쩌면 학생에 훨씬 더 가까웠다.

"고마워요, 누나."

누나?

"별말씀을. 그럼 이야기 나누라고. 보건실 키는 여기에 두고 갈게."

보건 선생은 새초롬하게 웃고는 책상 위에 짤랑 소리를 내며 열쇠를 올려놨다. 그녀가 실내화를 갈아 신고 외투를 입고 문밖으로 나갈 동안 나는 멍청히 서 있었다. 밤새 그의 전화나 문자를 기다렸음에도, 하루 종일 실루엣이라도 발견할까 두리번거리며 그의 흔적을 찾았음에도 늘 그랬듯 아무런 준비 없이 그와 마주할 각오를 해야 했다. 딸깍하고 문에 경첩이 걸리는 소리가 아주 크게 들려왔다.

아무튼 이 사람은 상식을 파괴하는 남자였다. 누나라니. 학교에서 보건 선생님을 그런 호칭으로 부르는 사람이 이 남자 외에 또 있을 리가 없어.

"꽤 친하거든. 알다시피 나이 차이 많이 나는 형제가 있어서 오히려 편해."

"……"

그가 어떻게 읽었는지 내 속마음에 답했다. 눈이 마주치자 나는 황급히 그의 시선을 비껴 나갔다. 내가 혹여나, 정말로 혹시나 그의 입술만 쳐다보게 되지 않을까 몹시도 겁이 났다.

"생각보다 멀쩡하네. 겉모습만 그런가?"

집요하게 관찰하는 눈이 관자놀이를 따갑게 만들었다.

"어제의 이야기를 마무리 지으려고."

어제의 이야기? 머릿속에 또다시 번쩍하고 생각나는 장면. 하루 종일 생각했으면서도 매번 낯선 장면이 또 스쳤다. 의식적으로 내 아랫입술을 물었다. 그는 테이블에 커피잔을 내려놓고 성큼성큼 다가왔다. 뭐 하자는 거야. 주춤 뒤로 몸을 빼니 그는 오히려 내 쪽으로 몸을 숙였다. 악의라곤 전혀 없어 보이는 순진무구한 표정이었다.

"둘 중 하나를 결정해. 첫째, 내 정강이를 걷어찬다."

뭐? 나는 다시 주춤 뒤로 물러섰다.

"두 번째, 내 뺨을 때린다. 뭐로 할래?"

그가 고개를 돌려 오른쪽 뺨을 내보였다. 뭐야. 도대체 뭐 하는 거냐고. 내 입술 끝이 포물선을 그리며 아래로 내려갔다. 그는 어벙한 내 모습에 오히려 본인이 불쾌한 표정을 지었다.

"그런 일을 당하면 뺨을 때리든 정강이를 걷어차는 거야. 그게 정상이야. 그렇게 하지 않으면 얕잡아 보게 된다고."

부아가 치밀어 올랐다. 정말 맘 같아선 그의 뺨을 때리거나 정강이를 걷어차 버리고 싶었다. 그만한 용기가 내게 있다면 말이다.

"너에게 말했잖아. 강함은 도망가지 않는 것에서부터 시작된다고."

그게 뭐 어쨌단 거야? 그런 말장난 덕분에 되도 않는 짓을 너무도 많이 했는데. 나는 방어적으로 뒤로 한 번 더 물러섰다. 그러자 그는 도전적으로 한 발 더 다가왔다.

"네가 도망갈 거란 생각을 못 했어. 내 뺨을 때리든가, 욕을 하든가 뭐라도 반응을 할 줄 알았다고."

감정이 다시 요동쳤다.

"난 여기 있고, 너한테 맞든 욕설을 듣든 뭐든 받아들일 각오가 되어 있어. 그러니까 결정해. 어떻게 마무리할지."

이렇게 끝내겠다고? 이런 식으로? 싫어. 절대 싫어. 난 그렇게 못해. 끝내고 싶지 않아.

그는 내 바다에 언제나 태풍을 몰고 왔다. 파도가 넘쳐나고 모든 것이 무너질 만큼 강하게. 이런 식으로, 이렇게 쉽게, 지나가다 똥을 밟은 것처럼 그를 떨쳐 버릴 수가 없다. 어째서 그에겐 이 모든 게 이토록 간단한 것일까.

"만약 내가 너였다면 뺨을 후려치고 성추행으로 고소했을 거야. 쇠고랑을 채우고 콩밥을 먹이든, 아니면 아싸리 돈을 왕창 뜯어내든 했을 거라고. 넌 어째서 당연한 것조차 제대로 요구하질 못해?"

그는 한심하다는 표정을 지었다. 내가 왜 이 남자를 범죄자 취급해야 하지? 지난밤에 우리에게 있었던 일이 그렇게 잘못된 일이야? 난 한 번도 그가 범죄를 저질렀거나 처벌을 받아야 할 일을 저질렀다고 생각한 적이 없다. 만약 내가 누군가를 처벌해야 한다면 그건 전혀 다른 사람이었다. 이 남자가 아니라 비교도 할 수 없을 만큼 쓰레기인 괴물. 난 그저 놀라고 겁이 났을 뿐이었다. 그를 범죄자 취급하려는 게 아니고. 그런 내가 한심한 것일까?

"날 무시하는 거죠?"

"무시하는 게 아니라 가르쳐 주는 거야."

"그럼 가르치지 말아요."

"내가 너에게 엉망진창으로 구는데도 넌 쥐뿔 아는 게 없잖아."

그의 낙담한 목소리에 꾹꾹 눌러놨던 억울함과 설움의 빗장이 와르르 풀렸다. 대체 내게 왜 이러는 건지 그 이유를 정말이지 알고 싶었다.

"도대체 나한테, 뭘 어떻게 하라는 거예요! 내가 싫다면서요! 내가 뭘 원하는지 나도 모르는데 내가 원하는 걸 평생 못 얻을 거라면서요! 난 그냥 아무것도, 아무것도 원하질 않아요! 선생님이 내게 사과하는 것도, 벌을 받는 것도, 돈도 다 원하질 않는다고요. 그냥 날 내버려 두면 되잖아요!"

"너 정말 바보야?"

그가 믿을 수 없단 표정으로 날 내려다봤다.

"넌 항상 감정이 없는 것들만 그리지. 널 내보이는 게 두려우니까. 그런데 네 그림들, 네가 그린 구름, 꽃, 나무, 바다, 하다못해 연필 한 조각에서도 네 감정이 보여. 강약조차 없는, 일정한 간격의 선에서 참고, 참고 참는 게 보인다고. 점에서, 선에서, 색에서 그 모든 것에서 보인다고."

"……."

"넌 그리는 사람이잖아. 캔버스 위에 자신을 표현하는 사람이 잖아. 네가 붓을 꺾지 않는 한 그건 변하지 않는 진리야. 좀 삐쳐 나가면 어때? 엉망진창이 되면 어떠냐고? 넌 왜 그림을 그리는 거야. 자유로워지고 싶기 때문이 아니었어?"

그가 너무 정확해서 허를 찔린 사람처럼 어떤 변명의 문구도 생각하지 못한 채 입을 벌리고 쳐다봤다. 정신 차려. 이건 아무 의미 없는 말장난일 뿐이야.

"선생님은 날 모르잖아요."

"몰라. 어떻게 해도 너에 대해 알려 주질 않는데 무슨 수로 그걸 알겠어. 그래도 아는 건 있어. 안경 뒤에 널 숨기고 새까만 머리로 널 가리고, 너의 인생을 즐기는 게 아니라 꾸역꾸역 인생을 살아 가고 있다는 거. 내 말이 틀려?"

"……."

나는 다시 한번 할 말을 잃었다.

"모든 걸 네가 참고 감내해야 하는 건 아니야. 모든 게 네 탓이 될 수 없어, 박은금. 넌 이제 겨우 열아홉 살이야. 그러니까 제발 머저리처럼 구는 걸 관두고 한 번쯤은 솔직해져 보라고."

그의 말들은 정이 되어서 내 안에 얼음을 콱콱 내리찍었다. 그래 서인지 눈물이 터져 나오려는 걸 간신히 꽉 눌렀다.

방어기제. 나는 오랫동안 강박적으로 날 누르는 것에 익숙해져 있었다. 그의 말들에는 아무런 의미가 없다. 그가 무심결에 내뱉는 가벼운 말들이 나의 아주 오래된 상처마저 감싸려고 한다는 걸 알지 못했다.

분해. 그게 너무도 분했다. 이것 때문이었다. 이것 때문에 나는 이 사람에게 하루살이처럼 달려드는 거다. 도저히 벗어날 수 없어 주위를 뱅뱅 맴도는 거다. 그의 곁에 가면 자꾸만 따듯해서, 두려우면서도 너무도 달콤해서.

"거기서 나와. 한 발자국만 나와 봐. 제대로 내 앞에 서 보라고. 그렇게 해야만 넌 자유로워지는 거야. 더 이상 캔버스 위에 감정을 그려 내는 게 겁나지 않아야 자유로워진다고."

그의 날카로운 끝이 마지막 얼음을 산산이 부수는 느낌이 났다. 깨져 버린 얼음이 수면 밑으로 가라앉으며 뿜어내는 하얀 거품이 온통, 온몸을 적셨다.

"그만해요!"

나는 꽥 소리를 질렀다.

"내 그림에 대해서 선생님께 이러쿵저러쿵 잔소리 듣고 싶지 않아요."

"그게 내 역할이잖아."

"선생님은 오로지 그림에 대해서만 진지하죠? 나에 대해서는요? 나는요? 나한테, 선생님은 나한테…… 선생님은 날 완전히 발가벗겨 버렸다고요!"

내가 씩씩대자 그는 침착한 표정으로 입을 뗐다.

"내가 벗긴 건 네 안경이야. 네 옷이 아니고."

"선생님이 내 입안에 혀를, 혀를 밀어 넣었잖아요!"

그가 입을 다물었다. 잠시 당황스러움이 스치더니 웃음을 참기라도 하는 듯 그의 입꼬리가 씰룩였다.

"내가 뭐 아무것도 모른다지만 그래도 순서가 있다는 건 알아요! 키스하기 전에 포옹하고, 포옹하기 전에 손잡고, 그런 식의 순서가 있다는 건 안다고요! 그런데도, 그런데도 선생님은 늘 그런 식으로 내가 아무런 준비도 안 됐는데 막무가내로 모든 걸 다 통째로 뒤섞어 버리잖아요."

나는 씩씩대며 손을 허공에 휘저었다.

"선생님이 멋대로…… 그래요! 정말 멋대로 안경을 벗겨 낸 순간부터 내 인생은 완전 엉망진창이 되어 버렸다고요! 난 아무것도 원하지 않았어요. 그냥 조용히 쥐 죽은 듯이…… 죽은 것처럼 살아가고 있었다고요!"

가슴에 콱 통증이 일어났다. 가슴을 부여잡고 씩씩대며 헝클어진 머리카락을 신경질적으로 쓸어 올리고, 까마득히 멀어지는 정신을 부여잡으려 애썼다.

"나는, 난…… 아니, 그러니까 선생님은…… 나에게 어떤 일이 일어난 건지 잘 몰라요. 내가 안경을 벗는 게, 머리를 자르는 게, 누군가에게…… 누군가에게 조금이라도 솔직해지는 게 그게 무슨 의미인지 전혀 모른다고요. 선생님은 나한테 완전히 태풍이란 말이에요! 날 멋대로 조종하고, 말도 안 되는 것들을, 정말 말도 안 되는 것들을 나한테 일어나게 한단 말이에요. 어떻게 해야 할지, 뭘 어떻게 해야 할지 정말 하나도 모르겠어요. 내가 뭘 원하는지, 뭘 바라는지, 도저히 알 수가 없단 말이에요! 모르니까, 선생님은 그런 걸 모르니까, 아예 모르니까 그렇게 가볍게 날 무시하고, 휘두르고, 멋대로, 갖고 놀 수 있는 거예요!"

“그런 적 없어.”

나는 코웃음을 치며 그를 쳐다봤다. 그는 묘하게 슬퍼 보였다. 내가 무슨 표정을 짓고 있을까.

“선생님한테 도대체 난 뭐예요? 그림을 그리는 도구인가요? 내가 원하지 않는데도 더 좋은 그림을 그리기 위해 내 인생을 송두리째 엎어 버린 거예요?”

“……”

“선생님이 나한테 한 게 키스 같은 게 아니란 거 알아요. 내가 너무 멍청해서, 말이 통하지 않아서 그랬던 거잖아요. 좋아한다고 달려든 건 나였는데 내가 무슨 자격으로 화를 내요?”

“……”

“선생님의 말 한 마디 행동 하나가 내겐…… 내겐 너무도 많은 의미가 된단 말이에요. 그게 너무 화가 나요. 이건 왜 애정이 될 수 없어요? 이건 왜 사랑이 아닌데요? 왜 나를…… 받아들일 수가 없어요? 모든 게 다 무섭고, 다 낯설고, 다 서툰데…… 내가 뭘 얼마나 더 해야…… 내가 어떻게 해야…… 이 모든 게 설명이 되나요?”

그는 씩씩거리며 공격적으로 묻는 내 질문에 대답 대신 아주 천천히 손을 들어 보였다. 손이 내 얼굴 쪽으로 다가오더니 잠시 멈추었다. 마치 동의를 구하려는 듯 그는 내 얼굴을 쳐다봤다. 나는 꼼짝도 하지 않았다. 그의 집게손가락이 천천히 내 광대뼈 위에 닿고 부드럽게 스칠 때쯤에야 내가 꼴사납게 울고 있음을 깨달았다. 내 얼굴은 더듬거리고 정리 안 된 내 말보다 분명 훨씬 많은 걸 보여 주고 있을 것이다. 추하고 멍청한 얼굴. 내 볼가의 피부가 경련하듯 떨려왔다. 난 무척이나 서러운 모양이었다.

"더 설명할 필요 없어."

"……."

"내가 널 몰아세웠다는 거 알아. 그렇게 해야만 확인할 수 있을 것 같았어. 하지만 이제 됐어."

"……."

"이젠 의미가 없거든."

"……."

"여전히 너에 대해 확신할 수 없다는 건 결코 내게 좋은 소식은 아니지만……."

그는 시선을 아래로 내리더니 내 새끼손가락에 조심스럽게 자신의 손가락을 걸고 눈앞에 들어 보였다.

"어때? 여기서부터 시작하면 되겠어?"

"……."

무슨 말이야? 종잡을 수 없는 행동에 인상을 찡그렸다. 도대체 내가 알아먹을 수 있는 언어를 구사해 주면 안 되는 건가? 나는 코를 훌쩍거리며 멍청하게 그를 올려다봤다. 지루하게 깔린 클래식 음악에 콧물 들이켜는 소리가 절묘하게 어우러졌다.

"나라는 태풍이 사랑인지, 호기심인지 아니면 순간적인 충동인지 확인해 보자고. 천천히."

"……."

"내가 너한테 관심이 있거든."

뭐라는 거야. 머릿속에 괘종이 시끄럽게 뎅뎅 울리고, 푸드덕 닭둘기들이 날아다니는 소리가 어지럽게 들렸다.

"둔해 빠져서 몰랐겠지만 잘 생각해 봐. 너한테 먼저 껄떡댄 건 아마…… 나일걸?"

"……."

여전히 카오스 상태인 나에게 그의 미소는 너무나 눈이 부셨다. 그 순간 알았다. 이게 어떤 상황이든 나는 평생 이 순간을 절대로 잊지 못할 것이란 걸.

V. 첫 걸음

그는 부드러운 미소를 띤 채 내 볼에 꼴사납게 달라붙어 있는 머리카락을 조심스럽게 떼어 냈다. 그러고 나서 자신의 옷소매로 스윽스윽 두 볼을 차례대로 닦아 주었다.

"됐다."

훌쩍훌쩍. 나는 상황 파악도 제대로 못 하고 눈물 대신 흘러나오는 콧물을 들이켜고만 있었다. 나한테 먼저 껄떡댄 게 자기라고? 그가 나한테 껄떡거린 적이…… 있던가? 몇 가지의 장면이 머릿속에 휙 지나갔다. 그가 매번 눈을 빛내며 내 이름을 부르던 것과 집요할 정도로 콕 집어 쓸데없는 걸 물어보던 게 가장 많이 생각났다. 그거…… 괴롭히던 거 아니야? 그리고 항상 무섭다고 여겨졌던 눈길. 선의에서 비롯된 듯했던 몇 번의 호의.

그게…… 껄떡댔던 건가……? 설마.

난 항상 그의 행동을 상식선에서 납득해 왔다. 그의 상냥함이나 짓궂음은 비단 날 향한 것만은 아니었으니까. 그는 언제나 참 독특하고 알 수 없는 사람이었다. 그래서 예측하기가 불가능했고 지금도 그렇지 않나. 이게 무슨 상황인지 믿기지 않아 멍청하게 그를 올려다봤다. 그는 내 백지 같은 눈동자를 한쪽씩 차례대로 들여다봤다.

"미리 이야기하지만 난 뭐 100일, 200일, 이딴 낯간지러운 거 안 해. 생일 정도는 챙겨 줄 수 있어. "

"……."

"그리고 나 한 번도 여자랑 좋게 끝나 본 적이 없어. 이것도 미리 알아만 두라고."

뭐야. 그러니까 뭐…… 지금…… 지금…… 지금, 사귀자는 거야?

"그리고 원래 이딴 짓도 안 하고."

그는 다시 한번 내 손가락에 걸린 자기 손을 들어 보였다. 본인도 상황이 웃긴지 혼자 조용히 웃더니 '휴' 하고 편하게 숨을 내려놓았다.

"이제야 좀 마음이 편하네."

"……."

"진작 이러는 건데. 나도 참 한심하군."

“······.”

“아무튼 새끼손가락 걸었으니 이제 나한텐 너에 대한 권리와 의무가 생긴 거야. 알겠어?”

“······.”

나에 대해? 국방의 의무 비슷한 이야기인가?

“그러니까 내겐 솔직해져. 쉽지 않아도 노력해. 네가 갖고 있는 게 뭔지 모르겠지만, 아주 천천히 조금씩이라도 좋으니 나한테 보여 줘.”

내 멍청하던 눈에 서서히 초점이 맞았다.

“단 한 발자국이라도 네가 나한테 스스로 오는 거야. 내가 너의 안경을 벗기는 게 아니고 너 스스로 안경을 벗는 거라고. 내 말 알겠어?”

나는 그의 강렬한 눈에 사로잡혀 최면에라도 걸린 듯 저도 모르게 고개를 주억거렸다.

“좋아.”

그는 씨익 웃고 자신의 손가락을 풀었다.

“이젠 가 봐. 점심은 먹어야 할 것 아냐.”

“······.”

“빨리!”

단호한 명령에 뭔가를 생각할 겨를도 없이 떠밀리듯 보건실을 빠져나왔다. 나는 보건실 문을 닫고 서서 몇 번이고 호흡했다. 숨은 쉬면 쉴수록 더 가빠졌다. 내게 무슨 일이 생긴 거지? 그러니까 내가 특별해진 건가? 그의 손가락이 결렸던 새끼손가락을 다른 손으로 꽉 쥐었다. 그와 몸이 닿는 것이 처음도 아닌데 마치 처음인 것처럼 손가락이 간지러웠다. 다른 무엇보다도 대단히 은밀하게 느껴졌다.

애정. 이게 애정인가? 난 처음으로 남자에게 애정을 받은 건가?

긴 손가락이 내 손가락에 걸리고 빙그레 짓던 미소가 자꾸만 눈앞에 떠올랐다. 배 속이 간지러웠다. 귀뚜라미가 파르르 날갯짓을 시작했다. 발이 바닥에서 붕 뜬 것만 같았다. 중력이 없이 훨훨 나는 것만 같았다. 속이 울렁거리고 목구멍에서 뭔가가 턱 하고 걸린 것만 같았다. 뭔가가 튀어나올 것처럼.

"박은금!"

지혜의 목소리에 붕 뜬 발이 바닥에 딱 붙었다.

"뭐 해? 끝났어?"

"어?"

"하도 안 내려와서 와 봤지. 너…… 괜찮아?"

"나?"

그녀가 수상쩍게 날 위아래로 훑었다.

"너 뭐, 되게…… 들떠 보인다?"

아. 입을 벌리고 소리 없이 탄식했다. 목구멍을 치고 뭔가가 올라오는 기분은 그것이었다. 나는 들떠 있었다. 발끝에 닿는 것이 없는 것처럼 붕붕.

"뭐야."

지혜가 키득댔다.

"너 요즘 참 이상한 거 알지?"

"그러게…… 그러네."

"볼일 끝났음 빨리 가자. 나 배고파 죽겠어!"

"응."

지혜가 다가와 팔짱을 꼈고 그녀에게 이끌려 계단을 내려갔다. 나는 내내 꼭 풍선처럼 통통통 위로 솟아올랐다.

* * *

하루 종일 현실감이 없었다. 내가 본 게, 겪은 게 현실이 맞나? 꿈이었나? 책상 위에 얹어진 왼손 새끼손가락을 까닥거리며 습관처럼 그 움직임을 쳐다봤다. 그 사람이 나한테…… 뭐라고 했더라? 너무 충격적이면 단편적으로 기억을 잃어버린다던데…… 그런 건가? 왜 갑자기 기억이 안 나지? 그러니까 이건 사귀는 거지? '사귄다'라는 단어가 이렇게 내게 이질적이고 낯간지러운 단어인 줄 몰랐지만 어쨌든 그런 단어로 정의되는 사이란 거잖아. 그래. 그러니까 특별한 사이란 거잖아. 지금과는 다르게 좀 더 친밀한 사이란 거잖아.

그렇게 생각되자 마치 번지점프대 위에 눈을 가리고 올라선 듯 덜컥 겁이 났다. 나는 작업실 책상 위에 펼쳐 놓은 수시 원서 3장에 빠르게 사진을 붙이고 학교 도서관의 시청각자료실로 향했다. 끝없이 진열된 DVD 앞에 서서 어디서부터 어떻게 손대야 할지 한참을 고민하다가 너무 웃겨 헛웃음이 나왔다. 연애한다고 연애를 공부해야 하는 사람이 나 말고 또 있을까? 아주 어릴 땐 막연히 상상했고 16살 가을 이후엔 의도적으로 차단했다. 그리고 지금은 눈앞에 닥친 현실이 되어 커다란 관문으로 존재했다.

로맨스물의 표지라곤 온통 껴안거나, 키스하거나, 아니면 껴안고 키스하거나, 아니면 발가벗고 껴안은 채 키스하거나 대충 그중 하나였다. 카피라이터는 '진실한 사랑' '영원한 사랑' '아름다운 사랑' '슬프고도 아름다운 사랑' 기타 등등. 하여간 뭐든 진실하고 영원하고 아름답고 감동적일수록 꼭 이런 걸 해야 한단 말인가 보다. 이게…… 보편적이란 말이지.

그의 키스를 생각하면 눈앞이 까마득해지고 절벽 밑으로 굴러떨어지는 것 같았는데, 반대로 새끼손가락에 자신의 손가락을 걸던 그를 생각하면 배 속이 간지럽고 긴장이 풀리고 기분이 묘하게 좋았다. 그의 몸에서 나는 향기나 온기를 생각해도 그랬다.

나는 대충 하이틴 무비처럼 보이는 로맨스 영화 몇 개와 얼추 익숙한 제목의 영화를 몇 개 고른 후, 시청각실의 한쪽에 기다랗게 늘어서 있는 칸막이 사이로 들어가 DVD플레이어에 CD를 밀어넣고 헤드폰을 귀에 썼다. 이렇게 웃길 수가 없다고 생각하면서도 이렇게 해서라도 그와의 관계를 제대로 시작해 보고 싶었다. 내 인생에 두번 다시 이런 강렬한 느낌을 받을 순 없다는 생각에 더욱 그랬다. 어쩌면 이 사람이 처음이자 마지막이 될지도 모르니까 말이다.

첫 번째 영화는 최악이었다. DVD 표지에 교복을 입고 있어서 고른 일본 영화였는데 '평범하다'라고 말하는 여주인공은 평범한 것치고는 지나치게 예뻤고, 남자 주인공은 날라리 콘셉트치고는 머리가 노란색인 것 말고는 지나치게 허약한 범생이처럼 보였다. 계속 참고 보다가 여주인공이 성폭행당하는 장면에서는 도저히 참을 수 없어 DVD를 껐다. 그 장면이 마음의 상처를 건드려서가 아니었다. 그 장면이 지나치게 일상적으로, 지나가다 넘어지기라도 한 것처럼 가볍게 그려진 데다가, 그 이후에도 지나치게 예쁜 여주인공의 모습이 꼭 판타지 영화처럼 그려졌기 때문이었다. 현실성이라고는 조금도 없었다. 괜한 짓을 했어. 이까짓 거는 몇백 편을 봐도 소용이 없어. 현실과 영화는 다르잖아. 내가 기억해야 할 건, 혹은 알아 둬야 할 것은 키스할 때 느꼈던 공포가 아니라 손가락을 걸었을 때 느끼던 따뜻함이었다. 내가 믿을 수 있는건 그것 하나뿐이었다. 그것만 기억하자. 그것만 기억하면 돼. 나쁜 일은 일어나지 않아.

화요일 아침, 나는 아주 다른 사람이 된 기분이었다. 모든 것이 전날과는 완전히 달랐고 나도 달라져야만 할 것 같은 기분이 들었다. 아침에 일어나 처음으로 머리를 감고, 지혜가 시키지 않았는데도 드라이도 했다. 일부러 치수 크게 산 교복이 어쩐지 자꾸만 눈에 거슬렸다. 반듯하게 접어 내린 재미없는 하얀 양말 말고, 좀 더 예쁜 무늬가 그려진 양말이 신고 싶었다.

목걸이를 좀 해 볼까? 아니면 립글로스라도 좀 발라 볼까? 전혀 다듬어지지 않은 눈썹을 보면서는 다듬으면 좀 더 예뻐 보일까 같은 사소한 것이 모두 고민되기 시작했다. 역시나 태풍이로군. 평소엔 아무렇지 않았던 게 하루아침에 이렇게도 달라지다니 말이다.

나는 등교하자마자 교무실에 들러 전날 써 놓은 수시 원서를 담임에게 제출했다. 어마무시한 높이의 수시 원서가 책상 위에 봉투째로 쌓여 있는 걸 보니 선생들끼리 '영업사원'처럼 누가 어디로 얼마나 많이 보내나 경쟁이 붙은 모양이었다. 그는 내 눈도 쳐다보지 않고는 "수고했다"고 대꾸했다. 그 모습을 보자니 신중하게 원서를 살피고 일요일에 그 수모를 당하며 사진관까지 다녀온 게 억울하기까지 했다.

나는 유화 판넬과 한 손에는 '뽀로로'가 그려진 36색 크레파스를 들고 실기실로 향했다. 지혜는 젯소를 여러 번 바른 나무 판넬과 유화 물감이 다였다.

"안녕!"

지혜가 뒤를 돌아보며 누군가에게 인사를 건넸다. 재현이었다.

"안녕."

"넌 뭐 가져가는 거야?"

"나…… 신문이랑 먹물."

"뭐 하게?"

"몰라. 뭐라도 되겠지."

재현이 인상을 쓰며 대충 대꾸했고 난 지혜와 같이 키득대며 웃었다. 여태껏 그리던 것과 전혀 다른 도구를 가져오라는 최정우의 명령 때문에 반 아이들 모두 지난 한 주 골머리를 썩었다.

"수능이 코앞인데 내가 이런 것까지 걱정해야 해?"

재현이 구시렁거렸다.

"최정우 샘이 언제 우리 공부하는 거 걱정했냐? 어차피 멍청해서 수능도 망칠 거라고 보는 사람인데."

"암기 과목은 어떻게든 하겠는데 수학 때문에 골치 아파 죽겠어. 등급을 올리려면 싫든 좋든 어느 정도 점수가 나와야 할 텐데."

"하긴 이제 와서 학원에 다니기도 늦었지."

지혜는 고개를 끄덕거렸고 재현이는 불만스럽게 입을 내밀었다.

"넌 좋겠다, 추지혜. 떡하니 예술원에 붙어서 수능 걱정도 안 하고."

"고3에겐 희소식 아니겠어? 경쟁자 한 명이 줄었으니 한 칸이라도 위로 올라갈 수 있잖아."

지혜는 도도하게 고개를 치켜들고 빙긋 웃었다. 대단한 자신감이다. 재현과 어처구니없다는 표정을 지었지만, 그녀의 말이 맞다. 그녀는 수능을 보건 실기를 보건 가장 앞줄에서 놀았을 테니까.

"은금이 넌 수시 원서 냈어?"

"응. 오늘 아침에 냈어."

"실기 보는 곳?"

"보는 곳도 있고, 그냥 면접만 보는 곳도 있고."

"아아……."

재현은 고개를 끄덕였다.

"난 정시해야 할까 봐. 1학기 수시도 모두 떨어지고……. 수능 준비도 제대로 안 했는데…… 까마득해."

"잘되겠지."

나는 딱히 할 말이 없어 고루한 대답을 반복했다. 좋은 대학을 가는 게 중요한가? 대학을 가면 뭔가가 달라지나? 재현이뿐만 아니라 주변 아이들 모두가 이 문제에 무척이나 절실해 보였다. 지혜처럼 즐기는 아이가 있는가 하면 수차례 고민하고, 낙담하고, 절망하고, 짜증 내고, 괴로워하는 아이도 있었다. 그곳에서 나는 어디에도 속하지 않았다. 당장 내 성적, 내신, 수능, 대학교 입학, 그러니까 미래에 관련된 모든 것이 다 시시한 부류였다. 재미도 흥미도 없고 중요하지도 않은 부류.

"아, 그리고……."

"응?"

재현이는 좀 우물쭈물하며 지혜 눈치를 살피다가

"숙제 도와줘서 고마워. 내가 언제 한번 맛있는 거 사 줄게."

내 옆에 얼굴을 붙이고 아주 조그만 소리로 말했다.

"아, 괜찮은데."

"내가 그렇게 하고 싶어서 그래. 나중에 문자 보낼게."

재현이는 으레 사람 좋아 보이는 미소를 화사하게 지어 보이고
는 종종걸음으로 한참을 앞서가기 시작했다.

정말…… 괜찮은데.

열린 실기실 문 안으로 아이들이 왁자지껄하게 빨려 들어갔다.
웬일로 자리에 최정우가 앉아 있었다. 자신의 스포츠카처럼 선명
한 주황색의 스웨터에 잿빛 바지 차림을 한 그는 의자에 비스듬히
기대어 앉아 발목에서 교차한 다리를 까딱거리고 있었다.

"안녕하세요! 샘."

활기찬 목소리로 지혜가 인사하자 나는 생각할 틈도 없이 본능
적으로 지혜의 몸 뒤에 바짝 붙었다.

"안녕."

심장이 터질 것 같고 혹시나 얼굴이 붉게 물든 건 아닐까 무척
이나 걱정되었다. 왜 전보다 훨씬 더 요란스럽게 심장이 뛰는지
도저히 모르겠다. 지혜 뒤에 바짝 붙어 이동하며 곁눈질로 그를
쳐다보자 최정우는 아주 재미있다는 표정으로 쳐다보고 있었다.
그 눈에 나는 다시 한번 움찔하며 종종걸음으로 재빠르게 자리

에 앉았다.

이게 뭐람. 이래서야 도저히 전과 다를 게 없잖아. 그는 아이들이 모두 교실로 들어온 것을 확인하고 무심하게 일어나 문을 닫았다. 그러곤 교탁 앞에 서서 몸을 기울이고 천천히 주변을 둘러봤다.

"다들 준비해 올 건 준비해 왔어?"

말이 떨어지기 무섭게 아이들은 야유했다.

"선생님 진짜 너무해요!"

"수능이 코앞인데 실기 수업 과제가 너무 많아요!"

"그냥 공부하게 해 주면 안 돼요?"

그는 커다란 손을 턱에 받친 채 같잖은 소리를 하고 있다는 듯 저 혼자 웃었다.

"수능인가 뭐시긴가 너희가 아무리 해 봐라. 만점 받을 것 같아?"

아이들이 다시 한번 더 크게 야유했다.

"나 같으면 그 시간에 그림이라도 한 번 더 그리겠다. 기똥차게 잘 그려서 수능 0점 맞아도 합격할 수 있게."

"그럼 실기시험 준비라도 할 수 있게 해 줘요!"

"일주일에 딱 두 번, 기껏해야 12시간뿐이야. 일주일 168시간 중에 고작 12시간. 과제를 해 오고 싶지 않다면 12시간만 제대로 집중해. 그럼 과제가 늘어나는 일은 없을 테니까. 실기시험은 학원에서도 지겨울 정도로 반복해서 알려 주잖아. 내 시간에 획일적인 교육을 강요하지 말라고 재미없게."

"나도 영어 잘해서 미국으로 유학 가고 싶어요!"

154

평소 최정우를 짝사랑하던 여자애 하나가 뾰로통하게 입을 내밀고 어리광부리듯 웅얼대자 아이들이 하나둘 다시 질문을 쏟아 냈다.

"거기 가려면 공부 잘해야 해요?"

"거긴 실기시험 어떻게 봐요?"

"선생님은 거기 어떻게 들어갔어요?"

그는 집게손가락으로 입술을 두드리며 이 광경을 아주 재미나게 내려다봤다.

"내가 딱 하나는 장담하는데, 너희들 중엔 단 한 명도 못 들어와. 알겠어? 이 때 묻지 않은 머저리들아?"

그렇게 말하고 그는 박장대소를 했고 아이들은 불이라도 난 것처럼 팔딱대며 너무하단 야유를 퍼부었다. 언제나 이렇게 애들의 성미를 건드려 왁자지껄하게 수업을 시작하는 게 그의 방식이었다. 희한하게도 그가 자극하면 아이들은 씩씩대고 분통을 터트리면서도 눈에 불을 뿜으며 그림을 그렸다. 무슨…… 최면에라도 걸린 것처럼. 사람 다루는 법이 아무튼 희한했다.

"내가 알아봤는데."

지혜가 내 귓가에 조용히 속삭였다.

"정우 샘 다니는 학교 말이야. 거기 엄청나던데? 포트폴리오에, SAT 점수에, 토플도 최소 93점인가 요구한대."

"SAT가 뭐야?"

"우리나라 수능이랑 비슷한 거. 1900점대는 맞아야 한대. 만점이 2400점인가 그렇다던데, 우리나라로 치면 일반계 수능이랑 똑같이 수능 쳐서 못해도 2등급 안에는 들어야 한다는 거잖아."

토플이나 토익은 들어 본 적이 있다. 만점이 몇 점인지는 모르지만, SAT를 그 정도 받아야 한다면 분명 대단한 점수겠지. 빨간 스포츠카, 명문 미술 대학교, 변호사 형. 이 사람 금수저인가?

나는 지루한 이리처럼 어슬렁대며 아이들의 책상을 돌기 시작한 그를 관찰했다. 중학교, 고등학교까지 모두 미국에서 나왔다면 그는 왜 한국에 있는 걸까. 생각해 볼 만한 건 군대 정도인데 그는 갓 제대한 사람처럼 보이지도 않았고, 그렇다고 곧 입대할 사람처럼 보이지도 않았다. 그래, 난 이 사람에 대해 아는 게 아무것도 없잖아. 심지어 그가 제대로 그린 그림을 본 적도 없어. 이 사람의 가족 관계는 물론이고 어디에 사는지도, 왜 한국에 있는지도, 심지어는 그의 전화번호조차 몰랐다. 이게…… 사귀는 거라고 할 수 있나?

"크레파스."

어느덧 내 등 뒤로 다가온 그가 한쪽 팔로 책상을 짚은 채 말을 걸었다. 그는 유화 판넬과 뽀로로 36색 크레파스를 살피며 호기심으로 눈을 빛냈다.

"유화 물감 대신 크레파스로 그리게?"

"아, 네."

"뭘 그릴 건데?"

"해바라기요."

"고흐로군."

그가 손가락으로 입술을 매만지며 흥미롭게 고개를 주억거렸다.

"오마주?"

"아······ 네."

"좋아. 재미있겠네."

그는 빙그레 미소 지었고 커다란 손으로 내 머리를 위에서 아래로 부드럽게 쓰다듬었다. 나는 입을 벌리고 혼자 속으로 '와' 하는 감탄사를 삼켰다.

"넌 뭐야?"

최정우가 몸을 돌린 채 지혜의 도구에 흥미를 보일 때까지도 난 계속 그 상태였다. 지혜가 아크릴물감을 붓 대신 손으로 찍어 그릴 거라고 설명하는 소리가 귓가에 윙윙댔다. 그가 새끼손가락을 잡았을 때처럼 내 머리를 쓰다듬는 것이 무척이나 특별했다. 전과 별다를 게 없는데도. 그는 누가 됐든, 만족스러운 결과물이 나올 때면 아이들의 머리를 쓰다듬지 않나. 그럼에도 왜 이렇게 그의 손길이 특별할까? 겁이 나는 게 아니야. 이건 그냥······ 좋은 거야. 내가 미쳤나 봐.

그의 휴대폰 번호를 물어봐야 했다. 이상하잖아. 서로에 대한 권리와 의무가 있는 사이인데 왜 휴대폰 번호를 교환하지 않지? 그는 선생이니까 내 신상을 훤히 알 수 있잖아. 내 휴대폰 번호도 학생기록부를 뒤져 보면 나오지 않아? 틈이 나면 반드시 다가가 말을 걸어 보자 수차례 다짐했지만, 수업 시간이 끝날 때까지 그에게 한 마디도 걸 수가 없었다. 오늘따라 평소보다 더 많은 여자애들이 그를 에워싼 것처럼 느껴졌다.

마지막 수업을 마치는 종소리가 들리고도 한참 동안 아이들에게 둘러싸여 웃고 떠들고 때론 귀찮은 듯 대꾸하는 그의 모습을 넋이 나간 채 쳐다봤다. 난 아직도 어제의 기억 속에서 헤매고 있는데 그는 완전히 다른 챕터로 넘어간 듯이 보였다. 이 모든 게 특별한 건 어쩐지 나뿐인 것만 같아 기분이 점점 가라앉기 시작했다.

"너 솔직히 말해 봐."

지혜가 내 귓가에 속삭였다.

"너 최정우 샘 좋아하지?"

지혜가 눈을 반짝였고 나는 아무 말도 할 수 없었다. 그녀는 새하얀 치아를 드러내며 입을 벌렸다.

"어머, 어머, 이거 보소? 진짜야?"

내가 또 대답하지 않자 그녀는 요란스럽게 입을 두 손으로 틀어막으며 내 어깨를 가볍게 때렸다.

"내가 그럴 줄 알았지. 아니라고 변명하더니……. 그럼 이제 우리 사랑의 라이벌이야?"

라이벌? 내가 인상을 찌푸리자 지혜가 까르르 높은 웃음소리를 냈다.

"최정우가 대단하긴 대단하구나. 너 같은 철벽도 녹이고……. 진짜 존경을 넘어서 경외감까지 든다."

그녀는 고개를 절레절레 저으면서도 여전히 입가에 미소를 걸고 있었다. 나는 라이벌이란 단어가 거슬렸다. 우리가 만약 진짜 경쟁이라도 한다고 치면 난 아마 시작도 못 하고 끝을 내겠지. 그녀가 이기는 게 당연하고.

'사랑의 라이벌'이라 칭하는 그녀의 얼굴은 티 한 점 없이 가벼웠다. 만약 내가 먼저 그를 좋아하고, 뒤늦게 지혜가 좋아한다는 사실을 알았다면 난 지혜처럼 저렇게 티 없이 맑게 웃으며 '사랑

의 라이벌'이라 운운할까? 아닐걸. 난 절망감에 휩싸여 어디론가
또 도망치겠지.

"어떻게, 최정우 샘 전화번호라도 알려 줘?"

지혜가 장난스럽게 내 팔짱을 끼며 은밀하게 물었다. 나는 화
들짝 놀랐다.

"너 번호 알아? "

"그럼 당연하지. 내가 일빠로 땄는데? "

"어떻게?"

"처음 수업했던 날 알려 주던데? 나 반장이었잖아."

반장에게 만약을 위해 사적인 번호를 알려 준 게 뭐가 잘못된
일이야. 그건 당연한 일이지만…… 그와는 비교되게 내가 모르고
있다는 것에 충격을 받았다. 이게 뭐야. 전혀 특별하지 않잖아. 나
한테 먼저 껄떡거린 건 본인이라면서 어떻게 자기 번호를 알려 주
지도, 내 번호를 알아 가지도 않아? 최정우에게 눈을 흘겼다. 이
종잡을 수 없는 인간. 진짜 '태풍'이란 말이 딱 어울렸다.

"최정우 샘은 직접 보고 이야기하는 것보다 전화기 너머로 들리
는 목소리가 더 섹시하더라."

지혜는 심히 기분이 저조해진 내 기분을 살피지 못한 채 마치 전
쟁터에서 전우라도 만난 듯이 최정우에 대한 공감과 애정을 나누
려고 열성적으로 달려들었다. 사랑하는 친구의 입을 틀어막고 싶
은 기분이 든 건 그게 처음이었다.

* * *

지혜는 수시 전쟁으로 살벌한 교무실로 불려 갔고 다른 아이들은 수능 준비에 여념이 없었다. 나 역시 모의고사 문제집을 펼쳐 놓고 지혜가 결제해 둔 인터넷 수능 강의를 그녀의 자리에서 듣다가 도저히 머릿속에 들어오지 않아 습관처럼 시청각실로 향했다.

고등학교에 들어와서 단 한 번도 공부에 집중한 적이 없었다. 시키는 숙제는 열심히 하고 시험 기간에는 누구보다 오랫동안 책상에 앉아 성실하게 공부했지만, 그에 비해 성적이 형편없는 것도 그 때문이었다. 공부하는 시간으로 봐서는 난 전교 1등을 해도 마땅한 수준이거늘.

수능을 보아 봤자 받을 점수는 뻔하다. 수학은 아예 죽을 쑬 테고 여름방학 동안 들었던 단과반 수업이 도움이 된다면 암기 과목은 그나마 좀 괜찮겠지. 국어는 소질이 있으니 어느 정도 나올 테고 영어는 운에 맡겨야 했다. 기적이 일어나면 3등급. 아마 평소 실력대로 하면 4등급에도 들지 못할 게 뻔했다. 남들은 벌써부터 진로를 정하고 어느 대학을 갈지 고민하고 문을 두드릴 동안 나는 덩그러니 서서 구경만 했다. 초조한 마음이 들 법도 한데 신기할 정도로 그렇지 않았다. 게다가 지금은 수능보다도 최정우가 수천 배는 더 신경이 쓰였다. 고3이 수능을 앞두고 터무니없는 소용돌이에 휘말렸다는 걸 알면 얼마나 한심해할까. 우리 엄마는 내 목이라도 조르려고 하겠지.

뼈아픈 깨달음으로 교복이나 '하이틴'이란 카테고리에 집착하지 않고 몇 편의DVD를 골라 다시 같은 자리에 착석했다. 도움이 안 되는 건 똑같겠지만 수능 특강에 나오는 교사의 열정적인 얼굴을 보고 있느니 이편이 차라리 덜 심난할 것 같았다. 어째서 여자 주인공들은 하나같이 이렇게 예쁜 거야? 남자 주인공은 그 저 그런 거 같은데.

아무렇게나 골라잡은 영화에는 지혜가 몇 번이고 재미있었다고 이야기한 영화가 대부분이었다. 그녀는 남자 주인공의 섹시미로 영화의 훌륭함을 결정하곤 했는데, 이 영화도 그랬다. 나는 인상 을 찌푸리고 영화를 보는 내내 남자 주인공에게 집중했다. 섹시하 다고 했지만, 한국의 어떤 야한 개그맨만 떠올리게 했다.

"노트북이네."

갑작스러운 목소리에 화들짝 놀라 얼어 버리자 최정우가 낄낄거 렸다. 한 손으로 놀란 심장을 부여잡고 한 손으로 헤드셋을 벗으 며 황당한 표정으로 그를 쳐다봤다. 왜 매번 이렇게 귀신처럼 나 타나는 걸까. 사람 놀래키는 게 취미인가. 아무리 헤드셋을 쓰고 있었다지만 어쩜 이렇게 기척도 없이 옆자리에 와 앉아 있을 수 있는 거지? 난 또 어떻게 발견했대? 그는 손가락으로 복도 쪽으 로 난 창문을 가리켰다.

"지나가다 보이던데."

속마음은 또 왜 이렇게 잘 읽는 거고? 본능적으로 나는 시선을 돌려 사서 선생님이 자리를 지키고 있는지 확인했다.

"없어. 걱정 마."

그가 또 멋대로 대답했다. 사람 마음을 그렇게 잘 읽으면 휴대폰 번호나 좀 내놓으시지? 그가 내 자리에 놓인 DVD 케이스를 확인 하는 동안 나는 무언의 텔레파시를 보냈다.

"로맨스 영화광?"

학습물이란 이야기를 차마 할 수가 없어 대꾸하지 않았다.

"어떤 유를 좋아하는데? 제인 오스틴류? 아니면 친구에서 연인이 되는 거? 아님 백마 탄 왕자님이 등장하는 거?"

더 이상 그의 눈길을 피하진 않았지만, 전과 마찬가지로 어버버하며 대답할 타이밍을 번번이 놓쳤다.

"주말에 같이 영화라도 볼까?"

영화? 영화를 보자고? 머릿속에 순식간에 세 개의 글자가 쾅쾅쾅 박혔다.

'데. 이. 트'

맞아? 그 말이 맞는 거야? 그러잔 거야? 첫 데이트? 이거 첫 데이트야? 녹슨 회로가 머릿속에서 끼기긱 소리를 내며 힘겹게 돌아가려 애를 썼다. 그는 벼락을 맞은 것 같은 내 표정을 살피더니, 흠 하며 어깨를 폈다. 내 느낌이 맞는다면 그는 지루해 보였다.

"생각해 봐."

그가 바지 주머니에 두 손을 찔러 넣으며 시큰둥하게 자리에서 일어서려 하자, 나는 그의 바지춤을 붙잡았다. 머릿속에 번개처럼 조금이라도 솔직해져 보라는 말이 스쳐 지나갔다.

"왜 이래?"

갑작스러운 행동에 그는 물귀신이라도 본 양 인상을 구겼다.

"그거, 그거 알려 주시면…… 안 돼요?"

"뭐?"

"전화번호요."

"……"

"뭐?"

그는 인상을 찌푸리며 다시 물었다.

"휴대폰 번호요."

"몰라? 내 번호?"

"당연히 모르죠."

그는 구겨진 얼굴이 펴졌다. 얼굴이 뜨거운 걸 보니 내 얼굴이 타는 고구마처럼 붉어졌을 거다. 그는 날 살피더니 천천히 웃었다. 그래. 지금 완전 꼴사나운 거 나도 알아. 그렇지만 먼저 솔직해져 보라고 한 건 그쪽이잖아! 그리고 당연히 휴대폰 번호 정도는 알고 있어야 하는 거 아니야? 지혜도 알고 있는데 내가 모른다는 게 말이 안 되잖아.

"줘 봐. 네 휴대폰."

그가 손바닥을 펴 보였다. 긴장감에 푸우 하고 한숨을 쉬고선 교복 주머니를 뒤져 휴대폰을 꺼내 그의 손바닥 위에 가지런히 올렸다.

"비번 풀어 줘야지."

"아."

황급하게 휴폰을 다시 가져와 잠금을 푼 뒤 다시 가지런히 올려놨다. 그가 자신의 휴대폰 번호를 꾹꾹 눌러 찍고 통화 버튼을 한 번 눌렀다. 그의 바지 주머니에서 위이이이 하는 진동 소리가 들려왔다. 그 소리를 듣고서야 그는 만족스러운 표정으로 휴대폰을 내밀었고 나는 즉각 손을 내밀어 휴대폰을 받아 들었다. 손가락 끝이 살짝 닿았다. 나만 의식하고, 그는 아프지도 가렵지도 않은 듯했다. 진짜. 뭐 이런 불공평한 관계가 다 있어.

"1분에 한 번씩 문자 보내고, 5분에 한 번씩 전화하는 건 기대하지 마. 난 프라이버시를 존중하는 사람이니까."

그는 장난스러운 얼굴로 경고했고 나는 미간을 찌푸렸다. 뭐? 머릿속에선 그의 말이 1만 배는 부풀려졌다. 프라이버시를 방해하는 어떤 연락도 하지 마로. 내가 그의 말을 감당 못 해 허우적대는 동안 그는 정지시켜 둔 장면을 눈으로 살피더니 아랫입술을 꾹 물었다.

"그럼, 즐거운 관람 되라고."

아주 재미있어 죽겠단 표정으로 그는 내 이마에 딱콩을 한 대 날리고는 휘파람을 불며 시청각실을 빠져나갔다. 나는 모니터로 시선을 돌렸다. 남자 주인공이 한밤중에 여자 주인공을 벽에 밀어붙이고 가슴을 만지는 장면이 떠 있었다. 아…… 제대로 망했네…….

그날 저녁, 잠들기 전에 용기를 내서 처음으로 남자에게 먼저 문자를 보냈다. 여러 번 썼다 지웠다 썼다 지웠다를 반복하다 보낸 문자였다.

[수신: 최정우

선생님. 번호 알려 줘서 감사합니다. 안녕히 주무세요.]

채 1분도 지나지 않아 그에게 답문이 도착했는데, 한 천 년쯤은 기다린 기분이었다. 나는 우리가 특별한 사이란 걸 확인시켜 줄 만한 특별한 문자가 와 있기를 기대했다

[발신: 최정우

별말씀을.]

…….

뭐야. 이게 끝이야? 눈을 비비고, 게슴츠레하게 뜨고 문자를 다시 확인했다. 별말씀을? 별말씀을? 딱 네 개? 네 문장도 아니고

네 단어도 아니고 딱 네 글자? 잘 자라거나 내일 보자 따위의 말도 없었다. 실수로 전송 버튼을 누른 건 아닐까 조금 더 기다렸지만 뒤이어 오는 문자도 없었다. 허탈하게 침대 위로 발라당 누웠다. 그가 다정다감한 사람이 아니란 건 알고 있지만, 생각보다 더 심각했다.

이건 글자 수의 문제가 아니야. 성의의 문제라고. 이게 내게 얼마나 의미 있는 일인지 정말 아무것도 모르는 건가? 그렇게 내가 울면서 고백했는데? 태풍이 뭔지 알아 가자더니? 나한테 먼저 껄떡댔다더니? 이게 다야? 그가 손가락으로 조심스럽게 내 볼을 닦아 내던 감각을 떠올렸다. 그땐 무척이나 상냥했는데……. 그것도 내 착각인가? 고작 글자 수잖아. 화를 낸 것도 아니고 날 무시한 것도 아니고 아주 사소한 것일 뿐인데 왜 이렇게 고민이 되는 걸까. 이런 사소한 것에 신경 쓰는 게 정상인 거야, 아니면 비정상인 거야?

나는 밤새 그 네 글자의 미스터리를 풀기 위해 끙끙댔다. 그러면서 그의 기분을 유추해 보려 애를 썼다. 정말 짜증이 나는 건 내가 이런 문제로 골치를 썩는 동안 그는 두 발 뻗고 쿨쿨 잠을 자고 있을 거란 사실이었다. 그를 짝사랑할 때보다 어쩐지 더 애가 탔다. 어쩌면 아직도 나만 짝사랑 중일지도 모른단 생각도 들었다. 연애란 게 이런 건지 선뜻 누군가에게 물어볼 수도 없었다. 앞으로 이런 기분이 나아질지, 아니면 더 심화될지 한 치 앞을 모르는 망망대해에 서 있는 것 같아 눈앞이 깜깜했다.

* * *

"어때?"

지혜가 베이지색 원피스를 피팅룸에서 갈아입고 나왔다. 길쭉하고 늘씬한 몸매에 아주 잘 어울렸다.

"진짜 예뻐."

감탄하며 엄지손가락을 치켜 보이자 그녀는 헤벌쭉 웃으며 옷태를 감상했고 나는 멀뚱멀뚱 그 모습을 지켜만 봤다.

"넌 안 골라?"

"나?"

금요일 저녁, 그러니까 그 일이 있고도 사흘의 시간이 더 흘렀고 한 주가 다 지나갈 때 즈음에는 사태가 더 심각해졌다. 왜냐하면 최정우는 예전보다 더 냉랭해졌으니까. 예전에는 그래도 되도 않는 농담을 아무렇지 않게 걸고 집요하게 이름을 부르고, 부탁한 적도 없는 선의를 베풀며 관심이라도 보였지. 지금은? 말하기도 기가 찰 지경이다.

1분에 한 번씩 문자 보내고 5분에 한 번씩 전화하지 말란 말에 나는 그의 휴대폰 번호를 알면서도 하루에 한 번 물고기에게 밥을 주듯 잠들기 전에 잘 자라는 문자 한 번 보내는 게 다였다. 적정량을 주지 않으면 안 되는 것처럼. 대답은 매번 같았다.

'너도.'

한번은 'YOU TOO.'

목요일 저녁엔 그것도 귀찮았는지 'U2.'였다.

With or without you를 부른 록밴드 이름이 이런 식으로 지어진 건 아닐까 의심이 될 지경이었다. 더 분해 죽겠는 건 이따위로 내게 관심도 없어 보이는, 아주 뭐 지나가던 똥개 취급과 다를 게 없어 하는 남자 때문에 생전 처음 옷을 사러 나왔단 사실이었다.

나는 여전히 그가 무서웠다. 한 발짝 스스로 먼저 다가오라고 거지 같은 손가락을 걸며 맹세하듯 이야기했지만, 나는 다가가기는 커녕 전화 한 번 하는 게, 문자 한 번 보내는 게 무척이나 망설여졌다. 대체 이게 뭐람. 의무적으로 꾹꾹 참다가 잘 자라는 문자 한 번 보낼 때도 머릿속엔 온통 적어 놓은 문장을 판단하고 심사하고 그가 기분 나빠하진 않을지, 아니면 지루해하거나 질리진 않을지 수천 수백 번을 생각해야만 했다. 이건 내게 수학 공식보다 원소주기율을 외우는 것보다 훨씬 더 어렵고 힘든 일이다.

"이거, 이거 어때?"

지혜가 천사처럼 원피스를 입고 매장을 돌다가 귀여운 체크무늬의 A라인 치마를 꺼내 들었다.

"귀엽네."

"입어 볼래?"

나는 웃으며 고개를 저었다. 그러자 그녀는 바로 옆에 꽃무늬가 수놓아진 반바지를 집어 들었다.

"이건?"

다시 고개를 저어 보이자 그녀는 맥이 빠진 듯 어깨를 축 내리며 원망스럽게 날 쳐다봤다.

"이건 또 왜?"

"너무 짧아."

지혜는 날 한 번 노려보더니 아까 집었던 체크무늬 치마와 진열대에 걸린 하얀 티셔츠를 손에 들고 도전적으로 걸어왔다.

"뭐야. 쇼핑 가자고 해서 집에 가는 것도 미루고 옳다구나 따라

왔는데, 정작 넌 하나도 안 고르고 나만 고르고 있잖아. 맨날 박스 티에 쌍팔년도 항아리 바지만 입을 거야?"

나는 매장 전신 거울에 비친 내 모습을 살폈다. 목이 다 늘어난 티셔츠에 펑퍼짐한 누비 점퍼, 두 치수나 크게 산 헐렁한 청바지. 여성미나 매력은 찾아보려야 찾아볼 수 없는 모습. 평소에는 아무렇지도 않던 모습이 한심하게 비쳐졌다. 평소와 같은 내가 전혀 다르게 보인다는 건 이상한 일이다. 누군가에게 좀 더 예뻐 보이고 싶다는 게, 좀 더 여성스러워지고 싶다는 것이 생소했다. 분명 오래전 잘생긴 교회 오빠를 위해 한껏 치장하며 신이 나 했던 때를 기억하고 있었다. 그땐 무엇을 해도 즐거웠는데 지금은 무엇을 해도 공허한 갈증만 났다.

"한 번만 입어 봐. 나 못 믿어? 이상하면 바로 알려 줄게."

지혜는 내 가슴팍에 옷을 던지고는 피팅룸 안으로 몰아넣었다. 치마를 입을 계획이 아니었다. 그냥 좀 덜 늘어난 티셔츠에 조금 더 잘 맞는 바지를 고르고 싶었다. 그가 기억이나 하고 있을지 모르는 주말 약속을 위해 덜 한심해 보이고 싶었을 뿐. 멋을 내려는 계획은 절대로 아니었다. 센서 등에 반짝 빛이 들어오고 나는 손에 들린 옷을 조심스럽게 내려다봤다 그래. 한 번 입어 본다고 해서 뭐가 어떻게 되는 건 아니잖아. 내가 입으면 꼭 나무토막에 옷을 입힌 것처럼 볼품없을 거야. 입고 바로 벗으면 되지.

누비 점퍼를 벗고, 물이 빠진 낡은 잿빛 셔츠를 벗고, 안에 입은 반팔 셔츠도 벗었다. 민소매 차림으로 앙증맞은 자수가 놓인 페미닌한 라운드 셔츠에 머리를 집어넣고, 바지를 벗고, 치마를 올리고, 지퍼를 잠갔다. 허벅지 사이로 싸늘한 바람이 감돌았다.

허벅지 위로 껑충 올라간 길이에 난감해졌다. 이거 너무 짧은데.

"다 입었어?"

문밖에서 지혜가 독촉하는 목소리가 들렸다.

"어, 그런데 이거 너무 짧아."

"내가 봐줄게. 일단 나와 봐."

마른 침을 꿀떡 삼키고 피팅룸 밖으로 나가는데 지혜가 끼고 있던 팔짱을 풀며 반색했다.

"야! 박은금! 완전 귀여워!"

피팅룸 문을 닫고 거울에 비쳐 보이는 나와 대면했다. 치마는 역시나 짧고 착용감은 어색했다. 자신감 없는 몸짓으로 어깨를 잔뜩 웅크린 채였는데 의외로 나무 작대기에 천을 걸친 것처럼 보이진 않았다. 지혜가 등 뒤로 와서 굽은 어깨를 바짝 뒤로 펴 주었다. 그녀가 옆에 서 있는 모습을 거울로 보고 있자니 꼭 엘프와 오크처럼 느껴졌다.

"봤어? 내 센스를? 이왕 옷 사기로 마음먹은 거 이 정도는 사줘야지."

최정우는 왜 내게 손을 내밀었을까? 지혜는 최정우를 좋아하고 있고 누군가가 그의 눈에 든다면 그건 두말할 것 없이 지혜였다. 그녀는 아름답고, 날씬하고, 똑똑하고, 어디서든 빛이 나는 존재니까.

최정우 옆에 나란히 서 있는 지혜를 상상하자 퍽이나 잘 어울렸다. 타고난 것을 바꿀 수는 없다. 지혜는 타고나길 긴 다리와 예쁜 얼굴, 날씬한 몸매를 가졌다. 한 번도 그걸 부러워한 적이 없었다. 오히려 그녀가 아름답고 똑똑하고 눈이 부시다는 사실에 안도했다. 그래야 내 자리가 가장 어두웠다. 어쩌면 최정우는 날 좋아하기보다 불쌍하고 안타까워서 손을 내밀어 준 것일 수도 있다. 나로선 도저히 납득되지 않는 일이지만 그는 외국에서 자랐으니 정말 내가 멍청이 같아서 내 입안에 혀를 밀어 넣었을지도 모를 일이었다.

나는 자신감과 호기심에 빛나는 지혜를 동경 어린 눈으로 쳐다봤다. 내가 지혜처럼 아름답고 똑똑했다면 그의 단답형 문자를 보고 끙끙대는 대신 나를 이따위 취급밖에 하지 못하냐고 전화해서 따질 수도 있을 거다. 그녀처럼 티가 없이 맑고 행복했다면 어버버거리는 대신에 대등하게 웃으며 대화를 나눌 수 있었을지도 몰랐다.

그녀와 있을 때 완벽하게 대조되는 내 멍청함이 이토록 한심해 보이다니. 지혜는 내 머리카락을 느슨하게 뒤로 잡아당겨 하나로 모았다.

"야, 우리 헤어 액세서리 사러 갈래?"

그녀는 바비 인형을 손에 움켜쥔 것처럼 신이 난 표정이었다.

"어……."

아직 이 옷을 살지도 결정하지 않았는데 그녀는 벌써 다음 스텝을 구상 중이었다.

"야, 일단 빨리 옷 갈아입고 나와 봐. 얼른."

한번 불이 붙으면 절대로 멈출 수 없는 아이였다. 그녀는 날 다시 피팅룸 안으로 쳐넣었다.

"빨리 갈아입고 나와!"

그런 면이 날 곤란하게 만들기도 했지만 사실 지혜의 그런 면을 가장 좋아했다. 의지박약인 나에게 그녀는 맞춤형 친구였다.

피팅룸에서 느릿느릿 옷을 갈아입고 나오자 다음 단계부터는 번갯불에 콩을 구워 먹는 수준이었다. 나는 온종일 지혜에게 질질 끌려다녔다. 언제나 그래 와서 이젠 자연스럽게 느껴질 정도다. 결국 원치도 않는 치마와 셔츠를 샀고 원치도 않는 머리띠와 헤어핀도 샀다. 수중에 남은 돈이 바닥나지 않았다면 귀를 뚫자고 할 판이었다. 옷은 어떻게 입고 머리는 어떻게 묶는지까지 완벽하고 세세하게 코치를 하고 나서야 지혜는 만족스럽게 손을 흔들며 작별 인사를 건넸다.

학교로 돌아가는 버스 안에서 나는 쇼핑백을 잔뜩 든 채 완전히 녹초가 됐다. 버스의 맨 뒷자리에 앉아 쇼핑백을 껴안고 꾸벅꾸벅 졸고 있는데 점퍼에서 위이이잉 하고 진동이 울렸다. 나는 퍼뜩 잠에서 깨어나 일말의 기대감을 갖고 잽싸게 휴대폰을 확인했다.

[김재현]

실망감이 온몸에 무겁게 내려앉았다. 나는 숨을 내뱉으며 실망스러운 기분을 감추기 위해 한층 톤을 높여 전화를 받았다.

"여보세요?"

— 어, 나야. 뭐해?

"잠깐 밖에 나갔다가 학교로 돌아가는 길이야. 왜?"

— 내일.

내일? 목이 잠겼는지 그가 '크흠' 하고 헛기침을 했다.

— 내일 뭐 해?

내일……. 토요일을 생각하니 또 기분이 다운됐다. 손에 잔뜩 든 쇼핑백에 절로 눈길이 갔다. 뭐야. 이게 도대체.

'주말에 영화 볼래?'

그 한 마디에 이딴 짓이나 하고 있고. 주말 언제인지, 몇 시에 어디서 만날 건지 아무것도 이야기해 주지 않은 허공에 붕 뜬 약속 때문에 뭘 하는 거냐고, 박은금. 그를 탓할 필요도 없어. 주말 언제 만날 건지 확인하지 않은 건 너도 마찬가지잖아. 그가 하는 한 마디 한 마디를 숨이 꼴딱꼴딱 넘어가게 무서워하는 주제에. 최정우 입에서 'no'라는 단어가 나올까 봐 무서워서 한 마디도 내뱉지 못하는 건 너 아니야?

"아무것도…… 안 하는데."

침울해져서 작은 목소리로 대답했다.

─ 아, 그래? 그럼 나랑 영화 볼까?

내가 잠깐 헛것을 들었나 싶어 자세를 고쳐 앉았다. 영화? 이젠 너무 간절해서 무슨 말을 해도 환청이 들리나?

─ 보고 싶은 영화가 있어서, 혹시 추리물 좋아해?

"어……"

진짜 영화를 보자고?

─ 잘됐다! 그럼 내일 만나자.

"어어……"

─ 표는 내가 예매해 둘게. 11시 40분 거 있는데 영화 보고 밥 먹으면 되겠다.

어찌할지 결정하지 못한 채 나지막이 중얼거렸는데 그는 그게 대답이라고 생각한 듯했다. 사실이네. 진짜 영화를 보자는 거네? 영화를 보고… 밥까지 먹는다고?

─ 혹시 부담스러워?

대답에 텀이 길어지자 그가 근심스럽게 물어왔다.

"어? 아니, 그런 건 아닌데……."

— 내키지 않으면 거절해도 괜찮아.

신나 보이던 재현이의 목소리에 실망감이 돌자 나는 미안한 마음에 얼른 대꾸했다.

"아니야. 같이 가자."

— 진짜?

"응."

쇼핑백 안의 체크무늬 치마가 선명하게 눈에 들어왔다. 으휴. 이건 왜 충동구매를 해서……. 지혜에겐 미안하지만, 내일 오전에 들러서 반품해야겠어.

— 그럼 내일 11시에 백화점 위에 있는 롯데시네마에서 보자.

"그래, 알겠어."

— 고마워! 덕분에 살았어! 내일 봐!

재현이의 잔뜩 상기된 목소리를 들으며 통화를 마치고나자 기분은 더 복잡해졌다. 재현이가 좋아하는 건 기쁜 일이지만 내가 함께 영화를 볼 수 있길 고대한 사람이 아니란 것이 속상했다. 대체 그 태풍 같은 남자는 어디서 뭘 하고 있는 걸까. 기숙사에 도착해 쇼핑백을 침대 위에 던져두고 곧장 화장실로 향했다. 차가웠던 몸에 따뜻한 물이 닿으니 근육이 이완되면서 온몸의 긴장이 녹아내렸다. 눈을 감고 따뜻한 물줄기를 잠깐 즐기다가 막 머리에 샴푸를 묻히고 비누 거품 칠을 할 때, 화장실 문밖으로 요란스럽게 휴대폰 벨이 울렸다. 씻고 있으니 무시할까 하다가 나는 '아이씨!' 하고 손에 묻은 거품과 눈가에 묻은 거품을 수건으로 대충 닦아

냈다. 재빠르게 화장실 문을 열고 나가 침대 매트 위에 놓인 휴대
폰을 곧바로 집어 들었다.

［최정우］

타이밍 한번 기가 막히네. 온종일 기다릴 땐 전화는커녕 문자
한 통 없더니, 하필 왜 머리 감을 때야. 어디에 감시 카메라라도
달았나? 어떻게 매번 사람을 패닉에 빠트리며 등장하는 걸까. 진
짜 아이러니하다.

"여보세요?"

눈가에 흘러내리는 거품을 한 손으로 닦아 내며 휴대폰을 귓가
에 가져다 댔다.

― 뭘 했기에 이렇게 숨이 차?

지혜의 말이 맞았다. 수화기 너머로 듣는 그의 목소리는 훨씬
굵고 낮았다. 섹시하다던 지혜의 표현이 정확하다고 생각될 만
큼 기분 좋은 목소리였다. 배 속에서 귀뚜라미가 눈치 없이 날갯
짓을 시작했다.

"어……."

대답 대신 길게 의미 없는 음을 내뱉었다. 머리를 감다 나왔다
는 말이나 화장실에 있다 나왔다는 말 모두 왠지 창피해서 꺼낼
수가 없었다.

― 어?

"잠깐, 나갔다 왔어요."

― 어딜?

"어…… 여기, 옆, 옆방예요. 옆방 친구한테요."

옆방은 텅텅 비어 있지만.

─ 내일 몇 시에 볼래?

"에?"

─ 에라니. 영화 보기로 했잖아.

"……"

머리카락에 거품이 잔뜩 묻은 것도 잊은 채 2층 침대의 난간에 머리를 '쿵' 박았다. 정말 타이밍 한번 거지 같았다. 불안 불안하더라니. 무서워도 재현이와 약속을 잡기 전에 먼저 확인해 볼걸. 항상 성의 없이 보내와서 그렇지, 그는 문자 보내면 재깍재깍 대답은 해 주는 사람 아닌가……. 모르는 문제는 넘어가지 말고 꼭 물어보고 푸는 거, 그거 몰라?

─ 점심때쯤 볼래?

"약속 있어요."

웅얼거리며 완전히 기진맥진한 채 대답하자, 수화기 너머에서 잠깐 동안 말이 없었다. 왠지 모를 불안감에 나는 재빠르게 다시 입을 열었다.

"재현이가 과제 도와줘서 고맙다고 밥 사 준대요. 꼭 보고 싶은 영화가 있는데 볼 사람이 없다길래 같이 가 주는 게 좋을 것 같아서요. 그…… 아직, 선생님이랑은 제대로 이야기가 안 된 상태였잖아요. 주말 언제인지 몇 시인지 구체적으로 정한 것도 아니고 해서……."

─ 누구?

수화기 너머 그가 한참 동안 침묵하다 내뱉은 단어는 제법 신경질적으로 들렸다.

"재, 재현이요."

내가 또 뭔가를 잘못한 건지 잔뜩 겁을 집어먹은 채 더듬댔다.

— 김재현?

"네……."

불안감에 가슴이 콩닥콩닥 뛰었다. 혹시나 화나게 만들었나? 내가 멍청한 짓을 했나?

— 몇 시에?

"11시요."

— 어디서?

"롯데백화점이요. 거기 영화관에서…"

— 아, 우리 집 근처네.

그의 목소리가 갑자기 평온해지자 나는 귀가 쫑긋했다. 화난 게 아니었나? 또 나 혼자 쓸데없이 예민하게 굴었나? 이거야 원 갈피를 못 잡겠네.

— 잘됐다. 재현이랑 밥 먹고 헤어지면 우리 집으로 와. 주소 보내 주면 찾아올 수 있어?

"아…… 네."

— 그래. 문자로 찍어 줄게. 비싼 거 얻어먹고 실컷 놀다 와.

"……."

— 끊는다.

그러고는 정말 끊었다. 대꾸할 틈도 없었다.

잘 자라는 인사는? 내일 보자는 말은? 한동안 전화기를 귀에서 떼어 내지 못한 채 황망함에 벙쪄 있었다. 이게 도대체…… 어떻게 된 상황이야? 아주 잠시 후 그에게서 주소가 찍힌 문자가 날아들었다. 말 그대로 주소만 찍혀 있었다.

* * *

　이성적으로, 침착하게 생각해 보자.

　다음 날 아침 8시 반에 일어나 양치질을 하면서 이 상황에 대해 이성적으로 침착하게 생각해 보기로 했다. 아무리 제대로 약속을 잡지 않았다고 한들 어쨌든 영화 보자는 약속을 했잖아. 물론 본의 아니게 먼저 무시한 건 나지. 그래도. 다른 이성 친구랑 먼저 영화를 본다는데 그게 그렇게 쿨하고 속 시원하게 '재미있게 놀다 오라'고 말할 정도로 속 편한 일이야?

　무슨 나는 엄마랑 통화하는 줄 착각할 뻔했어. 너무 다정해서! 아 진짜 짜증 나!

　나는 입안에 물을 잔뜩 넣고 우물우물한 다음 신경질적으로 개수대에 뱉어냈다. 관심 있다며! 서로에 대한 권리와 의무가 있다며! 진짜 이 사람은 날 '병역의 의무'와 같은 선상에서 생각하는 거 아냐? 피할 수 있음 피하고 싶은데 피할 요량이 없어서 차라리 즐기자고 마음먹은 거 아냐? 세수를 하고 수건으로 얼굴을 닦으며 발을 동동동 굴렀다. 하루 종일 이런 기분으로 있을 순 없다. 머릿속에 최정우만 생각하면서 지내고 싶지가 않았다. 어제 아무렇게나 던져둔 쇼핑백에서 옷을 꺼냈다.

　'항상 뚜렷한 자기 주관을 갖고 살아야지.'

　엄마가 매번 집에서 하던 잔소리가 생각났다. 내게 주관이란 게 있었으면 손에 들려 있는 건 이런 앙증맞은 치마가 아니라 청바지에 티셔츠여야 했다. 이 옷을 산 목적은 최정우에게 조금이라도 잘 보이기 위해서였다. 내겐 보기에도 마땅치 않은 치마 말고는 후줄근한 셔츠와 항아리처럼 넓은 쌍팔년도 바지밖에 입을 것이 없었다. 고등학교 3학년이 다 되도록 자의로 쇼핑을 한 적이 한 번도 없었으니까.

그래, 또 한 번의 의미지. 그 사람에겐 완전히 무의미한 의미. 그냥 다 관둬 버릴까? 옷을 다시 쇼핑백에 넣어 두고 조금이라도 괜찮은 옷이 혹시나 있지 않을까 싶어서 옷장 문을 열었다. 온통 무채색의 빛바랜 셔츠들의 최소 보존 기간은 4년부터 시작됐다. 처음엔 검은색이었던 게 분명한 회색 옷도 있었다. 목은 늘어나고, 너덜너덜하고, 어떤 건 소매 끝단이 뜯어지기 시작했다.

이건 악몽이야. 이런 옷을 입고 나갈 순 없어. 안 그래도 날 불쌍하게 보는 것 같은데 비렁뱅이 꼴을 하고 나갈 순 없다고. 자리에 풀썩 주저앉아 머리를 쥐어뜯었다. 도대체 뭐 하고 산 거야, 박은금. 3년이 되도록 도대체 뭐 하고 산 거냐고. 나의 모든 것은 16살에 멈춰 있었다. 거기서 단 한 발자국도 나아가지 못한 거다.

'거기서 나와. 단 한 발자국이라도 스스로 나와 봐.'

그의 말이 귓가에 메아리쳤다. 언제나 패닉에 빠질 땐 그의 말이 먼저 생각났다. 왜 그 사람이 하는 말들은 이토록 모든 상황에 척척 들러붙는 걸까. 스스로에 대한 울분에 한동안 자리에 주저앉아 있다가 일어나 입고 있던 추리닝 바지와 낡은 셔츠를 벗고 체크무늬 치마와 아직 빳빳하고 기름 냄새가 묻어 있는 하얀 라운드 셔츠를 입었다. 옷장 서랍을 뒤져 스타킹과 속바지까지 챙겨 입고는 거울에 비친 내 모습을 보며 침을 꼴딱 넘겼다. 내 인생에 대한 어떠한 감흥도 없이 지냈다. 내 여성성이 사라지건 인생이 사라지건 신경도 쓰지 않았다.

지금의 난, 변했다. 그리고 이건 내가 선택한 결과였다. 3년 동안 풀지 않았던 문제집이 천장에 닿을 만큼 아찔하게 쌓여 있었다. 엄두가 나지 않지만 다 풀어내지 못하면 이 벽을 치워 낼 수가 없고, 이 벽을 치워 내지 못하면 나는 최정우에게 다가갈 수가 없다. 거울 너머에는 어색하게 치마를 차려입은 볼품없는 여자애가 서 있었다.

정말 이래도 괜찮은 거야? 그렇게 겁이 잔뜩 나는 얼굴을 하고? 전혀 편안하지 않잖아. 마음에 들지도 않고 자신도 없잖아. 하지만 3년을 얼마나 무의미하게 보냈는지 깨닫게 되자 더는 숨고 싶지가 않았다. 어떻게든 한발 나아가지 않으면, 그나마 그가 내게 보여 줬던 미소조차 가질 수 없을지도 모른다.

거울에 비친 모습은 지혜가 내게 요구했던 모습 그대로였다. 지혜가 골라 준 치마에 그녀가 골라 준 머리끈으로 그녀가 하라고 했던 대로 느슨하게 목 뒤에서 하나로 묶었다. 지혜라면 좀 더 예쁘게 묶어 줬을 텐데. 불행히도 오늘은 토요일이고 그녀는 내 곁에 없었다. 내가 잔뜩 몸을 굽히고 자신 없게 뒤뚱거려도 해맑은 얼굴로 '짱 예뻐! 완전 근사해!'라고 배알 없이 좋아하던 그녀의 모습이 무척이나 그리웠다. 지혜가 그런 식으로 오버해 주면, 조금이나마 거울 너머의 내 모습에 만족했을지도 모른다.

옷장 안에는 들고 갈 가방 하나 없었다. 옷을 사느라 돈을 탈탈 털어 버린 내게 제 돈으로라도 가방과 신발을 사자던 지혜를 못 이기는 척 따라갈 걸 그랬나 후회도 되었다. 아무리 비정상적이어도 이런 옷에 후줄근한 등교용 백팩을 멜 만큼 미적 감각이 비정상적인 건 아니니까.

옷장 앞에서 고민하다 나는 곧 단념했다. 차라리 안 들고 가는 게 속 편하겠어. 어차피 화장도 안 하는데 소지품이 뭐가 필요 있어? 치마 주머니에 휴대폰과 지폐를 구겨 넣은 동전 지갑을 양쪽으로 나눠서 넣었다. 그러곤 옷장에서 그나마 멀쩡해 보이는 쥐색 스웨터를 꺼내 입었다. 하얀색 양말을 습관처럼 두 번 접어 신다가, 지혜가 제발 그 짓 좀 그만하라고 한 말이 퍼뜩 생각나 접힌 양말을 펴고 하나뿐인 단화에 발을 밀어 넣었다. 이 정도가 내 한계야. 분수에 맞지 않는 옷 하나로 충분했다. 급하게 먹으면 체하니까.

띠링. 문자 메시지 소리가 났다.

[발신: 김재현

일어났어? 난 지금 출발한다.]

[수신: 김재현

나도 막 나가려던 참이야.]

[발신: 김재현

좋아! 이따 보자!]

나는 재현이의 다정함에 감탄했다. 이것 봐. 누구는 출발한다고 문자까지 보내 주잖아. 친절하게도. 롯데백화점 근처에 살고 계시는 '용건만 간단히'씨와는 완전 다르지.

단화를 신고 기숙사 문을 나서며 단단히 마음을 먹었다. 길을 걸으면 필시 언제나 느꼈던 것처럼 커다란 괴물이 날 노려보고 있는 것과 같은 공포를 느낄 게 분명했다. 어쩌다 한두 사람이 날 쳐다봐도 그 시선이 뒤통수에 꽂혀 날 찌그러트릴 게 당연했다. 나는 모험을 하고 있었다. 나는 아무렇지 않다고 자신에게 세뇌했다.

머릿속에 주문처럼 최정우가 내게 했던 말들을 몇 번이고 되뇌며 씩씩하게 발걸음을 뗐다. 어제보다 오늘의 내가 반 발자국이라도 앞으로 나아가 있길 간절히 바라면서 말이다.

완연한 가을인데도 햇살은 여름만큼 따가웠다. 어색한 걸음으로 버스에서 내려 5분 거리의 백화점으로 향했다. 누구와도 눈을 마주치지 않기 위해 계속해서 땅만 봤다. 혹시 눈이 마주치면 그 거대한 시선에 압도되어 스멀스멀 기어 올라가는 공포감에 어딘가로 숨어들 것이 뻔했으니까.

엎친 데 덮친 격으로 바람에 자꾸만 움직이는 치마도 신경 쓰였다. 한두 치수 큰 치마를 샀으면 분명 무릎 정도는 가려 줬을 텐데……. 잔뜩 움츠러든 채 어디라도 좋으니 빨리 이 자리에서 벗어나고만 싶었다.

"은금아!"

나부끼는 치맛단을 정신없이 추스르며 횡단보도를 건너는데 멀찌감치에서 누가 이름을 불렀다. 한 손으로는 치맛단을, 한 손으로는 머리카락을 움켜쥐고 눈을 드니 재현이 백화점 정문 앞에 나와 있었다. 나는 종종걸음으로 그의 앞에 다가갔다. 그는 내 모양새를 보고 자꾸만 키득대고 웃었다. 볼에 예쁜 보조개가 파이는 걸 보자 새삼스레 내 꼬락서니가 무척이나 창피해졌다. 나는 의식적으로 바람에 흐트러진 머리카락을 귀 뒤로 정신없이 넘겼다. 그는 다소 경직된 내 모습을 보더니 더 머쓱하게 코끝을 손으로 훔치곤 밝게 웃었다.

"너 오늘 되게 예쁘다."

티 없이 밝은 목소리로 그가 칭찬을 해 나는 얼굴을 붉혔다.

"고, 고마워."

재현이에게 듣자고 이 옷을 입고 나온 건 아니지만 칭찬을 듣고 나니 기분이 꽤 괜찮았다. 그는 휴대폰 시계를 확인했다.

"약속 시간도 잘 지키네? 누구랑은 다르게?"

"아……."

지혜 이야기로군. 나는 조용히 웃었다.

"표는 내가 끊어 놨어. 여긴 F열이 제일 잘 보인대. 아직 시간이 좀 남았는데 어디 구경이라도 할래? 여기 6층에 서점도 있는데. 아니면 요즘 세일하던데, 옷 구경할까? 뭐 살 거 없어? 아니면 미리 가서 스낵이라도 먹을까?"

그는 다소 부산스러워 보였다. 아니면 좀…… 들떠 있나? 그가 부산스러우니 덩달아 나도 심란했다.

"서점에 잠깐 들르자, 그럼."

"그래, 좋아."

서점에 들어가 책을 고르는 척하며 재현이와 멀찍이 떨어졌다. 일행이 생기자 계속해서 따라붙던 공포심은 덜했지만 대신 이상하게 찜찜했다. 단둘이 있다 보니 문득 생각이 머리를 스쳤다. 이거…… 설마 데이트 같은 건 아니겠지? 난 평소답지 않게 옷을 차려입었고 재현이는 평소보다 훨씬 더 들뜨고 부산스러워 보였다. 그런 생각이 들자 마음 한편이 무거웠다. 지혜나 최정우나 한때는 대놓고 재현이랑 내 사이를 엮어 보려 노력했지 않나.

최정우 생각이 들자 또 기분이 나빠졌다. 그래, 그랬잖아. 엮어 보려고 했었잖아! 여자 친구라고 말도 안 되는 헛소리를 지껄였잖아. 한때는 그런 사이였다고! 지금 그런 사람이랑 단둘이 영화를 보고 밥을 먹겠다는데 그 양반은 문자 한 통이 없다. 눈앞에 그가 대자로 뻗어 팔자 좋게 늦잠을 자는 모습이 떠오르자 속이 뒤집혔다. 눈앞에 있는 책에서 흥미를 잃었다. 책을 다시 책장에 꽂아 두고는 최정우에 대한 생각에서 벗어나기 위해 재현이에게 다가갔다.

"재현아 가자. 영화 보러."

응? 베스트셀러 코너에 정신 팔렸던 그가 내 붉으락푸르락 얼굴에 영문도 모른 채 고개를 끄덕였다.

"어…… 그래, 가자."

* * *

"팝콘?"

스낵 코너에 서서 뭘 갖고 들어갈지 메뉴판을 보며 고심했다. 생전 처음 또래와 둘이서 영화관을 와 봤다. 그전에는 늘 엄마·아빠와 함께였다. 아니면 학교나 교회에서 단체로 선생님을 동원해 오거나.

재현이는 친구랑 많이 와 봤는지 모든 게 능숙했다. 그 모습을 보고 있자니 더 헛산 것 같은 기분이었다. 열아홉 살이나 먹고도 영화관 한 번 안 온 애는 아마 내가 처음일 거야.

"아무거나."

"무슨 맛 좋아해?"

"그냥 네가 좋아하는 거."

그는 기분 좋게 빙그레 웃었다. 그 아이가 웃으면 덩달아 나도 기분이 좋았다.

"좋아. 그럼 내가 좋아하는 걸로."

우린 팝콘과 콜라를 나란히 들고 상영 5분 전에 F열에 착석했다. 비록 내가 원하던 사람과 온 건 아니었지만 커다란 스크린관과 사람들의 낮은 웅성임 속에 섞여들고 나니 점점 더 기분이 가벼워졌다. 또래의 남자애랑 온 게 기분이 좋은 이유일 수도 있다. 뭔가…… 해낸 기분?

재현이는 내 좌석 팔걸이에 콜라를 꽂아 넣었다.

"자. 네 거."

"고마워."

나란히 스크린을 보고 앉아 그는 영화 상영 전에 나오는 광고와 영화 예고편을 보며 끊임없이 말을 걸었다. 처음엔 어색하게 맞장구를 쳤지만, 어느새 나도 동화되어 재현이와 똑같이 키득대며 시시껄렁한 이야기를 주고받고 있었다. 재현이의 곁에 친구들이 많은 건 이래서구나. 얼마 전까지는 그와 제대로 눈도 마주치지 못하던 나도 몇 마디를 섞고 나자 재현이가 '남자'라는 사실을 아예 모르는 사람처럼 긴장감이 풀렸다. 나는 지혜와 그러는 것처럼, 어쩌면 그것보다 훨씬 더 많이 그의 시시껄렁한 농담에 맞장구를 치며 끊임없이 수다를 떨고 있었다. 처음에 느꼈던 숨 막힘도 데이트일까 걱정하며 느꼈던 불편함도 완전히 사라지고, 그저 영화관이 주는 흥분과 곧 시작될 영화에 대한 기대감에 완전히 들떴다.

"그만 먹어. 그러다 너 밥 못 먹는다."

짭조름한 팝콘을 계속해서 입속에 집어넣자 재현이가 경고 조로 속삭였다.

"걱정 마."

"영화 시작도 전에 다 먹게 생겼잖아."

"그럼 나가서 하나 더 사 오면 되지."

"내가?"

재현이가 정색하며 물었고 나는 키득댔다.

"가위바위보 할래? 누가 갔다 오나?"

그는 기가 막힌 듯 '허' 하고 헛웃음을 들이켰고 그사이에 상영
관이 더욱 어두워졌다.

"쉿. 시작한다."

영화가 시작된다는 기대감에 재현이는 눈을 빛내며 검지를 곧
추세워 보이고는 곧바로 몸을 고쳐 앉았다. 우리는 팝콘을 씹으
며 두근거리는 마음으로 스크린에 집중했다.

영화는 재미있었다. 연쇄살인범을 찾는 추리물을 가장한 액션
물로 돈을 얼마나 쏟아부었는지 여기저기서 차가 날아가고, 도시
가 붕괴하고, 폭탄이 터지고 난리도 아니었다. 중간에 깨알처럼
베드신이 등장했을 땐 숨도 못 쉬었다. 주변이 지나치게 의식돼서
근육이 긴장되고 어깨가 움츠러들었지만 어두운 조명에, 시끄러
운 서라운드에, 옆에서 와작거리고 팝콘을 씹어 대는 소리 때문
인지 생각보다 나쁘지는 않았다. 다만 어서 끝나기만을 바랐다.

"실망이야."

영화 엔딩 크레디트가 올라가고 우리는 친절한 극장 직원의 인
사를 받으며 극장을 빠져나왔을 즈음 그가 볼멘소리를 냈다.

"왜? 난 재미있었는데?"

"난 서스펜스 스릴러물인 줄 알았다고. 액션물이 아니라."

어쨌든 추리물이긴 하지……. 추리가 1이고 액션이 9라 그렇지.

"뭐 먹을래? 먹을 배가 있긴 하지?"

쓰레기통에 빈 콜라 잔과 팝콘 통을 넣으며 재현이가 물었다.

"좀 배부르긴 하다."

"거봐! 그럴 줄 알았어!"

그의 앙칼진 목소리에 나는 웃음을 터트렸다. 재현이는 내가 웃는 모습을 신기하게 쳐다봤다.

"왜?"

내가 어색하게 묻자 그는 어깨를 한 번 으쓱했다.

"그냥. 네가 소리 내서 웃기도 하는구나 싶어서."

"나 아까부터 소리 내서 웃었는데……."

"키득대는 거 말고. 하하하하 이렇게 웃는 거."

그가 하하하하 하고 큰 소리로 외치자 난 또다시 웃었다. 그는 만족스럽게 미소 짓고는 화제를 돌렸다.

"뭐 먹으러 갈래? 난 배고픈데."

"그럼 너 먹고 싶은 거 먹자."

"팝콘도 내가 먹고 싶은 거 먹고, 점심도 내가 먹고 싶은 거 먹고?"

"응."

휴. 그가 못 말리겠다는 듯 숨을 한 번 내쉬고는 고갯짓했다.

"가자. 난 돈가스 먹고 싶어."

"좋아."

메뉴판에 먹음직스러운 돈가스 사진들이 빼곡했지만, 팝콘 때문에 배가 불러서인지 뭐 하나 눈에 들어오는 게 없었다.

"다음부터 너랑 영화 보러 올 땐 절대 스낵 사 가지고 들어가지 말아야겠다."

몇 분 동안 메뉴판만 흥미 없는 눈길로 멀뚱히 쳐다보고 있자 재현이가 물수건으로 손을 닦으며 말했다.

"다음번에 올 땐 지혜도 같이 오자."

"지혜?"

그가 인상을 찌푸렸다.

"걘 왜?"

"더 재미있을 것 같아서."

"너나 재미있지. 난 걔랑 있으면 하나도 재미없더라."

항상 사람 좋아 보이는 재현이의 심기를 불편하게 하는 유일한 사람이 지혜였다. 재현이는 다른 아이들과 같이 있을 때 항상 주도적인 리더의 위치였는데, 지혜만 오면 그게 단번에 바뀌었다. 아무렇지 않게 들어와 물을 흐리는 미꾸라지. 재현에게 지혜는 그런 존재일지도 모른다. 나는 지혜에게 멋대로 휘둘리는 걸 즐겼지만 재현이는 성격상 그러지 못했다. 하지만 내게 이 둘의 다툼은 만담 콤비의 개그처럼 보였다. 지혜는 재현이를 내게 끌어다 붙였지만, 내가 보기에 재현이는 지혜와 더 잘 어울렸다. 투덕거리고 있으면 귀여워 보일 정도니까.

"난 그냥 소바나 먹을까?"

"그럼 난 치즈돈가스! 이모!"

메뉴를 정하자마자 재현이가 씩씩하게 손을 들었다. 식당 아주머니는 씩씩하고 구김 없는 재현이의 모습에 주문을 받는 내내 방

글방글 웃으셨다. 그러면서 몇 살인지, 어느 학교에 다니는지 관심을 보였고 그는 특유의 친화력으로 조근조근 조리 있게 대답했다.

지혜가 다이아몬드처럼 광채를 내뿜는다면 그는 햇살처럼 반짝였다. '싱그러운 청춘'이란 말에 완벽하게 부합되는 소년이었다. 그가 귀엽다는 생각이 들었다. 10대의 남자애는 귀엽구나. 최정우에게선 전혀 느껴 보지 못한 것이다. 나는 공연히 주머니 속의 휴대폰을 만지작거렸다. 여전히 단 한 통의 메시지도 울리지 않는 전화기를 말이다.

* * *

점심밥을 얻어먹고 기분 좋게 밖으로 나왔는데 언제부터 내린 건지 바닥은 온통 젖어 있는 데다 굵은 빗줄기가 끊임없이 떨어지고 있었다.

"어, 뭐야. 오늘 일기예보에 비 온단 말 없었는데!"

재현이와 나는 정문에 서서 요란스러운 빗줄기를 하염없이 쳐다보고만 있었다.

"잠깐만 기다려."

재현이는 나를 문 앞에 세워 두고 다시 백화점 안으로 뛰어 들어갔다. 잠시 후 그의 손에는 초록색 우산 하나가 들려 있었다.

"무슨 우산이 이만 원씩이나 하냐! 사기꾼들!"

그가 투덜대며 우산을 폈다.

"가자."

머릿속에 경보등이 울렸다. 얜 그냥 친구잖아. 아무 문제도 없잖

아. 나는 도리질을 하며 애써 떨쳐 내고 냉큼 우산 안으로 들어갔다. 재현이와 나는 굵은 빗줄기 아래에 우산 하나를 들고 걸었다. 그의 한쪽 어깨가 우산 밖으로 노출된 채 축축하게 젖어 있었고 우산은 내 쪽으로 불균형하게 기울어져 있었다.

"재현아, 너 비 다 맞잖아."

신호등 앞에서 내가 우산을 바로 세우려 하자 그가 힘을 주어 제지했다.

"에이, 됐어. 신경 쓰지 마."

"너 그러다 감기 걸려."

"무슨 남자가 비 조금 맞는다고 감기에 걸려?"

재현이가 코웃음을 쳤지만 '조금 내리는 비'는 절대로 아니었다. 빗발이 더 거세졌고 더욱더 그의 젖은 어깨가 신경 쓰였다.

옷을 사는 데 돈을 다 써 버린 게 후회됐다. 몇 만 원이라도 수중에 있었다면 나도 우산을 샀을 텐데. 재현이한테 헛돈을 쓰게 만든 데다가 옷까지 젖게 만든 것 같아 미안한 기분이 들었다. 그의 어깨를 덜 젖게 할 요량으로 좀 더 바짝 붙자 재현이가 소리 내서 키득대고 웃었다.

"우리 되게 불쌍해 보이겠다. 그지?"

나도 키득대며 그를 쳐다봤다. 끊어진 전선이 연결되어 전구가 들어오는 것처럼 그의 눈에 뭔가가 반짝거렸다. 낯선 기분이 들어 잠깐 멍했다.

"은금아. 있잖아……."

싱그러운 눈웃음이 지워진 진지한 표정으로 그는 몇 번이고 입술을 움직이며 할 말을 찾고 있었다. 친구였던 그가 갑작스럽게 '

남자'의 얼굴을 하자 가슴이 조여들기 시작했다. 웃음기가 지워진 그의 얼굴은 생각보다 훨씬 무서웠다.

"우리⋯⋯."

그가 몇 번이고 마른 입술을 핥으며 망설이다가 내 뒤편으로 시선을 돌렸고 곧,

"어!"

단말마의 기합을 지르더니 갑자기 어깨에 손을 감싸고 나를 홱 돌려세웠다. 지나가던 차바퀴가 요란한 소리를 내며 아스팔트 위에 고인 물세례를 재현이의 등을 향해 끼얹었다. 촤아아아악!

"으악!"

그가 소리를 꽥 질렀다.

"겁나 차가워!"

재현이가 호쾌하게 웃으며 숨을 내쉬자, 그 뜨거움이 얼굴에 닿았다. 나는 그의 어깨 위에 딱 달라붙어 있었다. 내 뺨이 재현이의 어깨에 짓눌려 있었고, 내 이마에 그 아이의 볼이 닿아 있었다. 싱그러운 햇살 같은 팔이 내 목에 나무 덩굴처럼 억세게 감겨 있었다. 머릿속에 경보 등이 요란하고 빠르게 울려 댔다. 재현이는 차가 지나가자 나를 재빠르게 떼어 내고 석고상처럼 굳은 내 몸을 이리저리 살폈다.

"괜찮아? 혹시 젖었어?"

그는 내 어깨와 머리카락을 털어 댔고 나는 자신을 진정시키기 위해 뒤로 한발 물러섰다. 너무 들떠서 그에게 허물없이 굴었다는 사실이 갑자기 너무 경박스럽게 느껴졌다.

"괜⋯⋯ 괜찮아."

"어, 너 치마."

그는 치마 뒷단에 흙탕물이 튄 걸 발견하고 손을 뻗었다. 심장이 죄어들고 귓가에 쿵쿵쿵쿵 커다란 박동 소리가 들려왔지만 견디려고 노력했다. 그가 내게 보여 준 '남자'의 얼굴을 떨쳐 내려고 있는 힘을 다해 노력했다. 그러나 그의 손가락이 의도치 않게 허벅지에 닿자 마침내 온 신경이 비명을 질렀다.

"싫어!"

생각할 겨를도 없이 본능적으로 소리 질렀다. 재현이가 날카롭게 뒤로 물러섰고 그는 경악한 채 눈동자를 떨었다.

"은금아."

최악이었다. 나는 공포감과 수치심에 휩싸여 씩씩댔다. 지나가는 사람들이 모두 우리를 쳐다봤다. 재현이는 사람들의 시선에 어쩔 줄 몰라 하고 있었다. 부끄러움이 쓰나미처럼 덮쳤다. 그를 더럽힌 것처럼 죄악감이 느껴졌다.

"미안해……."

신호등에 초록 불이 켜지고, 나는 그에게서 벗어나야만 했다.

"진짜, 미안해."

웃으려고 힘껏 입꼬리를 올려 보였는데, 잔뜩 근심에 쌓인 얼굴을 보니 웃는 것에 실패한 모양이다. 나는 빠르게 중얼거리고 뒤도 돌아보지 않고 우산에서 빠져나왔다.

"은금아."

횡단보도를 건너고 낼 수 있는 최대한의 속도로 달렸다. 백화점의 모습이 전혀 보이지 않는 곳까지 뛰어가 아직 문도 열지 않은 호프집 처마 밑으로 기어들어 갔다. 축축하게 젖은 머리와 어깨에서 물기를 연신 털었지만 이미 너무 많이 젖어 있어 추위를 물리는 데는 역부족이었다.

나는 처마 밑에서 두 손으로 어깨를 감싸고 부들부들 떨었다. 추위 때문인지, 나에 대한 혐오 때문인지, 아니면 익숙해진 공포 때문인지 알 수 없었다. 재현이는 지혜를 제외하고 3년 동안 처음으로 세 마디 이상 주고받는 친구였고, 내겐 유일한 이성 친구였다. 그것도 잘생기고 인기도 많고 성격도 좋은. 어둡고 음침하던 내게 손 내밀어 준 것에 대해 감사해도 모자랄 판에, 단지 치맛단에 묻은 구정물을 털어 주려고 했단 이유로 나는 괴물이라도 본 양 그에게 비명을 질렀다. 구정물 세례에서 보호해 주려 한 것뿐이잖아. 그 아이가 보호해 준 덕분에 치마에 튄 구정물 말고는 비 한 방울 맞지 않았잖아.

재현이의 흠뻑 젖었던 어깨가 생각났다. 그 아이의 등은 또 얼마나 젖어 있을까. 나의 행동에 재현이가 상처를 받았을까 봐 너무 겁이 났다. 선의를 베푼 사람들에게 나는 늘 이런 식으로 굴었다. 항상 헛되게 품었던 희망은 절망으로 돌아오고 달콤한 기대감은 좌절감으로 돌아왔다. 내가 또 괜한 짓을 한 것 같았다. 그러게 왜 영화는 같이 봐. 거절했어야지 왜 승낙했냐고. 언제나 결말은 같잖아. 항상 똑같잖아. 늘 망치잖아. 내가 너무 미워서 울고 싶을 만큼 짜증이 났다. 절망감에 빠져 오들거리는데 치마 주머니가 진동했다. 허리춤에 대충 손에 묻은 물기를 닦고 휴대폰을 꺼내니, '최정우'라는 세 글자가 액정에 선명하게 박혀 있었다.

받지 않았어야 마땅했다. 이미 재현이와의 시간을 완전히 망쳐 버린 상태에서 그를 만나는 건 옳지 않은 일이었다. 또 모든 걸 엉망으로 만들 게 자명했다. 그럼에도 불구하고 나는 망설임 없이 통화 버튼을 눌렀다. 한발 물러서야 할 때라는 걸 알면서도 그가 절실하게 그리웠다. 받자마자 그는 대뜸 용건부터 말했다.

— 너, 우산 가지고 있어?

그의 목소리를 듣고 나니 목구멍에서 뭔가가 자꾸 치밀어 올랐다. 나는 꿀꺽꿀꺽 침을 삼키며 삭히느라 애썼다.

— 어디야? 재현이랑 같이 있어?

"헤어졌어요. 여기⋯⋯."

나는 주변을 돌아봤다. 여기가 어디더라? 그러다 문득 낯익은 이름이 눈에 띄었다. 전날 네이버지도로 로드뷰 검색까지 해 봤던 곳.

"여기⋯⋯ 선생님 동네 같은데요."

— 같은데요?

그가 까칠한 목소리로 한 번 더 물었다.

"선생님 아파트 앞이요."

— 아파트 앞 어디?

"여, 여기 상가 건물 앞이요."

— 상가 건물 어디!

내 대답이 영 마뜩찮은지 그의 목소리가 격앙되었다.

"호프집 앞인데⋯⋯ 닫혀 있어요."

— 우산은?

"우산⋯⋯."

나는 말끝을 흐렸고 수화기 너머 한숨 소리가 들렸다.

— 너 거기 꼼짝 말고 있어.

"근데 어차피 저 다 젖어서 괜찮은……."

─ 꼼짝 말고 있어!

그가 고함을 치고는 전화를 뚝 끊었다. 하여간 진짜 불친절하다
니까. 투덜거리면서도 코끝이 시큰해서 괜히 손으로 코를 비볐다.

Ⅵ. 첫 접촉

기다린 지 몇 분 되지 않아 빗줄기 사이로 그가 보였다. 다른 사람보다 키가 껑충 커서 어딜 가나 쉽게 눈에 띄었다. 우산을 하나 쓰고, 하나는 들고 팔뚝에는 커다란 담요가 걸쳐져 있었다. 반가움에 손을 들어 보였는데 그의 얼굴이 심상치 않았다.

"이게 웬 비 맞은 생쥐 꼴이야?"

"갑자기 비가 와서요."

"재현이가, 너 우산 하나도 안 들려 보내?"

"우산이 하나밖에……."

"그럼 데려다 달라고 했어야지!"

그가 엄한 목소리로 꾸중하자 나는 잔뜩 풀이 죽었다. 안 그래도 최악의 하루인데 그의 목소리를 듣고 있자니 기분은 더 가라앉았다. 전화는 왜 받아서는······.

그는 우산을 바닥에 내려놓고 손에 들려 있던 담요를 내 어깨에 둘렀다. 하얀색 셔츠에 운동복 바지, 슬리퍼 차림의 그를 보자니 괜한 욕심에 치마를 차려입은 것 같았다. 다 늘어진 티셔츠에 항아리 바지를 입고 만나는 게 그의 복장에는 훨씬 어울렸다. 그는 바닥에 내려 두었던 우산을 쓰고 내게 들려 주려고 가져왔으리라 짐작되는 우산 하나는 제 옆구리에 끼더니 내 어깨에 팔을 둘렀다. 담요 위로 그의 따듯함이 전해져 왔다.

"가자."

나는 그의 무게에 떠밀려 가면서 보폭에 맞춰 뛰었다. 어깨를 움켜쥔 커다란 손이 나를 인도했다. 그의 강인함에는 나의 불결함이 끼어들 틈이 전혀 없었다.

1102동 1401호.

수학이나 산수만 못하는 게 아니고 숫자 자체에 약한 내가 한 번 보고 외워 버린 게 그의 집 주소였다. 우리는 1102동으로 정신없이 뛰어 들어갔다. 그는 우산을 접어 탁탁 턴 후에 내 등을 밀며 엘리베이터에 올랐다. 그가 엘리베이터 14층 버튼을 눌렀다. 문이 닫히자 우리는 사각형 안에 꼼짝없이 갇혀서 서로를 쳐다보고 있었다. 나는 긴장감에 침을 꼴깍 삼켰다.

"너 가방은?"

"없는데요."

"잃어버린 거야? 아니면 안 갖고 온 거야?"

"안 갖고 왔어요."

내 대답에 그가 웃었다.

"핸드백을 안 가지고 데이트 나오는 여자는 네가 처음이다."

나는 그를 위아래로 훑었다.

"선생님은 데이트하는 복장이 아닌데요."

"나? 너 나랑 데이트하는 거였어? 난 재현이랑 하는 줄 알았는데?"

천연덕스럽게 연기하듯 대꾸하는데, 정말이지 거나하게 마음을 먹고 그의 얼굴을 한 대 쳐 버리고 싶었다. 성이 나 어금니를 꽉 물자 그는 하얀 치아를 드러내며 웃었다.

진짜 쳐 버릴까 보다!

14층에 도착했다는 안내음이 들렸다.

"내려."

그가 우산으로 엘리베이터 밖을 짚었다. 좀 상냥하면 어디가 덧나나……. 나는 속으로 구시렁거리며 엘리베이터 밖으로 터덜터덜 나갔고 그는 내 뒤를 따라 나온 후 1401호가 새겨져 있는 현관문의 도어록을 눌렀다.

문 앞에 서 있는 커다란 등을 쳐다보고 있자니 다시금 가슴이 쿵쾅거렸다. 좋아하는 사람의 집에 들어간다는 것 자체만으로 이미 손발이 떨릴 정도로 긴장됐다. 암흑의 구렁텅이로 빠져 버리는 건 아니겠지……? 그 앞에 서서 제발 그의 집이 무섭게 다가오지 않기만을 바랐다. 여기서 더 일을 망치면 정말 죽어 버릴지도 모르니까.

삐리링 하고 잠금장치가 해제되는 소리가 들렸다. 그는 문을 연 뒤 내 앞에서 비켜섰다. 나는 마른 입술에 침을 한 번 바르고, 그에게 꾸뻑 어색하게 인사를 했다. 그리고 그를 스쳐 지나 집 안으로 발걸음을 옮겼다. 어색한 내 행동에 등 뒤에서 낮게 웃는 소리가 들려왔다.

집은 생각보다 아담했지만 혼자 살기엔 충분히 컸다. 열린 중문 안으로 화장실이 보였다. 왼쪽에는 주방이, 오른쪽 바로 앞에는 거실이, 뒤에는 침실로 추정되는 방이 보였다. 화장실 옆에도 방이 하나 보였는데 서재나 옷방 아니면 작업실일 수도 있었다. 그리고 엄청나게 많은 그림이 벽에도 걸려 있고 바닥에도 놓여 있었다. 나는 거기 서서 감탄했다.

그의 집은 그다웠다. 정리가 안 된 듯하면서도 멋스러웠다. 암흑의 구렁텅이는커녕 아직 개장 전의 미술관처럼 분주하고, 재미있고, 신기했다. 그는 현관에 서 있는 나를 지나쳐 먼저 안으로 들어갔고 나는 넋을 놓고 집을 둘러보다가 흠칫 옆으로 조금 물러섰다.

"일단 샤워부터 해."

뭐? 그 믿기 힘든 말에 쨍하니 그를 쳐다봤다. 그는 욕실 불을 켜고 안에서 수건 하나를 꺼내고는 뚜벅뚜벅 다가와 머리에 풀썩 덮었다.

"그러고 있을 순 없잖아."

나는 내 차림을 살폈다. 물에 빠진 생쥐 꼴.

"거기 그러고 서 있을 거야?"

나는 단화를 벗었다. 벗는 내내 물이 찍찍 새어 나오는 소리가
났다.

"양말부터 벗어."

고압적인 명령에 생각할 겨를도 없이 벽을 짚고 서서 양말을 한
쪽씩 벗었다. 물에 젖어 무거웠다.

"이리 줘."

그가 손을 뻗어 와 나는 주춤 뒤로 물러섰다. 그는 내 손에서 양
말을 낚아채어 갔다. 개불처럼 축 늘어진 양말이 그의 손에 들려
있는 걸 보니 울고 싶어졌다. 이게 뭐야 도대체⋯⋯.

"스웨터도."

"네?"

"그것도 벗으라고."

나는 왼손을 들어 방어적으로 스웨터의 가슴팍을 움켜쥐고는
고개를 절레절레 저었다.

"그럼 화장실로 들어가. 따듯한 물로 씻고 젖은 옷가지 다 벗
어 놔."

곤란해, 엄청나게 곤란해. 첫 번째 데이트부터 최악이야.

"우리 집 물바다로 만들고 싶은 건⋯⋯ 아니지?"

그가 한쪽으로 고개를 기울이며 위협하듯 묻고 나서야 나는 그
의 현관 앞에 물을 뚝뚝 흘리며 서 있다는 것을 깨달았다. 어쩔
방법이 없어서 레드카펫이 깔린 듯한 착각 속에 화장실로 직행했
다. 그는 내가 들어가자 미련 없이 화장실 문을 닫아 줬다. 남자
친구랑 있는 건지, 엄마랑 있는 건지 헷갈렸다.

화장실은 어두운 암회색 타일로 통일되어 깔끔했다. 고양이 발

내 안의
악마를 위하여　199

욕조에, 하얀 샤워 커튼도 쳐 있었다. 거울 위에 걸려 있는 면도기, 스테인리스로 통일된 욕실용품에 칫솔 하나가 덩그러니 꽂혀 있었다. 깨끗하다 못해 휑한 화장실은 역시나 불필요한 게 하나 없는 그다운 공간이었다. 조금 삐뚤게 걸려 있는 면도기를 빼내어 똑바로 걸고는 물이 뚝뚝 떨어지는 내 모습을 살폈다. 한숨이 절로 나왔다.

나는 힘없이 스웨터 단추를 풀었다. 그에게 잘 보이기 위해 사 입은 옷은 만신창이였다. 여성미는커녕 평소보다 더 추잡스러운 모습만 보였다. 하긴 내가 언제 최정우한테 안 추잡할 때가 있었나? 앞에서 오바이트까지 했는데.

젖은 셔츠 안으로 하얀 민소매가 비쳐 보였고 오른쪽 치마 끝에 흙탕물이 요란스럽게 튀어 있었다. 매번 왜 이런 꼬락서니로 만나는 거야. 점심때까지만 해도 멀쩡했다. 재현이한테는 심지어 예쁘단 말까지 듣지 않았던가. 왜 하필 비는 내려서, 왜 하필 망할 놈의 차가 물을 튀며 지나가서, 왜 하필 재현이한테 안겨서. 멍청한 놈. 왜 재현이한테 그따위로 굴어서는……. 자책하기 시작하니 한도 끝도 없었다. 재현이가 걱정됐다. 밝고 티 없는 웃음과 반짝이는 눈동자에 생채기가 났다면 난 정말 견디기가 힘들 것 같았다.

똑똑똑.

"옷 혹시 벗었어?"

문밖에서 최정우의 목소리가 들렸다.

"아, 아니요. 아직!"

"그럼 잠깐 문 연다."

그는 내가 대답하기 전에 벌컥 문을 열고는, 닫힌 변기 뚜껑 위로 뭔가를 내려놨다.

"자, 내 옷이야. 크겠지만 급한 대로 이걸로 갈아입어."

"가……감사합니다."

"별말씀을."

그는 살짝 미소 지어 보이고는 문을 닫았다.

별. 말, 씀, 을.

그 진저리 나는 말을 그의 입에서 들을 수 있어 다행이었다. 덕분에 머릿속이 그에 대한 '짜증'으로 바뀌어 버렸으니까.

으. 진짜 짜증 나. 나는 투덜거리며 우악스럽게 옷을 벗어젖혔다. 다행히 속옷까지 젖지는 않았지만, 온몸이 습하고 눅눅하고 차가웠다. 어깨에 코를 대고 킁킁 냄새를 맡자 눅눅하고 덜 마른 걸레 냄새가 났다. 이런 냄새를 풍기면서 최정우의 옆에 있어야 한다고? 이 집에서 홀딱 벗고 씻는 것보다 그게 더 끔찍했다.

호들갑을 떨 필요가 뭐가 있어. 그냥 씻어 버리면 되지. 어쩔 수 없잖아. 안 그래? 거기다 최정우는 완전 '엄마'처럼 굴고 있지 않나. 사귀는 사람이라기보다 가까운 친척 어른 집에 놀러 온 조카 정도로 취급당하고 있었다. 그의 태도에서는 영화를 보며 학습했던 긴장감이나 설렘 따위는 존재하질 않았다. 물론 그런 분위기가 되면 언제든 도망쳐 버릴까 봐 걱정도 됐지만 지금 같은 분위기보단 차라리 그 편이 훨씬 나을 거 같았다. 따뜻한 샤워 줄기 안에서 또 화가 치밀어 올랐다. 그의 무심함을 가지고 불평불만을 터트리자면 끝이 없다.

최정우의 옷이 어찌나 큰지, 긴소매 옷을 한참을 돌돌 말아 접어야 했다. 이럴 거면 차라리 반팔을 내놓으라고……. 그의 홈웨

어로 보이는 체크무늬 추리닝 바지도 마찬가지였다.

나는 화장실 거울에 비친 나를 쳐다봤다. 누군가를 웃기려고 작정하고 옷을 입은 것처럼 보였다. 한심해. 안 그래도 심각하게 매력적이지 않은 마당에 이래서야 여성미라곤 전혀 어필이 안 되잖아. 머리의 물기를 털고 수건을 목에 걸고 벗어 놓은 옷가지를 손에 든 채 긴 바지를 어기적어기적 끌며 욕실 밖으로 나섰다. 그가 주방에 서서 달그락달그락 머그잔에 스푼을 젓고 있는 것이 보였다.

"그냥 벗어 두고 나오라니까."

그럴 리가 있어? 더 흉한 꼴 보이고 싶지 않거든.

"옷을 담을 게 필요해요."

그는 아일랜드 바위에 머그잔을 내려놓고 성큼성큼 다가와 또 내 손에 들린 걸 능숙하게 낚아채어 갔다.

"세탁할 거야."

"저도 세탁할 수 있어요!"

나는 지지 않고 내 옷가지를 잡고 늘어졌다.

"관둬, 내 집이야."

"내 옷이잖아요!"

그는 어림없다는 듯 손을 획 들어 내 손에 쥐어져 있던 옷가지를 빼냈다.

"앉아."

또 고압적인 목소리. 그는 주방 옆에 이어져 있는 다용도실 안으로 내 옷가지를 획 던지고는 문을 닫았다. 나는 민망함과 불쾌함에 입술을 씰룩거리며 뒤뚱뒤뚱 다가갔고 그는 내 모습을 보더니 웃음을 터트렸다.

"너 진짜 쪼그맣구나."

그쪽이 비정상적으로 큰 거거든. 나는 속으로 반발하며 조용히 스탠딩 의자에 깡총 올라앉아 휴대폰과 지갑을 식탁에 내려놨다. 테이블 위에 하얀 김이 모락모락 피어오르는 코코아가 놓여 있었다.

"마셔."

내가 네 음절 이상의 단어를 못 알아듣는다고 생각하는 게 틀림없다.

똥개 취급인지, 멍청이 취급인지……. 머그잔을 두 손으로 잡고 호호 불며 조심스럽게 뜨거운 액체를 목구멍으로 넘겼다. 그는 내가 잔에 입을 대는 것을 지켜보고 있다가 코코아를 삼키는 걸 보자 안도의 한숨을 내쉬었다.

그가 한시름 놓는 걸 보고 있자니 내가 왜 그에게 이렇게 화를 내고 있는지 의아했다. 말투는 고압적이지만 그는 충분히 친절하지 않나? 우산 갖고 마중 나오고 따뜻한 담요에, 샤워실 제공에 자신의 옷도 내어 주고, 따뜻한 코코아까지 대접했잖아. 난 뭐가 문제야?

위이이잉 위이이이잉. 식탁 위에서 그의 휴대폰이 울렸고, 그는 재빠르게 휴대폰을 들었다.

"뭐하다 이제 전화 받아?"

구시렁거리는 말투. 그는 주방 찬장을 열어 수입용으로 보이는 비스킷 상자를 식탁 위에 꺼내 놨다.

"됐어. 별로 안 궁금하니까……. 그나저나 나 옷 좀 사다 줘."

비스킷 통 안에는 향긋한 버터 향이 나는 동그란 모양의 쿠키가 보기 좋게 진열돼 있었다.

"응, 여자 옷. 신발이랑."

그 말에 귀가 번쩍 뜨였다.

"아, 몇 번을 말해! 그래! 내가 못 나가니까 그렇지…… 지난번에 봤잖아."

그는 쿠키 하나를 집어 나한테 내밀었다. 나는 통화 내용을 상상하며 멍하게 주는 대로 받아 들었다.

"미쳤냐!"

그가 갑자기 버럭 소리를 지르는 바람에 나는 비스킷을 바닥에 떨어트렸다.

"다행은 무슨 다행!"

웅얼거리는 통화음이 희미하게 휴대폰 밖으로 전해졌다. 남자 목소리가 분명했다.

"240."

내 발 사이즈. 그는 미간을 잔뜩 찌푸리고는 다용도실 안으로 들어갔고 나는 의자에서 내려가 몸을 구부리고 떨어진 비스킷을 찾아 바닥을 더듬거렸다.

"M이라고 쓰여 있어."

내 셔츠 사이즈. 지금 내 옷 사 오라고 시키는 거야? 나는 비스킷을 주워 들고 다시 의자에 비틀비틀 앉았다.

"뭐 이 정도면 대충 66사이즈 사다 주면 맞는 거 아냐?"

그가 문을 탁 닫고 다시 주방으로 들어왔다. 나는 얼른 입속에 비스킷을 구겨 넣었다.

"내가 지금 음담패설 들어줄 기분이 아니다……."

그는 편두통이 오는지 관자놀이를 손바닥으로 집으며 꾹꾹 말을 눌러 뱉었다. 형이로군. 뻔해. 형이야.

"내일은 무슨 내일이야! 장난해?"

최정우를 완전히 애 취급하며 놀리는 사람은 그의 형이 뻔했다. 펄쩍 뛰며 투덜대는 모습을 보고 있자니 그의 10대 시절이 상상되었다. 수업 시간에도 분명 투덜댔겠지. 아, 그걸 봤어야 하는데. 진짜 웃겼겠다.

"내가 알게 뭐야! 비서 시키면 되잖아."

나는 고함 소리에 기가 죽어 그의 심기를 건드리지 않기 위해 쿠키를 입에서 거의 녹여 먹고 있었다.

"8시 전에는 가져다줘."

그의 목소리가 한풀 꺾인 걸 보니 극적인 타협이 이뤄진 듯하다. 조용히 수화기 너머의 이야기를 듣다가 그가 갑자기 욱하며 소리쳤다.

"오지 마! 사양이야!"

그러곤 전화를 뚝 끊었다. 나는 입술을 이로 꼭 물고 대단히 진지하고 심각한 표정을 지으려 노력했다.

"아, 진짜 사람 성질나게 하는 덴 하여간 뭐가 있는 사람이야."

그쪽도 나한테 마찬가지인데……. 나는 눈썹을 한 번 찡긋거리는 거로 대답을 대신했다. 그는 머그잔 하나를 더 꺼내 커피포트를 기울여 잔을 채우고는 나와 마주 보고 앉았다. 딸그락. 나무로 만든 상판 위에 묵직한 소리를 내며 잔이 놓였다.

"영화는 재미있었어?"

잊고 있던 나쁜 기억.

"네."

"로맨스?"

"추리물을 가장한 블록버스터요."

"아, 재현이가 좋아하는 장르네."

그가 편안한 얼굴로 커피잔을 들었고 나는 머그잔 주변을 빙빙 손으로 매만졌다.

"재현이랑 친하세요?"

"뭐 이것저것 이야기하긴 하지. 놀려 먹기 좋은 타입이거든."

당신한테 놀려 먹기 나쁜 타입이 존재하긴 해?

재현이 생각이 나니 또 심란해졌다. 그에게 조만간 전화를 걸어 사과하든지 문자로 어떻게든 이해를 구하자고 마음은 먹고 있지만, 지금은 그 생각을 하고 싶지가 않았다. 나는 주제를 환기하기 위해 주변을 돌아봤다.

"그림이 엄청 많네요."

그는 퍼뜩 '아' 하는 소리를 내더니 뭔가 생각이 난 듯 뚜벅뚜벅 거실로 걸어갔다. 천장까지 꽉 맞춰 짜인 책장으로 가 뭔가를 한참 찾아 두리번거리더니 물건을 찾은 듯 냉큼 책 한 권을 집어 들고는 다시 제자리로 돌아왔다. 즐거움이 가득한 얼굴이었다.

"이거 봐 봐."

팝아트인가? 앤디 워홀풍의 만화가 표지로 장식되어 있는 영문 미술 서적이었다. 눈을 들어 최정우를 한 번 힐끗 쳐다보자 그가 눈으로 독촉했다.

빨리 펴 봐.

뭐지.

나는 천천히 책장을 열었다. 아, 팝아트가 아니라 오마주구나.

몽크의 '절규'에는 남자 대신 스타워즈의 다스베이더가 서 있었다. 다빈치의 '최후의 만찬'에는 예수와 12제자 대신 심슨 가족이 그려져 있었고, 비너스의 '탄생'에는 비너스 대신 어벤져스의 '블랙 위도우'가 그려져 있었다. 피테르 브뢰헬의 '추수하는 사람들', 르누아르의 '풀밭 위의 점심 식사', 구스타프 클림트의 '입맞춤'도 있었다. 그는 숨을 죽이고 내가 책장을 넘기는 것을 살폈다. 그다음 장에 등장한 건 고흐였다. 한쪽 귀를 자른 초상화. 그것 대신 섹스 피스톨스의 '시드 비셔스'가 그려져 있었다.

"한 장 더."

그의 목소리에 냉큼 다음 장을 폈다.

해바라기. 해바라기가 유화 대신 컴퓨터 픽셀로 그려져 있었는데 레고로 만든 조각물처럼 보이기도 했다. 그림은 입체적이며 깔끔하고 미니멀했다. 그 격정적인 그림이 단순하고 귀여운 분위기를 풍기자 나도 모르게 웃음이 터져 나왔다. 뭐지 이 책은? 나는 호기심을 느끼고 다시 책장을 넘겨 표지를 살폈다.

"뉴욕 시립 미술관에서 열렸던 특별전 화보야. 신인 작가들이고 전 작품을 오마주하는 프로젝트를 했었거든."

"선생님 것도 있어요?"

"어떨 것 같아?"

나는 눈을 번뜩이며 첫 장부터 그림 아래에 써진 작가의 이름을 살폈다. 한국 이름, 한국 이름, 한국 이름…… 아무리 찾아봐도 한국 이름은 없었다. 뭐야. 그의 얼굴을 다시 살폈다. 아무것도 알려 주지 않을 게 확실한 표정이었다. 나는 다시 첫 장부터 천천히 이름을 읽었다.

폴, 안나, 윌리엄, 제이크, 톰…… 전형적인 미국 이름도 있었고. 오마무르, 안초 같은 특이한 이름도 있었다. 다케시나, Z로 시작되는 중국 이름도 보였다. 한 번쯤 한국어 이름이 보일 법도 한데……. 나는 해바라기 그림 밑에 자리한 작가 이름에서 시선을 멈췄다.

Omacsyramus. Jacy. W

이게 뭐야. 이거 사람 이름이야? 얜 어디 사람이야?

"오마…… 오마…… 오막? 싸이? 오막싸이라머스?"

웬 로마 검투사 같은 이름? 그는 내 발음에 웃음을 터트렸다.

"이 사람 국적이 어디예요?"

"멍청아. 미국에서 내가 한국 이름을 쓸 리가 없잖아."

아…… 그런가? 나는 다시 한번 책으로 시선을 옮겼다. 설마. 그럼 이 괴상망측한 이름이 선생님이야?

"오막사라무."

"뭐요?"

내가 뭘 잘못 들었나 싶어 한 번 더 물었다.

"슈퍼 그랑조에 나오는 주문인데, 몰라?"

"그거 뭐…… 만화예요?"

"명작이지."

그가 '크으' 하고 감탄하며 말했다.

"진짜 이 이름 써요? 미국에서? 대학교에서 '오막사라무 씨!' 이렇게 불러요?"

그는 커피를 뿜으며 웃었다. 내 진지함이 그에겐 최고의 개그 같은가 보다. 그는 한참 동안 웃더니 눈물을 닦으며 고개를 저었다.

"중간에 쓴 거."

중간에 쓴 철자를 살폈다.

"제…… 제씨?"

"제이씨."

"제이씨요?"

"그래 그거, 오막사라무는 블러핑이야."

블러핑. 블러핑…… 허풍을 떤단 소리지?

"처음 미국으로 유학 갔을 때, 이름 칸에 풀 네임 대신 약자로 J.W.C라고 썼더니 지들 맘대로 W 빼고 아무렇게나 부르더라. 제이씨 어쩔 땐 제시…… 되는 대로."

아, 제이씨……. 나는 고개를 주억거리며 다시 픽셀로 만든 해바라기를 쳐다봤다. 신기하네. 그러니까 내가 그와 같은 작가의 작품을 오마주하고 있단 이야기지? 왠지 모르게 기뻤다. 그와 같은 작업을 하고 있다는 것에, 그에 대해 몰랐던 것을 알게 됐다는 기분이 합쳐져 더욱 그랬다. 언제나 아이들이 짓궂게 개인적인 것을 물어도 입을 꾹 다물고 대답 대신 귀나 후비던 사람이니까.

"왜 본명을 쓰지 않았어요?"

"그냥. 가끔 아무도 내가 누군지 몰랐으면 좋겠단 생각이 들어서."

그렇게 말하는 그의 표정이 복잡했다. 내가 읽어 낼 수는 없지만, 그에겐 분명 어떤 부담감 같은 것이 느껴졌다. 그는 그림에 대한 열정이 강한 만큼 그 치열함에 가끔 지치기도 할 것이다. 나는 그의 대답을 그렇게 이해했다.

"이건 컴퓨터로 작업한 거예요?"

"응. 일러스트레이터로."

단순하기 짝이 없는 그림이지만 재치가 넘쳤다. 그걸 보고 나니 그의 그림이 더 보고 싶어져 주위를 둘러봤다. 바닥에 놓인 화판을 가리켰다. 거기엔 묵직한 색채로 정물화가 그려져 있었다.

"저것도 선생님이 그린 거예요?"

그는 커피를 홀짝이며 시선을 내렸다.

"아니. 저건 내가 산 거야."

나는 다시 눈을 돌렸다.

"저건요?"

이번엔 벽에 걸린 붉은 나무 그림.

"난 내 그림, 내 집에 안 걸어."

그래? 내가 다시 눈을 돌리며 그가 그렸을 법한 것들을 찾자 그가 또 웃었다.

"숨은그림찾기 하냐?"

"그건 아닌데……."

나는 아쉬움에 쉽사리 그림들에서 눈을 떼지 못했다.

"여긴 내 그림 없어."

없다고? 이렇게 많은 그림 중에?

"작업실이 따로 있거든. 지인들 몇 명이랑 돈 모아서 빌렸지."

나는 고개를 아주 천천히 크게 끄덕였다. 그렇구나. 작업실이 따로 있구나. 갑자기 또 이것저것 궁금해지기 시작했다.

"근데…… 학창 시절을 미국에서 보냈는데 한국에 친구가 있어요?"

"외국에 나가 살다 보면 이상하게 민족심이 고취되더라고. 끼리
끼리 모이는 법이지. 미국에서 지내다가 군대 가려고 들어온 놈도
있고, 미국 생활이 지겨워서 들어온 사람도 있고. 실력이 안 돼서
외국인 특별 전형인가 뭔가 노려서 대학 가려고 들어온 놈도 있
고, 아예 정착하려고 들어온 사람도 있고 그래. 그러다 보니 한국
에 오면 만날 사람들이 꼭 생기더라고."

군대. 자연스럽게 그 화제가 나오자 나는 궁금증을 못 참고 또
물었다.

"선생님 군대는 갔다 왔어요?"

"왜?"

그가 짓궂은 눈을 빛내자 나는 쪼그라들었다.

"내가 너 고무신 만들까 봐?"

"아닌데요……."

뭐가 웃긴지 그는 계속 웃었다.

"걱정 마. 나 군대 면제거든."

면제란 건 그러니까 군대에 안 간단 말이지? 대박 특종. 만약에
다른 아이들이 알게 되면 반응이 어떨까.

다들 궁금해 죽을 지경이었다. 도대체 왜 그 명문교를 휴학한 채
한국에, 그것도 우리 학교에 있는지 말이다. 게다가 스물세 살인
그의 나이를 생각하면 군 문제를 자연스럽게 떠올릴 수밖에 없을
테고 그건 말하자면 최대의 관심사였다. 그가 군대를 갔다 온 건
지, 아니면 가려는 건지.

야야, 들었어? 최정우가 '신의 아들'이래!

여자애들은 판타지의 색깔을 더욱 찬란하게 덧입힐 게 분명했다. 영원히 헤어지지 않는 연인으로.

"아빠가 국가유공자래. 가족 중에 그 사실을 아무도 몰랐어. 군대 가려고 들어왔는데, 들어왔더니 군대에서 오지 말라더라."

그는 어처구니없는 듯 피식 웃었다.

"원래 한 자녀만 면제라는데, 형은 한 20년 전에 군대에 갔다 왔거든."

그 대목에선 완전 신나 보였고.

"형이 술만 마시면 아빠 욕하잖아. 제삿밥 다 얻어먹은 줄 알라면서."

제삿밥. 아버지께서 돌아가셨구나. 아무렇지 않게 웃는 걸 보니 꽤나 오래된 일일 거라고 나는 추측했다. 그가 웃는 모습을 보니 즐거웠다. 그냥 바라보는 것만으로도 신기하고 좋았다.

"그래서 우리 학교에서 그…… 아르바이트? 그거 하고 있는 거예요?"

"휴학계를 2년 내고 왔는데, 한 6개월 펑펑 놀고 나니까 지겨워지더라고. 마침 소개도 들어왔고. 돈도 벌 수 있고 시간도 때울 수 있고 교복 입은 미소녀들도 잔뜩 볼 수 있다는데 거절할 이유가 뭐 있겠어?"

교복 입은…… 미……소……녀…….

학교엔 예쁜 아이들이 많았다. 나름의 매력과 싱그러움을 지닌 애들이 아침에 종달새처럼 재잘대는 곳이었다. 날 제외하고. 그는 하필이면 그 종달새 지저귀는 찬란한 아침에 덤벼든 재수 없는 까마귀를 만나고 있는 거다. 그렇게 생각되자 또 알 수 없이 침

212

울해졌다. 그의 무뚝뚝한 문자와 고압적인 명령조의 말투가 생각 위에 얹어지니 더욱 침울했다.

"또 가라앉았네."

그는 턱을 괴고 침울한 내 얼굴을 무심하게 쳐다봤다.

"보고 있으면 지루하진 않은데 그렇다고 재미있지도 않다."

잠시 잊고 있었다. 그가 유독 내 분위기나 표정을 잘 읽어 낸다는 사실을. 나는 다시 순수한 호기심을 내려놓고 긴장하기 시작했다. 애초에 내가 왜 그를 무서워했는지 깜빡했어.

지이이이잉 지이이이잉.

재현이의 이름이 휴대폰 액정에 떠 있었고 그가 나보다 먼저 액정의 이름을 확인했다. 난 꼭 못된 짓을 저지르다 들킨 것처럼 뜨끔했다. 섣불리 휴대폰으로 손을 뻗을 수가 없었다.

"받아 봐."

휴대폰이 계속해서 울려 대자 그가 커피잔에 남아 있는 마지막 한 모금을 입안으로 털며 말했다. 그가 빈 잔을 들고 싱크대로 향하는 모습을 확인한 후에 나는 휴대폰을 들었다.

"여보세요."

— 아, 은금아.

"재현아."

미안해도 너무 미안했다. 먼저 전화를 해야 했는데, 재현이가 먼저 전화하게 한 것도 너무 미안했다.

— 집에 잘 들어갔나 궁금해서.

목소리에 기운이 쭉 빠져 있었다. 오전 내내 재잘대며 떠들던 생기 있는 목소리가 전혀 아니었다. 그 목소리를 듣고 있자니 땅으로 꺼져 버리고 싶었다.

"넌 잘 들어갔어?"

― 나야 괜찮지.

"감기 안 들었어?"

― 야, 무슨 남자가 그거 가지고 감기냐?

"오늘 진짜 미안해. 원래 내가 먼저 전화하려고 했는데……."

중간중간 나도 모르게 한숨을 폭폭 쉬며 그에게 사과했다. 보여 줄 수 있는 진심이 10이라면 내 목소리에서 느껴지는 진심은 그 1의 반도 되질 않았다.

― 에이, 뭐가 미안해~.

"아까…… 그때, 그거……."

설명해야 했다. 왜 그랬는지. 그가 납득할 만한 설명을 해 줘야 했다. 그래야 사과하는 내 진심이 전해질 것이다. 하지만 뭐라고 말해야 해? 내가 실은 열여섯 살 때 성폭행당한 이후로 남자가 만지기만 해도 비명을 질러. 그렇게 말할 수가 없잖아. 아니면 네 손길이 너무 거북해서 그랬어. 그렇게 말할 수도 없잖아. 나 남자가 무서워. 그렇게 말해도 그가 납득할 순 없잖아. 왜냐고 물으면 할 말이 없고 그런 의문을 가져도 의심할까 두려웠다.

― 괜찮아. 원래 너 낯가리는 성격이잖아. 내가 괜스레 오지랖 떨어서 미안하지.

성격의 문제가 아니었다. 단순히 낯을 가린다는 말로 이해할 수 있는 문제는 아닌 것 같았다. 그럼에도 불구하고 재현이는 그렇게 이해하려고 했다.

― 지혜였어 봐. 난 거기서 따귀 맞았을걸. 비매너라고.

피식 웃음이 새어 나왔다. 그럴 리가 없잖아. 지혜라면 윗옷을 벗으라고 한 후 그걸 휴지 삼아 다 닦아 내겠지. 속이 뻔히 보이는 위로에 어쩐지 슬퍼졌다.

─ 어쨌든 괜찮아 보이니 안심이다.

"걱정했어?"

─ 당연히 걱정하지. 나야 우산 쓰고 왔지만 넌 비 쫄딱 맞았잖아. 넌 괜찮아? 감기 안 걸렸어?

"어. 난…… 돌아오자마자 샤……샤워했어. 따, 따듯한 물로."

그 이야기를 하며 최정우의 눈치를 살폈다. 전혀 알 수 없는 표정.

─ 다행이다. 오늘 영화 같이 봐 줘서 고마웠어. 진짜 재미있었어. 너랑 같이 있어서.

"응. 나도 재미있었어."

그의 웃음소리가 들렸고 나는 조금씩 안정되어 갔다.

─ 월요일에 보자!

"그래."

수화기 너머로 재현이의 따듯한 마음이 계속해서 전해졌다. 그리고 더 미안해졌다. 왜 나는 이렇게 착하고 좋은 친구를, 그런 식으로 밀어내 버렸을까. 이 아이는 괴물이 아니다. 그 남자랑은 백만 분의 일도 닮지 않았다. 낯선 사람도 아니고 적대적인 사람도 아니고 나를 고깝게 여기는 사람도 아니었다. 단지 남자란 이유만으로 왜 나는 그를 그런 식으로 여겼을까. 또다시 재현이를 밀쳐내 버리면 어쩌지. 한 번은 이해해도 두 번은 이해해 줄까. 날 위해서가 아니라, 그 아이에게 상처를 주지 않으려면 다시 거리를 뒤야 하는 건 아닐까. 적당한 선을 지키면 그 아이의 호의를 계속 지켜 낼 수 있지 않을까.

"재현이랑 무슨 일 있었어?"

그의 목소리에 나는 퍼뜩 상념에서 깨어났다. 재현이와 있었던 일을 그에게 털어놓고 싶었다. 내가 느꼈던 혼란스러움과 절망을 털어놓고 앞으로 어떻게 해야 하는지 묻고 싶었다. 그러면 무심한 얼굴로 모든 이야기의 해답을 던져 줄 것만 같았다. 하지만 그가 왜 재현이를 괴물처럼 느끼게 되었는지 물으면 나는 그것에도 대답해야 했다. 그러다 보면 이야기해야 할 게 뻔했다. 내게 있었던 모든 일을.

나는 그의 새까맣고 진지한 눈동자를 멀뚱히 올려다봤다. 입이 꾹 닫혔다. 3년간 죽을 만큼 꽉꽉 싸매서 지켰던 것들이 쉽게 입 밖으로 터져 나올 리가 없었다. 그 대신 끙끙 앓았다. 속이 너무 아팠다. 그의 눈길이 내 입가에 머물더니 내 쪽으로 한 발자국 다가왔다. 나는 숨죽여 기다렸다. 그에게선 아무런 두려움도 느낄 수가 없었다. 그는 아무 말도 없이 내 입가에 묻은 비스킷 조각을 엄지손가락으로 부드럽게 쓸어 내더니,

"영화 볼래?"

그렇게만 물었다. 그게 다였다. 그의 친절함이, 무심함을 가장하고 있었다.

* * *

ㄱ자로 꺾인 3인용 가죽 소파는 2명이 누워도 될 만큼 넉넉해

216

보였다. 의자의 손잡이와 다리는 보기 좋은 집성목으로 마감되어 있었고 검은색의 부드러운 소재는 소가죽일 게 분명했다. 최정우는 벽장 앞에 쪼그리고 앉아 DVD를 살피고 있었고 나는 머그잔을 들고 서서 소파 앞에서 머뭇거렸다. 침대도 아니고 소파인데도 어쩐 일인지 앉기가 망설여졌다. 차라리 커피 테이블과 소파 사이에 끼어 있는 편이 훨씬 안정적일 것 같아 소파에 등을 대고 바닥에 앉아 무릎을 세웠다.

"옛날 영화, 좋아해?"

"네."

무슨 영화가 되었든 상관없었다. 그냥 여기서 단둘이 시간을 보내는 것만으로도 충분히 의미 있는 시간이니까.

구부린 최정우의 등을 보고 있자니 얼마 전에 지혜와 다녀온 '미켈란젤로 전'의 조각상이 떠올랐다. 성모마리아가 안고 있던 예수의 나신, 피렌체 성당의 라오콘, 무엇보다 나체의 토르소. 진품이 아님을 알고 있음에도 그 매끄럽고 도자기 같은 표면을 손으로 만져보고 싶다고 생각했었다. 벌거벗은 남자의 몸이었지만, 외설스럽긴커녕 눈을 떼지 못할 만큼 매력적이었다. 하얀 티셔츠로 음영이 드리워진 그의 등에 견갑골이 선명하게 드러나자 나는 그때와 같은 기분이 들었다. 아까 단지 손가락이 닿았다는 이유만으로 미친 여자처럼 도망쳤던 걸 생각하면 너무 상반되는 감정이었다.

셔츠 때문이야. 분명해.

DVD를 하나 고르고 그는 커피 테이블 아래에서 리모컨 하나를 꺼내 들었다. 버튼을 누르자 벽장 앞으로 버퍼스크린이 '지이이이잉' 소리를 내며 내려왔다. 소파 뒤로 시선을 돌리자 높이 매달아 놓은 선반에 빔 프로젝터가 보였다. 그는 DVD 케이스를 열어 CD를 꺼내곤 껍데기를 커피 테이블에 휙 던지며 플레이어 안으로 CD를 밀어 넣었다. 모든 행동이 망설임 없이 능숙했다. 분명 많이 본 거야. 영화를 좋아하는구나.

〈어느 멋진 날〉, 조지 클루니와 미셸 파이퍼의 이름이 나란히 쓰여 있었다.

"나 90년대 영화광이거든. 로맨스 영화 좋아하면 이건 꽤 볼 만할 거야."

그는 날 향해 호기롭게 미소 지은 후 거실의 불을 껐다. 꾸물꾸물한 날씨 덕분에 방 안은 넘칠 만큼 어두웠다. 최정우는 리모컨의 플레이 버튼을 누르고 화면이 스크린에 잘 뜨는지를 확인한 뒤, 커피 테이블을 빙 돌아 내 옆에 털썩 앉았다.

처음 그의 차 안에서 그랬던 것처럼 그가 지나치게 가깝게 있다고 여겨지자 가슴이 콩닥콩닥 뛰기 시작했다. 긴장돼서 자세를 고쳐 앉지도, 옆으로 비켜나지도, 손에 든 머그잔을 움직이지도 못하고 있을 때, 스피커 밖으로 'One fine day'라는 노랫말로 시작하는 재즈 음악이 흘렀다. 장대비가 쏟아지는 날씨와 무척이나 잘 어울렸다.

영화의 내용에 집중하려고 무던히 애를 썼다. 지혜가 껌뻑 죽는 조지 클루니는 지금 못지않게 젊었을 때도 매력 있었고 미셸 파이퍼라는 배우도 무척 고고하고 아름다웠다. 투덕거리는 남녀에 순수한 아이들의 매력이 더해진 데다가, 커다란 변곡점 없이 유유히 흘러가는 영화의 플롯도 좋았다. 눈길을 사로잡는 자극적인 장면의 등장은 없었지만, 그것 때문에 내가 영화에 집중을 못 한 것이 아니었다. 오히려 없어서 좋으면 몰라도. 나는 영화가 아니라 최정우를 쳐다보고 싶었다.

그가 어느 장면에서 웃는지, 어느 장면에서 눈을 반짝이는지, 어떤 표정으로 영화를 보고 있는지, 그가 몸을 움직이며 부스럭대고, 웃으며 자신의 손톱으로 뜯는 걸 보고 싶었다. 다시금 내 손가락에 느껴졌던 그 느낌을, 그가 손가락을 걸었을 때 가졌던 그 은밀한 감정을 꼭 다시 한번 느껴 보고 싶었다. 제어할 수 없는 낯설고 강렬한 충동에 휩싸여 있을 때 예고 없이 그가 내 손에 들린 머그잔을 들어 올렸다.

"30분 넘게 들고만 있잖아."

그는 내게서 빼앗은 컵을 커피 테이블 위에 내려놨다. 안 돼. 그거 내 방패라고. 뭔가를 틀어쥐고 있었던 내 두 손이 갈피를 못 잡고 헤매다가 허벅지 위까지 덮인 그의 커다란 셔츠 끝을 배배 꼬기 시작했다.

"지루해?"

"아니요."

나는 열렬하게 고개를 저었다.

"코코아 데워 줄까?"

"아니요."

"아님 뭐 먹을 거라도?"

"아니요."

계속해서 열렬히 부정하자 그가 피식 웃음을 흘렸다. 그는 옷깃을 쥐어뜯는 내 오른손에 손을 뻗었다. 내 손바닥이 그의 손바닥과 마주 닿더니 길고 단단한 손가락이 휘감겼다. 비단이 손가락 사이에 감기는 것 같았다. 긴장감과 떨림이 뒤섞인 내 차가운 손이 그의 무릎 위에 얹어졌다.

내가 남자랑 손깍지를 끼고 있어.

이 신기한 장면이 눈앞에 펼쳐진 게 비현실적이었다. 구역질이 날 것 같은 끈적거림이나 뱀의 비늘이 휘감겨 있는 듯한 날 선 번뜩임도 없었다. 그건 그냥 온기였다. 온기. 오로지 온기. 낯설고, 신기하고, 스크린에 투영되는 영화보다 더 영화 같았다. 배 속에서 느껴지는 간지러움이 내 등과 갈비뼈까지 번져 나갔다. 나는 온몸의 혈관에 피가 튀는 것을 느끼며 그의 손에서 얼굴로 눈을 옮겼다.

그의 손이 닿는 건 늘 달랐다. 처음부터 그랬다. 재현이의 팔이 내 목을 휘감았을 때 억셈이 주던 공포는 처음으로 최정우에게 손목이 잡혔을 때나 키스했을 때와는 달랐다. 재현이와의 일은 생각할수록 긴장됐지만, 최정우와의 일은 이상하게도 생각할수록 온몸에 긴장이 풀렸다. 머릿속이 희망으로 부풀었다. 그동안 내게 일어났던 일들을 곱씹었다. 엄청난 발전이지. 처음으로 용기를 냈던 것도 그렇고, 처음으로 이성 친구를 만든 것도 그렇고. 이렇게 남자와 단둘이 갇힌 공간 안에 있는 것, 이렇게 손을 잡는 것, 이건 정말…… 엄청난 거라고.

평생을 단념하고 살아야 한다고 생각했던 것들이 너무나 빠르고 갑작스럽게 변화했다. 나는 그의 입술로 시선을 내렸다. 가능할 수도 있잖아. 친구끼리도 할 수 있는 포옹이나 다정하게 손잡는 것 말고도 진짜 남녀가 하는 거. 진짜 좋아하는 사람들이 하는 거. 가능할지도 모르잖아.

머릿속이 복잡했다. 지난번에 그가 얼얼하게 부딪혀 오며 마구잡이로 혀를 집어넣던 게 떠올랐고, 정말 키스란 게 그런 느낌인지 알고 싶었다. 무자비하고 거친 느낌. 만약 아니라면 애정이 깃든 키스는 어떤 것인지도 궁금했다. 나는 해 보고 싶은 초조함과 해서는 안 될 것 같은 두려움 사이에서 팽팽한 줄다리기를 하고 있었다. 그가 나를 쳐다보고 있다는 사실도 몰랐다.

"야."

목소리에 뜨끔하며 나는 황급히 그의 눈으로 시선을 돌렸다.

"너 자꾸 읽히지 마."

내가 말뜻을 채 다 이해하기도 전에 입술이 아주 빠르게 닿더니 '쪽' 하는 소리를 내며 떨어졌다. 그의 눈이 너무 가까웠다. 나는 바로 코앞에 있는 그의 눈을 아무런 생각도 반응도 못 한 채 응시하고만 있었다. 그의 입술이 다시 닿았다. 조금 더 오랜 시간이 지난 후에 다시 또 가볍게 떨어졌다. 그의 얼굴은 아까보다 좀 더 멀리 있었다. 그가 '음' 하는 소리를 내며 아랫입술을 혀로 잠깐 쓸었다.

나는 눈도 깜빡일 수가 없었다. 그는 뒤로 물러날 듯하더니 다시 다가왔다. 이번엔 그가 내 아랫입술을 빨았다. 머릿속에 번개가 쳤고 내 입술이 무방비하게 벌어졌다. 그다음엔 윗입술, 그다음엔 아랫입술, 그다음엔…… 그다음부턴 셀 수가 없었다. 정신이 아득해지고 그가 주는 감각에 완전히 넋이 나갔다. 머리가 생각하기를 거부하는 것 같았다. 그의 손이 내 젖은 머리카락 사이를 파고들어 얼굴을 고정시킬 때에도, 손에 깍지 껴 있던 그의 손가락이 풀어져 허리를 감을 때에도, 뭘 어떻게 할 생각의 여유가 전혀 없었다. 그의 혀가 다시 입안으로 들어왔을 때 나는 움찔했다. 그걸 느꼈는지 그가 행동을 멈췄고 나는 아마도 그를 당긴 것 같다.

영화의 엔딩 크레디트가 올라가고 있었다. 감미로운 선율이 연기처럼 피어올랐고 방 안에는 숨소리와 입술끼리 부딪치는 소리가 울렸다.

띵동.

벨 소리에 입술이 떨어졌다. 눈이 번쩍 떠졌다. 도대체 언제 눈을 감은 거지? 지구본이 빙그르르르르 돌 듯이 정신이 빙글 돌아서 다시 현실에 착지했다. 내 몸은 활처럼 뒤로 휘어 소파에 반쯤 누워 있었고 내 손은 최정우의 어깨 언저리쯤에 얹어져 우악스럽게 옷을 틀어쥐고 있었다. 온몸이 타는 것처럼 뜨거웠고 또 닭살이 돋을 만큼 차가웠다. 숨을 헐떡이며 그를 쳐다보니 벨 소리 때문인지 아니면 내가 옷깃을 틀어쥐고 있어서인지 그는 당황한 표정이었다.

"최정우 씨."

카랑한 여성의 목소리. 그가 나지막이 욕설을 중얼거렸다.

"형인가 봐."

그가 몸을 벌떡 일으켰다. 갑작스럽게 내리누르던 무게감이 사라지니 휑한 기분이 들어 두 손으로 양어깨를 꼭 감싼 채 흐트러진 자세를 추슬렀다. 이성이 일순간에 밀물처럼 밀어닥쳤고 어딘가 토끼 굴로 파고들어 가고 싶었다. 생각, 생각이라는 걸 좀 해볼 수 있게.

띠로리 하고 도어록이 풀리는 소리가 들려왔다. 최정우가 현관문을 열자, 집 안으로 싸한 바람이 몰려들었다.

"안녕하세요."

웃음기가 가득한 여자의 목소리가 들리고 곧 보스락거리는 소리가 났다.

"여기요. 옷이랑, 이건 신발. 옷은 두 벌씩 변호사님이 적어 주신 대로 사 왔어요. 맞아요?"

그가 내용물을 확인하는 듯 부스럭거렸다.

"맞네요. 고맙습니다."

"고마우면 나중에 밥이라도 한번 사요."

한층 더 가랑거리는 목소리에 애교 섞인 웃음이 다분했다.

"네. 그러죠."

"일은 잘돼 가요?"

"네, 벌써 다 넘겼어요. 내일이면 도착해 있을 거예요."

"잘했어요. 역시 능력 있다니깐."

"저야 그냥 도와주는 건데요, 뭘."

"겸손하긴, 정우 씨 혼자 다 한 거 사람들이 다 아는데."

잠깐의 정적.

"나중에 봐요."

"네, 조심히 가세요."

다시 문이 닫히고 최정우의 손에 커다란 쇼핑백이 두 개 들려 있었다. 이미 산통은 깨졌고 나는 부끄러움에 타오르고 있었다.

"옷. 형이 종류별로 다르게 두 벌 샀나 봐. 센스 있네."

그는 쇼핑백을 소파 위에 천천히 내려놓았다. 들끓던 열기와 흥분이 사라지고 나니 나는 그가 날 어떻게 볼지 겁이 나기 시작했다. 바닥에 앉아 있는 내게 서 있는 그는 너무나 커 보였고, 아까

하다 만 그것을 계속 진행하고 싶다고 요구하면 아까처럼 넋이 나간 채 응하기보다, 두려움에 비명을 지르는 쪽을 택할 것 같았다.

'네가 먼저 꼬셨잖아. 먼저 원했잖아.'

그 개자식의 말이 머릿속에 소용돌이쳤다.

'네가 창녀처럼 남자를 밝히고 천박하게 입고 다녀서 이런 일을 당한 거야.'

정신이 아찔해지며 매일 밤 날 괴롭히던 악몽이 현실이 되고 미래가 될까 봐 너무 무서웠다.

"너…… 배 안 고파?"

그가 다가와 내 앞에 쪼그려 앉아서 한 말은 예상과는 아주 거리가 멀었다. 현관의 센서가 깜빡 꺼졌다. 이미 플레이가 끝난 스크린에 푸른빛만 방 안을 환하게 밝혔다. 조금의 틈을 두고 천천히 그를 향해 얼굴을 돌렸고, 그의 눈에는 부드러운 미소가 걸려 있었다.

"나 스파게티 끝내주게 잘하는데. 해 줄까?"

그는 또, 날 읽었을 수도 있다. 아니면 그냥 순수하게 이런 사람이거나……. 그는 항상 예상을 빗겨 나가지만 그게 한 번도 나빴던 적은 없었다. 숨길 수 없는 안도감에 공연히 눈시울이 따갑고, 가슴이 숨 쉴 수 없을 만큼 벅차 왔다. 삼켜 박은금. 삼켜야지. 어서 삼켜!

"어때?"

삼켜, 삼키라고. 나는 꿀떡하고 힘겹게 감정을 목으로 넘겼다. 못 견디게 말하고 싶어지는 것이 있었다. 엄마에게 그랬던 것처럼 그가 조금만 더 손을 뻗친다면 나는 언제든 무너질 준비를 하고 있던 것이다. 내가 갖고 있는 강하고 오래된 두려움과 같은 크기의 욕망이었다.

쾅쾅쾅!

아까 전과는 비교도 할 수 없을 정도로 빠르고 급박하게 현관문을 두드려 대는 소리가 들렸다. 거의 부수기 직전이었다.

"최정우! 야, 최정우!"

우리 둘 다 심장이 입 밖으로 튀어나올 만큼 놀랐다. 그는 앞으로 넘어졌고, 나는 그의 옷깃을 구겨 잡았다.

쾅쾅쾅쾅.

"야, 빨리 문 열어 봐!!"

다급한 남자의 목소리가 독촉하듯 들려왔다. 갑자기 터질 것 같던 감정이 눈 녹듯 사라졌고 서로 황당한 얼굴로 마주 봤다. 무슨 일이야?

"야, 큰일 났어!"

최정우가 몸을 일으키려는 걸 겁이 나 덥석 잡았다. 현관 뒤에 숨어 있는 사람이 마치 철거 예정지에 침입해 온 용역 깡패처럼 생각되었다.

"걱정 마. 누군지 알아."

그는 내 손을 침착하게 손목에서 떼어 놓고 몸을 일으켜 불을 켰다. 딸깍. 갑자기 환해지자 나는 인상을 찡그리고 밝은 빛에 적응하기 위해 부러 눈을 깜빡였다. 다시 한번 문이 열리고 서늘한 바람이 안으로 들이닥쳤다.

"야, 어떡해! 진짜 완전 사달 났어!"

헉헉대며 숨을 몰아쉬는 소리와 현관에서 뭔가 덜그럭덜그럭

다급한 소리가 나더니 최정우가 '어, 잠깐, 어' 하는 사이에 남자 하나가 집 안으로 들이닥쳤다.

"야, 댈크로우사 기념 사보 말이야, 그거 인쇄……."

나와 눈이 마주치자 누군가 리모컨으로 정지 버튼을 누른 것처럼 갑자기 멈춰 섰다. 그도 내게 정지 버튼을 누른 것 같았다.

"……."

정적 속에 최정우가 현관문을 닫는 소리가 들렸다. 단정하게 자른 커트 머리, 검은 뿔테 안경, 손에 뭔가 책 같은 걸 쥔 채 검은 양복을 차려입은 그 남자는 저승사자처럼 보였다. 그는 여전히 정지 상태에서 눈알을 굴리며 최정우와 나를 번갈아 쳐다봤다. 그러더니 '히익' 소리를 냈다.

"야, 미안. 야, 진짜, 야, 미안하다."

"주말에 내가 연락하지 말랬잖아."

남자가 어쩔 줄 몰라 어깨를 괜스레 툭툭 치자 최정우가 짜증 난 듯 대꾸했다.

"그래, 연락하지 말랬지. 그래서 전화 안 하고 찾아왔잖아."

"웃으라고 하는 말이야?"

최정우가 시니컬하게 답하자 그가 다시 한번 허허 하고 헛웃음을 터트리곤 내 눈치를 살폈다.

"아니…… 설마 애인이랑 같이 있는 줄 몰랐지, 인마! 사전에 귀띔이라도 해 줬음…… 내가, 인마…… 어? 내가 방해는 안 했을 거 아니야."

그의 눈이 다시 날아와 꽂혔고 그제야 지금 입고 있는 게 최정우의 옷이란 걸 기억해 냈다. 왁! 이거 되게 위험하게 보이는 거 아니야? 나는 다시 당혹감에 얼굴이 홍당무처럼 달아올랐고 최정우가 급하게 주위를 환기하기 위해 그의 손에 들린 종이를 낚아채 갔다.

"이, 이게 뭐야."

그러자 그가 '아참!' 하고 다시 벙찐 표정에 심각함이 되살아났다.

"야, 큰일 났어."

최정우는 눈을 찌푸리며 좀 더 형광등 가까이 책을 비추기 위해 걸음을 뗐다.

"이거 색이 왜 이래."

"내 말이 그 말이야."

최정우의 말에 남자가 한탄했다. 색? 나는 최정우의 손에 들린 심각한 물건이 뭔지 살피기 위해 자리에서 비틀비틀 일어섰다. 사보? 최정우는 얇은 책자를 휘리릭 넘겼다. 넘길수록 그의 표정은 더 심각해졌다.

"다 날아갔잖아!"

"그러니까."

"샘플 확인도 안 해 보고 인쇄 맡겼어?"

"야, 내가 언제 그런 것까지 다 확인하나? 디자이너한테 일임했지."

"내가 형한테 최종 확인하라고 했잖아!"

"이 자식이 왜 언성을 높여! 내가 사장이거든! 나도 여기저기 불려 다니다가 오늘 간신히 시간 낸 거야. 내일 저녁에 그냥 회사로 보낸다는 거 찜찜해서 갔더니 이 사단이잖아."

"형이 사장이니까 형한테 언성을 높이지!"

최정우는 다시 한번 책을 넘기기 시작했다. 그게 뭔데?

"그냥 가져다줄까? 어차피 컨펌 난 거고, 다들 막 눈이라 못 알아볼 수 있잖아."

사라락 넘기더니 어느 지점에서 그는 다시 멈췄다. 못 믿겠다는 듯 눈을 찌푸리고 지면이 뚫릴 것처럼 바라보더니 그가 한숨을 푸욱 내쉬었다.

"Mighty Whale이야. Meghty Whale이 아니고."

"뭐?"

남자가 다시 그의 손에서 책자를 채어 갔다.

"오너가 오스왈드 퀸튼이야. 미국인이라고. '파'력 발전 장치를 '패'력 발전 장치라고 쓴 거나 마찬가지인데, 형이라면 그냥 넘어가겠어? 이게 대문짝만 하게 써진 거를?"

남자가 무의미하게 지면을 손으로 문질러 봤다. 마치 그 위에 묻은 게 먼지이길 바라듯이. 그러곤 곧 '아이 씨x' 하고 욕설이 흘러나왔다.

"어쩌지. 여기 인쇄소, 일요일엔 문 닫는데. 자기들 쪽 실수도 아니고, 우리 쪽 실수인데 열어 줄 리도 만무하고."

뭔지는 모르겠지만 상황이 심각했다. 뭐야. 도대체 뭔데. 갑자기 들이닥쳐서 인쇄물로 옥신각신하는 상황에 아까의 열렬함과 놀라움은 완전히 가라앉고 대신 그들과 같이 얼이 빠졌다. 뭔지 모르겠지만 뭔가 잘못된 거잖아. 인쇄소에서, 인쇄가. 일요일, 일요일까지 넘겨야 하는 건가?

"금풍으로 가 볼까? 거긴 일요일에 영업하잖아."

228

"거긴 여기보다 더 개떡이잖아."

"그래도 어떡해. 당장 오타 난 거라도 바로잡아야지."

"형, 오스왈드 퀸튼 몰라? 그 귀신?"

"아는데······."

"안 그래도 데드라인도 이틀이나 미뤄졌어. 우리 때문에 일요일에 회사에 나와야 하는 사람도 있을 테고, 단순히 돈을 받고 못받고의 문제가 아니야. 개망신당하기 싫단 말이야."

"수진이 그 자식······ 이런 거 하나 똑바로 못 하고."

"수진이 탓하지 마. 다 똑같아."

뭔가가 한참 잘못된 건 틀림없었다. 최정우의 입에서 금방이라도 상스러운 욕이 튀어 나갈 것만 같았다. 자존심에 금이 간 표정으로. 어······ 이거 안 좋은데······.

"저······."

내가 조용히 말을 붙였다. 비참한 정적 속에 둘의 눈길이 동시에 내게 꽂혔다.

"저 알아요. 잘하는 인쇄소."

"거기 일요일에 열어요?"

남자가 단번에 얼굴에 생기가 돌며 눈을 빛냈다. 한 줄기 희망을 내 얼굴에서 본 것 같았다.

"안 여는데······ 부탁하면 기꺼이 열어 줄 거예요."

"어딘데?"

"지혜네 집이요."

내 말에 최정우가 눈을 가늘게 떴다.

"추지혜?"

"네. 지혜네 집 인쇄소 하거든요. 삼성동에서, 엄청 크게. 제가…… 연락해 볼까요?"

최정우는 아무 말도 하지 않았다. 못 하는 건지도 몰랐다. 뭔가 잘 판단을 못 하는 것 같았다. 남자는 반색을 하며 다가왔다.

"진짜요? 그래 줄 수 있어요? 지금? 당장?"

"네. 해 볼게요."

나는 망설일 것도 없이 휴대폰을 집어 들었다. 휴대폰을 풀고 최근 목록에서 지혜의 번호를 찾아내 곧바로 통화 버튼을 눌렀다. 도움이 되고 있는 건가? 지혜가 제발 전화를 받길 바랐다. 내 부탁이면 들어 줄 거야. 정우 샘 일이라고 하면 발 벗고 나서겠지. 뚜르르, 뚜르르. 통화음이 가는데 최정우가 내 귀에서 휴대폰을 떼어 내더니 곧바로 '종료' 버튼을 눌렀다.

"야! 너 뭐 해!"

남자가 어처구니없는 표정으로 나무랐지만, 최정우는 눈썹 하나 까딱하지 않았다.

"지혜 번호는 나도 알아."

"야, 아무리 그래도 친구가 부탁하는 게……."

남자가 다시 반론하고 나섰지만, 최정우가 중간에 말을 쑥 잘랐다.

"너 괜찮겠어? 이 시간에 네가 전화해서 부탁하면 지혜도 눈치챌 거야."

생각하지 못했다. 그냥 당장 최정우에게 도움을 줘야겠다는 생각에 앞뒤 분간 못 하고 머릿속에 떠오르는 대로 행동한 거다. 그에게 도움이 된다는 사실이 기뻐서 말이다.

한 번도 그 문제에 대해 진지하게 생각해 본 적이 없었다. 그건 아주 막연한 생각거리였다. 지혜와 함께 최정우랑 영화를 보기 위해 옷을 사러 가면서도 그녀에게 고백하지 못한 이유는, 내가 아직 진심을 터놓고 대화할 준비가 되어 있지 않아서였다. 이 문제로 그동안에 있었던 그녀와 나 사이의 균형감이 어떻게 변할지 확신할 수가 없어서. 이게 그 아이의 눈에 어떻게 비춰질지 알 수가 없어서. 만에 하나라도 내가 생각했던 것과 전혀 다르게 반응한다면 그 이후에는 어떻게 해야 할지 전혀 떠올릴 수가 없어서. 그는 내가 피하려는 문제를 꺼내 놨다. 내 대답을 기다리는 건지, 아니면 그냥 생각하게 놔두는 건지. 그는 아무런 표정 없이 서 있다가 소파에 올려 둔 쇼핑백을 건넸다.

"방에 가서 갈아입고 와. 기숙사로 데려다줄 테니."

나는 말없이 쇼핑백 손잡이를 받아 들었다.

"이 문제는 내가 알아서 해결할게."

다시 최정우였다. 엄격하고 사무적이고, 알 수 없는 표정을 한. 그의 수천 가지 얼굴 중에 가장 어렵고 불편한 얼굴을 한 최정우였다. 내가 쇼핑백을 들고 조심스럽게 작은방으로 들어가 문을 닫을 때쯤 남자가 최정우에게 속삭였다.

"야. 쟤한테 네 냄새 난다."

VII. 자각

기억해 내자면, 요 몇 년간 나는 항상 혼자였다. 단순히 혼자 길을 걷고 혼자 밥을 먹고 혼자 책을 보고 혼자 잠이 드는 그런 걸 의미하는 게 아니다. 감정적으로도, 정신적으로도 항상 그랬단 말이다. 그게 편했고, 그게 가장 좋았고, 그것이 내게 안도감을 선사했다.

토요일 밤에 그가 나를 기숙사에 내려놓고 서둘러 차를 몰고 떠난 이후 나는 처음으로 혼자인 게 싫었다. 아주 분명하게. 내 어둡고 고요한 일상은 이미 균열이 가기 시작했다는 걸 드디어 깨닫고

만 것이다. 혼자 덩그러니 남겨진 텅 빈 기숙사가, 어둡게 내린 침묵이, 누군가의 발소리조차 들리지 않는 고요함이 이렇게 절실하게 와닿지도 않았다. 무엇을 해도 의욕이 나지 않았다. 내 정신은 최정우의 집 거실에서 전혀 떠나오지 못했다.

지혜와 연락을 했을까. 인쇄소는 잘 갔을까? 인쇄는 잘 끝냈을까? 다 괜찮아진 걸까? 나는 기숙사 책상에 앉아 스탠드 불빛 하나에 의지해 앉아 있었다. 그의 집을 나오기 전에 〈어느 멋진 날〉을 가리키며 그에게 물었다.

"이거 빌려 가도 돼요? 다시 보고 싶은데."

그는 흔쾌히 DVD를 건넸고, 나는 내 영혼을 그의 거실에 내버려 두고 이 DVD를 인질로 데리고 기숙사로 돌아왔다. 이렇게라도 눈에 보이는 뭔가가 있어야 지난밤의 일이 현실이었다는 걸 다시 한번 느낄 수 있으니까.

그는 날 싫어하지 않았어. 날 이상한 눈으로 쳐다보거나 내가 두려워했던 그 무엇도 읽은 것 같지 않아. 날 이리저리 휘둘리게 했던 그의 무심함만큼이나 자상함도 떠올랐다. 생각보다…… 훨씬 자상할지도 몰라.

그에게 전화가 오거나 문자가 오리라는 기대는 하지 않았다. 지금쯤 정신없이 바쁘겠지. 그러다 문득, 그는 계속 바빴던 거 아닌가 하는 의구심이 들었다. 단답형 문자가 내게 관심이 없어서가 아니라 단지 시간이 없어서였던 게 아닌가 하는 의구심. 함께 빌렸다는 작업실에서 무슨 일을 하는 걸까. 오스왈드…… 뭐더라? 그 사람은 또 뭐고……. 단순히 개인 작업만 하는 작업실이 아닌 것 같았다. 엄청나게 전문적인 느낌이 들었다. 학교에서 학생을 가르치는 것 외에 또 뭘 하고 있는 거야? 알면 알수록 그는 새로운 것투성이였다.

영화가 시작될 때 나오던 여가수의 목소리는 언제든 마음만 먹으면 또렷하게 기억날 정도로 강렬했다. 그녀가 'one fine day'라는 구절로 노래를 시작하면, 그날 느낀 느낌도 고스란히 떠올랐다. 다른 건 다 희미해도 그의 입술이 닿았던 감촉만은 아주 또렷했다. 그리고 떠올릴 때마다 척추를 타고 뭔가 올라왔다. 찌릿하고 신경을 건드리는 것처럼 아프기도 하고, 누가 살살 긁는 것처럼 간지럽기도 했다. 얼마나 이상하고 낯설고 생소한지 도저히 정의 내릴 수가 없었다.

내 예측이 완전히 빗나갔다. 그와 남녀 간의 어느 정도 적정한 선을 넘기면 엉킨 실타래가 다 풀리듯 모든 게 다 풀려 버릴 줄 알았다. 말하자면 내가 고대하던 건 그가 얼마나 특별한지를 새삼 느끼는 게 아니고, 그에게서 느끼던 불안함이나 초조함, 그리고 간지러움 같은 게 아주 명확하게 정의되는 것이었다. 나는 이렇게 하면 좀 더 그에 대해서 혹은 우리 사이에 대해서 뭐라도 확신을 가질 수 있을 거라 생각했다. 하지만 맞는 답이 아니었다. 주관식이었다면 부분 점수도 받지 못할 만큼 형편없는 추측이었다. 해결된 게 아무것도 없었다. 오히려 더 복잡해졌으면 해졌지. 목을 축이면 축일수록 더 갈증만 나는 것 같았다. 기숙사 식당에서 저녁밥을 먹고 돌아오니 내 휴대폰 액정에 불이 들어왔다.

[최정우]

어제보다 오늘, 이 이름이 곱절은 더 반가웠다. 나도 모르게 헤벌쪽 입이 벌어질 만큼.

"여보세요?"

― 아, 여보세요??

왁자지껄한 웅성거림 사이에 들려온 건 뜻밖에 전혀 낯선 음성이었다. 최정우 목소리가 아닌데……? 한 번 더 이름을 확인했다. 그의 번호가 맞는데…… 내가 잘못 들은 건가?

"여보세요?"

― 아, 제수씨!

무슨…… 씨? 그의 번호로 전화한 이 목소리는 누구야?

― 저예요, 저! 어제 봤던!

어제? 아. 그 검은 양복?

― 기억하시죠? 어제 정우네 집에서 봤잖아요!

"아, 네! 안녕하세요."

― 다른 게 아니고, 아하, 야, 인마! 좀 가만히 있어 봐, 어허! 좀!

수화기 너머 뭔가 우당탕거렸고 좀 더 휴대폰에 들려오는 소리에 집중하려 눈을 가늘게 떴다.

― 아니, 다른 게 아니고 오늘 여기 쫑파티 하는데 오실래요?

"네?"

― 아, 어제 인쇄소요! 그거 오늘 잘 마무리됐거든요!

"아……."

너무 반가운 소식이라 목소리가 한 톤 높이 올라갔다.

― 진짜, 아이고. 너무 고마워요. 진짜 제수씨 덕분에 살았어요.

어른의 세계였다. 열아홉 살의 세계에서는 전혀 듣지 못하는 호칭. 첫 연애부터 첫 데이트 때 키스하고, 처음으로 안 그의 동료에게 '제수씨'란 말부터 듣고 있다니. 내가 살던 곳이 별세계인지,

내 안의
악마를 위하여 235

지금 저 동네가 별세계인지…….

"뭐 제가 한 게…… 없는데."

— 왜요. 친구분이 인쇄소 한단 이야기 안 했으면 정말 큰일 날 뻔했는데.

지혜가 기숙사로 오늘 돌아오면 들을 이야깃거리가 생겼군. 고민됐다. 지혜가 무용담을 털어놓으면 그 이야기를 마치 처음 듣는 양 연기를 해야 하는 건가, 아니면 딱 까놓고 솔직히 이야기해야 하는 건가……?

— 그래서 그런데, 여기 정우네 집에서 멀지 않은 곳인데 이리로 오실래요?

"제가요?"

— 네. 덕분에 아주 잘 마무리됐는데. 제수씨 빼놓고 우리끼리 회포 풀긴 섭섭해서요. 정우도 여기…….

다시 뭔가 쓸리고 아스라이 고함 소리가 들리고 투덕거리는 소리가 들렸다.

— 여보세요?

최정우의 목소리였다. 그의 목소리를 듣자 갑자기 몸에 활기가 돌았다.

"아, 선생님."

— 신경 쓸 필요 없어. 이 형이 폭탄주 말아 처먹고 취했,

제수씨! 꼭 오셔야 합니다!

스피커 너머, 그의 큰 목소리가 쩌렁쩌렁 울렸다.

제수씨! 꼭이요, 꼭……!

얼마 지나지 않아 누군가 그의 입에 뭔가를 쑤셔 넣은 것 같았

다. 왁자지껄한 웃음소리와 놀리는 것 같은 야유 소리가 같이 들렸다. 여기저기서 '데려와, 데려와! 불러와, 데려와!'라는 소리가 계속해서 들렸다.

— 은금아. 여기 너무 정신이 없거든? 내가 이따 다시 전화할게.

그가 통화를 마무리하고 전화를 끊으려 했다.

"저 갈게요!!"

그럴 순 없었다.

— ……

수화기 너머 그가 말이 없었다. 그가 얼마나 당황했는지 이토록 뻔히 보인 건 처음이었다.

"저 갈게요! 꼭 갈게요! 꼭 가고 싶어요!"

* * *

버스를 타고 그의 동네로 가는 내내 들떴다. 그의 형이 센스 좋게 옷을 두 벌이나 사 준 덕에 고민하지 않고 곧바로 쇼핑백을 뒤져 단풍잎 색의 스웨터에 청바지를 입었다. 내 골동품 의상처럼 편했지만, 골동품 의상처럼 촌스럽지도 않았다. 치마를 입었던 때보다 몇 갑절은 더 편했고 거울에 비친 내 모습은 그때보다 몇 갑절은 덜 어색했다.

나는 뒤로 질끈 묶은 머리카락을 한 번 매만지고 손목에서 나는 냄새를 킁킁 맡았다. 나는 항상 몸에서 악취가 난다고 생각해 왔다. 아마도 나와 같은 일을 당한 사람은 누구나 그렇게 생각할 거라고 막연히 짐작한다. 씻어도, 씻어도 그건 사라지지 않았다.

한 시간이고 두 시간이고 비누칠해도, 물에 씻어 내려도 언제나 돌아서면 거북한 냄새가 코끝을 자극했다. 그 일이 있고 나서 얼마 동안은 하루 종일 씻기만 하던 때도 있었다. 짓무른 것처럼 헐어 있던 내 손을 엄마는 아직도 집안일을 도맡아 해서 주부습진에 걸린 거라고 알고 있지만 실은 닦는 것에 집착했기 때문이었다.

그러다가 시간이 지나면 스스로 지치기 시작한다. 발버둥 쳐 봤자 소용이 없다는 것을 깨닫고 나면 그때부턴 모든 것을 자포자기하게 되는 것이다. 내 몸에는 아직도 희미하게 그의 집에서 쓴 샴푸, 보디 워시, 코롱의 냄새가 났다. 최정우에게서 늘 풍기던 냄새. 그의 친구가 말했던 그와 꼭 같은 향.

그의 친구가 알려 준 대로 큰 사거리를 지나자마자 보이는 정류소에 내렸다. 걸어가는 발걸음이 그렇게 가벼울 수가 없었다.

양꼬치, 양꼬치집. 양꼬치……. 양꼬치집을 찾아 두리번거리는데, 문득 에튀드 로드숍이 눈에 들어왔다. 가던 발걸음을 멈추고 잠시 망설이다가 매대에 진열된 립글로스를 어색하게 구경했다.

"어서 오세요. 뭐 찾으시는 거 있으세요?"

핑크색 정복을 입은 앳돼 보이는 직원 하나가 생글생글 웃으며 다가왔다.

"립글로스 찾으세요?"

"아…… 네……."

"요즘엔 이 색이 가장 잘 나가요. 발색력도 좋고 색도 은은해서 맨 얼굴에 바르기도 좋고요."

여자는 부드러운 핑크색의 립글로스 병을 하나 꺼내 보였다.

"한번 발라보시겠어요?"

여자가 립글로스의 뚜껑을 열어 건넸다. 나는 거절하기가 곤란해 어색하게 미소 지으며 립글로스를 받아 들었다. 그러고는 아주 조심스럽게 입술에 칠했다. 직원의 화려한 언변에 의지박약인 내 성격은 환상적인 조합이었다. 결국 가지고 있는 동전까지 탈탈 털어 50% 할인 이벤트 중이라는 6000원짜리 립글로스를 반값에 구매했다. 이젠 정말 교통카드 한 장이 내 전 재산이었다. 나는 엄마에게 용돈을 받기까지 기간이 얼마나 남았는지를 세어 보며 걸음을 재촉했다.

정류장에서 한 블록, 골목길 끼고 돌아 왼편. 한문이 쓰인 붉은색 간판. 그 앞에 최정우가 서 있었다. 나를 기다리고 있던 건지 아니면 단순히 담배를 피우기 위해 나왔는지는 모르겠지만 아무튼 그였다. 야구 점퍼에 자주색 비니를 쓴 채 그는 연신 담배를 빨아들이고 있었다. 그가 나를 발견하기 전에 재빠르게 손으로 입술을 더듬거리며 아까 바른 립글로스를 쓱쓱 문질러 지웠다. 그가 몸을 돌려 나를 발견하더니 곧 담배를 껐다. 최후의 담배 연기가 길게 뿜어져 나왔고 도전적으로 웃고 있었다.

"박은금."

그는 감탄하듯 내 이름을 발음했고 나는 좀 더 걸음을 옮겨 그의 가까이에 마주 보고 섰다.

"진짜 못 말리겠다, 너."

그의 눈이 나를 위아래로 훑었다.

"대범해진 거야, 아니면 모자라진 거야?"

나는 그냥 어깨를 으쓱해 보였다. 자꾸만 웃음이 나와 입꼬리가 당겼다.

"누가 너한테 술잔 건네도 절대 받지 마. 알겠어?"

그는 내 누비 점퍼의 옷깃을 매만지며 경고했다.

"그리고 질문하는 거 다 대답하려고 하지 말고."

"네."

그의 말을 꼭꼭 씹어 듣는 듯 고개를 끄덕이자 그가 내 등을 앞으로 밀었다.

"들어가자."

어쩐지 아주 재미있는 저녁이 될 것만 같은 느낌에 가슴이 꿀렁댔다.

위이이잉. 점퍼 주머니에서 휴대폰이 울려 꺼내 보니 지혜에게 문자가 와 있었다.

[발신: 추지혜

어디야?]

[수신: 추지혜

밖이야. 조금 늦을 것 같아. 점호 전에는 갈게.]

재빠르게 답장을 하고 휴대폰을 주머니 속에 집어넣었다. 양꼬치집은 내부로 진입하면 할수록 왁자지껄했다.

"제수씨!"

어제 본 그 남자가 벌겋게 달아오른 얼굴로 손을 휘휘 저었다. 술을 이미 거나하게 마신 게 틀림없었다.

"안녕하세요."

고개를 꾸벅 숙여 인사했고 남자는 호들갑스럽게 손짓하며 내 자리를 가리켰다.

"여기 앉아요, 여기. 오느라 고생 많았어요. 자자, 다들 우리 제수씨 앉게 좀 비켜 주자고!"

직사각형의 테이블 위에는 양꼬치가 데굴데굴 구르며 구워지고 있었고, 나와 최정우를 빼고 구면인 남자를 포함해 4명의 남자와 1명의 여자가 앉아 있었다. 그들은 저들끼리 왁자지껄 떠들다 호기심 가득한 얼굴로 우리를 주목했다.

나는 그 남자가 손짓한 바로 그 자리에 앉았다. 최정우가 호들갑 떨지 말라고 투덜대며 외투를 벗은 후 내 옆에 자리를 잡았고, 남자는 입맛을 쩝쩝 다시다가 씨익 웃었다.

"우리가 통성명이 좀 늦었죠? 저는 배명진이에요. 정우랑은 미국에서 유학할 때 만난 사이고, 다섯 살 형이고 또…… 지금은…… 그러니까, 같이 일하는 사이."

나는 최정우를 쳐다봤다. 무슨 일을 하는 건지 안 그래도 궁금한데 그는 입을 꾹 다물고 양꼬치만 뱅뱅 돌렸다.

"내가 소개를 하자면, 여기 이 친구가 이제…… 기문이 스물세 살. 올해 전문대 졸업인데 조기 취업이고……."

꽤나 오래 머리를 손질하지 않은 듯 어중간하게 긴 덥수룩한 머리의 통통한 남자가 꾸벅 인사를 했다.

"여기는 영환이, 네가…… 몇 살이지?"

빼빼 마르고 얼굴에 여드름이 난, 피부가 창백할 정도로 하얀 남자.

"스물다섯."

"아, 그렇지. 그렇지. 아무튼 그렇고, 이제……."

남자는 아직 생일 안 지났으니까 만으로 스물셋이란 걸 잊지 말라고 덧붙였는데 배명진은 쿨하게 그 말을 무시했다.

"그다음에 여기가 성필이. 얘는 이제 좀 있으면 군대 갈 놈. 파릇파릇한 스물한 살."

그 사람은 낄낄대며 나한테 손을 흔들었다. 세상에 무서울 게 없어 보이는 눈빛이었다. 곧 세상엔 정말 '지옥'이란 게 존재한다는 걸 몸소 맛보게 될 거란 생각에 측은해졌다.

"그리고 여기는 이제 막 리즈디를 졸업하고, 한국에 상경한 우리 홍일점이자 에이스 한수진이! 얘도 정우랑 기문이랑 동갑."

윤기 나는 검은 긴 머리에 섹시한 스모키 눈 화장을 한 여자가 소주잔을 비우며 웃어 보였다. 스모키 화장 때문인지 눈빛이 무척이나 날카로워 보였고 세련되고 도회적인 것이 전형적인 디자이너의 분위기를 풍겼다.

"그리고 이제 이분이……."

배명진이 혀 풀린 발음으로 최정우를 가리키며 장난스럽게 웃었다.

"우리 스튜디오의 직책은 프리한 프리랜서인데, 실제로는 실세인 최정우 씨 되시겠습니다."

다들 환호성을 내지르며 장난스럽게 박수를 쳤는데 그는 교실에서처럼 아프지도 가렵지도 않은 표정으로 양꼬치를 뜯었다.

프리랜서?

"선생님 학교 말고 다른 데서도 일해요?"

내가 묻자 그가 고개를 저어 보였다.

"그냥 도와주는 거야. "

"도와주긴 개뿔! 건방진 놈이, 프로젝트별로 퍼센테이지로 떼어 가! 어? 그게 도와주는 거냐? 가끔 이 회사가 내 회사인지 네

회사인지 헷갈린다니까. 나 원 참. 내가 아주 그냥 모시고 산다, 모시고 살아!"

그가 삿대질하며 아저씨 말투를 구사하자 최정우가 소리 내어 웃기 시작했다. 익숙하고 편안한 분위기. 그의 또 다른 세계가 마냥 신기했다.

"작업실 빌리면서 명진이 형이 사업자를 냈어. 그걸로 돈도 벌고 다달이 월세도 내고…… 난 가끔 바쁠 때 일손만 빌려주는 정도야."

그가 다 구워진 양꼬치를 내 앞접시에 올리며 설명했고 배명진이 덧붙이려 입을 열었다.

"빌려주긴 뭘 빌려줘. 그냥 일하는 거지. 다만 저놈은 곧 미국으로 돌아가야 하니까 채용 절차를 밟지 않는 것뿐이랍니다. 내년 여름에 복학해야 하잖아."

돌아간다. 그가 미국으로 돌아간다. 갑자기 뒤통수를 세게 얻어맞은 기분이 들었다. 그래. 그는 미국으로 돌아가지. 2년, 군대에 갈 생각으로 2년을 휴학했다고 했다. 그럼 앞으로 얼마나 남은 거야? 반년? 아니면 반년도 채 안 남은 거야? 멍청하게 왜 그가 돌아간다는 생각을 못 했을까. 이 관계가 얼마나 한시적인 건지 왜 깨닫지 못한 거지?

"저 자식은 어차피 우리 스튜디오 들어올 마음도 없어!"

기문이라던 남자가 대뜸 끼어드는 바람에 그쪽으로 고개를 돌렸다.

"그래 리즈디 졸업하면 실리콘밸리에 회사 차릴 거 아니었어?"

빼빼 마른 남자가 맞장구치며 대꾸했다. 실리콘밸리?

"어차피 너 정도면 댈크로우에서 투자도 해 줄걸?"

댈크로우면 어제 들었던 회산데. 내 눈이 다시 최정우에게로 돌아갔다. 여전히 알 수 없는 얼굴.

"아니면 뭐 마이크로소프트나 구글이나. 네가 원하는 대로 가겠지."

"아직 전공 선택도 못 했다. 김칫국 마시지 마."

최정우가 배명진이 내민 소주잔에 술을 따르며 대꾸했다. 저녁밥을 먹은 지 얼마 안 돼 배가 부른데도 최정우가 닭에게 모이 주듯이 내 앞접시에 수북하게 쌓아 놓은 양꼬치를 아무 생각 없이 우적우적 씹어 댔다. 복학 이야기도 갑작스러웠고 그 후에도 내가 알아듣기엔 너무 어려운 대화가 이어져서 마음이 심란한 탓이었다.

"제수씨도 한잔 받으시죠!"

배명진이 능글능글 웃으며 소주병을 들어 보였다.

"형! 얘 미성년자라니까!"

최정우가 그의 술병을 손으로 가로막았다.

"몇 달이나 남았다고 그래. 해 바뀌면 어차피 먹을 거 몇 달 먼저 먹는다고 죽냐?"

"그래. 원래 인마, 술은 미성년자일 때부터 시작하는 거야."

영환이 맞장구를 치며 배명진의 손에서 소주병을 빼앗아 들었다.

"맞아. 원래 이렇게 어른들이 알려 주는 거예요. 술자리 예의범절이 어떤지. 어?"

사람들은 의기투합해 내 술잔에 알코올을 채웠다. 그중 최정우보다 나이가 많은 두 사람이 가장 신나 있었다.

"자아, 자아, 우리 정우 여자 친구분. 자아, 받으시게."

영환이 한껏 거드름을 피우며 마치 선창을 하듯이 운율을 넣어 가며 병을 기울였다.

"아 진짜 이 꼰대들 왜,"

배명진이 최정우의 입을 틀어막았다.

"가만있어 봐. 어른들 일에 끼어드는 거 아니야."

나는 인질이고 최정우는 먹잇감이었다. 최정우가 평소에 얼마나 까칠까칠하게 굴었는지 모르겠지만 아주 작정을 하고 놀려 대는 것 같았다. 그가 식당에 들어오기 전에 절대로 술을 줘도 받지 말라고 말한 것을 분명히 기억하고 있다. 하지만 나는 이 달아오른 분위기를 망치면서까지 거절할 만한 배짱이 없었다.

"어린애한테 너무 짓궂은 거 아니에요? 우리 정우 곤란하겠다."

새초롬한 눈을 한 한수진이 한껏 애교 섞인 목소리를 내며 나를 훑었다. 미국물을 먹어서인지 가슴도 커 보였다. 같은 학교라고? 최정우는 이런 여자가 널린 곳에서 생활하는 거야? 그 여자가 백치처럼 날 보고 웃는 걸 보니 왠지 승부욕이 생겼다. 최정우가 손을 뻗기 전에 잔에 들어 있는 술을 냉큼 입안으로 털었다. 사람들이 환호성을 내지르며 박수 쳤고 턱이 빠질 정도로 입을 벌린 채 쳐다보는 최정우의 눈길은 무척 따가웠다. 달큰한 알코올이 목으로 쓰게 넘어갔고, 나는 그 달고 씁쓸한 맛에 인상을 쓰며 양꼬치를 덥석 베어 물었다. 그와 눈이 마주치면 잔소리를 해 댈 것이 뻔했다. 일부러 시선을 주지 않고 배명진이 주는 소주를 한 잔 더 받아 냉큼 넘겼다. 그는 말이 없었다. 엄청나게 열 받은 게 분명했다.

* * *

"정우가 잘해 줘요?"

다들 술이 오르고 왁자지껄한 분위기가 조금씩 가라앉을 때쯤, 배명진이 슬그머니 다가와 조용히 말을 붙였다. 나는 소주 두 잔에 볼이 발갛게 변할 만큼 만취해 있었고 약간의 피로감을 느끼고 있었다.

"선생님이요?"

배명진이 목을 울리며 웃었다.

"거 되게 이상하네. 정우보고 선생님이라고 하니까. 둘이 애인 사이 아니에요?"

내 볼이 더 달아올랐다.

"애가 좀 까칠까칠해서 그렇지, 알고 보면 진짜 좋은 놈이에요. 속도 깊고."

어른의 말투였다. 최정우보다 이 사람이 더 선생님처럼 느껴졌다.

"미국 생활 정리하고 한국에 들어와서 힘들 때도 정우가 안 도와줬으면 지금쯤 꽤나 힘들었을 거예요. 그나마 이만큼이라도 정착한 것도 다 저놈 덕이지. 어린 나이에 참…… 대단해."

그가 소주병을 들었다. 나는 조심스럽게 병을 그의 손에서 가져와 잔을 채워 줬다.

"고마워요. 참, 정우 형은 혹시 봤어요?"

"아, 네. 잠깐요."

내가 길거리에서 토할 때 봤지.

"우리 이번에 기념 사보, 그거 걔네 형 회사야. 걔네 형이 거기

법무부 이사거든.”

“아…… 댈크로우인가 뭔가요?”

“아직 어려서 잘 모르나 보네. 방산 사업으로 엄청 유명한데…….”

“네.”

“1년 전에 한국에다 자회사를 하나 세웠거든. 거기로 걔네 형이 스카우트돼서 갔잖아. 그것도 정우 때문이지.”

“왜요?”

“여기 자회사 오너가 미국에서 정우 후원자였거든. 대학교도 그 사람이 장학금 지원해 줘서 다니는 거고.”

그는 최정우에 대해서 생각나는 대로 털어놨다. 그의 형이 먼저 미국으로 유학을 갔고 그 이후에 최정우가 그를 따라 미국으로 건너갔으며, 아버지가 돌아가시자 혼자 남은 어머니를 위해 그의 형은 미국에서 직장을 관두고 한국으로 들어와 다시 변호사가 되었다는 것.

최정우는 혼자 미국에 남겨져 지독하게 외로운 학창 시절을 보냈고, 형이 자리를 잡는 동안 학비와 생활비를 보조해 줄 사람이 없어 어려움을 겪었다는 것. 그러다 한인 단체를 통해 오스왈드라는 사람의 후원을 받게 되었고, 죽도록 노력해서 명문대에 들어가게 되었다는 것. 학교를 휴학하고 군대를 면제받고 지금 내 앞에 있기까지의 이야기를 대강이나마 전해 듣게 된 것이다.

“정우가 지금 타고 다니는 스포츠카. 그것도 그 사람이 사 준 거잖아. 2년 동안 한국에서 시간 버리는 거에 대한 위로 차원이라나 뭐라나. 아무튼 뭐 엄청 마음에 드나 봐.”

금수저가 아니었구나. 나는 막연하게 그가 부유한 집에서 태어나서 그렇게 자신만만하게 아이들을 놀리는 거라고 생각했다. 하지만 고생 모르고 편하게 인생을 산 것은 아니었다. 그걸 알게 된 것만으로 이곳에 억지로라도 오길 정말 잘했다는 생각이 들었다.

"남들 하는 고생 10대 때 다 하고, 지금은 형도 지도 잘나가잖아. 뭐 괜스레 군대 문제가 꼬여서 2년이나 한국에서 시간 낭비하는 건 아깝지만 그래도 남들 다 가기 싫어하는 군대도 어쨌든 안 가고. 그 시간에 돈이나 알차게 벌어먹고 계시고, 거기에 또 이렇게 파릇파릇하고 예쁜 여자 친구도 사귀고……."

나는 볼을 붉혔고 배명진은 씨익 웃으며 최정우에게 시선을 돌렸다. 그의 주변에는 사람들이 몰려 있었다. 낄낄거리며 웃는 사람들 사이에서 시니컬한 그도 이따금 웃음을 보였다. 그는 사람들 사이에 물처럼 섞여 있었다. 학교에선 늘 혼자만 우뚝 서 있는 것 같았는데…… 지금은 전혀 다른 모습이었다.

"진짜 요상한 게, 성격은 더러운데 친구는 또 많아요."

배명진은 징하다는 어투로 말했다. 눈앞에 한수진이 최정우에게 귓속말하며 그의 잔에 술을 채웠다. 최정우는 몸을 숙여 이야기를 가만히 듣더니 고개를 저으며 술잔을 옆으로 밀었다. 부드러운 미소가 입가에 걸려 있었다.

"선생님 여자한테 인기 많았어요?"

"뭐?"

그가 술에 취한 눈을 끔뻑끔뻑 뜨며 다시 물었다.

"여자한테요. 인기 많았냐고요."

"쟤? 쟤가 우리 중에 총각 딱지 제일 빨리 뗐을걸."

뭘 떼? 내가 놀란 표정을 짓자 그가 귀엽다는 듯 깔깔깔 웃으며 손등으로 입술을 닦았다.

"내가 말실수했네. 그냥 인기 많았다. 그렇게만 알고 있어요."

"……."

내 표정에 변화가 없자 그가 최정우의 눈치를 보며 난처한 듯한 표정을 지었다.

"알다시피 미국이란 나라가 여기보단 개방적이거든. 쟤는 열여섯 살 때도 키가 저만 했어. 골격도 그렇고. 동양인치고는 드물잖아. 내 말 이해하죠?"

열여섯. 배명진은 정확하게 그가 몇 살 때 첫 관계를 했는지 알려 준 꼴이다.

"자자. 이 이야기는 우리끼리의 비밀로 하기로. 오케이?"

그는 서둘러 이야기를 마무리 짓기 위해 내 빈 잔에 잔을 쨍 치더니, 소주를 입안에 홀딱 털었다. 안 좋은 기억이 꾸물꾸물 머릿속 틈새를 파고들었다. 배명진의 표현을 빌리자면 우린 같은 나이에 '딱지'를 떼었다. 그리고 분명 같은 방식이 아니었겠지. 그렇다면 우리가 이렇게 다를 리가 없으니까.

갑자기 그와 나의 사이에 건널 수 없는 강이 펼쳐져 있는 듯한 기분이었다. 한수진은 사람들과 가벼운 터치를 주고받으며 최정우에게 찰싹 몸을 밀착시키고 있었다. 무척이나 자연스럽고 즐거워 보였다. 서로 균형이 맞는 사이. 같은 학교이기 때문만이 아니었다. 내가 언제나 그를 올려다보는 거라면 저 여자는 그와 딱 시선이 맞닿아 있었다.

난 저렇게 될 수 없어. 저런 식으로 누군가와 거리를 먼저 좁히고, 당당하고 편하게 받아들이는 건 할 수가 없다. 나는…… 최정우에게 어울리는 사람인가? 그는 날 자신과 어울린다고 생각하나? 나는 겨우 키스 한 번으로 세상이 뒤집어질 만큼 버거운 사람인데? 그를 쫓아갈 수 있나? 이 모든 게 자연스럽고 쉽다면 얼마나 좋을까. 내가 좀 더 괜찮은 사람이라면 얼마나 좋을까. 그런 일이 없었다면 얼마나 좋았을까. 그럼 난 지금과는 완전히 다른 사람일 텐데. 그에게 좀 더 잘 어울리는 사람일 수도 있었을 텐데.

열아홉 살은 너무 애매했다. 아이도 아니고, 그렇다고 어른도 아니었다. 나는 어서 어른이 되고 싶었다. 지금처럼 그를 바라보기만 하는 게 아니라, 이런 자리에서 그를 불편하게 하거나 걱정시키는 것이 아니라 그와 둘이 마주 앉아 깔깔거리며 서로의 잔을 가득 채우고 싶었다.

"어떻게, 한잔 더 할래요?"

배명진이 알코올에 말리기 시작한 혀로 물었다.

"네, 주세요."

두 손으로 잔을 들었고, 옆에서 최정우가 꽥 소리를 질렀다.

"형! 그만 주라니까!"

나는 알코올을 꿀꺽 삼켰다. 좀 더 그에게 어울리는 사람이 되고 싶다.

너무 많이 마신다 싶더니 그는 결국 완전히 혀가 풀린 채 장황하게 자신의 히스토리를 떠들어 댔다. 나는 누구인가, 뭐 하러 사나, 뭐 때문에 이렇게 힘겨운가, 나를 힘겹게 하는 자들은 누구인가. 내 인생은 무엇인가부터 시작해서 어제 인쇄를 하며 얼마나 힘이 들었나, 한밤중에 거기 가서 밤을 꼴딱 새우느라 얼마나 피곤했나, 인쇄소 사장님, 그러니까 지혜네 아버지가 얼마나 극진히 대우해 줬나. 최정우가 얼마나 거기서 지랄 맞게 깐깐했나, 완성된 사보를 자기가 댈크로우사에 가져다주느라고 어어어어얼마나 힘겹게 운전을 했는지에 대해 아주 뭐 '손자병법'의 병법 못지않은 전술처럼 이야기해 댔다.

술에 잔뜩 취한 배명진의 입에서 신세 한탄이 끝도 없이 늘어지고, 그의 몸이 불필요하게 내 쪽으로 기우는 것을 본 최정우는 손목시계로 시간을 체크한 후 외투와 점퍼를 집어 들었다.

"일어나. 돌아가야 할 시간이야."

엄격한 어투. 그가 이런 식으로 말하면 그건 꼭 따라야 했다. 나는 두말하지 않고 자리를 털고 일어섰다. 사람들에게 고개를 숙여 예의 바르게 인사했지만 다들 술에 고주망태가 된 이후라 작별 인사라는 걸 인지하기도 힘들어 보였다.

학교 아이들은 시험이 끝나면 노래방에 가거나 영화를 보거나 스릴 넘치는 놀이기구를 타거나, 맛있는 걸 먹으며 쌓였던 스트레스를 푸는데…… 어른들은 술에 취한 정도가 의식 상실 수준이 되어야 스트레스가 풀리는가 보다. 참으로 이상하고 어려운 세계다.

그는 나를 차 안으로 구겨 넣더니 편의점에 가서 따뜻한 꿀물을 하나 사 와 뚜껑을 딴 후 내게 건넸다.

"마셔."

명령조. 아까 친구들과 있을 때 보았던 즐거운 표정은 온데간데없이 그는 무표정하고 불만스러워 보였다. 병을 받아 들어 입술에 대고 사이드 브레이크를 올리는 그를 유심히 관찰했다. 어떻게든 말을 붙여서 냉랭한 분위기를 풀기 위해 머리를 굴렸다.

"이거, 오스왈드…… 뭐시기…… 그 사람한테 선물 받은 거라면서요?"

"이거?"

"이 차요."

내가 정정했다.

"명진 형한테 들었어?"

"네."

"하여간 배나불. 술만 먹으면 나불댄다니까."

지겹다는 듯 투덜대는 소리에 낄낄 웃음을 터트렸고 그는 인상을 쓰고 날 노려봤다.

"넌 뭐가 좋아 웃어? 술 받아 마시지 말라고 했더니 그걸 받아 마셔? 너 내일 어떻게 등교할래?"

"저 술 되게 잘 마셔요."

"웃기고 있네."

나는 또 웃음이 터졌다. 뭐가 이렇게 웃긴지, 그냥 모든 게 웃겼다. 그는 입을 벌린 채 어처구니없는 표정을 지었고, 나는 무릎을 치며 더 크게 넘어갈 듯이 웃어 댔다. 배가 너무 당겨 왔다.

"지금 주사 부리는 거야?"

"어떤 거요?"

귀가 쨍하고 멍해서 그가 하는 말이 제대로 들리질 않았다. 이상하네. 차 안은 쥐 죽은 듯 조용한데 왜 이렇게 정신이 없지? 그가 한숨을 내쉬었다.

"너 그거 다 마셔, 끝까지. 가서 사감한테 꼬장 부릴까 겁난다."

그가 차를 후진하고, 길목을 벗어날 때까지도 나는 정신없이 깔깔거렸다.

차는 횡단보도 앞에 멈춰 서서 주행 신호를 기다리고 있었다. 나는 가슴에 닿은 벨트를 손으로 매만졌다.

"되게 재미있는 것 같아요."

시트에 편하게 기대서 중얼거리자 그가 물었다.

"뭐가?"

"술 마시는 거요. 아니면 술자리인가?"

"대학 들어가면 지겹게 마실 거다."

파란 등이 켜졌고, 달리기 시작한 차 위로 네온사인이 번쩍번쩍 지나갔다.

"……"

대학 이야기에 갑자기 침울해진 나를 그가 곁눈질로 살폈다.

"이제 고3이란 자각이 좀 들어?"

"……"

"수시 준비 잘하고 있는 거야?"

대답이 없자 그가 다시 입을 열었다.

"넌 실력 있으니까, 잘될 거야."

"선생님 미국으로 언제 돌아가요?"

그는 조금 말문이 막힌 것처럼 보였다. 사이드미러와 백미러를 번갈아 보며 잠시 뜸을 들였다.

"내년 봄에."

"내년 봄 언제요?"

"글쎄. 아직 정확하게 정한 게 없어서. 4월이나 5월…… 더 빠를 수도 있고."

그 짧은 시간 동안 이별을 준비할 수는 없었다. 아니 영영 그렇겠지. 그를 미국에 가지 말라고 붙잡을 수도 없다. 내가 무슨 자격으로? 겨우 키스 한 번 한 거 가지고 그에게 내 인생을 책임지라고 할 수도 없는 것 아닌가. 그렇다고 미래를 약속하기에도 나는 너무 어렸다.

나는 우리에게 남은 것이 아주 한시적인 시간인 걸 전혀 알지 못한 채 마음을 고백했다. 하지만 그는 그 사실을 인지하고 받아 줬을 거라고 생각한다. 그 정도로 대책 없이 일을 저지르는 타입은 절대 아니니까.

답답하고 한없이 가슴이 쓰렸다. 집행 날짜를 선고받고 살아가는 사형수처럼 끝을 바라보며 그와 하루하루를 지내야 한다. 시간은 너무 없는데 모든 게 서툰 나는 절대 그가 한국을 떠날 때까지 그에게 어울리는 여자가 될 수는 없을 것 같았다.

"고리타분하게 들리겠지만, 네가 원하는 걸 선택해. 앞으로 뭘 할지, 어떤 게 하고 싶은지 잘 생각해 보라고. 아직 안 늦었으니까."

나는 대답하지 않았다. 과거의 내가 원하는 건 그냥…… 살아남는 거였다. 지금은 그와 함께 있는 것, 언젠가 평범한 여자가 되는 것, 그리고 그에게 사랑받는 것. 그게 내가 원하고 하고 싶은 것의 전부였다. 그림을 그리는 건 그저 마음의 위안을 줄 수 있는 행위 이상이 될 수 없었다. 최정우처럼 그 안에서 꿈과 희망을 볼 수 없었다. 그것에 대해 고민하는 일도 미뤄 두고 싶었다. 왜 하필 지금 내 인생을 정해야 하는 걸까. 나는 아직 내 인생에 있어 중요한 선택을 할 만한 마음의 준비가 전혀 되지 않았는데 말이다.

"여기 세워 주세요."

멀리 비탈길 위로 학교가 보였다.

"됐어. 여기다 내려 줬다 뒤로 구를라."

"저 그렇게 안 취했어요."

"취한 사람이 취했다는 거 봤어?"

그는 요란스러운 스포츠카를 끌고 학교 후문까지 갔다. 다행히 밤이 늦어서인지 아이들은 학교 밖으로 나와 있지 않았다.

9시 40분. 10시 점호 시간이 코앞이었다. 끼익. 차가 멈췄고 천천히 벨트를 풀었다.

"오늘 재미있었어요. 선생님 없었으면 그런 자리에 가 보지도 못했을 거예요."

"앞으로 질리게 가게 될 거야. 몇 달만 지나면."

그렇지 않을걸……. 왜냐하면 최정우가 없으면 편하게 앉아 있기 힘들 테니까. 남자들의 언성이 높아지고 고함이 오가고, 그러다 누가 옆에 앉으면 나는 또 뱀이 몸을 기어 다니는 기분이 들 테고 그럼 난 도망갈 테니까. 내가 그 자리를 견딜 수 있었던 건 오로지 이 사람이 내 옆에 있기 때문이었다. 이 사람이 없으면…… 난 어떻게 될까.

"다시 거기로 갈 거예요?"

"가 봐야지."

그가 한숨을 푹 쉬었다.

"그 짐짝들 들어서 택시라도 태워야 하루가 끝날 것 같거든."

한수진이 그에게 몸을 밀착시키고 아양을 떨던 게 자꾸만 맘에 걸렸다.

"박은금."

그가 진지하게 내 이름을 불렀다. 뭔가 중요하게 할 이야기가 있는 것처럼.

"네?"

"너, 너무 변하려고 하지 마."

"……."

"나는 너한테 솔직해지라고 했지, 변하라고 하진 않았어."

"……."

"그러니까 너무 애쓰면서 나한테 맞추지 말라고."

"……."

"네 생활도 소중하잖아."

"……."

그는 안쓰럽게 내 볼을 손등으로 한 번 쓸었고 그가 내뱉은 말은…… 나를 옆에서 멀찌감치 밀어내기에 충분했다.

"들어가 봐. 늦겠다."

나는 힘을 잃고 떠밀리듯 차 안에서 빠져나왔다.

"오늘 늦을 것 같으니까, 혹시 문자 보내도 답 못 할 수 있어. 기다리지 말고 자."

그가 창문을 열고 빙그레 웃어 보였다.

"화요일에 보자."

어둠 속에서 그의 차가 사라져 가는 걸 봤다. 내 생활이라고 할 만한 것이 내게 있나? 내겐 소중하다고 생각될 만한 사생활이 전혀 없었다. 내 인생이 얼마나 공허한지, 열어 보면 그 안이 얼마나 텅텅 비어 있는지 그는 알지 못했다.

내내 그에 대해 애를 쓴 건 사실이었다. 지난주 내내, 그리고 오늘을 포함해 늘 그에게 전전긍긍했다. 그와 만날 때마다 입던 새 옷처럼 어울리지 않아도 그에겐 초라하고 어두운 '박은금'이 아닌 다른 사람이 되고 싶었다. 쓰디쓴 알코올을 아무렇지 않은 척 들이켠 것도 조금 더 그에게 어울리는 사람이 되고 싶어서였다. 그를 불편하고 곤란하게 하고 싶지 않아서였다. 내가 '용기'라는 이름으로 한 행동들이 그의 눈에는 그리 좋게 비치지 않았다.

우린 항상 이런 식이었다. 나는 자신을 조절하지 못한 채 일을 벌이고, 그는 언제나 그걸 정확하게 꿰뚫었다. 그가 한 발자국 뒤로 물러섰다는 걸 나는 알고 있다. 나는 바보처럼 그에게 매달려 나를 정상적인 사람으로, 그에게 어울리는 사람으로, 변화시켜 주기를 바랐고 그는 그걸 원하지 않았다. 그라는 태풍에 내가 휩쓸려 가길 원하지 않았다. 하지만 그럼 난 어떻게 해야 할까? 내 인생엔 아무런 목표도 의미도 없는데. 그가 내 등대가 되길 원치 않으면, 그럼 난 어떤 빛을 따라가야 하지?

터덜터덜 기숙사로 돌아가니 지혜가 막 방 정리를 하다 날 반겼다.

"은금아! 어디 갔다가 이제 와?"

여기가 내 자리였다. 깨끗하게 정리된 기숙사. 다이아몬드처럼 빛나는 친구. 원래 내 자리. 책상이 있고 작은 옷장이 있고, 낡은 학용품, 살구색 이불로 통일된 2층 침대가 있는 곳. 이 좁은 공간이 나의 토끼 굴이었다. 그 안락한 공간에 어느새 가시덩굴이 자라나 있었다. 이곳이 더 이상 내 자리가 아닌 것 같았다. 그러길 바랐다. 내 자리는 그 사람 곁의 어딘가에 있기를 간절히 원했다.

힘없이 신발을 벗었다. 새 옷을 입은 걸 못 알아볼 리가 없는 지혜가 날 위아래로 한 번 훑었지만, 지금은 내 차림새가 전혀 중요하지 않은 듯 보였다.

"야, 대박 뉴스. 너 영화연극과 김샘 알지?"

옷장 문을 여는데 지혜가 호들갑스럽게 물어왔다.

"어. 알아."

"김샘이 영화과의 이나리한테 좋아한다고 고백했대!"

순간 옷걸이를 바닥에 떨어트릴 뻔했다.

"나리? 그……곱슬머리?"

나리라면 유독 심한 천연 곱슬머리에 주근깨가 특징적인 아이였다. 나는 그 아이가 매력 있다고 생각하지만, 또래의 눈으로 보면 촌스러운 편에 속했다.

"그래, 걔! 카톡으로 좋아한다고 했나 봐. 영화과 완전 뒤집어진 거 알지?"

"……."

영화연극과의 김정민 선생이라면 몇 달 전까지 학생들에게 시나리오 작법을 가르치던 연극원 사람이었다. 유학하느라 휴학과 복학을 반복해 대학교 졸업반이지만 나이는 이십대 후반이나 갓 서른쯤인 것으로 기억했다.

항상 하얀색 셔츠에 야리야리하고 지적인 분위기를 풍기던 사람이었기에 최정우와 정반대의 이유로 아이들에게 인기가 많았다. 지적이고 감성적이고 친절하고 정적인 사람. 어딘지 모르게 성스럽고 신비한 분위기를 풍겨서 굳이 따지자면 나도 최정우보단 김정민 선생이 더 좋았다. 어느 날 불현듯 학교를 나오지 않더니 이런 식으로 어처구니없이 소식을 듣게 된 것이다.

나는 지혜의 말에 맞장구를 칠 수가 없었다. 최정우와 그 김 선생이 나이가 다른 것 말고 다른 게 없었으니까.

"이상하게 학교에서 유독 둘이 붙어 있더라니……. 어쩐지 다 이유가 있었던 거라니까! 틈만 나면 이런저런 핑계 대고 옆에 끼고 있던 거겠지."

갑자기 배 속이 꼬였다. 떨리는 손을 들키지 않으려 침착하게 점퍼를 옷장 안에 걸었다.

"내가 보기엔 제정신은 아닌 것 같아. 진짜 웃기지 않아? 내가 또 무슨 이야기를 들었냐 하면……."

창자가 꾸룩꾸룩 꼬여 갔다. 느낌이 싸했다. 배를 움켜쥐고 자리에 주저앉자 지혜가 말을 멈췄다.

"은금아. 야, 너 괜찮아?"

정신이 아찔할 정도의 복통이 간격을 두고 신경을 자극했다. 나는 곧 다시 일어섰다.

"응, 괜찮아. 갑자기 배가 아프네. 저녁 먹은 게 체했나."

"소화제 좀 줄까?"

"괜찮아. 좀 더 지켜보다가."

내가 빙그레 웃어 보이자 지혜가 미간을 펴고 다시 눈을 반짝였다.

"내가 어디까지 이야기했더라? 아, 맞다. 근데 어제 정우 샘한테 전화 왔었다."

간격을 두고 창자를 뒤틀던 아픔이 한순간 몰아닥쳤다. 고통을 참으려 어금니를 물자 온몸에서 열이 나기 시작했다.

"어제 우리 아빠한테 인쇄 좀 부탁할 수 있냐고 묻기에, 내가 또 완전 격하게 환영했지. 근데……."

나는 배를 움켜쥐고 다시 꼬꾸라졌다.

"은금아! 야, 박은금!"

지혜의 목소리가 고통 중에 메아리쳤다.

내가 복통에 시달리는 건 흔한 일이었다. 그일 이후로 늘 그래 왔으니까. 하지만 언제나 심해지기 전에 제 발로 병원을 찾아갔다. 증상을 말하고 간단한 약만 처방받으면 쉽게 해결할 수 있는 일이었기 때문이다.

들것에 누워 병원에 실려 온 건 처음이었다. 의사가 윗옷을 들어 올리고 청진과 촉진을 하는데 거부할 여력이 남아 있지 않았다. 온몸은 식은땀으로 젖었고, 얼굴은 붉게 달아올랐으며 입술은 하얗게 바랬다. 나는 아픈 와중 단지 호흡하기 위해 안간힘을 썼다. 잠시 후 링거의 주삿바늘이 손목에 꽂히고 수액이 혈관을 타고 몸속에 퍼지자 그제야 조금씩 고통이 가라앉기 시작했다.

"배에 가스가 많이 찼어요. 혹시 변비 있어요?"

"네."

내가 조용히 대답했다.

"가스요? 가스? 가스 찼는데 얘가 그렇게 자지러져요?"

지혜가 믿을 수 없다는 듯 되물었다.

"그럴 수 있어요. 특히 수험생은 책상에만 앉아 있으니까 더 잘 걸려요. 변의가 느껴지면 참지 말고 화장실에 가야 해요. 알겠어요?”

“네.”

“링거 다 맞으면 원무과에 가서 수납하고 약 처방받아 가면 돼요. 변을 묽게 해 주는 약 들어 있으니까 당분간 변 보기 힘들 때 먹어요.”

“네.”

간호사는 수액이 잘 떨어지는지 체크를 하고선 침상에서 벗어났고 지혜는 황당함에 입을 벌렸다

“야, 뭐야. 앰뷸런스까지 오고 난리 났었는데 결국엔 똥 못 싸서 지금 여기 드러누워 있는 거냐?”

우린 같이 자지러졌다. 그러면서 우리는 이 일을 스트레스로 인한 심한 복통 정도로 마무리하기로 합의하며 수액이 다 떨어질 때까지 끊임없이 조잘댔다. 돌아가는 차 안에서 재현이에게 전화가 왔다. 괜찮냐고 묻는 목소리에 걱정이 잔뜩 묻어 있었다. 나는 터져 나오는 웃음을 숨기며 많이 괜찮아졌다고 일부러 연약한 척 목소리를 깔았고 지혜는 천연덕스러운 연기력에 감탄했다. 나는 최정우의 문을 열고 나와 다시 나의 세계에 돌아왔다.

* * *

다가오는 중간고사 때문에 안 그래도 수능으로 복잡한 아이들의 신경이 더 예민해져 갔다. 월요일은 아침부터 아이들이 시험 범위를 가지고 영어 선생님과 옥신각신 말다툼을 해 댔다. ‘범위가 너무 넓다’부터 시작해서 ‘거긴 안 나온다고 하지 않았느냐’까

지 마른 고성이 서로 오갔다.

수능에 중간고사에, 당장 실기 과제도 벅찬데 수능을 보고 나면 다시 대입 실기까지 준비해야 하는 게 예술계 학생들의 당연한 수순이었다. 자연히 정신적인 스트레스는 상상을 초월할 정도였다.

모두들 학교 안에서 대부분의 시간을 보내고 있지만, 이곳에서 자신의 인생을 찾고자 하는 사람은 아무도 없었다. 그 대신 대학이라는 문 앞에 서서 그 문이 화려하고 멋질수록 그곳에 빛나는 인생이 자신을 기다리고 있을 것이라 믿었다.

그 문을 열어도 자신의 인생은 존재하지 않을 거라 믿는 사람은 오로지 나뿐이었다. 내겐 아이들이 하는 고민과 방황이 모두 시시하게만 느껴졌다. 아무런 고통이 없으니 대수롭지 않은 일들로 고민하는 거라고 속으로 비아냥댔다. 하지만 그건 착각일지도 몰랐다. 막상 닥쳐 보니 시시하고 한심한 건 자신의 인생을 진지하고 명확하게 생각해 보지 않은 나 자신이었다. 하고 싶은 걸 찾으라던 그의 한마디가 계속해서 나를 괴롭혔다.

"넌 미술원 가서 뭐 할 거야?"

점심밥을 먹으며 넌지시 지혜에게 물었다.

"나?"

"응. 너 조형예술과 갔잖아."

지혜는 조각을 좋아했다. 미켈란젤로전을 관람한 것도 그녀를 따라간 것이었고, 그 이외의 미술관이나 박물관 관람도 마찬가지였다. 지혜는 그리는 것만큼이나 보는 것도 좋아했다. 그녀는 이번 학기가 끝나면 방학 동안 프랑스와 이탈리아를 여행하려는 계획도 세웠다. 세계적인 거장들의 그림과 레오나르도 다빈치, 미켈란젤로의 나라를 보고 싶다는 열망에 가득했다.

"그러니까 너는 꿈이 뭐야?"

"나? 루브르박물관에 전시하는 거."

지혜가 젓가락으로 나물 반찬을 콕 집어 입안에 넣고 오물거렸다.

"미켈란젤로의 피에타처럼 사람들에게 두고두고 영감을 주는 작품을 만드는 거지."

그렇게 말한 지혜는 눈에 순수한 호기심을 담았다.

"넌?"

"응?"

"넌 뭘 하고 싶은데?"

"나……."

"너 이번에 수시 원서, 어느 과에 지원했는지 지금 기억도 못 하지?"

"……."

정곡이었다.

"선생님이 쓰라는 대로 아무 생각 없이 그냥 썼지?"

그 말도 맞았다. 성실하게 원서를 작성하면서도 한 번도 선생님이 추천해 준 학교와 전공과목을 신중하게 살펴본 일이 없었다. 그저 빈칸을 채우는 것에 골몰했을 뿐이었다. 지혜가 다시 물었다.

"너 대학은 가고 싶은 거야?"

"아니."

나는 씁쓸하게 고개를 저었다. 가고 싶다는 마음도 의지도 없다. 그저 떠밀려 가고 있을 뿐이었다. 지혜나 재현이나 최정우나 모두 자신의 길을 정확하게 알고 있었다. 자기만의 빛깔이 있었고 자신의 인생이 있었고 의지가 있었다. 내가 앞으로 나아가려면, 내 인생에 의지를 가지려면, 내 빛깔을 갖고 싶다면 나는 벽을 부숴야만 했다. 너무 가까워져서 형체도 분간할 수 없을 정도로 커진 벽을 말이다.

"부모님과 이야기해 보는 건 어때?"

지혜가 어른스럽게 덧붙였다.

"정 가고 싶지 않다면 말이야."

"무조건 가라고 하시겠지. 그것도 무조건 인 서울로."

"유학을 가는 건?"

밥알을 세던 내 젓가락질이 멈췄다.

"내 생각에 넌 여기보다 네 가치를 좀 더 인정받는 데로 가야 해. 단순히 공부를 잘하고, 수능을 잘 보고, 서울에 무슨 대학교를 나왔느니 하는 그런 잣대 말고, 진짜 널 인정해 주는 곳."

"……."

"가서 어학연수 하면서 뭘 할지 천천히 생각해 보는 것도 괜찮고."

지혜는 내가 인정받지 못해 숨죽여 살아간다고 생각하는 것일까? 사랑스러운 친구는 언제나 나를 필요 이상으로 과대평가해 준다. 그녀는 내 가치를 인정받을 수 있는 좋은 방법의 하나로 '유학을' 이야기했지만 내겐 '도피'로 와닿았다. 도망치는 것이 가장 잘하는 일인 건 맞지만, 사는 곳과 완전히 다른 세계로 떠나갈 만큼 배짱 있는 타입은 못 되었다.

"정우 샘한테 한번 물어봐. 그냥 상담만 해 보는 것도 나쁘진 않잖아."

"비웃을 게 틀림없어."

지혜가 키득댔다.

"그거야 장난이고. 진지하게 물어보면 잘 대답해 주겠지. 정우 샘 네 그림 꽤 좋아하잖아."

그 사람은 내 인생에 관여하고 싶어 하지 않아. 나는 대답 대신 젓가락으로 지분대던 밥알을 입에 넣고 꼭꼭 씹기 시작했다.

그날 저녁 작업실에서 지혜의 컴퓨터에 저장해 뒀던 수시 원서를 다시 살폈다. 무슨 과에 지원했는지 기억해 내기 위해서였는데 막상 파일을 열어 보니 모두 생소한 이름이었다.

커뮤니케이션디자인, 미디어디자인, 애니메이션. 앞의 두 개는 무슨 과인지 알기가 어려웠고, 애니메이션은 알고는 있지만 너무 생소했다. 지역도 중구난방이었다. 서울, 충청도, 강원도……. 이걸 내가 지원했다고? 이걸 내가 선택했단 말이야?

디자인 같은 건 흥미가 없다. 수업으로 1학년 때 배운 기억은 나지만 썩 소질이 있는 편은 아니었다. 애니메이션은 정확하게 뭘 공부하는지도 모른다. 배우고 싶은 마음도 없었다. 그림을 그리고 싶은 것이지 이걸로 뭔가를 이뤄 내고 싶지도 않았다.

이렇게 아무 생각 없이 대학에 들어가 4년을 허비하게 되는 거야? 몇천만 원을 가져다 바치면서? 그곳에서는 뭘 할 수 있는데? 거길 졸업하면? 그 이후엔 뭘 하며 살 건데?

"이거 다 대학에서 신설된 학과네."

지혜가 나와 같이 모니터를 쳐다보다 말했다.

"담임이 올해 신설된 학과로 싹 다 몰았구먼. 어떻게든 한 명 더

붙게 하려고."

그러니까 나는 '사람'이 아니고 '숫자'에 불과하단 말이지? 성과를 한 단계 올려 줄.

"K대는 면접만 보는데 S대랑 Y대는 실기도 같이 봐. 너 애니메이션과 실기 어떻게 보는지 그거 알아?"

알 턱이 없지.

"재현이는 알지도 모르는데. 걔는 미디어 쪽 지망이잖아. 야, 김재현!"

지혜가 목청 높여 재현이를 불렀다.

"왜."

메아리처럼 재현이의 목소리가 돌아왔다.

"잠깐 이리로 좀 와 봐. 너 애니메이션과 실기 뭐 하는지 알아?"

재현이가 터덜터덜 실내화를 신고 자리로 걸어왔다. 내일 있을 실기 수업을 준비하고 있었는지 손이 새까맸다.

"애니메이션? 그거 상황 묘사인데."

재현이가 눈을 가늘게 뜨고 모니터에 뜬 대학교 이름과 지원과를 확인했다.

"아, 여기. 상황 묘사. '예를 들면 인질범이 인질극을 벌이고 있다!'라고 지문 나오면 거기에 맞춰서 기똥차게 그려 주는 거지."

기가 막혀 말도 안 나오네. 내가 그걸 어떻게 그려! 사람 그리는 걸 제일 어려워하는 내가.

디자인 쪽 실기는 익히 봐서 알고 있다. 거기에 소질이 없다는 것도 이미 분명하게 알고 있다. 면접만 보는 과는 뭐 하는 곳인지도 모른다. 나는 입시에 실패할 거야. 실패하면 부모님은 실망하겠지. 내가 두려운 건 실패의 다음이었다. 그래서 입시에 실패하면……? 그 이후엔…… 방법이 있어?

36색 크레파스 케이스에 그려 넣어진 뽀로로가 나를 비웃고 있었다. 너 수능이 두 달밖에 안 남았는데 아직 진로도 안 정했냐? 크레파스로 노란 해바라기 잎사귀를 칠하고 있자니 손가락이 아려 왔다. 어쩐지 이파리가 시들시들해 보였다. 드드득드드득. 천에 크레파스가 긁히는 소리만 규칙적으로 귀에 들렸다.

저기 나한테 한발 물러선 남자가 한가롭게 가을 햇볕이나 쬐며 창밖을 구경하고 있다. 등대가 뽑히는 바람에 나는 새까만 바다 위에 혼자 둥둥 떠 있는데 말이다. 사람들이 왜 그에게 몰려드는지 그 이유를 안다. 그는 반려견 훈련소의 소장이랑 똑같았다. 먹이를 줬다가 뺏었다가, 희망을 줬다가 다시 뺏었다가, 부드럽게 칭찬을 했다가 갑자기 정색하며 뒤로 빼는 식으로 사람을 구슬렸다. 나같이 멍청한 애는 거기에 휘말려 드는 거다. 키스를 해 봤자 동등한 관계가 되는 건 어림도 없었다. 이 사람이랑 자고 나면 동등해지나? 절대 아닐걸. 달라지는 게 아무것도 없을걸?

밤새 내가 원하는 진로에 대해 고민해 봤지만, 결론은 아무것도 원하는 게 없었다. 지혜도 원하는 게 있고 재현이도 원하는 게 있고 저기 저 훈련소장님께서도 명확하게 있는데 말이다.

앞으로 나가고자 하는 마음은, 좀 더 변하고 싶다는 마음은 우습게도 최정우에게 한정된 이야기였다. 그가 원하는 대로 변하고 싶고, 그와 좀 더 가까워지고 싶고, 그와 어울리는 사람이 되고 싶다는 마음만이 내가 가진 욕구의 전부였다. 만약 그게 그에게 부담이 된다면 나는 그걸 놔 버려야 했다. 어제 처음으로 병원 상담을 생각했다. 나는 멈춰 있고, 인생에 대한 아무런 욕구가 없는데 어떻게 하면 그걸 되찾을 수 있는지 방법을 알고 싶었다. 어쩌면 의사는 내게 그 해답을 제시해 줄지도 모른다.

쉬는 시간을 알리는 종이 쳤다.

"은금아, 너 화장실 안 갈래?"

지혜가 자리에서 일어서며 물었다.

"아니, 난 됐어."

"은금아!"

지혜가 교실 문을 나서는 모습을 멀뚱히 쳐다보는데 맞은편에서 재현이의 목소리가 들렸다. 쳐다보니 손에 뭔가를 들고 던지는 시늉을 했다.

"이거! 받아!"

뭔가를 던지려는 건가? 나는 두 손을 들고 받으려는 자세를 취했다. '획' 하고 포물선을 그리며 동그란 게 공중에 떴다. 그러곤 중간쯤에서 누군가 손을 번쩍 들어 그걸 채 갔다.

"아! 선생님!"

최정우가 태평스레 낚아채더니 보스락보스락 소리를 내며 껍질을 벗겼다. 고급스러운 은박지에 쌓인 부드러워 보이는 초콜릿.

"뺏어 가면 어떡해요!"

재현이가 붉으락푸르락해져서 언성을 높이자 최정우는 보란 듯이 입안으로 초콜릿을 밀어 넣었다.

"맛있네."

"그걸 먹으면 어떡해요!"

라임이 완벽하게 들어맞는 고함에 최정우는 초콜릿을 꽉꽉 씹어 대는 것으로 응수했다.

"시끄러워. 내 교실에서 이성 간의 '추파 던지기'는 금지야."

재현이가 입을 떡 벌리고 인상을 구겼다.

"그런 게 어디 있어요!"

"어디 있긴 여기 있지. 억울하면 네가 선생 하든가. 초콜릿 맛있네. 어디 거야?"

재현이의 화난 얼굴은 아랑곳도 하지 않았다. 최정우는 계속해서 어디서 샀냐, 얼마에 샀냐, 어디 가면 살 수 있냐 등을 질문하며 안 그래도 화난 재현이의 속을 긁어 댔다. 사디스트 끼가 다분하다.

* * *

저녁 급식을 먹고 작업실로 올라갈 때 즈음해서 최정우에게 문자가 왔다.

[발신: 최정우

보건실로.]

먼저 문자를 보낸 적이 없기에 마음이 급해졌고 지혜에게 도서관에 가서 책을 본다는 핑계를 대고 곧바로 보건실로 향했다. 언젠가 꼭, 지혜에게 모든 것을 털어놓자고 지킬 수 없는 다짐을 하면서 말이다.

퇴근 시간을 넘긴 보건실은 지루하던 클래식 음악도 없었고, 보건 선생도 없었다. 다만 식어 버린 커피포트 안에서 헤이즐넛 향

이 아주 미미하게 풍겨져 나오고 있을 뿐이었다. 그는 보건 선생
님 자리에 앉아 의자를 좌우로 흔들거리며 돌리고 있었다. 지루
해 보이는 게 한참을 기다린 것 같았다. 내가 문을 닫고 몇 발자
국 다가가자 불쑥 쇼핑백을 하나 건넸다.

"자. 네 옷."

아…….

최정우의 손가락에 걸린 쇼핑백을 조심스럽게 빼서 두 손으로
꼭 쥐었다.

"혹시 몰라서 세탁소에 맡겼어. 신발도."

"감사합니다."

나는 지나치게 예의 바르게 고개를 숙여 인사했다. 일요일 이
후 그에게 다시금 어색함을 느꼈다. 마치 그의 집에서 나란히 앉
아 영화를 보던 때가 거짓말인 것처럼. 정적이 흘렀고 나는 할 말
을 찾지 못해 입을 다물었다. 그는 나를 관찰하며 곧 한 손으로
턱을 괴고 다시 발을 굴러 의자를 흔들흔들 좌우로 움직이기 시
작했다.

"혹시 나한테 할 말 없어?"

무슨 말? 아무 생각이 없는 내 표정에 그는 다시 입을 열었다.

"예를 들면, 일요일 밤에 복통으로 앰뷸런스에 실려 갔다든
가……."

아. 나는 어금니를 물며 미간을 구겼다. 아씨, 누가 말했어.

"재현이가 말해 주더라. 오늘로 하루 종일 힘들어 보여 초콜릿
건넸다고."

"별일 아니었어요."

좌우로 흔들거리던 의지가 멈췄다.

"별일인지 아닌지는 내가 듣고 정해. 그런 일을 다른 사람 입을 통해서 들어야 해?"

"별거 아니라 말 안 했어요. 링거 맞고 바로 나왔고 아무 이상도 없다 그래서요."

게다가 창피하기도 하고. 어디 무슨 맹장이라도 터졌어야 울며 전화하지. 남자 친구한테 전화해서 '나 똥 못 싸서 병원에 실려 왔어!' 이렇게 말할 순 없는 거 아냐.

"그날 술자리 때문에 그런 거 아니야?"

"아니에요."

그는 믿지 않는 눈치였다. 약간의 긴 숨소리에 실망감이 묻어 있었다. 정말인데. 정말 사실인데⋯⋯. 다시 불편한 적막이 흐르자 죄인처럼 주눅이 들었다. 이러면 안 되는데. 그는 내가 이런 식으로 나올 때마다 답답해하는데⋯⋯.

"미국에 있는 대학은 들어가기 어렵나요?"

심각한 분위기를 전환하려 내뱉은 말은 기대 이상으로 멍청했다. 그의 한쪽 눈썹이 기묘하게 치켜 올라갔고 그의 기분을 더 저조하게 만든 건 아닌가 불안했다.

"그건 왜? 유학이라도 하게?"

"일단 어학연수도 할 수 있고 시간을 두고⋯⋯ 뭘⋯⋯ 뭘 하고 싶은지 새, 생각할 수 있게 되고 또⋯⋯."

지혜가 그때 뭐라고 했는지 떠올리며 우물쭈물했다. 일전에 교실에서 같은 뉘앙스의 질문을 던진 여학생을 그가 어떻게 대했는지 똑똑하게 기억하고 있었다. 최정우가 그 아이에게 지었던 도도하기 짝이 없는 눈초리로 날 비웃는 모습이 눈앞에 선명하게 그려졌다.

"괜찮을 것 같은데."

"네?"

"괜찮은 것 같다고."

의외의 대답에 몹시 놀라 눈을 깜빡이며 표정을 살폈을 땐, 그의 얼굴은 비웃음 대신 진지한 기대감에 차 있었다.

"네가 미국으로 오겠다고 하면 내가 도와줄 수 있어."

"선생님이요?"

의심스러운 내 되물음에 그는 성실하게 고개를 끄덕였다.

"안 될 게 뭐가 있어? 어디로 갈진 정했어? 뉴욕? 캘리포니아? 시카고?"

"아니요. 아직……."

"로드아일랜드에서 차로 한 시간 반 거리에 보스턴이 있어. 학교도 많고 교통도 편리해서 어학연수 하고 대학 준비하는 데 괜찮을 거야. 오겠다고 하면 필요한 서류나 살 집을 구하는 문제나, 그밖에 곤란한 일들도 해결해 줄 수도 있고. 아예 깡 시골도 괜찮다면 로드아일랜드로 와도 괜찮아."

무심코 던진 한마디에 그의 입에서 구체적인 계획이 줄줄이 나왔다. 처음엔 비웃지 않는다는 것에 당황했고, 그다음엔 장황한 이야기들에 당황했다.

"부모님과는 이야기가 확실하게 된 거야?"

"아니요. 그것도 아직……."

"그래?"

유난스럽게 반짝여 보이던 눈에 실망감이 감돌았다.

"하지만 곧, 구체적으로, 이…… 이야기 해 볼 거예요!"

나는 다급한 마음에 책임질 수 없는 이야기를 천연덕스럽게 내놓고 있었다.

또 무리하고 있지. 그가 나의 이런 면 때문에 뒤로 한발 뺐다는 걸 알고 있으면서도 또 똑같은 짓을 저지르다니. 한 번이라도 침착하게 '생각'이란 걸 좀 할 수 있으면 얼마나 좋을까. 그러려면 그에 대한 내 감정도 조금 가라앉아야만 한다. 그에겐 이제 그만 휘둘려야 했다. 그리고 내게는 불가능한 일이었다.

"그래. 부모님과 상의해 봐. 중요한 결정이니까."

또 애쓰지 말라고 차갑게 내뱉을 것을 걱정했는데 그는 오히려 웃고 있었다. 기분이 좋아 보이는 건 내 생각을 반기고 있다는 뜻일까? 그러니까 좀 더 자신에게 가까이 가는 걸 싫어하지 않는다는 뜻인 거야? 최정우의 입에서 구체적인 이야기를 듣고 나니 머릿속에 구체적인 그림들이 떠올랐다. 내가 그곳으로 가면, 우리가 그곳에서 만난다면 더 이상 '학생'이 아닌 '여자'일 수 있었다. 그도 더 이상 '선생'이란 호칭을 가진 어른이 아니라 '남자'이고 '연인'일 수 있었다.

마음속에서 이 황홀한 상상을 꼭 실현하고 싶은 욕망이 아지랑이처럼 피어올랐다. 그를 따라 미국에 가게 되면 내년 봄에 헤어지지 않아도 되고 그럼 나는 좀 더 오랫동안, 어쩌면 무한히 그를 내 곁에 둘 수 있다는 것이었다. 그것보다 중요한 게 어디 있어? 나쁘지 않아. 유학은 가면 되잖아? 어차피 대학교엔 가야 하니 엄마 아빠에겐 분명 등록금을 위해 모아 놓은 돈이 있을 것이다. 그

돈으로 유학을 가면 될 터였다. 그게 안 된다 하더라도…… 어떤 식으로라도 그와 함께 있고 싶었다. 그게 어디든. 내가 희망에 부푸는 동안 그는 의자에서 일어나 구부정하게 몸을 숙이고 시선을 맞췄다. 무슨 생각을 하는지 가늠하는 것처럼 한동안 호기심 어린 표정으로 쳐다보더니, 키득대며 입을 열었다.

"너한테 불량식품 냄새 나."

냄새? 유난히 민감한 단어에 인상을 찌푸렸고 곧 그의 킁킁거리는 코끝이 내 입 앞에서 멈췄다.

아, 이거. 에튀드 하우스에서 산 하나뿐인 립글로스 향이었다. 그의 후각엔 '불량식품' 향기로 느껴졌지만, 엄밀히 말하면 '자두 향'이었다. 수중에 가진 돈을 탈탈 털어 충동적으로 구매한 게 아깝기도 했고 무엇보다 잘 보이고 싶은 마음에 평소에 하지도 않는 짓을 하고 만 것이다. 나는 창피함에 얼른 손등으로 입술을 눌렀다.

"그거 맛도 불량식품 맛이야?"

"아."

최정우치고 제법 순진한 물음에 난 픽 웃으며 대답하기 위해 손등을 뗐다.

"이거 그냥 좀 달짝지근한 맛……."

그가 내 손을 아래로 내리더니 곧 그의 입술이 내 입술에 달라붙었다. 입술에서 그의 혀가 느껴졌다. 그는 정말 내 입술을 맛보고 있었다. 그가 '자두 맛'을 충분히 맛볼 동안 나는 순한 양처럼 눈을 감고 얌전히 서 있었다.

"불량식품 맛이네."

그가 쩝쩝쩝 입맛을 다시며 장난스럽게 중얼거렸다. 배꼽 아래가 간지럽고 볼에 열이 올랐다. 그는 씨익 웃더니 보푸라기처럼 넘실대는 내 잔머리를 깃털처럼 쓸어 내 귀에 다정하게 걸었다.

"다음부터 무슨 일 있으면 나한테 전화해. 특히 앰뷸런스에 실려 갈 정도의 일이면 꼭. 이건 의무 사항이야."

끄덕끄덕.

"재현이 놈한테 전해 들으니까 정말 기분 별로야."

표정을 잠깐 찜찜하게 굳힌 그가 짝 박수를 쳤다. 보건실에서의 조우가 명백하게 끝났다는 것을 알리는 소리.

"됐어. 전달 사항 끝."

나는 그가 보건실을 나서기 전에 재빨리 옷소매를 잡았다. 그러자 그는 이미 여러 번 그랬던 것처럼 낚싯줄에 걸린 고기를 들어 올리는 것처럼 자신의 손을 들어 올렸다. 얼굴엔 지극히 사적인 유쾌함이 떠올랐다.

"이거 습관이지?"

"좀…… 좀 더 같이 있으면 안 돼요?"

최대한 용기를 짜내어 말했다. 그가 'no'라고 외칠까 봐 여전히 두려웠다. 하지만 나는 항상 모든 것을 확대 해석해 왔던 건지도 모른다. 그의 모든 행동에 의미를 부여하느라 어쩌면 가장 중요한 것을 놓친 것일 수도 있다. 내가 원하는 만큼, 내가 그를 좋아하는 만큼 그가 날 채워 주지 않아서 그 갈증 때문에 나는 그를 더 지독하고, 더 냉담하고, 더 어려운 사람으로 상상한 것일지도 모른다. 생각을 걷어 내고 편견을 지워 버리면 눈앞에 있는 그는 언제든 다정하게 날 매만지고, 키스해 주고, 웃어 주는 사람이었다. 내가 기억해야 했던 건 애쓰지 말라는 말보다 그가 안쓰럽게 내 볼을 쓰다듬어 주던 감촉일지도 몰랐다.

그는 아무 말 없이 자신의 손목시계를 내려다봤다. 그러고는 나를 골리려는 듯 조금 뜸을 들였다. 잠시 후에 여태껏 한 번도 보지 못했던 눈부신 웃음이 그의 입가에 걸렸다.

"좋아."

Ⅷ. 두 걸음

"안 돼."

상다리가 휘어질 정도로 저녁밥이 차려져 있었다. 나는 중간고사가 끝난 후 두 달 만에 집을 찾았고, 엄마는 내가 온다는 사실이 기뻐 딸이 좋아하는 반찬을 잔뜩 요리해 놓은 상태였다.

"왜?"

"왜는 무슨 왜야! 지금 수시 원서 지방에 넣은 것도 맘에 걸려 죽겠고만 뭐. 미국? 꿈도 꾸지 마."

"지방에 아무 대학 들어가느니 나한텐 차라리 훨씬 좋은 거잖아.”

“차라리 지방을 가.”

나는 젓가락을 식탁에 탁 소리 나게 내려놨다. 아빠는 위태로운 모녀의 대화에 수저를 들지도 못했다.

“엄만 내 인생 망치고 싶어?”

엄마가 국을 삼키며 콧방귀를 뀌었다.

“네 인생을 내가 왜 망쳐? 네가 망쳤으면 망쳤지! 그러게 서울에 있는 대학에 수시든, 정시든, 척척 붙을 정도로 공부만 잘했어봐. 담임이 지방대에 수시 넣으라고 원서 추천해 줬겠어? 그 원서 내가 넣으라고 시켰어? 네가 넣은 거 아니야? 잘하면 네 탓이고 못하면 다 엄마 탓이야?”

나는 이를 부득부득 갈았다.

“고등학교 3년이면 됐지. 미국으로 어학연수에 대학까지, 대체 그게 몇 년이야? 하나밖에 없는 자식 연락도 제대로 안 되는 외지에 보내 놓고 나랑 네 아빠가 발 뻗고 잠이나 잘 것 같아?”

“나 이제 곧 스무 살이야. 이제 성인이잖아. 내 인생인데 내 맘대로도 못 해?”

“어. 못 해! 하고 싶거든 스무 살 되면 해. 너 지금 열아홉이야. 그러니까 잔말 말고 시키는 대로 해. 너 유학 못 가. 차라리 수시를 봐서 지방대를 가. 붙으면 그건 내가 보내 줄게.”

“남들은 자식 잘되라고 유학 보낸다는데, 엄만 하나밖에 없는 딸한테 그것도 못 해 줘?”

“아, 시끄러워! 수능 코앞에 두고 무슨 유학이야, 유학은! 허튼 소리 하고 있어. 어디서 헛바람이 들어와 가지고는. 정신 차려, 지지배야!"

"여보……."

눈치를 보던 아빠가 말을 걸자 엄마의 눈에 불퉁이 튀었다.

"입 다물고 있어요! 내 말 틀려요? 우리 형편에 어디서 돈이 나서 애를 유학 보내? 대학도 학자금 대출받아야 할 판에! 막말로 영어도 못하는 게 미국으로 당장 유학 가서 뭐 하려고! 어떻게 저하고 싶은 거 다 하고 살아? 엄마 아빠가 없는 형편에 뼈 빠지게 고생해서 여태 미술 학원이고, 지 필요하다는 단과 학원이고 다 보내 줬으면 고맙고 감사하게 생각해야지. 그림 전공하겠다고 물감이며, 화판이며, 캔버스며 죄다 제일 좋은 걸로 사면서! 그거 다 누구 돈으로 산 건데? 유학? 철이 없는 것도 정도가 있지."

아빠는 엄마를 향해 눈짓했다. 그만하라는 신호가 엄마의 성질을 더 돋웠다.

"어학연수? 그거 받고 대학까지 가려면 그게 몇 년인데? 당신 그동안 쟤 뒷바라지해 줄 수 있어?"

속상해 금방이라도 눈물이 터져 나올 것 같아 얼른 자리에서 일어섰다.

"그만 먹을래."

뒤도 돌아보지 않고 방으로 들어가 문을 '쾅' 닫자 아빠가 엄마에게 언성을 높이는 소리가 들렸다.

"애를 잡으려거든 밥이나 다 먹고 잡을 것이지! 애 밥도 못 먹게 뭐 하는 짓이야!"

"저게 속을 긁잖아!"

나는 낡고 좁은 내 방 이불에 엎드려 고개를 파묻었다. 겨우 내 몸 하나 눕힐 수 있는 정도의 공간이었다.

난 왜 이렇게 거지 같을까. 우리 집은 왜 이렇게 돈이 없을까. 그렇게 열심히 벌어 놓고, 그렇게 열심히 일해 놓고, 이 좁아터진 집 안에 혼자 남아 있는 게 당연할 만큼 매일매일 버려둔 채 일만 해 놓고, 왜 그렇게 모아 둔 돈은 없는 건데! 왜!

최정우에게 무어라 말해야 할지 막막했다. 좌절감이 날 집어삼켰고 이불을 뒤집어쓴 채 끙끙거리며 울음을 참았다. 눈과 목이 너무 따가웠다. 엄마가 밥상을 치우는지 덜그럭거리는 소리 뒤로 곧 싱크대에 물이 쏟아지는 소리가 들려왔다. 그 소리에 더 마음이 아파 결국 엉엉 울어 버리고 말았다. 실컷 울고 나자 피로감에 곧 잠이 들었고 눈을 뜬 시각은 이미 자정이 넘어 있었다. 잠과 침묵이 고요히 흐르는 어둠 속에서 나는 외투를 챙겨 입고 조심스레 밖으로 빠져나왔다.

내가 사는 동네는 5층 이상 되는 건물이 없었다. 학교에서 시내로 나가 다시 거기서 고속버스를 타고 두 시간. 인구가 많지 않아 어디든지 붐비는 곳이 없었고 교통 체증이란 것도 모르는 동네. 인근에 있는 유명 대학의 지방 캠퍼스 덕에 그나마 상인들이 먹고사는 동네. 아파트보단 다세대주택이 많고, 다세대주택보단 원룸이 더 많은 동네가 바로 내 고향이었다.

나는 붉은 벽돌로 쌓아 올린 낡은 빌라 계단에 쪼그리고 앉아 휴대폰의 통화 버튼을 몇 번이고 눌렀다가 취소하기를 반복했다. 최정우에게 말해야 했다. 학교에서 얼굴을 보고 말하면 울음이 터질 게 분명했다. 차라리 전화 통화를 하는 편이 훨씬 나았다. 그의 목소리를 들으면 분명 마음이 위안되겠지. 하지만 목소리를 들고 마찬가지로 울음이 터져 버리면 어쩌지.

지난 2주일간, 우리는 꽤 사이가 좋았다. 서로 주고받는 문자나 전화 횟수가 늘었다거나, 최정우가 좀 더 다정했다거나 하는 것은 아니었다. 오히려 중간고사 때문에 문자 횟수는 더욱 줄어들었고, 주말엔 시험공부에 다가오는 수시 실기 시험 준비로 만나지도 못했다. 예전 같으면 그가 중간고사와 자신의 일정을 핑계 삼아 만나기를 거부했다면 속이 썩을 때까지 혼자 끙끙거렸을 거다. 하지만 신기하게도 내 인생에 구체적인 계획이 생기고 그 안에 최정우가 존재한다는 것만으로, 그리고 우리 사이에 언제든 함께 공유할 수 있는 화젯거리가 있다는 것만으로 그와 나 사이를 바라보는 시각이 달라져 버렸다.

그가 하는 말에 크게 의미를 부여하고 한 마디 한 마디 되새기며 밤새 끙끙거리는 짓을 하지 않는 대신 그가 하는 우스갯소리, 짓궂은 장난, 진심을 담은 조언을 있는 그대로 받아들이기 시작했다. 그러고 나자 더 이상 그가 무섭거나 어렵지 않았다. 그가 하는 말에 들어 있는 애정을 어렴풋하게나마 확신할 수 있게 된 것이다.

엄마가 포기하라고 하는 건, 단순히 유학을 떠나고 떠나지 못하고의 문제가 아니었다. 그와 나 사이에 희망이 존재하는지 존재하지 않는 것인지의 문제였다. 나는 휴대폰의 메시지 창을 켰다.

[수신: 최정우
선생님. 엄마가 유학 못 보내 준대요……]

삭제.

[수신: 최정우

유학 못 가게 됐어요.]

삭제

[수신: 최정우

선생님…… 죄송해요.]

삭제.

눈앞이 뿌옇게 흐렸다. 콧물을 훌쩍 들이켜고 눈을 손등으로 훔치고 다시 휴대폰을 잡았다. 그에게 할 말을 찾아야만 했다. 최대한 덤덤하고 아무렇지 않게.

[수신: 최정우

선생님 아무래도 유학은 안 될 것 같아요.]

전송.

허무했다. 풍선처럼 커진 기대감이 단번에 터졌다. 희망했던 미래가 없어지자 다시 이 지겹고 외면하고 싶은 현실과 마주할 수밖에 없었다. 여전히 뭘 하고 싶은지, 어떻게 하고 싶은지도 모르는 현실. 남들에게 떠밀려서 어디로 가야 하는지도 모른 채 쫓겨야 하는 막막하고 답답한 현실에 다시 뛰어들어야만 했다.

지이이잉. 지이이이잉.

액정에 최정우의 이름이 떴다. 나는 헛기침을 하면서 잠긴 목을 가다듬었다. 나약한 모습은 보이지 말자고 한참을 결심하고 난 뒤에, 비장하게 통화 버튼을 눌렀다.

"여보세요?"

– 문자 봤어. 너 괜찮아?

근심 섞인 소리에 아까의 다짐은 어디 가고 또 금세 울음이 터질 것 같아 한참이고 대답을 망설였다.

― 부모님이 어렵다고 하셔?

"생각보다 들어가는 비용도 많고 또…… 제가 외동딸이라……."

목소리가 떨려 꿀꺽 침을 삼켰다.

"외동딸이라 멀리 보내고 싶지가 않으신가 봐요."

자꾸만 울고 싶어서 가슴이 들썩거렸다. 혹시나 흐느끼게 될까 봐 나는 숨을 죽였다.

― 괜찮아. 유학은 언제고 갈 수 있는 거니까.

그가 침착하다 못해 태평해 보이기까지 하는 목소리로 나를 위로하자 참았던 설움이 터져 나왔다.

"난 지금 가고 싶단 말이에요!"

― 부모님이 안 된다고 하시면 방법이 없는 거야.

"선생님이랑 같이 가는 게 아니면 의미가 없어요! 그건 싫어요!"

― 그게 뭐가 중요해. 너 날 위해 유학 결정했어? 아니잖아. 널 위해 한 거잖아.

그곳에 가면 내 인생이 달라질 거란 희망이 있었다. 그곳에 가면 내 모든 과거를 이곳에 벗어 두고 행복하게 새로운 삶을 살 수 있을 것 같았다. 하지만 어디까지나 그와 함께 있을 수 있다는 전제하였다. 그가 없으면 거긴 기회의 땅이 아닌 두려움과 공포의 땅일 뿐이다.

"선생님은 아무 상관이 없어요? 내가 못 가게 돼도?"

― 상관이 있다고 하면 뭐가 달라져?

"달라져요!"

― 뭐가 달라져? 내가 상관 있다고 하면 도망이라도 나오게?

"그럼 안 돼요?"

수화기 너머로 흘러나오는 길고 답답한 한숨이 귓가를 때렸다.

— 박은금, 정신 차려. 나 너한테 미국으로 '사랑의 도피' 하자고 한 거 아니야. 유학을 가겠단 말을 한 건 너였고 난 기꺼이 도와주 겠다고 한 거야. 넌 지금 앞뒤를 잘못 알고 있어.

그의 정확함은 항상 날 주눅 들고 화나게 했지만, 이번만큼은 달 랐다. 이토록 폭발적으로 분통이 터지긴 처음이었다.

"그것 참 고맙네요! 콕 짚어 이야기해 줘서!"

— 비아냥대지 마.

내 목소리가 한 톤 높아지자 그의 목소리가 한 톤 낮아졌다.

"내가 선생님을 못 따라가면, 우린 그럼 어떻게 되는데요? 언제 다시 만날 수 있는데요?"

— …….

수화기 너머로 아무 말도 들려오질 않는다.

"왜 아무 말도 안 해요?"

— 내가 미국에 가도 변하는 건 없어. 서로 좋으면 계속 사이를 유지하는 거고, 서로 더 이상 좋아하지 않으면 헤어지는 거야. 단 순해.

단순하다니. 어떻게 이게 단순할 수 있어? 직진하고 싶어도 수 많은 장애물이 있으면 돌고, 돌고, 돌다가 결국엔 포기하고 싶어 지는 게 사람 마음인데 어떻게 이렇게 간단하게 이야기할 수 있 냐고.

"선생님은 내가 어떻게 되든 아무 관심이 없는 거죠? 미국을 가 건 못 가건 어차피 선생님 인생 아니니까 상관없는 거잖아요!"

— 경고하는데 나중에 후회하게 될 말은 안 하는 게 좋을 거야.

그의 낮은 목소리가 한 단어씩 꼭꼭 씹었다.

"그러니까 상관없다는 거잖아요!"

— 제발 진정 좀 해!

그가 언성을 높였고 나는 핀트가 나갔다.

"알겠어요! 내 인생은 내 맘대로 살 테니까 선생님은 앞으로 선생님 인생이나 잘 살아요! 꼭 잘 먹고 잘사세요!"

나는 그가 뭐라고 입을 떼기도 전에 뚝 전화를 끊었다. 다 내 착각이야. 이 이기적이고 한심한 남자! 잠시 후 '지이이잉 지이이잉' 그에게서 다시 전화가 왔다. 씩씩거리며 통화 버튼을 누르자마자 그가 믿을 수 없다는 듯이 헛웃음을 들이켰다.

— 너 지금 제정신 아니지?

뚝. 나는 전화를 다시 끊었다.

지이이이잉 지이이잉.

곧바로 다시 전화가 왔다.

— 한 번만 더 전화 끊어 봐. 진짜 가만 안 둘……

뚝. 더 들을 가치가 없어 망설임 없이 종료 버튼을 눌렀다. 곧바로 울려 대던 전화가 이번엔 잠잠했다. 어떻게 나한테 이렇게 행동할 수 있어? 날 좋아하는 거 맞아? 같이 울어 주지는 못할망정 뭐라고? 어쩔 수 없는 일이라고? 착각하지 말라고? 그는 공감 능력이 완전 결여된 인간임이 분명했다.

하고 싶은 대로 하고 나니 아주 속이 후련했다. 내일 아침에 도대체 무슨 일을 벌인 건가 절망적으로 자책하게 되다 해도 지금으로선 별 관심이 없었다. 솔직해지라며? 그 말대로 하는 것뿐이야.

나는 집으로 들어가 '쿵' 하고 현관문을 닫았다. 혹시나 휴대폰이 울릴까 봐 아니면 울리지 않을까 봐 신경 쓰게 될 것이 싫어 휴대폰을 방 안 구석에 아무렇게 던져 버렸다. 알게 뭐야. 어차피 각자 인생이라 이거야. 누가 매달릴 줄 알고. 내가 그렇게 자존심도 없는 줄 알아? 두 다리를 뻗고 잠을 청하자 걱정과는 다르게 얼마 지나지 않아 나는 잠이 푹 들었다.

꿈에 나는 보스턴의 어딘가를 걷고 있었다. 보스턴에 가 본 적은 없지만, 거긴 보스턴이었다. 윤기 나고 탐스러운 머리카락을 길게 늘어뜨리고 새빨간 립스틱을 칠한 나는 아찔한 하이힐 위에서 우아하게 움직였다. 멀리서 최정우가 가방을 메고 담배를 문 채 걸어오고 있었다. 활짝 웃으며 손을 흔드는 내 얼굴은 자신감에 차 있었다.

'정우 씨!'

꿈에서 그를 그렇게 불렀다. 그는 다가와 인상을 잔뜩 구겼다.

'너…… 여기서 뭐 하는 거야?'

눈이 떠졌다. 방 안은 햇살로 눈부시게 밝았고 나는 무거운 이불 밑에 뻗어 있었다. 제법 근사하게 차려입은 내 모습만큼이나 날 보며 인상을 쓰던 최정우의 표정이 강렬하게 가슴에 콕 박혔다. 악몽과 개꿈이 적절히 믹스된 하찮은 망상이 아침부터 사람을 심란하게 만들었다. 방문을 열고 나가니, 엄마가 막 감은 머리에서 물기를 털어 내고 있었다.

"잘 잤어?"

전날 한바탕한 일은 마치 없던 일이었던 듯 엄마가 아무렇지 않게 물었다. 우리 모녀에겐 늘 있는 일이었다.

"어."

물을 마시기 위해 냉장고를 열자 전날 먹다 남은 수많은 반찬이 랩으로 밀봉된 채 고스란히 들어 있는 것이 눈에 들어왔다. 냉장고 문을 발로 밀어 닫고 뾰로통한 얼굴로 찬장에서 컵을 꺼내는데 자꾸만 그 잔상이 눈에 밟혔다.

"배고파. 밥 줘."

"그래? 잠깐만 기다려! 엄마가 금방 밥 차려 줄게."

　부러 퉁명스럽게 내뱉은 말에 엄마가 기다렸다는 듯 자리에서 벌떡 일어나 달려오더니 분주하게 냉장고에서 반찬을 꺼냈다. 프라이팬을 가스레인지 위에 올려 둔 채 불을 켜고, 불고기를 밀봉해 놓은 랩을 벗기고, 예쁜 반찬 그릇에 나물을 담으며 얼굴에 환하게 생기가 피었다.

　진짜 바보 같아……. 사랑하는 만큼 미워하는 사람, 미워하는 만큼 불쌍한 사람. 엄마는 그런 존재였다. 식탁에 앉자 엄마는 김이 모락모락 나는 불고기와 밥, 국을 차례대로 내 앞에 밀었다.

"목사님이 오늘 너 보면 좋아하시겠다."

"나 교회 안 가."

　무뚝뚝한 말에 환하게 웃던 엄마의 표정이 지워졌다.

"왜."

"나 따로 다니는 교회 있어. 밥 먹고 바로 갈 거야."

"하루 빠지면 되잖아."

"안 돼. 나 청년부 반주자라."

　이렇게라도 거짓말을 하지 않으면 기어코 날 교회에 끌고 갈 게 뻔했다.

"오늘만 다른 사람한테 부탁하고 오지!"

"안 돼. 피아노 칠 수 있는 사람 나밖에 없어."

"그래서 바로 갈 거라고?"

"응."

엄마는 시계를 살폈다. 시침이 막 8시를 가리키고 있었다.

"하여간 맨날 번갯불에 콩 구워 먹듯 자고 가지. 네가 웬일인가 했다."

그나마 괜찮던 분위기는 어디 가고 아침부터 또 엄마는 내 속을 긁어 댔다. 살을 빼고 싶으면 엄마랑 두 시간만 있으면 된다. 입맛이 없어져서 수저를 놓게 만드는 데 천부적이니까.

"그래도 네가 엄마, 아빠한테는 하나뿐인 딸인데 3년 넘도록 교회에 얼굴 한 번 안 비추는 게 말이 돼?"

"16년간 열심히 다녔으면 됐지, 뭘 더 바래?"

"그래도 그게 아니지. 엄마는 너 나중에 결혼할 때, 우리 목사님이 주례 봐주시는 게 꿈인데."

"그걸 어떻게 장담해? 내가 기독교 집안으로 시집갈지 불교 집안으로 시집갈지."

엄마가 나물 반찬을 집는 내 손을 짝 때렸다.

"못 하는 소리가 없어. 네가 불교 집안에 시집을 왜 가? 엄마 지옥 보내려고 작정했니?"

"아, 쫌! 엄마 딸 하나도 안 잘났어! 엄마 말대로 멍청해서 서울에 있는 대학도 못 들어가! 내가 누구 집안이나 종교 따질 형편이야? 사랑엔 국경도 없다는데 무슨 종교야 종교는!"

"네가 뭐 어디가 어때서! 요즘 애들하고 다니는 꼬락서니 좀 봐. 염색에, 화장에, 교복은 또 어떻고. 아이고…… 겉멋만 잔뜩 들어

가지고는. 네 또래에는 그게 예뻐 보이지? 근데 아니야. 나이 좀 더 먹어 봐. 순수하고 참하고 깨끗해 보이는 여자가 시집 잘 가는 거야. 엄마 아빠가 너를 얼마나 애지중지 키웠는데……. 아무 데나 시집보낼 것 같아?”

나는 결국 수저를 놨다. 엄마 딸, 엄마가 아는 것만큼 깨끗하고 순수한 사람 아니야. 그 말이 목구멍까지 치고 올라왔다.

“왜? 더 먹지.”

“안 먹어.”

결국 난 밥 한 공기를 다 못 비웠고 엄마와 다시 서먹해졌다. 서로 애틋한 마음이 없는 것도 아니면서 왜 매번 얼굴을 보면 안 좋게 끝나는지 모르겠다.

터미널로 향하는 버스 창가에 한때는 내 인생의 전부였던 교회가 스쳤다. 줄지어 걷는 사람들 속에 그토록 좋아하던 교회 오빠도, 날 망가뜨려 놓은 그 괴물도 섞여 있을 것 같았다. 이곳에 오면 눈길을 돌리는 모든 곳에 과거의 망령이 있었다. 엄마는 그 사실을 모른 채 서운하다고만 하고, 나는 그런 엄마를 책망하는 것을 반복하며 우린 서로에게 상처만 줬다. 돌이켜 보면 교회는 내게 단 한 순간도 좋은 영향을 끼친 적이 없었다. 오래된 교회의 지독한 보수성이 더 그랬다. 나는 오랫동안 아무리 착한 사람이라도 하나님을 믿지 않으면 지옥에 간다고 교육받았고, 간음과 동성애는 죄악이라고 배웠으며 술과 담배는 절대 해선 안 되고, 무엇보다 청소년에게 혼전 순결을 강조했다. 그것도 여자아이에게만.

덕분에 열두 살 때 교회 캠프에서 뭣도 모르고 혼전 순결 서약이란 것을 해 버렸다. 만약 내게 딸이 있다면 그런 구시대적인 프로그램이 들어 있는 캠프 따윈 보내지 않았을 것이다. 아니, 이런 구시대적인 교회는 애초부터 다니지 않았을 거다. 만약 엄마 아빠가 좀 더 개방적이고 트인 사람이었다면 나는 그토록 심각하게 무너지고 이토록 처절하게 망가지진 않았을 거다.

교회의 꼭대기에 커다란 현수막이 걸려 있었다.

'우리 아이들을 지옥의 구렁텅이에 빠트리는 동성애 차별 금지법을 반대한다!'

엄마는 아무것도 모른 채 목사의 설교에 '아멘' '아멘' 외치며 절박하게 기도하겠지. 순수하고 아름다운 아이들의 영혼을 지켜 달라고. 그게 얼마나 모순적인지는 알지 못한 채 말이다.

* * *

일요일은 하루 종일 작업실에 처박혀서 그림을 그렸다. 스트레스를 받을 때는 더 절박하게 그림에 매달리게 된다. 나는 팔이 저릴 정도로 해바라기를 칠했다. 노란색 크레파스가 다 떨어져 문방구에서 12색 크레파스를 두 개나 더 샀다. 아마 내 모습을 애니메이션으로 그린다면 등 뒤로 불꽃이 이글거렸을 거다. 휴대폰은 미동도 없었다. 이상하게 스팸 문자조차도 없었다. 휴대폰에도 생명이 있다면 그건 완전히 죽어 버린 상태였다. 홧김에 내뱉은 말들이 기억 속에 새록새록 떠올랐다.

내가…… 그 사람한테 잘 먹고 잘살라고 소리를 질렀던가? 설마…… 그걸 진심으로 받아들인 건 아니겠지? 미쳤지, 미쳤어. 후회할 말은 하지 않는 게 좋겠다던 그의 말이 꼭 맞았다. 하나부터 열까지 후회되지 않는 말이 없었다. 왜 최정우 앞에선 가끔 핀트가 나가 버리는 건지 참 알다가도 모를 일이다.

고흐의 '해바라기'가 침착한 배경 위로 격정적인 잎사귀를 흔들었다면, 나의 해바라기는 붉은 노을이 넘실대는 배경 아래 해바라기의 잎사귀가 불타오르듯이 일렁거렸다. 이 작품을 누군가 사전 설명 없이 본다면 미친 여자가 광기에 차 갈겨 놓았다고 생각하겠지.

작품을 마무리한 후 판넬에 뭉쳐 있는 크레파스 잔여물을 가볍게 털어 낸 한 손에 파스텔 픽서를, 한 손에는 판넬을 들고 옆구리에 신문지를 구겨 넣은 채 작업실 맨 끝의 발코니로 향했다. 벽 근처에 신문지를 넓게 펴고 판넬을 세운 뒤 픽서를 흔들어 '피이이익' 하고 분사했다.

"은금아."

손을 갈 지 자로 저으며 픽서를 뿌리다 고개를 드니 재현이가 시야에 들어왔다. 마침 작업실에 도착했는지 사복 차림이었다.

"어, 안녕."

배시시 웃으며 다가오는 재현이의 손에 빳빳하게 코팅된 종이 몇 장이 들려 있었다.

"바빠?"

"아니. 안 바빠."

나는 서둘러 픽서를 분사한 후 뚜껑을 덮었다.

"와!"

재현이가 내 뒤에 서서 기분 좋은 감탄사를 내질렀다.

"근사한데?"

그는 눈을 가늘게 뜨고 좀 더 자세히 그림을 관찰했다.

"엄청 무겁고 강렬해 보여. 크레파스를 쓴 탓인가? 대단하다, 너."

그는 한참 동안 감탄하더니 뭔가를 내밀었다.

"자."

"뭐야 이게?"

"너 화요일에 애니메이션과 수시 보러 가잖아. 내가 학원에서 합격자들 그림 모아 둔 거 몇 개 가져왔어."

붐비는 지하철 안을 묘사한 그림, 영화 촬영장, 축구공을 골대에 넣기 직전의 축구 선수들. 다이내믹한 그림이 수채화로 채색되어 있었다.

"막 가져와도 돼?"

"어차피 하도 많아서 몇 장 빼 와도 몰라. 잘 보지도 않고."

항상 받기만 해서 이젠 고맙다는 말도 미안할 지경이었다. 그의 사심 없는 미소를 보고 있자니 경건해지기까지 한다.

"넌 회화과가 어울릴지도 모르겠다."

재현이는 내 그림을 보며 입술을 손끝으로 톡톡톡 두드렸다.

"취업이 안 된다고 선생님들이 기피하지만, 순수하게 작품 활동만 하고 싶으면 오히려 그쪽이 더 좋지 않을까?"

"난 그냥 그림으로 경쟁하고 점수 매기는 거 싫어."

"그래? 근데 우린 맨날 그러고 있잖아. A, B, C로 나눠서."

"누가 잘하고 못하고가 어디 있어. 그냥 너나 나나 다른 것뿐이잖아. 다른 걸, 어떻게 위아래로 나눠?"

그는 나를 신기하게 쳐다봤다. 풀잎 같은 눈동자가 반짝반짝 빛났다.

"너 정우 샘이랑 생각하는 게 되게 비슷하구나?"

"뭐?"

"그런 말 했거든. 왜 개성이 다른 아이들에게 똑같은 그림을 그리게 하냐고. 그래서 난 정우 샘 되게 이상주의자라고 생각했어."

평소 같았다면 그와 비슷하단 이야기에 기뻤을 게 틀림없었겠지만, 지금은 아니었다. 그와 내가 비슷하다니 말도 안 돼. 우린 완전 다른 사고방식을 가진 사람이라고. 그게 아니라면 서로 이해하지 못해 소리를 지르고 일방적으로 한쪽이 전화를 끊는 것으로 대화가 끝나진 않았을 거다.

"나쁘다는 거 아니야. 오히려 부러워."

"이상주의자인 게?"

"아니, 순수해서. 현실과 타협하지 않는 것 같아서."

"그냥 생각이 없는 거야. 멍청하게……."

"그럴 리가."

기분 좋은 목소리가 조용히 귀를 간질였다. 그가 발코니에 기대서 우리가 속해 있지 않은 곳을 향해 시선을 돌렸다. 멀리 보이는 건물의 지붕들. 나무, 구름 하나 없이 새파란 하늘.

"어릴 땐 뭐든 하고 싶은 대로 다 할 수 있을 거라 생각했는데, 지금은 자꾸만 자신을 설득하게 돼. 현실로 닥치니까 꿈은 그냥 꿈일 뿐인 거 같거든. 이렇게 어른이 되면 나도 다른 어른들처럼 재미없는 인생을 살고 있을 것 같아."

바람에 판넬 아래 깔린 신문지가 부스럭거렸다. 재현이가 내 쪽을 보며 씩 웃었다.

"넌 멍청하지 않아. 멍청하다면 너 같은 생각 못 해. 나는 정우 샘이 왜 네 그림 좋아하는지 알아."

"서로 비슷해서?"

"아니. 네 그림은 재미있어. 신기하게 쳐다보고 있으면 재미있어 보여. 숨은그림찾기 보는 것 같은 그런 느낌?"

숨은그림찾기. 그 말에 담긴 의미가 너무 많았다.

"바라보는 시선이 다른 거 같아. 난 나무는 그냥 나무고, 꽃은 그냥 꽃이고, 구름은 그냥 구름인데 넌 나무도, 꽃도, 구름도 꼭 처음 보는 사람처럼 그려 놔. 평범한 게 소중해 보인달까."

"……"

"넌 모르겠지만, 네 그림 질투하는 애들 엄청 많아. 정우 샘이 네 그림 좋아해서 더 그렇고."

재현이가 말하는 나는, 내가 알고 있는 나와 너무도 달랐다. 지혜도 최정우도 그들은 입을 모아 같은 이야기를 했다. 재능 있다, 가치 있다, 순수하다. 그들이 내게 속는 걸까, 아니면 나 자신에게 내가 속고 있는 걸까.

"재현아, 나는…… 꿈이 없어."

마음에만 담고 있는 말이었다. 나는 사제에게 고해성사 하는 기분으로 입을 열었다.

"응?"

"난 하고 싶은 게 없어. 꿈이 없으니까 현실과 타협하고 싶어도 타협할 수 있는 걸 갖고 있지 않아."

"아닌 거 같은데?"

"뭐?"

"넌 꿈이 없는 게 아닐걸?"

"아니, 정말 없어."

그가 '하하하하!' 하고 웃었다. 그 웃음소리가 노랫소리처럼 귓가에 꽂혔다.

"너 그림 그리는 거 좋아하잖아."

"그거야 그렇지."

"그리면 즐겁고."

"그것도 맞는데⋯⋯."

"그게 꿈이었던 거 아냐?"

"뭐?"

"그냥 그리는 거."

머릿속이 갑자기 암전된 듯 눈앞이 깜깜해졌다. 뒤편의 배경에 눈이 오고 바람이 불고 태풍이 치고 햇살이 비추기를 반복하며 온몸이 좌우로 정신없이 휘청대는 것 같았다.

"그럼 넌 꿈을 이룬 거잖아."

"아니야. 일종의⋯⋯ 그냥 탈출구야. 현실에서 벗어날 수 있는, 그 정도일 뿐이야."

재현이의 고개가 한쪽으로 갸우뚱했다. 그의 얼굴엔 여전히 알 수 없는 미소만 가득했다.

"그러니까 그게 그거잖아. 우린 모두 그림이 수단인데 넌 목적인 거잖아. 뭐가 달라?"

나는 할 말을 잃었다.

"난 비디오 아트를 하고 싶어. 비디오 아트를 하려면 미술을 배워야 하고, 또 미술을 배워서 대학을 진학해야만 디지털 미디어에 관한 수업을 들을 수 있고, 그 수업을 들어야지만 관련된 회사에 취업할 수 있어. 그걸로 아티스트가 될 수 있으면 좋겠지만 엄청나게 현실성 없는 이야기잖아. 그럼 어때. 어떻게라도 좋아하는 걸 하면 되지.”

그는 어깨를 으쓱하고 쩝 하고 입맛을 다셨다.

“그러다가 돈이 더 중요해지면 꿈이고 나발이고 그것만 좇게 되는 거고, 그거만 좇게 되면 인생의 즐거움이고 나발이고 돈의 노예로 살면서 재미없게 늙는 거지. 꼰대 아저씨로. 뭐 별거 있어?”

자기의 미래에 대해 너무 단순하고 신랄하게 이야기하니 내 쪽에서 헛웃음이 터졌다.

“내가 너무 단순해?”

내 웃음의 의미를 알아차린 물음에 난 고개를 끄덕였다.

“나도 처음엔 되게 복잡했어. 근데 정우 샘이 그러더라고. 모든 걸 너무 어렵고 높게 생각하지 말라고. 꿈을 좇는다는 건 결국엔 그걸 하고 싶고, 그래서 즐거운 일을 계속하길 원하는 것뿐이라고.”

내 주변의 모든 건 그에게로 귀결되는구나. 그는 내게도 비슷한 말을 했다. 원하고, 하고 싶은 것을 찾으라고. 나는 그때마다 대꾸하지 않았다. 그 이야기를 파고들어 봤자 교실에서 으레 아이들에게 하듯이 장난스럽게 받아들이며 비아냥댈까 봐 겁이 났다. 그 까칠한 남자에게 용기를 낸 재현이도 대단하지만, 비아냥대지 않고 진지하게 상대해 줬다는 것도 정말 의외였다.

“정우 샘이 정말 그렇게 말했어? 그렇게 진지하게?”

그러자 재현이의 눈썹이 한 일 자로 붙었다.

"아니. 정확히 '넌 등신이라 어렵고 복잡하게 생각하는 건 무리니 단순하게 생각해라. 하고 싶은 거 하고 그래서 재미있으면 그게 꿈을 좇는 거니까. 비디오 아트건 나발이건 헛소리 그만하고 그림이나 그리는 게 좋을 거다' 이렇게 말했지."

하하하. 너무 최정우다워서 웃을 수밖에 없었다.

"가끔 진짜 기분 나쁜데 또 생각하면 틀린 말도 아니라 화를 내는 내가 오히려 구시렁대는 것 같다니까."

"그 기분 나도 알아."

상대를 가리지 않고 정확하게 행동하는 사람이었다. 그런 면 때문에, 늘 못난 사람이 되는 건 내 쪽이었는데 똑같은 처지인 사람과 공감대를 형성하고 있으니 신기하고 재미있는 기분이었다. 그러면서 한편으로는 후회가 되었다. 그가 그렇게 말할 때는 늘 애정이 담겨 있다는 걸 알면서도, 소리를 지르고 억지를 쓰고 말도 안 되는 헛소리를 늘어놓은 것이 말이다. 그에게 나와 같은 크기의 애정을 바라지 말자고 결심해 놓고 똑같은 일을 반복적으로 저지르다니. 최정우에 관해 이야기하고 나니 그가 보고 싶었다.

잘 먹고 잘사세요!

그가 없으면 잘 먹고 잘사는 게 불가능한 사람은 내 쪽이었고, 내가 없다고 세상이 무너지지 않는 사람은 그쪽이었다. 그에겐 자신의 일상이 있었고 언제나 그걸 중요하게 여겼다. 지금도 분명 전전긍긍하는 쪽은 나일 테고 그는 나와 연락을 하고 있지 않다는 사실조차 잊어버리고 누군가와 무언가를 하며 잘 지내고 있겠지. 어떻게 해도 항상 지는 쪽은 나였다. 화를 내건, 떼를 부리건 후회하는 쪽도 나였다. 매력 없어. 진짜 매력 없다 박은금.

재현이와 이야기를 나누고 밤늦게 기숙사로 돌아온 후, 잠자리에 누워서 자신에게 당위성을 부여해 보려고 열심히 노력했지만, 결국엔 실패했다. 내가 먼저 연락을 하는 수밖에 없어. 사과하지 않으면 손해 보는 건 나야. 몇 번이고 망설이다가 휴대폰 메시지 창을 켰다.

[수신 : 최정우

선생님. 주무세요?]

한참을 기다려도 답장이 없었다. 무성의할지라도 늘 재깍재깍 답장을 하던 사람이라 일부러 답장조차 보내지 않는다는 걸 깨닫는 데는 그리 오랜 시간이 걸리지 않았다. 새벽이 되었을 때는 다시 화가 났다. 맘대로 하라지! 나는 이불을 뒤집어쓰고 속을 부글부글 끓이며 오지도 않는 잠을 청했다.

* * *

실기 시험은 최악이었다. 상황 묘사일 거라 짐작하고 갔는데, 상황 묘사가 아니었다. 대신 '불'이란 주제로 '컷 만화'를 그리라고 했다. 재현이에게 받은 자료, 중간고사 끝나고 2주 동안 강사를 학교로 초빙해 받았던 수업도 모두 무용지물이었다. 같이 실기를 보고 나온 다른 친구들도 마찬가지였다.

"최악이에요!"

"완전 망했다니까요. 아, 진짜."

"잘못된 정보는 누가 준 거야?"

학교로 돌아가는 승합차 안에서 불만이 터져 나왔다.

"나도 여기 와서 알았어. 들어 보니까 며칠 전에 실기 방식이 변경됐다더라. 누가 알았겠어?"

담임이 운전을 하며 머쓱한 웃음을 지어 보였다. 담임을 탓해서 뭐 해? 승합차를 대절해서 아이들을 데리고 올 정도로 열성인데.

아무래도 좋았다. 어차피 수시로 이 학교에 들어갈 수 있을 거란 생각조차 하지 않았으니, 그저 불합격의 확률이 좀 더 선명해진 것뿐이었다. 다만, 유일한 인 서울 학교라 엄마가 좀 실망하겠지.

지이이이잉.

교복 주머니에서 휴대폰을 꺼냈다.

[발신: 추지혜

끝났어?]

[수신: 추지혜

응, 끝났어. 최악.]

[발신: 추지혜

들었어. 상황 묘사 아니었다며? 재현이 지금 카오스 상태더라.]

[수신: 추지혜

걔 잘못인가. 애초에 다들 속은 건데. 신경 쓰지 말라고 전해 줘.]

[발신: 추지혜

기분도 꿀꿀한데 저녁에 떡볶이?]

[수신: 추지혜

콜.]

지금쯤 지혜는 최정우 수업을 듣고 있겠지. 내 해바라기를 보고 무슨 생각을 했을까. 생각은 무슨 생각. 아무 생각 없겠지, 뭐. 생각이 있다고 해도 내가 그걸 읽을 수나 있겠냐고.

시계는 3시를 가리키고 있었다. 학교에 도착할 때쯤이면 수업은 끝나 있을 테고, 그와 대면하는 것을 적어도 목요일까진 미룰 수 있었다. 지금 상태로라면 바짓가랑이를 잡고 매달려도 콧방귀를 뀔 것만 같았다. '그러니까 내가 후회할 말 하지 말랬잖아!' 하면서.

휴대폰 화면을 잠그고 신경질적으로 몸을 시트에 푹 눌렀다. 김밥을 억지로 입속으로 밀어 넣은 것이 부대꼈다. 거기에 승합차의 승차감이 나쁜 데다 담임의 현란한 드리프트 기술까지 더해진 덕분에, 30분쯤 지나자 머리가 아파 왔다. 토하지 않기 위해 꾸역꾸역 잠을 청했다.

살다 살다 고속도로에서 후진하는 차는 처음 타 봤다. 길을 잘못 들어섰으면 돌아가야지 어떻게 후진을 할 수 있냐고. 그 순간부터 차에 탄 아이들은 모두 안전띠를 매기 시작했다. 쏟아지던 잠은 온데간데없고 벼락 맞은 것처럼 정신이 말짱했다. 생명에 위협을 느낀다는 말이 무슨 뜻인지 뼈저리게 느끼며 봉고차 창문 위에 달린 손잡이까지 꽉 잡았다. 다섯 시가 조금 안 돼서 승합차가 학교 정문에 도착했을 때, 우리는 국경을 넘어선 불법 이민자처럼 차 안에서 뛰어내리기 시작했다. 담임이 운전하는 차를 타니 차라리 내 돈 주고 고속버스를 타는 편이 훨씬 속 편할 것 같았다.

"수고했고, 이제 각자 짐 풀고 작업실로 들어가. 은금이는 문 좀 닫고, 주차하게."

담임이 폭풍 후진 자세를 취한 채 차 안에서 소리쳤고 나는 성실하게 문을 닫았다. 차 안에서 유일하게 태평하던 운전자는 지금 아이들의 상태를 전혀 모르는 눈치다. 가족들과 여행을 갈 때도 이렇게 운전하나? 매일 목숨의 위협을 받으면서 사는 거야? 보이는 죽음에 관한 경고 문구가 모두 내 이야기처럼 들려오는 걸 매번 경험하면서 사는 건가. 부르릉. 차가 후문 쪽으로 출발하고 내가 화구통과 가방을 고쳐 메는 사이 아이들이 술렁댔다. 뭐지?

"야. 쟤, 걔 아니야?"

"쟤 맞지? 웬일이야. 쟤, 김정민 아니야?"

아이들이 수군대며 쳐다보는 쪽으로 황급하게 시선을 돌렸다.

"뭐야. 쟤 왜 저기 있어?"

정문에서 조금 떨어진 학교 담벼락에 기대어 앉은 채 고개를 푹 숙이고 있었다.

"야. 쟤, 술 취했나 봐."

"여기 왜 온 거야? 나리 때문에?"

"대박. 개징그러워."

아이들은 소스라치게 놀라며 뒷걸음질 쳤다. 마치 더러운 쓰레기라도 보는 것처럼 학을 떼며. 그러나 내겐 전혀 다르게 비추어졌다. 어른이건 그렇지 않건 상관없이 그의 모습에서 내가 겹쳐 보였다. 만약 내가 어른이었다면, 나 역시 저런 모습으로 최정우의 집 앞에 있었을지 모른다. 10시만 되면 문이 잠겨 버리는 기숙사 안에 갇혀 있지 않았다면, 나 역시 술에 취해 저런 꼴로 그에게 매달렸을 것만 같았다. 나는 그에게 동정심을 느꼈다. 미친 듯이 좋아하면 옳고 그름을 따질 수 없고, 그러면 안 된다는 걸 알면서도 추해질 수밖에 없는 거다. 비참해도 포기할 수가 없는 거다. 나는 그걸 잘 알고 있다.

"은금아!"

그를 남기고 학교 안으로 들어가는 것이 마음에 걸려 정문 앞에서 서성거리고 있는데 지혜의 목소리가 들려왔다. 신이 나 있는 지혜 옆에 재현이도 함께였다.

"오늘은 얘가 산대!"

지혜가 재현이를 향해 손가락을 곤추세웠고, 재현이가 진정하라는 듯이 손을 들었다.

"내가 살게."

이게 뭐야……. 내가 곤란한 표정을 짓자 지혜가 내 팔짱을 끼며 속삭였다.

"지은 죄가 있잖아."

지은 죄는 무슨 지은 죄. 분명 그걸 빌미로 떡볶이를 얻어먹으려는 지혜의 수작에 꼼짝없이 걸려들었겠지. 지혜에게 봉으로 잡히는 남자애들이 수두룩한 거야 어제오늘 일이 아니었지만, 웬일인지 재현이가 뜯어 먹힌다고 생각하니 썩 유쾌하지가 않았다. 그역시 내겐 가깝고 소중한 친구였으니까. 미간을 구기고 재현이 쪽으로 고개를 돌리자 그가 '쉿' 하는 표정으로 고개를 저었다. 입다물고 있으란 제스처.

입가에 웃음이 걸려 있는 걸 보니 지혜가 뜯어먹으려 작정했다는 걸 알면서도 속아 주는 분위기였다.

진심이야? 내가 눈을 부라리는 표정으로 말했고 그가 고개를 끄덕여 보였다.

"배고파! 오늘 점심 완전 쒯이었어! 빨리 가자. 야, 김재현 떡볶이 말고 라볶이 먹어도 돼? 사리 추가해서?"

"언제는 내 허락 맡고 뭐 했냐?"

재현이의 말에 지혜가 걸음을 재촉하며 깔깔 웃음을 터트렸다.

"역시. 뭔가 통하는 게 있다니까."

"통하는 게 아니고 내가 널 포기한 거다."

재현이의 대꾸에 지혜의 웃음소리가 더 높아졌다.

"참 맘에 들어. 안 그래?"

지혜가 동의를 구했고 나는 동정하는 표정을 지어 보였다. 알고 보니 지혜를 조종하는 유일한 사람이 재현이라는 사실은 나만 깨달은 것 같았다.

떡볶이를 먹는 내내 속이 불편했다. 피로가 쌓인 탓도 있지만, 아까부터 자꾸만 담벼락에 힘없이 주저앉아 있는 김정민의 모습이 걸렸다. 그 사람 그렇게 놔두어도 되는 건가? 애들 분위기를 보아하니 나리는 그를 거부하는 것 같았다. 마음이 안 좋아…….

경비아저씨에게 말할까? 머릿속에 최정우가 떠올랐다. 그 사람이면 뭔가 잘 해결해 줄 수 있을 것 같다는 막연한 기대감이 있었으나 잘 살라고 거의 엿 먹어라 수준으로 질러 놓은 게 있다 보니 그에게 부탁할 수도 없었다.

떡볶이를 먹는 둥 마는 둥 분위기에 맞춰 입만 댔다가 떡볶이와 순대를 거의 비울 때쯤 배부르다며 먼저 포크를 놨다. 배가 터질 것 같다며 헉헉대는 재현이와 지혜를 쫓아 걸으면서도 내내 신경이 쓰였다. 김정민이 정신을 차리고 택시라도 잡아타서 집으로 돌아가 있기를 바랐다. 그러면 좀 안심이 될 것 같았다.

"어? 저 사람 걔 아니야?"

나보다 앞서가던 재현이가 우뚝 멈춰 섰다. 그를 이제야 발견한 모양이다. 아까는 그를 등지고 걸었으니 발견을 못 했을 법도 했다. 아직 저기 있나 보네.

"뭔데 그래?"

지혜가 궁금증에 다가섰다가 '힉' 하고 숨을 들이켰다. 나는 김정민이 아직도 그대로 담벼락에 앉아 있는 걸 두 눈으로 확인했다. 그러고 나니 도저히 저대로 내버려 둬선 안 될 것 같았다.

"뭐야. 경찰에 신고해야 하는 거 아냐? 변태 왔다고?"

지혜가 겁에 질려 중얼댔고 재현이가 눈을 가늘게 뜨고 그의 상태를 살폈다.

"저 사람 제정신은 아닌 거 같은데?"

"술 취한 것 같아."

"경비 아저씨 부를까?"

그 수밖에 없을 것 같아 나는 고개를 끄덕였고 재현이는 경비를 부르러 학교로 들어갔다.

"야, 그냥 가자. 어?"

지혜는 귀찮은 듯 학교 쪽으로 날 잡아끌었다.

"잠깐만."

아까부터 그가 셔츠 바람인 게 무척 마음에 걸렸다. 몸을 데워 줄 따뜻한 차라도 건네고 싶은 마음에 나는 학교 앞 가게로 향했다. 최정우가 내게 건네줬듯이 따뜻하게 데운 꿀물을 사서 가슴팍에 쥔 채 발걸음을 떼자 지혜가 내 옷가지를 붙잡았다.

"너 뭐 하게?"

"이거 가져다주려고."

"왜! 너 미쳤어?"

"날도 춥고 감기 걸릴 것 같아서."

"그걸 왜 네가 걱정해. 지가 알아서 하겠지!"

"그냥 술에 좀 취한 거잖아."

술에 취해 인사불성 직전의 사람을 이미 본 경험이 있다. 그런 이유에서 나온 일종의 자만심이었다. 이미 겪어 봤으니 이건 아무것도 아니야. 나는 새하얗게 질린 지혜의 손을 토닥였다.

"괜찮아. 그냥 이것만 건네주자. 불쌍하잖아."

"야."

지혜가 뭔가를 대꾸하려 했지만 듣지도 않고 고집스럽게 발걸음을 옮겼다. 평소의 나였다면 지혜의 말을 따랐을 터였다. 아니 아예 다가가지도 않았을 것이다. 무슨 일인지 이번만은 고집스럽게 손을 내밀고 싶었다. 나와 비슷하단 생각에 외면할 수가 없었다. 더욱이 그를 이해할 수 있는 것도 어쩐지 나뿐인 것만 같았다. 더 가까이 다가가자 그의 맨발이 눈에 들어왔다. 새까맣게 변한 발바닥 때문에 아무도 몰랐던 거다. 기대 이상으로 처참하네.

"푸우우우. 푸우우우."

그는 힘겹게 숨을 내쉬었다.

"저…… 선생님."

그와 일정한 간격을 두고 서서 조심스럽게 불렀다. 그를 동정하지만 가까이 다가서는 건 하고 싶지 않았다. 오래된 생존 습관이었다. 그는 대답이 없었다. 내 말이 들리긴 하나? 나는 쭈뼛쭈뼛 몇 걸음 더 다가가 재빨리 새까만 발밑에 꿀물 병을 내려놨다.

"이거…… 따듯해요. 마시고 나면."

그의 손이 내 손목을 틀어쥔 건 눈 깜짝할 새였다. 손목이 아리고 손가락이 안으로 말려들어 갔다. 피가 통하질 않았다. 머릿속에 '쾅' 하고, 천둥이 쳤다.

"꺅!"

지혜의 새된 비명 소리와 함께 그가 와락 나를 안았고, 그 힘에 밀려 뒤로 꼬꾸라졌다. 술 냄새가 나질 않아. 그에겐 술 냄새가 나질 않았다.

"은금아!"

차가운 시멘트가 머리부터 발끝까지 닿았다. 나는 김정민의 무게와 아스팔트의 차가운 촉감 사이에 깔려 있었다. 예민한 후각에 메케한 남자의 냄새가 흘러들어 왔다. 심장이 정지하고 세상이 뒤바뀌고, 눈앞이 새하얬다. 공포가 날 뒤덮었다.

"이 미친놈아! 떨어져!"

지혜가 무릎으로 기면서 그에게서 날 떨어트리려고 안간힘을 썼다. 지혜가 김정민의 머리카락을 움켜쥐고 뒤로 잡아당기는 모습이 시야에 들어오자 갑자기 정신이 들었다. 눈앞에 보이는 얼굴이 이상했다. 눈에 초점이 풀린 채 날 보고 있는 것인지 아니면 전혀 다른 세계를 헤매고 있는 것인지 알 수 없었다. 그게 너무 무섭고 소름 끼쳤다. 이 사람 정말 제정신이 아니야.

"은금아!"

지혜가 그의 어깨를 물었다. 필사적이었다. 정신 차려. 박은금! 그때부터 그에게서 벗어나기 위해 버둥댔다. 지혜의 이가 피부를 파고들기 시작해도 그는 요지부동이었다. 그는 사람이라기보다 좀비 같았다.

"뭐야 이거! 무슨 일이야!"

경비 아저씨가 뛰어들었다. 재현이가 그의 허리를 붙잡고 위로 들어내기 위해 안간힘을 썼다. 남자 둘이 허리와 어깨를 잡고 당기자 압사 직전의 공간에 여유가 생겼다. 나는 감긴 그의 손안에서 몸을 숙여 밑으로 상체를 빼냈다. 재현이가 발로 콱 쳐 내자 그의 몸이 발라당 뒤집어졌다. 나는 간신히 그에게서 벗어났다.

"뭐야, 이 미친놈은!"

재현이가 소리 질렀다.

"몰라! 괴물 같아!"

지혜가 공포에 질린 채 비명처럼 질렀다. 그의 어깨에 피가 배어 나왔다. 아까 지혜가 문 자국이 분명했다. 피가 날 정도로 세게 물었는데 비명 한 번 안 질렀다고? 그가 뒤집힌 거북이처럼 자리에서 꿈틀댔다. 이 사람 도대체 뭐야? 술에 취한 거… 아니야?

"괜찮아? 일어날 수 있어?"

나는 정신없이 고개를 끄덕였다. 아직 숨이 진정되지 않아 헐떡거리며 재현이를 지탱해 간신히 몸을 일으켰다.

"걸을 수 있어?"

숨이 너무 차서 대답을 못 했다. 지혜가 달려와 나를 꽉 안았다.

"들어가자. 일단 들어가자!"

지혜가 내 어깨에 손을 두르자 더 숨이 찼다. 아까 지혜가 필사적으로 굴지 않았다면 그대로 기절했을 거다. 그럼 난 어떻게 됐을까.

"어! 어 !어!"

종종걸음으로 정문을 향해 뛰는데 쿵 하는 소리가 들리더니 수위 아저씨가 멍청한 소리를 냈다. 공포 영화에서 살인마에게 쫓기는 기분이 이런 건가? 뭔가 뒤에서 일이 벌어지는 건 알겠는데 도저히 뒤를 돌아볼 수가 없었다.

"빨리 뛰어!"

재현이가 고함을 치자 나는 필사적으로 달렸다. 잠시 후, 억센 팔이 다시 내 허리를 감았고 다시 앞으로 무릎을 꿇으며 꼬꾸라졌다. 몸에 아나콘다가 감겨 있는 것 같다. 조금 후에 내 뼈는 다 바스러질 거다. 난 죽겠지? 얘는 괴물이야. 이런 괴물은 처음 봐. 귓속에 삐이이이이이 하는 경보음이 날카롭게 울려 댔다. 멀리 메아리처럼 지혜랑 재현이가 고함치는 소리가 들렸다. 내 몸이 흔들렸다.

누군가는 그를 발로 차고 누군가는 그를 꼬집고 누군가는 밀어내기를 반복하는 소리. 나는 바닥에 엎드려 따갑고 뾰족한 아스팔트 위에 짓이겨지고 껍질째 갈리고 있었다. 몸이 그날의 고통을 기억해 냈다. 남자의 무게, 차가운 시멘트 향기, 무릎 사이로 기어 들어 오는 뱀 같은 감촉. 그리고 찢어발기는 것 같은 아픔이. 차라리 고통스럽기 전에 죽여 줘. 나는 신에게 그렇게 빌었다. 지혜가 축 늘어진 내 뺨을 때렸다. 내가 기절했다고 생각하는 것 같았다.

"박은금! 정신 차려!!"

그러고는 사시나무 떨듯 흔들리는 내 두 손을 잡고 위로 잡아당겼다. 내 몸이 흔들렸다.

'뻑.'

하는 둔탁한 소리. 생전 처음 듣는 소리가 난 이후에 갑자기 김정민의 몸에서 영혼이라도 빠져나간 듯 힘이 빠졌다. 그가 축 늘어지는 느낌이 듦과 동시에 뭔가가 바닥에 둔탁하게 떨어졌다. 단단한 팔이 겨드랑이 사이에 손을 넣고 나를 위로 들어 올렸다. 익숙한 냄새였다.

"박은금."

선명한 목소리였다.

"너 괜찮아?"

그가 날 세우고 자신의 쪽으로 돌렸다. 아직 온전하지 못한 정신으로 황망하게 입을 벌리고 있는데 그의 두 손이 내 뺨을 감쌌다. 얼굴에 묻은 지저분한 흙을 닦아 낸 다음 날 빠르게 꽉 안았다. 그러더니 지혜에게로 밀어냈다.

"애 좀 챙겨."

지혜가 양 팔뚝에 손을 둘렀다.

"은금아. 어디 안 다쳤어?"

이제야 상황 파악이 됐다. 어느새 구경꾼이 몰려들고 하나둘 선생이 뛰쳐나왔다. 작업실에서, 식당에서 아이들이 구름 떼처럼 빙 둘러 경악한 채였고 아스팔트 위에 커다란 돌덩이 하나가 놓여 있었다. 아까의 둔탁한 소리는 저 돌인 것 같다.

최정우는 재현이에게 다가가 그의 등을 토닥였다. 아마 그에게도 괜찮다고 이야기하는 것 같았다. 믿어지지 않는 건, 선생 둘에 수위 아저씨까지 붙어 있는 데다가 머리에서 피가 흥건하게 쏟아지면서도 '악' 소리 한 번 없이 버둥대는 김정민의 모습이었다. 쟨 도대체…… 뭐야? 그는 사람 같지가 않았다. 무엇으로도 표현할 수 없을 만큼 공포스러운 모습. 그는 어떻게 해도 죽을 것 같지가 않았다. 어떻게 해도 물리칠 수 없는 괴물 같았다. 최정우가 그의 머리를 발로 지그시 밟았고 그는 덫에 걸린 짐승처럼 발버둥 쳤다.

"가만있어 봐. 미친놈아."

최정우가 몸을 숙이더니 우악스럽게 그의 입을 벌렸다. 뭘 보는 거지? 그는 '허' 하고 헛웃음을 뱉었다. 기가 막히고 화가 난 표정.

"누가 112에 전화 걸어서 나한테 좀 줘 봐."

그가 소리쳤다. 김정민은 여전히 악 소리 한 번 없이 부들거렸다. 머리에서 콸콸콸 피가 쏟아졌다.

"아까 신고했어요! 학교에서 술 취한 사람이 난동 부린다고."

재현이가 전화기를 들고 대답했다.

"그렇게 신고하면 한나절이 지나도 안 와! 빨리 걸어!"

그가 소리를 치자 재현이는 황급하게 다시 전화기 액정을 켰다. 신음 소리가 나는 건 김정민 쪽이 아니고 붙잡고 있는 선생들 쪽이었다. 저런 돌로 내리쳐지고 머리에서 분수처럼 피를 흘리면서도 저렇게 팔팔하다면 도대체 쟤는 뭘 해야 얌전해지는 거야? 최정우가 머리를 밟고 있는 발에 힘을 줬다. 최정우는 그를 사람 취급하는 것 같지 않았다. 곧 김정민의 두개골을 아작 낼 것만 같았다.

"여기요!"

재현이가 다급하게 수화기를 건넸다. 최정우가 발에 다시 한번 힘을 주자 김정민의 얼굴이 쿵 소리를 내며 아스팔트 위로 붙었다. 최정우는 어금니를 꼭 문 채 휴대폰을 귀에 댔다. 그러곤 곧 믿기 힘든 소리를 뱉었다.

"여기 경찰청장 아드님이 필로폰에 취해 계신대, 빨리 오시는 게 좋을 겁니다."

여기저기서 '히익!' 소리가 났다. 농담도 정도가 있지! 모두가 입을 벌렸다. 나 역시 입을 다물지 못하고 최정우가 도대체 무슨 생각으로 저런 뻥을 치는지 경악했다. 하지만 만약 정말 약에 취해 저러는 거라면 괴물 같은 모습은 어느 정도 설명이 됐다. 하지만 정말일 리 있어? 그건 그냥 뉴스에서만 나오는 이야기잖아.

잠시 후 정말 말도 안 되게, 경찰차가 3대나 출동했다. 빛의 속도였다. 그의 말이 거짓일지언정 효과는 끝내줬다. 경찰차가 도착할 때쯤 김정민은 갑자기 소리를 지르며 덜덜덜덜 떨기 시작했다. 그의 변화가 너무 드라마틱하고 놀라워서 마치 악령에라도 쓰인 것 같았다.

경찰이 그에게 수갑을 채웠고, 곧이어 앰뷸런스가 도착했다. 피가 쏟아지는 머리를 대충 응급처치 받은 뒤 경찰 두 명과 동행하며 살려 달라고 울부짖던 김정민은 앰뷸런스에 실렸다. 새빨간 불빛이 번쩍거렸고 나는 경찰이 둘러 준 모포를 쓰고 있었다. 여경이 돌아다니며 상황 청취를 했다. 나는 정신이 없어 대답을 못 했고 지혜와 재현이가 대부분의 설명을 했다. 지혜는 한순간도 내 손을 놓지 않았다. 나는 그녀의 온기에 온전하게 의지한 채 공포에서 벗어나려 애를 썼다. 모든 게 영화의 한 장면처럼 현실성이 없었다. 멍하던 시선에 최정우가 들어왔다. 그는 우리 세 명에게 다가와 번갈아 살폈다.

"다친 데는 없어?"

"네."

지혜가 끄덕이며 대답했다.

"곧바로 기숙사로 들어가. 혹시 잠이 안 오거나 불안해서 계속 심장이 뛰거나 하면 나한테 전화해. 알겠어?"

아이들이 고개를 끄덕이자 그의 시선이 내게 멈췄다. 갑작스럽게 눈물이 뚝뚝 떨어졌다. 무슨 상황이었던 건지 파악도 되지 않지만, 그가 그 끔찍한 상황에서 나를 구해 줬다는 것은 안다. 그건 확실했다. 나는 그에게 소리를 지르고 떼를 부렸는데, 그는 나를 일으키고 안아 줬다. 미안함과 고마움이 봇물 터지듯 내 안에서 터졌다.

"야……. 왜, 왜 울어."

그는 내 눈물에 당황했다. 나는 꺽꺽 숨을 들이켜며 눈물만 폭포처럼 쏟아 냈다.

"얘 어디 다쳤어?"

"아니요. 다친 데는 없는데. 놀랐나? 아까까진 괜찮았는데…… 선생님 보더니 우는데요. 갑자기?"

지혜도 덩달아 당황했고 그들은 우왕좌왕했다.

"선생님 죄송해요."

한참 만에 알아듣지도 못할 울음 섞인 말이 겨우 목에서 튀어나왔다. 그 말을 뱉고 나니 어쩐지 더 서러워졌다.

"네가 미안할 게 뭐가……."

끼이꺼이 소리를 내며 울자 최정우가 급하게 입을 닫았다. 아까보다 더 당황한 상태로 결국 나를 당겨 품으로 끌어안았다. 등을 토닥이는 손길이 아이를 어르는 엄마처럼 따듯했다.

"앞으론 너한테 화도 못 내겠다. 무서워서."

"선생님. 서까지 같이 가시죠."

낯선 목소리에 황급하게 몸을 일으키니 정복 차림의 경찰이 최정우 곁에 다가와 서 있었다.

"네."

최정우가 침착하게 대답했고 나는 불안감에 옷깃을 잡았다.

"어딜 가는데요?"

"경찰서."

"왜요?"

"진술해야 해."

"뭘요?"

"쟤 머리에 왜 구멍이 났나."

그는 농담하듯 키득댔다. 지금 농담할 기분이 나? 나는 겁이 나 죽겠는데. 나는 그를 더 잡아당겼다. 지혜도 마찬가지였다.

"내가 증언했는데 왜 가요? 그 미친놈이 좀비처럼 달려들어 그런 건데 그게 뭐가 잘못이라고!"

최정우는 날카롭게 소리 지르는 지혜의 목소리에 귀를 후볐다.

"일단 진정해. 나 구속되는 거 아니고, 정황 진술하러 가는 거야."

"그니까 왜 선생님만 가냐고요! 나랑 지혜도 가야지!"

재현이가 끼어들었다.

"너넨 미성년자잖아. 나만 가는 거 아니야. 저기 수위 아저씨도 갈 거야."

최정우의 시선을 따라 고개를 들자 경비 아저씨는 벌써 경찰과 동행해 차에 타고 있었다.

"괜찮으니까 얌전히 기숙사로 들어가 있어."

그가 귀찮다는 듯 자신의 옷에서 나와 지혜의 손을 차례로 떼어 냈다.

"연락할게."

경찰과 같이 차에 오르는 그의 뒷모습을 보면서 생각보다 상황이 더 심각하고 크다는 걸 실감했다. 그가 잘못되면 어쩌지? 불안감에 온몸에서 피가 빠져나갔다.

"나 때문이야."

죄의식에 절망한 내가 울먹이자 지혜가 내 손을 꼭 잡았다.

"그게 왜 네 탓이야?"

"네가 말렸는데 내가 멋대로……."

"잘못한 건 저 미친놈이지. 박은금!"

지혜가 따끔한 목소리로 날 불렀다.

"잘 들어! 수갑 누가 찼어? 네가 찼어? 아니잖아. 저 남자가 찼잖아. 잘못한 사람이, 벌을 받아야 하는 사람이 수갑을 차는 거야. 널 봐. 넌 잘못한 게 없으니까 이렇게 모포 뒤집어쓰고 보호받고 있잖아."

"……."

"지혜 말이 맞아. 네가 그냥 갔으면 누구라도 붙잡혔을 거야. 내가 갔을 때 마침 나리랑 친구들이 경비 아저씨한테 말하고 있었거든. 나리든 개 친구 중 한 명이든, 경비 아저씨든 붙잡혔을 수도 있어."

"아무도 안 다쳤잖아. 너도, 나도, 재현이도. 그 미친놈 머리에 구멍만 났지."

그 말에 재현이와 지혜는 웃음을 터트렸다. 그러나 반대로 나는 울음이 다시 터져 나왔다.

"진짜 고마워. 너네 없었으면……."

뒷말은 감히 나오지도 않았다. 너희가 없었으면 그때랑 똑같은 일을 당했을지도 몰라. 그들은 내가 너무 놀라 아직 진정되지 않았다고 생각하는 듯했지만, 내겐 그보다 더 많은 의미가 있었다.

3년 전의 일과 무척이나 닮은 오늘, 나는 도망쳐야겠다는 생각을 했다. 지혜가 내 뺨을 때리고 필사적으로 그를 물고 날 잡아당겨 주지 않았다면, 재현이가 그를 차고 나를 일으키지 않았다면 나는 그대로 죽었을 거다. 도망치겠다는 생각이나 살아야겠다는 생각도 하지 못한 채 공포와 두려움과 충격에 휩싸여 장작처럼 불탔을 거다.

김정민이 내게 무슨 짓을 하려 했던 그것과는 상관없이 나는 그 공포에 짓눌려 아마 죽었을 거라 생각한다. 나는 그때처럼 혼자가 아니었다. 혼자가 아니라는 것만으로도, 이 모든 걸 혼자 감당해야 하는 게 아니라는 사실만으로도 내가 바라보는 풍경은 완전히 달라져 있었다.

기숙사로 돌아가 따뜻한 물로 몸을 씻으며 허물이 한 꺼풀 벗겨져 하수구 속으로 빨려 들어가는 것을 목격했다. 뱀의 허물처럼 끈적이며 달라붙어 있던 것들, 날카로워 움직일 때마다 날 찔러 대던 것들이 모두 거품에 섞여서 눈앞에서 사라졌다. 나는 변하고 있었다.

8시 뉴스에 우리 학교 이야기가 나왔다. 개교 이래 학교가 방송을 탄 건 처음이라고 했다. '김원호 경찰청장의 둘째 아들 마약사범으로 구속'이란 타이틀이었다. 그는 정말로 경찰청장의 아들이었고, 정말로 마약을 했던 거다. 때론 내 주변엔 없을 것이라 생각했던 것들이 실제로 벌어지기도 한다. 아이들은 층마다 설치된 TV 시청실에 모여 삼삼오오 추리를 해 댔다.

그가 미친 사람처럼 보인 지는 꽤나 오래됐단다. 수업 중에도 어느 날은 무척이나 활발하다가 다음 날은 아무 말도 없이 앉아 있기도 했고, 어느 날은 해맑다가 어느 날은 공격적이기도 했다고 한다. 감수성이 풍부하다고 이해하고 넘어가기엔 무리가 있을 정도였다고. 설마 마약 같은 걸 할 줄은 상상조차 하지 못했다는 게 중론이었다. 그의 집은 혼자 사는 남자 집치고 엄청나게 으리으리했기 때문에 있는 집 자식일 거라 생각했지만 설마 저 정도일 줄은 몰랐다고 말이다.

뉴스는 '경찰청장에 대한 사퇴 요구가 곳곳에서 쏟아지고 있습니다!'라는 멘트로 끝이 났다. 높으신 분의 목줄이 달린 일에 내가 관여되어 있다는 게 정말 이상했다. 나중에라도 술자리에서 이 사건을 농담 삼아 이야기할 수 있을까? 아무렇지 않게? 가능하려나? 그런 멍청한 생각을 하며 나는 시청각실을 빠져나왔다.

[발신: 최정우

집에 도착. 불안하거나 잠이 안 오면 바로 연락해. 또 앰뷸런스 실려 가면 진짜 혼난다.]

기숙사로 돌아가자 그에게 문자가 와 있었다. 그가 집에 무사히 도착했다는 사실을 알게 되자 긴장감이 완전히 풀렸다.

[수신: 최정우

전 괜찮아요. 오늘 정말 감사했어요.]

지이이잉.

[발신: 최정우

별말씀을. 푹 자.]

항상 신경을 긁는 네 글자에 기대했던 '잘 자'가 아니었지만 상관없었다. 그냥 이 모든 게 다 소중했다. 그가 아직 내 곁에 존재한다는 것만으로도 충분했다.

[발신: 최정우

안녕히 주무세요.]

그에게 답문을 보내고 이불로 기어들어 갔다. 긴장이 풀리자 따듯한 곳으로 파고들어 자고만 싶었다. 막 샤워를 끝내고 나온 지혜가 내 모습을 보고 방의 불을 껐다. 그녀의 침대에 스탠드가 켜지고 침대에 눕는 소리가 보스락보스락 들렸다.

"지혜야."

"응?"

"고마워."

"또 그 소리. 내가 잡혔으면 너도 그랬을걸?"

지혜가 특유의 카랑한 목소리로 대꾸했다.

"나 있잖아. 실은……."

지혜의 이불이 계속해서 보스락거렸다.

"계속 말하려고 했었는데 나 실은 정우 샘이랑……."

"너 정우 샘이랑 사귄다고?"

나는 몸을 벌떡 일으켰다.

"뭐? 너 어떻게 알아?"

내가 상체를 기울여 1층으로 얼굴을 내밀자 지혜가 웃음을 터트렸다.

"야, 모를 수가 있냐? 완전 티 다 나는데?"

무슨 티를? 내가? 전화 통화도 잘 안 하는데?

"나도 심증만 있지 물증이 없어서 그동안 못 물어봤는데 오늘 보니까 딱 알겠더라. 완전…… 나랑 재현이는 안중에도 없고."

나는 고개를 갸웃거리며 천천히 자리에 누웠다. 겨우 어렵게 꺼낸 이야기인데 이미 다 알고 있었다니 좀 허무했다.

"네가 최정우 좋아하는 거야 내가 진작 눈치 깠다만 둘이 서로 좋아하는지는 몰랐어. 그런 줄도 모르고 나는 짝사랑 동지 만났다고 좋아했네."

"……."

"미안해할 필요 없어. 알겠지만 나 최정우 진심으로 좋아한 거아니야. 있으면 좋고 없어도 그만. 딱 그 정도."

"……."

목이 메어 쉽게 대답할 수가 없었다. 지혜가 어떤 아이인지 알고 있으면서 나는 바보처럼 뭘 고민했던 걸까. 내가 침묵하자 지혜가 정적을 깨려는지 다시 입을 열었다.

"정우 샘이 인쇄 일로 우리 집 찾아왔을 때, 그때 인쇄 다 끝내고 친구랑 나가면서 양꼬치에 술 한잔하자고 그러는 거 들었거든. 근데 네가 웬일로 기숙사에 안 있고 밖에 나갔다 오더니 갑자기 배아프다고 쓰러지잖아. 놀래서 너 안으니까 몸에서 술 냄새랑 양꼬치 냄새가 나더라. 그뿐이야? 최정우 냄새도 나던데?"

그 주말의 일을 생각하면 당연한 결과였다.

"그러고 보니 최정우 전화 전에 네 부재중 전화가 찍혀 있는 게 과연 우연인가 싶기도 하고, 그때 의심했지. 뭔가 이상하다고. 살펴보면 항상 작업실, 교실, 기숙사에만 붙어 있던 애가 어디론가 사라질 때가 많고, 도서관 간대 놓고 찾으러 가면 없고.”

“……”

“오늘 보니까 최정우도 너 많이 좋아하는 것 같았어. 덥석 안기부터 하는 거 보니까.”

그랬나? 눈을 가늘게 뜨고 기억을 해 보려고 노력하니 그가 날 일으키고 난 후에 꽉 안았던 기억이 떠올랐다.

“멋있더라. 그 상황에 침착할 수 있다는 거. 진짜 완전 어른 같던데? 머리에 구멍 낸 건 진짜 놀랐는데 그렇게 안 했으면 너 절대로 못 빠져나왔을 거야. 그런 놈은 돌로 두개골 좀 깨져 봐야 해.”

그녀는 비아냥대며 뾰족한 목소리를 냈다.

“진짜 개교 이래, 최대 사건. 내일 아침에 난리 좀 나겠네. 지겨운 참에 잘됐지 뭐. 다들 이걸로 안주 삼아 기분 전환 좀 할 거야. 안 그래?”

내 이름이 오르내리지 않았으면 좋겠다는 생각에 대답하지 않자 잠시 침묵이 흘렀다.

“너 괜찮은 거지?”

“나?”

“응. 넌 심약해서 악몽도 자주 꾸잖아. 병원에라도 다녀와야 하는 거 아냐? 정신과.”

“나 정신과 가면 우리 엄마 난리 날걸.”

“뭐 어때. 사고 트라우마로 평생 고생하는 것보다 낫지.”

3년 전에도 내 곁에 누군가 있었다면, 손을 뻗으면 닿을 수 있는 공간에 의지할 만한 사람이 있었다면 지금처럼 제대로 상황을 받아들일 수 있었을지도 모른다. 그토록 오랜 시간 트라우마에 시달리며 내 인생을 허비하진 않았을지도 모른다.

　결국 상황을 그렇게 만든 건 나였다. 모든 걸 혼자 감당해야 한다는 강박 관념이 나를 썩게 만들었다. 지금은 그곳에서 발을 빼고 싶다는 생각이 든다. 내가 그럴 수 있을까? 모든 걸 다 벗어 던질 수 있을까? 누군가의 앞에서 썩어 문드러진 속을 다 꺼낼 수 있을까? 그 생각을 하자 다시 몸이 움츠러들었다. 날 향한 비난이 머릿속에 휘몰아쳤다. 왜 진작 이야기하지 않았니. 왜 여태껏 감췄니. 왜 속였니. 정말 네가 먼저 유혹했던 거 아니니? 짧은 치마를 입어서 그랬던 것 아니니? 그 사람에게 눈웃음을 친 건 아니니? 너의 몸가짐이 단정하지 못해서 생긴 일은 아니니? 너 평소에 남자 좋아한 거 아니니? 그럴 만한 이유가 있었던 건 아니니? 봐라. 김정민에게도 네가 먼저 다가간 거잖아. 그 남자에게 먼저 다가가 여지를 주었던 건 아니니? 현기증이 날 정도로 맴도는 목소리에 귀를 막고 이불을 뒤집어썼다. 이를 꽉 물고 절박하게 허벅지를 꽉 꼬집어 댄 후에야 모든 목소리가 머릿속에서 떠나갔다.

　"잘 자, 박은금. 악몽 꾸지 말고."

　이불 속으로 지혜의 웅얼대는 목소리가 파고들었다. 언제나 지독한 악몽에서 나를 흔들어 깨우는 사람. 잘 자, 사랑스러운 친구. 네가 내게 어떤 의미인지 넌 정말 모를 거야.

Ⅸ. 해방(1)

모두가 예상했던 것처럼 수요일 아침이 되자 기자와 카메라가 벌 떼처럼 몰려들었다. 정문과 후문은 모두 굳게 닫혔고, 교내 방송으로 절대 학교 밖으로 나가선 안 되며 창문 근처에도 가지 말라는 경고가 연달아 흘러나왔다.

미친놈 하나 때문에 학교는 완전 쑥대밭이었다. 수능을 코앞에 두고 벌어진 일이라 교무실은 학부모의 항의성 전화로 난리 통이 됐고, 당연히 수업은 정상적으로 이루어지지 못했다. 결국 나와 지혜, 그리고 재현이는 학생주임과 이 일에 대해 누구에게도 발

설하지 않겠다는 서약서를 쓴 뒤 곧바로 기숙사로 돌아가야 했다. 말로는 보호하기 위해서라고 하지만 그냥 감금이었다. 재현이는 이렇게 된 거 늘어지게 잠이나 자겠다고 했고, 지혜는 내내 휴대폰을 만지작거렸다. 나는 침대에 무릎을 세우고 앉아 챙겨 온 문제집을 풀며 시간을 때웠다.

"야. 전화해 봐."

얼마나 시간이 지났을까, 깜빡 졸았다가 깬 지혜가 갑자기 외쳤다.

"뭐?"

"최정우한테 전화해 보라고."

지혜의 얼굴이 2층으로 쑥 올라왔다. 베개에 쓸려서 머리카락이 엉망이었다. 얘가 잠이 덜 깼나?

"얼른 해 봐~."

"에이."

나는 말도 안 되는 소리를 한다는 듯이 픽 웃으며 문제집으로 시선을 돌렸다.

"왜 에이야?"

그냥 웃어넘기는 시늉을 했지만 생각해 보니 딱히 이유가 없었다. 잘 자라는 인사 외에는 그에게 용건 없이 연락하지 않는 게 습관처럼 굳어졌다.

"너희 사귀는 거 맞아? 그렇게 큰일이 있었으면 서로 막 달려가서 껴안고 그래야 하는 거 아니야? 뭐가 이렇게 덤덤해?"

나는 미간을 구기고 곰곰이 생각에 잠겼다. 그런 건가?

"거봐, 너도 이상하지?"

긍정하면 바보가 될 것 같아 멀뚱멀뚱 있는데 지혜가 2층으로 올라와 침대 시트를 여기저기 뒤적거렸다. 그러고는 휴대폰을 내 손에 움켜쥐어 줬다.

"그동안 내 눈치 보느라 전화 통화도 제대로 못 했을 거 아냐. 이 젠 맘껏 해도 되잖아. 뭐가 문제야?"

물론 지혜 눈치를 보느라 더 못 한 건 맞지만 꼭 그 이유 때문 은 아니었다. 마음만 먹으면 지혜 눈을 피해서 어디서라도 통화 할 수는 있었다.

"이젠 내가 아니까 기숙사에선 맘대로 통화해도 되잖아. 안 그 래?"

그거야 그렇지. 하지만……

"내가 먼저……"

말을 하려고 곰곰이 생각하다가 도리어 놀라운 사실을 깨달 았다.

"내가 먼저 해 본 적이 없어."

지혜가 못 믿겠다는 듯 눈을 동그랗게 뜨더니 이내 내 머리를 쥐어박았다.

"이 미련퉁이야! 너 여태껏 사귀는 사람한테 먼저 전화해 본 적 도 없어?"

해 보려고 마음먹은 적은 많았다. 항상 먼저 해 보려고 휴대폰 을 들었었지. 그래 들기만 했다. 결국엔 문자를 보냈고 그럼 그는 답장을 했다. 오히려 급한 일일 경우에 그가 먼저 전화를 했다. 생 각해 보니 내가 그에게 애정이 담긴 문자를 보낸 적이 있던가? 없 었다. 안녕히 주무세요. 선생님 안녕하세요. 선생님 어쩌구, 선생님 저쩌구.

딱딱하기 이를 데 없는 문자만 보냈을 뿐이다. 갑자기 천지가 개
벽하는 것 같은 느낌이 들었다. 항상 애정을 구걸해 온 것과는 달
리 그에게 제대로 표현해 본 적이 한 번도 없었다. 그에게 좋아한
다는 걸 표현하기보다 혼자 끙끙대고 안절부절못하다가 눈치를
보는 것으로 대신했다. 그게 그에게 '사랑'으로 비쳤을까, 아니면
자신을 무서워하는 심약한 어린애로 비쳤을까? 막연하게 후자
쪽이 가깝지 않을까 하는 생각이 들었다.

"너 최정우 엄청 좋아하는 거 아니었어?"

"맞아."

내가 훨씬 더 좋아하지…….

"야, 너 빨리 전화해."

지혜가 도저히 안 되겠다는 듯 휴대폰을 내 얼굴에 들이댔다.

"좋아하면 표현을 해야. 수동적인 편인 건 알겠는데 최정우
같은 남자는 그렇게 해서 절대로 못 잡아! 걔 좋다고 달려드는 여
자가 몇인데! 적극적으로 표현해야지. 멍충아!"

정말로 멍청이가 된 기분이었다.

"만나자고 해. 달려오라고, 보고 싶다고!"

"그건 못 해."

"왜?"

시선이 저절로 밖으로 향했다. 기자들이 진을 치고 있었고 그는
당사자였다. 그가 학교에 나타나면 얼마나 시달릴지는 뻔히 보이
는 일이다.

"그럼 주말에 데이트하자고 먼저 약속이라도 잡아!"

지혜가 내 팔을 흔들었다.

데이트. 그에게 뭘 하자고 먼저 이야기한 적이 있나? 단연코 없었다. 그러면서 그 사람 탓을 한 거야? 아무것도 안 하고 있던 주제에?

"빨리!"

나는 지혜의 독촉에 홀리듯 전화를 걸었다. 안 받으면 어쩌나 하는 두려움에 이가 딱딱 부딪혔다. 대여섯 번의 신호가 가자,

─ 여보세요?

그의 목소리가 들려왔다. '켁' 하고 숨이 멈췄다. 진짜, 완전 리얼 실제 상황이었다. 내가 먼저 전화를 걸고 그가 받아 버린 거다.

"여, 여보세요?"

더듬대자 지혜가 오리처럼 손에 입을 가져다 대고 꿈틀댔다. 빨리 더 말을 걸어 보라는 독촉이었다.

"서, 선생님."

─ 어. 무슨 일 있어?

그의 첫 마디가 그동안의 우리 사이를 말끔하게 정리해 주었다. 무슨 일이 있어야지만 전화를 하는 사이. 게다가 내가 먼저 전화를 거는 건 엄청나게 큰일이 일어나지 않고선 있을 수 없는 사이.

─ 여보세요?

"네."

무슨 일 있냐고.

"아니요. 그게 아니고……."

─ 아니라고?

"아니요!"

― 뭐가.

"그, 무슨 일이 있어서 전화한 건…… 아니고요."

머리가 패닉 상태로 빠져들었다. 지혜는 계속해서 뭔가 해 보라고 내 팔을 흔들어 댔고 최정우는 내가 뭔 소리를 하려고 전화를 했는지 곧 신경질을 낼 판이었다.

― 뭐라는 건지 하나도 안 들려.

그의 목소리에 딱딱함이 뚝뚝 묻어져 나와 나는 겁을 잔뜩 집어먹었다.

― 여보세요?

"네!"

― …….

"아니 저, 그게 아니고……."

― 뭐라고?

"저…… 그게 아니고요."

― …….

"그러니까 제가……."

― 네가?

지혜가 내 팔을 꼬집었다. '이 답답아!' 아, 진짜 나도 모르겠다!

"보, 보고 싶어서요!"

저질렀다. 수화기 너머로 아무런 소리도 들리지 않았다. 웅 하는 소음만 존재했다. 놀란 게 분명해. 시간이 지날수록 얼굴이 달아오르고, 어금니가 꽉 물렸다. 어디 벽장에다 머리라도 때려박고 싶었다. 지혜 이 계집애의 목을 진짜, 진심으로 조르고 싶어졌다. 지혜가 잘했다고 박수를 치는 걸 보니 더 성질이 뻗쳤다. 그녀는 채찍을 든 망나니였다. 날 담장 밖으로 쫓아낼 사람이다. 나는 울상을 지으며 무릎 사이에 머리를 박았다. 망했다. 제대로 망한 거다. 난 앞으로 최정우를 쳐다보지도 못할 거야. 어디론가 꺼져 버리고 싶다. 이 침대와 한 몸이 돼서 이불처럼 껍데기만 남고 싶다.

― 그럼 그리 갈까?

갑작스러운 말에 굳었던 몸이 움찔했다.

"네?"

― 보고 싶다며.

"네."

― 그러니까 가겠다고.

이게 뭐지? 나는 아직 사태 분간을 못 하는 상태였는데 지혜가 자꾸 독촉했다. 이미 수화기 밖으로 흘러나간 그의 목소리를 먼저 듣고는 그녀는 고개를 열렬히 끄덕였다. 그러겠다고 해. 그러자고 해!

― 지금 출발하면 30분 정도 걸릴 거야. 이따가,

"아니요!"

그건 안 돼! 내가 냅다 소리 질렀다.

― 뭐?

"아니요, 오지 마세요! 여, 여기 지금, 지금 보니까…… 아, 아직 기자들이! 기자들이 너무 많아요."

― 뭔 상관이야. 내가 가겠다는데.

"저, 제가…… 못 나가요. 기숙사 밖으로 절대 나오지도 말래요."

─ 누가?

"주임 선생님이요."

─ 그래서 가지 말라고?

"네. 그, 그냥 목소리 들어 보려고 전화했어요."

지혜가 멍청이라며 내 팔을 꼬집었다. 대책 없는 낭만파는 지혜 하나로 벅찼다. 그녀가 그리는 그림이 로미오와 줄리엣처럼 격정적이고 드라마틱한 건 알겠는데 내가 그 무대에 올라 연극을 할 마음은 전혀 없었다. 그를 가시덤불 사이를 헤치고 와 불 뿜는 용에게서 날 구하는 백마 탄 왕자로 만들기도 싫고, 내가 탑에 갇힌 금발의 공주가 되기도 싫었다. 그 꼴을 보느니 차라리 탑에서 뛰어내리고 말지.

"그냥 그 주말에, 그…… 이번 주말에, 돌아오는 주말에……."

─ 만나자고?

"네."

─ 참 얘기 어렵게 한다.

그가 웃는 소리가 수화기 밖으로 삐쳐 나왔다.

─ 뭐 하고 싶은 거라도 있어?

"아무거나요."

지혜가 내 허벅지를 때렸다. 뮤지컬! 뮤지컬!

뭐?

뮤지컬! 뮤지컬 보자고 해!

"뮤…… 뮤지컬 보고 싶어요."

─ 뮤지컬? 어떤 거?

어떤 거? 지혜가 괴물 흉내라도 내듯 두 손을 들며 입 모양을 냈다. 오페라의 유령! 오페라의 유령!

"오페라의 유령……?"

뒷말이 어색하게 올라갔다. 그러자 최정우가 박장대소했다.

— 지혜한테 이제 그만하라고 전해.

지혜가 자기 입을 턱 막았다. 봤지? 최정우가 이런 사람이야. 어디에 감시 카메라라도 달아 놓은 거 아닌가 살펴보라고. 진짜 달았을 수도 있으니까.

그가 큭큭큭 웃고 숨을 골랐다.

— 지혜가 코칭해 준 코스 말고, 네가 하고 싶은 게 뭔지도 좀 알려 주지?

젠장. 나는 곤란함에 미간을 구기고 입술을 잘근잘근 씹었다. 한 번은 꼭 추태를 부리지. 그냥 넘어가는 날이 없어. 눈을 감고 뭘 하고 싶은지 떠올리려고 노력하자 문득 그가 예전에 스파게티를 잘 만든다고 했던 생각이 스쳤다. 우리가 처음으로 키스다운 키스를 한 날.

"스파게티 먹고 싶어요. 선생님이 해 준 거요."

지혜가 내 허벅지를 짝 때리고 엄지를 추어올렸다. 너 제법인데? 뭐가.

— 좋아. 그럼 뮤지컬 보고, 스파게티 먹으면 되겠네. 토요일?

"네."

— 그래. 접수.

"네."

잠깐의 정적.

"근데 어디세요?"

─ 나…… 집이야.

"아, 네."

뭔가 주어 다음의 텀이 너무 긴데. 이상함을 느꼈지만 대수롭지 않게 넘어갔다. 그에 대해 뭔가 파악하는 건 불가능했다.

─ 박은금.

그가 갑자기 내 이름을 불렀다.

"네!"

─ 전화해 줘서 고마워. 목소리 들으니까 좋다.

"……."

─ 끊을게.

"네."

─ 내일 보자.

전화가 끊어지자 지혜가 온몸을 뒤틀며 내 몸을 아무 데나 마구 때렸다.

"뭐야! 뭐야! 짜증 나! 목소리 들으니까 좋대! 진짜 열 받아! 아하하하항!"

화가 난다는 건지 아니면 신이 난다는 건지 웃음 섞인 비명을 들으며 나는 영문도 모른 채 그녀의 매운 손에 찰싹찰싹 맞고 있었다.

'좀 더 같이 있고 싶어요.'

그때, 내가 먼저 보건실에서 붙잡았을 때 그는 반가워했다. 어쩌면 좋아했다. 내가 진심으로 마음을 솔직하게 표현했던 건 정신 나간 고백 이후 그때가 처음이자 마지막이었다. 그는 내내 기분이 좋아 보였고 우리는 점호 시간이 되기 전까지 시간 가는 줄 모르고 수다를 떨었다. 대부분이 영화에 관한 잡다한 소리였지만, 그가 나와 있던 어느 순간보다 더 많이 웃었던 게 기억났다.

그는 어쩌면 내가 좀 더 다가와 주길 바랐던 건 아닐까? 내가 늘 그에게 원하듯이. 물론 내겐 어려운 일이었다. 지혜의 말대로 난 제법 오랫동안 웅크리고 수동적으로 사는 것에 익숙해져 있었고, 상대방에게 납득할 만한 이유를 들어 나에 대해 이해시키는 것도 버거운 사람이었다. 날 솔직하게 내보였을 때 상대방이 어떤 반응을 할지 몰라 두려워하며 계속해서 살아왔다. 최정우가 날 거절하면 난 무너질 거다. 그게 죽도록 무서워서 그의 눈치를 살핀 거다.

정말 이 모든 것에서 해방되고 싶다면 그걸 가장 먼저 부숴야 했다. 나는 외줄 위에 서 있는 것만 같았다. 아슬아슬하고, 발 한 번만 잘못 디뎌도 떨어질 것 같은 불안감. 연애란 건 원래 이렇게 좋아하는 마음이 클수록 불안감도 커지는 걸까? 다른 사람들도 매번 이렇게 자신의 벽에 부딪히면서 용기를 내는 걸까. 아니면 이 모든 게 유독 내게만 목숨을 거는 것처럼 어려운 것일까. 그가 원하는 게 내가 좀 더 그에게 다가서는 거라면, 그래서 더 가까워질 수 있다면 나는 마땅히 용기를 내야 했다. 기꺼이 그래야만 했다.

* * *

다음 날도 아이들은 수업할 마음이 전혀 없었다. 먹이를 기다리는 독수리처럼 실습실 안으로 최정우가 들어오기만을 기다리더니 질문 포화를 던져 댔다. 특유의 심드렁함으로 그는 질문을 듣는 둥 마는 둥 대답했지만, 무척이나 곤욕스러워 보였다. 수사 중이고 입 밖으로 내면 잡혀갈지도 모른다고 경고하자 아이들은 질문의 방향을 틀었다. 첫사랑, 첫 키스, 첫 경험. 나중엔 성교육 해달라고 책상을 두드려 댔다. 결국 참다못한 최정우가 칠판에 거대한 포르노 그림을 그리는 것으로 모두의 입을 닫게 만들었다.

'정자가 난자로 이동하는 것도 그려 줄까?'라는 말에 누구도 대답하지 못할 만큼 적나라했다. 나는 최정우가 그린 최초의 그림을 포르노로 목격할 줄은 몰랐다. 우린 혼자 포르노를 보다가 걸린 사람들처럼 낯빛을 붉혔고 최정우는 만족스러운 얼굴로 칠판을 지우며 모든 것은 마무리됐다.

"하여간 상식을 깬다니까. 칠판에 그런 그림을 그릴 줄 누가 알았냐? 지나가다가 다른 사람이 볼까 봐 진짜 불안하더라."

수업이 끝나고, 실습실로 돌아가며 지혜가 학을 뗐다. 그러니까 누가, 첫 경험 이야기해 달라고 먼저 조르래.

"보면 은근히 야하……."

지혜의 뒷말이 밑도 끝도 없이 늘어졌다. 그녀는 말을 하다 말고 생각에 잠겼다. 눈이 가늘어지고 초점이 흐릿해지더니 갑자기 '헉' 하고 놀라며 내 등짝을 세게 내리쳤다.

짝!

"아야, 아파!"

"야! 너 이 기지배……."

그녀는 황급히 주위를 두리번두리번 살피더니 내 팔뚝을 붙잡고 사람들의 왕래가 적은 비상용 야외 계단으로 질질 끌었다.

"너, 그때…… 너 그때지?"

"뭐?"

나는 화끈거리는 등을 손등으로 비비느라 정신이 없었다.

"그때! 너 나한테 키스해 봤냐고 물었었잖아!"

"······."

"너 설마····· 쟤랑, 너 쟤랑 키스했어?"

대답하기가 모호했다. 입을 부딪친 건 맞는데 키스는 아니니까.

"쟤 때문이었어?"

그러더니 그녀는 더 놀랐다. 뭐가 쟤 때문이야?

"그때 안경! 최정우가 너한테 안경 전해 주라고 한 그날, 너 이불 뒤집어쓰고 울고불고한 거 쟤 때문이었어?"

"아······."

그때 그랬지.

"너 그 이후로 안경도 안 쓰고 머리도 자르고, 갑자기 회까닥 돈 사람처럼 변한 거····· 그것도 쟤 때문이야?"

"······."

"그런 거야? 예뻐지고 싶어서?"

예뻐지고 싶었나? 그냥 예전 같은 사람으로 돌아갈 수 없을 것 같았는데······.

"그니까, 너 그날 쟤랑 키스하고 나서 그런 거 맞아?"

"그거는 아니고····· 그니까, 그게, 키스한 건 맞는데 그때는 아니고······."

"그럼?"

"그때 옷 사러 갔던 다음 날······."

"나랑?"

"어."

"너…… 그럼 데이트하려고 옷 사러 간 거야?"

"말하자면 그렇지."

그녀의 표정은 경악에 가까웠다. 내 변화를 나조차도 감당 못 하는데 그녀가 감당할 수 있을 리가 없었다. 상식적으로도 전혀 이해되지 않는 일이지만, 어쨌든 이건 현실이었다. 내게 실제로 일어난 사건이고 좋든 싫든 받아들여야 하는 일이었다. 어디서부터 어디까지 설명해야 할지 몰라 입술을 씹으며 초조해하는데, 지혜가 갑자기 나를 와락 안았다.

"야, 박은금! 너 이제 진짜 여자구나!"

목을 너무 꽉 끌어안아 나는 캑캑댔다.

여자. 지혜는 감격에 겨워하며 내가 여자가 됐다고 말하고 있다. 그동안 우리 둘 사이에도 결핍된 게 있었다. 정확하게는 내 결핍이 그녀에게도 결핍을 만들었다. 나는 그녀와 사랑이나 남자, 연애에 관한 이야기를 할 수가 없었다. 지혜가 2년 내내 학교 선배와 사귀었을 때도 그녀의 이야기를 귀담아듣지 못했다. 내가 그런 이야기에 전혀 공감하지 못한다는 걸 알고 난 이후 지혜도 입을 닫았다. 우리는 일상에 관한 수많은 이야기를 나눴지만, 서로의 꿈이나 사랑, 연애에 관한 이야기는 나눌 수가 없었다. 내가 아무런 반응도 할 수 없어서였다.

여자아이들이 모여 할 수 있는 이야기는 뻔했다. 건설적이고 진취적인 이야기보다는 당장 남자 친구가 자신을 속상하게 한 이야기, 서로 진도가 어디까지 나갔나에 관한 이야기, 어떤 게 예쁘고 어떤 게 남자에게 어필할 수 있는 모습인지에 대해 열을 올리고, 그러면서 감정을 공유하고, 그러면서 친해지는 것. 그런 뻔하고 당연한 것을 나는 할 수가 없었다. 그런 내 옆에 아직도 지혜가 남아 있는 건 온전히 그녀의 의지였다.

"너 빨리 다 말해 봐."

"뭘?"

"키스했던 거! 완전 그날 10분 단위로 쪼개서 다 말해. 아니 1분 단위, 10초 단위?"

한 번도 보지 못한 환한 얼굴로 지혜가 기대감에 들떠 발을 동동 굴렀다. 나야 마음 터놓고 이야기할 단짝 친구가 생겨 좋다지만 애는 뭐가 이렇게 좋은 거야? 남의 일이잖아. 터무니없는 모습에 웃음만 터져 나왔다. 교복 주머니에서 휴대폰이 진동했다. 꺼내 보니 액정에 최정우의 이름이 떠 있었고. 지혜의 눈에 기대감으로 반짝 빛이 들어왔다.

"여보세요?"

― 어디야?

"여기 계단이요."

― 지혜랑 같이 있어?

"네."

― 보건실로 데려와. 자장면 시켜 먹자.

"자장면이요?"

― 응. 메뉴는 와서 고르고.

"알겠어요."

그러다 문득 재현이 얼굴이 떠올랐다.

"선생님!"

― 어?

"재현이도 같이 가도 돼요?"

― 걘 벌써 와 있어. 끊어.

전화가 뚝 끊겼고 지혜가 몹시 궁금한 표정을 지었다.

"자장면…… 먹자는데?"

"뭐?"

지혜의 미간이 한 번에 쭉 찌그러들었다.

학교에서 선생과 자장면을 먹어 보는 일이 흔한가? 그것도 보건실에서? 여긴 뭐 하는 공간이지? 선생들 사랑방? 지루한 클래식은 여전했다. 공들여 화장한 보건 선생님의 흠 하나 없이 완벽한 모공 상태도 여전했다. 평소엔 그렇게 까칠하더니, 왜 자장면 따위에 보건실을 개방했을까?

"뭐 먹을래?"

최정우가 소파에 나란히 앉은 우리에게 전단지를 건넸다.

"깐쇼새우요."

지혜가 망설이지 않고 골랐다.

"그럼 난 양장피."

아까부터 소파에 늘어져 있던 재현이가 냉큼 따라 말했다. 그는 우리가 오기 한참 전에 보건실에 도착해 있던 상태였다.

"넌?"

"그냥 자장면이요."

나는 그가 준 전단지는 훑어보지도 않고 대답했다.

"선생님은 뭐 드실래요?"

그가 보건 선생에게 전단지를 건넸다. 그녀는 자리에 다리를 꼬고 앉아 교양 있게 전단지를 받아 들었는데, 흡사 양식집에 메뉴판을 집는 것 같은 착각을 일으켰다.

"글쎄. 나는 그냥 우리 정우 씨가 시키는 거."

"알겠어요."

우리 정우 씨? 이 남자는 이 여자를 누나라고 부르고, 이 여자는 이 남자를 우리 정우 씨라고 부르는 거야? 그가 전화기를 들고 전단지를 보며 음식을 시킬 동안 보건 선생님의 눈이 집요하게 최정우의 등판을 쫓아다녔다. 내가 그의 등을 보며 만져 보고 싶다는 충동을 느꼈던 것과 같은 기분이 그녀의 눈길에도 분명 묻어 나왔다.

"저기 누워서 한 시간만 자고 싶다."

재현이가 새하얀 스테인리스 침대를 동경 어린 눈으로 쳐다보며 내뱉는 한탄에 나는 눈을 돌렸다.

"밤에 못 잤어?"

"몰라. 자긴 잤는데 선잠이었나 봐. 피곤해."

그 일로 다들 악몽에 시달리는 게 분명했다. 난 이미 그전부터 악몽에 시달렸고 그 일은 독이기보단 약이 되었다. 그건 나만 해당되는 이야기겠지만.

"너희 밤잠은 제대로 자?"

최정우가 우리와 마주 보는 1인용 소파에 앉았다.

"그냥저냥요."

재현이가 어깨를 한 번 으쓱했다.

"지금은 별것 아닌 것처럼 느껴질 수 있지만, 크게 트라우마로 남을 수도 있어. 이상하다 싶으면 상담 받는 게 좋을걸?"

그 말에 재현이는 콧방귀를 뀌었다. 나는 괜스레 찔려 침을 꿀떡 삼켰다.

"에이. 선생님. 무슨 상담? 정신과 상담? 별것도 아닌데."

"네가 살면서 그런 일을 겪을 확률이 얼마나 될 것 같아? 학교에 마약 처먹은 놈이 들어와서 덮쳤는데 그게 왜 별것도 아니야? 별거지."

"진짜 괜찮아요. 피곤하고 스트레스 받는 건 그 일 때문이라기보다 수능이 코앞이라 그래요. 새삼스러울 것도 없는데요, 뭐."

"넌?"

이번엔 최정우가 지혜한테 질문을 넘겼다.

"어젯밤에 분명 그놈 관련된 악몽을 꿨는데 괜찮았어요. 결국엔 제가 베란다에서 밀어서 떨어뜨렸거든요. 죽었겠죠, 뭐."

강철 멘탈.

"넌?"

질문이 내게로 넘어왔다.

"전 괜찮은데⋯⋯."

"애는 원래 악몽 자주 꿔요."

지혜가 오지랖을 떨기 시작했다.

"자다가 막 식은땀 흘리면서 앓는 소리도 내고 바들바들 떨기도 하고, 어쩔 땐 그렇게 깨고 나면 무서워서 안 자고 막 그래요."

최정우의 표정이 심각하게 굳었다.

"악몽? 무슨 악몽?"

"모르겠어요. 막 살려 달라고 빌기도 하고. 그냥 막 울기도 하고 그러던데. 가끔은 막 아프다고 하고⋯⋯."

지혜의 대답에 몸에 전기 충격이 온 것처럼 오싹했다. 지혜가 뭔가를 더 이야기하고, 최정우가 그 일을 심각하게 파고들기 전에 나는 이 대화를 멈춰야만 했다.

　"저, 저는 원래 가위에 잘 눌려요. 진짜 오래됐어요. 막 꿈에 귀, 귀신이 진짜 많이 보이거든요. 기, 기가 약하대요. 그래서 막, 엄마가 보약도 지어 주고 그랬어요."

　심장이 달음박질쳤다. 아직 준비가 안 됐어. 그에게 말할 준비도 들킬 준비도 전혀 되어 있지 않다고. 최정우의 눈이 집요하게 나를 관찰했다. 그는 내가 어느 정도인지 가늠해 보고 있었다. 눈을 감고 외면하고 도망치고 싶은 충동이 서서히 피어올랐다.

　"잠잘 때, 머리 두는 방향을 좀 바꿔 봐. 수맥이 흐르고 있는 건지도 몰라."

　이 비과학적인 이야기는 뜻밖에도 보건 선생님의 입에서 나왔다. 그녀는 새빨간 손톱으로 입술을 두드리고 있었다.

　"내가 예전에, 시골에 땅을 사서 별장을 좀 지었는데 세상에, 거기만 가면 글쎄 터 귀신이 막 보이고 막 달려들더라. 알고 보니까 거기가 수맥 흐르는 데더라고. 아주 죽는 줄 알았잖아."

　그러면서 혼자 웃었다.

　"맞아, 그거 있다더라. 이렇게 ㄱ자로 꺾인 거 들고 다니면서 측정하는 거. 그거 해 볼까?"

　지혜가 맞장구를 치면서 이야기는 점점 수맥과 풍수지리로 흘러들었다. 보건실에서 선생들과 자장면을 먹으며 풍수지리에 관해 수다를 떨 줄은 정말 꿈에도 상상하지 못했다. 요즘 들어 내 인생에서 일어나지 않을 거라고 생각되는 일들이 너무 많이 일어난다. 이건 좋은 건가, 아니면 나쁜 건가?

"참, 근데 선생님 진짜 어떻게 알았어요?"

재현이가 깐쇼새우를 오물거리며 물었다.

"뭘?"

"걔 마약한 거요."

"취한 것 같은데 술 냄새 안 나면 뭐에 취했겠어. 약이지."

그는 짬뽕에 섞여 나온 홍합을 젓가락으로 뜯어내며 대답했다. 보건 선생은 소식주의자라 어필하며 최정우의 짬뽕 그릇에 자신의 짬뽕을 덜어내고 있었다. 내 눈에는 그녀가 하는 모든 게 다 얄미웠다.

"필로폰? 그건 어떻게 알았는데요?"

"뭘 그렇게 자세히 알려고 들어."

"궁금하잖아요. 보통 그런 일 있으면 그냥 정신이상자구나 생각하지, 그렇게 까진 알기 힘들잖아요. 안 그래?"

재현이가 나까지 끌어들였다. 최정우가 미간을 찌푸리고 나랑 재현이를 번갈아 쳐다보는 동안 보건 선생은 최정우의 그릇에 덜어낸 양을 보고 만족스럽게 미소 짓더니 새초롬하게 다시 젓가락질하기 시작했다.

"그때 막 입 벌려 보는 것 같던데. 그거 뭐였어요?"

"잇몸 확인. 코카인 하면 상하거든."

"아……."

"선생님은 그걸 어떻게 아는데요?"

"미국에서 많이 봤어. 예술 한답시고 마약하는 애들."

"미국엔 많아요?"

"땅덩어리가 넓은 만큼 더 많겠지."

"아……."

나는 고개를 끄덕거리며 깐쇼새우를 향해 젓가락을 뻗었다. 재현이의 젓가락과 부딪혔다.

"아, 미안."

"괜찮아."

재현이가 씩 웃으며 깐쇼새우를 하나 집어내 그릇 위에 올렸다. 최정우가 '크흠' 하고 기침을 한 번 하고 물을 들이켰다.

"아무튼 이런 이야기 절대 누구한테도 하지 마. 알겠어? 말했다시피 진행 중인 사건이고, 걔 아버지가 경찰청장인 만큼 진짜 조심해야 해. 원래 있는 놈들이 더해."

"선생님, 근데 경찰청장 아들인 건 또 어떻게 알았어요?"

"지금 나 취조하냐? 언뜻 경찰서에서 받은 질문과 비슷한 거 같은데."

최정우가 젓가락질을 멈추고 따졌다. 그녀는 까르르 웃었다.

"아, 궁금하니까요."

"어떻게, 어떻게, 알게 됐어. 됐지? 이제 그만 물어."

"선생님 그럼 걔 깜빵 갈까요?"

재현이가 끼어들었다.

"가겠지."

"청장 아저씨는 진짜 사퇴해요?"

"양심이 있으면?"

"걘 왜 마약을 했대요?"

"미쳐서."

"학교 관둔 거 그거 때문일까요?"

"아마도."

최정우가 계속해서 건성으로 답하자 아이들의 호기심도 수그러들었다. 나는 그 일에 대해 전혀 궁금하지 않았고 듣고 싶은 것도 없었다. 그 일이 아무렇지 않아서인지, 아니면 모든 걸 속으로 삼켜야 괜찮아지는 오래된 습관 때문인지는 모르겠지만 말이다.

보건 선생은 절반 이상 덜어낸 자신의 양만 비우곤, 약속이 있다며 먼저 나가 버렸다. 그릇과 남은 쓰레기는 꼼꼼히 치우라고 나와 지혜를 향해 엄하게 경고를 하고 난 후였다. 지혜는 엄연한 남녀 차별이라고 구시렁댔지만 결국 치우려고 일어서는 건 나랑 재현이었다. 지혜는 아직도 최정우에게 묻고 싶은 게 남았는지 주위를 맴돌며 신경 사납게 종알댔고 재현이는 넌덜머리난다는 듯 고개를 저으며 휴지와 빈 음료수 캔, 나무젓가락을 치우고 테이블을 물걸레로 닦았다.

나는 빈 그릇들을 주워 담았다. 재현이가 발견하면 분명 자신이 하겠다고 나설 것 같아, 그가 걸레를 빨러 화장실에 간 사이에 빈 그릇을 들고 냉큼 보건실을 빠져나왔다. 건물 경비실 앞에 자장면 그릇을 내려놓고 아직도 교문 앞을 서성거리는 몇 명의 기자들을 얼핏 본 뒤 몸을 돌려 계단을 뛰어올랐다. 지겨워. 언제까지 진을 치고 있을까. 교장은 지금쯤 목이 바짝바짝 타들어 가고 있겠지. 학교에 마약중독자라니. 뉴스에 한 달을 떠들어도 이상할 게 없는 사건이긴 하지. 그렇지만 진짜 수능이 코앞인데 이렇게 시달려도 되는 건가? 보건실 문을 열고 들어가니 아무도 없었다. 최정우 혼자였다.

"어?"

예상치 못한 풍경에 나도 모르게 소리를 냈다.

"끌려갔어."

"네?"

"지혜한테."

지혜가 말도 안 되는 핑계를 대며 재현이를 질질 끌고 사라지는 모습이 눈에 선했다.

"걔 원래 그렇게 오지라퍼야?"

나는 픽 웃음이 나왔다.

"어느 정도는요."

그는 보건실에 밴 음식 냄새를 빼기 위해 창문을 열고 있었다. 마지막 창문까지 열고 나니 보건실 안으로 바람이 새어 들어와 머리카락을 날렸다. 그는 밖을 살폈다. 카메라를 들이대는 기자들을 본 모양인지 그는 서둘러 창문 몇 개를 닫고 커튼을 쳤다.

"불 몇 개만 끌게."

그렇게 말하고 그는 침대칸 쪽 전등을 다 껐다. 입구 쪽 불만 켜진 보건실은 전체적으로 어두웠다. 그는 보건실 상태를 확인하고 책상에 올라앉았다. 둘만 남자 묘한 긴장감이 흘렀다.

"……."

나는 침을 꿀꺽 삼키며 고개를 숙이고 할 말을 찾기 위해 눈을 좌우로 굴렸다. 언제쯤이면 그와 있는 게 편해질까.

"고개 들지?"

그가 문듯이 명령했고 나는 퍼뜩 고개를 들었다.

"보고 싶었다더니. 주는 것도 못 받아먹냐?"

나는 입술을 꾹 물었다. 그건 아닌데……. 그러면 안 된다는 걸 알면서도 그와 있을 땐 자꾸 위축되고 어떻게 해야 할지 모르게 된다. 우리에게 있었던 해프닝을 들어내고 나면 마지막으로 나눈 대화는, 나는 그에게 잘 먹고 잘살라고 소리 질렀고 그는 가만두지 않겠다는 것으로 끝이 나 있었다. 그의 입에서 무슨 말이 튀어나올지 예상이 안 되는 데다가 묘하게 우리를 감싸고 있는 침묵에 나는 자꾸만 찌그러졌다.

혼자 있을 땐 항상 많은 다짐을 하곤 했다. 그에게 솔직해지고, 좀 더 상냥해지고, 좀 더 당당해지고, 좀 더 다가가자고 수도 없이 말이다. 그런데 마주 보기만 하면 몽땅 무용지물이었다. 그와 있으면 여전히 심장이 펄떡대고 열이 나고 머릿속은 아수라장으로 변했다.

"유학은 못 가게 됐으니, 그렇다 치고……."

그는 팔짱을 끼며 자세를 고쳤다.

"이젠 어쩔 거야?"

어쩔 거냐고? 앞으로? 내 진로?

지난번 재현이가 허무할 정도로 단순하게 꿈에 대해 정의 내리던 때를 떠올렸다. 나에게 꿈을 이룬 거라고 했지. 그 말을 듣고 나니 신기하게도 정말 생각이 단순해졌다. 정말 그게 꿈일 수도 있잖아.

"뭐든 상관없을 것 같아요."

"상관없다고?"

"그냥 그림만 그릴 수 있으면 돼요. 그것 말곤 뭘 하든 상관없어요."

그러자 그의 얼굴에 의구심이 떠올랐다.

"그게 하고 싶은 거야?"

"네. 그거면 돼요. 다만 부모님이 원하니까, 대학은 어디라도 갈 생각이에요. 좋은 곳이면 좋겠지만, 아니더라도 괜찮고요."

그의 눈이 가늘어졌다.

"왜 갑자기 그렇게 정리가 됐을까?"

"이상해요?"

그는 어깨를 으쓱했다.

"며칠 전까지 유학 못 가면 곧 죽을 것처럼 울고불고했잖아. 그 전에도 뭘 하고 싶다든지, 어떻게 하겠다든지 그런 계획에 관해서 이야기한 적도 물론 없고. 그런데 갑자기 '펑!' 하고 나타났네? 말끔하게 정리돼서?"

그런가?

"너 혼자 내린 결론이야?"

"아니요."

"그럼?"

"재현이랑 같이……."

말을 다 마치기도 전에 그의 긴 다리가 내 허리를 갈고리처럼 감아 무릎을 굽혔다. 앗 하는 사이에 그의 앞으로 끌려갔고 그가 내 두 볼을 양손으로 꽉 눌렀다. 얼굴이 돼지같이 일그러졌다.

"너 말이야. 왜 자꾸 재현이랑 엮이는 거야?"

"워아그여?"

"왜 자꾸 걔랑 엮이냐고. 실기실에 단둘이 있질 않나, 밖에서 둘이 영화를 보지 않나. 뭐 그건 그렇다 치자고. 주는 대로 받아먹고 말하는 대로 곧이듣는 건 또 뭔데? 나한테는 입 잠그고 있다가 걔 앞에서 입 터지는 건 또 뭐야?"

나는 붕어처럼 뻐끔거리며 버둥댔다.

"너한테 또래 친구가 생기는 건 좋아. 친한 이성 친구 한둘 있는 게 나쁘다고 생각하지도 않아. 그건 어디까지나 너의 프라이버시고, 난 그걸 존중한다고. 하지만 이건 좀 정도가 심하잖아."

"워……아흐여."

양 볼이 얼얼했다.

"경계를 정하란 말이야. 멍청이처럼 질질 끌려다니지 말고. 너 걔가 좋다 그럼 양다리라도 걸칠 생각이야?"

무슨 소릴 하는 거야, 이 양반이!

"아흐여!"

아프다고! 그가 누르던 내 볼에서 손을 뗐다. 턱이 얼얼해서 양 볼을 한참 손바닥으로 문질렀다. 그의 얼굴은 여전히 불쾌하게 구겨져 있었다.

"순진한 것도 정도가 있지. 눈치가 있는 거야, 없는 거야?"

뭐라고?

"걔가 한 살만 더 많았어도 걘 진작 나한테 처맞았어."

걜 왜? 내가 왜 눈치가 없지? 걔가 날 뭐 좋아하기라도 한데? 진짜? 최정우는 왜 이렇게 길길이 날뛰는데? 설마…… 질투야? 나는 얼얼한 볼을 문지르며 인상을 쓴 채 그를 노려봤다. 그는 날 어리석다는 듯이 내려다봤다.

"그러니까 좀 적당히 맺고 끊으라고. 내가 찌질이처럼 이런 것까지 다 말해야 해?"

"잠깐만요."

상황을 분명하게 정리하기 위해 내가 손을 들어 보였다.

"그니까 뭐…… 재현이가 날 좋아하기라도 한다는 그런……."

그의 입이 꾹 닫혀 있었지만, 충분히 긍정의 의미였다. 어이없어!

"걘 나 안 좋아해요."

"그건 네가 멍청해서 그렇게 생각하는 거고."

"재현이는 나한테 엄청 잘해 줘요."

"그러니까. 그게 좋아한다는 거잖아."

"재현이는 누구한테나 다 친절하잖아요."

그가 절망적으로 한숨 쉬었다. 당장 내 목이라도 조르고 싶어 하는 것 같았다. 나는 다시 황급히 손바닥을 들어 보였다.

"그니까 지금 재현이랑 내가 같이 있는 게 싫어요?"

"싫은 게 아니야. 불쾌한 거야."

"같은 말이잖아요."

"다른 말이야."

"같은 말로 들리는데요."

"난 재현이를 좋아해. 순수하고 정의롭고 착하다고. 그냥 네가 걔한테 멍청하게 구는 게 짜증 난단 말이야, 이……."

그가 내 머리를 쥐어박았다.

"똘추야."

오늘 등짝을 맞고 볼을 잡히고 꿀밤을 맞고. 완전 수난 시대다.

"네가 재현이를 좋은 친구로 생각하는 건 알아. 어쩌면 은인으로 여길지도 모르지. 이해해. 그래도 선을 정하란 말이야. 그러다가 있는 대로 다 내주지 말고."

"뭘 다 내줘요?"

"너!"

그가 꽥 소리를 질렀다. 나는 놀라서 뒤로 한발 물러섰는데 그의 허벅지에 몸이 감겨 옴짝달싹 못 했다. 최정우는 손으로 얼굴을 쓸며 마른세수를 했다.

"나랑 재현이를 경쟁시키지 마. 세 살이나 어린 시키랑 그 짓거리를 내가 왜 해야 해!"

"누가 누구랑 경쟁을……."

"지금 네가 그렇게 만들잖아!"

나는 다시 멈추라는 신호로 손을 들었다.

"그니까 재현이랑 거리를 두라는 거예요? 지금처럼 지내지 말라고요?"

"노선을 확실히 정하란 거야."

무슨 말인지 못 알아듣겠다.

"재현이랑 갑자기 거리 두는 건 못 해요. 저한텐 좋은 친구란 말이에요. 저 친구 없는 거 아시잖아요."

"누가 둘이 절교라도 하래? 그래도 남자 사람 친구와 남자 친구는 좀 달라야지."

"달라요."

"완전 똑같아."

"전혀 달라요."

그가 내 몸에서 다리를 풀었다. 그러고는 다시 적대적으로 팔짱을 껴 보였다.

"그게 어떻게 달라. 넌 걔한테 경계심이란 것조차 없어 보이는데."

"그건……."

이건 본능의 문제지. 나는 확실하게 아는걸. 입 밖에 내기 전에 한 번 더 생각이란 걸 해 볼까? 아니면 그냥 느끼는 걸 솔직하게 이야기해야 해? 끙끙거리며 고민하다가 곧 입을 뗐다.

"재현이가 만지는 게 싫어요."

"뭐?"

"물론 날 고의로 만진 적도 없어요!"

그가 또 화를 내기 전에 바르게 정정했다.

"그렇지만 고의가 아니더라도 싫어요."

실수로 재현이의 손이 허벅지에 닿았을 때 내 태도는 분명했다. 거부. 본능적으로 발작에 가깝게 거부했었다.

"그러니까 그냥 닿는 게 싫다고요."

최정우의 표정이 더 구겨졌다. 그는 내가 한 말이 자신이 생각하는 그런 뜻이 맞는지 비교해 보는 것 같았다.

"재현이가 허리에 발을 둘렀으면 저는 뭐라도 들어서 때리고 기절시킨 다음에 도망쳤을 거예요. 어쩌면 잘못해서 죽였을 수도 있어요."

최정우가 배어 나오는 웃음을 참으려고 어금니를 무는 게 보였다.

"이만큼 확실한 경계가 어디 있어요?"

내가 두려움 없이 거리를 좁힐 수 있는 사람은 최정우뿐이었다. 그게 너무 당연해서 최정우가 모르고 있다는 게 어처구니가 없었다. 하지만 달리 생각하면 그가 알 수 있을 리가 없었다. 내가 말을 한 적도 표현을 한 적도 없으니까. 그가 왼손 집게손가락을 까딱거리며 가까이 오라고 신호했고 나는 그의 숨소리가 얼굴에 느껴질 정도로 가깝게 다가갔다. 한 치의 망설임도 없었다. 그는 다시 내 허리에 다리를 감았다. 몸이 그에게로 달라붙으며 내 입에서 웃음이 새어 나왔다.

"그거 엄청 확실하고 명확해 보이긴 하네."

"그렇죠?"

그가 내 턱을 엄지와 집게로 잡고 가볍게 위로 들었다.

"널 갑갑하게 하고 싶지 않아. 너 열아홉 살이잖아. 10대가 몇 달밖에 안 남은 열아홉 살. 그걸 마음껏 즐기게 놔두고 싶어. 기꺼이 환영하고 싶다고."

손가락에 점점 힘이 들어갔다.

"그리고 나는 통제하지 못하는 감정을 겪는 게 싫어. 어느 때고 분명하고 명확하고 이성적인 사람이고 싶어."

나는 그의 말을 이해하는 척 눈을 빛냈다. 그가 자존심이 센 사람이란 건 알고 있으니까.

"그러니까 내가 미친놈처럼 널 옭아매려고 하기 전에 알아서 잘하란 말이야. 내 말뜻, 알겠어?"

힘겹게 고개를 끄덕였다. 그는 가볍게 내 관자놀이에 입을 맞추고 내 어깨에 두 팔을 둘렀다. 그의 품은 퍼즐처럼 딱 맞았다. 나는 그의 쇄골에 가만히 볼을 대고 따뜻한 온기와 부드러운 체취에 잠겼다. 꼭 따뜻한 물에 동동 떠 있는 것처럼 편안하고 기분이 좋았다.

금요일 저녁, 지혜는 자기 옷을 열댓 벌 침대에 펼쳐 두고 갔다. 같이 나가서 쇼핑하자는 걸 돈이 없다는 핑계로 거절했더니, 어떻게든 오지랖은 부리고 갔다. 장신인 그녀의 옷을 입으면 엄마 옷을 입은 꼬마처럼 보일 게 당연한데도, 도저히 성의를 무시할 수가 없어서 커다란 원숭이 얼굴이 유니크하게 그려진 진회색 티셔츠를 골라 입었다. 프리 사이즈라 길이도 적당했다.

나는 나머지 옷들을 그녀의 옷장에 하나씩 차분하게 걸어둔 뒤, 지혜가 싫어해 마지않는 항아리 청바지를 꺼내 입었다. 내가 이 옷을 입었다는 걸 알면 경악하며 막아섰겠지. 이 옷이 예쁘고, 편해서 입은 게 아니다. 이미 예쁜 옷으로 시선을 끄는 작전은 실패한 지 오래고, 오히려 그를 불편하게 만들었다. 그래서였다. 그는 내가 무리해서 변하려 들면 그걸 단번에 알아차리니까.

아직 솔직해지고 싶다는 것과 그를 위해 변하고 싶다는 기분이 정확하게 어떻게 다른 건지 구분해 내긴 힘들었지만, 이젠 천천히 무리하지 않을 정도로만 걸어가는 게 훨씬 실패 확률이 적은 방법이란 건 안다. 그리고 더 이상 그것을 두려워해선 안 된다는 것도 안다. 내가 두려움을 이겨 내는 것만이 그의 애정을 좀 더 확실하게 느낄 수 있는 확실한 방법이었다.

지이이이이이이잉. 책상 위의 휴대폰이 진동하며 빙글빙글 굴렀다.

"여보세요?"

― 준비 다 됐어?

전화기 너머로는 늘 한 톤 다운되어 들리는 목소리.

"네."

— 밖으로 나와. 후문 앞에 검은색 차.

스포츠카 아니고 검은색.

"네."

전화를 끊고 나는 외투를 챙겨 입은 뒤 손가락으로 머리를 대충 빗어 내렸다. 아침에 공들여서 드라이한 덕분에 보푸라기처럼 일어서던 머리도 제법 차분하게 내려앉아 있었다. 후우. 한 번 크게 심호흡했다. 힘내라, 박은금. 겁내지 마. 이번엔 절대 망쳐선 안 돼.

기숙사 계단을 내려가 아이들이 몇 드나들지 않아 썰렁해진 대문을 빠져나오니 시동이 켜진 검은색 세단이 보였다. 짙게 선팅되어 있어 안에 누가 탔는지 식별할 수 없었다. 나는 눈을 찌푸리고 이 차에 탄 사람이 최정우가 맞는지 기웃거리다가 보조석 문을 열었다.

"타."

검은 스웨터 안에 하얀 셔츠를 받쳐 입은 그의 날렵한 상체가 보였다. 갑자기 웬 세단? 내가 경계 어린 눈으로 좌우를 살피며 벨트를 매자 최정우가 대답했다.

"형한테 빌렸어. 그 차는 너무 시선을 끌 거 같아서. 어디서 누가 튀어나와 잡고 늘어질지 모르는 마당에."

내 시선은 후문으로 향했다. 한두 명의 사람이 보였지만 기자인지는 판단할 수 없었다. 그 일이 일어난 지 사흘 정도 지나자 기자는 절반으로 줄었고 주말을 앞두고 아이들이 대거 집으로 귀가하자 더는 건질 게 없다고 판단했는지, 그나마도 모두 철수했다. 최정우는 후진해서 차를 돌리더니 곧 학교를 빠져나갔다.

"머리 풀었네?"

"아."

나는 머쓱해져 괜히 옆머리를 매만졌다.

"예쁘다고."

얼굴이 붉어져 일부러 시선을 창문 밖으로 고정했고 그는 키득댔다.

"하도 표 구하기가 어려워서 나는 브로드웨이 팀이 와서 공연하는 줄 알았어."

깜빡이 신호를 넣고 그가 1차선으로 붙었다.

"알아보니까 브로드웨이에서 무대 세트를 다 빌려 왔대. 제법 웅장한 모양이야."

지혜에게 들어 이미 무슨 내용의 뮤지컬인지는 알고 있다. 얼굴이 일그러진 괴물이 예쁜 아가씨를 짝사랑하는 거. 어디에나 자신의 처지가 대입되는 것도 연애하면 걸리는 병인 건지, 나는 그 스토리에 심각하게 몰두해 있었다.

"시간이 좀 남을 것 같은데, 너 밥 먹었어?"

"아니요."

"간단하게 뭐라도 먹고 들어갈까?"

"네."

한 시간 하고 30분 조금 넘게 달려 우리는 예술의 전당에 도착했다. 차를 파킹하러 주차장으로 들어가는데 피카소의 이름이 찍힌 커다란 포스터가 눈길을 사로잡았다.

“선생님!”

조용한 차 안에서 갑작스레 언성을 높이자 그가 깜짝 놀랐다.

“어?”

“우리, 저거 보러 가요!”

최정우는 차를 출발시키기 전에 재빨리 몸을 돌려 내가 가리킨 포스터를 확인했다.

“피카소?”

“네!”

그는 내비게이션에 찍힌 시간을 확인했다. 점심을 먹기 위해 두 시간이나 일찍 왔기 때문에 시간은 넉넉했다.

“선생님 이거 진품일까요?”

내가 호들갑스럽게 묻자 그가 단번에 웃음을 터트렸다. 차는 미끄러지듯 주차장을 순회하기 시작했다.

“진품이겠지. 국립 미술관에서 모조품을 전시할 순 없잖아.”

“선생님, 저기 초록 불!”

주차 칸이 비었다는 초록 불이 건너편에서 보였다. 나는 손가락으로 거길 가리키며 소리 질렀다. 그가 유쾌하게 미간을 찌푸렸다.

“너 갑자기 엄청 신나 보인다?”

“원래 신나 있었는데…….”

자신 없는 내 말투에 그는 웃으며 고개를 흔들었다.

우리는 예술의 전당 내의 편의점에서 삼각 김밥과 바나나 우유로 점심을 때우고 곧장 전시관으로 달려갔다. 새빨간 색으로 칠해진 벽에 피카소의 커다란 얼굴과 연혁이 줄줄이 나열된 강렬한 입구가 눈에 보였고 무수한 사람들로 북적거렸다. 놀러 갈 데가 그렇게 없나? 미술관은 여기밖에 없나? 편안하고 조용한 분위기에서 감상하고 싶은 마음과는 반대로 늘 구두 발걸음 소리, 아이들이 뛰어다니는 소리, 누군가의 웃음소리, 잡담 소리로 가득한 게 너무 싫었다. 보고 싶은 작품 앞에 다른 사람들이 진을 쳐서 볼 수 없게 된다거나 뒤에서 밀어서 제대로 보지 못하고 다음 칸으로 넘어가야 한다거나 하는 게 싫었다.

"가자."

최정우가 내 손을 잡아 앞으로 끌었다. 그의 커다란 등을 따라가자니 엄마 손을 잡고 놀러 나온 미취학 아동과 내 처지가 전혀 다른 바가 없는 것 같았다. 전시관에 들어서서 우리는 흩어졌다. 그는 하나하나를 꼼꼼히 보는 타입이었고 나는 마음에 들지 않는 그림은 지나치는 타입이었다. 회장을 돌며 나는 막연하게 '아비뇽의 처녀들'이 날 사로잡을 것이라 생각했다. 아니면 게르니카 폭격 사건이라든가. 그런데 눈길을 사로잡은 건 완전 다른 그림이었다. '우는 여인'.

나는 피카소의 그림을 잘 이해하지 못했다. 그가 입체파의 효시이고 '기록'의 느낌이 강한 그림에 전혀 다른 예술성을 부여했다는 것은 익히 배워 알고 있었지만 모든 걸 조각내어 분해했다가 그걸 순서에 맞지 않는 퍼즐로 이어 붙이는 과정이 큰 감흥을 주진 않았다. 그의 그림은 즉각적으로 감정을 느끼기엔 지극히 난해했으니까. 그러나 나는 그 그림 앞에서 한동안 발을 떼지 못했다. 강렬한 색체로 기기하게 해체된 여자의 얼굴에는 표정이 선명했다. 고통스럽게 절규하는 모습. 금방이라도 무너질 것 같은 여자의 얼굴에서 즉각적인 감정이 느껴졌다. 나는 그 강렬함에 사로잡혔다. 여자의 짐승 같은 눈동자, 손수건을 꽉 문 이, 구겨진 턱에서 믿을 수 없을 만큼의 감정이 그대로 드러났다.

"도라 마르네."

등 뒤에서 들리는 목소리에 고개를 돌렸다. 그가 진지한 얼굴로 그림을 응시했다.

"피카소의 여자 중 한 명이었는데 심각한 우울증을 앓았대. 피카소의 여성 편력 때문이겠지. 수도 없이 갈아치웠으니까."

그 이야기를 듣고 나니 여자의 눈물이 더 처연해 보였다. 고통스럽게 사랑을 갈구하는 감정이 넘쳤다. 그가 손목시계를 살피더니 내 손을 잡았다.

"가자. 30분 전이다."

나는 못내 아쉬운 시선을 그림에서 떼어 냈다.

우리는 2층 맨 첫 번째 줄에 앉았다. 무대에서의 거리가 제법 멀었지만, 최정우 말로는 전체적인 무대와 서라운드를 즐기기엔 제격인 자리라고 했다.

재현이와 영화관에 앉아 있을 때와는 또 다른 느낌이었다. 그땐 영화관에 왔다는 것 자체가 신기했는데, 지금은 뮤지컬 공연장에 온 것보다 최정우와 같이 왔다는 게 훨씬 더 신기했다. 공연보다는 최정우를 더 관찰하고 싶은 충동. 지난 데이트 때와 똑같은 충동이었지만 변한 것도 분명 있다. 그땐 혼자 간절하게 그가 손을 잡아 주길 기다렸었다. 먼저 다가가기 어려워서 옆에서 내내 그의 손만 뚫어져라 쳐다봤었다. 그런데 지금은 내가 기대거나 손을 잡으면 그가 꼭 웃으며 받아 줄 것 같았다. 그런 생각이 들자 따뜻하고 간지러운 기분이 배 속을 훑고 지났다.

불이 꺼지자 웅성거리던 관객의 소리가 잦아들었다. 무대 한가운데 스포트라이트가 비쳤고 그 가운데로 커다란 샹들리에가 땅바닥에 처박힌 듯이 놓여 있었다. 어두운 옷을 입은 배우들이 음산한 모습으로 경매를 시작했다. 오페라 하우스의 소품들을 경매에 부치고 있는 것 같았다.

"666번! 산산이 부서졌던 샹들리에입니다. 여기 계신 분 중 몇몇 분께서는 오페라의 유령이라 불리던, 결코 완벽히 풀리지 않을 수수께끼 같은 이상한 사건을 기억하실 겁니다! 신사 숙녀 여러분, 이것이 바로 그 유명한 재앙의 샹들리에입니다!"

나는 경매인의 그 대사에 허리를 앞으로 숙였다. 무대에 비장감이 감돌았다.

"우리의 기술자들이 이것을 수리하고 신기술인 전기도 이용할 수 있게 해 놓았으니 원래 어떤 모습이었는지도 알 수 있겠지요. 어쩌면 이 조명에 놀란 유령들이 시간을 거슬러 올라와 이곳에 나타날 수도 있겠군요."

경매인이 샹들리에의 스위치를 누르자 거대한 번쩍임이 일어났다. 동시에 날카로운 오르간 소리로 서곡이 시작됐고 샹들리에가 마법처럼 내 머리 위까지 떠올랐다. 샹들리에는 다이아몬드를 단 것처럼 빛이 났다. 와! 나는 그 웅장함에 탄성을 내지르며 저도 모르게 좌석 손잡이 위에 놓인 최정우의 손을 꽉 쥐었다. 긴박한 오르간 소리, 둥둥대는 드럼 비트, 바이올린의 현이 불안하게 떨리는 소리가 휘몰아쳤고 무대에 번쩍하고 조명이 들어왔다. 내 시선은 샹들리에에서 곧장 무대 위로 옮겨졌다.

회색빛이던 무대 위에 조명으로 색이 덧입혀졌다. 금박의 화려한 오페라 하우스, 번쩍거리는 샹들리에까지. 나는 정말로 그 세계의 한가운데에 있었다. 화려한 의상을 갈아입은 배우들이 춤을 추며 무대 위로 등장했고 극이 시작됐다.

뮤지컬이 진행되는 동안 한순간도 눈을 떼지 못했다. 배우가 노래를 부르다 클라이맥스에서 고음을 내지를 때는 같이 숨을 헐떡거렸다. 옆에서 웃음을 터트리는 소리가 여러 번 들렸지만, 신경을 쓸 여력이 없었다. 나는 서커스장에 처음 들어선 어린애였다. 눈앞에 펼쳐진 모든 것이 신기했다. 잡고 있던 최정우의 손을 장면에 따라 꽉 쥐었다가 힘을 풀었다가 다시 잡기를 반복했다. 요란 법석인 나와는 다르게 그는 내내 침착하고 평화로웠다.

뮤지컬은 후반부로 들어섰고 유령이 미쳐갈수록 긴장감이 고조되었다. 그리고 시간이 갈수록 유령에게 내 감정을 대입했다. 그가 라울을 인질로 잡고 크리스틴을 협박할 때 뻔히 줄거리를 알고 있으면서도 크리스틴이 유령을 선택하길 간절히 바랐다. 동정이 담긴 키스 한 번으로 유령이 그 둘을 자유롭게 풀어 줬을 때도, 크리스틴이 망설이듯 돌아 그에게 다가갈 때도,

"크리스틴 사랑하오."

다시 돌아온 크리스틴에게 유령이 울먹이며 어린아이처럼 사랑을 고백할 때에도, 크리스틴이 그의 반지를 돌려줬을 때도, 쓸쓸하고 외로운 모습 너머로 사랑의 찬가가 들려올 때도, 나는 유령이었다. 극이 끝나고 배우들이 무대 위에서 인사를 할 때도 나는 박수를 치지 못했다. 여운이 너무 길었다. 크리스틴에겐 해피엔딩이겠지만 내겐 지독한 새드 엔딩이었다.

"너 바지락 좋아해? 우리 봉골레……."

함께 스파게티를 만들 재료를 사러 온 마트에서 그가 나를 돌아보더니 말을 멈췄다. 멍하게 뒤를 따르던 내 표정 때문이었다.

"박은금!"

그가 내 이마를 가볍게 두드렸다.

"네?"

"너 아직도 빠져 있어?"

"뭐라고 했어요?"

"봉골레 해 먹을 건데 좋아하냐고."

"네."

그는 해산물 코너로 카트를 돌리며 내 눈치를 살폈다.

"다음부턴 어린이 뮤지컬을 보러 가든가 해야지, 원."

어린이 뮤지컬?

"지구 용사가 나와서 악을 물리치는 해피엔딩으로 끝나야 맨 정신으로 극장을 나올 거야."

"그렇지 않아요."

"그렇지 않긴. 무서워서 같이 뮤지컬 보겠어?"

"그냥 불쌍하잖아요."

"비극적인 뮤지컬이 얼마나 많은데. 미스 사이공도 그렇고 레미제라블은 또 어떻고. 그땐 실신해서 실려 나올 각이야 딱 보니까."

"……."

틀려. 유령이기 때문에 몰입한 거야. 추하고 일그러진 얼굴로 사랑을 꿈꾸니까. 그게 나랑 너무 비슷해 보인다고. 당신은 크리스틴이니까 모르는 거야! 나는 입술을 씰룩이며 속으로 비아냥 댔다.

우린 잠깐 사람들의 분주함 속에 파묻혔다. 그는 카트를 밀며 진열대를 기웃거렸고 나는 더 놀림당하기 전에 오페라의 유령의 세계에서 빠져나오려고 정신을 쏟았다. 최정우는 진열대에서 바지락 팩을 하나 골라 카트에 넣었다. 그러고선 몇 발자국 옮겨 생선 코너에서 발걸음을 멈추더니 랩으로 포장된 오징어를 집어 들었다. '두 마리에 오천 원.' 아무 생각 없이 팻말을 읽었는데 번뜩하고 갑작스레 정신이 돌아왔다.

"오징어 사시게요?"

"응."

"지금 해 먹게요?"

"아니. 두고 생각나면 해 먹게."

"이런 거 시장에서 두 마리에 3천 원에 팔아요."

그가 눈을 껌뻑이며 날 향해 고개를 돌렸다.

"운 좋을 때 가면 3마리에 5천 원이에요. 냉동으로 사면 마리당 천 원에 줄지도 몰라요."

그가 의외라는 듯 눈을 동그랗게 떴다.

"넌 어떻게 그렇게 잘 알아?"

그의 손에서 오징어를 뺏어 다시 제자리에 돌려놨다.

"부모님이 맞벌이라 집에서 혼자 밥해 먹을 때가 훨씬 많았어요. 엄마 심부름으로 시장도 자주 가고. 집안일도 웬만한 건 혼자 다 해요."

"너 외동딸이랬지?"

“네.”

“부모님이 두 분 다 일하시는구나.”

“네.”

“아주 어릴 때부터?”

“네.”

이런 건 오래전에 끝났어야 할 질문이었다. 나는 그의 가족 관계나 유학 생활, 그가 한국에 오게 된 계기, 심지어 그의 첫 관계가 언제인지까지 알고 있었으나 그는 내가 어떤 사람인지, 어떤 환경에서 자랐는지를 전혀 알지 못했다. 내가 말을 안 했으니 당연하겠지만.

나는 그에 대해 뭐든 궁금해하면서도 정작 습관처럼 굳어진 공포를 그에게도 적용하고 있었다. 내 모든 것, 그러니까 감추고 싶은 부분까지 포함한 내 전부를 그가 알게 될 것 같다는 두려움. 하지만 서로에 대해 아무것도 모른 채로 애정을 주고받는 건 불가능하다. 나는 이제야 조금씩 그걸 알아 가고 있다.

“기억이 있을 때부터 집에 혼자 있었어요. 무서울 땐 집으로 친구들을 불러서 밤늦게까지 놀았어요. 친구들 부모님이 저 진짜 싫어했을 거예요. 맨날 불러낸다고.”

“네가? 친구를 불러서 놀았다고?”

“네. 저 어릴 땐 되게 밝았어요. 못 믿으시겠지만 진짜예요.”

못 믿을 건 또 뭐야. 그는 혼잣말하며 웃었다.

“난 어릴 때 음침했는데.”

“선생님이요?”

이번엔 내가 의심스러워 되물었다.

"응. 생각해 봐. 열다섯 살짜리 사춘기 남자애가 말도 제대로 안 통하는 미국에서 얼마나 쾌활하게 지낼 수 있겠어."

"선생님, 인기 많았다면서요."

"누가 그래?"

"배……."

이름이 뭐더라?

"배…… 배나불 씨요."

그가 웃음을 터트렸다.

"명진이 형 말하는 거지?"

"아 네! 그분이요."

"난 그냥 덩치 큰 한국인이었어. 형 직장 문제로 처음 1년간 미네소타에서 살았는데 거긴 아시안들이 별로 없었거든. 신기하게 봤겠지. 그게 다야."

그럴 리가 있나. 총각 딱지를 열여섯 살에 뗐다는 분이.

우리는 나란히 계산대에 섰다. 기분 되게 이상하네. 대부분 아이를 데리고 온 부부들이었다. 가끔은 신혼인 것 같은 커플도 보였고. 어쩐지 우리 둘만 그 풍경에 이질적으로 어울리지 않았다. 그는 평범하다고 보기엔 지나치게 멋졌고 나는 지나치게 구렸다. 좀…… 꾸미고 올 걸 그랬나.

옆 계산대에 서 있던 여자가 최정우를 힐끗거렸다. 옆모습만 보다가 감질나 어떻게 생겼나 정면에서 보고 싶어 하는 눈치였다. 남편인지, 남자 친구인지는 옆에서 열심히 물건을 컨베이어 위에 퍼 나르고 있는데 말이다.

'너 수동적인 건 알겠는데 최정우 같은 남자는 그렇게 해서 절

대로 못 잡아! 걔 좋다고 달려드는 여자가 몇인데! 적극적으로 표현해야지, 멍충아!'

지혜의 말이 머릿속에 울려 퍼졌다. 피라미드 먹이사슬로 사람을 분류한다면 나는 풀이다. 가장 밑바닥. 누구나 맘만 먹으면 뜯어먹을 수 있는 존재. 나는 계산원에게 카드를 내밀고 있는 최정우의 소매를 의도적으로 부여잡았다. 그러니까 저 하이에나 같은 여자에게 대범하게도 영역 표시를 하는 중이었다.

"결제는 어떻게 해 드릴까요?"

"일시불로 해 주세요.

그는 상냥하게 대꾸하며 내 손을 바로 잡고 코트 주머니 속으로 넣었다. 하이에나 씨의 눈이 가늘어졌다.

"손님, 여기 영수증이요."

그는 영수증에 찍힌 금액을 한 번 확인하고는 카드와 함께 코트 안주머니에 영수증을 넣었다.

"가자."

그는 카트를 밀며 돌아섰고 여자는 그의 뒷모습을 보며 아쉬운 듯 입맛을 다셨다. 여자가 마지못해 계산대에 집중하는 모습을 보자 날카로운 유쾌함이 맘속에서 삐죽 튀어나왔다.

박은금, 너 진짜 웃긴다. 믿기지 않지만, 나한테도 소유욕이란 게 존재했다. 처음 안 사실이다. 뭔가를 갖는 것 자체를 거부하고 살아서인지 내 것이라고 할 만한 게 별로 없었고, 있는 것들은 대부분 누구에게 줘도 아깝지 않은 하찮은 것들뿐이었다. 오히려 줄 때는 미안하기까지 할 정도로. 그런데 최정우는 다르다. 다른 여자가 그를 쳐다보지 않았으면 좋겠다. 힐끗거리거나, 나긋한 목소리로 이야기하거나, 몸을 밀착시키거나, 다정하게 귓속말하는 것도 싫었다. 때론 풀이 죽었고, 때론 자괴감이 느껴지고, 때론 이유 없이 화가 난다. 결국엔 다 같은 뜻이었다. 이 사람이 온전히 내 것이었으면 좋겠다는 욕망.

교회 오빠를 짝사랑할 때에도 가져 본 적 없는 감정이었다. 그 사람이 날 좋아했으면 좋겠다는 바람은 있었겠지만, 오직 내 것이길 바라는 마음은 없었다. 이건 내게 지나치게 사치스러웠다. 그와 지내는 동안 계속 이런 기분을 느껴야 하나? 너무 심해져서 집착적으로 굴면 어떡하지? 최정우는 갑갑하게 굴고 싶지 않다고 했는데…… 그것도 이런 감정인가? 곧 그는 미국으로 돌아갈 텐데. 그땐 어떡하지?

검은색 세단을 단지 앞에 주차하고 우린 그의 아파트로 향했다. 의외로 그의 집 앞에는 기자들이 보이지 않았다.

어두운 집 안에 불을 켜고 그는 식탁에 장 봐 온 것들을 내려놓더니 곧 외투를 벗고 곧바로 화장실에 들어가 손부터 씻었다. 나는 천천히 신발을 벗고 들어가 어두운 거실을 두리번댔다.

"불 켜고 앉아 있어. TV라도 볼래?"

그의 말대로 거실에 불을 켜고 점퍼의 지퍼를 내렸다.

"아니요. 요리하는 거 구경할래요."

그가 소매를 걷은 채로 화장실에서 나왔다.

"코코아?"

"아니요."

"외투는 작은방에다 넣어 놔. 옷걸이 있어."

"네."

나는 외투를 벗으며 작은방으로 향했다. 간소한 옷장. 넓은 책상에는 아이맥 한 대만 놓여 있었다. 오른편에는 다스베이더와 아이언맨의 피겨, 간소한 필기도구 몇 개가 전부였다. 진짜 집에선 작업을 안 하나 보다. 책장에는 영문으로 된 소설책과 화보집, 그리고 여러 개의 스탠드용 액자가 놓여 있었다. 호기심에 액자를 살피는데 눈을 끄는 것이 있었다. 앳된 최정우의 옆에 나란히 20대 정도로 보이는 서양인이 앉아 있었다. 꼭 형제의 사진 같은 구도였다. 뒤로 바다가 보이고 반소매에 반바지 차림인 걸 보니 여름인 게 분명했다.

10대 때인가? 아직 얼굴이 뽀얗고 턱선이 부드러워 아기 티가 났다. 최정우는 열여섯 살 때도 덩치가 이만 했다더니 사실인가 보네. 그 나이 또래로 보이지 않을 만큼 골격은 단단했다. 무엇에도 관심이 없다는 듯 심드렁하게 턱을 괸 채 렌즈를 주시하고 있었는데 그 표정이 지금이랑 똑 닮아서 절로 웃음이 났다. 되게 귀엽네……. 그리고 이 남자는 누구지? 갈색 푸른색 스트레이트 셔츠에 하얀 바지를 입고 입가에 부드러운 미소가 파인 게 꼭 요트를 탄 귀족처럼 보였다. 제임스 딘이나 알랭 들롱을 떠올리게 하는 미남자였다. 모델인가? 더럽게 잘생겼는데?

"이 사람 누구예요?"

호기심에 못 이겨 액자를 들고 나가자 물이 든 냄비를 막 가스레인지에 올려 두던 최정우가 뒤를 돌아보았다.

"아. 오스왈드?"

오스왈드?

"그 후원자요?"

"응."

허가 찔려 다시 한번 사진을 쳐다봤다. 한 60대쯤 되어 보이는
배 나오고 머리 센 아저씨일 거라고 생각했다. 왠지 모르지만 이
름에서 풍기는 분위기나 후원자라는 단어가 주는 이미지가 그랬
다. 나는 믿기지 않아 다시 사진을 살폈다. 이 갈색 머리 미남이 후
원자라고? 20대로 보이는데? 이렇게 젊다고? 지혜가 보면 기절초
풍할 일이다. 얼굴이 완전 지혜 타입이니까.

"이거 사진 찍어 가도 돼요?"

"왜?"

그가 바지락을 씻다 말고 미간을 찌푸렸다.

"지혜 보여 주게요."

그가 푸 하고 콧방귀를 뀌었다.

"그럴 필요 없어. 구글에 검색하면 사진이 엄청나게 쏟아지니
까."

진짜? 액자를 얼른 책장 위에 올려놓고 거실로 뛰어가 소파 위
에 던져 놓은 휴대폰을 집어 들었다. 그의 이름을 구글에 치니,
최정우의 말대로 사진이 수두룩하게 나왔다. 사진 속의 청년보다
는 훨씬 나이가 있어 보였다. 올해로 서른다섯. 서른다섯의 기업
가…… 대단한데? 구글에 링크된 이미지는 대부분 금발의 바
비 인형 같은 여자랑 행사장 같은 곳에서 찍힌 것들이었다. 돈 많
은 베첼러답게 여자를 장식품 정도로 여기는 게 분명했다. 그 꼴
을 보니 흥미가 사라졌다.

부엌 쪽으로 시선을 돌리자 주방에 선 그의 뒷모습이 보였다. 한
쪽 다리에 체중을 싣고 삐딱하게 서서 스파게티 봉지를 뜯느라

분주했다. 나는 그의 뒷모습에 금방 정신을 뺏겼다. 비율 되게 좋네……. 종이가 있다면, 저걸 꼭 그리고 싶다. 소파에 앉아 한쪽 눈을 감고 집게손가락으로 실루엣을 따라 허공에 선을 긋기 시작했다. 움직일 때마다 손가락이 꼬리처럼 그를 따랐다. 잘 기억해 둬야지. 나중에 보고 싶을 때 그릴 수 있게.

최정우는 코팅된 프라이팬에 마늘과 올리브유, 바지락을 차례대로 넣고 볶기 시작했다. 와인을 뿌리니 불길이 팍 치솟았다가 사라졌다.

"악!"

그 모습을 보고 내가 뒤로 발라당 누우며 꽥 소리를 지르자 그의 어깨가 웃음으로 흔들렸다.

"불 안 질러. 걱정 마."

어유, 십 년 감수 했네. 가슴께에 손을 얹고 쓸어내릴 동안 그는 냄비에서 파스타 면을 건져 내 프라이팬에 붓고 분주하게 손을 놀렸다. '치이이익' 하얀 연기가 피어오르고 짭조름하고 군침 도는 마늘 향이 솔솔 풍겨 왔다.

"은금아, 접시 좀 꺼내 줄래?"

"네!"

나는 기다렸다는 듯 잽싸게 자리에서 몸을 일으켰다.

"어디 있어요?"

그가 턱으로 부엌 선반을 가리켰다.

"가운데 맨 아래 칸에."

그가 턱으로 알려 준 대로 가운데 선반을 열었다. 가장자리가 넓고, 가운데가 불룩 파인 파스타 접시.

"이거요?"

내가 하나를 꺼내 보이자 그가 고개를 끄덕였다.

"그거."

하나를 더 꺼내 상판 위에 올렸고 그가 집게로 파스타 면을 돌돌 말아 접시 위에 담았다. 마늘과 바지락, 바질의 향긋한 냄새가 가득했다. 입에 침이 고였다. 그는 프라이팬에 있는 조개를 두 접시에 나눠 담더니 곧 아일랜드 식탁 위로 옮겼다. 나는 눈치껏 포크와 스푼을 가져가 가지런히 옆에 내려놨다. 그의 주방은 구획이 분명해서 뭐든 찾기가 쉽다.

그는 다시 부엌 선반을 열어 맨 위쪽에 있는 와인글라스 두 개를 꺼냈다. 그러곤 베란다로 사라졌는데 나타날 때는 와인 병이 손에 들려 있었다. '퐁' 하는 발랄한 소리와 함께 코르크 마개가 열렸고 두 개의 글라스 잔에 와인을 채워 그중 하나를 내 앞으로 밀었다.

"스파클링 와인이야. 도수가 약해서 마셔도 괜찮아. 안 취하니까."

은은한 노란빛을 띠는 액체에 기포가 보글거렸다. 미란다 파인애플 맛을 상상하며 입을 댔는데 과일 향이 훨씬 진하고 단맛은 훨씬 덜했다.

"샴페인 맛 나요."

"그런 맛이야."

그가 조용히 웃으며 대꾸했다. 음식이 앞에 있어서인지 한껏 긴장이 풀렸다. 점심을 삼각 김밥으로 때우는 바람에 무척이나 배가 고팠던 탓도 있었다.

"잘 먹겠습니다."

나는 그에게 꾸벅 인사를 하고 저돌적으로 스파게티에 달려들었다. 부드럽고 짭조름한 맛. 마늘 향이 풍미를 더해 뒷맛이 고소하고 부드러워 아주 맛있었다. 원래 올리브유가 주가 되는 파스타는 잘 먹지 않는 편인데도 입에 아주 잘 맞았다. 스파게티를 끝내 주게 한다던 말이 사실임을 인정할 수밖에 없었다.

"네 이야기 좀 해 봐."

그가 스파게티 면을 포크로 돌돌 말며 말했다.

"내 이야기요?"

"그래. 미술 공부는 어떻게 하게 됐는지, 이 학교는 어떻게 들어왔는지 그런 거."

현실을 잊는 유일한 탈출구였으니까. 나는 와인으로 목을 축였다.

"원래 공부엔 흥미도 소질도 없었고…… 아빠가 그림을 잘 그리셨는데, 그걸 물려받았어요. 평범한 고등학교에 들어가서 공부만 하는 것도 괴로울 것 같고, 그래서 소질이 조금이라도 있는 쪽으로 파고든 것뿐이에요."

그는 면을 입안에 넣고 오물오물 씹으며 생각에 잠겼다.

"와 보니까 전 정말 별거 아니더라고요. 그래도 중학교에선 제법 잘 그리는 아이에 속했는데, 여긴 저보다 더 잘하는 애들이 수두룩해서 놀랐다고 해야 되나, 기가 질렸다고 해야 하나……"

거짓말. 그 끔찍한 동네에서 벗어나고 싶어 이 학교에 들어왔고, 다른 아이들이 나보다 그림을 잘 그린다는 것에 질린 게 아니었다. 다른 아이들과 대비되는 나의 어둠이, 그들처럼 반짝이고 터

질 듯 풍부하고 무엇이든 자기감정에 솔직한, 그 빛 안으로 들어
갈 수 없다는 걸 알았기 때문에 질린 거다. 어디에도 속할 곳이 없
다는 외로움과 소외감…… 자신에 대한 자괴감……. 날 기죽게 하
고 짓누른 건 그런 것이었다.

"그래서야?"

"네?"

"그래서 그렇게 움츠러들어서 다녔어?"

아니.

"네."

"캔버스 위에 사람을 그리는 걸 어려워하는 이유는 왜 그러는
거야?"

갑자기 입술이 바짝바짝 말라서 다시 한번 와인을 들이켰다. 언
젠가 닥쳐야 할 일이었다. 내가 그에 대해 궁금해하듯이 그도 나
에 대해 궁금해할 수밖에 없어. 당연한 거야. 나는 약간의 시간을
벌기 위해 와인을 입안에 물고 천천히 목으로 넘겼다. 무슨 변명
을 해야 하나. 최정우가 납득할 만한 변명이 뭐가 있을까? 무슨
말을 해도 통하지 않을 것 같았다.

"잘…… 모르겠어요."

내가 혐오스러우니까. 생명이 있고 표정이 있는 그림 속에 그게
나타나니까. 그 안에 사람을 그리는 건 내가 내 모습을 거울로 들
여다보는 것과 똑같은 기분이 들게 했다. 흉하고 일그러진 추악
함을 감당할 수가 없어서 차라리 분노하고 염증을 내며 그걸 갈
가리 찢어 버리고 싶은 충동을 일으켰다. 그런 생각이 들자, 온몸
에 잔뜩 힘이 들어갔다.

"너 H. R. 기거 알아?"

그가 갑자기 화제를 전환했다.

"뭐…… 기계 이름이에요?"

그는 와인 잔을 단숨에 비우고 거실로 가더니 책장에 서서 한참 동안 뭔가를 찾았다. 나는 접시 위에 남은 마지막 스파게티 면을 입안에 넣고 곧 그를 따라 일어났다.

"여기 있다."

그는 한 손에 책을 들고 한 손으로 나를 끌어 소파 위에 앉혔다. 그는 내 옆에 나란히 앉아 다리를 꼬고 무릎 위에 책을 올려 뒀다.

"한스 루돌프 기거."

그가 천천히 또박또박 읽었다.

'H. R. Giger'

책자에는 그렇게 찍혀 있었다. 그는 내가 책 표지를 읽을 만큼의 시간을 둔 뒤에 책장을 넘겼다. 거기엔 한눈에 형체를 알아보기 어려운 그림이 그려져 있었다.

"이거……."

'ALIEN.'

그림 위에 묘비명처럼 적혀 있는 글자를 읽기 위해서 실눈을 떴다.

"이거 에어리언이에요?"

"맞아. 에어리언을 디자인한 사람이 이 사람이지."

그는 천천히 화보를 한 장씩 넘겼다. 검고 어둡고 기괴했다. '그로데스크'하다는 말이 딱 어울렸다. 끈적끈적하고 기괴하고 곤충 같기도, 사람 같기도, 아니면 동물 같기도 했고, 어떤 건 사람의 뼈와 장기를 맘대로 찢어발겨 기계나 호스와 이어 붙인 것 같았다. 정말 기괴했지만 섬세했고 마치 모차르트의 장송곡처럼 대단히 웅장했다.

"피카소가 '큐비즘'의 창시자라면 이 사람은 '바이오메커니즘'의 창시자야. 누구도 본 적 없는 걸 오로지 상상만으로 그려 낸거지."

그는 계속해서 화보를 넘겼다.

"누군가에겐 미친놈으로 보였겠지만, 누군가에겐 새로운 영감을 끌어내 주는 원천이기도 해. 지금도 바이오메커니즘으로는 이사람을 뛰어넘는 사람이 나오질 않고 있으니까."

나는 화보에서 그에게로 시선을 옮겼다. 그는 그림에 대해 이야기를 할 때 자신이 어떤 표정을 짓고 있는지 알고 있을까? 아마전혀 모를걸.

"그러니까 캔버스 위에 무슨 그림을 그리든 겁내지 마. 거기에뭐가 보이든, 때론 낯설고 불편하고 흉측한 것들이 새로운 세계를 창조하기도 하니까."

그는 항상 내게서 뭘 보는 걸까. 그는 늘 내 안의 어렵고, 두렵고, 아픈 감정을 건드렸다. 그걸 실크처럼 부드럽게 감싸서 밖으로 꺼내고 햇빛 아래 내려놨다. 그럼 나는 그게 아주 천천히 녹는것 같았다. 그의 햇빛 아래에서 부드럽고 젤리처럼 말랑거렸다. 그를 좋아하기 때문에 그가 하는 말들이 가슴을 치는 것일까, 아니면 그가 하는 말들이 언제나 가슴을 두드려서 그를 좋아하는 것일까. 그가 책장을 넘기다가 멈추고 날 향해 책을 들어 보였다.

"이거 봐. 멋있지 않아?"

그는 신이 난 아이의 얼굴을 하고 있었다. 가슴속에서 울컥 부드러운 감정이 치밀어 올라, 나도 모르게 손을 뻗어 그의 뺨에 댔다. 그러자 순간적으로 그의 얼굴에서 아이 같은 천진함이 싹 빠져나갔다. 그의 굳은 얼굴에 퍼뜩 정신이 들었다.

내가…… 뭘 한 거야? 황급하게 정신이 돌아오자 내가 한 짓이 눈앞에 똑똑히 보였다. 그의 뺨 위에 얹은 내 손 말이다. 내가 드디어 미쳤나? 너무나 당황스러워 얼굴에서 손을 떼어 내려고 하자 그가 손목을 꽉 잡았다. 눈 깜짝할 새서 나도 모르게 입 밖으로 '헉' 하는 소리가 났다. 숨이 막힐 것 같은 조용함. 나는 놀라고 두려워서 두 눈을 크게 뜨고 그를 쳐다봤다. 무표정한 얼굴에 입술은 일자로 굳게 다물어져 있었다. 처음 보는 굳은 표정에 손끝은 점점 차가워지고 식은땀이 고였다. 딱딱딱 이가 부딪혔다.

도망갈까? 아니. 도망가면 안 돼. 그의 뺨에 강제적으로 달라붙는 손이 두려움에 파르르르 떨리기 시작했다. 그의 눈빛이 내 폐부를 찌르는 것 같아서 나는 숨을 몰아쉬었다. 제발 무슨 말이라도 좀 해. 속으로 그렇게 빌었다. 그때 내 손이 움직이기 시작했다. 내 의지가 아니었다. 최정우의 의지였다. 그의 손가락에 감긴 손목에 전기라도 통하는 것처럼 주위가 찌릿하고 뜨거웠다. 뺨에 닿았던 손이 입술에 닿았다. 손끝에 그의 부드럽고 폭신한 입술이 느껴졌다.

입술을 지나 이번엔 그의 턱에 닿았다. 까끌한 수염 자국이 손가락을 간지럽게 했다. 내 손끝은 그의 목젖을 매만지고 그의 쇄골 사이 움푹 파인 웅덩이를 지나 점점 더 아래로 내려갔다. 내 입은 점점 더 벌어졌다. 그는 내 손을 자신의 왼쪽 가슴에 가져다 대더니 지그시 눌렀다.

　쿵.

　쿵.

　쿵.

　심장의 고동이 손바닥을 울렸다. 너무 강하고 지독하리만큼 선명해서 나는 그의 심장 소리에 완전히 압도된 채 옴짝달싹도 하지 못했다. 전신에 불길이 치솟았고, 고막이 같은 리듬으로 진동했다. 이건 누구의 심장에서 나는 소리지? 내 손이 울리는 게 그의 심장 소리 때문인지 아니면 내 심장 소리가 너무 커서 손끝까지 울리는 건지 구별을 할 수가 없었다. 나는 마치 물에 빠졌다가 구사일생으로 살아난 사람처럼 가쁘게 숨을 쉬기 시작했고, 귓가에는 누구의 것인지 모르는 심장 소리와 씩씩대는 숨소리로 가득 찼다. 온몸이 뜨거웠고 아무리 입을 벌리고 가쁘게 숨을 쉬어도 폐에선 여전히 공기가 모자란다며 아우성이었다.

　그가 상체를 내 쪽으로 숙이자 까마득하게 세상이 한 바퀴 도는 것 같더니 등에 소파의 차가운 가죽이 닿았다. 나는 어정쩡하게 누운 자세로 그를 올려다보았다. 그의 눈은 침착하게 타올랐다. 여전히 손바닥 위에서 그의 심장이 펄떡댔다. 그의 심장은 내 것과 꼭 같은 속도로 뛰고 있었다.

　"자고 갈래? 여기서?"

　나는 생각할 겨를도 없이 넋이 빠져 고개를 끄덕댔다. 심장이 머리 꼭대기에서도 뛰고 있었다. 내 몸이 지진이라도 난 것처럼 그 소리에 맞춰 흔들리고 있는 건 아닐까 하는 착각이 들 정도였다.

　침착해. 스스로에게 끊임없이 외쳤다. 그렇게라도 하지 않으면 기절할 것 같아서였다. 그의 무게가 배 위에 묵직하게 실렸다. 그는 한 손으로 자신의 몸을 지탱하고 나를 내려다봤다. 그의 눈이 그리듯이 내 얼굴을 훑더니 곧 손가락이 내 이마, 눈썹, 눈꺼풀, 콧등, 볼을 차례대로 만졌다. 깃털처럼 가벼운 손가락이 느릿하고 섬세하게 윤곽을 훑고, 손끝으로 그리듯이 볼을 타고 미끄러졌다. 엄지손가락이 내 입술을 천천히 쓸자 나는 꼴깍 침을 삼켰다. 메마른 목이 뜨거웠다. 도톰하고 붉은 입술이 조심스럽게 다가오기 시작했고 나는 질끈 눈을 감았다. 그리고 접촉. 그에게서 나는 달콤한 향기가 코끝에 퍼졌다. 손바닥에 닿아 있는 그의 심장이 여전히 사납게 펄떡댔다. 부드럽고 젤리 같은 그의 입술이 각도를 바꿔 가며 내 입술을 핥고, 빨고, 물었다.

그가 내 손목을 한쪽씩 잡아 자신의 목 뒤로 두르자, 내 가슴과 그의 가슴이 완전히 밀착됐다. 내 입술은 그에게 밀리고, 다시 먹혔다가 또다시 밀리기를 반복하고 있었다. 나는 휘몰아치는 태풍에 말려든 사람이었다. 정신없이 뱅글뱅글 돌고 심장이 쿵쿵쿵 뛰었다. 그가 멈추기 전까지는 도저히 진정할 방법이 없는 것 같았다. 그의 혀가 내 입안으로 밀려들어 왔을 때, 나는 롤러코스터를 타고 까마득하게 아래로 추락하는 사람처럼 그의 목에 감긴 손에 힘을 주며 매달렸다. 정신이 아찔하게 곤두박질쳤다.

그는 자신의 무게로 나를 내리누름과 동시에 내 무릎 아래에 손을 넣어 끌어당겼다. 그러자 다리가 그의 허리에 감겼고, 내 몸은 소파에 완전히 뻗어 버렸다. 헐떡대는 내 모든 근육이 늘어난 고무공처럼 팽팽하게 당겨졌다. 긴장 때문인지, 불안 때문인지, 어쩌면 오래된 공포 때문인지도 모른다. 그의 손이 허벅지를 타고 올라오더니 셔츠 안으로 들어갔다. 옆구리에 그의 손가락이 느껴지자 나는 입술을 떼어 내고 날카롭게 숨을 들이켰다. 그가 뜨겁게 숨을 뱉으며 날 내려다봤다

"멈출까?"

무서웠다. 온몸에 소름이 돋아나서 손길이 닿아 있는 곳이 욱신댔다. 하지만 반대로 갈망하기도 했다. 좀 더 느껴 보고 싶다는 갈망. 떨림이 두려움으로 인한 것인지, 아니면 욕망으로 인한 것인지 판단할 수 없을 만큼 나는 무지했다. 그것에 대해 알려면 겪어 보는 수밖에 없었다. 목숨을 건 도박일지도 모르지만, 최정우가 아니면 시도조차 하지 못할 일이었다.

그는 곧 미국으로 돌아가야 한다. 우리에겐 시간이 없고, 이 남자가 내 인생에서 처음이자 마지막일지도 몰랐다. 그럴 가능성이 훨씬 더 컸다. 이 사람뿐이야. 내가 여자가 되고 싶은 사람은 평생 죽을 때까지 이 사람뿐일 거야.

"괜찮아요. 좀…… 기…… 긴장돼요."

잠긴 목소리로 서툴게 중얼댔다. 그의 얼굴이 무서울 정도로 진지했다. 차라리 좀 웃어 줬으면 좋겠다는 생각마저 들었다.

"언제든 멈출 수 있어, 네가 원하지 않으면."

나는 삐걱대며 움직이지 않는 고개를 끄덕였다. 절대로 못 멈출걸. 혀를 깨무는 한이 있더라도 절대 멈추란 말은 입 밖으로 낼 생각이 없으니까.

"멈출까?"

그가 다시 물었다. 마지막 확인이자 경고였다.

"아니요."

어차피 정해진 대답은 하나다. 망설일 이유가 전혀 없었다. 그가 다시 입을 맞춰 왔고 나는 그의 셔츠를 꽉 쥐었다. 온 신경이 내 셔츠 밑에 있는 그의 손가락에 가 있었다.

괜찮아. 나쁜 일은 없어. 나는 두려움과 경계심에 그의 어깨너 머로 눈을 끔뻑거리다가 곧 질끈 감았다. 엄지가 내 갈비뼈를 꾹 눌러서 마사지하듯 쓸었다. 간지럽기도 하고 욱신대기도 했다. 나는 그가 내 피부를 만질 때마다 인상을 찡그리고, 눈을 끔뻑거렸다. 어쩔 땐 몸을 움찔거리기도 했다. 그는 날 간지럽게도 하고, 부드럽게 쓸기도 하고, 꾸욱 눌러 아프게도 하면서 내가 자신의 손길에 익숙하게 반응할 때까지 인내심 있게 행동했다. 몸에 긴장이 풀리고 나른해질 때쯤, 그의 손이 순식간에 브래지어 속으로 파고들었다.

복부가 위로 튀어 올랐다. 허리가 꺾이며 몸이 활처럼 휘었고, 명치를 세게 얻어맞은 것처럼 충격적이었다. 입에서도 명치를 맞았을 때와 비슷한 신음이 튀어나왔다. 충격적이란 말 외에는 그 기분을 표현할 방법이 없었다. 그는 내 가슴을 만진 최초의 사람이니까. 나는 선을 벗어났다. 스스로에게 벌어지는 일을 판단하고 정의하고, 뭔가를 요구할 만한 통제력을 완전히 상실한 것이다. 전기 충격이라도 받은 것처럼 바르르 떨자 그가 부드럽게 입술로 내 목을 쓸고는 곧 떼어 냈다.

왜? 왜 멈춰? 그가 물러설까 봐 갑자기 겁이 났다. 그가 상체를 일으키고 브래지어 속에 있던 손을 빼내자 옷 안으로 차가운 공기가 불쑥 침입했다. 그는 주변을 두리번댔다. 비좁은 소파가 마음에 들지 않는 눈치였다. 안 돼. 그러지 마. 소파에서 벗어나려는 모습에 나는 몸을 일으키고 절박하게 그를 붙잡았다. 안 돼! 그가 안심하라는 듯 빙긋 웃었다.

"장소를 옮기려는 거야."

"그냥 여기 있어요."

나는 그의 손가락을 쥔 손에 더 꽉 힘을 주었다.

"여긴 너무 좁아."

"그냥 있어요! 지금이 딱 좋아요!"

"그럼 바닥에 깔 만한 거라도 가져올게."

몸을 돌리는 그를 당겼다.

"그냥 있어요!"

그는 고개를 갸웃거렸다. 그래. 갑자기 애절하게 매달리는 내가 이상할 거다.

"그냥 계속 같이…… 같이 있어요."

그의 눈이 내 눈동자를 좌우로 살폈다. 나의 이상함을 읽어 내려는 듯. 나는 간절했다. 그가 무슨 생각을 하고 있는지 알아. 비좁은 소파에서 처음을 경험하게 하고 싶지 않다는 것. 분명 고마워해야 마땅한 일이지만 지금은 아니었다. 내겐 장소와 행위는 전혀 중요하지 않아. 중요한 건 오직 내게 틈을 주지 않는 거였다. 내게 생각할 여유를 주지 마요! 지금 나한테 필요한 건 시간이 아니야. 그냥 그에게 끌려가는 거야. 내가 원하는 건 그에게 여자가 되는 거였다. 답답하고 움츠러들고 항상 어둠 속에 갇혀 있는 아무것도 아닌 내가 아니라 그에게, 그리고 그로 하여금 여자가 되고 싶었다. 당신은 날 잘 읽잖아. 내가 알리고 싶지 않은 것까지도 늘 읽었잖아. 그러니까 제발 내가 뭘 원하는지 읽어 줘. 날 제발 휘둘러 줘.

얼마의 시간이 지났을까. 그가 커피 테이블을 책장 앞까지 쭉 밀어내더니 무릎을 세우고 소파 밑에 앉았다. 그러곤 팔을 들어 자신의 셔츠 뒷부분을 잡더니 그대로 몸에서 빼냈다. 제일 먼저 셔츠에서 그의 머리가 빠져나왔다. 곧이어 그의 셔츠가 어깨와 팔을 지나 밑으로 떨어져 나가는 모습이 슬로모션처럼 보였다. 갑옷처럼 단단해 보이는 어깨, 일자로 곧게 뻗은 쇄골, 조각조각 손으로 빚어 놓은 것 같은 근육. 그건 미켈란젤로의 토르소였다. 뜨거운 온기를 지닌 토르소. 나는 그의 상체가 보여 주는 아름다움에 시선을 돌릴 수가 없었다. 다른 남자의 벗은 상체를 보고도 같은 기분을 느낄 수 있을지 장담하기가 어려웠다. 아련하게 내 안의 뭔가가 금이 가고 조각조각 떨어지고 있었다. 그 사이로 왈칵 밀물이 쏟아져 들어오는 것 같아서 자꾸만 눈물이 고였다.

그의 시선이 천천히 아래로 떨어졌다가 다시 위로 올라왔다. 그의 두 손이 조심스럽게 내 셔츠의 허리춤을 붙잡았다. 그의 눈이, 나를 시험하듯 쳐다봤다. 정말로 이 일을 감당할 의지가 있는지 묻고 있는 듯했다. 그가 옷을 벗길 수 있도록 나는 기꺼이 두 손을 머리 위로 들었다. 내 옷은 소파 밑으로 껍데기처럼 떨어졌다.

오른쪽 어깨에 깃털처럼 그의 손가락이 올라갔고 부드럽게 바깥쪽으로 밀자, 브래지어 끈이 힘없이 아래로 떨어졌다. 그의 손이 쇄골을 따라 왼편으로 움직였다. 반대쪽 브래지어 끈도 손가락으로 밀자, 아래로 가볍게 떨어졌다. 나는 눈을 깜빡이며 어깨에 닿는 그의 촉감에 집중했다. 그가 나를 안듯이 양 팔뚝을 지나 팔을 둘렀다. 내 어깨에 그의 숨결이 느껴졌다. 곧 가슴에 해방감이 느껴지며 브래지어가 툭 하고 아래로 힘없이 떨어졌다. 처량할 정도였다. 그가 내게서 물러섰고 나는 본능적으로 두 손을 가슴에 둘렀다. 가슴이 솟고 생리가 시작된 이후 가족을 포함한 누구에게도 내 벗은 가슴을 보여 준 적이 없었다. 심지어 열여섯 살 이후에는 내 벗은 몸을 나조차 본 적이 없었다. 갈비뼈 밑으로 시퍼렇게 멍이 들고 긁히고 부은 상처가 가득했던 나신…… 아직도 그 미친놈의 흔적이 몸에 남아 있을까 봐 마주하기가 두려웠다. 심각할 때는 목 밑으로 아무것도 없는 듯한 착각도 일어났다.

내가 캔버스 위에 사람을 그리기 두려워하는 이유도 같은 맥락이었다. 거기에 투영된 내 자신을 마주할 자신이 없으니까. 그걸 아름답게 볼 수가 없었으니까, 도저히 즐길 수가 없었으니까. 썩고 곪은 것들을 나는 그저 외면하고 싶었으니까. 너무나 고통스러웠으니까…… 나는 긴장하고 위축됐지만, 태연하게 보이려고 노력했다. 모든 관절이 딱딱하게 얼어붙고 가슴을 가린 손이 부들부들 떨리는데도 말이다.

따뜻한 손바닥이 볼에 닿았을 때 그 느낌을 음미하려 눈을 감고 그의 손을 향해 얼굴을 기울였다. 야트막한 한숨이 내 입술 사이로 흘러나왔다. 나는 간절하게 그에게 구원받고 싶었다. 그는 정말로 원하지 않는 걸까? 지금도? 여전히?

뺨을 어루만지던 손이 내 손목 위에 얹혀졌다. 그의 손가락이 비단처럼 부드럽게 내 손목을 매만지고 천천히 감쌌다. 그는 신중히 행동할지언정 망설임은 없었다. 모든 게 서툰 내게는 고마운 일이었다. 그가 조금씩 힘을 주어 당기자 내 손목이 가슴에서 떨어져 나갔다. 아래로 내려간 엄지에 내 허벅지가 닿았다. 나는 최면에 걸린 사람처럼 그의 눈만 쳐다봤다. 감싸고 있던 손이 떨어지자 체온으로 젖어 있던 피부에 소름이 돋았다. 숨이 가빠 와 가슴이 들썩댔다. 울음이 터질 것도 같았고, 가슴이 조여 오기도 했다. 두려움도 있었고 완전히 자신을 개방하고 싶은 욕망도 있었다.

　내가 스스로를 보던 때처럼, 그가 나의 추악함을 발견하지 않길 빌었다. 내 몸에서 다른 누군가의 흔적도 찾을 수 없길 바랐다. 그에게 난 아무것도 남겨져 있지 않은 하얀 도화지이길 바랐다. 새하얗고 매끄러워서 무엇이고 그리고 싶은 충동을 일게 하는……. 만약 그 반대로 내가 누군가에게 찢기고, 긁히고, 생채기가 나고, 더러운 구정물이 묻어 있는 너덜거리는 도화지로 보인다면, 그가 날 혐오하거나 동정하기라도 한다면, 나는 견딜 수가 없을 것이다. 나는 평생 죽을 때까지 짓밟힌 채로 어둠 속에서 살아야 한다. 그런 절망감을 느끼고 싶지가 않았다.

　이건 도박이다. 내 목숨을 건 도박. 나는 냉탕과 온탕을 반복하는 것처럼 절망과 희망 사이에서 휘청댔다. 그의 눈이 그림을 그리듯 내 벗은 상체를 훑었다. 그 시선이 천천히 부드럽게 움직일수록 그리고 한 곳에 오랫동안 머물수록 주먹을 꽉 쥔 손에 더욱더 힘이 들어갔다. 손톱이 손바닥을 파고들 만큼 세게……. 더 이상 그의 표정을 살펴볼 수가 없어서 나는 눈을 질끈 감고 고개를 떨어뜨리는 것으로 그의 시선을 외면했다. 절망감에 무너지지 않기 위한 최선의 방법이었다.

　따뜻한 온기가 햇살처럼 피부에 가까웠다. 쇄골에 젤리같이 말캉한 감촉이 닿아 눈을 뜨니 그가 입을 맞추고 있었다. 그의 양손이 내 척추를 따라 움직였다. 그는 나를 올려다보고 있었다. 그는 구원자가 아니었다. 그의 눈이, 표정이, 입가에 걸린 황홀한 미소가 그걸 말해 주고 있었다. 그는 숭배자였다. 그가 내 가슴 사이에 입을 맞췄고, 나는 그것으로 충분했다. 무너져 버린 나는 참았던 숨을 토하며 그의 어깨 위로 얼굴을 묻었다. 내 허리에 휘감긴 그의 손이 나를 그대로 들어 올려 소파 밑 러그 카펫 위에 깃털처럼 눕혔다.

나는 다급하게 그의 입술을 찾았다. 두려움과 절망감이 사라지고 난 다음 남은 건 불같은 욕망 하나였다. 나는 그의 머리카락 사이로 손가락을 밀어 넣었고, 잡히는 만큼의 머리카락을 움켜쥐고선 그를 당겼다. 입술이 부딪히고 그의 입안으로 혀를 밀어 넣었다. 그가 웅얼대며 신음하는 소리가 들렸다. 커다란 손이 내 가슴을 쓸어 올리고 마사지하듯 주물렀다. 뜨겁고 부드러운 입술이 나의 턱, 귀밑, 목선을 지나 쇄골로 옮겨가며 지나가는 자리마다 지분대고 깨물고 비볐다. 나는 하늘 위로 둥둥 떠 있는 듯 몽롱했다. 그의 입술이 내 가슴에 닿고 혀를 미끄러트리자 나는 더 손에 힘을 주어 그의 머리카락을 꽉 움켜쥐었다. 마침내 그의 입술이 내 젖꼭지에 닿고 혀로 쓸자 불에 덴 것 같은 감각이 날카롭게 등줄기를 내리쳤다. 나는 헐떡거리며 비명을 질렀고 온몸이 아찔할 정도로 위로 솟구치는 느낌에 허우적거렸다. 배꼽 아래로 아랫배가 간지러웠고 뜨거운 무언가가 고여 들었다. 그가 내 바지를 더듬어 버클을 풀었다. 지퍼를 내릴 때쯤에는 나도 모르는 기대감에 온몸이 욱신거렸다. 나는 헐떡이느라 마른 입술을 핥고 알 수 없는 감각에 끙끙 앓았다.

“괜찮아?”

그렇게 묻는 그의 숨소리가 거칠었다. 나는 대답 대신 그를 당겼다. 입술이 부딪혔고 그가 나를 짓눌렀다. 그의 손이 망설임 없이 바지 안으로 들어갔다. 나는 움찔하며 그의 입술을 꽉 물어버렸다.

쾅쾅쾅!

눈을 번쩍 떴다. 정지. 모든 것이 정지했다. 그의 손이 어정쩡하게 내 가랑이 사이에 멈춰 있었다.

"옆집일 거야."

그가 대수롭지 않게 말했다.

쾅쾅쾅! 다시 문 두드리는 소리. 그러더니 혀가 꼬부라져 도저히 알아들을 수 없는 중얼거림이 문틈으로 비집고 들려왔다.

"술 취해서 잘못 찾은 걸 거야."

그는 다시 대꾸했다. 확신이라기보단 바람이었다.

쾅쾅쾅! 최정우!

옆집도, 술에 취해 잘못 찾아온 것도 아니었다. 우리 둘 다 익히 들어 아는 목소리였다. 최정우의 이마에 힘줄이 툭 불거져 나왔다.

"정우야아…… 이^(*&^*^&%%^$ 문 좀 열어줘어어어어어어어어."

문을 긁는 소리. 최정우는 초인적인 인내력을 발휘하려는 듯 눈을 꽉 감고 입술을 씹었다.

"정우…… (**&^*%))*&$"

그는 문을 긁고 두드리기를 멈추지 않았고 최정우가 씨X라고 내 위에서 조용히 욕했다. 그는 몸을 일으켰고 휑한 한기가 느껴질 때쯤 떨어진 옷가지를 주워 내 몸 위에 덮어 주었다.

"일단…… 입어."

잔뜩 잠긴 목소리에 마뜩잖은 기색이 역력했다. 그는 자신의 셔츠를 찾아 빠르게 입더니 죽여 버리겠다고 혼자 욕설을 해 댔다.

"정우양아아아아케*&^(_)(*"

"간다고! 가!"

말도 안 돼. 이렇게 끝났어. 터무니없는 타이밍에 끝났다. 5분만, 아니 10분만 더 시간이 있었더라면 좀 더 많은 것을 할 수 있었을 터였다. 나는 막 고조되고 있었다. 두려움이나 망설임이 날아가고 무척이나 뜨겁고 애달픈 열정만 남아 있을 뿐이었다. 들뜬 열기가 좀처럼 식지 않았다. 그의 손이 어정쩡하게 멈췄던 것도 아쉬웠다. 그가 하려던 건 뭐였을까? 등줄기가 곤두서던 그 느낌은 공포였을까? 아니면 쾌감이었을까? 그건 최초의 감각이었다. 좀 더 시간이 있었어야 했다. 확신이 들 때까지.

허무하다 못해 웃음이 나왔다. 너무 웃겨서 브래지어를 차고 셔츠를 입으며 혼자 키득키득 웃음을 터트렸다. 최정우는 더 열이 오르는지 거칠게 문을 열었다. 배명진이 문에 밀려 쾅 하고 부딪히며 바닥에 털썩 주저앉는 소리가 들렸다. 아하하하하하! 나는 너무 웃겨 배를 쥐고 웃었다.

"정우야아아아아아아."

"남의 집 앞에서 도대체 뭐 하는 거야!"

최정우가 소리를 꽥 질렀다. 곧 우당탕거리더니 남자가 현관 앞에 최정우를 깔고 그대로 누워 버렸다. 현관 앞에 두 마리의 검은 짐승이 포물선을 그리며 쓰러졌다.

"차였다. 나 차였다고…… 반지까지 준비해줘…… 프로퍼줘 했는뒈에에에에… 차였다고오오오옥……."

최정우는 그에게 깔려 버둥댔다. 간신히 상체를 일으키고 쓰레기라도 되는 듯 그를 발로 쾅쾅 차서 현관 한구석으로 밀어 넣더니 몸을 털며 씩씩댔다. 나는 손으로 입을 꾹 누르고 상황을 조용히 지켜봤다. 지난번 술자리에서 본 건 양반이었다. 이게 바로 인사불성이라는 거구나. 이 꼴을 보기 전에 최정우가 날 기숙사로 돌려보낸 건 정말 잘한 짓이었다.

"그래서 뭐 나보고 어쩌라고!"

"내가 너무…… 살아갈 힘이……."

배명진이 무거운 몸을 자리에서 일으키려 엉금엉금 기더니, 거실에 있는 날 발견했다.

"안녕하세요."

멋쩍어 볼을 붉히며 인사하자 그가 울음을 터트렸다.

"제수씨!"

그는 갑자기 곰처럼 몸을 일으키더니 두 팔을 벌리고 내게 달려들었다. 나는 반사적으로 뒤로 주춤 물러섰다. 배명진은 나를 끌어안기 전에 반동이 온 것처럼 흔들리더니 곧 '켁' 하는 소리를 내며 뒤로 당겨졌다. 최정우가 그의 넥타이를 끌어당겨 거의 교수형 시키고 있었다.

"제수씨! 이럴 수 있는 겁니까! 여자들은 원래 이런 겁니까! 어떻게 이럴 수 있습니까! 사랑하는 게 죕니까! 제수씨이이이이!"

"입 닥쳐! 이 주정뱅이야!"

최정우는 넥타이를 손목에 말아 쥐고 그를 안방으로 질질 끌었다.

"컥, 제수씨…… 컥, 제수씨…… 제가 뭘…… 컥, 케헥, 잘못……
잘못했습니까?"

그는 살인마에게 끌려가는 마지막 희생자처럼 절박하게 손을
내밀어 보이며 그대로 사라졌다. 닫힌 방문 안에서 우당탕 퉁탕
거리는 소리가 들렸다.

"가까이 오지 마! 떨어지라고! 씨발, 벗지 마! 더러우니까! 입
어! 입으라고!"

최정우의 비명으로 얼추 무슨 상황이 벌어지는지는 짐작할 수
있었다. 얼마의 시간이 흘렀나, 처절했던 비명과 고함이 잦아들
었고 잠시 후 최정우가 방문을 닫고 나왔다. 그는 숨이 차서 헉헉
대고 있었다.

"곰이야…… 곰 새끼라고…….."

진이 빠진 모습이었다.

"사람 힘으론 안 돼. 마취 총. 마취 총이 있어야 해…… 쏴 버릴
거야."

나는 너무 웃겨 시종일관 웃음을 터트렸다. 그는 나를 원망스럽
게 노려보더니 곧 스스로가 한심한 듯 신음하며 소파에 털썩 주
저앉았다.

밤 9시 반. 그가 벽시계를 확인했다. 10시 점호인 기숙사로 돌
아가기엔 이미 늦었다. 10시 이후론 기숙사 문을 다 잠가 버려 들
어갈 방법도 없었다. 배명진이 집안에 들이닥쳤으니 더 이상 '잔
다'는 행위를 함께 할 수가 없었다. 남은 건 사전적 의미의 '잔다'
일 뿐이었다.

침실 방을 줘 버렸으니 내가 잘 곳은 거실 소파뿐이었다. 날 그 방에서 재우려면 그를 들어내야 하는데 방금까지의 상황을 보면 그 곰을 이곳으로 끌어내는 건 무리였다. 최정우는 피곤한지 두 손으로 얼굴을 한 번 쓸어내렸다. 그러고는 내 손목을 잡아끌었고 나는 그의 옆에 털썩 앉았다.

"미안."

　멋쩍은 목소리였다. 아쉽기도 하고, 부끄럽기도 해서 볼이 발갛게 달아올랐다.

"저 형이 이렇게 자주 찾아오는 사람이 아닌데, 어떻게 너랑 있을 때마다 저러냐."

　그러니까 웃기지. 나는 숨죽여 웃었다.

"다음번엔 어디 외지로 여행이라도 가자. 이거야 원 불안해서 살 수가 있나."

　나는 여전히 웃음을 멈추지 못한 채 키득댔고 그가 야트막하게 한숨 쉬었다.

"소파에 시트를 깔아 줄게. 미안해. 이런 곳에 재워서."

"괜찮아요. 기숙사 침대도 이 정도예요."

　그가 내 볼을 젤리 만지듯 어루만졌다.

"선생님은 어디서 자요?"

"난 저 곰이랑 자야 해. 주사가 옷 벗고 돌아다니는 거라 감시해야 하거든. 너한테 그런 추잡하고 끔찍하고 더러운 꼴을 보일 수는 없지."

　그는 그렇게 말하며 자신의 처지가 초라한지 표정을 구겼다.

"오징어 사 올 걸 그랬나 봐요."

"왜?"

"곰 아저씨 해장국 끓여 주려면요."

이번엔 그가 웃음을 터트렸다. 계획은 완전히 망쳤고, 그는 완벽한 불청객이었지만 이것도 나쁘지 않았다. 내가 최정우의 손길을 기분 좋게 받아들일 수 있단 사실을 깨닫게 됐으니까. 지혜의 말대로 내가 진짜 여자가 될 수 있다는 사실이 훨씬 더 중요하니까. 내게도 희망이 생겼으니까. 앞으로 기회는 얼마든지 있었다. 물론 영원히는 아니지만.

그는 여전히 미소를 감추지 못한 채 내 입에 쪽 하고 입을 맞췄다.

"기다려. 가져다줄게."

나는 수줍게 웃으며 고개를 끄덕였다.

* * *

그는 내 목을 졸랐다.

'눈뜨지 마.'

얼굴이 터질 것 같았다.

'눈뜨지 말라고 걸레 같은 년아!'

나는 캑캑거리며 그에게 목을 죄인 채 계단을 끌려 올라갔다. 정강이가 계단 모서리에 쓸려 살갗이 벗겨졌다. 무릎이 꺾이고 주저앉을 때마다 내 목을 쥔 그의 손이 더 억세게 감겨 왔다. 죽을 것 같아서 그의 손을 움켜쥐고 때렸다.

살려 줘!

그가 내 목을 비틀면서 더 힘을 줬다.

어디로 어떻게 끌려간 건지 모르겠다. 그가 목을 넣고 나는 바닥으로 꼬꾸라졌다. 문이 닫히고 잠기는 소리. 코끝에 차가운 시멘트 냄새가 풍겼다. 나는 콜록대며 눈물과 콧물과 침으로 범벅된 채 타들어 가는 폐에 산소를 공급하느라 정신이 없었다. 손발이 사시나무처럼 바들바들 떨렸다. 그의 구둣발이 내 머리통을 몇 번이고 짓이겼다. 나는 두 손으로 머리를 감싼 채 컥컥대며 울었다. 살려 주세요.

곧 머리 위로 어둠이 내려앉았다. 메케한 담배 연기 오랫동안 빨지 않은 냄새.

'소리 내지 마. 소리 내면 죽일 거야. 난 네가 누군지 알아. 네년의 어미도 아비도 알지! 걸레 같은 년아. 반항하면 네 어미도 아비도 내가 다 죽여 버릴 거야.'

떨리는 손으로 나는 조금씩 바닥을 기었다. 살고 싶다는 생각뿐이었다. 구둣발이 내 배를 힘껏 걷어찼다. '악' 하는 비명이 터져 나왔다.

'가만히 있어!'

그가 두 손으로 내 양 발목을 쥐더니 아래로 끌어 내렸다.

'움직이지 마.'

셔츠가 갈비뼈까지 들리더니 날카로운 게 쿡쿡 내 명치를 찔렀다.

'이게 뭔지 알아? 한번 맞혀 봐. 뭘 것 같아? 움직이면 네 배에 칼을 쑤셔 박을 거야.'

무서웠다. 죽일 거야. 정말 내 배에 칼을 꽂을 거야. 그가 내 다리를 벌리고 스커트를 올렸다.

안 돼!

내가 소리 지르자 그의 무릎이 어둠 사이로 볼을 짓눌렀다.

'입 닥치고 있어!'

살려 줘! 나는 숨죽여 오열했다. 너무 무서워 꺼억, 꺼억 소리만 났다. 그토록 처절하게 울어 본 적이 없었다. 그가 내 팬티를 벗겨 냈다.

안 돼.

'벌려.'

나는 싫다는 대답 대신 더 크게 울었다. 그의 무릎에 힘이 들어가고 광대뼈가 부서질 것처럼 아팠다. 아파!

'벌리라고, 쌍년아!'

불가항력이었다. 죽는 것과 그의 말을 듣는 것 중 하나를 택해야만 했다. 난 죽고 싶지 않았다 살아야 했다. 엄마 아빠의 얼굴이 떠올랐다. 죽기 싫어. 그러기 싫어.

'그것 봐. 넌 걸레잖아. 아무 남자한테나 다리 벌리는 걸레.'

그가 낄낄낄 환희에 찬 비웃음을 흘렸다. 뭔가 더럽고 미끄러운 것이 내 아랫도리를 매만졌다. 온몸이 충격으로 굳었다. 떨림이 멈추질 않았다.

'더러운 년. 이것 봐. 젖었네. 걸레 같은 년.'

다음 순간 강렬한 통증이 허리 아래로 번졌다. 나는 비명을 질렀다.

아파!

"은금아! 박은금!!"

나는 '히익' 하고 숨을 들이켜며 벌떡 몸을 일으켰다. 어두워! 아무것도 보이지 않아, 나는 미친 듯이 허우적거렸다.

"진정해. 박은금!"

몸이 이리저리 뒤틀렸다. 다리가 마비된 듯 움직이질 않았다. 살려 줘, 살려 줘요. '탁' 하는 스위치 소리와 동시에 하얀 빛이 섬광처럼 번쩍였다. 눈이 부셔 나는 인상을 찡그리고 뿌옇고 흐린 눈에서 눈물을 짜냈다.

"괜찮아? 악몽 꿨어?"

천천히 시야에 초점이 맞아 들어갔다. 최정우. 나는 현실로 돌아왔다. 여긴 최정우의 집이야. 난 여기 있어. 난 안전해. 난 괜찮아. 그가 차갑게 식은 내 어깨를 양손으로 비볐다.

"몸이 얼음장이잖아."

떨림이 멈추질 않았다. 그는 안 되겠는지 나를 꽉 안았다. 따뜻한 심장 박동 소리. 크고 따뜻한 손바닥이 어르듯 내 등을 쓸었다.

"괜찮아. 괜찮아……."

난 안전해. 난 안전해. 여긴 안전해. 왈칵 터지는 눈물을 힘겹게 삼켰다. 난 안전해……. 난 괜찮아. 이젠 정말 괜찮아.

"가위눌리는 것치고 너무 심한 거 아니야?"

그의 목소리에 걱정스러움이 가득했다. 악몽을 꾸는 건 늘 있는 일이었는데 내용이 평소와 달랐다. 충격 때문에 기억이 단편적이라는 것은 알고 있었다. 그때에도 내가 무슨 일을 당한 건지 정확하게 인지하질 못했고 지금도 마찬가지였다. 다만 가랑이 사이에서 느껴지던 아픔과 그가 내뱉었던 더러운 단어들은 생생하게 기억에 남았다고 생각했다. 하지만 아니야. 내가 잊어버린 건 좀 더 많았다. 그는…… 우리 엄마 아빠를 알고 있다고 했다. 단지 협박인지 아니면 진실인지는 알 수 없지만 새로운 기억이었다.

"너 다시 잘 수 있겠어?"

그가 물었다. 지혜가 심한 날에는 잠을 자지 못해 서성거렸다고 했던 걸 기억하고 있는 듯했다. 대답이 없자 그는 소파 아래에 등을 대고 앉아 내 뺨이 그의 가슴에 닿을 때까지 끌어당겼다. 그러곤 자신의 옷소매를 당겨 내 이마에 묻은 식은땀을 닦아 냈다.

"잠깐만 이러고 있자. 괜찮아질 때까지."

그의 웅얼거림과 침전된 숨소리가 귓가에 번졌다. 나는 스펀지처럼 안정감을 빨아들이며 그에게 고요하게 잠겼다.

* * *

눈이 너무 부셔서 잠에서 깼다. 커튼 사이로 햇살이 선명하게 들어왔고 나는 인상을 찌푸렸다. 내가…… 잠들었구나. 아주 찰나의 순간 같았다. 금방 눈을 감았다가 뜬 것 같은데 벌써 아침이었다. 지독한 악몽을 꾸고 난 후 속절없이 잠이 든 건 처음이다.

몇 시지? 시계를 확인하기 위해 고개를 돌리자 곤히 잠들어 있는 최정우의 얼굴이 보였다. 그의 코에서 아기처럼 쌕쌕거리는 숨소리가 뿜어져 나왔다. 내가 이 사람한테 안겨서 잠든 건 맞는 것 같은데…… 둘 다 잠들어서 옆으로 쓰러졌나? 위치를 확인하니 그가 잠든 나를 눕히고 위치를 바꿔 옆에 누운 게 분명했다.

밤새 옆에 있었구나. 다리를 움직이려는데 꼭 가위에 눌린 것처럼 다리가 묵직했다. 정말 마비라도 된 게 아닐까 걱정되어 퍼뜩 고개를 들자 허벅지 위로 그의 다리 하나가 올라와 있는 게 보였다. 보통 여자 친구면 손을 두르고 자지 않아? 다리가 아니고? 나는 헛웃음을 들이켜며 무방비하게 잠든 최정우의 얼굴로 시선을 돌렸다. 매사에 짜증 날 정도로 틈이 없어 보이는 그의 이런 얼굴을 볼 기회는 그리 많지 않겠지?

나는 좀 더 자세히 그의 자는 얼굴을 감상할 요량으로 천천히 상체를 틀었다. 그의 머리카락이 부스스하게 흩어져 있었다. 배를 바닥에 대고 누운 자세로 그의 한쪽 볼이 베개에 꾹 눌려 있었다. 손가락으로 그의 머리카락을 조심스럽게 이마에서 치웠다. 깨면 안 돼. 깨면 자는 걸 볼 수 없으니까.

꼭 누군가 깎아 놓은 것처럼 예쁜 이마, 가지런한 눈썹, 뽀얀 눈두덩에 속눈썹도 제법 길었다. 오뚝하고 시원한 콧대 밑으로 모양이 잘 잡힌 콧방울, 그 아래로 내가 제일 좋아하는 그의 입술이 보였다. 아랫입술의 한쪽이 유독 피가 맺힌 것처럼 빨갛게 부어 있었다.

이거 내가 문 상처인가? 그의 손이 내 속옷 밑으로 들어갔을 때 입술을 깨물었던 기억이 눈앞에 스쳤다. 등 뒤로 소름이 쫙 돋았다. 찌릿한 전율이었다. 온몸에 뜨거운 것이 퍼지며 하체에 흐물흐물 힘이 빠졌다. 다시 그 느낌이었다. 공포와 비슷하지만, 이상하게 같지 않은 느낌……. 도대체 이게 뭘까. 곤히 자는 사람 입술을 보고 이런 기분을 느끼고 있자니 여성성의 회복이고 나발이고 슬슬 내가 변태인가 싶어 걱정됐다.

무거워. 그의 다리에 눌린 골반이 뻐근했다. 이걸 어떻게 내내 허벅지 위에 올려놓고 잔 거지? 그를 깨우고 싶지 않았지만, 슬슬

종아리 아래쪽부터 다리가 저려 몸을 이리저리 꿈틀댔다. 내 움직임 때문이었다. 그가 인상을 찡그리기 시작했다. 그는 내가 눈 뜰 때처럼 눈부신 햇살에 적응하느라고 열심이었다. 끔뻑거리는 눈이 꼭 강아지 같다. 그는 몇 번이고 희미하게 눈을 끔뻑거리며 내 형체를 시야에 넣더니 곧 씨익 미소를 지었다.

"안녕."

인사는 부드럽고 담백했다. 그는 기지개를 켜며 몸을 뒤집었고 허벅지 위에서 왼쪽 다리가 치워졌다. 꽉 맞는 구두에서 발을 빼낸 것처럼 기분 좋은 해방감이 느껴져 절로 입술 새로 숨이 나왔다.

아침 10시. 그는 가만히 시계를 확인하더니 다시 눈을 감았다. 금방이라도 다시 잠들어 버릴 것 같았다. 어쩌면 벌써 잠들었을지도 모르지. 다른 남자가 이런 모습을 하면 술에 덜 깼나 싶을 텐데 최정우가 이러고 있으니 햇살에 졸고 있는 강아지 같았다. 신기해.

위이이이이잉 위이이이이이잉.

머리맡에 놓아둔 내 휴대폰이 진동을 해 댔다.

[엄마]

숨이 턱 막혔다. 이렇게 평온하고 행복한 아침은 손에 꼽을 정도로 드물었다. 행여나 아침부터 엄마랑 언성을 높일까 봐 선뜻 통화 버튼을 누를 수가 없었다. 손에 쥐고 망설이는 동안 진동이 멈추고 액정에 부재중 전화 표시가 떴다.

"왜 안 받아?"

그가 물었다. 대답이 없자 그는 베개 밑으로 한 손을 넣고 나를 보며 모로 누웠다.

"나랑 있어서?"

"아니요."

왜 그렇게 묻는 거지? 그와 있다고 엄마 전화를 안 받을 이유가 전혀 없는데. 그가 무슨 생각을 하는지 알고 싶었다.

"유학 문제. 아직 냉전 중?"

"아니요. 그것도 상관없어요. 엄마랑은 좋았던 기억이 별로 없어요. 교회 문제, 진로 문제. 엄마랑은 다투고 화내고 서로 짜증 내는 것밖에 생각이 안 나요."

"……."

"보통 여자는 커 가면서 엄마랑 친해진다는데 저는 좀 반대예요. 커 갈수록 사이가 안 좋아져요. 우린 잘 안 맞나 봐요."

"아버지랑은?"

아버지. 최정우는 자기 아빠를 그렇게 불렀나?

"별로 대화가 많지 않아요. 항상 바쁘시거든요."

"그러니까 아버지랑은 대화를 안 하고 어머니와는…… 말이 안 통해 대화가 안 된다?"

"어릴 때 학교에 그림일기 같은 거 써 가면 다른 아이들은 맨날 부모님이랑 어디서 놀았다는 이야기만 쓰여 있는데 전 쓸 게 없었어요. 맨날 똑같았으니까. 평일엔 혼자 지내고 주말엔 일요일 딱 하루 집에 부모님이 계셨는데 그때에도 뭘 했던 기억이 없어요. 아빠는 온종일 자고, 엄마는 집안일 하느라 정신이 없었으니까."

나는 제법 열심히 설명했다. 부모님과 특히 엄마와 벽이 생긴 것에는 손톱만큼도 최정우의 영향이 없었다. 우린 훨씬 오래전부터 이런 사이였다는 걸 그에게 이해시키고 싶었다. 엄마랑 내 사이가 급격하게 나빠진 게 특정 사건 때문이란 이유만 빼고는 제법 있는 그대로 털어놓은 셈이다. 그는 몇 번 눈을 깜빡이며 날 쳐다보더니 조용히 입을 뗐다.

"조만간, 학교 일 관둘 거야."

"네?"

"어차피 1년짜리 계약이었어. 계약 종료 시점도 다가오고 수능도 이제 몇 주 안 남았고. 남아 있을 이유가 별로 없어."

"그럼…… 이제 학교에서 선생님 못 봐요?"

그의 눈이 반달처럼 휘었다. 눈 밑에 애굣살이 있다는 걸 처음 알았다.

"밖에서 자주 보면 되지."

학교에 있으면 좋든 싫든 일주일 두 번은 하루 종일 그를 볼 수 있었다. 그 기회가 없어지면 우린 얼마나 볼 수 있을까? 안 그래도 남은 시간이 별로 없다는 초조함 때문에 나는 애가 탔다.

"얼마나 자주요?"

그의 등이 큭큭거리는 웃음으로 흔들댔다.

"왜 웃어요?"

진지해 죽겠구먼. 나는 눈살을 찌푸렸다.

"관두겠다는 결심은 정말 오래전에 했어. 보건실에서 너랑 새끼 손가락 걸면서 진지하게 시작해 보기로 한 날 실은 바로 관둘 생각이었어. 넌 안 이상할지 모르겠는데 난 네가 선생님이라고 부르는 거 진짜 엄청나게 이상해."

"……"

듣고 보니 그랬다. 게다가 어느 정도의 선도 넘은 사이에서 여전히 그를 선생님이라고 부르는 게 엄청 괴상하긴 하다.

"난 어차피 선생도 아니었고 여자 친구가 날 '선생님'이라고 부르는 게 어쩐지 부도덕하게 느껴지기도 하고. 같은 공간에 있지만 어느 정도 거리를 유지해야 하고, 하고 싶은 대로 할 수도 없고, 이득이 될 게 하나도 없겠더라고."

그의 입에서 '부도덕'이란 단어를 들을 줄은 몰랐다. 그는 개방적이다 못해 나오는 안드로메다의 거리만큼 생각이 다른 줄 알았는데. 설마 호칭에서 그런 감정을 느낄 줄은 정말로 몰랐다.

실상 학교라는 공간에서 꺼내 놓고 보면, 충분히 길거리에서 손잡고 다녀도, 친구에게 남자 친구라고 소개하고 다녀도 이상할 게 없어 보일 거다. 나이 차도 그랬고 대학생이라는 그의 신분도 그랬다. 내가 좋다고 매달려서 가볍게 받아 준 거로 생각했는데 의외로 그에게도 깊은 고민과 두려움이 있었을지도 모른다.

"그나마 지금까지 붙어 있었던 건 학교에라도 붙어 있지 않으면 너와의 거리를 좁힐 수 없을 것 같아서였어. 넌 아직도 날 무서워하고 연락하는 것도 꺼리는데 학교까지 관둬 버리면 데면데면하다가 얼마 못 가서 헤어질까 봐."

확인 사살. 그에게 내가 어떤 식으로 비쳤을지 막연하게나마 짐작은 하고 있었다. 실제로 무서워한 것도 사실이지. 그걸 최정우가 어떤 식으로 볼지에 대해 깨달은 건 최근이지만, 따지고 보면 그의 탓도 있었다. 처음부터 상냥하게 언제든 연락하라고 했으면 문자 보내는 것 따위로 벌벌 떨 일은 없었을 거 아닌가.

"나한테 10분에 한 번씩 전화하고 1분에 한 번씩 문자하는 거

기대하지 말라면서요.”

“설마 그 말 했다고 하루에 문자 한 통 간신히 보낼 줄 몰랐지.”

“게다가 답장도 성의 없이 보냈잖아요.”

그가 코웃음을 치며 머리를 괴었다.

“야 ‘선생님 감사합니다’랑 ‘선생님 안녕히 주무세요’라고만 문자를 보내는데 거기다 대고 뭐라고 답하냐? 왜? ‘밤사이 옥체 강녕하옵소서’나 ‘성은이 망극하나이다’라고 보내지?”

내 입꼬리가 처참하게 내려갔다. 내가 지독히 사무적이고 딱딱하게 문자를 보내왔다는 건 반박할 수 없는 사실인 데다가, 거기에 담긴 내 진심을 알아 달라고 하기에도 확실히 무리가 있었다.

“잘 모르고 계시겠지만 박은금 양, 난 휴대폰이란 걸 들고 다닐 나이대쯤엔 미국에서만 살아서 한글 타이핑에 약하거든. 특히나 휴대폰 액정 자판은 정말 쥐약이야. 그래서 문자는 웬만하면 답장도 잘 안 해. 그나마 너니까 한 거야.”

그랬지. 그는 중학생 때 미국으로 건너갔지. 그가 컴퓨터나 휴대폰을 만질 즈음에는 한글을 쓸 일이 없었을 거다. 왜 그런 식으로 생각하지 못했지? 생각해 보면 그는 용건이 있을 때 문자보다 전화를 택하는 편이었다. 그가 네 글자 이상의 텍스트를 잘 쓰지 않는 이유를 이제야 깨달았다.

“좀 심술을 부린 것도 사실이야. 나는 좀 더 친밀한 사이가 되길 원하는데, 넌 안 그런 것 같아서. 솔직히 무슨 생각을 하는지도 모르겠고.”

“선생님이 절 별로 안 좋아한다고 생각했어요.”

그가 한숨을 푹 쉬었다.

"정말이지 너 때문에 성질 뻗칠 때가 한두 번이 아니야. 너도 알다시피 내가 누군가에게 살갑고 친절한 타입은 아니잖아. 세세한 연락을 기대하지 말라는 것도, 100일 200일 낯간지러워 안 챙긴다고 한 것도 내가 그런 성격인 걸 감안하란 소리였어. 좋아하지도 않는 여자한테, 그것도 선생이랍시고 가르치는 학생한테 아무 감정도 없는데 막무가내로 들어대진 않아."

투정을 부리듯 팩팩거리는 말투가 유쾌하게 들렸다. 내가 모든 걸 너무 확대해석하며 그의 한마디 한마디에 쓸데없는 의미를 부여하고 그를 수학 공식처럼 풀어내려고 했다. 복잡한 계산으로 풀리는 문제가 전혀 아니었는데 말이다.

"너한테 확신이 안 들었어. 네가 날 남자로 좋아하는 건지 어쩐 건지, 괜히 내 욕심으로 끌고 들어가는 것 같기도 하고……. 보아하니 남자 한 번 사귀어 본 적 없는 것 같은데 아무것도 모르는 애 데리고 내가 지금 뭐 하나 싶기도 하고……."

그가 손으로 머리를 받치고 천장을 향해 몸을 돌렸다. 멍하게 천장을 응시하는 눈에 고민이 가득했다.

"가능하면 어른스럽게 굴려고 꽤 노력했지. 언제든 네가 제정신을 차리고 실은 선생님 좋아한 게 아닌 것 같다고 하면 쿨하게 놔줄 결심도 여러 번 했고. 재현이 자식이랑 영화를 보건, 같이 모여 앉아 그림을 그리건, 나랑 있을 땐 안절부절못하면서 그놈이랑 있을 땐 눈에 띄게 밝고 편해 보이는데………. 그게 너에게 도움이 되는 거면 내가 어떻게 느끼든 간에 간섭할 일이 아니란 생각도 하고. 분명 좋아한다고는 하는데 항상 도망갈 궁리만 하는 것 같지. 내가 화를 낼까 봐 전전긍긍……… 무슨 말만 하면 금방 울 것처럼 불안해하고. 내가 좋아하는 여자애 아이스께끼 하는 것도 아니고 당최 뭐 하는 건지를 모르겠더라."

"죄송해요."

"그 소리도 이제 좀, 그만해."

그가 질렸다는 듯 언성을 높이며 날 노려봤다. 예전 같으면 이 표정을 지으면 무서웠을 텐데 지금은 어처구니없게도 귀여웠다.

"웃지 마. 열 받으니까."

그의 말에 슬픈 표정을 지으려고 최선을 다해 노력했다. 계속해서 실패했지만.

"유학 이야기하면서 싸울 때, 진짜 눈이 뒤집히는 기분이 들었는데 한편으론 기뻤어. 웃기지 않아? 여자 친구가 화내는 거에 기뻐하는 거? 그래도 기쁘더라. 드디어 애가 나한테 투정도 부리는구나 싶어서. 물론 만나면 한번 거나하게 혼쭐을 내줘야겠다고 생각은 했어. 그 미친 약쟁이 놈 때문에 틀어져 그렇지."

투정을 부리는 게……… 기쁘다고? 이해가 잘 가지 않아 고개가 한쪽으로 기울었다. 바가지 긁는다고 싫어해야 하는 거 아닌가? 그게 정상 아니야? 하기야, 내가 뭘 알겠느냐마는…….

나는 그에게 다가가려고 노력했다. 그에게 어울리는 사람이 되기 위해 안 하던 짓도 많이 하고, 그를 기쁘게 해 주려고 무수히 노력도 했다. 다소 무리라고 생각되더라도. 그때마다 아예 반응이 없거나 뚱하더니 고작 투정 부린다고 기뻐했다고? 이게 무슨 시추에이션이야. 내가 혹시 뭘 놓쳤나?

"혹시 나한테 솔직해지라고 한 게 그런 의미예요?"

설마 아니겠지. 혹여나 하는 생각에 눈을 가늘게 떴다.

"넌 뭐든 꾹꾹 눌러 담잖아. 뭐 하러 저렇게 참나 싶을 정도로. 나한텐 그러지 않아도 된단 소리였어. 진짜 네가 궁금했어. 감정을 참지 않는 박은금은 어떤 사람인가."

"……."

"사이즈 대강 나오던데? 너 어마무시하더라?"

뭐? 나는 뱀 눈을 치켜떴다.

"길에서 사람 팰 때부터 알아봤지, 내가. 생각해 보니 내가 목숨을 담보로 너한테 이런 말 하는 거지, 지금?"

목을 졸라 버릴까? 그가 씩 웃더니 카펫 위에 떨어져 있는 내 손을 꼭 쥐었다.

"그래서 좋다고, 투정도 부리고 화도 내고, 도수 없는 금테 연경을 쓰고 있건 몸에 안 맞는 촌스러운 옷을 입고 있건 상관없이. 그냥 좋다고."

좋아한다는 말을 들은 건 처음이었다. 뭐야, 사랑한다는 고백도 아닌데 왜 이렇게 울컥해? 나는 꿀꺽꿀꺽 밀물처럼 쏟아지는 감정을 속으로 삼켰다. 참지 말라고 했지만 여기서 울어 버리면 정말 창피할 것 같았다.

"그거 은근 디스하는 거죠? 촌스럽다고?"

감정을 들키지 않으려고 일부러 꽁한 목소리를 냈다. 그가 웃음을 터트렸다.

"제법인데? 비약적인 발전이네. 왜? 얼굴 빨개져서 '가, 가, 감사합니다' 이러려는 거 아니었어?"

못 참겠다! 나는 벌떡 일어나 그의 목을 졸랐다. 울컥했던 감정이 쏙 들어가고 배배 꼬인 투정과 장난스러운 유쾌함이 콸콸 쏟아져 나왔다. 그가 콜록콜록 기침하면서 내 손목을 꽉 잡자 손아귀의 힘이 단번에 풀어졌다. 피가 안 통하는 느낌이 들면서 손끝부터 하얘졌다.

말도 안 돼. 그는 내가 어금니를 야무지게 물수록 더 크게 웃었다. 몇 번이고 이겨 보려고 이리저리 팔을 휘둘렀는데 그러면 그럴수록 손만 저렸다. 아파!

"아, 피! 피!"

"뭐?"

"손이요, 손! 피 안 통한다고요!"

아프다고 악을 쓰는데도 그는 눈 하나 깜짝 안 했다. 내 속을 훤히 읽고 있는 거다. 내가 끙끙거릴수록 그는 더 유쾌해 보였다. 그의 목을 조르는 건 관두고 손아귀에서 손목을 빼내려고 안간힘을 쓰고 있는데 그의 허벅지가 내 허리에 감겼다. 그가 허벅지를 꽉 조이자 몸이 밑으로 바짝 숙여졌다. 그는 내 손목을 등 뒤로 재빠르게 교차시켰다. 나는 그에게 완전히 포박당해 그의 가슴 위에 바짝 누웠다. 내가 아프다고 새된 소리를 내자 그가 더 유쾌하게 웃었다. 이 사디스트가! 그가 아주 조금 고개를 들어 내 입술에 입을 꾹 눌렀다. 그는 아직도 웃고 있었다.

나는 그가 장난치는 걸 무척 좋아하는 사람이란 걸 여태껏 몰랐다. 형들이 왜 그렇게 그를 놀려 대려고 기를 쓰는지 이제야 좀 알 것 같다. 그는 귀여웠다. 아이 같은 천진함이 있었고, 어떤 장난을 쳐도 상대방이 원하는 걸 잘 캐치해서 반응해 줬다. 형들에게 심술을 부리며 막말을 하는 것도 그래서일 거다. 그들이 그런 최정우를 재미있어하니까. 최정우의 그런 모습을 좋아하니까. 그렇지 않으면 배명진이 여자에게 차이고, 울며 자기보다 한참이나 어린 동생을 찾아올 리가 없었다. 최정우니까, 그는 어떤 꼴사나운 모습도 받아 주니까. 그래서 찾아오는 거다.

시간이 없다는 게 아쉬웠다. 내가 조금 더 용기를 냈다면, 좀 더 생각을 바꿨다면, 아니면 내가 좀 더 달랐다면, 좀 더 빨리 그가 어떤 사람인지 알아차렸을 거다. 그렇다면 감정을 소모하던 시간에 우린 좀 더 즐겁게 지냈을 거다. 어쩌면 벌써 훨씬 전에 그와 잤을지도 모른다. 과거엔 두려웠지만, 지금은… ……오히려 기대감이 생긴다.

꼭 조이던 손목이 풀어졌다. 그가 내 목덜미를 부드럽게 쓸더니 머리카락 사이로 손가락을 집어넣었다. 나는 자유로워진 손을 그의 가슴팍에 살며시 대고 기꺼이 입술을 벌렸다. 그가 중심을 옮겨 허벅지를 틀자 내 몸은 반 바퀴를 굴러 바닥에 뻗었다. 상체를 누르는 그의 무게가 따뜻하고 기분 좋았다. 어쩌면 황홀한 걸지도.

그의 혀가 벌어진 잇새로 들어와 내 혀를 부드럽게 눌렀다. 나는 환영의 뜻으로 그의 멱살을 쥐고 더 바짝 당겼다. 순식간에 숨소리가 불처럼 뜨거워졌다. 서로의 혀가 엉키고 좀 더 많이 담기 위해 얼굴을 좌우로 틀었다. 그가 내 혀를 강하게 빨아 당기자 정신이 아득해지면서 절로 앓는 소리가 났다. 그의 왼손이 내 셔츠 사이로 파고들어 가슴을 쥐었다. 처음보단 덜했지만, 여전히 충격이 있었다. 혹시 그의 입술을 또 깨물까 봐 얼른 고개를 옆으로 틀었다. 그러자 그가 입술로 내 목덜미를 부비고 혀로 진득하게 쓸었다. 그 감각이 몸서리치게 좋아서 온몸에 소름이 돋았다.

벌컥 방문이 열리고 '두다다다' 뛰는 소리. 화장실에서 '우웨에에에에에에엑!' 하는 요란한 구토 소리가 들려왔다. 그러자 최정우의 몸에서 열기가 쑥 빠져나갔다. 그가 '에휴' 하고 한숨 쉬었고 나는 뱃가죽이 당길 만큼 웃었다.

배명진은 얼굴이 새하얗게 질린 채 식탁에 앉아 있었다. 그는 위액까지 다 뱉고 나서야 구토를 멈췄고 뒤처리는 모두 최정우의 차지였다. 그가 배명진에게 어떻게 굴든 이 집에서 쫓겨나지 않은 것만으로도 감사해야 할 판이다.

나는 최정우가 초토화된 화장실을 치울 동안, 그의 냉장고를 뒤져 미소 장국과 유부초밥을 만들었다. 미소 된장은 뜨거운 물에 풀기만 하면 되고, 유부초밥도 소스만 밥에 뿌려 유부 안에 뭉쳐 놓기만 하면 되는 것이어서 만들기가 쉬웠다. 혼자 집에서 저녁을 먹어야 할 때 늘 찾아 먹던 단골 메뉴였다. 아일랜드 식탁 위에 장국과 초밥을 놓자 배명진이 꾸벅 고개를 숙였다. 그는 선도부에 끌려온 신입생처럼 보였다.

"고마워요, 제수씨······."

"잘한다. 열아홉 살짜리한테 밥이나 얻어먹고."

최정우가 떽떽댔다.

"긁지 마. 안 그래도 속 아파 죽겠어."

배명진이 투덜대며 장국을 그릇째 들고 마시기 시작했다. 술 마신 다음 날은 절대 빈속으로 있으면 안 된다고 맨날 술 마시고 뻗은 아빠의 등짝을 후려치며 달달 볶던 엄마 때문이기도 하고, 여기서도 천대받는 배명진이 가엽기도 하고, 최정우의 집에서 신세 지는 동안 아무것도 안 하자니 양심에 걸려서 뭐라도 해야겠기에 가장 쉬운 걸 했을 뿐이었다. 그에게 고맙다고 인사 받을 만한 일이 아닌데도 받고 있자니 괜스레 머쓱해 애꿎은 셔츠에 손 닦는 시늉만 계속했다. 그가 단번에 국그릇을 비운 뒤 입을 소매로 닦았다.

"말이 돼? 사귄 게 몇 년인데? 도대체 왜 거절했는지 이해가 안 가."

"반지가 구렸던 거 아니야?"

최정우가 유부초밥을 한 입 베어 먹으며 심드렁하게 대꾸했다. 배명진은 장난하냐는 듯이 쳐다보더니 쿵쿵거리며 안방으로 들어가 반지 케이스 하나를 꺼내 왔다. '탁' 소리 나게 반지 케이스를 테이블 위에 던지듯 올리고 고고하게 턱을 쳐들며 말했다.

"열어 봐."

웃기지도 않네. 최정우는 콧방귀를 뀌며 자기 쪽으로 반지 케이스를 당겼다. 그가 케이스를 열자 휘황찬란한 빛이 막 뿜어져 나오는 착각이 일어났다. 커다란 다이아 반지. 다이아 반지를 실물로 본 건 처음이라 저도 모르게 '와' 하는 함성을 내질렀다. 최정우는 미간을 찌푸렸고 배명진은 득의양양했다.

"봤지? 어? 봤지? 거봐. 이렇게 반응해야 정상이라니까?"

그는 구더기라도 본 것 같은 찜찜한 얼굴로 얼른 케이스를 닫았다. 난 더 보고 싶었는데 말이다. 가능하면 그걸 빼내서 보고 싶었다고.

"그럼 형이 구렸나 보지."

"야!"

최정우의 말에 그가 꽥 소리를 질렀다.

"내가 뭐 어때서!"

"내가 어떻게 알아!"

"내가 뭐가 부족하냐! 집안도 되지! 학벌도 되지! 얼굴도 이만하면 근사하고! 성격도 나름 괜찮잖아!"

음. 나는 그의 말에 고개를 끄덕이며 장국을 떴다. 맞는 말이야. 좀 촌스러워 보이긴 해도 인상도 서글서글하고 신체도 건강해 보이고. 결혼하기에 나빠 보이진 않는데…….

"혹시 뭐, 조루 아냐?"

픕! 나도 모르게 장국을 입 밖으로 뱉어냈다. 배명진은 귀까지 얼굴이 빨개졌다.

"얏! 이게 제수씨 앞에서 못 하는 소리가 없어!"

나는 콜록대며 자리에서 일어섰다. 코에서까지 장국이 나올 판이었다. 키친타월을 뽑아 턱까지 질질 흐른 장국을 닦으며 콜록대기에 바빴다.

"그게 뭐? 음담패설이야? 명확하게 의학적 용어인데."

"아니거든! 나 엄청나, 인마! 너 진짜. 야, 와…… 내가 진짜 너."

그는 말을 잇지 못하고 최정우를 향해 절박하게 삿대질을 해댔다.

"야, 너 진짜 깜짝 놀란다. 진짜, 어?"

기침이 멈추지 않아서 선반 위에서 물컵을 찾았다.

"아님 말고. 학벌도 맞고, 집안도 맞고, 얼굴도 맞고, 성격도 좋은데 거절했다길래 혹시 그쪽 문제인가 싶어서."

"전혀 문제없어! 인마, 너 알면 까무러쳐!"

"그건 형 생각이고……. 상대방은 또 다르게 느낄지 어떻게 알아? 스스로에게 너무 관대해, 댁은."

나는 정수기에서 받은 물을 목으로 넘기며 대화 내용에서 신경을 끄려고 노력했다. 저 이야기엔 절대 끼어들지 말아야지. 스무 살 넘어가면 나도 아무렇지 않게 저런 이야기를 꺼내는 건가? 문화 차이야? 아니면 나이 차이야?

"너 지금 정력 세다고 자랑하냐?"

배명진의 말에 나는 다시 물을 뿜었다. 아까와는 비할 바가 못 되게 엄청나게. 푸우우웁! 분수 쇼라도 일어나는 것 같은 스케일에 배명진이 놀라 자리에서 벌떡 일어섰다.

"어? 괜찮아요?"

그가 내 등을 두드리는 게 더 민망해서 빠르게 고개를 끄덕이며 그에게서 물러났다.

"콜록! 괜, 콜록! 괜찮아요. 콜록, 콜록!"

창피함과 당혹감에 얼굴에 피가 몰렸다. 그 자리에 있어 봤자 좋을 게 없어 보여 도망치듯 화장실로 들어갔다. 수도꼭지를 틀고 밖에서 들려오는 대화 내용을 물이 흐르는 소음으로 가렸다.

진짜 저질! 내 앞에서 저런 이야길 왜 아무렇지 않게 꺼내는 거야! 나는 머리를 털며 진저리를 냈다. 남자들은 다 저래? 저런 대화엔 절대로 못 껴. 옆에서 웃으면서 받아들일 자신도 없어. 나는 한숨을 푹 내쉬며 창피해 달아오른 볼이 얼른 가라앉기를 기다렸다. 그리고 고개를 들었다. 거울에 내 모습이 비쳐 보였다. 어린 애. 내가 어리기 때문인가?

나와 둘이 있을 때의 그와 다른 사람들 사이에 섞여 있는 그는 같은 것 같으면서도 전혀 달랐다. 특별히 어디가 다르냐고 묻는다면 딱히 대답할 만한 게 없지만, 이상하게 좀 낯선 사람처럼 보였다. 어느 쪽이 진짜 최정우야? 어느 쪽도…… 그인가? 정말 빨리 어른이 됐으면 좋겠다. 신체적으로도 그렇지만 정신적으로. 아직 채 어른으로 자라지 못한 어린애. 열여섯 살에서 멈춰 있는 내가 거울 안에 있었다. 몇 달이 지나 스무 살이 된다고 해서 어른이 되지는 않을 것 같았다. 그때가 돼도 거울 속에 비친 내가 열여섯 살로 보이면 어쩌지? 어떻게 해야 난 어른이 될 수 있지? 그와 자면? 남자를 알면? 그럼 거울 속에 내가 달라 보일까?

저녁 시간 전에 최정우는 나를 기숙사로 바래다줬다. 배명진은 시련의 아픔 때문에 혼자 집에 있기 싫다며 최정우에게 떼를 부렸다. 그는 반쯤 포기한 듯했다. 어쩐지 내가 방해꾼이 된 것 같은 기분에 기숙사로 돌아가겠다고 먼저 나섰고, 최정우는 나를 데려다주고 난 후에 형에게 들러 세단을 반납하겠다고 했다. 그러면서 배명진에게 제발 나잇값 좀 하라고 신나게 욕설을 퍼붓고 나왔다.

"명진 형한테 너무 심한 거 아니에요?"

차 안에서 내가 조용히 물었다.

"내가?"

"아니. 여자 친구한테 차인 거 그거 꽤 큰일 아닌가 싶어서. 게다가 그냥 차인 것도 아니고 프러포즈했다가 거절당한 건데……."

"너 똥차 가면 벤츠 온다는 말 몰라?"

"알아요."

남자 친구한테 차이면 여자애들끼리 모여서 하는 가장 흔한 위로의 말이었다. 몇 번이고 교실에서 기숙사에서 들은 적이 있으니까.

"내가 다른 말은 안 믿어도 그 말 하나는 믿어. 시간이 다 해결해 준다는 말."

"……"

"지금은 저래도 시간이 지나면 다른 여자 찾을 거야. 더 근사한 여자."

"……"

"남자가 서른이면 결혼하긴 이른 편이야. 시간은 얼마든지 있어."

"그럼…… 선생님은 언제 결혼할 거예요?"

곤란한 질문이 나오면 그는 괜스레 딴짓을 하며 입을 다물었다. 지금도 괜히 차선을 옮기며 딴짓을 한다.

'시간이 지나면 다 해결해 준다.' 다른 여자를 찾으면 된다고? 난 아닐걸. 나는 아무리 시간이 지나도 다른 사람은 찾을 수 없을 거다. 날 향해 한 말이 아닌데도 어쩐지 가슴이 욱신거렸다.

"늦게? 어쩌면 안 할지도 모르고."

"왜요?"

"하고 싶은 게 많으니까. 결혼해서 가정이 생기면 아무래도 하고 싶은 대로 못 할 것 같고. 그걸 다 하고 나서 결혼이란 걸 하면 엄청 늦을 것 같거든. 그럼 아예 안 할 수도 있겠지."

내가 상관할 바가 아니야. 난 겨우 열아홉 살이고 당장 그와 결혼할 것도 아니다. 하물며 그는 내년 봄이면 한국을 떠나잖아. 우리가 장거리로 얼마나 연애를 할 수 있겠어? 1년? 2년? 기적적으로 10년이라고 치자. 그래 봤자 나는 스물아홉 살이고 그는 서른세 살이다. 그가 말하는 '늦게'는 서른세 살 즈음이 아니다. 그보다 훨씬 더 이후일 게 뻔했다.

나는 결혼이 아예 불가능하다고 믿는 사람이었다. 연애도 마찬가지다. 내 인생에 그런 시기는 도래하지 않을 거라고 오랫동안 믿어 왔다. 그런데 지금 나는 연애를 하고 있다. 그와 키스를 하고 그가 내 몸을 만지는 걸 기분 좋게 받아들이기까지 했다. 결혼은 현실 불가능한 꿈이었는데……. 지금의 내겐 평범한 미래를 맞이할 수 있을 거라는 가능성이 생겼다. 이대로 어른이 돼서 결혼 적령기가 되면 평범한 행복을 분명히 누리고 싶을 거다. 어쩌면 남들보다 더 빠르게 원할지도 모른다. 지금도 가능한 일이라면 얼마든지 꿈꾸고 싶으니까. 하지만 그걸 최정우랑 이루긴 불가능했다. 그가 내게 유일한 남자라도 말이다. 내가 눈에 띄게 말수가 줄어들자 그는 내 눈치를 살피더니 야트막하게 한숨을 내쉬었다. 나…… 지금 되게 멍청하게 굴고 있나……?

"넌 아직 어려. 이런 문제에 대해 심각하게 고민하고 진지하게 이야길 나누기에 적당한 때가 아니야."

"알아요."

"그러니까 괜스레 일어나지도 않을 일로 풀 죽어 있을 필요 없어. 그건 아무도 장담 못 해. 나도 그렇고."

나는 대답 대신 고개를 한 번 끄덕여 보이고 창밖으로 시선을 돌렸다. 그는 무겁게 가라앉은 침묵을 채우기 위해 라디오를 틀었다. 라디오에서는 보건실에서 지겹게 들려오던 클래식과 비슷한 음악이 흘러나왔다. 그가 어떻게 오해할지 걱정됐다. 내가 결혼 문제로 꽁한 게 아니란 걸 설명해야 하나? 그 문제는 그의 말대로 지금의 내게 적당하지 않은 화두였다. 하지만 그 이야기를 덮어 두고서라도 언젠가 그와 헤어지게 될 거라는 건 자명했다. 물론 결혼을 한다고 해서 영원히 행복하게 살았다는 클래식한 결말로 항상 매듭지어지지 않는다는 건 안다. 이혼이란 변수가 언제든 존재하니까. 하지만 적어도 묶여 있을 수는 있잖아. 그렇게 서로 묶여 있으면 헤어지는 게 지금처럼 쉽지는 않잖아. 도대체 내가 왜 이런 문제로 고민하고 있어야 하나? 그의 말대로 이런 생각을 하기엔 10년은 일렀다. 깊게 고민한다고 당장 해결할 수 있는 문제도 아니었다.

나는 머리를 흔들며 생각을 떨쳤다. 이런 고민 하면 뭐 해? 괜히 시간 낭비야. 이런 건 혼자 있을 때 죽도록 파고들 문제다. 지금은 그와 있는 걸 즐기는 게 더 중요했다. 시간이 없는 만큼 조금이라도 더 소중하게 써야 했다.

"음악 좀 바꿔도 돼요?"

나는 부러 조금 더 목소리를 높였다. 그에게 생각보다 아무렇지 않다는 걸 어필하고 싶었다.

"원하시는 대로."

팔을 뻗어 오디오를 블루투스로 돌리고 내 휴대폰에 연결했다. James bay의 'let it go'가 흘러나오자 그가 반색했다.

"어, 이거 나도 좋아하는 노랜데."

"아."

별생각 없이 오피셜 인기 차트를 긁어모았을 뿐인데, 그가 좋아하는 노래가 뭔지 하나는 확실히 알게 됐네. 쓸쓸하기도 하고 감미롭기도 한 선율이 차 안에 조용히 흘렀다. 가을과 무척이나 잘 어울렸다.

"여기서 세워 주세요."

학교 두 블록 전이었다. 그의 얼굴이 못마땅해 보였다. 아마 눈치를 봐야 하는 처지가 맘에 안 드는 게 분명했다. 그의 성격을 대충 파악해 본 바로 뭘 숨기면서 하는 걸 좋아하는 타입이 절대 아니었다. 학교도 그래서 관둔다고 하는 거잖아, 지금.

"학교 관두면 이 짓도 관두겠지."

그가 자조적으로 중얼거리며 차를 멈췄고 나는 벨트를 풀며 조용히 웃었다. 선택에는 늘 득과 실이 존재한다. 그가 학교를 관두면 분명 지금보다 자주 만나지 못하겠지만, 대신 자유로울 순 있었다. 양보단 질이니까. 우린 예전보다 훨씬 더 가까워졌고, 그가 날 어떻게 생각하는지 확실히 알고 있으니 예전처럼 우물쭈물 시간을 낭비할 일은 없을 거다. 그가 몸을 틀어 뒷좌석으로 손을 뻗더니 벗어 두었던 재킷을 뒤졌다.

"이거."

그가 재킷 주머니에서 뭔가를 불쑥 내밀었다.

"뭐예요?"

작은 포장 상자. 알아보기 힘든 필기체로 영어가 쓰여 있는 진주색 케이스였다. 나는 어색하게 받아 들었다.

"이게 뭔데요?"

그는 대답 대신 열어 보라고 눈짓했다. 조심스럽게 상자를 여니 끽 하는 소리와 함께 목걸이가 보였다. 금색 줄에 걸린 펜던트에는 작은 큐빅이 박혀 있고, 그 아래로 은색과 금색의 원이 뫼비우스의 띠처럼 엉켜 있었다. 아름답다는 말로는 설명이 부족했다.

은, 금. 나는 펜던트를 쳐다보며 벌린 입을 다물지도 못하고 아무런 소리도 내지 못했다.

"별 뜻은 없어. 그냥 뭐라도 선물해 주고 싶어서."

"……."

"아까 다이아 반지에 비하면 좁쌀만 하지만 그것도 나름 다이아 야. 품질보증서까지 들어 있는."

좁쌀만 한 큐빅이 다이아건 아니건 그게 뭐가 중요해. 금이건 은 이건 도금이건 그것도 상관없어. 그가 엉킨 넝마 가죽을 준다 해 도 나는 전혀 상관없었다.

"딱 네 것이지? 박은금 양?"

그가 내 이름을 강조하며 키득댔고 나는 떨리는 손으로 펜던트 를 쓸었다. 내 이름이 이렇게 고마운 존재인지 몰랐다. 은금이란 촌스럽고 무식해 보이기까지 하는 이름이 이렇게 아름답게 표현 될 줄도 몰랐다. 그런 뜻이 담긴 목걸이를 선물 받을 줄은 더더욱 몰랐다. 내 이름이 이토록 아름답다고 느껴질 줄 몰랐다.

파도처럼 감정이 밀려왔다. 살아 있길 잘했어. 몇 번이고 죽고 싶 을 때, 죽음을 포기하길 잘했어. 꾸역꾸역, 지금까지 발버둥 치며 간신히 살아오길…… 정말 잘했어. 입술을 꽉 물고 울음을 삼키 는데 눈이 급격히 흐려지면서 덜 잠긴 수도꼭지처럼 눈물이 볼을 타고 툭툭 끊임없이 떨어졌다. 그의 구부러진 집게손가락이 내 눈 가를 닦아 냈다. 닦아도, 닦아도 눈물은 계속 났다.

최정우는 결국 나를 끌어당겼고 나는 기다렸다는 듯 그의 어깨 에 고개를 묻고 울었다. 감동해서 흘리는 눈물이라기보다 설움이 복받친 사람처럼 꺽꺽대며 울었다. 나는 산산이 부서졌다. 날 옭 아매던 것들이 모두 쏟아졌다. 이건 껍데기가 아니었다. 날 감싸고 있던 허물이 뜯겨 나간 것도 아니었다. 그는 나를, 내 모든 것을, 산산이 부수고 조각냈다. 그 안에, 너무 어둡고 깊어 누구도 들여다볼 수 없었던 곳에 발가벗은 내가 서 있었다. 상처 입고 가시 박힌 채로.

가장 깊은 우물 안에서 가장 깊은 어둠을 그는 해일처럼 밀려와 모두 쓸어 냈다. 흔적도 없이 모든 걸 삼키고 쓸어서 날 가두고 옭아매던 모든 걸 가져가 버렸다. 최정우였다. 내 어깨를 쓰다듬으며 언제든 날 어둠에서 꺼내는 사람. 신이 내게 준 게 그라면, 그래서 내가 상처를 입었다면, 마땅히 치러야 할 값이었다면, 난 기꺼이 그 발아래 무릎을 꿇고 기도할 수 있을 것 같았다. 언제나 고통과 죄악감만 주던 십자가에 엎드려 입이라도 맞출 것 같았다. 나는 스스로를 진정시키며 그에게서 몸을 떼어 냈다. 붓고 빨갛게 충혈된 눈을 그가 보더니 너털웃음을 지었다.

"너 이러고 기숙사 들어가면 지혜가 미친놈이 자기 친구 찾다고 생각할걸."

나는 훌쩍훌쩍 코를 들이마시며 속없이 웃었다. 콧등을 손으로 문지르고 손바닥으로 눈물을 쓱쓱 닦았다.

"괜찮아요. 설명하면 돼요."

그는 케이스 안에서 목걸이를 빼내 내 목에 손을 둘러 목걸이를 걸었다. 그의 품에서 나는 달콤하고 편안한 향기가 다시 한번 훌쩍이는 코끝을 간질였다. 눈을 감고 그에게 기대서 그 향기를 지칠 때까지 들이마시고 싶다. 줄에 걸린 그의 손가락이 목덜미를 타고 쇄골까지 내려왔다. 그는 엄지손가락으로 펜던트를 한 번 매만지고 손을 거둬 갔다.

414

"예쁘네."

"평생 차고 다닐게요."

그가 낮게 웃었다.

"다른 목걸이도 차고 다녀. 분명 다른 목걸이도 선물할 거니까."

이거면 됐어요. 그 말을 꾹 삼켰다. 나는 사심 없이 그에게 웃어 보였다. 내 인생에서 가장 밝은 웃음이었다.

"정말 기뻐요. 살면서 지금이 제일 기뻐요."

그가 엄지와 검지로 내 턱을 잡고 가볍게 입을 맞췄다. 그의 얼굴엔 만족스러운 미소가 그려져 있었다.

"조심히 들어가. 연락할게."

"네."

차에서 나와 나는 뒤도 돌아보지 않고 기숙사로 걸었다. 빠르게 걷고 있는지 느리게 걷고 있는지, 아니면 하늘을 떠다니고 있는지 감각이 마비된 것처럼 흐렸다. 그의 차는 고요했다. 그는 내가 시야에서 사라져 기숙사 건물로 들어갈 때까지 출발하지 않을 것이다. 나를 따라 걷고 있지 않을까에 대해 의심했던 순간엔 실제로 따라 걸었을 거다. 메아리처럼 울려 대던 내 발걸음 소리에 그의 소리가 섞여 있었다는 걸 이젠 믿을 수 있었다.

기숙사에 다다르자 아이들이 막 복귀하느라 정문 앞이 분주했다. 부모님의 차 트렁크에서 커다란 가방을 꺼내는 아이들도 있었고, 날 보고 고개를 숙여 인사하는 후배들도 보였다. 건물에 밝은 빛이 들어와 있었고 대청소를 한다며 분주했다. 나는 꿈처럼 몽롱하게 그들을 스쳤다.

지혜가 돌아오지 않은 방에 불을 켜고 문을 잠갔다. 나는 입고 있던 옷가지를 모두 벗어 던졌다. 마치 의식이라도 치르는 사람처럼 경건한 마음마저 들었다. 씻기 위해 화장실로 들어가 샤워 꼭지를 틀었다. 따뜻한 물이 바닥으로 떨어지며 뿌연 안개를 토했다. 나는 그 따뜻하고 굵은 물줄기 사이로 들어갔다. 머리부터 발끝까지 흠뻑 적셨다. 뿌옇게 물안개가 낀 거울을 손으로 뽀득뽀득 닦아 내니 거기에 미소 짓고 있는 내가 보였다. 목에는 방금 그가 선물한 목걸이를 건 채였다. 근사해. 내 입꼬리가 더 올라갔다. 그렇게 추해 보이던 내 얼굴이 처음으로 예뻤다.

너 진짜 행복하구나?

고개를 끄덕였다. 진짜 행복해. 그러니까 넌 이제 없어져도 돼.

거울 속의 내가 슬프게 웃었다.

진짜?

나는 그녀의 몸에 남겨진 흉터로 시선을 내렸다. 멍든 갈비뼈. 칼에 긁힌 기다란 상처. 그녀의 광대뼈는 시퍼렇게 멍이 들어 있었다. 젖은 생쥐처럼 지치고 힘이 없어 보였다. 그녀는 다리 사이로 피를 흘리며 물었다. 그 고통스러운 광경이 남의 일처럼 멀게만 느껴졌다.

나 이제 그만 아파해도 돼?

너 이제 그만 아파해도 돼.

나 이제 너에게 작별 인사해도 돼?

나는 고개를 끄덕였다.

잘 가.

그녀는 대답 대신 슬프게, 또 한없이 기쁘게 웃어 보였다.

"박은금!"

새된 비명 소리. 몽롱한 귓가에 에코처럼 목소리가 퍼졌다.

왜?

뿌연 안개 사이로 지혜의 얼굴이 보였다. 그녀는 새파랗게 질려 있었다. 내가 문을 열고 샤워를 하고 있었나? 왜?

"도와줘! 누가 도와줘!"

뭐? 나는 영문을 몰라 미세하게 인상을 찌푸렸다. 감각이 흐리고 얼굴 근육에 힘이 잘 안 들어갔다. 이상해…….

나는 천천히 시선을 아래로 내렸다.

붉은 피. 이게 뭐지? 나는 고개를 돌려 거울 속의 나를 쳐다봤다.

슬픈 미소.

그건 내 피가 아니야.

뭐?

쏟아져 내려오는 물줄기에 피가 소용돌이치며 내려갔다. 이게 뭐지? 내가 옆으로 휘청했고, 그러자 내 손에서 뭔가가 툭 떨어졌다.

이게 뭐야.

지혜가 수건을 꺼내 들고 황급하게 달려왔다. 나는 그녀를 향해 미소 지으려고 했다.

지혜야, 너 왜 울어?

지혜의 손이 벌벌 떨렸다. 그녀가 내 손목을 쥐고 수건을 돌돌 감았다.

피.

나는 바닥에 떨어진 물체를 다시 확인해야 했다.

커터 칼.

이게 뭐야.

갑자기 의식이 까마득하게 멀어졌다. 지혜의 울음 섞인 비명이 메아리처럼 울리다 뚝 끊겼다.

X. 고백

까맣고 아무것도 보이질 않았다. 제일 먼저 느껴지는 건 타는 것 같은 갈증이었다. 입이 뻣뻣하게 굳고 메말라서 쩍쩍 갈라지는 느낌이 점점 선명해졌다.

"어머! 애! 은금아!"

엄마 목소리. 조금씩 감각이 돌아오자 정수리 쪽에 쨍한 통증이 느껴졌다. 아파. 절로 인상이 찌푸려지고 입꼬리가 비틀렸다.

"기다려! 기다려! 선생님! 선생님!"

무거운 눈꺼풀을 들었다. 흐릿하게 사람의 실루엣이 보였다. 엄마?

"정신 들어?"

최정우. 블러가 낀 것처럼 뿌연 시선이 선명해지자 딱딱하게 굳은 최정우의 얼굴이 보였다.

"어머님 의사 선생님 부르러 나가셨어."

"물……."

잠겨서 완전히 쉬어 버린 목에서 쇳소리가 났다. 내가 몸을 일으키려 하자 그가 내 어깨와 허리에 손을 둘러 도왔다. 그는 내가 베개에 기댈 수 있도록 고쳐 놓았고 나는 뻑뻑해진 관절을 움직이며 낑낑거렸다. 최정우가 물컵에 물을 따라 입가에 대 줬다.

"마셔. 너 지금 손 못 써."

내가? 왜? 일단 입가에 닿은 물을 넘겨야 했다. 목이 타서 견딜 수가 없으니까. 몇 모금 넘기자 그가 종이컵을 입에서 떼어 냈다.

"더?"

나는 고개를 저었다. 입가에 물을 축이고 나자 좀 더 정신이 선명해졌다. 지끈하는 두통에 눈살이 찌푸려졌다.

도대체 여기가 어디야?

병원.

병원?

입원실이었다.

내가?

고개를 숙이니 팔꿈치 아래에서부터 손바닥까지 칭칭 붕대가 감겨 있는 것이 보였다. 감기지 않은 쪽에는 링거 바늘이 꽂혀 있고 어깨와 팔뚝에 딱딱한 부목이 대어져 있었다. 내가 지금 환자복 입고 병원에 누워 있다고? 내가 왜?

당황한 채 최정우를 쳐다봤다. 그의 입이 굳게 닫혀 있었다. 이토록 얼음장같이 차가운 얼굴을 나는 본 적이 없었다. 텅 빈 2인실 안으로 엄마가 문을 열고 들어왔다. 그 뒤를 이어 간호사 한 명과 젊은 남자 의사가 쓱 들어왔다.

"박은금 양?"

나는 의사를 의아하게 쳐다봤다.

"기분이 좀 어때요?"

기분이 어떠냐고? 죽겠어.

그가 내 눈꺼풀을 위로 밀더니, 팬 라이트를 정면으로 비췄다. 눈부셔. 짜증이 솟구쳤다. 뭐 하는 거야! 도대체!

그러더니 붕대가 감긴 손을 톡톡톡 때리고 꼬집었다.

"감각이 느껴져요?"

뭐 하는 건데, 지금. 대답할 기분이 전혀 아니었다.

"어떤 상황이었는지는 기억나요?"

어떤 상황? 무슨 상황인데?

내 시선이 좌우로 흔들렸다.

기억해야 돼. 무슨 상황이었는데? 내가 뭘 한 거지?

"두통은? 두통은 있나요?"

두통은 있었다. 나는 불안하게 고개를 끄덕였다.

"진통제를 좀 더 줄게요. 꿰맨 게 나을 때까지 아마 계속 아플 거예요."

꿰매? 어딜? 내 머리를?

"넘어지면서 머리를 부딪쳤어요. 그건 기억나요?"

황당하기 짝이 없었다. 제발 누가 나한테 이 상황을 좀 설명해 줘. 나는 눈을 질끈 감았다. 나한테 무슨 일이 일어난 걸까. 목걸이. 붕대가 감긴 손을 들어 목을 더듬었다. 없어. 내 목걸이! 내가 내 목을 더듬대자 의사가 고개를 끄덕였다.

"잘 움직이네요. 신경이 손상되진 않았어요."

나는 왼손을 들어 자세히 쳐다봤다. 손가락을 움직이려 힘을 주자 까딱까딱 움직였다. 손은 왜 이런 거야? 무슨 일 때문에 신경을 걱정해야 하는 건데? 뭐야 이게. 생각해. 생각. 분명 최정우에게 목걸이를 선물 받고 기분 좋게 기숙사로 들어갔다. 그러고 나선 샤워를 했지.

피.

갑자기 머릿속에 지혜가 울고 불며 소리 지르던 게 떠올랐다.

피. 커터 칼. 나…… 뭐 한 거야?

"통증이나 어깨 탈골은 별다른 무리가 없다면 한 달이면 완치될 겁니다. 손목의 자상도 그렇고요. 당분간은 치료하며 경과를 지켜봅시다."

자상. 갑자기 심장이 쿵쾅 뛰어 댔다. 엄마가 울먹이며 선생님한테 연신 감사하다며 고개를 숙였다. 그러고 나서 엄마는 내 왼손을 두 손으로 꼭 잡고 거기에 얼굴을 묻었다. 무릎을 꿇은 채 아마도 감사의 기도를 하는 것 같았다. 내 시선은 엄마에게서 최정우에게로 넘어갔다. 그의 눈이 얼음장 같았다. 엄마는 눈물을 닦아 내더니 내 뺨을 철썩 때렸다.

"너 제정신이야? 어떻게 그런 짓을 해?"

엄마는 바짝 독기 어린 눈으로 날 노려보고는 곧 다시 울음을 터트렸다. 그렇게 한참 동안 내 목을 끌어안고 꺼이꺼이 울었다.

"이 미련한 계집애야. 도대체 왜 그랬어. 뭐가 문제였니."

차가워. 너무 차가웠다. 엄마가 날 잡고 흔들든 울음을 터트리든 상관없었다. 나는 그의 차갑고 냉담한 얼굴이 훨씬 더 당황스러웠다.

"정우 군."

엄마가 코를 훌쩍이며 침대에서 몸을 일으켰다.

"네."

"나 은금이 아빠한테 전, 전화를 좀 해야 해서."

"네. 다녀오세요."

엄마는 그의 어깨를 두세 번 토닥이고 내 모습을 확인한 후에 조용히 방문을 닫고 나갔다.

"선생님 저……."

너무 무서워 말이 제대로 나오질 않았다.

"제가…… 무슨……."

"너 손목을 그었어."

뭐?

"나랑 헤어지고, 기숙사로 돌아가서 손목을 그은 걸 지혜가 발견했어."

그의 어조는 담담하고 감정 하나 실려 있지 않았다. 무섭도록 침착한 목소리였다.

"쓰러지면서 세면대에 부딪혀서 어깨가 나갔고, 머리가 찢어졌어. 넌 지금 머리도 손목도 꿰맨 상태야."

그 말에 더듬더듬 머리를 매만졌다. 이마 위로 붕대가 감겨 있었다.

"말해 봐."

그의 서릿발 같은 목소리가 낮게 울렸다.

"왜 그랬어."

내 눈이 놀라움과 두려움으로 커졌다. 그의 분노가 너무 고요했다. 그가 지금 꾹꾹 자신의 감정을 눌러 담고 있는 게 보였다. 내가 가장 잘하는 짓이니까. 그는 기다렸다. 화를 억누르며 참을성 있게 무슨 말이라도 하길 기다렸다. 대답할 수 없어. 내가 대답할 수 있을 리가 없잖아. 그의 가슴이 들썩대며 숨소리가 커졌다. 그는 당장에라도 어딘가를 내려칠 기세였다.

"불행했어?"

아니. 절대 아니야. 나는 절박하게 고개를 흔들었다.

"이틀 동안, 너 의식 없는 이틀 동안 수도 없이 생각했어. 왜 그랬을까. 뭣 때문에 그랬을까. 내가 놓친 게 뭘까. 내가…… 그 아이에게 무슨 짓을 저지른 걸까. 이대로 진짜 죽어 버리면, 그럼 그 이후엔 도대체 어떻게 해야 하나."

그의 침착한 목소리에 불안감이 배어들고 숨소리가 떨렸다. 이틀이나 의식이 없었다고? 이틀이나? 내가 무슨 일을 저지른 걸까. 손목을 그었다니. 어째서? 그는 내가 변명해 주기를 기다리고 있었다. 내 입에서 무슨 말이라도 나오길 한참 동안 기다렸다.

하지만 입이 떨어지지가 않아. 도대체 왜 그런 건지 나도 알 수가 없으니까. 그가 떨리는 손으로 이마를 쓸었다. 얼굴엔 쓸쓸하다 못해 비참한 미소가 베어져 나왔다.

"내가 태풍이란 게 이런 의미였어?"

아니야. 눈앞이 뿌옇게 흐려지고 눈시울이 뜨거워졌다. 매일 괴롭히던 악몽보다 그의 괴로워하는 모습이 내겐 더 끔찍했다. 이런 게 아니야. 이러려던 게 아니야.

"언제부터야?"

뭐?

"언제부터 생각한 거야? 나랑 키스할 때? 아니면 나한테 좋아한다고 고백할 때?"

나는 벌어진 입을 붕어처럼 뻐끔댔다. 그가 하는 말의 의미를 파악하기에 나는 너무 무기력했다. 내가 뭘 생각했던가. 모르겠다. 내가 언제부터, 무엇을 생각한 건지.

"언제부터 죽고 싶었냐고!"

그의 고함 소리가 빈 병실을 날카롭게 갈랐다. 나는 숨을 헐떡이다가 울음을 터트렸다. 내가 울음을 터트리면 자신의 어깨를 내어 주던 사람이 옴짝달싹도 하지 않았다. 그가 너무 멀고, 아득하게만 느껴진다.

"대답해."

"모르겠어요. 잘 모르겠어요."

나는 거칠게 흐느끼며 끊기듯, 그에게 변명했다.

"한 시간. 나랑 헤어지고 한 시간도 안 돼서 넌 손목을 그었어. 마치 미리 각오라도 한 것처럼 망설임도 없었어. 그러니까 충동적으로 그랬다는, 그런 말 같지도 않은 변명을 하려는 거면 차라리 하지 마. 그건 정말 죽을 만큼 열 받을 거 같으니까."

그는 어금니를 꽉 물고 언성을 낮췄다. 그에겐 일말의 동정심도 자비도 없어 보였다. 왜 이렇게 차갑지? 왜 이렇게 송곳처럼 굴지? 나 때문이다. 내가 망친 거야. 내가 다 망친 거야. 도대체 왜 그랬을까. 왜 이렇게 됐을까. 내가 왜 그랬는지 도대체 무슨 생각으로 그랬는지, 알 수가 없었다. 그에게 설명하고 싶다. 그를 화나게 하고 싶지 않았다. 이유가 있다면 그걸 절실하게 찾고 싶은 건 누구보다 나였다. 그가 침대 위로 뭔가를 미련 없이 던졌다. 목걸이였다.

"너 기쁘다고 했지?"

나는 눈물을 훔치며 시트에 무성의하게 던져진 펜던트를 쳐다봤다. 평생 걸고 있겠다는 다짐은 순식간에 박살 났다. 그것도 나 때문이었다.

"난 그걸 주면서 너와 제대로 시작하고 싶었어. 가능하면 아주 행복하게. 근데 넌 아니었던 거야, 그렇지? 넌 행복하게 끝내고 싶었던 거야."

아니야.

"네 인생의 마지막 챕터를 화려하게 수놓아 줄 사람이 필요했던 거야. 넌 그런 용도로 날 사용한 거야. 너의 그 빌어먹을 사진첩의 마지막을 나보고 장식하게 한 거야."

아니야.

"널 이해하고 싶었어. 지금도 간절히 그래."

그의 목소리가 떨리다 멈췄다. 그가 숨을 고르기 위해 입술을 씹어 대는 게 보였고 나는 공포에 질렸다. 그의 입에서 튀어나올 말이 내 목을 졸라 댔다.

"하지만 아마 불가능할 것 같아. 내겐 무리야."

온몸이 부들부들 떨려 왔다. 하지 말아요.

"내가 잘못 생각했었어. 넌 날 구원자로 생각했던 게 아니야. 넌…… 날 저승사자로 생각한 거야."

아니야.

"난 그거 못 해. 네 인생에 태풍이 나라면, 네 인생의 구원자가 나라면, 난 그 역할 놀이에서 빠지겠어. 네가 죽는 것보다 차라리 어딘가에라도 처박혀 살아가고 있다고 믿는 편이 훨씬 나아."

그는 발을 빼려고 하고 있었다. 내 인생에서. 그건 안 돼. 내 인생에 그가 사라져 버리면 그건 아무런 의미가 없어. 그건 죽는 것만 못하다고. 그가 몸을 돌렸다. 손을 뻗어 잡고 싶었다. 두 발로 달려서 바짓가랑이를 붙잡고 매달리고 싶었다. 하지만 나는 어깨가 부서지고 손목이 끊긴 채 무기력하게 그가 병실 문을 여는 걸 지켜봐야만 했다. 그건 싫어. 죽어도 싫어.

"아니에요!"

쉰 목소리로 절박하게 외쳤다. 멈춰! 제발! 그는 마치 목소리를 듣지 못한 듯이 문밖으로 발을 내디뎠다. 안 돼!

"잠시만요!"

그가 여기서 나가면 나는 두번 다시 그를 볼 수 없을 거야. 영원히. 그게 죽도록 무서웠다. 두번 다시 그를 볼 수 없다는 게.

"이야기할 게 있어요!"

그가 멈췄다. 그를 잡아야 해. 하지만 어떻게? 내가 그를 어떻게 잡아? 한계였다. 그가 사라지는 게 죽는 것보다 더 고통스러웠다. 나는 딜을 해야 했다. 어떤 고통을 감수할지. 그걸 정해야 했다. 어쩔 수 없어. 이젠 정말 방법이 없어. 그는 언제나 나를 꿰뚫고 있다. 언제나. 괜한 변명으로는 그를 붙잡지 못한다. 오히려 더 빨리 날 떠날 거다. 내가 할 수 있는 방법이라곤 하나였다. 이 절박함에서 구해 줄 방법이라곤 오로지 그것 하나였다.

"저…… 성폭행 당했어요."

1초, 2초, 3초. 째깍째깍 초침이 흘렀다. 그의 분노가 흔적 없이 사라지고, 무슨 소리인지 깨닫게 될 때까지 꽤 시간이 걸렸다.

"열여섯 살 때요……."

사람의 심장이 바닥에 떨어진다는 게 저런 모습일까? 나는 그가 휘청하고 문지방에 등을 기대는 걸 봤다. 그의 얼굴이 흙빛으로 변했다. 나는 그에게 치부를 내보였다는 수치심과 괴로움에 시트 위로 무너졌다. 가능하면 영원히 숨기고 싶었던 이야기. 누구에게도 이야기하고 싶지 않던 것……. 그러면서도 늘 이것에서 해방되기를 원했다. 불가능하기에, 그렇다는 걸 알기에 숨겨 왔다. 이런 식으로 털어놓으려고 했던 게 아니었다. 그러려고 그토록 꼭꼭 싸매고 있었던 게 아니었다.

그를 잃고 싶지 않아서 나는 내가 그동안 지켜 온 모든 걸 내던졌다. 그래. 나는 처음부터 그에게 내 인생을 송두리째 던져 버리지 않았나. 이제 와서…… 이제 와서 자존심을 지키기엔, 그를 너무 사랑했다. 하지만 그는 결국 도망갈 거야. 나는 금세 후회했다. 어떤 사람도, 정상적인 남자라면 성폭행당한 피해자를 만나고 싶어 하지 않는다. 자해까지 하는, 제정신이 아닌 여자와 연애하려고 들진 않을 거다. 단 몇 초, 어쩌면 몇 분……. 발걸음을 멈추게 했을 뿐이었다. 충격을 주고 잠깐 멍하게 만들어 아주 잠시 머물게 할 뿐이었다. 그는 결국 떠날 거다.

"너 뭐라 그랬니."

열린 문 사이로 엄마의 목소리가 들렸다. 엄마가 벽 뒤에서 천천히 걸어와 드르륵 문을 열었다.

"너 뭐라 그랬어?"

엄마는 계속해서 말을 더듬었다.

"너…… 지금, 뭐라…… 뭐라고 그랬어."

엄마의 떨리는 목소리를 듣자 나는 차가울 정도로 식었다. 마치 악마의 가면이라도 쓴 것처럼. 아니면 내 가면을 벗어던진 것처럼. 나는 모든 걸 포기해야만 할 것 같았다.

"미안해. 엄마."

눈물을 닦고 고요하고 냉담한 목소리로 대답했다.

"난 더러워."

엄마가 눈을 치켜뜨며 그대로 꼬꾸라지는 게 보였다. 나는 다시 지옥으로 돌아왔다. 찰나의 환영을 보고, 다시 여기. 현실이었다.

* * *

다음 날까지 엄마는 내 고백을 제대로 받아들이지 못했다. 그녀는 나보다 더 얼이 빠져 있었다. 깨어난 딸을 보러 온 아빠가 충격에 쓰러진 엄마의 수발까지 들어야 했다. 내 처절한 고백 이후 엄마가 쓰러지고, 간호사들이 와서 엄마를 침대에 옮기는 동안 그는 홀린 듯이 다가와서 나를 꽉 안았다. 그의 몸에선 늘 달콤하고 햇살처럼 따뜻한 냄새가 난다. 날 꽉 안은 그의 몸이 바들바들 떨렸고 정신이 나간 듯 얼굴엔 아무 표정이 없었다. 얼마나 충격적이었을지 짐작한다.

"네 잘못이 아니야."

도대체 뭘 안다고, 그는 대뜸 그 말부터 했다. 마치 주문을 걸듯이 계속해서. 무슨 말을 하고 있는지도 모르는 게 분명했다. 나역시 내게 수백 번 말했다. 네 잘못이 아니야…… 네 잘못이 아니야……. 그럴 때마다 그 개자식이 내게 쏟아붓던 더러운 말들도 같이 떠올랐다. 더러운 창녀, 걸레, 술집 여자…….

아무리 수백 번 이야기해도 타인이 내게 비수처럼 날린 말이 더와닿았다. 그 미친놈의 말은 가슴에 쿡 박혀서 아무리 뽑아내려고 해도 뽑히지 않았다.

네 잘못이 아니야. 내가 외우다 포기한 주문을 나 대신 최정우가 반복했다. 이젠 정말…… 그 말을 믿고 싶었다.

"편하게 말 놔도 되지?"

정신과 의사 배지를 단 여자는 머리가 희끗희끗했다. 그러나 얼굴은 주름 하나 없이 고왔는데 그게 참 이질적이었다. 희끗한 머리와 깨끗한 피부 때문에 나이를 추측하기가 힘들었다. 여자의 화장기 없는 수수한 얼굴은 침착하고, 부드러웠다.

"기분은 좀 어떠니?"

"그냥 그래요."

"애인이니?"

그녀가 복도 쪽을 향해 고갯짓했다.

끄덕.

"좋겠다. 잘생겼던데?"

그녀는 묘한 웃음을 지어 보이며 차트를 넘겼다. 손목을 긋는 자살 소동을 벌였으니 정신과 상담은 필수였다. 덤으로 성폭행당한 과거 전력까지 드러난 탓에 최정우든, 엄마든, 아빠든 별도리가 없었을 거다.

그녀는 내가 미리 작성한 검사지를 들고 있었다. 왜 묻는지 저의가 의심스러운 질문들도 많았지만 습관적으로 성실하게 작성했다. 거기서 또 거부했다간 간신히 정신 차린 엄마가 또 실신할까 봐 겁도 나고 귀찮기도 했다. 그녀는 차분히 검사지를 체크했다. 꼭 시험지를 체크하는 교사 같았다. 그래서 제 점수는 몇 점인가요?

"저…… 미쳤나요?"

내 물음에 그녀가 하얀 치아를 드러내고 웃었다. 호기심이 가득한 얼굴이었다.

"왜?"

"미친 것 같으니까요."

"왜 네가 미친 것 같니?"

"죽고 싶지 않았는데 손목을 그었잖아요."

의사는 설문지를 덮고는 아주 깊은 눈으로 나를 들여다봤다.

"자신이 왜 그랬는지, 뭣 때문에 슬픈지, 아픈지, 다 알면 정신과는 왜 필요하겠니."

맞는 말이네.

"그걸 모르니까 나 같은 사람이 알려 주고 돈을 벌어먹는 것 아니겠니?"

돌팔이인가? 그 말이 진심인지 농담인지 선뜻 구별하기가 어려웠다.

"네가 알아 둬야 할 건 작용과 반작용이 반드시 같이 존재한다는 거야."

"……."

"행복한 사람은 찾아올 불행을 두려워하고, 불행한 사람은 앞으로 행복하길 희망하고. 사람은 누구나 그렇게 살아가. 너도 작용과 반작용을 같이 겪은 것뿐이야. 행복하니까 반대로 불안하고, 그 불안감에서 자신의 행복을 지키고 싶은 마음이 가장 극단적인 방법으로 발현된 것 같아."

"……."

"그건 미친 게 아니야. 인간의 너무도 당연한 욕구지. 다만 너는 방법을 몰랐을 뿐이란다."

방법을 몰랐다. 내가. 의사의 말을 속으로 몇 번이고 중얼거렸다. 나는 행복을 지키고 싶었나? 나도 모르게? 그런 거야? 그래서 이렇게 멍청한 짓을 한 거야?

"특히나 성폭력의 생존자들은."

나는 방어적으로 눈을 치켜떴다.

"그래. 우린 생존자라고 불러. 넌 생존자야. 피해자나 희생자가 아니고 생존자."

생존자.

"생존자들은 대부분 자해 욕구가 강해. 아주 흔한 일이야. 스스로를 상처 입힌 게 분명 이번이 처음은 아닐 거야."

꼬집기. 늘 안 좋은 생각이 나면 나를 꼬집었다. 얼얼할 정도로 아픔이 있어야 갑자기 안개가 걷힌 듯 머리에서 잡념이 사라졌으니까. 세상에……. 그래 왔어. 그런 식으로 날 학대해 왔어. 여태껏 계속해서. 단지 공포에서 벗어나기 위해 피아 구분도 못 한 채 습관적으로 조금씩 강도를 높이며 나를 망쳐 왔던 거다. 온몸에 소름이 돋았다. 어떻게 미친 게 아닐 수 있어? 이게 흔한 일이야? 조만간 나도 모르게 내 배에 칼이라도 꽂게 생겼는데?

"이걸…… 이걸 멈출 수 있나요? 자해하는 거요."

"넌, 이번 일을 아주 긍정적으로 바라봐야 해. 그러기 쉽지 않다는 거 알아. 하지만 이것도 모두 나아지는 과정 중 하나야."

어디가 어떻게 나아지는 과정 중에 하나라는 거야. 난 죽을 뻔했는데. 의사의 그 말을 인정하기가 참 버겁다.

"회복의 단계는 직선이 아니야. 곡선이지. 좋아졌다가 나빠지기를 반복해. 하지만 결국 계속해서 올라가게 되어 있어."

의미 없어. 의미가 없는 이야기다. 그 과정을 반복하는 사이에 난 또 죽으려 들 테니까. 나 스스로가 자신의 일을 장담할 수 없다. 그때의 환영을 똑똑히 기억해. 귀신에라도 홀린 듯 손목을 그으면서도 고통조차 느끼질 못했다. 내가 나를 모른다는 거……, 나를 제어하지 못한다는 거…… 그건 내게 지독한 공포다.

"입원하는 게 어떻겠니?"

"네?"

"물론 보호자와 이야기하겠지만. 네 의견도 중요하잖아."

입원?

"얼마나요?"

"두 달."

"안 돼요. 안 될 거예요."

고개를 좌우로 저었다.

"수능이 2주 남았고…… 엄마가, 엄마가 허락 안 하실 거예요."

입원해야 한다는 소식을 듣고 또 까무러치면 곤란하다.

"그럼 수능 이후에 하는 건?"

입원이라니. 쇠창살에 갇힌 폐쇄 병동의 끔찍한 모습만 눈앞에 떠올랐다. 아무리 미쳤다지만 나보다 더 미친 사람들과 섞여 있어야 하는 거야? 어딘가 반쯤 정신이 나가고, 환자복도 다 추스르지 못해 좀비처럼 걷고 있는 무리들이 상상되자 등골이 오싹했다. 그리고 최정우. 여기서 두 달을 지내고 나면 그와는? 그와 남은 시간은 얼마나 되지?

"여기서 두 달을 지낸다고 해서 완전히 회복되는 건 아니야. 사고에서부터 시간이 멀어지면 멀어질수록 더 많은 시간이 걸려. 다만 좀 더 속도를 높일지, 말지의 문제야."

완전한 회복. 그 말에 귀가 갑자기 뜨였다. 회복? 그게 가능해? 내가?

"그건 얼마나 걸려요? 완전히 회복되는 거요."

"사람에 따라 다르지만 평균을 내자면, 최소 1년."

1년. 1년만 썩으면 이 일에서 완전히 벗어날 수 있는 거야? 1년만 참으면? 이 지옥 같은 고통을 끝낼 수 있는 걸까? 잃어버린 자아를 찾을 수 있는 걸까? 이 모든 일을 깨끗하게 지워 버릴 수 있는 걸까? 가슴이 희망으로 거세게 뛰었다.

"두 달 입원하면 그다음엔 어떻게 하는 건데요?"

내가 희망과 의구심이 가득한 눈으로 질문하자 의사는 좀 더 적극적인 자세를 취했다.

"할 수 있는 건 많아. 집단 치료 프로그램도 참여할 수 있고, 약물 요법, 미술 치료, 연극 치료. 우리가 해 볼 수 있고, 해야만 하는 것들 전부를 서로 동의하에 다 해 볼 수 있어.”

“그렇게 하고 나면 전 괜찮아지나요? 완전히 잊어버릴 수 있나요?”

그녀가 슬프게 미소 지었다.

“은금아. 회복이라는 건 과거를 지우개처럼 지운다는 의미가 아니야. 그 일을 너의 일부로 받아들이는 거야. 크게 다치고 나면 몸에 흉터가 남듯이, 이 일도 흉터를 남기겠지. 내가 할 수 있는 건, 그 상처를 너의 한 부분으로 만드는 거야. 그래서 들여다봐도, 어느 순간 너의 눈에 띄어도 아무렇지 않을 수 있게. 그러다가 시간이 지나면 어쩌면 흉터가 사라질 수도 있겠지. 안 그래?”

고민됐다. 내게 필요한 일이란 건 인정한다. 하지만 그 흉터가 아무렇지 않게 된다거나 시간이 지나 사라질 수 있다는 가능성을 믿기엔 의사의 말은 불충분했다. 그런 상태로 입원이란 큰 결정을 쉽게 내릴 수는 없는 일이다. 입원하면, 놓치는 것이 너무 많았다. 그리고 그것들은 놓쳐 버리면 영영 되돌려 받을 수 없는 것들이었다.

“입원하면 전 갇히나요?”

“다른 병실에 비해 부자유스럽긴 하지만 완전히 갇히는 건 아니야. 면회도 가능하고, 개인 전화 소지는 금지지만 전화도 얼마든지 가능해. 원하면 외박도 할 수 있고. 폐쇄 병동을 생각하고 있나 본데 아쉽게도 일반 병동과 별 차이가 없을걸. 그냥 좀 불편한 숙소에 묵는다고 생각해.”

“생각해 볼게요.”

나는 멍하게 대답했다. 결국 병원에 입원할 지경이 되었구나. 그 생각만으로도 이미 허탈해졌다. 다른 방법이 없는 것일까. 도망치고 싶은 마음도 들었다. 하지만 손모가지를 그어 버린 내가 일상생활이 가능할까? 이 상태로 그 안에 섞여 들어갈 수 있을까? 다시 학교에 가면 친구들과 편하게 지낼 수 있을까? 지혜와 재현이의 얼굴이 떠올랐다. 지혜는 어떻게 됐을까. 분명 욕실에서 날 발견한 건 그 아이였다. 새파랗게 질린 그녀의 얼굴이 떠오르자 자꾸만 울고 싶었다. 지혜가 다시 웃어 줄까. 그 아인 괜찮을까. 날 다시 받아 줄까?

병실 문을 나서자, 최정우가 의자에서 벌떡 일어섰다. 그가 아직 곁에 있었다. 어째서 아직도 내 옆에 있는 걸까. 절박하게 붙잡은 건 나지만 언제든 도망가도 이상하지 않았다. 난 미쳤고, 그는 미친 여자와 사귀기엔 심각하게 아까우니까.

"뭐라셔?"

"입원하래요."

그 말을 하면 겁에 질려서 '히익' 할 것 같았는데 그는 덤덤하게 고개를 끄덕였다. 그게 당연하다고 생각하는 것 같다.

"얼마나?"

"몰라요. 두 달……."

그가 아무 말 없이 내 등을 손으로 쓸었다. 저 혼자 무슨 생각을 하는지 반복적으로 고개를 끄덕이며 입을 꾹 다물고 있었다. 왜 아직 안 떠났을까.

"박은금!"

멀리서 카랑한 목소리가 복도를 울렸다. 설마. 나는 그 자리에 얼

436

어붙었다. 최정우가 괜찮다는 듯 고개를 끄덕였고, 그 덕에 나는 아주 조심스럽게 고개를 돌렸다.

"내가 연락했어. 너 깨어났다고."

지혜가 울먹울먹하더니 나를 향해 종종걸음을 쳤다. 그러다가 뛰기 시작하고 결국엔 헐떡거리며 내 앞에 섰다. 그녀의 광대뼈가 시퍼렜다.

"야! 너 뭐야!"

고함을 지르면서도 그녀는 엄마처럼 내 뺨을 때리지 않았다. 그 대신 씩씩대며 다친 어깨와 붕대를 감은 머리, 손목 등을 차례로 살폈다.

"너 멀쩡해?"

"괜찮대. 한 달 정도면 다 나을 거래."

최정우가 대신 대꾸했고, 지혜가 안도의 한숨을 크게 내쉬었다.

"너 광대뼈……."

"너 쓰러질 때 잡는다고 같이 쓰러졌어. 화장실 벽에 부딪혔대."

최정우의 설명에 나는 또 눈앞이 뿌옇게 흐려졌다. 미안하단 말도 감히 내뱉을 수가 없었다. 이 미련한 계집애. 넌 어떻게 매번 날 구해 주기만 하냐.

"야, 울지 마! 네 꼴을 좀 봐! 머리는 깨지고 어깨는 나가고! 네가 지금 남 걱정할 때야?"

톡 쏘는 말투에도 애정이 묻어 있었다. 나 같은 아이에겐 과분한 사랑이었다. 그녀가 없었다면 난 아마 진작 죽었을 거다. 어떻게든 죽으려 들었을 거다. 3년을, 그 지옥 같은 시간을 견딘 건 지혜가 옆에 있어 줬기 때문이었다. 이 아이가 내 빛이고 내 방패였으니까.

"퇴원은? 퇴원은 언제래?"

"몰라. 아직 진료 받을 게 남았어."

지혜가 정신과 팻말을 확인했다.

"어디?"

"산부인과."

그녀가 인상을 찌푸렸다. 도대체 거긴 왜? 그러더니 최정우를 향해 매섭게 눈길을 돌렸다.

"아니야."

"뭐?"

"선생님이랑 관계없어."

지금 상황에서 한 명이 더 안다고 해서 달라질 건 없었다. 어차피 깨져 버린 비밀이고, 누군가에게 털어놔야 했다면 처음은 지혜였어야 했다.

"나 고등학교 들어오기 전에…… 성폭행 당했어."

아주 잠깐 고요함이 우리를 스쳤다. 그리고 지혜는 침착한 얼굴로 내 손을 꽉 잡았다. 그녀는 놀라 보이지도, 힘들어 보이지도 않았다. 오히려 덤덤하고 침착했다. 마치 알고 있었던 것처럼. 어쩌면 짐작했을지도 모른다. 누구보다 가깝게 지냈고 내가 하는 기이한 행동을 모두 지켜봤던 아이다. 그녀가 늘 보호자처럼 군 이유도 어쩌면 내가 겪은 일들에 대해 어렴풋이 알고 있어서였을 수도 있다.

"이제야 네가 누군지 보인다."

지혜가 말했다.

"이제야 네가 정상으로 보여."

내가? 정신병원 앞에 서 있는 내가? 손목을 긋고도 무슨 이유에서 그었는지도 모르는 내가?

"가끔 이해가 안 갔는데 이제야 다 이해가 된다고. 네가 왜 그랬는지."

지혜의 손에 힘이 꽉 들어갔다. 마치 결전을 앞두고 있는 검투사처럼 눈이 날카롭게 빛났다.

"얼른 나아. 알겠어? 빨리 나아서 얼른 돌아와. 같이 떡볶이도 사 먹고, 그림도 그리고, 기숙사에서 수다도 떨고, 같이 졸업도 해야지."

목이 따가워 침을 꿀꺽 삼키며 고개를 크게 끄덕댔다.

"진료 시간 됐는데. 슬슬 가자."

최정우가 손목시계를 살피며 조심스레 끼어들었다. 지혜가 내 손을 단단히 잡고 씩씩하게 앞섰다. 늘 그렇듯 그게 가장 편안했다. 아무 생각 없이 따라만 가면 되니까.

* * *

살아생전 산부인과는 처음 와 봤다. 배불뚝이 아주머니들 사이에 앉아 있자니 나만 불청객 같아 점점 움츠러들었다. 아이를 가진 뒤 산부인과에 오면 저렇게 행복하고 당당하구나. 난 꼭 나쁜 죄를 짓고 들어온 사람처럼 고개를 숙이고 있는데…….

"박은금 양."

간호사가 내 이름을 호명했다. '양' 말고 '씨'로 불러 주지. 그럼 조금은 어른으로 보일 텐데. 사람들의 눈길이 따가웠다. 교복 입은 친구, 남자 친구로 보이는 사람. 셋이서 온 그림이 얼마나 수상쩍을지.

"네."

"이리 들어오세요."

"네."

자리에서 일어나 간호사가 열어 놓은 미닫이문 안으로 들어갔다. 너무 긴장돼 오금이 저렸다. 간호사는 커튼으로 가려진 간이 탈의실로 안내했다.

"바지랑 속옷 벗고 이 치마로 갈아입고 나오세요."

"왜요?"

벽에 걸린 고무줄 치마를 건네며 하는 말에 나는 완전히 당황했다. 왜? 왜 벗어? 시선을 옆으로 조금만 돌리니 수상쩍게 생긴 의자가 보였다. 모양이 마치 고문 기구를 떠올리게 했다. 나는 핏기가 싹 가셨다.

"걱정할 것 없어요. 산부인과 진료를 보려면 다들 그렇게 해요. 도와줄 테니 어서 갈아입고 나오세요."

간호사는 안심하라는 듯 빙그레 사람 좋은 웃음을 지어 보이고 커튼을 닫았다. 나는 수치심에 어쩔 줄 모르고 발만 굴렀다. 그냥 나가 버릴까? 진료 안 받겠다고 하고?

"은금 양."

좀 더 멀리서 또 다른 목소리가 들렸다. 좀 더 지적이고 낮은 여자의 목소리였다.

"힘든 거 알아요. 그래도 꼭 해야 하는 진료니까 천천히 갈아입고 나와요. 최대한 배려할게요."

　의사인 게 분명했다. 최면에라도 걸린 걸까. 아니면 포기를 한 걸까. 나는 주섬주섬 바지와 속옷을 내리고 고무줄 치마를 끌어 올렸다. 아랫도리로 기분 나쁜 허전함이 느껴졌다. 간호사는 담요를 하나 들고 있었다.

"이쪽으로 올라오세요."

　간호사는 의자 밑에 놓인 발판을 가리켰다. 내가 치마를 꼭 부여잡고 발판에 발을 올리자,

"여기 그대로 앉으세요."

　그녀는 내 어깨를 잡고 고문 기구 쪽으로 꾹 눌렀다. 별안간 고문받길 기다리는 꼴이 되어 버렸다. 간호사는 내 허리에 담요를 둘렀다.

"이러고 있으면 좀 편할 거예요. 기대서 누워 볼래요?"

　담요가 다리 위로 덮어지니 한기가 좀 가셨고 나는 착한 강아지처럼 간호사의 말대로 의자에 편안하게 기댔다. 지이이잉 소리가 나더니 의자가 좀 더 뒤로 눕혀졌다. 그래, 시작해 보자고. 무슨 고문인가.

"선생님이 오시면 담요를 걷을게요. 아주 짧은 시간일 테니까 걱정하지 말아요."

　내가 고개를 끄덕이자 간호사가 머리 위로 사라졌다. 벽에 틈을 두어 방을 둘로 나눈 구조였다.

"선생님, 환자분 준비되셨습니다."

　끼익하고 의자가 밀리는 소리. 단발머리를 한 세련된 여자가 하얀 가운을 입고 나타났다. 그녀는 내 발아래에 앉았다.

"기분이 좀 어때요?"

의사마다 꼭 그 말로 진찰을 시작했다. 이젠 대꾸하기에도 좀 귀찮을 지경이었다.

"괜찮아요."

의사는 잘됐다는 듯 빙그레 웃어 보이고는 다리에 덮인 담요를 매만졌다.

"다리를 벌려야 해요. 담요는 벗기지 않을게요."

으으…… 인상이 사정없이 구겨졌다. 무섭다는 느낌보단 더럽다는 느낌이 강했다.

"오른쪽 발부터 해 볼까요?"

간호사가 담요를 꼭 잡고 내 발을 기구 위에 얹었다. 남은 왼쪽 발도 기구 위에 얹혔다. 꼭 해부실 개구리가 된 기분이었다. 간호사가 담요를 꽉 잡고 있어서인지 기분 나쁜 한기는 들지 않았다.

"조금만 걷을게요."

아무 생각 없이 고개를 끄덕이자 간호사가 담요와 치마를 허벅지 위까지 걷어 내기 시작했다. 이봐! 조금이 아니잖아! 치과에서나 보던 거대한 무영등이 아랫도리를 비췄다. 맙소사. 입술을 꽉 물었다. 죽고 싶다.

"괜찮아요. 오래 안 걸려요. 일단 초음파부터 해 볼게요."

간호사가 동그랗고 이상하게 생긴 기구에 뭔가를 씌우고 발라 의사에게 건넸다.

"자, 이제 힘을 빼고……."

의사가 별안간 멈췄다. 정적. 뭐야? 심장이 쿵쿵거렸다. 분명 뭐가 문제가 있는 것 같았다. 고개를 위로 들어 올리자 의사가 표정 관리를 시작했다.

"어…… 다리를 내리죠."

간호사가 이상하다는 듯 미간을 잠시 찌푸리더니 얼른 내 다리를 발판 위에 내려놨다. 허벅지까지 걷었던 치마와 담요가 다시 원상 복귀됐다. 그녀는 도구를 바꿔 들었다.

"초음파는 배로 보죠."

배?

"윗옷을 걷을게요."

간호사가 한 발짝 위로 다가서더니 내 환자복을 들치고 치마를 골반 아래로 아슬아슬하게 내렸다. 나는 영문을 몰라 눈만 껌벅 댔다. 따듯한 젤리 같은 게 배 위로 쏟아졌다. 꼭 면도기처럼 생겼는데 칼날 대신 동그란 롤러 같은 게 달린 기구가 배를 꾹 눌렀다. 사선으로 달린 모니터 위에 꼭 고장 난 TV 화면에서 나오는 것 같은 모양이 계속해서 움직였다. 이게 뭐지?

"혹이 있네요."

혹? 저기 보이는 까만 점 말인가? 딸깍딸깍 마우스를 클릭하는 소리가 들렸다.

"걱정할 것 없어요. 불편하진 않죠?"

"네."

"좋아요. 조금만 더 볼게요."

딸깍거리는 소리와 배를 꾹꾹 눌러 대는 느낌이 계속되는 동안 아까 의사가 왜 그토록 당황했는지에 대해 끊임없이 고민했다. 도 대체 뭐가 잘못된 걸까. 회복할 수 없을 정도로 손상됐나? 그 생각이 들자 끔찍했다. 그러면서도 한편으로 다행스럽기도 했다. 최정우는 못 봤으니까. 우리가 그날 끝까지 가지 못한 것이 도리어 다행스러운 일이었다. 그는 그 정도까지 내 밑바닥을 보진 않았어. 난 완전히 망가진 거야. 도저히 손쓸 방법이 없는 거야. 여자로서 완전히 끝이 난 거야.

한순간에 나락으로 곤두박질쳤다. 진료가 끝난 후 의사는 엄마를 호출했다. 아빠도 가능하면 들어오시지 말라고 했다. 나도 나가라고 했다. 진료실에서 무슨 이야기가 오고 가는지는 엄마 이외에는 아무도 몰랐다. 나는 지혜와 최정우와 그리고 아빠와 나란히 앉아 상담이 끝나기만을 기다렸다. 왜 이래야 하는지 모르겠다. 당사자는 난데 왜 들을 수 없는 걸까. 거기 앉아 있는 모두가 불안한 상태였다. 이게 정상적으로 돌아가는 일이 아닌 것 같았다. 하기야, 지금 정상적으로 돌아가는 게 이상하지. 그럼에도 이건 과정에 어긋나 보였다. 물 흐르듯 매끄럽지 않고 뿌리에 걸린 듯 삐걱대는 기분이 들었다.

아빠는 어떤 위로의 말도 건네지 못했다. 마치 남 같았다. 원래 감정 표현이 없는 사람이었다. 딸에게 살갑지는 않지만 그래도 아빠가 나를 무척이나 사랑하고 있다는 건 안다. 날 위해 언제나 뭐든지 다 해 줬으니까.

예고 진학으로 엄마와 싸울 때도 내 편에 서서 대신 다퉈 준 것도 아빠였다. 결국 엄마에게 항복을 받아 낸 것도 아빠였다. 엄마는 딸을 끼고 살고 싶어 했지만, 아빠는 아니었다. 아빠는 늘 내가 자유로울 수 있도록 신경 썼다. 무신경도 그 방법들 중 하나였다. 나 역시 애교 부리고 상냥한 딸은 아니었다. 우린 서로 무척이나 닮았고, 닮았기 때문에 아빠를 이해했다. 우리 사이가 서먹하고 대화가 없는 것이 꼭 누구의 탓이라고 할 순 없으니까.

내 시선이 아빠에게서 최정우에게로 쏠렸다. 그는 피곤해 보였다. 시선을 느꼈는지 그가 슬그머니 날 쳐다보더니 씩 웃으며 엄지손가락으로 내 볼을 살살 만졌다. 아무렇지도 않나? 거짓말. 그럴 리가 없잖아. 연기 중인가? 괜찮은 척? 그가 어떻든, 애정 어린 손길은 날 기분 좋게 만들었다.

"괜찮을 거야."

최정우가 어르듯 부드럽게 말을 건넸다. 그가 그렇게 말하면 정말로 그런 것처럼 느껴진다. 만약 진료 결과가 도저히 회복 불가능이라면, 더는 여자로서 기능할 수 없다면 나는 그를 놔줘야 한다. 내가 먼저 그래야 한다. 그 정도로 양심이 없는 사람은 아니다. 지금으로도 충분해. 내 고백에도 여전히 곁을 지키고 있다는 것으로 충분해.

붕대가 감긴 왼손을 그의 팔에 둘렀다. 손을 마주 잡을 수 없다는 게 서글펐다. 대신 팔짱을 끼듯 그의 손을 감았고 최정우는 내 머리를 어깨로 당겨 기댈 수 있게 해 줬다. 그러고는 붕대에 감겨 있지 않은 손가락을 살며시 쥐었다. 조금 더 이대로 있어야지. 이 상냥함을 죽을 때까지 잊지 말아야지.

드르륵 소리와 함께 문이 열렸다. 우리는 모두 자동 반사적으로 벌떡 일어섰다.

"엄마."

표정이 이상했다. 슬픔이나 황망함 같은 감정은 보이질 않고 대신 겁에 질려 있었다. 초조함……. 모든 게 다 초조함이었다. 엄마는 내가 최정우의 팔짱을 끼고 있는 것을 확인하더니 성큼성큼

다가와 어깨를 잡아당겼다. 그 바람에 팔이 풀렸다.

"왜 그래?"

불안감에 숨통이 조였다.

"퇴원하자."

"뭐?"

"퇴원하자고."

이렇게 빨리? 엄마가 뛰어나온 진찰실 안으로 시선을 돌렸다. 의사도, 간호사도 잠자코 서 있기만 했다. 도저히 표정을 읽을 수가 없다.

"너 휴대폰 어디 있니?"

"휴대폰…… 병실에."

엄마는 내 환자복 위에 자신의 코트를 벗어 덮었다.

"너, 아빠랑 차 안에 가 있어. 엄마가 짐은 다 챙겨 갈게."

도대체 어떻게 돌아가고 있는 걸까?

"빨리 가 있어!"

마치 뭔가에 쫓기는 것 같았다. 나는 계속 이상한 신음만 반복해서 입 밖으로 냈다. 주위를 둘러봤지만 이 상황을 제대로 설명해 줄 사람이 아무도 없었다.

"여보!"

엄마가 독촉하자 아빠가 움찔 놀랐다.

"가자, 일단. 엄마가 시키는 대로 하자."

아빠가 내 어깨에 팔을 둘렀고 나는 그렇게 끌려갔다. 시선이 최정우에게서, 엄마에게서 지혜에게서……도저히 떨어지지 않았다. 의사가 뭐라고 한 거지? 뭐라고 했기에 저렇게 겁을 집어먹었을까? 왜 이렇게 날 무섭게 만들까? 배 속이 아플 정도로 저려 왔다. 도대체 뭐가 문제야? 복통? 그 이후 늘 시달리던 복통이 위험 신호였나? 하지만 그건 산부인과와 전혀 관계가 없는 분야였다. 내과면 모를까.

혹. 혹이 있다고 했지? 죽을병일까? 죽을병인데 왜 집으로 도망쳐야 해? 오히려 병원에 더 있어야 하는 거잖아. 불안감이 벌레처럼 혈관을 다 좀먹고 있었다. 왜 나는 그 이야기를 들을 수 없는 거야? 도대체 무슨 이야기를 한 건데?

아빠는 택시에 아무도 탈 수 없도록 '예약등'을 켜 뒀다. 아빠가 택시 운전을 시작한 건 제법 최근 일이다. 일하던 공장이 도산으로 문을 닫아 하는 수 없이 택한 직업이었다. 밤낮으로 운전을 하지만 벌이는 많지 않았다. 덕분에 엄마도 3교대로 일을 했다. 가난한 사람은 죽을 때까지 가난해야 했다. 아무리 발버둥 쳐도 달라지지가 않았다. 유학은 철딱서니 없는 이야기였다. 부모님이 날 위해 대학 등록금 정도는 마련해 뒀을 거란 쓸데없는 기대가 일을 키운 셈이다. 최정우와 같이 있고 싶다는 그 욕심을 못 이겨서 부모님에게 더 큰 짐을 안기려 한 거다.

지옥을 사는 건 나뿐만이 아니었다. 우리 가족 모두가 그랬다. 게다가 지금은, 내가 가진 아픔마저 나눠 가져야 했다. 교회에 나가 천국에 가기를 기도하는 건…… 의사가 말한 대로 불행 속에서 희망을 꿈꾸는 사람의 본능 때문일 거다. 차 안에서 긴장으로 숨이 막혀 갈 즈음 엄마가 내 옷가지와 짐을 싸서 다가왔다. 아빠가 트렁크를 열어 주자 그 안에 짐을 싣고는 보조석에 탔다. 최정우는? 눈길이 절로 병원 정문으로 향했다. 지혜는?

"엄마, 지혜는? 선, 아니 최정우는?"

엄마는 아무 말 없이 벨트를 맸다.

"일단 집에 가서 이야기하자. 출발해요, 여보."

"……."

뭔가가 단단히 잘못된 것만 같다.

XI. 정우

은금이의 손이 허무하게 떨어져 나갔다. 난 눈치가 빠른 편이다. 미국 생활을 홀로 견디며 자연스럽게 터득한 생존 본능이었다. 이틀 전까지만 해도 아주머니는 호의적이었다. 누구에게도 비호감으로는 보이지 않는 내 외형 때문이겠지만, 그 상황 속에서도 묵묵히 자리를 지키며 자신의 짐을 덜어 주는 걸 무척 고마워했었다. 지금은, 경계심이 가득했다. 눈에는 적개심이 보였고 딸에게 다가가는 걸 한 치도 용납하지 않을 것처럼 굴었다. 이유가 뭘까. 아주머니의 상태가 꽤나 위험해 보인다.

"왜 그래?"

은금이의 목소리가 가늘게 떨렸다. 불안감이 그녀를 삼킬 것 같았고 나는 침착함을 유지했다. 내가 동요하면, 그녀도 같이 동요할 것이 뻔했기 때문이다.

"퇴원하자."

그녀의 엄마에게서도 같은 불안감이 느껴졌다. 뭔가가 단단히 잘못됐다. 내 눈길이 열린 진찰실 안으로 꽂혔다. 주고받은 이야기 속에 뭔가가 있었다. 의사의 입술이 비틀렸다. 뭔가 대단히 곤란스러워하고 있었다.

"뭐?"

"퇴원하자고, 너 휴대폰 어디 있니?"

"휴대폰……. 병실에……."

아주머니의 얼굴에 안도감이 스쳤다. 뺏을 거야. 그녀에게서 휴대폰을 빼앗을 거다. 그녀가 은금이의 어깨 위로 코트를 덮었다. 다음 상황이야 충분히 짐작할 수 있었다. 이젠 도망을 쳐야겠지.

"너, 아빠랑 차 안에 가 있어. 엄마가 짐은 다 챙겨 갈게."

옆에 붙어 있던 지혜가 뭐라 이야기하려 앞으로 나서는 걸 손으로 저지했다. 끼어들 분위기가 아니다. 조용히 고개를 가로젓자 지혜가 터질 것 같은 입을 꾹 다물었다.

"빨리 가 있어! 여보!"

초조해 보였다. 뭣 때문에 조급하게 도망을 치려고 하는 거지?

"가자. 일단 엄마가 시키는 대로 하자."

은금이가 아빠의 손에 이끌려 복도 반대편으로 끌려가는 걸 나는 무기력하게 지켜봤다. 그녀는 몸이 끌려가면서도 내 쪽에서 시선을 떼어 내질 못했다. 젠장. 완벽하게 엿 같은 상황. 냉정하게 생각해야 한다. 갑자기 나와 떼어 놓으려는 이유가 무엇인지. 혹시나 실수한 게 있는지 떠올려 보려 했지만 떠오를 만한 일은 없었다. 은금이가 충분히 멀어지자 아주머니의 시선이 곧바로 지혜에게 향했다

"지혜야. 너 이제 학교로 돌아가 봐."

"네?"

"돌아가."

지혜가 당황하여 날 올려다봤다. 내가 괜찮다는 듯 고개를 끄덕이자 그녀의 미간이 급격하게 좁아졌다. 불쾌한 기색이 역력했지만 은금이의 부모이고, 가족이기에 항의하거나 따질 주제가 못 됐다. 은금이가 엄마와 매일 다투게 되는 데에는 이유가 있었다. 이분은 고집이 세다. 무척이나. 자신만의 방식이 확고했고 다른 사람의 의견을 잘 수용하는 타입 같아 보이지도 않았다. 그에 비해 은금이는 고집이란 게 없었다. 누군가를 불쾌하게 하거나 곤란하게 하는 것을 극도로 싫어했다. 자신이 좋아하는 것보다 남들이 좋아하는 것에 더 관심이 많았고, 언제나 뭐든 양보하려 들었다. 성폭행을 당했다는 사실을 알기 전까지 그녀의 극도로 낮은 자존감이 부모로부터 비롯됐다고 생각했다. 지금도 어느 정도는 영향을 미쳤으리라고 본다.

지혜가 꾸벅 인사를 한 뒤 복도에서 사라지자 먹이를 사냥하려 드는 독수리처럼 아주머니가 나를 무섭게 올려다봤다. 이젠 내 차례로군.

"정우군, 나이가 스물세 살이라고 했죠?"

"네."

"아직 어리네요."

나는 대답하지 않았다. 쓰잘머리 없는 서론이었다. 그녀가 바라는 게 뭔지 이미 알고 있으니까.

"우리 아이…… 책임질 생각인가요?"

책임. 그 말이 거슬렸다. 은금이를 전혀 존중하지 않는 최악의 단어 선택이다. 마치 딸을 세일링하고 있는 것 같은 여자의 태도가 무척이나 불쾌하다. 내 한쪽 눈썹이 미묘하게 위로 치켜 올라가는 걸 아주머니는 놓치지 않았다.

"그래요. 맞아요. 아직 어리죠. 은금이도 그렇고요. 지금 상황이…… 내가 경솔했네요."

그게 아니야. 그건 아무 상관도 없어. 은금이가 성폭행 당했다는 사실을 고백했을 때 충격을 받지 않았다면 거짓말이다. 생전 처음으로 눈앞이 하얘지는 경험을 했으니까. 그녀가 남들과 좀 다르다는 건 진작 알고 있었다. 불안하고 언제나 아슬아슬해 보여 눈길을 끈 것도 사실이다. 처음엔 촌스러운 이름과 잘 어울리는 촌스러운 외형에 관심이 갔다. 단순한 관심이었다. 적당한 놀림감을 찾은 관심.

그녀에게 호기심을 느낀 건 처음으로 유화 작업을 했을 때였다. 거친 나무 바닥에 놓인 워커와 연장을 그렸는데, 나는 태어나서 그토록 무거운 그림을 본 일이 없었다. 그게 이젤에 올라 있는 것도 신기할 정도로 무거웠다. 그녀의 손기술인지, 아니면 그녀의 내면인지 나는 그게 궁금했다. 그래서 집요할 정도로 따라붙었다. 일부러 말을 걸고 관심을 보이며 그녀를 불안하게 만들었다. 그녀의 모습을 유심하게 지켜보면서 전혀 다른 얼굴들을 무척이나 많이 발견했다. 한없이 경계하는 얼굴 뒤에 친구를 향한 다정함이 있었고, 겁을 집어먹은 얼굴 뒤에는 분명히 열정이 있었다. 그 대비되는 모습이 나를 항상 자극시켰다.

커다란 안경 뒤에 숨어 있는 맑은 눈이, 까만 머리카락 사이에 가려진 새하얀 목덜미가, 도화지 위에 바짝 붙어 집중할 때 나오는 작고 도톰한 입술이, 새하얗고 기다란 손가락이. 이 아이의 등에 날개를 달아 주면 어떻게 될까. 고삐를 풀어 주면? 저 갑옷을 벗겨 내면? 내가 그걸…… 해 줄 수 있다면? 그 상상은 무척이나 황홀했고 그 충동은 무척이나 강렬했다. 은금이가 내 손에서 자유로워지고, 내 손에서 여자가 되어 가는 걸 볼 수 있다면 분명 끝내줄 것 같았다.

"다르지 않아요."

내 말에 아주머니가 당황한 표정을 지었다.

"지금 상황이 어떻든 은금이는 저한테 전혀 다르지 않아요."

사실이다. 그녀는 전혀 다르지 않다. 내 앞에서 조금씩 용기를 내던 모습, 경계심 가득했던 눈에 열정이 스치고, 나를 천천히 받아들이던 모습. 내 앞에서 까르르 웃고, 수줍게 볼을 붉히고, 장난치고, 아이처럼 맑은 눈으로 신나 하던 모습이 내가 아는 전부였다. 어떤 일을 겪었든 달라지지 않는 사실이었다.

그녀가 자해하는 것만 아니라면, 실은 그 사실조차 그녀를 좀 더 배려하고 아껴 줘야 한다는 태도 외에 무엇에도 영향을 줄 수 없었다. 관심조차도 없었다. 물론 그 개새끼를 잡아서 족치는 것과는 별개지. 무슨 수를 써서라도 해낼 거니까.

"은금이는…… 아직 처녀예요."

예상치 못한 말에 놀라 뒤로 주춤 물러섰다. 나는 그녀가 하는 말의 뜻을 쉽게 단정 짓지 못했다.

"의사가 그러더군요. 아직 처녀막이 존재한다고."

무슨 개소리야……. 내 눈꺼풀이 불안하게 떨렸다.

"은금이가 거짓말을 했다고 생각하지 않아요."

나는 더듬거렸다. 말도 안 돼. 가능할 리가 없었다. 개연성이 없어. 전혀 앞뒤가 맞지 않는 이야기야. 성폭행을 당했다는 고백은 그녀의 과한 행동에 대해 거의 모든 부분에 설득력 있는 답이 되어 왔다. 무척이나 어두웠던 것, 늘 지혜의 뒤에 그림자처럼 숨어 있었던 것, 유난히 말이 없고 언제나 겁에 질려 있었던 것. 그리고 내가 처음으로 키스했던 때 그녀가 사시나무 떨듯이 떨었던 것.

미친놈. 스스로에게 욕했다. 제정신이 아니었지. 도대체 박은금은…… 그걸 어떻게 받아들인 걸까. 손이 자신에게 닿을 때 껌뻑껌뻑 놀라며 볼을 붉히는 게 성적인 반응이라고 생각했다. 분명 내게 뭔가를 느끼고 있는 거라고. 그건 순전히 착각이었다. 그녀는 진짜로 무서워했던 거다. 나는 그저 그녀가 갖고 싶어서, 닿고 싶어서 나 좋을 대로 생각해 왔던 거다.

하지만 지금은? 지금도 그녀는 날 무서워하나? 그녀는 내게 안겨 내 냄새를 맡는 걸 무척 좋아한다. 늘 킁킁거리며 고개를 묻었으니까. 두려워하면서도 키스하거나 심지어 자신의 옷 속으로 손을 넣었을 때도 그녀는 받아들였다. 얼굴에 붉은 홍조가 피어나고 커다랗게 뜬 눈에서 열정이 스치는 것도 분명 목격했다. 하지만 그것이 착각이 아니라고 장담할 수 있어? 날 위해 연기한 건가? 아니면 진실이었나? 뭔가가 더 있다. 말하지 않은 뭔가가. 어쩌면 기억하지 못하는 걸 수도 있어. 도대체 뭐가 맞는 거야. 박은금.

"거짓이든 그렇지 않든 상관없어요."

아주머니의 목소리는 침착했지만, 여전히 불안함에 떨리고 있었다.

"은금이는 아직 괜찮아요."

괜찮다고?

"이 비밀을 우리끼리만 간직하면, 아무에게도 이야기하지 않으면 아무도 몰라요."

당황스러운 이야기다.

"정우 군도 아마 자식을 낳게 되면 날 이해할 거예요. 자식의 허물은 덮어 주고 싶은 게 부모 마음이에요."

나는 아주머니가 제정신인지 의심스러웠다. 지금 무슨 이야기를 하고 있는지 본인은 자각하고 있나?

"나는 은금이가 평범한 여자로서의 행복을 누리기를 원해요. 돈이고 명예고 꿈이고…… 다 필요 없어요. 은금이가 평범하게 결혼해서 아내로서 남편에게 사랑받고, 자식 낳고, 행복하게 오순도순 사는 거. 나 그거 하나 바라요."

"어머님."

"세상이란 게 참 비정해요. 잔인하죠. 은금이 과거 이해해 줄 남자 많지 않아요. 이해한다고 노력해도 우리 아이를 자기 아내로 받아 줄 수 있는 사람이 얼마나 될까요. 우리 아이보다 아이의 치부를 먼저 볼 게 뻔해요."

나는 할 말을 잃었다. 여전히 제정신이 아닌 것 같지만 부모로서의 마음을 이해할 순 있었다. 그녀가 살아온 세상은 그런 거다. 비정하고 끔찍한 현실, 상처를 숨기지 않으면 공격당하는 현실. 나는 그것을 반박할 수가 없었다.

"은금이가 과거를 잊을 수 있다면 난 뭐든 할 거예요. 내 목숨도 내놓겠어요. 그러니까 정우 군이 날 좀 이해해 줘요. 우리 아이 낳아줘요."

이상한 결론 도출에 인상을 구기자 아주머니가 절박하게 내 손을 잡았다.

"학교 안 보낼 거예요. 친구건, 선생이건, 뭐건, 은금이한테 그 일 떠오르게 할 만한 거 다 없앨 거예요. 인생 새롭게 시작할 수 있게 다 버리게 할 거예요. 그러니까 정우 군이 좀 도와줘요."

나는 아주머니에게 동정심이 생겼다. 정말로 그렇게 믿는 거야? 그걸로 해결된다고? 그 마음은 이해하지만 그 방식에는 동의할 수 없었다.

"그럼 유학을 보내세요. 제가 책임질게요."

대책 없는 이야기를 꺼낸 건 나다. 내 입에서 튀어나온 말이다. 새로운 인생을 살게 하고 싶다고? 그럼 이 땅을 떠나게 하는 게 가장 좋은 방법이었다. 아는 사람이 아무도 없는 곳에 가서 나랑 둘이 살면 된다. 가장 손쉽고 확실한 방법이었다. 허락만 한다면 내일이라도 당장 떠날 수 있었다. 당분간 숙소에 머물며 로드아일랜드 근처에 살 곳을 찾으면 돼. 두 사람 몫의 경비는 충분히 있었다.

"제가 책임지죠."

나는 기세등등하게 말했다. 책임을 못 질 건 또 뭐야? 방법은 어떻게든 있다. 내 인생이 그랬다. 방법이 없어도 어떻게든 만들어서 살아왔다. 은금이 하나 더 내 인생에 얹어 놓는다고 달라질 게 뭐가 있겠나. 지금은 보이지도 않는 미래나 꿈보다 뿌리가 뽑히듯 내 손 밖으로 벗어난 그녀가 더 절실했다.

"아니요."

아주머니가 단호하게 고개를 저었다.

"은금이는 제가 데리고 있을 겁니다. 곱게 온실의 화초처럼 키워서 좋은 남자한테 시집보낼 거예요. 우리 아이는 아직 깨끗하니까, 분명 좋은 남자 만날 수 있어요."

처음부터 정해진 스토리였다. 애초에 내가 은금이를 책임질 수 있을 거란 기대조차 하지 않은 게 분명했다. 아니 그럴 마음도 없었어. 그냥 떠보는 소리였다. 내가 못 미덥고 못마땅하고. 그런 문제는 부차적이었다. 그녀는 딸을 품에서 놓아줄 생각이 없는 거다. 나는 멀어지는 아주머니의 뒷모습을 허탈하게 쳐다보기만 했다. 깨끗하다니. 그럼, 성폭행을 당한 사실은 더럽단 말인가?

대화로 그녀를 설득하는 것을 포기했다. 어차피 되도 않는 짓일 게 뻔해. 괜히 감정 소모하고 싶지 않아. 그녀는 자기만의 모정에 꽁꽁 갇혀 있었다. 그걸 풀 수 있는 방법이 내겐 없다. 나는 완벽한 타인이니까. 아주머니는 은금이를 가둬 놓을 거다. 휴대폰도 빼앗겠지. 은금이의 집 주소를 얻어 내는 건 간단하다. 양호실 누나를 꾀면 식은 죽 먹기다. 하지만 찾아가면? 다 때려 부수고 빼올 거야? 빼 오면? 그 이후엔 어쩔 건데? 은금이가 원하는지 아닌지 그건 어떻게 장담해? 그녀는 아직 미성년자였다. 법적으로 부모의 양육권 아래에 놓여 있다. 그녀를 강제로 데려와도 일만 더 크게 키울 거다.

분명한 건 그녀는 치료가 필요하다는 것이다. 병원에선 분명 은금이에게 입원을 권했다. 그녀의 입으로 직접 들은 말이니 그게 정확하고 또 올바른 방법이었다. 하지만 이대로라면 치료는 불가능해. 보내 줄 리가 없었다. 아주머니에겐 그게 최선이었다. 딸의 상처가 곪아 썩어 가고 있다는 건 보지를 못했다.

형이 떠올랐다. 변호사니 법률적으로 따져 봐 달라고 할까? 아니. 형은 믿을 수 없어. 내 일이라면 이성보다 감정을 내세우는 사람이다. 이 일을 이성적으로 자문해 줄 사람이 필요했다. 가능하면 그걸 이룰 힘도, 그리고 자물쇠를 기꺼이 채울 수 있는 무거운 입도 갖고 있어야 했다. 오스왈드. 그 사람이라면 가능할 거다.

* * *

오스왈드의 펜트하우스는 거대했다. 그는 어디든 가장 높은 자리, 가장 좋은 자리에 있었다. 본인이 그것을 원하는 건지, 아니면 남들이 그를 그렇게 보는 건지는 모르겠지만 그에겐 그게 당연했다.

그의 거대한 펜트하우스에 들어와 20명은 너끈히 앉을 수 있을 것 같은 거대한 소파에 앉았다. 그러자 오스왈드는 서류 봉투 하나를 던지고 서둘러 양주잔에 술을 채워 왔다. 서류는 모두 영문으로 깔끔하게 타이핑되어 있었고 클립으로 인물 사진이 같이 묶여 있었다. 엄청난 양. 대단해.

그는 맞은편에 다리를 꼬고 앉아 블렌딩된 양주잔을 달그락거리며 흔들었다. 이건 거의 국정원급이라고. 이렇게 많은 양의 자료는 필요 없어. 나는 오스왈드를 쳐다보며 질렸다는 듯 고개를 떨었다. 은금이, 그의 부모님, 친구들, 학교, 심지어 그녀가 다니는 교회 자료까지. 내가 알고 싶은 건 은금이를 어떻게 병원에 데려다 놓을 수 있는지, 합법적인 선에서 그걸 어떻게 처리할 수 있는지에 대한 것이었다. 그녀의 주변 신상을 모조리 탈탈 털어 달라는 게 아니고.

"뒷조사했어요?"

내가 인상을 찌푸리자 그는 대수롭지 않다는 듯 어깨를 으쓱했다.

"문제 돼?"

문제가 되냐고? 이런 정보를 도대체 어디서 긁어 온 걸까. 은금이 주변을 얼쩡거리면서 누군가 감시했다고 생각하니 기분이 더러웠다. 내 표정을 살피던 그가 크리스털 잔을 조용히 테이블 위에 내려놨다.

"내 방식 알잖아. 그래서 부탁했던 거 아니야? 모든 일을 꼼꼼히 알아 둔다고 해서 나쁠 건 없어. 그게 합법이든 불법이든 얻을 수 있으면 수단 방법 가리지 않고 얻는 거야."

그는 사업가다. 정보가 디테일하고 방대할수록 더 많은 이득을 얻는 사람. 하지만 난 아니야. 이런 식으로 그녀를 뒷조사한 자료를 아무렇지 않게 보고 싶지 않다. 문서를 그의 앞으로 밀었다. 그의 눈썹이 오만하게 치켜 올라갔다.

"안 볼래요. 그냥 설명해 줘요."

그가 콧방귀를 뀌었다.

"나한테 지금 브리핑을 하란 거야?"

"네."

대수로운 일이냐는 듯이 긍정했고, 그가 박장대소를 했다. 형은 왜 오스왈드가 내게만 이토록 친절한지 이해하지 못했다. 그의 회사, 그의 가족, 그를 아는 모든 사람 중 오스왈드 퀸튼을 무서워하지 않는 사람은 나 하나뿐이었다.

그와 대등해지고 싶다면 방법은 간단하다. 그의 앞에서 겁에 질려 뒷걸음질 치는 걸 안 하면 된다. 그에겐 인간 사회의 룰보다 자연의 약육강식 법칙이 더 잘 통했다. 물러서면 먹히는 거다. 그에게 물러서지 않는 사람은 나 하나뿐이었고, 그래서 날 좋아하는 것이다. 왜 이 간단한 룰을 아무도 모르는지 오히려 내가 이해할 수가 없었다.

"좋아."

그가 서류를 자기 앞으로 가져갔다. 그가 이 서류를 안 열어 봤을 리가 없어. 분명 처음부터 끝까지 다 읽었을 거야. 그는 손에 들어온 건 무엇 하나도 허투루 넘기는 사람이 아니다.

"아빠는 택시 기사고 엄마는 LCD를 만들어 납품하는 공장에서 3교대로 일하고 있어. 집은 대출이 반이고, 모아 둔 돈은 천만 원가량 정도야. 형편없는 수준이지. 80년대에 지어진 5층짜리 빌라가 재산 전부이고 그마저도 절반은 은행 소유겠지만 말이야. 자식은 네 여자 친구 하나뿐이야."

어느 정도 알고 있는 사항이다.

"골수 기독교 신자에 일요일뿐 아니라 매주 새벽 수요일, 금요일 저녁에도 교회에 가더군. 일요일엔 아주 살다시피 하고. 이상한 건, 네 여자 친구는 코빼기도 안 보인다는 거야. 몇 년 전까지만 해도 온 가족이 매주 빠지지도 않고 나왔다는데 말이야."

종교 갈등. 그건 대수롭지 않은 문제다. 어느 집이고 존재할 수 있는 문제. 종교의 자유가 헌법으로 보장되어 있지만 통하지 않는 집은 얼마든지 있어. 심드렁한 반응에 그가 다리에 얹은 손가락을 두들겨 댔다. 나는 이 덩치 큰 사업가가 좀 더 제대로 된 이야기를 꺼낼 때까지 조용히 침묵했다.

"바꿔 말해 보자면 네 여자 친구를 포함한 온 가족은 매주 빠지지 않고 교회를 나왔었다는 말이 되지. 언제까지냐고? 3년 전 가을까지."

3년 전. 은금이가 열여섯 살 때다. 왜 가을일까. 고등학교 진학 문제로 교회를 못 다니게 됐다면 겨울이나 그다음 해 봄쯤이 되어야 한다. 뭐 때문에? 확실히 구미가 당기기 시작했다.

"그래서 그 교회를 좀 탈탈 털어 봤지. 혹시나 성폭행이나 성추행 관련 전과자가 있는지."

나는 테이블 쪽으로 몸을 숙였다. 그의 말을 들은 것과 동시에 온몸에 털이 곤두섰다. 나는 그의 입에서 나오는 말을 한 글자도 놓치지 않도록 주시했다.

"없어. 폭력이나 기타, 다른 전과범도 없더군. 교회 신도 중에 음주운전으로 면허가 취소된 사람이 그나마 가장 높은 범죄 집단에 속할 정도야. 네 여자 친구가 사는 동네도 마찬가지야. 시로 범위를 넓히면 분명 있겠지만 건초 더미에서 바늘 찾는 것과 다름없어."

나는 한숨을 쉬며 이마를 손으로 비볐다. 그 개자식을 도대체 어디서 찾을 수 있지? 이미 3년도 지난 일이다. 목격자도 증거도 없다. 믿을 수 있는 건 은금이의 진술뿐인데, 모친의 말이 사실이라면 은금이는 처녀. 도대체 어떻게 그게 가능한지는 모르겠지만 설령 그녀가 용기를 내 경찰서를 찾아간다 해도 그녀의 진술이 받아들여질 리 없었다. 그렇다면 누구도 그녀의 진실을 믿어주지 않게 되는 것이다.

"재미있는 교회야."

그가 사진 한 장을 던졌다. 남자 하나가 목에 핏대를 세우고 열변을 토하고 있었는데 그 뒤에 '동성애를 하면 북괴 김정일이 남침한다!'는 혐오스러운 현수막이 커다랗게 붙어 있었다.

"뭐 하는 양반인지 모르겠지만 목사가 장사 수완은 좋더군. 허름한 판잣집에서 시작했다던데 지금은 번듯한 교회를 지어 돈깨나 만지고 있을 거야. 1, 2층은 상인들을 상대로 임대해 줬다든가. 동성애에 대해 극도의 혐오감을 표하는데 웃긴 건 그 동생은 동성애자란 사실이지."

그러니까 동성애 반대는 그저 허울 좋은 명목일 뿐이란 소리군. 종교를 팔아 장사를 하는 장사치. 남들보다 눈에 띄어 우위를 선점해서 자신의 재산을 불리는 데만 관심이 있을 뿐 정작 종교인으로서의 덕목은 하나도 갖고 있지 않다는 것이다. 전형적이고도 흔한 레퍼토리. 목사가 이렇게 드세게 군다면 동생이 동성애자라는 건 극구 숨기는 사실일 텐데, 도대체 이 사람은 어떻게 안 거야? 어디 흥신소를 쓰기에.

"그러면서 또 결혼은 했더군. 부인은 남편이 매일 밤 게이 포르노물을 보는 거 알까 몰라. 필리핀에서 선교 중이라지 아마? 현재는 잠시 한국에 들어온 상태고."

게이 포르노물을 보는 건 어떻게 알아? 설마 해킹했어? 손에 쇠고랑을 안 찬 건 순전히 돈이 많기 때문일 거다. 하여간 질리는 남자다.

"혹시 네 여자 친구 진료 기록도 알고 싶어?"

순간 마음이 동했다. 알고 싶어. 도대체 어떻게 된 건지 알고 싶어. 뭐가 문제인 건지. 그걸 알 수만 있다면 알고 싶어. 하지만 한편으로는 들춰 봐선 안 된다는 형편없는 도덕심이 나를 가로막았다. 그건 네가 훔쳐볼 수 있는 게 아니야. 그럴 권한은 없어. 알고 싶다면 그녀의 입으로 들어야 해.

"아니요."

내 대답에 그가 피식 웃었다.

"흥미롭네."

나는 테이블 위에 자리한 크리스털 잔을 들어 갈색 액체를 목으로 꿀꺽 넘겼다. 뜨거움에 식도가 타들어 갈 것 같다.

"법률적으로 검토해 봤어. 네 여자 친구를 병원으로 돌려보낼 방법이 뭐가 있나."

그가 반대편 다리를 꼬며 소파 등받이로 몸을 기댔다.

"가장 좋은 방법은 부모에게서 양육권을 박탈하는 거지."

뭐?

"제대로 된 변호사에게 소송을 맡기면 못 할 것도 없어. 분명 아동 학대가 적용될 테고, 그 이후에 필요한 법적 보호자는 내가 하면 돼. 그럼 모든 게 다 수월해지지. 문제는 소송이 끝나 갈 때쯤이면 그녀가 성인이 된다는 사실이야. 1월 1일이 되면 네 여자는 더 이상 미성년자가 아니니까."

겨우 두 달 반. 하지만 충분히 긴 시간이었다.

"그러니까 당장은 어쩔 도리가 없다. 그런 말이죠?"

"합법적으론."

"불법적인 건 필요 없어요."

내가 언성을 높이자 그가 한발 물러선다는 듯 손을 들어 보였다. 무기력했다. 할 수 있는 게 아무것도 없다는 게.

병원에서 헤어지고 일주일이 지났다. 예상대로 전화기는 꺼져 있고, 학교에는 병가 처리가 된 채 나오질 않았다. 지혜는 아주머니의 태도에 분통을 터트렸고, 재현이를 포함해 그날 피가 뚝뚝 흐르는 은금이가 앰뷸런스에 실려 가는 모습을 목격한 다른 아이들도 모두 각자의 충격 속에서 허우적댔다.

은금이가 학교에 나오지 않는 건 어쩌면 잘된 일일지도 몰랐다. 은금이가 깨어난 그다음 날 나는 학교를 관뒀고, 내가 없는 상태에서 은금이가 자신을 향한 불안한 시선을 견딜 수 있을지 장담할 수 없으니까. 하지만 나와도 연락이 안 되는 건 불공평하잖아. 양호실 누나를 꼬셔서 집 주소는 진작 받아 놨다. 하루에도 수차례 찾아가 버릴까 생각했다. 하지만 은금이를 혼자 뒀을 리가 없었다.

"지금 은금이는 어떻게 지낸대요?"

"집 안에만 있다더군. 아빠만 출근했다 밤늦게 퇴근하느라 왕래가 있고 엄마는 코빼기도 안 비친대."

엄마가 계속 붙어 감시하고 있겠지. 그것 때문에 회사도 안 나갈 테고. 그 짓을 언제까지 할 건데? 은금이를 빼내 올 수가 없어. 그녀가 스스로 걸어 나오지 않는 한. 하지만 어떻게? 도대체 어떻게 빠져 나온단 말인가? 엄마랑 몸싸움이라도 해서? 밤늦게 창문을 넘어서? 은금이를 만나고 싶다는 마음은 두 번째다. 그녀가 무사하기만 하다면 좀 더 참을 수 있는 문제였다.

"사람을 좀 붙여 줘요. 믿을 수 있는 사람으로요."

"진심으로?"

"네. 위급한 상황이 오면 언제든 연락 받을 수 있게요."

안전한지 확인해야 돼. 은금이가 또 손목을 긋거나 자해를 한다면, 그녀에게 뭔가 문제가 생긴다면 나는 견딜 수 없을 거야.

"좋아. 어렵지 않지."

그가 입에 잔을 대며 교묘하게 웃음을 가렸다. 내가 자신의 세계로 넘어가는 게 어지간히도 기쁜가 보다.

"너, 형에겐 정말 비밀로 할 거야?"

"입도 뻥긋하지 말아요. 골치 아프게 될 테니까."

그는 대답 대신 잔을 들어 보였다.

XII. 해방(2)

엄마가 작은 상에 밥과 국을 떠 방 안으로 들어왔다.

"밥 먹어."

"안 먹어."

나는 등을 돌리고 누워 무기력하게 답했다.

"영양실조로 또 앰뷸런스라도 타게?"

"그래! 앰뷸런스에 실려서 차라리 병원이라도 가게!"

자리에서 벌떡 일어나 엄마를 향해 꽥 소리를 질렀다. 강제로 퇴원을 한 이후 휴대폰도 빼앗겼다. 빼앗긴 게 아니지. 아예 돌려주질 않은 거지. 그러곤 멋대로 해지해 버렸다고 통보했다. 학교는 병가 처리를 했다며 가지 못하게 하지, 밖에도 나가지 못하게 하지. 엄마는 '집'이란 이름의 '감옥'에 날 완전하게 가둬 버렸다. 가까운 동네 병원에서 붕대와 깁스를 갈고 치료를 받을 때에도 죄인처럼 감시해 댔다. 어찌나 경계가 심한지 도저히 엄마를 떨어트려 놓을 방법이 없었다. 어깨뼈가 나가고 손목에 붕대를 감은 상태에서 힘으로 엄마를 밀어내기도 버거웠다. 병원에서 무슨 일이 있었는지도 말해 주지 않았다. 내가 왜 집에 끌려와 있는지, 왜 갇혀 있는 건지 아직도 몰랐다.

엄마는 이 낡은 집을 부동산에 내놨다고 했다. 집이 팔리면 좀 더 외진 시골로 들어가 세 가족이 자급자족할 만한 작은 텃밭과 집을 지어 살겠다고 했다. 회사도 관두고, 하루 종일 나만 끼고 살 작정인 것 같았다.

"쓸데없는 짓 하지 마. 이게 다 널 위한 거야."

집어치워.

"그 소리 지겹지도 않아? 이게 왜 날 위한 거야? 순 엄마 멋대로 하는 거면서!"

"다 네 행복을 위한 거야!"

"난 안 행복해! 엄마 때문에 불행해! 처음부터 끝까지 엄마는 도움이 하나도 안 된다고!"

나는 미친년처럼 악을 썼는데 엄마는 표정 하나 변하지 않았다. 둘 중에 광기에 휩싸인 쪽은 과연 누구일까.

"탓하려면 맘껏 탓해. 죽도록 원망해. 상관없어. 나중에 가면 아마 고맙다고 할 거야."

나는 밥상을 발로 차서 엎었다. 뜨거운 국이 바닥에 쏟아지면서 아지랑이처럼 허연 연기가 피어올랐다. 나는 씩씩대며 엄마를 흘 겼지만 엄마는 예상한 듯 아무렇지 않은 얼굴로 바닥에 내동댕이 쳐진 그릇들을 주워 상 위에 다시 올렸다. 엄마만 보면 분통이 터 진다. 단지 가둬서가 아니라 훨씬 더 오래전부터 나는 엄마에게 무척이나 화가 나 있었다. 그게 너무 깊어서 어디서부터 어디까지 인지 가늠할 수도 없었다.

"밥 다시 가져올게."

"나 이렇게 살기 싫어!"

나는 아이처럼 엉엉 울었다. 난 병들어 있다. 특히 지금처럼 화 가 나면 눈이 뒤집혔다. 가면 갈수록 더했다. 나는 감정을 도저히 이겨 내지 못했고 문제라는 걸 알고 있다. 나조차 아는 사실을 도 대체 엄마는 왜 모를까. 나는 정말로 미쳐 가고 있는데. 가장 괴로 운 건 최정우와 그런 식으로 헤어졌다는 거다. 우린 인사도 제대 로 나누지 못했다. 집에 돌아오자마자 엄마는 모두 다 잊어버리라 고 했다. 학교도, 지혜도, 최정우도……. 이런 식으로 헤어질 거라 면 그렇게 그를 절박하게 잡지도 않았다.

"나 엄마 필요 없어! 꼴도 보기 싫어! 얼굴만 봐도 역겨워! 나 보 내 줘! 나 좀 내버려 둬!"

"너 못 가! 너 그 남자한테 못 가!"

분을 이기지 못해 피가 날 정도로 입술을 꽉 물자 엄마가 다가 와 자리에 털썩 앉고 내 어깨를 흔들었다.

"정신 차려! 그 남자가 평생 너 사랑해 줄 줄 알아? 사랑 같은 소리 하네! 남녀 간에 사랑? 그거 별거 아니야. 아이 놓고 살다가도 정떨어져서 이혼하는 거! 그게 남녀 간의 사랑이야! 이 세상에 영원한 사랑은 부모 자식 간의 사랑밖에 없어. 내가 가진 거! 내가 널 사랑하는 거! 그것만 영원한 거야!"

"엄만 미쳤어. 엄만 나보다 더 미쳤어."

"너 안 미쳤어! 넌 멀쩡해."

절망적이었다. 이게 어떻게 날 위한 거야, 이게 어떻게 날 사랑하는 거야. 난 죽고 싶을 만큼 불행한데.

"정신 똑바로 차려 미련한 것아. 네 친구들이, 네 남자 친구가 네 앞에서는 널 위로하겠지! 걔네들이 뒤에서도 그럴 것 같아? 영원히 널 위해 줄 것 같아? 네가 행복해할 때, 네가 남자 만날 때, 결혼할 때 색안경 끼고 볼 거야. 뒤에서 수군대지 않을 것 같아? 저 계집애 미쳐서 손목 긋던 미친 앤데 결혼해도 괜찮을까? 그런 소리 안 할 것 같니? 쟤 남자랑 제대로 살 수는 있어? 그 소리 안 할 것 같아? 아니야, 이 철부지야! 세상 사는 게 그렇게 속 편하고 단순한 줄 아니? 여기가 얼마나 썩었는데! 세상이 얼마나 못됐는데! 네까짓 것! 너처럼 순하고 물러 터진 거 얼마든지 짓이기고 찢는 게, 그게 세상이야! 이 등신 같은 지지배야!"

엄마는 숨을 고르고 초조하게 내 손을 매만졌다.

"원하든 원하지 않든, 여자는 흠집이 나면, 흥이 생기면 평생 꼬리처럼 따라다니는 거야. 평생을 죄인처럼 고개 숙이고 사는 거야. 너 그렇게 살고 싶어? 죽을 때까지 남들한테 손가락질당할까 봐 겁에 질려서 살고 싶니? 그러니까…… 다 잊어. 깨끗하게 잊어. 엄마랑 아빠랑 아무도 모르는 데 가서 새롭게 시작하자. 10년, 20년, 사람들 기억에서 잊힐 때까지 그렇게 살자고. 그러고 나면 내가 놔줄게. 그때 좋은 남자 생기면 그땐 엄마가 행복하게 보내 줄게. 그러니까 최정우는 마음에 묻어 둬. 평생 묻어 둬. 그게 너 사는 길이야. 앞으로 너 행복해지는 길이야."

잊히는 게 아니야. 의사가 치유는 잊는 게 아니고 그 사실을 받아들이는 거라고 했다. 이미 난 상처를 입었고 몸에 새겨져 있는데 어떻게 없던 일로 만들어? 도대체 왜 엄마가 그렇게 믿고 있는 건지 도저히 이해할 수 없다. 하지만 비틀린 사랑이라도 그건 사랑이었다. 내가 악을 쓰고 엄마를 향해 진저리를 치면 엄마는 아무렇지 않은 척하지만 누구보다 상처 입는다는 걸 안다. 내 손을 매만지는 떨리는 손이 엄마가 한없이 나약한 사람이란 걸 일깨워 준다.

"엄마 미안해."

나는 또 금방 우울해졌다. 억울해서가 아니라 슬프고 무기력해서 또 눈물이 났다. 왜 나는 모두에게 상처를 입히는 존재인 걸까. 왜 나는 누군가를 행복하게 하지 못할까. 나는 행복하지 못해도…… 주변 사람을 불행하게 해선 안 됐다. 그런 인생은 정말이지 살고 싶지 않았다. 내 존재가 의미가 있나? 모두에게 불행을 안기면서까지 살 필요가 있어?

"미안할 거 없어. 내 새끼만 괜찮다고 하면 기꺼이 목숨도 내놓는 게 부모야. 이까짓 것 아무것도 아니야. 네 짐은 엄마가 평생 지고 갈 거야. 그러니까 엄마 말대로 해."

엄마의 광기 어린 사랑은 그녀가 살아가는 힘이었다. 내가 사라지면 엄마도 무너지겠지. 그녀를 증오하면서도…… 벗어나고 싶으면서도 엄마를 놓아줄 수 없는 건 결국 나였다. 손을 놓으면 그녀가 무너질까 봐, 사라질까 봐 미워하면서도 곁에 두고 싶어 하는 건 바로 나였다.

밤늦게 퇴근한 아빠는 딸이 좋아한다며 호떡을 사 들고 왔다. 셋에서 야식을 먹기 위해 도란도란 앉아 있는 건 아주 오랜만의 일이었다. 불행 속에 하나 되는 정겨운 가족이라니. 얼마나 아이러니한가.

다음 날, 학교에서 완전히 망쳤다고 생각했던 수시에 붙었다는 통보가 엄마의 휴대폰으로 날아들었다. 내가 갈 수 있는 유일한 인 서울 대학교. 엄마도 나도 생각지 못했던 소식이었고 통수를 얻어맞은 기분이었다. 예전 같으면 기뻐 방방 뜰 엄마의 얼굴이 반대로 무척이나 어두웠다.

"그 학교 갈 거야."

설거지하며 생각이 잠겨 있는 엄마의 등에 대고 미리 선수 쳤다.

"뭐?"

그녀가 물을 잠그고 뒤를 돌았다.

"학교 갈 거야."

엄마는 선뜻 대답하지 못했다. 딸아이를 보호하는 일과 딸아이의 미래 사이에서 갈팡질팡하고 있는 게 틀림이 없었다.

"이번 기회 아니면 내가 넘보지도 못하는 학교야."

"아직 시간 남았으니까 천천히 생각해 보자."

엄마는 세제가 묻은 스펀지로 접시를 닦았고 나는 소파에 앉아 이 집을 어떻게 벗어나야 하는지 궁리했다.

밤새 생각했다. 어떻게 해야 할지. 엄마를 위해 모든 것을 버려야 하는 건지. 하지만 아니야. 아무리 생각해도 그렇게는 할 수 없다. 이대로 엄마에게 끌려 시골에 내려갈 순 없다. 그런 식으로 힘들게 견뎌 온 시간을 모두 묻어 버릴 순 없다. 그러기 위해 버려야 하는 것 중에는 절대로 버릴 수가 없는 것들이 있으니까. 친구, 추억, 그리고 최정우.

남녀 간의 사랑이 영원하지 않다고 한 말도 수긍할 수 있다. 그녀가 뭘 두려워하는지, 나를 어떤 식으로 지키고 싶어 하는지도 이해했다. 하지만 엄마의 말을 따라 줄 생각은 없었다. 최정우가 날 영원히 사랑하지 않는다고 해서 그게 뭐? 어차피 헤어져야 한다는 걸 안다. 우린 어차피 헤어질 거야. 그래서 뭐? 하루가 한 시간이, 이렇게 지나는 게 아쉬웠다. 그 사람이 어차피 떠난다는 것을 아니까, 시간이 한정됐다는 것을 아니까. 그러니까 더 절박한 거다. 그래서 같이 있고 싶다는 열망이 더 강한 거다. 미래? 웃기지도 않아. 누가 미래 따위를 기대나 한데? 언제 미쳐서 손목을 그을지도 모르는 판에? 나는 지금을 원했다. 내가 사는 지금. 지금 이 순간의 행복만을 원해. 단 1초라도 행복해지고 싶어. 그러려면 최정우가 있어야 해. 어떻게 해야 벗어날 수 있을까. 어떻게 해야……. 오늘이 무슨 요일이지? 나는 퍼뜩 정신이 들어 엄마가 교회에서 들고 온 촌스럽기 그지없는 달력을 살폈다. 금요일.

"엄마."

"응?"

엄마가 다시 수도꼭지를 잠갔다.

"나 일요일에 교회 갈래."

그녀의 얼굴에 화색이 돌았다.

"그럴래?"

엄마를 안다. 3년간 그토록 애원했던 일이었다. 단 한 번도 들어준 적이 없는 그녀의 바람이었다. 거부할 리가 없어. 그녀는 나와 함께 십자가 앞에 엎드려 기도하고 싶어 한다. 누구보다 절박하게 용서와 구원을 열망한다. 참으로 뻔한 일이다. 바보. 교회에 관련된 일이면 언제든 마음을 놓는다니까.

나는 이틀 동안 숨을 죽였다. 밥상을 엎지도, 울면서 엄마에게 덤벼들지도 않았다. 순한 양처럼 굴어야 해. 엄마 뜻에 수긍하는 것처럼 비쳐야 했다. 그래야 마음을 푹 놓을 테니까. 마음에도 없는 성경책을 괜스레 자기 전에 머리맡에 펴 두고 잤다. 어떻게 해야 엄마가 기뻐하는지 훤히 꿰고 있다. 모든 걸 자포자기하고 종교에 의지한다고 생각하게 만들면 된다. 엄마처럼 사는 것에 지쳐서 구원받고 싶어 한다고 느끼게 하면 된다. 대학교 합격한 일로, 내가 정말 간절히 새사람이 되고 싶어 한다고 생각해 주면 더 고마운 일이다.

나는 최정우에 관련된 숫자는 모든지 잘 외웠다. 엄마가 휴대폰을 가져갔지만 그의 번호는 똑똑히 머릿속에 저장해 두고 있다. 언제고 기회가 된다면 휴대폰이든 공중전화든 그에게 전화하면 된다. 택시를 먼저 타고, 기사 아저씨에게 전화를 빌리는 것도 방법이다. 남은 건 얼마간의 비상금을 마련하는 일이었다. 연락이 닿으면 빈 몸으로 택시를 타도 그가 얼마든지 택시비를 지불해 줄 거다. 하지만 연락이 되지 않으면 자력으로 해결해야 했다. 택시를 탈 만한 돈이 있다면 좋겠지만 고속버스를 타도 상관없었다. 그럼 만 원짜리 한 장이면 충분하다. 그걸 어떻게 마련할까. 엄마 지갑을 털까? 과거에 잘했던 짓이잖아. 문제는 과거에 너무 잘하던 짓이라 엄마가 지갑에 얼마가 있는지 없어진 카드는 없는지 무척 예민하게 군다는 점이었다.

어쩌면 불가능할지도 몰라. 아빠. 아빠 지갑을 털까? 맨날 바지 뒷주머니에 넣어 두고 잘 꺼내지도 않았다. 게다가 현금은 잘 들고 다니지도 않았다. 있다고 해도 분명 헌금할 돈이어서 없어지면 대번 알아차릴 거야. 그럼…… 교회 헌금함을 털까? 나는 세수를 하고 머리를 감고, 엄마가 골라 준 단정하다 못해 재미없어 보이는 검은색 원피스를 입으며 끊임없이 어떻게 탈출할지에 대해서 골몰했다. 교회는 내 지뢰였다. 밟으면 터질 걸 알면서도 나는 몸 일부분을 잃거나 목숨을 잃을 각오를 했다. 최정우를 봐야 하니까. 만나야 하니까. 그가 날 밀어내면 어쩌나, 엄마에게 돌아가라고 등을 떠밀면 어쩌나 하는 걱정을 안 한 건 아니다. 그래도 이렇게 헤어질 순 없어. 이렇게 허무하게 끝낼 수는 없었다.

으리으리한 교회 건물이 보였다. 알차게 교회 바로 아래에는 은행도 들어차 있었다. 돈 안 뽑아 왔으면 뽑으라 이거네. 나는 전투심에 불타올랐다. 여기선 절대로 안 무너져. 절대로. 엄마가 내 손을 꽉 틀어쥐고 엘리베이터에 올랐다. 여기저기서 반가운 얼굴로 인사를 해 댔다.

"어머, 권사님! 어머, 이게 누구야. 은금이니?"

"세상에. 진짜 오랜만이다! 근데 어디 다쳤어?"

엄마는 여기저기 분주하게 인사를 하며 일일이 대꾸했다. 우리 아이가 학교에서 교통사고가 나서요, 호호호. 다행히 큰 탈은 없어요. 별말씀을요. 당분간 집에 데리고 있어야죠. 아니요. 우리 아이는 벌써 K대에 수시로 합격해서요. 네, 수능은 안 봐도 된답니다. 호호호호!

엄마는 공연히 되지도 않는 행복한 웃음을 연기했다. 나는 진저리가 났다. 그런 식으로 가면을 쓰는 게 정말 엄마의 내면을 평온하게 만드는 걸까. 그게 십자가의 가르침인가? 가까워져 올수록 노랫소리가 더욱 커졌다. 신을 숭배하는 합창 소리. 본식이 있기 20분 전부터 교회는 광기에 휩싸이기 시작했다.

엘리베이터 문이 열리고 나는 3년 전 벌벌 떨며 십자가를 목격했던 장소에 다시 와 있었다. 빌고, 울고, 기도하고, 원망하고 저주하고 절망하기를 반복했던 곳. 안 쓰러져. 죽어도 지지 않아. 박수 소리, 목청이 터져 나갈 것 같은 노랫소리, 핏대를 세운 신도들의 흥분된 목소리가 혼잡하게 섞인 가운데 나는 먹이를 눈앞에 둔 늑대처럼 조용히 몸을 웅크렸다. 여기서 나가기만 하면 돼. 적당한 기회에 뛰쳐나가기만 하면.

"은금아!"

멀리서 누군가 나를 불렀다. 우렁차고 기운 넘치는 목소리는 목사의 것이었다. 그는 늘 그렇듯 힘이 넘치고 정력적으로 보였다. 권력과 부로 쌓아 올린 자신감. 그 자체다.

"목사님."

엄마가 먼저 튀어 나갔다. 그는 엄마와 정중하게 고개를 숙여 인사하고 대뜸 손을 내밀었다.

"이게 얼마 만이니. 잘 지냈니? 교통사고 소식은 들었다. 이만하길 천만다행이구나."

목사는 그렇게 말하며 내 머리 위에 손을 얹었다. 눈을 감고 중얼거리며 기도하자 엄마가 감격에 차오른 표정으로 두 손을 모았다. 맙소사, 이게 도대체 뭐라고. 그냥 중얼거리는 것뿐이잖아. 허락도 없이 내 손에 머리를 올리고.

"한 선교사, 은금이 기억해?"

목사가 온화한 미소를 띠며 기도를 마치고 몸을 뒤로 돌렸다. 검은색 양복을 단정하게 차려입은 남자가 뒤에 서 있었다. 누구지? 3년 새에 누가 새로 왔나? 오랫동안 교회를 나오지 않았으니 못보던 사람이 있다는 게 놀랄 일은 아니다.

"필리핀 가기 전에 나한테 몇 번 물어봤잖아, 누구냐고."

"아⋯⋯."

사람 좋은 웃음을 짓고 있던 그가 단박에 얼굴에 화색을 띠었다. 그는 기쁜 듯이 방긋 웃으며 내 쪽으로 가까이 왔다. 날 알아? 난 모르는데. 나는 미간을 찌푸리고 그를 위아래로 살폈다. 목사와 닮았네. 형제? 친척? 나이는 목사보다 어려 보였다. 40대. 어쩌면 30대 후반.

"당연히 기억하지. 박은금 맞지?"

그가 나의 손을 잡고 반갑게 흔들었고 순간 나는 몸이 두 동강으로 갈라지는 느낌을 받았다. 시끄러운 노랫소리가 순식간에 소강됐다. 수많은 소음에 휩싸여 있어도 절대로, 절대로 이 목소리는 못 잊어. 손이 덜덜덜 떨리고 심장이 정지한 것처럼 뛰질 않았다. 온몸이 싸늘하게 얼어붙었다. 숨을, 숨을 쉴 수가 없어.

"너 정말 오랜만이다."

걸레 같은 년.

"잘 지냈니?"

더러운 년.

끈적끈적하고 축축한 비닐이 손목에서부터 휘감겼다. 토할 것
처럼 어지럽고 온 세상이 빙글 빙글 돌았다. 호흡이, 호흡이 안
돼. 정신 차려. 도망치려고 나왔잖아. 오늘이 아니면 기회가 없잖
아. 최정우의 얼굴이 눈앞에 아른댔다. 안 돼. 나는 광기에 찬 찬
양 소리에 휘감겨 물 밖에 나온 물고기처럼 헐떡대고 펄떡대며,
그대로 정신을 놨다.

* * *

　아빠가 나를 들쳐 업고 뛰기 시작했다. 나는 아빠의 등에 업혀
끙끙 앓았다. 응급실을 향해 미친 듯이 뛸 동안 탈골된 어깨에
서 느껴지는 통증과 지끈거리는 두통으로 끊어질 듯 간신히 숨을
내쉬었다. 얼마나 뛰었을까. 갑작스레 내부에 들어선 듯 윙윙거리
는 소음과 알싸한 소독약 냄새가 혼미한 신경에 파고들었다. 도
와 달라는 다급한 외침. 분주한 발걸음 소리. 간이침대에 눕혀지
고 꺽꺽 숨을 들이쉬는 입에 간호사가 산소마스크를 씌우려 했다.
　필요 없어. 나는 바들바들 떨며 붕대 감긴 왼손을 들어 뿌리쳤
다. 그 남자야. 목소리가 나오지 않아 나는 입을 뻐끔댔다.
　"환자분, 진정하세요."
　간호사가 다시 한번 산소마스크를 씌우려 했다. 아니, 하지 마.
난 말해야 해. 힘겹게 그녀를 밀쳐 냈다. 머리에 식은땀이 흘렀다.
심장이 너무 빨리 뛰어 잡아 뜯기는 것처럼 아팠다. 헐떡임을 보
다 못한 엄마가 내 몸을 내리눌렀다.
　"가만히 있어!"

말해야 해. 꼭 해야 한다고. 죽을힘을 다해 엄마를 밀쳤다. 몸을 휘두르자 뭔가가 우수수 떨어져 나가며 와장창 소리가 났다.

"그 남자야."

쥐어짜듯 목소리를 내자 간호사들이 행동을 멈췄다. 저만치 밀려난 엄마가 두 눈을 동그랗게 뜨고 쳐다봤다.

"그 남자라고. 그 남자! 그 남자라니까!"

나는 다시 헉헉대며 가슴을 부여잡고 몸을 웅크렸다. 찌르는 듯한 통증. 그 자식이 내뱉던 더러운 말. 나를 더럽히던 잔인한 몸짓. 절대 못 잊어, 절대로! 절대 잊을 수 없어! 그 자식이 나한테 무슨 짓을 했는지 절대 못 잊어!

"그 개자식이⋯⋯."

눈물이 핑 돌았다. 어떻게 두 다리로 땅을 딛고, 어떻게 그렇게 가면을 쓰고⋯⋯ 어떻게, 거기서 뻔뻔하게 손을 내밀면서 인사할 수 있어? 나는 그 이후 제대로 내 인생을 살아 보지도 못한 채 3년을⋯⋯ 3년을 간신히 버텼는데. 나는 완전히 망가졌는데 어떻게 그렇게 멀쩡하게⋯⋯. 나는 분노에 차올랐다.

용서 못 해. 절대 용서 못 해. 죽이고 싶어. 사지를 갈가리 찢어서 죽이고 싶다.

"은금아⋯⋯."

엄마가 덜덜 떨며 다가왔다. 내 자신이 혐오스럽다. 그 자식을 대면했는데⋯⋯ 내가 한 일이라곤 고작 덜덜 떨며 쓰러지는 것뿐이었다. 바로 눈앞에 있었는데, 손을 뻗으면 잡을 수 있었는데, 목을 조를 수 있었는데⋯⋯. 내게 했던 것처럼 얼굴을 짓이기고, 발로 차고, 물어뜯어 버릴 수 있었는데! 나를 가장 먼저 찾아온 건 공포였다. 두려움. 거대한 괴물이 나를 삼킬 것 같은 환상에 잡아먹혔다. 화가 났다. 나에 대해. 그 미친놈에 대해. 너무 화가 나서 숨을 제대로 쉴 수가 없다.

"엄마. 그 새끼라니까, 그 새끼라고. 그…… 그 개새끼, 그……."

나는 헐떡대며 끊어질 듯 다급하게 쏟아 냈다. 답답해서 미칠 것 같아. 하고 싶은 말이 입 밖으로 제대로 나오지 않았다. 질서 정연하게 정리가 되질 않아 나는 다급하고 초조한 마음에 팔다리를 버둥댔다.

"진정해. 진정해, 제발! 진정 좀 해!"

"개야. 개라고. 그 새끼라니까."

계속해서 같은 말을 반복했다. 제발 나 좀 이해해 줘. 내 말 좀 이해하라고.

"잠깐 물러나 주시겠어요?"

엄마가 응급실 간호사들을 향해 나지막이 부탁했다. 그들이 멀찌감치 사라질 때까지 기다렸다가 엄마는 다시 내게 시선을 돌렸다. 엄마가 다부지게 내 손을 쥐었다. 꼭 누르는 손길이 숨이 막힐 만큼 강했다.

"도대체 무슨 말을 하는 건지 천천히 말해 봐."

나는 몇 번의 숨을 더 고르고 가슴 통증을 누르며 쏜살같이 입에서 뱉어 냈다.

"그 자식이야. 선교사…… 그놈이야. 그 자식이 그랬어. 그놈이 나를…… 그날, 날 이렇게 만든 놈."

"박 선교사?"

뒤에 있던 아빠가 의심스럽게 다시 물었다. 나는 다급하게 고개

를 끄덕였다. 벌어진 아빠의 입속에 허, 허 하는 바람 소리만 계속
해서 튀어나왔다. 충격에 아무런 생각을 못 하는 듯했다. 엄마는
손을 덜덜덜 떨면서 스스로 진정하려는 듯 자꾸만 침을 삼켰
다. 혼란스럽게 흔들리는 눈동자와 흔들림 없는 내 눈동자가 정
면으로 마주했다.

"은금아."

이상해……. 왜 이렇게 이상하지? 엄마의 떨리는 눈에서 전혀
예상하지 못한 감정이 자꾸만 읽혔다. 날 안 믿어……. 인상을 찌
푸리고 다시 한번 흔들림 없이 엄마를 바라봤다.

"그 사람이라니까."

침묵. 기다리고 기다려도 영원 같은 침묵이 계속됐다. 아니, 이
건 내 착각이야. 그럴 거다.

"엄마."

침을 꿀꺽 삼켰다. 아니야. 내 말이 잘 안 들리나 봐.

"그 남자야."

절박한 호소였다. 마지막 남은 애원이었다. 말해. 빨리 화를 내
란 말이야……. 그 자식을 잡아서 나 대신 대가를 치르게 하겠다
고, 벌을 받게 하겠다고, 나 대신 죽여주겠다고 빨리 말하라고.

"그 남자가 그랬어. 그 남자라니까?"

꾹 다문 입술, 혼란스럽게 흔들리는 눈동자. 아무리 몇 번을 반
복해 이야기해도 달라지는 게 없었다. 날 안 믿어. 내 말을 믿질
않아. 그게 내 이성을 완전히 무너지게 했다. 허망함에 휩쓸려 엄
마에게 잡힌 손을 비틀어 빼냈다. 엄마는 당황한 채 머뭇거렸다.
망설이는 그녀가 침을 삼키고 뭔가를 결심한 듯 불안하고 잔뜩

겁을 먹은 눈으로 나를 쳐다봤다. 절망적이고 비참해서 헛웃음만 터져 나왔다.

"은금아, 엄마가……."

나는 거세게 도리질했다. 어떻게 이럴 수 있어. 절망감이 지나자 뜨거운 게 쏟아졌다. 어떻게 나한테……. 어떻게 나한테 이럴 수 있어. 휘몰아치는 광기가 온몸을 지배했다. 완전히 정신을 놓은 채 온전히 분노에 내 모든 걸 내던졌다.

"이 쓰레기!"

나는 비명을 지르며 엄마를 때리고 꼬집고 비틀고 할퀴고 차 냈다. 그녀는 갑작스러운 내 행동에 얼이 빠져 두 눈만 껌뻑였다. 정말 그녀를 죽이고 싶었다.

"은금아!"

아빠가 팔을 붙잡았고 나는 머리로 들이받았다. 그는 우당탕 소리를 내며 저만치로 나가떨어졌다.

"어떻게 이럴 수 있어! 나한테 어떻게 이래! 쓰레기! 당신은 쓰레기야! 너 같은 건 엄마도 아니야! 어떻게, 어떻게 나보다 그 개 같은 종교를 더 믿어! 어떻게 그 새끼를……."

눈앞이 뿌옇게 흐려지고 턱 근육이 뻣뻣하게 굳어 왔다.

"그 교회에서, 그 개 같은 십자가 밑에서 내가 무슨 짓을 당했는데! 어떻게 나보다! 그 더러운 새끼를 더 믿느냐고!"

내가 악을 쓰자 간호사와 의사가 하나둘씩 팔다리를 잡았다. 아니야, 은금아. 그런 게 아니야. 엄마의 비명이 너무 다급하고 날카로워 칼날처럼 귓가에 파고 들었지만 내게는 의미 없는 소음이었다. 그녀는 본능적으로 내 손아귀에서 빠져나가기 위해 밀치고 몸부림쳤다. 감히? 네가? 나를? 어디서 그런 힘이 나는 건지 나는 짐승처럼 울부짖으며 엄마의 머리채를 휘어잡았다.

"죽어! 차라리 죽어 버려! 너도, 그 새끼도, 다 죽어 버리라고!"

차오르는 분노를 누를 길이 없었다. 주변에서 고함치는 소리도 들리지 않았다. 나는 산짐승을 물어뜯는 괴물이었다. 도저히 자신을 컨트롤할 수가 없었다. 발버둥을 치고 손에 잡히는 대로 붙잡고, 할퀴고 꼬집었다. 목에 감기는 손은 입으로 물었고, 발이 잡히면 온 힘을 다해 차 냈다. 무엇이든 찢고, 갈기고, 짓이기고, 다 없애 버리고 싶은 욕구만 가득했다. 이가 갈리고, 뭐든지 손에 잡히는 건 다 부숴 버리고 싶었다.

엄마가 아빠에게 끌려 저만치 도망갔다. 손을 뻗어도 잡을 수 없을 만큼 먼 거리에 그 여자가 서 있는 걸 발견했고 나는 날카롭고 길게 모든 걸 쏟아 비명을 질렀다.

"아아아악!"

엄마를 향한 살인 욕구가 충족되지 않자 나는 침대 모서리에 머리를 짓이기기 시작했다.

쾅. 쾅. 쾅.

나는 분노에 지배당했다. 팔이 부서지고, 머리가 짓이겨지고, 피가 흘러도 아무런 감각이 없었다. 광기에 사로잡혀 안에 꾹꾹 눌러 담았던 악마에게 완전히 잠식당해 갔다. 엄마가 새파랗게 질려 비명처럼 울음을 토했다. 그녀가 계속해서 발을 동동 구르며 무슨 말인가를 지껄였다.

그게 아니야. 은금아, 그게 아니야.

닥쳐.

엄마가 너에게 말하려던 건 그게 아니야.

닥치라고.

이럴 거라는 걸 알고 있었어. 언제든 헛된 믿음을 위해 날 산 재물로 바칠 거라는 걸 알고 있었다. 그래서 분노한 거야. 그래서 당신이 죽도록 미웠던 거다. 언제나 당신만 보면 폭발할 것처럼, 온몸이 터져 나갈 것처럼 화가 났던 거야. 그래도 사랑이라고 믿었는데, 그래도 그 말을 믿었는데 당신은 결국엔 날 버렸어.

나는 사랑했다. 진심으로. 언제나 나를 아프게 할 만큼 사랑해 왔다. 미안함과 죄책감. 그녀를 아프게 할까 봐, 그녀를 내 손으로 무너뜨릴까 봐 겁이 나고 무서워서 참고 숨고 숨죽인 채 어둠에 갇혀서 살았다. 이렇게 되리란 걸 알았으면서도. 결국엔 이렇게 끝날 걸 알면서도.

뜨겁고 비릿한 것이 축축하게 흘러내렸다. 피.

한때는 내 엄마였던, 사랑하는 만큼 증오하고, 증오하는 만큼이나 사랑했던 그 여자를 향해 손을 뻗자 누군가 나를 넘어뜨려 바닥에 엎은 채 등을 눌렀다. 손이 뒤로 포박당하고 두 다리도 누군가의 무게에 짓눌렸다. 나는 괴물이야. 허기지고 미친 괴물. 누군가를 짓이겨서 죽여야만 이 배고픔이, 이 분노가 사그라질 것 같았다. 난 미쳤어. 완전히 미친 거다. 드디어 완전하게. 찰나의 순간 갑작스럽게 온몸에 힘이 빠졌다. 너무나 갑작스럽게 눈앞이 시꺼멓게 변하더니 완전히 모든 게 정지했다.

* * *

나는 그를 정식으로 만나 본 일이 없다. 그가 그 교회를 다니고 있다는 것도 몰랐다. 목사와 어떤 관계인지도 당연히 몰랐다. 다만 기억나는 건, 교회에서 아이들과 찬양 연습에 한창일 때 나를 쫓던 집요한 눈길이었다. 이상하다는 느낌에 고개를 들어 보면 늘 검은 그림자가 문밖에서 방송실 안에서 조용히 사라졌다. 딱 한 번, 목사님과 함께 사역실 밖으로 나오는 그를 스쳐 가듯 본 일이 있다. 목사와 도란도란 이야기를 나누며 걷는데 그가 누군지 알 수도, 그의 목소리를 제대로 들을 수도 없었다. 끈적이고 기분 나쁜 시선을, 어린 나는 그 의미를 알지 못했다. 교회 오빠를 의식해 짧은 치마를 입고 분칠을 했던 때에 더 집요하고 강렬하게 쫓는 시선의 의미를 나는 전혀 알아차리지 못했다. 그걸 알아차렸다면 뭔가가 달라졌을까? 그럼 그런 일을 당하지 않았을까? 엄마와도 사이가 좋았을까? 내가…… 이렇게 미쳐 버릴 일 따위는 일어나지 않았을까?

갑자기 정신이 사라진 것처럼 갑자기 정신이 돌아왔다. 따뜻하고 부드러운 냄새. 눈을 뜨기도 전에 그 향을 알아차렸다. 여기 천국인가? 아니면 꿈인가? 아니면…… 현실인가? 그럴 리가 없잖아. 그가 여길 어떻게 찾아와? 내가 어디 있는 줄 알고 찾아온단 말인가. 따뜻한 게 볼에 닿았다. 한순간도 잊은 적이 없는 손길이었다. 눈을 떠서 확인하는 게 두려웠다. 눈앞에 형체가 사라지면 어쩌지? 이게 꿈이면 어쩌지?

"박은금."

눈을 뜨기도 전에 눈물부터 났다. 그의 손가락이 부드럽게 눈가에 타고 흐르는 것을 닦아 냈다. 말도 안 돼. 여기에 있을 리가 없어.

"선생님."

나는 꿈꾸듯 나지막이 중얼댔다.

"그래. 여기 있어."

그의 목소리였다. 제발 꿈이 아니었으면 좋겠다. 꿈이었으면 깨어나지 않았으면 좋겠다. 현실에서 도망칠 수 있다면, 내게 일어난 일들이 모두 거짓말이라면 얼마나 좋을까. 하지만 도망갈 수 없어. 언제고, 나는 언제고 이 자리로 돌아왔다. 결국엔 아무것도 변하지 않았어.

"저 미쳤어요."

난 악마였다. 엄마도 아빠도 정말로 죽이려고 했다. 나 자신도 죽이려고 했다. 결국 모든 걸 다 파괴하고 부숴 버릴 거다. 내가 필요한 건 정신과 치료가 아니라 엑소시즘인지도 모른다.

"그러니까 나한테서 도망가요."

이 사람은 안 돼. 그를 부술 수는 없어. 내 안의 악마를, 추악한 괴물을 들키고 싶지가 않다. 내 간절함이 불러온 환영일지라도, 나는 그가 내게서 멀리 떠나기를 원한다. 아니. 내 옆에 있기를 원해. 아니…… 그가 내게서 안전하길 원해. 내가 미쳐서, 다시 악마에 잠식당하기 전에 도망가길 원해. 그의 따뜻한 손이 눈을 덮었다.

"도망갈 거면 널 찾으러 오지도 않았어."

두 눈두덩 위에 올린 그의 손을 붕대가 감긴 왼손으로 꾹 눌렀다. 두 손으로 그의 손을 매만져 보고 싶지만, 아까의 사건으로 한쪽 어깨가 움직이질 않았다. 지끈거리는 두통도 부서진 어깨의 고통도 이젠 상관없었다. 이 사람만 존재하면 돼. 이 사람만 있으면 여긴 지옥이 아니니까. 그가 어떻게 여기에 온 건지, 어떻게 날 찾았는지 그런 건 상관없다. 그를 다시 만났고, 곁에 있다는 것만으로도 충분하니까. 그거면 됐어.

　나는 천천히 눈을 뜨며 그의 손을 내렸다. 그의 얼굴이 보인다. 현실이야. 정말로 존재했다. 눈물이 끊임없이 밀려 나왔다. 감정이 복받쳤다. 나는 그를 향해 손을 뻗었다. 그가 마지막 남은 휴식처였고 그의 품이 내게 남은 마지막 토끼굴이었다. 오직 그만이 내 상처를 치유했다. 조심스럽게 안아 오는 그의 어깨에 얼굴을 묻고 엉엉 울음을 터트렸다.

　"선생님, 나 좀 데려가 줘요…… . 날 좀 여기서 꺼내 줘요."

XIII. 해방(3)

"퇴원은 안 된대."

병실을 나갔다 들어온 그는 똥 씹은 표정이었다.

"대신 O병원으로 트랜스퍼 될 거야."

아무 말도 할 수가 없었다. 폐쇄 병동에 처넣지 않은 것만으로도 다행이니까. 난동을 부리고, 자해를 하고, 부모를 죽이려 든 미치 광이가 바로 나다. 마취제를 맞지 않았다면 정말로 누군가를 죽 였거나 아니면 내가 죽었을 수도 있다. 뒤통수는 꿰매고, 이마는 자해해서 짓이겨지고 멍이 든 데다가 어깨는 뭐가 잘못된 건지 원피스의 한쪽 어깨 부분이 찢어진 채 새로운 부목이 덧대어져 있었다. 상황 파악은 이 정도면 충분히 되지 않나. 나는 수긍의 뜻으로 침묵했다. O병원이면 아플 때 언제나 실려 가던 병원이고, 최정우의 집과도 가까워서 내겐 안 갈 이유가 없었다.

이송 앰뷸런스에 따라온 정신과 선생은 내가 조금이라도 기미를 보이면 바로 마취제를 놓으려는 듯 내내 곤두서 있었다. 그에게 난 사람이라기보다 입에 거품을 문 맹수와 다름이 없이 보이는 듯했다.

O대 병원에 도착한 나는 곧바로 정형외과 일반 병동으로 향했다. 정형외과 1인실? 왜 정신병동이 아닌데? 산 채로 온몸이 꽁꽁 묶이고 입에 재갈이 물려야 하는 거 아니었어? 정신과 병동에 남은 침대가 없나? 그렇게 미친 사람이 많아?

최정우가 입원 수속을 마무리하기 위해 병실을 비운 사이 정형외과 의사가 잔소리를 퍼부어 댔다. 한 번 더 어깨를 부수면 평생을 병신으로 살 수 있다는 둥, 한 번만 더 그러면 아예 침대에 꽁꽁 묶어 두겠다는 둥 마치 내 어깨에 목숨이라도 걸려 있는 것처럼 굴었다. 왜 저래? 누가 보면 내 어깨 한 번 더 나가면 이 병원 파산하는 줄 알겠네.

정형외과 의사가 진찰을 마치고 나가자, 그제야 생각이란 걸 할 여유가 찾아왔다. 병원에서 난동을 부리고 난 다음 눈앞에 보인 건 최정우였다. 마취제를 맞고 잠들어 있는 사이에 도대체 일이 어떻게 돌아간 건지 궁금했다. 그러다가 생각이 엄마에게 미쳤고 다시 화가 났다. 평생 안 보고 싶어. 죽을 때까지. 아예 인연을 끊고 싶다. 죽은 사람이라고 치고 살고 싶어. 이대로 영원히 안 봤으면 좋겠어.

그 개자식……. 뻔뻔한 얼굴이 눈앞에 떠오르자 머리가 지끈거렸다. 짓이겨지고 시퍼렇게 멍이 든 이마가 쑤셨다. 엄마가 개자식이 있는 교회에 가 무릎을 꿇고 그 더러운 십자가 앞에서 울며 기도할 걸 생각하니 억장이 무너졌다. 그 교회를 통째로 불살라 버리고 싶었다. 다시금 분노가 치솟자 또 미쳐서 난동을 부릴까 걱정돼 나는 심호흡을 하며 머리를 좌우로 흔들었다. 앞으로 어떻게할지에 집중해야 했다. 앞으로 도대체 어떻게 할지.

엄마도, 아빠도 두번 다시 만나고 싶지 않다. 얼굴을 보는 것 자체가 고통이다. 하지만 부모님 없이 어디까지 할 수 있을까? 최정우가 옆에 있지만 보호자는 될 수 없었다. 그는 미국으로 떠나야 해. 아직 대학교도 졸업하지 못했으니까. 정말로 버려져서 혼자 남은 기분. 언제나 혼자라고 생각해 왔지만, 이토록 처절하게 버림받은 기분은 한 번도 느껴 본 적이 없었다. 난 버림받았다. 신에게도, 사람에게도, 심지어 가족에게도.

절망감에 빠져 허우적댈 때, 최정우가 병실 안으로 들어왔다. 그는 간단한 세면도구와 O대 로고가 정신없이 박혀 있는 환자복을 손에 쥐고 있었다. 세면도구를 캐비닛 위에 올리고 환자복을 침대 위에 내려놓고 외투를 벗어 보호자용 소파에 던졌다. 그러고는 멀뚱하게 서서 내 처참한 몰골을 천천히 살폈다.

"나 어떻게 찾았어요?"

"……."

내 말…… 못 들었나? 그는 한동안 대답 없이 머리서부터 발끝까지 천천히 살폈다. 그리고 손을 뻗어 침대 위에 올려 둔 환자복

상의를 들어 앞 단추를 하나씩 풀었다. 아, 옷. 나 진짜 완전 만신창이구나. 누가 도와주지 않으면 환자복 하나 제대로 입지 못하다니.

지퍼라도 혼자 풀기 위해 그나마 멀쩡한 오른손을 등 뒤로 돌렸다. 그러자 최정우가 조용히 등 뒤에서 손을 치우고 손쉽게 지퍼를 내렸다. 그는 내 어깨에서 원피스를 벗겨 내고 허리까지 끌어내렸다. 사방이 고요했고 그의 얼굴은 동요 없이 침착했다. 엄숙하기까지 했다. 그가 환자복을 입히기 위해 오른손을 건들자 저릿한 통증이 발끝부터 머리끝까지 관통했다.

"아파?"

통증으로 잔뜩 구겨진 얼굴을 보고 그가 걱정스레 물었다.

"조금요."

그는 하는 수 없이 오른손을 환자복에 끼우는 건 포기한 채 환자복을 어깨 위로 둘러, 단추를 하나씩 채웠다.

"잠깐 일어서 봐."

뭘 하려는지 알고 있으면서도, 쭈뼛거리면 괜스레 분위기만 더 이상해질까 봐 태연히 몸을 일으켰다. 그가 내 원피스와 스타킹을 한 번에 발목까지 끌어 내렸다. 민망한 건 둘째치고 여자 옷 벗기는 게 도대체 왜 이렇게 능숙해 보이나……. 다시 침대에 엉덩이를 대고 앉아 그가 내 신발을 한쪽씩 벗기는 걸 보니 가슴이 울컥 요동쳤다. 그가 이렇게까지 해 줄 필요가 없다. 내겐 그가 마지막 남은 안식처라도 그에게 이런 대접을 받을 자격이 없었다.

"교회에 있었어요."

"뭐?"

그가 벗긴 신발을 침대 안쪽으로 밀어 넣고, 발등에서 스타킹을 한쪽 뺐냈다.

"선교사였어요. 나 이렇게 만든 사람."

그가 멈췄다.

"누구?"

"목사 동생인지, 조카인지, 친척인지…… 그건 모르겠어요. 그냥 닮았어요."

그가 어금니를 꽉 물었는지 턱 근육이 꿈틀댔다. 덜컥 겁이 나기 시작했다. 이 사람도 날 못 믿으면 어쩌지? 날…… 날 미친 사람 취급하면 어쩌지? 나는 다급하게 덧붙였다.

"확실해요. 내가 기억해요! 목소리가 똑같아요! 그 목소리 한 번도 잊은 적이 없어요! 정말이에요! 믿어 줘요. 정말 그 사람이에요! 하늘에 대고 맹세하는데 정말……!"

파르르 입술을 떨며 안절부절못하자 그는 쉬쉬 소리를 내며 내 어깨를 부드럽게 손으로 쓸었다.

"알아. 너 믿어."

간절히 원하던 말. 엄마에게서 듣고 싶었던 말이었다. 나는 이 큰 괴리감에 안도하면서도 절망했다. 그녀도 손가락을 비트는 대신, 날 안고 어깨를 쓸어 줬다면 얼마나 좋았을까. 그는 한참이고 품에 날 안고 어르더니, 내가 진정되어 보이자 서둘러 스타킹을 완전히 몸에서 빼내고 환자복 바지를 입혔다. 내내 무슨 생각에 빠져 있는지 말이 없었다. 그러다 한참 후에야 그가 입을 열었다.

"2주 정도 입원해 있어야 할 거야. 부러진 뼈가 붙는 데 그 정도 걸린대."

2주? 2주를 여기서? 아무리 세상 물정을 모르지만, 대학병원 1인실 입원비가 엄청나게 비싸다는 건 안다. 나는 부모님과 연락할 생각이 없다. 그렇다면 그 돈을 어떻게 감당할 건데?

 "최소 기간이야. 그 정도면. 지루하지 않게 책이나 노트북은 가져다줄게."

 못마땅하다는 듯 인상을 찌푸리자 그가 덧붙였다.

 "그래서 그러는 거 아니에요."

 "그럼?"

 "그럼 돈이 얼마나 드는데요?"

 "그건 네가 걱정할 문제가 아니야."

 아니긴! 그는 부자가 아니다. 물론 부자를 알고 있기야 하지. 프리랜서로 일하고, 학교에서 계약직으로 일한다 쳐도 그게 내 1인용 병실 입원비를 2주치나 계산할 만큼 돈을 번다는 소린 아니다. 만약 그렇다 해도 그가 내게 돈을 쓸 이유가 전혀 없었다. 게다가 부모님과 연락하지 않는다면 우리 집에서 유일하게 나 혼자 가지고 있는 보험금도 타 내지 못할 테고, 그럼 온전히 모든 비용을 다 감당해야 한다. 이건 불공평하잖아. 나는 그저 그와 있고 싶은 거지 그에게 짐이 되고 싶은 게 아니었다. 내가 혼란의 도가니에 빠지자 그가 자신의 휴대폰을 건넸다.

 "지혜한테 전화 좀 해. 걱정하고 있어."

 지혜. 나는 두 번 생각할 것도 없이 전화기를 받아 들었고 그는 1층 편의점에서 먹을 걸 좀 사 오겠다며 자리를 비켰다. 돈 생각에서 끄집어낼 요량으로 지혜 이름을 들먹거린 게 분명했다. 하지만 그 이름을 듣는 순간에 잡생각이 사라진 걸 보니, 역시 이 사람을 절대 못 이길 거다. 이 사람 손바닥에서 놀아나고 있는 거야. 통화 버튼을 누르자, 연락처 대신 최근의 통화 내역이 떴다. 전혀 모르는 휴대폰 번호 하나와 'Oswald, Quinton'이라고 적힌 연락처가 가장 많이 채워져 있었다. 오스왈드? 이렇게 통화를 자주 할 정도로 친밀한 사이였나? 연락처 탭으로 이동해 지혜 번호를 찾아 통화 버튼을 눌렀다. 몇 번의 신호가 울리기도 전에 그녀가 받았다.

— 여보세요?

"지혜야."

— 야! 은금아!

그녀는 내 목소리를 듣자마자 크게 반응하며 안도했다. 전화기 너머 커다란 안도의 한숨 소리와 들썩거리는 숨소리가 골고루 들려왔다.

— 도대체 어떻게 된 거야!

"일이 좀 있었어."

— 너 수시 합격한 건 알아?

"응 엄마한테 전해 들었어."

— 네 휴대폰은 어떻게 된 거야?

"엄마가 해지해 버렸어."

지혜는 한동안 말이 없었다. 그녀의 성격에 이 상황이 절대 이해될 리 없다.

— 너 그럼 집에 갇혀 있었어?

"응."

— 왜?

"모르겠어. 아무도 없는 데 가서 살자고 하는 거 보니 그냥 나한테 일어난 일을 외면하고 싶었나 봐."

엄마는 종교에 대한 믿음은 확고해도 사람에 대한 믿음은 없었다. 자신이 살아온 세상이 냉혹하고 비정하니, 딸아이의 인생에 더 집착했다. 날 믿어 줄 사람이 결국엔 아무도 없을 거라는 말이 어쩌면 사실일지도 모른다. 모두가 뒤에서 손가락질할 거란 말도 어쩌면 사실일지도 몰라.

엄마가 틀려서 미워하는 게 아니다. 엄마의 말이 틀렸다고 거부하는 게 아니야. 엄마가 날 이해해 주지 않고, 그녀가 자신의 딸조차 믿어 주지 않는다는 걸 알기에 미워해 왔고, 미워하는 거야. 지혜는 아니다. 그녀는 어떤 상황에서도 날 이해해 줬다. 진심으로 날 위로해 줬다. 어떤 상황에서도 침착하게 날 이끌어 줬다. 엄마는 내 손을 잡고 나락으로 끌고 가지만 지혜는 내 손을 잡고 늘 빛으로 이끌었다. 둘 중 하나를 선택하라면 망설임 없이 지혜의 손을 잡을 거다.

─ 그날 산부인과 진료 마치고 도대체 무슨 일이 있었던 거야?

"내가 묻고 싶은 말이야. 아무 설명도 듣질 못했어."

─ 너 선생님 학교 관둔 건 알아?

"몰랐어."

─ 너 퇴원하고 그다음 날 바로 관뒀어. 제정신 아닌 것처럼 보이더라.

"그랬어?"

─ 그날 너 가고 아줌마랑 최정우랑 이야기하는 거 몰래 숨어서 봤어. 도대체 무슨 말을 하는지는 듣지 못했는데 되게 절박해 보였어. 아주머니도, 정우 샘도.

도대체 그날 무슨 일이 있었던 거지?

— 아주머니가 뭔가 부탁하는 것 같았어.

"아마 만나지 말라고 했을 거야."

— 정말 이해가 안 가. 딸이 가장 힘든 시기에 왜 의지가 될 만한 주변 사람들을 어째서 가지 자르듯 다 쳐내려고 하신 걸까?

아무도 믿질 않으니까.

— 너 지금은 어디야?

"나 병원이야. 다시 여기로 돌아왔어."

— O병원?

"응. 나……."

생각하자니 다시 몸이 바들바들 떨렸다.

"나 그 사람 봤어. "

— 누구?

"엄마 따라서 교회 갔다가 봤어. 그 짓거리 한 사람."

— …….

수화기 너머로 이젠 익숙한 침묵의 소리가 들렸다. 놀라움과 충격의 침묵.

— 어디야? 누군데? 어떤 새끼야? 찾았으면 죽여야지! 너 그거 부모님한테는 말했어?

갈수록 더 이야기하기 힘들다.

"엄마가…… 믿어 주질 않아."

나는 다시 울음을 터트렸다.

— 뭐?

지혜의 날 선 물음.

"엄마가 날 안 믿어…… 내 말을 안 믿어."

그녀가 날카롭게 '히익' 하고 숨을 들이켰다. 그래, 넌 이해가 안 되겠지. 난 이런 사람 밑에서 살았어. 엄마가 밉다 못해 내가 성폭행당한 것도 다 엄마의 탓인 것만 같다. 엄마 때문에 내가 벌을 받는 것 같았다.

"그 새끼 얼굴 보고 기절해서 응급실에 갔는데 엄마가 날 안 믿더라. 그래서 내가…… 막……."

목이 메어서 한 박자 쉬고 침을 삼켰다.

"때렸어. 나 진짜 죽이려고 했어. 물고 할퀴고 되는 대로 다 했어. 나…… 제정신 아니었어. 나 미쳤나 봐."

짐승처럼 굴던 내 모습이 생각나 온몸에 핏기가 가셨다. 울부짖으며 침대에 머리를 짓이기던 게 눈앞에 떠올랐다. 뇌리에 스치는 장면보다 터질 것 같은 분노가 먼저 가슴에 느껴졌고, 그 강렬함에 빨려 들어갈까 봐 나는 헐떡대는 가슴을 꾹 눌렀다.

― 당연해. 너 미친 거 아니야. 난 엄마가 반찬 골고루 안 먹는다고 잔소리할 때도 엄마 머리끄덩이 잡고 싶은데, 하물며 그런 일 당했는데 안 믿으면 당연히 죽이고 싶겠지.

울고 있었음에도 그녀가 든 예시 때문에 웃음이 터져 나왔다.

― 편식이 내 탓이야? 어릴 때부터 식습관 잘못 들인 엄마 탓이지.

"반찬 좀 골고루 먹어. 너 진짜 심각하게 채소 안 먹잖아. 좀 있으면 스물인데 아직까지 김치 못 먹는 게 말이 되니."

― 내버려 둬. 김치 안 먹는다고 죽냐? 너도 괜히 그런 걸로 자책할 필요 없어. 부모님도 이해할 거야. 그냥 죄송하다고 하고 깔

끔하게 털어.

"나 엄마 안 볼 거야."

이미 마음을 굳혔다. 부모님은 앞으로 평생 죽을 때까지 보지 않기로.

– 그래. 그럼 보지 마. 어차피 정우 샘이 네 보호자 해 줄 거 아 냐. 그럼 난 간병인이나 하지, 뭐.

단순한 대답에 난 다시 웃음이 터졌다. 이 상황이 이토록 단순하고 가벼울 수 있다니 정말 믿기지가 않네. 엄마가 지혜의 반만이라도 날 믿어 줬다면 결말은 지금과 완전히 달랐을 텐데.

– 그럼. 이제 계획이 어떻게 되는 거야?

그녀의 말대로 계획을 세워야 한다. 가장 먼저 할 건 궁금증을 푸는 일이다. 도대체 나한테 무슨 일이 생긴 건지, 왜 엄마가 그토록 이상하게 군 건지.

"일단 산부인과부터 가 볼 거야. 무슨 일인지 확인해야 하니까."

* * *

산부인과를 직접 방문해야 할 거라고 생각했다. 아침이 되면 원무과에 가서 산부인과 진료를 잡고 싶은데 어떻게 해야 하냐고 물어보려고 했다. 소파를 뒤척이다가 간신히 잠든 최정우를 깨우지 않고도 그 정도는 얼마든지 할 수 있었다. 그런데 의외로 다음 날 오전이 되자 의사가 간호사 둘을 데리고선 내 병실로 찾아왔다. 단단히 굳은 얼굴로.

피곤함에 늦잠을 잘 것 같았던 최정우도 예상과는 다르게 내가 눈을 뜨기 전부터 일어나 있었다. 어쩌면 한숨도 못 잔 것일 수도 있다. 긴장감에 가슴이 터질 것처럼 뛰었다. 바라던 순간인데. 항상 궁금해했던 일인데 막상 눈앞에 닥치니 아직 준비가 되지 않은 것 같았다. 이 여자의 입에서 어떤 말이 튀어나와도 받아들일 준비가 된 것 같지가 않다. 의사는 주변을 돌아봤다.

"보호자신가요?"

그녀는 내게 붙들려 옆에 서 있는 최정우를 쳐다보며 물었다.

"네."

"다른 보호자분은 없나요?"

"없어요."

"혹시 남편인가요?"

"아니요."

"혈연관계도 아니고요?"

"네."

의사가 곤란한 듯 아랫입술을 깨물었다. 그게 날 더 불안하게 한다.

"보호자분은 잠시 나가 계셔야겠네요."

"왜요?"

말이 끝나기 무섭게 내가 되물었다. 그녀는 나를 한 번 지그시 쳐다보더니 다시 최정우를 향해 단호하게 명령했다.

"나가 계세요."

그가 내 옆에서 벗어나지 못하게 옷가지를 더욱 세게 당겼다. 왜? 왜 안 돼? 무서움에 손이 부들부들 떨렸다.

"산부인과 진료 이야기예요, 은금 양. 남성분들은 들어도 잘 이

498

해하지 못해요.”

　남자가 들어선 안 된다는 이야기라고 돌려 말하고 있다. 그 정도는 나도 눈치챘다고. 도대체 뭐길래? 난 충분히 겁을 먹을 만큼 먹었다. 이 상황에 유일하게 버팀목이 되는 사람까지 없으면 다시 패닉에 빠질까 봐 겁났다.

“괜찮을 거야. 문 앞에 있을게.”

　최정우가 내 손을 떼어 내고 안심하라는 듯 한 번 웃어 보이곤 병실 밖으로 천천히 사라졌다. 혼자 남게 되자 늑대 무리에 둘러싸인 양이 된 기분이었다. 그녀는 침실의 발치에 두 손을 대고 몸을 숙였다.

“혹시 주변에 의지가 될 만한 다른 여성분은 없어요?”

　가장 먼저 떠오른 건 지혜의 얼굴이었다.

“법적으로 성년이 된 분 중에서요.”

　떠오르는 사람이 없어 대답을 못 하자 의사가 한숨을 내쉬고는 좀 더 거리를 좁혀 왔다. 그녀는 침대에 엉덩이를 대고 앉았다. 눈짓하자 간호사 둘이 소파에 착석했다.

“부모님에게 혹시 미리 들은 이야기 없나요? 지난번 진료 이후로.”

“하나도 없어요.”

“전혀요?”

“네.”

　그녀는 내 대답에 더 우물쭈물했다. 어떻게 해야 하는지 제대로 갈피를 못 잡은 듯이 굴었다. 뭔데 이렇게 뜸을 들여. 의사는 한참이고 눈알을 굴리다가 결심이 선 듯 고자세를 똑바로 고쳤다.

"진료를 받기 전에 은금 양에게 묻고 싶은 것도 있고, 허락을 받아야 하는 일도 있어요. 그리고 알려 줄 일도 있고요."

"네."

"먼저 지난번에 자궁에서 발견한 혹, 기억하죠?"

"네. 까만 거요."

그녀는 고개를 끄덕였다.

"내막종이에요. 5cm가량 되고 통증이나 일상생활에 불편함은 없지만, 나중에 아이를 가질 때 힘들 수도 있어서 가능하면 빨리 제거하는 편이 좋아요. 쉬운 수술이고 3, 4일 정도면 퇴원이 가능해요."

뭐야. 그거야? 그게 뭐라고. 나는 안도했다.

"그리고 이건 질문이에요."

이야기가 아직 끝난 게 아니었다. 그리고 어쩐지 심상치가 않아 보였다. 다시 긴장한 채 꼴깍 침을 넘겼다.

"은금 양. 사고 당시 상황을 다 기억하세요?"

"어떤 기억이요?"

의사가 다시 초조하게 입술을 씹었다. 숨 쉬기가 곤란할 만큼 가슴이 울렁거린다.

"아침에 담당 의사들끼리 모여 회의를 했어요. 은금 양처럼 복합적인 증상과 치료가 필요한 경우엔 대부분 그렇게 해요. 은금 양의 진료 기록과 검사지, 그리고 진찰 소견들을 바탕으로 어떤 게 가장 적절한 치료 방법인지 선택하기 위해서죠."

뜸을 들이는 건지, 아니면 이해시키기 위해 배경 설명을 하는 건지 그녀는 계속 내 눈치를 살피며 말을 이어 갔다. 꼭 내가 곧 터질 폭탄인 것처럼 말이다.

"알겠지만 미성년자인 경우, 우린 보호자와 이야기해요. 그러니까 부모님이죠. 대부분 산부인과에서는 엄마요. 법적으로 결정권은 보호자에게 있으니까요. 이런 경우는 실은 제가 의사 되고 나서 처음이라 어떻게 해야 할지 난감하네요."

"그냥 말하세요."

어차피 나쁜이야. 지혜도, 최정우도 들어선 안 될 이 이야기라면 의지할 사람이라곤 아무도 없었다. 어차피 나 혼자 감당해야 할 이야기다. 그렇다면 다른 선택의 여지가 없잖아.

"은금 양은 처녀막이 있어요."

뭐가 있다고? 나는 눈살을 찌푸렸다. 그 단어의 뜻을 파악하는 데 한참이 걸렸으니까.

"일반적으로, 성폭행 생존자에게 나타나지 않는 신체적 소견이죠."

그럴 리가 없어. 나는 핏기가 가셨다. 그럴 리가 없어. 엄마가 믿지 못한 이유가 있었다. 날 그런 눈으로 본 이유가 있었어. 이래서였어? 이래서 다 잊고 촌구석에 처박혀 있자고 한 거야? 내가…… 내가 미쳐서 기억을 조작했다고 생각해서?

"그럴 리가 없어요. 나는 분명히…… 난 거짓말을 하는 게 아니에요."

내 몸이 부들부들 떨리자 소파에 앉아 있던 간호사들이 자리에서 언제든 일어서려고 바짝 긴장했다. 의사가 침착하게 내 손을 쥐었다.

"거짓말을 한다곤 나도 생각하지 않아요. 그날 보호자분께도 분명 그렇게 말씀드렸고요."

"난…… 그날…… 그날, 분명히 피를 흘렸어요. 아주 많이요. 정말 많이요."

분명히 기억해. 난 피를 흘렸어. 혼자 도망치듯 집으로 들어가 욕실에서 한참 동안 울며 피를 흘렸다. 너무 아프고 아파서 바들바들 떨며 욕조에 주저앉았다. 내가 미친 건가? 미쳐서 내 기억이 조작된 거야? 그런 거야? 그 기억은 거짓이야? 3년 동안이나 죽을 만큼 힘들게 했던 기억이 거짓이라고? 그럼 그 남자는, 그 개새끼는? 그 사람은? 그건 환영이야? 아니면…… 실제야?

"은금 양이 작성했던 검사지도 그렇고, 정신과 의사 선생님의 소견으로도 은금 양이 성폭력에 노출되었던 건 확실해요. 그 사실을 의심하는 게 아니에요."

"하지만 어떻게……."

"모든 성폭행이 일반적인 성관계 방법으로 이뤄지진 않아요."

"하지만 피를 흘렸다니까요!"

난 초조해졌다. 정말 미쳐서 기억이 조작된 걸까 봐. 진실이라고 믿고 살았던 악몽이 조금이라도 환영이라면 나는 정말로 산산이 부서질 거다.

"우린 그래서 은금 양을 폭행한 가해자가, 그러니까 편의상 칭하자면, 이상성애자가 아닐지 의심해요."

"그게 뭔데요?"

"은금 양, 변비가 있죠?"

도대체 무슨 말을 하는 거야.

"지난번에 앰뷸런스에 실려 응급실에 온 기록이 있더군요. 정기적으로 복통 때문에 내과를 규칙적으로 찾았고, 그때마다 관장약이나 변 완화제를 처방받은 기록도 있고요.”

뭘 이야기 하고 싶은데?

“변의를 참은 건 언제부터예요?”

숨을 쉬는 것도 잊었다. 손끝이 차갑고 저려 왔다. 기억하고 싶지 않던 날카로운 단편들이 머릿속을 북북 그어 댔다.

“혹시 그 일이 있고 난 뒤 지속적으로 혈변을 보진 않았나요?”

숨을 쉬어. 숨을 쉬어야 돼. 나는 몸을 웅크리고 가슴을 부여잡았다. 간호사들이 자리에서 벌떡 일어서자 의사가 제지했다. 그녀는 내 어깨를 가만히 잡고는 진정할 때까지 참을성 있게 기다렸다.

“정신과 치료 과정 중에 이런 게 있어요. 자신을 마주 보게 하는 거. 사고 당시 상황을 정확하게 인지하는 건 피할 수 없는 과정 중 하나죠. 언제가 되었든, 얼마나 고통스럽든 은금 양은 그 상황을 바로 봐야 해요. 그러니 괴롭더라도 기억해 봐요. 그래야 저도 은금 양을 도울 수가 있어요.”

의사의 말에 눈을 감고 머릿속을 쥐어짜 냈다. 끔찍한 기억을 파고들었다. 그 아픔을 잊은 적이 없어. 매일 밤 악몽을 꿀 때마다 되살아났어. 하지만 난 어렸다. 그 한 끗 차이의 고통을 구분해 내지 못할 만큼 무지했다. 그 대신 몸이 기억하고 있었던 거다. 정확하게 무슨 일이 있었던 건지.

내가 복통에 시달린 건 3년 전부터였다. 변의를 참게 된 것도 마찬가지야. 조금이라도 그 고통을 상기시킬 만한 일은 무의식적으로 몸이 거부했던 거다. 그래서 참았던 거야. 또 피를 흘릴까 봐 겁이 나서. 나는 인간의 기본적인 욕구도 제대로 해결하지 못했다. 그 개자식이 내게 무슨 짓을 한 건지…… 난 이제야 깨달은 거다. 그 아픔은 처녀막이 찢기는 아픔이 아니었어.

"엄마에겐 뭐라고 말했던 거예요?"

내가 호흡을 고르고 몸을 일으키자 의사가 등을 어루만지던 손을 가만히 내렸다. 그녀 역시 침착하고 이성적으로 행동하기 위해 부단히 애쓰고 있었다.

"은금 양이 처녀막이 있다는 사실을 고지하고, 좀 더 정밀한 검사가 필요하다고 말했어요. 처녀막이 찢기지 않았다고 해서 '질'에 아무 상처가 없다고 단정 지을 수는 없어요. 자궁 경부와 질 내부를 확인해 봐야 해요."

"어떻게요?"

"질경으로요. 지난번 초음파 기계 기억해요?"

얇은 막대같이 생긴 도구.

"네."

"거의 똑같다고 보면 돼요. 그 대신 작은 카메라가 달려 있어요. 그걸로 질 내부와 자궁 경부를 육안으로 확인하는 거죠. 만약 확인 결과 내부에 손상이 있다면 인위적으로 처녀막을 파열시켜서 치료를 진행하게 될 거예요."

그거였다. 이제야 이해가 가네. 엄마는 그걸 훼손하고 싶지가 않았던 거다. 처녀막이 있으면 깨끗하다고 믿은 거야. 그 이후로는 의사가 뭐라고 하든 듣지도 않았던 거야. 그것만 있으면 거짓말도 진실이 된다고 생각한 거다. 내 아픔보다 내 순결이 더 중요했던 거야. 그 거지 같은 교회에서 배운 대로 내 문제를 해결하려고 하는 거다. 그건 교회의 가르침이지 예수의 가르침은 아니다. 어느 순간부터 엄마의 믿음은 주객이 전도된 상태였다. 그런다고 해서 내 인생이 천국에 다다르지 않는데 말이다. 예전에도 지금도, 그리고 엄마를 따랐다면 아마 미래도 지옥에 처박혀 있을 게 분명했다.

엄마는 모든 원인과 결과를 내게서만 찾았다. 오로지 내 개인의 문제로만. 나만 해결되면 모든 걸 다 해결할 수 있다고 믿은 거다. 결과도 원인도 내게 있는 것이 아니다. 나는 그저 피해자일 뿐이다. 해결책은 내가 될 수 없었다. 하지만 그 여자는 그걸 최선이라고 믿었던 거다. 그래서 잊자고 한 거야. 다시 시작하자고 한 거다. 그걸 지울 수 있다고 믿은 거다. 자기가 생각하기에 난 멀쩡하니까. 난 아직 처녀였으니까.

"확인 후에 필요에 따라 수술을 할 수도 있어요. 어떤 수술이든 법적 보호자의 동의가 필요하고요."

엄만 등신이야. 머저리지. 본인이 믿고 싶은 것만 믿고, 보고 싶은 것만 보는 사람이야.

"마음의 준비가 되면, 간호사를 호출하세요. 진료 예약을 잡아 줄 거예요."

의사는 다시 한번 등을 어루만져 주고는 간호사 둘을 데리고 밖으로 나갔다. 멍하게 허공을 응시하다가 눈을 질끈 감았다.

마음 단단히 먹어. 정신 똑바로 차려.

지혜의 목소리가 환영처럼 들렸다. 최정우의 발소리가 들렸고 그의 무게가 침대에 내려앉았다. 따뜻한 손바닥이 볼에 닿았고 나는 쓰러지듯 그의 무릎 위로 웅크렸다. 이 혼란스러운 상황을 어떻게 받아들여야 하는지…… 도저히 모르겠다. 나 혼자 감당하기 벅차지만, 이 이야기를 최정우에게 그대로 쏟아 낼 수도 없었다. 그에겐 여자이고 싶었고 여자로 남으려면 이런 더러운 이야기를 꺼내선 안 됐다. 이런 이야기를 아무렇지 않게 듣고 공감해 줄 사람은 아무도 없어. 지혜도 마찬가지야. 모든 일에 단순하고 낙천적인 그녀도 충격받지 않을 리가 없어. 나는 이걸 삼켜야 했다. 꾸역꾸역 어떻게든 삼켜서 소화시켜야 했다. 잘하는 일이잖아. 속으로 삼키는 거. 이 거대한 아픔도 삼켜 버리면 그만이야. 평생 나 혼자 간직하면 그만이야.

　나는 처녀이면서 처녀가 아니었다. 내겐 처녀막이 존재했다. 그 개자식이 내 아래에서 어떤 짓거리를 했던 침입받지 않은 영역이 존재했던 거다. 이걸, 이걸 위안으로 삼아야 해? 엄마처럼 다행이라고, 난 깨끗하다고 생각해야 해? 오히려 화가 나. 화가 난다고. 이까짓 게 뭐라고. 그딴 게 뭐라고. 차라리 없어져 버렸으면 좋았을걸. 그럼 엄마가 내게 그런 미친 짓거리를 할 이유도 없었다.

　오후에는 정신과 진료를 받았다. 분노에 차 소리를 지르다가 미친년처럼 울다가 다시 소리를 지르기를 반복할 동안 의사는 모든 게 다 정상적인 거라고만 말했다. 모든 게 다 정상이라고. 내 모습도 다 충분히 겪을 수 있는 일일 뿐이라고. 미친 게 아니라고. 그 말이 반복되다 보니, 사실인지 의심되기 시작했다. 그 앞에 온갖 미친 짓을 하고 의사는 손님의 진상을 받아 주는 점원처럼 고개를 끄덕이며 '괜찮아요'만 반복하는 이런 진료가 의미가 있는지조차 알 수가 없었다.

　저녁때쯤에는 지혜와 재현이가 찾아왔다. 재현이가 빨간 장미

506

꽃 다발을 들고 왔는데 최정우가 먹을 것 대신 쓸데없는 걸 들고 왔다고 투덜댔다. 재현이는 어쩐지 하루 종일 힘이 없어 보였다. 잘 웃지도 않고 말도 잘 섞지 않았다. 애써 태연한 척 구는 게 더 티가 났다.

[발신: 추지혜

　재현이 너 최정우랑 사귀는 거 얼마 전에 알고 대쇼크 상태니까 이해해.]

　두 시간 정도 머물다 돌아가고 난 후 지혜에게 온 문자였다. 왼손으로 서툴게 양치질을 하다가 그 문자를 들고 가 소파에 앉아 책을 보고 있는 최정우에게 내밀었다. 그는 문자 내용을 확인하더니 피식 웃었다.

"거봐, 걔 너 좋아한다니까."

"……."

"멍청이."

　그는 눈을 가늘게 뜨며 또박또박 발음했고 나는 뚱하게 미간을 찌푸리며 다시 양치질을 시작했다. 이 상황에서도 일상은 돌아갔다. 장소와 복장과 상황이 바뀌었는데도 변함없이 흘러가는 일상이 어디서든 맞물려 있다. 그 사실이 나에겐 아직 완전히 미친 건 아니라고 자위할 수 있는 유일한 위로거리였다. 그리고 나는 미치지 않기 위해, 다시 나락으로 떨어지지 않기 위해 그 끈을 단단하게 붙잡았다. 이가 없으면 잇몸으로라도 살 수 있는 게 사람이었다. 못 쓰는 오른손 대신 붕대가 감긴 왼손으로 뭐든 척척했다.

　하루 종일 붙어 있는 최정우에게 추한 모습을 보이고 싶지 않기도 했고, 하나부터 열까지 다 의지하며 치매 걸린 노인네처럼 굴고 싶지도 않았다. 그리고 무엇보다 그의 앞에서 미친 사람이 되고 싶지 않았다. 정상적이고 평소와 다름없는 내가 되고 싶었다. 그럴 수 없을지라도 노력은 하고 싶었다. 고양이 세수를 하고 수건으로 얼굴을 닦고 로션을 바르고, 머리에 빗질해서 집게 핀으로 목 뒤에 대충 고정한 뒤 화장실을 나왔다.

"뭐 봐요?"

침대에 앉아 발끝에 걸친 슬리퍼를 달랑거리며 여전히 책에 열중해 있는 그에게 물었다. 그가 책을 들어 표지를 보였다. 이상 전집. 그러고 보니 궁금해졌다.

"선생님, 예전에 제 작업실 자리 들어온 적 있어요?"

"언제?"

"혹시 이상 시 펴놓고 갔어요?"

"아."

그는 이제야 기억난다는 듯 얼굴을 폈다.

"그건 왜 펴놨어요?"

"문학 숙제 하는데 아직 주제를 못 정한 것 같기에. 뭐 문제 돼?"

"그때 와서 내 그림 봤어요?"

"응. 봤어."

"그럼 혹시…… 그거 선생님이 찢었어요?"

"뭘 찢어?"

"그림이요."

"내가 뭐 때문에?"

"보기 싫어서?"

그가 어처구니없다는 듯 웃었다.

"좀 충격적이긴 했지."

"왜요?"

그 그림은 상당히 좋았다. 난 그가 생각보다 너무 부드럽고 온화하게 그려져서 놀랐는데 지혜는 그 그림을 무척 맘에 들어 했다.

"내가 너한테 그런 표정 짓고 있는 줄 몰랐거든."

"……."

"왜 그림을 다시 그리나 했더니, 찢어져서 그랬던 거네?"

"네. 누군지 아직도 몰라요."

"네가 미움 산 애 중 하나겠지."

"그게 왜 나 때문이에요? 선생님 팬클럽 중에 하나일 테니까 선생님 탓이지."

"결국 넌 나랑 사귀잖아. 누군지 몰라도 육감이 기가 막히네. 이런 거 '선견지명'이라고 하는 거 아냐?"

기막혀. 저 당당한 태도. 얼빠진 표정에 그가 키득댔다. 그는 책을 덮어 소파 한쪽에 밀어 놓고는 동물원의 오랑우탄이라도 보는 것처럼 방실거리며 내 모습을 본격적으로 구경했다.

"왜요."

"촌뜨기 같아서."

내 입꼬리가 위로 비틀렸고 그가 킥킥거리는 소리를 냈다.

"잘 모르시나 본데, 저 분노 조절 장애가 좀 있거든요? 자꾸 자극하다가 피 보는 수 있어요."

"코끼리 주사는 엉덩이에 맞지?"

코끼리 주사. 내가 미친년처럼 발광할 때 삽시간에 의식을 뺏어간 주사를 다들 그렇게 불렀다.

"잘됐네. 이참에 구경이나 한번 하자."

발을 굴러 그에게 슬리퍼를 차 냈다. 포물선을 그리며 날아간 슬리퍼는 그의 얼굴에서 저만치 빗나가 벽에 충돌하고 바닥으로 나뒹굴었다. 그는 새하얀 치아를 드러내며 웃고는 슬리퍼를 주워 다시 내 발에 끼웠다.

"선생님은 나 안 무서워요?"

갑작스러운 질문에도 그는 당황하는 법이 없다.

"네가 뭐가 무섭냐? 쪼꼬만걸."

"언제 미쳐 날뛸지 모르잖아요."

"그래. 날뛰면 엉덩이 구경이나 한번 하는 거지, 뭐."

나는 '익' 하고 왼손으로 어깨를 철썩 내리쳤고 그는 입 모양으로만 '아야' 했다.

"선생님."

"왜?"

"왜…… 나한테 키스 안 해요?"

그의 여유 넘치던 표정이 갑작스럽게 사라졌다. 그저 궁금했다. 손목을 긋기 전에 그와 지금의 그가 달라 보이는 이유는 내가 달라져서인지, 아니면 정말로 그가 변한 것인지 말이다.

내가 성폭행을 당한 사실, 그래서 나도 모르게 손목을 그었다는 사실, 그리고 이 병원으로 이송되기 바로 직전에 부모님을 죽여 버리겠다며 짐승처럼 난동을 부린 일을 모두 알고 있다. 그런데도 왜 떠나지 않는 건지 궁금했다. 그전처럼 날 보는 눈에 열정이 보이지 않는 건지, 그게 내 착각인 건지, 또 그가 내게 가진 감정이 전과 같은 연애 감정인지, 아니면 그저 도덕심에서 우러나오는 책임감인지.

"나랑 지금 잘래요?"

갑작스러운 제안에 그의 깊이를 알 수 없는 눈동자가 일렁거렸다.

"무슨 의미야?"

"같이 자자는 의미요."

"같이 정말 자자는 거야, 아니면 같이 뭔가를 하자는 거야."

"같이 뭔가를 하자는 거요."

그의 눈썹 바로 위가 푹 파이더니 협탁 위에 놓인 약봉지를 향해 시선을 돌렸다. 신경안정제와 수면제.

"약 기운에 그러는 거 아니에요."

그러자 그의 미간이 더 구겨졌다.

"싫어요?"

말문이 막힌다기보단 대꾸하기가 싫은 얼굴이었다.

"왜 싫은데요?"

"너 지금 여기가 어디라고 생각하는 거야?"

"병원이요."

"그래, 병원."

"네, 병원이요."

"여기 병원이야. 병원인 척하는 모텔 아니고 진짜 병원."

"안다니까요."

"……."

이번엔 말문이 막혀 보였다. 제정신인지 의심하는 눈초리에 맨 정신임을 증명해 보이려고 나는 과장되게 눈을 끔뻑거렸다.

"어차피 1인실이잖아요. 문은 잠그면 되고요."

그가 입을 쩍 벌렸다.

"오래 걸리는 거 아니잖아요."

그는 서둘러 내 이마에 손을 올렸다.

"아픈 거 아니라니까요!"

나는 불쾌한 언성으로 손을 쳐냈고 그는 '허' 하고 짤막하게 숨을 내뱉었다.

"저 멀쩡해요."

"그럼 왜 그러는 거야."

"뭘 왜 그래요?"

"이상하잖아."

"뭐가 이상해요?"

"네가."

"그게 뭐가 이상해요? 남녀가 서로 좋아하면 누구나 다 하는 건데."

"누가 그걸 몰라서 이상하대?"

"그럼 뭐가 이상한데요?"

"지금 이 상황에 그게 할 소리야? 이유가 뭐야?"

"그냥…… 그러고 싶어요. 그게 다예요."

"웃기지 좀 마."

정말 웃기지도 않는다는 어투에 금세 풀이 죽었다. 그는 상대하기 어려운 사람이다. 내가 유혹해서 원하는 대로 휘두르기에 그는 너무 눈치가 빠르고 아는 게 많다.

"널 좀 봐. 네가 지금 그런 걸 할 상황이야?"

그래, 나도 알아. 어깨는 나가고 한쪽 손은 꿰매고, 머리엔 붕대를 칭칭 감고. 척 보기에 전쟁터에서 살아남은 군인처럼 처참한 몰골로 보인다는 거. 하지만 남자는 숟가락 들 힘만 있으면 다 할수 있다잖아! 못 할 건 또 뭐야?

"내가 혹시 흉해요?"

"야."

"아니면, 혹시."

"입도 뻥긋하지 마."

그가 조용하게 경고했지만 확인해야 했다.

"내가 혹시 더러워요?"

그의 눈이 날카롭게 얼었다. 그는 화가 나면 뜨거워지는 대신 냉정할 정도로 차가워진다.

"나 처녀래요."

"……."

"이 상황이 정말 웃긴 건 아는데 진짜 그래요."

엄청 당황할 거라고 생각했지만 그는 당황하는 대신 길게 한숨만 내쉬었다. 왜 안 놀라지?

"그래서?"

그의 단조로운 어조에 당황하는 건 오히려 내 쪽이었다.

"그, 그러니까…… 산부인과 의사가…… 다음 진료에서 이상이 발견되면 처녀든 아니든 상관없이 그냥 찢는대요…… 그, 그거요 처녀막이요."

꼭 닫힌 턱 근육이 부자연스럽게 꿈틀댔다. 단어 선택이 잘못된 것일 수도 있고, 아니라면 이 이야기 자체를 듣고 싶지 않아 하는 걸 수도 있다.

"엄마는 그것 때문에 나 데리고 시골로 도망가려고 했어요. 처녀막이 있으면 후한 값을 치러서 좋은 남자한테 시집보낼 수 있다고 생각하니까요. 내가 무슨 일을 당했는지, 그래서 얼마나 미치광이로 변했는지 다 숨길 수 있다고 생각해요."

"은금아."

나는 재빠르게 그의 말을 가로막았다.

"근데 아닌 거 알아요. 내 몸에 뭐가 남았든 깨끗해지는 게 아니란 건 나도 알아요."

그가 그만하라는 듯 손을 들었다.

"그래도 그런 식으로 의미 없이 사라지게 하는 건 싫어요."

보통의 여자는, 아니 거의 대부분의 여자는 사랑하는 사람과 첫경험을 한다. 나처럼 미친 변태 놈한테 변태 같은 방법으로 순결을 빼앗긴 경우는 정말 드물 거다. 어쩌면 나 하나일 수도 있다. 사람들은 첫 경험의 고통도 달콤하게 받아들인다. 그 아픔을 오랫동안 소중하게 간직한다. 왜 난 안 돼? 나도 그럴 수 있잖아. 처녀막이 아직 남아 있다면, 내가 어떻게 꺾이고 더럽혀졌든 보통 사람이 경험하는 달콤한 고통을 나도 느껴 볼 수 있는 거잖아. 아직 그럴 기회가 있다면, 그걸 이 사람과 함께할 수 있다면 이 기회를 포기할 이유가 전혀 없었다.

왼손을 들어 아주 천천히 환자복 상의 단추를 풀었다. 처음엔 뭐 하는 건지 잘 모르는 듯했던 그가 벌어진 상의 아래로 회색 브래지어가 보이자 황급하게 내 손을 잡았다.

"정신 차려."

514

내 손을 잡은 손에 힘이 들어가면서 그가 어금니를 문 채 말을 씹어 뱉었다.

"지금 완전 맨 정신이에요."

"이렇게는 안 돼."

"왜 안 되는데요?"

"안 되니까."

"난 지금이 아니면 기회가 없어요."

"무슨 기회!"

그가 소리 질렀고 나는 입술 새로 터져 나오려는 울음을 삼키기 위해 입술을 물었다.

"도대체 무슨 기회! 이게 어떻게 기회가 될 수 있어! 넌 만신창이고 네 몸도 제대로 돌보질 못하는데!"

"나도 느껴 보고 싶어요."

"뭘!"

"사랑하는 사람과 처음으로 경험하는 게 어떤 기분인지요."

그의 표정 변화가 생각했던 것만큼 다이내믹하지가 않았고 나는 점점 더 초조해졌다.

"평범한 사람들은 첫 경험에서 어떤 기분을 갖는지, 어떻게 아픈지, 그게 얼마나 행복한지 그런 거요. 나한테 지금이 아니면 그 기회는 없어요."

그가 잠시 입을 꾹 다물고 내 절박한 얼굴을 처연하게 응시했다. 그러다가 다시 입을 열었을 때는 냉정할 만큼 침착해 보였다.

"기회는 얼마든지 있어."

왜 날 이해하지 못하지? 손목에 감긴 그의 손을 거칠게 쳐냈다.

"내 말 무슨 뜻인지 못 알아들어요? 기회가 없다니까요! 사라져요! 영영! 완전히 찢긴다고요!"

"내가 원하는 건 너야! 그 망할……."

그가 고함을 지르다 말을 뚝 끊고는 입을 꾹 다물었다. 그의 고함 소리에 놀라 숨을 죽인 채 몸을 움츠리자 그는 화를 가라앉히기 위해 앞머리를 한 번 쓸어내렸고 곧 마주 보고 앉았다.

"도대체 그게 뭐가 중요해? 뭐가 네 몸에 있든 없든, 그게 어쨌단 거야? 그게 무슨 가치가 있냐고. 넌 그냥 너야. 그냥 너는 너라고."

"……."

"그래. 너 대하기 조심스러워. 예전보다 신중해진 거 맞아. 그렇다고 내가 널 원하지 않는 건 아니야. 여기서 관계를 하자고? 그게 뭔지나 알고 하는 이야기야? 옷 갈아입겠다고 오른팔을 조금만 만져도 아파하면서, 내가 너한테 무슨 짓을 할 줄 알고? 내가 네 어깨를 다시 부숴야 속이 시원하겠어?"

"그렇게 어려운 일은 아니잖아요. 어떻게 잘하면……."

"어렵건 아니건! 박은금! 이 멍청아!"

그가 내 턱을 꾹 잡았다.

"이건 '일'이 아니야. 뚝딱 해치워 버릴 수 있는 '일'이 아니라, 네 몸이야. 네 거라고. 누군가에게 선심 쓰듯 던지지 마."

"던지는 거 아니에요. 선생님이니까 그러니까 주고 싶은 거예요."

내 말에 그의 동공이 확 좁아졌다.

"그걸 왜 주는데? 그게 어떻게 주는 거야? 난 그런 거 안 받아."

"왜요?"

"야."

"왜 안 받는데요. 내가 더러워서예요?"

그의 콧등이 살짝 일그러지더니 내 턱을 단단히 붙잡아 자신 쪽으로 당겼다.

"더럽단 이야기 한 번만 더 해 봐. 나 두번 다시 못 볼 줄 알아."

나는 터지는 울음을 꾹 누른 채 훌쩍댔다. 마음이 복잡하다. 그가 화를 내는 게 기쁘면서도 이런 내 상황이 슬펐다. 그답다는 생각에 안도하면서도 원하는 걸 해 주지 않는 그가 밉기도 했다.

"난 네가 처녀여서, 그래서 널 좋아하는 게 아니야. 지금도 넌 나한테 순수하고 깨끗해. 네 과거가 뭐든, 무슨 일을 당했든 그것과는 전혀 상관없어. 그걸로 널 판단하지도 않아. 얼마나 아픈지 알고 싶다고? 그걸 왜 알고 싶어? 난 어떤 방식으로든 널 아프게 하고 싶지 않아. 산부인과에서 너에게 뭘 하든 그건 상처 주려는 게 아니잖아. 널 치료하려는 거잖아. 그것보다 중요한 게 어디 있어."

"……."

"내가 원하는 건 그냥 너야."

"……."

"순결이니, 처녀니 난 그딴 거 몰라. 중요하지도 않고 신경 쓰고 싶지도 않아. 지금이 몇 세기라고 생각하는 거야. 21세기야, 21세기! 16세기가 아니고! 정신 차려."

나는 멍청하고 재미없고 미련한 여자다. 내가 원하는 모습은 아니지만 어릴 때부터 보수적인 부모님 밑에서 보수적인 교회를 다니며 보수적인 교육을 받아 왔다. 그 보수적인 모습이 마치 여자의 미덕인 것처럼. 엄마는 아직도 여자들은 몇 살이 되었든 10시 전에 집에 들어가야 하고, 남녀가 늦은 밤에 술을 마시면 무슨 짓을 당해도 싸다고 생각하는 사람이었다. 나는 엄마의 그 고루하고 답답한 사고방식을 진력내면서도 나도 모르게 동화되어 갔다. 화장을 한 내가, 교복 치마를 짧게 줄였던 내가, 좀 더 예뻐 보이고 싶었던 내가 잘못한 것이고 그런 일을 당해도 싸다고 스스로 생각했던 것이다.

"네가 당한 일은 가슴 아파. 그 일 자체가 아니라 네가 그 일에 상처받았다는 게 가슴이 아파. 오랫동안 시달려 왔다는 것에, 그것 때문에 너의 인생이 바뀌었다는 게, 그게 가슴이 아픈 것뿐이야. 그것 이상의 의미는 내겐 없어."

좀 더 일찍 그를 만났다면 얼마나 좋았을까.

"네 어깨가 낫고, 붕대를 풀고, 네 몸에 아무 이상이 없다고 판단되면 그땐 무조건 너랑 잘 거야."

"……"

"그게 너한테 처음이 될 순 없어?"

"……"

나는 대답 대신 천천히 고개를 가로저었다. 그는 안심한 듯 낮게 숨을 내뱉으며 어깨를 툭 밑으로 떨어트렸다.

"제발 널 좀 돌봐. 스스로를 좀 아껴, 소중하게 여겨."

"여전히…… 내가 여자예요?"

눈물을 그렁거리며 모기만 한 목소리로 묻자 그가 가만히 헛웃음을 터트렸다.

"그럼 네가 나한테 남자겠어?"

"아직도 나랑 자고 싶어요?"

"너 여태껏 뭐 들었어?"

그는 웃으며 짧게 입을 맞췄다. 부드러운 감촉이 입술에 닿고서야 아주 오랫동안 그 감촉을 그리워하고 있었음을 깨달았다.

"한 번 더 하면 안 돼요?"

그러자 그가 망설이지 않고 다시 한번 입을 맞췄다. 즐겁고 들뜬 감정이 샘솟았다.

"좀 더 길게요."

"야."

곤란하다는 듯한 볼멘소리에, 나는 기운 좋게 왼손을 그의 라운드 셔츠 목깃 안에 넣고는 그대로 끌어당겼다. 입술이 부딪히고 지그시 눌렸다가 그가 입술을 떼어 내려고 뒤로 물러서자 나는 그에게 배운 대로 아랫입술을 흡착판처럼 빨아 당겼다. 그의 입술에 내 입술을 비비고 가지런한 치아를 혀로 쓸자 그가 숨을 들이켜고 입을 벌렸다.

그는 두 손으로 내 뺨을 꼭 잡더니 기꺼이 자신의 혀를 감았다. 진하고 끈적끈적하고 감미로운 키스가 한동안 계속됐고, 나는 간신히 밭은 숨을 내뱉으며 입술을 떨어트렸다. 그의 숨결이 뜨거워지고, 가슴이 호흡으로 들썩대는 것을 눈으로 확인하자 아주 깊은 안도감이 휘몰아쳤다. 그래, 아직 괜찮네. 아직 이 사람에게 여자네. 아직 이 사람은 날 원하는 거 맞네. 그의 붉어진 입술과 열에 들뜬 표정을 보고 나는 만족스럽게 웃으며 물러섰다. 그는 불만족스럽게 미간을 찌푸렸다. 그의 얼굴이 설마 이렇게 끝나는 거냐고 묻고 있었지만 나는 미련 없이 침대에 누웠다.

'허' 하는 허망한 헛웃음 소리. 이런 식으로 놀리면 되는구나. 좋은 거 배웠네. 나는 즐거운 마음으로 잠을 청했다.

* * *

부스럭거리는 소리에 눈을 떴다.

"미안. 나 때문에 깼어?"

그는 막 진청색 스웨터를 허리로 끌어 내리고 있었다. 소파에 외투가 꺼내져 있는 걸 보니 어딘가로 나갈 채비를 하는 것 같아 나는 눈곱을 떼며 부스스하게 윗몸을 일으켰다.

"어디 가요?"

"일이 들어와서 작업실에 가 봐야 해. 6시 안에는 돌아올 수 있어."

"아."

그는 캐비닛 위에 올려 둔 손목시계를 손에 차고 시각을 확인했다.

"간병인을 부탁했어. 늦어도 9시까진 올 거야."

"간병인이요?"

나는 새된 소리를 냈다.

"응."

그의 단순한 대답이 껄끄러웠다.

"그런 거 필요 없어요."

"필요해. 넌 환자잖아."

"다리가 부러진 것도 아닌데 굳이 사람까지 써 가면서 도움 받을 필요가 어디 있어요."

그는 혀를 차며 가방 안에 노트북, 수첩, 책 등을 집어넣기 시작했다.

"그냥 시키는 대로 해."

그가 고압적으로 명령했다. 그가 이런 식으로 나오면 입을 다무는 게 현명하다는 것을 알고 있지만, 이건 너무 염치가 없었다. 이미 충분히 민폐라고. 무슨 치매 걸린 노인도 아니고, 간병인 없으면 수족을 못 쓰는 전신 마비 환자도 아니고. 굳이 이렇게까지 할 필요가 어디 있어? 게다가 간병인은 누가 공짜로 대 줘? 이것도 다 돈이잖아. 부모님에게 손을 벌릴 수 없는 지금, 결국 이 모든 병원비는 최정우가 감당할 수밖에 없었다. 난 지금 최정우의 돈을 잡아먹는 하마라고.

그는 마지막으로 외투를 걸쳐 입고 손으로 대충 머리를 털었다. 내가 저렇게 머리를 제대로 빗지도 않고 털고 나가면 어디서 폭탄 맞은 여자처럼 보일 텐데 그는 지나칠 정도로 멀끔했다. 분명 전날 제대로 씻지도 않았는데 왜 그에게선 늘 좋은 향기가 나지? 이건 정말이지 불공평하다고. 그가 내 턱에 집게손가락을 대고 위로 올렸다.

"사고 치지 말고 얌전하게 있어. 명령이야."

그는 내 씰룩거리는 입술에 짧게 입을 맞추고는 '바이바이' 하고 손을 흔들어 보였다. 커다란 몸이 미닫이문을 열고 사라질 때까지 나는 찌푸린 표정으로 그를 응시했다. 그가 돌아오면 이 문제에 대해 좀 더 심각하게 따져야겠다고 생각하며.

휴대폰이 없다는 건 무척이나 불편한 일이다. 연락을 할 수 없는 건 둘째치고 지루할 때 할 수 있는 게 아무것도 없다는 게 더 고역이다. 그나마 최정우가 있을 땐 그의 휴대폰으로 지혜와 수다라도 떨 수 있었는데……. 7시 반쯤 되자 저염식의 식단이 침대 위에 올려졌다. 서툰 수저질과 젓가락질로 몇 번 국과 반찬을 집어 먹다가 맛이 없어 수저를 놨다. 최정우의 스파게티가 못 견디게 그리웠다. 그 음식이라면 세 접시도 먹을 수 있는데. 간병인 따위는 필요 없다고 자신만만하게 이야기했지만, 그가 떠난 지 30분 만에 식판을 치우는 것에서부터 문제가 발생했다. 이걸 어떻게 치우지? 붕대가 감긴 왼손으로 식판을 들어 올리려 애를 써 봤자 대번에 와장창 쏟을 게 뻔했다. 결국 자력으로 해결하기를 포기하고 도움을 청하기 위해 데스크로 향했다.

"저……."

뻘쭘하게 데스크 위에 팔 하나를 얹어 놓고 조용히 말을 건네자 일지를 작성하는 데 여념이 없던 간호사 하나가 고개를 들고는 방긋 웃어 보였다.

"무슨 일 때문에 그러세요?"

"아침 식사를 했는데 식판을 치우기가 힘들어서요."

"저런. 보호자분이 안 계세요?"

"네."

간호사가 심각하게 아쉬운 듯한 표정을 지었다. 최정우는 8층 입원 병동 내의 인기인이었다. 그가 지나가면 흘긋거리거나 귓속말을 하며 자기들끼리 웃는 일도 있었고, 그의 얼굴을 보려 괜스레 병실로 들어와 내 열을 재거나 링거 주삿바늘을 체크해 가기도 했다. 대부분이 무릎 관절이나 디스크 문제로 수술을 한 노인

환자들만 있어서인지, 젊은 남자인 데다가 키가 크고 멀끔하기까지 한 그는 병동 안 직원들에게 일종의 활력소 역할을 하고 있는 것 같았다.

"그럼, 일단 돌아가 계시면 이따 저희가……."

간호사가 말을 하다 멈췄다. 시선이 내게 비껴 나가더니 뭔가를 따라 오른쪽으로 옮겨졌다. 삽시간에 그 여자의 얼굴에 홍조가 떠올랐다.

뭐야? 간호사를 당황하게 한 게 뭔가 궁금해 뒤를 돌아봤는데 사람들이 웅성댔다. 감색 코트를 입은 키가 크고 모델처럼 늘씬한 남자의 뒷모습이 몇 발자국 앞에서 서서히 멀어졌다. 얼추 키가 최정우와 비슷했지만, 체격은 그보다 조금 더 컸다. 남자건, 여자건, 간호사건, 환자건 할 것 없이 넋을 놓고 쳐다보다가 감탄사를 흘렸다. 그의 뒤로 풍채 좋은 우아한 중년 여성과 세련된 정장을 차려입은 늘씬한 아가씨가 따르고 있었고, 앞쪽으로는 백발인지 은발인지 구분할 수 없는 덩치 좋은 외국인이 길을 안내하고 있었다. 아마도 보디가드 같았다.

문병 왔나? 앞모습은 보지 못했지만, 사람들의 반응으로 보아하니 연예인이든지, 아니면 어쨌든 유명인인 것이 틀림없었다. 이미 뒤통수에서도 '난 특별해'라고 써 붙이고 있으니까. 그는 복도를 걸으며 벽에 붙은 호실의 정보를 확인했다. 누굴 문병 온 걸까? 차림새나 걸음걸이를 보아하니 일반인 같지는 않았다. VIP실이 8층에 있나? 그가 어딘가에서 멈췄다. 보디가드가 문을 열자 그는 호수를 한 번 확인하고 성큼 내부로 들어갔다.

"어!"

나도 모르게 단순한 신음을 내뱉었다. 805호. 저기 내 방인데? 최정우도 아니고, 당연히 재현이나 지혜도 아니었다. 날 찾아올 사람은 아무도 없는데? 나는 시계를 확인했다. 8시 반. 최정우는 간병인이 9시까지 도착할 거라고 했다. 설마, 저들이 내 간병인이라고? 저 중에 누가 간병인인데? 왜 내가 내 병실로 들어가며 '지나갈게요'란 말을 해야 하는지 정말 모르겠지만 서성거리는 인파를 뚫고 미안하다고 굽신대며 내 방 앞에 서야 했다.

열린 문 사이로 남자의 실체가 명확하게 드러났다. 그는 우아한 몸짓으로 소파에 앉아 코트 깃을 정리하고선 문 앞에 멍청하게 서 있는 날 발견했다. 시선이 날 향해 꽂히자, 마치 여종들처럼 옆에 나란히 서 있던 두 명의 여자도 곧 나를 발견했다.

"Hi."

세상에. 그가 누군지 깨달았다. 알랭 들롱이나 제임스 딘을 떠올리게 하는 남자. 오스왈드 퀸튼. 믿기지 않는 광경에 입을 쩍 벌렸다. 그 사람이 맞아. 틀림없어.

사진 안의 그가 미형의 남자였다면, 지금의 그는 눈짓으로도 사람의 숨통을 끊어 놓는 이처럼 보였다. 그의 황금색 눈동자는 내가 알고 있던 것보다 훨씬 더 강한 빛으로 발광하고 있어서 강렬함을 넘어서 공포심마저 느껴졌다. 그의 외모, 그의 재력, 그리고 몸에서 뿜어져 나오는 압도적인 위압감에 완전히 짓눌려 식은땀을 흘렸다. 이 사람이 왜 여기에 있는 거야? 당신이 왜 여기 있냐고 묻고 싶었지만 난 영어를 못했다. 초·중·고교 생활을 하며 필수 과목으로 일주일에 두세 번씩 영어 수업을 듣지만 영어에는 까막눈이다. 헬로 하이 나이스 투 미트 유. 그게 다라고.

"박은금 양?"

얼굴에 잡티라고는 하나도 없어 보이는 펜슬 스커트 차림의 늘씬한 미녀가 귀가 녹을 것 같은 목소리로 불렀고, 나는 황급히 그 여자에게 시선을 줬다.

"네?"

"좀 들어오시겠어요? 밖이 시끄럽네요."

나는 내부로 들어섰고, 곧 미닫이문이 보디가드에 의해 닫혔다. 문이 닫히는 소리가 유치장에 갇힌 범죄자가 된 것 같은 착각이 일었다. 이 그림을 유추해 봐야 해. 병실 안에 들어서 있는 세 명의 상관관계를 머릿속으로 맹렬하게 분석했다. 이 남자는 오스왈드 퀸튼이야. 그리고 저 여자는……. 회색 블라우스에 검은색 펜슬 스커트, 단정하다 못해 딱딱해 보이기까지 하는 검은색 에나멜 구두. 그리고 머리카락 한 올 삐져나오지 않게 단정하게 묶어 올린 머리가 TV 드라마에서 나오는 전형적인 대기업 비서 타입이었다. 누가 봐도 비서 이상으로는 보이질 않아. 그리고 이 노부인은…….

"이쪽이 한순자 여사님, 오늘부터 은금 양의 간호를 도와주실 분이에요."

내 시선이 아주머니에게 꽂히자 여자가 눈치 빠르게 소개했다.

"커리어가 굉장하시니, 은금 양을 케어하기에 불편함은 없을 거예요."

상냥하고 사무적인 톤으로 말을 마치고 여자는 내게 애플 로고가 큼지막하게 박힌 쇼핑백 하나를 내밀었다.

"기종이 맘에 들지 모르겠네요."

이걸 받아 들고 나니 더 황당했다. 휴대폰이 필요한 걸 어떻게 안 거야. 최정우가 말해 준 게 틀림없었다. 내 눈은 다시 쇼핑백에서 오스왈드 퀸튼에게로 옮겨 갔다. 그는 까끌한 턱을 손바닥으로 매만지며 이 광경을 재미나게 지켜보고 있었다. 말 한 마디 없이.

같이 찍은 사진만으로도, 그가 최정우와 무척이나 친하다는 사실을 확연하게 느꼈다. 하지만 대체 여긴 왜 나타난 걸까. 단순히 휴대폰이나 건네주려고? 그게 말이 돼? 사업가인 그가 단순히 최정우의 여자 친구가 궁금해서 찾아왔을 리는 더더욱 없었다. 그건 더 말이 안 되니까. 여자가 오스왈드 퀸튼의 눈치를 한 번 살폈고 그가 고개를 아주 살짝 끄덕였다. 아주 잠깐의 눈짓이 스쳐 지나가고 나자 여자는 놀랍게도 그의 말을 알아들었는지 다시 허리를 꼿꼿하게 편 채 사무적으로 입을 열었다.

"쇼핑백 안을 좀 살펴보세요."

쇼핑백 안에는 서류 봉투가 있었다. 나는 영문을 모르겠단 얼굴로 셋의 얼굴을 번갈아 바라봤는데 아무도 답을 해 주지 않았다. 그들은 내가 봉투를 열어 보기만 기다리고 있는 것 같았다. 내가 서류 봉투를 들고 침대에 걸터앉자 여자는 간병인 아주머니에게 귓속말을 속삭였고, 아주머니는 발소리를 죽여 병실 안을 빠져나갔다.

"이게 뭔데요?"

"손이 불편한 것 같으니, 제가 열어 드리죠."

또각또각. 두 번의 구두 굽 소리가 울리고 여자가 고양이처럼 가볍게 내게서 봉투를 빼앗아 가더니 내용물의 앞장이 보이게끔 종

526

이의 각을 맞춰 다시 들려 줬다. '접근 금지 가처분 신청서' 접근 금지? 누구에 대한?

"신청인란에는 은금 양의 정보를 기재하고, 피신청인란에는 은금 양 부모님의 정보를 써 넣으시면 돼요."

몸에 수분이 증발해 버리는 것 같았다. 이런 황당하기 짝이 없는! 나는 잔뜩 얼굴을 구긴 채 여자를 노려봤다. 이게 무슨 경우야?

"아시겠지만 은금 양의 입원, 퇴원, 그리고 사후에 진행될 치료나 혹시 모를 수술에는 반드시 보호자의 동의가 필요해요. 이건 우리가 할 수 있는 최소한의 조치일 뿐이에요."

우리?

"우리가 누군데요?"

"내가 너의 법적 보호자가 될 거야."

갑작스럽게 낮은 저음의 목소리가 가장 낮은 파장으로 방 안을 울렸다. 그의 목소리는 외형만큼이나 압도적으로 강인했다. 나는 짐승이 그르렁대는 것 같은 목소리에 놀라고, 유창한 한국말에 한 번 더 놀라 눈을 크게 뜨고 얼이 빠진 채 그를 쳐다봤다.

"겨우 두 달이겠지만."

그가 새하얀 이를 드러내고 웃었다. 나는 흠칫 놀라 몸을 웅크렸다. 천진한 미소가 순수해 보이기보다, 발톱 위에 초식동물을 얹어 놓고 가지고 노는 날 선 금수에 가까웠다. 진짜 무서워, 이 사람.

그가 어디까지 개입하려는 것인지 몹시도 궁금했다. 그리고 나에 대해 어디까지 알고 있는지, 최정우가 도대체 뭘 부탁한 건지도. 그는 생판 남이었고, 그것도 모자라 공포심을 불러일으키는 존재였다.

"네 남자 친구가 나이에 비해 월등히 우월하다는 건 알지만, 그는 스물세 살이야. 아직 어리지. 때론 혼자서는 감당할 수 없는 일이란 것도 있어."

그는 마치 내 물음을 알고 있기라도 한 듯 주저 없이 대답했다. 어떠한 면에서는 놀랄 만큼 최정우와 비슷하다. 상대방의 생각을 잘 알아차리는 면이나, 발톱을 숨긴 맹수처럼 보이는 면이 특히 그랬다. 끼리끼리인가? 그럼 최정우도 10년쯤 지나면 이렇게 변하는 거야? 설마! 나는 서류의 제목을 한 번 더 쳐다봤다. 접근금지 가처분 신청서. 그러니까 이 사람은 부모님을 완벽하게 법적으로 차단해 준다는 소리인가? 최정우를 대신해서? 사태의 심각성을 처음으로 인지했다.

"이걸 누가 부탁했어요?"

떨리는 목소리를 가다듬으며 묻자 그가 자세를 고쳐 앉았다.

"누구도 부탁한 적 없어. J.C는 내가 여기에 온 것도 몰라. 그는 너에게 알맞은 간병인을 소개해 달라고 부탁했을 뿐이야."

"……"

"개인적인 도덕심이라고 해 두지."

개인적 도덕심? 왜?

"난 투자 가치가 높은 상품엔 과감히 투자하는 타입이야. 네 남자 친구는 무척 가치가 높고."

상품? 최정우가 상품이라고? 그의 말을 있는 그대로 받아들여도 되는지, 아니면 단지 비유일 뿐인지 헷갈렸다.

"그리고 난 그를 좋아해."

좋아해……? 그 말에 기분이 무척이나 이상했다. 이 사람 혹시…… 게이야? 그런 생각이 들자 절로 미간이 찌푸려지며 안 그래도 불편하던 그가 더욱 불편해졌다.

"서류에 사인하든 안 하든 그건 네 의지야. 다만 하지 않으면 여러 가지 불편한 상황은 생기겠지."

오스왈드가 비서를 향해 고갯짓하자, 여자는 내게 명함 한 장을 건넸다. 심플한 디자인에 그의 이름과 연락처가 영문으로 고급스럽게 타이핑되어 있었다.

"네가 어떤 아이인지 봐야 했어. 그래야 널 도울 테니까."

그는 자리에서 늘씬한 몸을 일으켰다. 내 시선은 그를 따라 끝도 없이 올라갔다.

"생각보다 귀엽게 생겨서 맘에 들어."

뭐? 내 얼굴이 흙빛으로 변하자 그는 재미있는지 키득키득 웃었다.

"내가 여기 온 건, J.C에겐 비밀로 해 주길 바라."

그가 코트 깃을 다시 매만졌다.

"잠시만요!"

나는 병실 밖으로 빠져나가려는 그를 다시 불러 세웠다. 그는 아주 천천히 고개를 돌렸다. 마치, 누아르 필름의 한 장면인 것 같은 착각을 일으켰다.

"왜 절 돕는데요?"

그가 다시 웃음을 터트렸다. 그러나 눈빛만은 매우 차가웠다.

"내게 돕는다는 말은, 투자한다는 말이야."

"……."

"J. C.의 안목은 꽤나 믿을 만하지. 그러니 네가 그걸 증명해 봐."

그의 눈이 내 손에 황망히 들려 있는 명함으로 내려갔다가 오만하게 다시 위로 올라왔다.

"경우에 따라 난 너에게 램프의 지니가 될 거야."

그는 비서를 이끌고 미끄러지듯 문밖으로 사라졌다. 나는 토네이도가 물러간 자리에 혼자 서 있었다. 이렇게 황당할 때가. 뭐 저런 남자가 다 있어? 내가 무슨 소리를 들은 거지 방금? 증명해 보이라고? 뭘? 내가 왜 지한테 증명해야 하는데? 뭣 때문에?? 최정우에게 어울리는지를 증명하라는 말인가? 최정우는 대체 저런 남자를 어떻게 상대하고 있는 거야? 밑도 끝도 없이 자기 할 말만 하고 가다니. 너무 무례하잖아. 나는 손에 들려 있던 접근 금지 가처분 신청서를 캐비닛 위에 냉큼 던졌다. 비밀은 무슨! 웃기고 있네!

똑똑똑. 세 번의 노크 소리와 함께 오스왈드가 소개해 준 간병인 아주머니가 들어왔다.

"데스크에서 진료 시간을 알아 왔어요. 11시부터 산부인과 진료 맞죠?"

"네……."

여자는 숄을 벗어 단정하게 소파에 접어 두고는 내 몸을 머리끝부터 발끝까지 차분하게 살폈다.

"발톱이 많이 자랐네요. 시간이 좀 남았으니 발부터 케어해 볼까요?"

"네."

전문인의 향기가 물씬 나는 아주머니는 사람 좋은 미소를 지으며 팔을 걷어붙이고는 곧 화장실로 사라졌다. 잠시 후 나는 태어나서 처음으로 누군가가 발에 온찜질을 해 주는 게 어마어마하게 기분이 좋은 일이라는 걸 깨달았다. 대박. 이런 호사스러운 사치를 누리고 있자니 오스왈드에 대한 찜찜함이 어느 정도 날아가 버렸다. 내 단순함에 나조차 기가 막힐 노릇이었다.

산부인과에서 다리를 벌리고 누워 있는 일은 꼭 엉덩이 밑에 뾰족한 가시덤불이 깔린 듯한 착각을 일으켰다. 나는 꼼짝없이 두 다리를 의자 위에 얹은 채 불편함에 긴장되어 발가락을 꿈지럭거렸다.

"긴장 푸세요."

의사의 말에 길게 호흡을 한 번 내뱉었다. 순간적으로 아랫도리에 뭔가가 쑤욱 들어갔다.

"아야!"

내가 새된 소리를 내자,

"안 아파요. 은금 양. 힘을 빼요."

의사가 침착한 목소리로 명령했다. 나는 아랫입술을 꽉 물고 어떻게든 힘을 빼려 노력했지만, 생각처럼 쉽지가 않았다. 뭐지. 벌써 처녀막이 찢겼나? 더럽게 허무하네.

"이건 매우 작은 질경이에요. 처녀막에 손상을 받진 않으니 겁먹지 말아요."

아니라고? 나는 조금 긴장을 풀었다.

"경부가 헐었네요."

어디? 의사의 말에 천장에 고정되어 있던 시선을 모니터로 돌렸다. 거기엔 내 몸 내부가 적나라하게 보였다. 저게 뭐야. 꼭 입안 같이 생겼다.

"여기 보여요? 이게 자궁 경부예요. 원래는 핑크색으로 상처가 없어야 하는데, 보시다시피 은금 양은 새하얗게 헐고 피가 고여 있어요. 매우 심각한 상태죠."

오 마이 갓. 다시 호흡곤란이 왔다. '후욱, 후욱' 크게 숨을 들이켜면서 그 개자식이 결국 여기도 건드렸나 골몰하니 온몸에 핏기가 싹 가셨다.

"원인은 다양해요. 성관계에 의한 것일 수도 있지만, 탐폰을 잘못 사용해서일 수도 있고, 염증을 오랫동안 방치했을 경우에 생기기도 하고요."

"어, 어떻게 해야 해요?"

"수술해야겠죠. 레이저로 상처 부위를 모두 도려낼 거예요."

뭐? 난 입을 벌리며 경악했고 의사는 방그레 웃었다.

"걱정하지 말아요. 5분이면 끝나고, 수술이 끝나면 바로 걸어 나갈 정도로 간단해요. 일상생활에 지장도 없고요. 다만 한 달 정도 성관계를 못 할 뿐이지."

"……."

"뭐, 은금 양에겐 해당 사항이 없는 이야기겠지만."

아니야. 매우 해당하는 이야기다. 뿐만 아니라 매우 중요한 문제였다. 그 사람은 봄이면 미국으로 돌아간단 말이야. 내겐 시간이 별로 없었고 치료니 수술이니 그런 것에 단 하루라도 시간을 빼앗기고 싶지 않았다.

"경부암 검사도 같이 할게요."

여자는 커다란 면봉 하나를 들더니 자궁 내벽을 살살 긁기 시작했다. 으.

나는 떫은 감을 혀에 문 것처럼 인상을 찌푸렸다.

"다 됐어요."

몸 안에 머물러 있던 것들이 한 번에 쏙 빠져나갔고 환하던 불이 꺼졌다.

"내려오셔도 돼요."

간호사가 다리를 한쪽씩 내려 줬고 그제야 나는 안도의 한숨을 내쉬었다.

"수술하는 김에 내막종 수술도 같이하는 게 어떻겠어요? 부분 마취를 해야 하는데 내막종 수술도 같이하면 부분 마취가 들어갈 테고, 그럼 처녀막이 손상될 때나 레이저로 경부를 도려낼 때도 아프지 않을 거예요."

수술. 수술 동의서.

"그거 동의서 필요한가요?"

"물론이죠."

의사의 상쾌한 대답에 마음만 더 무거워졌다. 미성년자라는 게 정말이지 끔찍하게 싫었다. 이래도 저래도 모든 방향에 문제가 됐다.

"좀 미뤄도 돼요?"

"수술을?"

"네."

"얼마나?"

"반년 정도?"

반년 정도면 최정우는 미국으로 돌아갈 테고, 나는 성인이 된 이후이니 홀로 모든 선택이 가능한 시기였다.

"내막종은 그렇다 쳐도 미란증은 되도록 빨리 치료하는 편이 좋을 텐데요. 그렇지 않으면 상태가 더 심각해질 테고 경부암으로 발전하거나 다른 부위로 전이되는 침윤성 암으로 발전할 수도 있어요. 은금 양은 지금도 심각한 상태예요. 그리고 만약을 위해 덧붙이는 건데. 자궁 경부가 망가진 상태에서 성관계를 하면 당사자에게도 상대방에게도 득이 될 게 하나도 없어요. 오히려 서로의 건강에 해만 돼요. 그러니 가능하면 빠른 시일 내에 수술을 결정해요."

상대방에게 어떻게 해가 되는지 묻고 싶었지만 어쩐지 민망해 입을 다물었다. 정말이지 되는 일이 하나도 없었다. 모든 일이 너무 겹쳐서 정신을 차릴 수 없을 만큼 복잡했다. 밖으로 나가자, 간호사가 수술에 관한 안내가 적힌 A4 용지를 건네줬다. 수술 시간, 예약을 잡는 방법, 필요한 도구, 그리고 수술 전에 받아야 하는 수많은 검사를 간호사는 밑줄을 쳐 가며 기계적으로 설명했다. 간병인 아주머니가 있었지만, 오롯이 혼자인 기분이었다. 이럴 때 엄마가 있었더라면…… 이렇게 휘청거리는 기분은 들지 않았을 텐데. 그 생각에 더 서글펐다.

한순자 여사님 덕분에 내 상태는 전에 없이 뽀송했다. 아주머니는 능숙하게 손발을 찜질하고 말끔하게 손발톱을 다듬어 줬다. 속옷도 새것으로 갈아입었으며 보습력이 높은 보디로션을 사치스러울 정도로 듬뿍 온몸에 바르기도 했다. 이쯤 되면 간병인은 필요한 존재를 넘어서서 구세주나 다름없었다. 6시가 조금 넘어, 한 손에 조각 케이크를 들고 나타난 최정우가 만족스럽게 웃었다.

"전에 없이 뽀송하네?"

"여사님은 간병인이 아니고 저한테 신이에요."

내 대답에 아주머니는 기분 좋은 목소리로 까르르 웃었다.

"별말을 다 하네요. 내일 봬요."

아주머니는 올 때 걸쳤던 숄을 다시 두르고 무엇이든 쏟아져 나오는 마법 가방을 한쪽 팔에 낀 채 작별 인사를 건넸다.

"수고하셨어요."

최정우는 아주머니를 문 앞까지 배웅하고는 미닫이문을 닫았다. 그는 캐비닛에 조각 케이크를 올려 두고, 외투와 가방을 벗어 소파에 던졌다.

"별일 없었어?"

"있었어요."

"뭔데?"

"두 개가 있는데……."

그는 간이 냉장고에서 생수를 하나 꺼내 입에 대고 꿀꺽꿀꺽 마셨다.

"안 좋은 소식과 이상한 소식 중에 골라 봐요."

그가 호기심에 넘치는 얼굴로 한쪽 눈썹을 올렸다.

"기대되네. 일단 안 좋은 소식부터 듣자."

"수술해야 한대요. 부모님의 동의서가 필요해요."

"언제까지?"

"몰라요. 최대한 빨리요."

그는 고개를 끄덕이며 잠시 생각에 잠겼다.

"이상한 소식은?"

"오스왈드 퀸튼이 왔었어요."

생수 뚜껑을 돌려 닫던 그의 손이 멈췄다.

"뭐?"

자리에서 일어서서 쇼트케이크 밑에 깔린 서류 봉투를 집게손으로 집어 그에게 건넸다.

"그걸 주고 갔어요."

그는 문서를 꺼내 확인했다. 그러고는 종이를 다시 봉투 안으로 밀어 넣어 캐비닛 위에 던졌다.

"선생님한테는 자기가 온 걸 비밀로 하래요."

그는 알 만하다는 듯 눈썹을 한 번 까딱이고는 생수병을 도로 냉장고 안으로 집어넣었다.

"그 사람 진짜 이상하고 무섭고 되게…… 불편해요. 자기가 램프의 지니라고 하는데 내가 볼 땐 지니가 아니라 파우스트의 악마예요."

그는 픽 웃으며 내 침대 위에 붙박이 테이블을 올렸다.

"걱정 마. 대부분이 다 그 사람을 그렇게 느끼니까."

"자기가 내 법적인 보호자가 될 거래요."

"시간 낭비를 싫어하는 사람이거든."

여전히 얼이 빠지고 혼란스러운 나에 비해 상 위에 포장된 쇼트케이크를 꺼내는 그의 얼굴은 변함없이 침착해 보였다.

"거기 어디에도 내 의지는 없다고요."

"그 사람은 타인을 배려하며 일을 진행하는 타입이 아니야."

"갑자기 어디선가 툭 튀어나와서 나에 대해 다 알고 있는 것처럼 군다니까요?"

분주하던 그의 시선이 이제야 내게로 향했다.

"그 남자는 유능해. 우리가 아무리 발로 뛰어도 해결할 수 없는 부분을 그 사람은 손가락 하나만 까닥하면 해결할 수 있어."

"……"

"불편하고 불쾌하겠지만 필요한 사람이야."

"선생님이 다 말했어요?"

"뭘."

"나에 대해서요."

그는 플라스틱으로 된 포크와 나이프를 조각 케이크 옆에 조용히 내려놨다.

"필요한 부분에 대해선 다 이야기했어."

"……"

"그게 최선이었으니까."

"……"

"오스왈드 도움이 아니었으면 널 여기로 빠르게 트랜스퍼 할 수도, 입원을 시킬 수도 없었어. 모든 상황은 지금보다 훨씬 더 복잡하게 흘러갔을 거야. 그 남자가 내가 가지고 있는 패 중에 가장 좋은 패야."

그에게 화를 내야 할지, 아니면 고마워해야 할지 알 수가 없다.

'그는 스물세 살이야 모든 일을 감당하기엔 아직 어려.'

오스왈드의 말이 귓가에 맴돌았다.

"선생님 살 빠졌어요?"

너무도 갑작스레 급선회한 질문에 그의 미간이 찌푸려 들었다. 나는 눈을 가늘게 뜨고 그의 안색을 살폈다. 기분 때문인지 평소보다 조금 더 수척해 보였다.

"그 간병인. 그 사람은 누가 돈을 주는 거예요?"

"넌 몰라도 되는 부분이야."

그는 내가 뭔가를 또 물어보기 전에, 얼른 포크에 케이크를 찍어 내 입으로 밀어 넣었다.

"입 다물고 당분이나 섭취해."

조금 더 이야기하고 싶었지만, 그의 기분을 상하게 할까 봐 나는 말없이 초코케이크만 씹었다. 점점 더 무거워지는 기분은 자기 전까지 지속됐다.

* * *

휴대폰은 긴 가뭄의 단비 같은 존재였다. 심심하면 지혜와 통화를 하며 학교생활에 대해서도 들을 수 있었고 웹 서핑을 하거나, 게임을 하거나, 전자 소설을 읽으며 시간을 때울 수도 있었다. 한 여사님은 내 부러진 어깨가 어느 정도 나아 딱딱한 부목 대신 삼각 스트링만으로 고정할 수 있을 정도가 될 때까지 세심하게 나를 보살펴 줬다. 시간이 좀 더 지나 상황을 객관적으로 보자 오스왈드 퀸튼이 거만하고 오만하고 불편하고 건방지고 불쾌하기 짝이 없는 존재일진 몰라도 무척이나 도움이 된다는 사실은 인정할 수밖에 없었다. 그 덕분에 공짜 휴대폰에, 유능한 간병인에, 병원 사람들 모두가 날 조심스럽게 대했다. 나중에 안 사실이지만 맨 처음 트랜스퍼 되고 나서 정형외과 레지가 얼굴이 새파랗게 질린 채 내게 어깨를 한 번 더 부수면 침대에 꽉꽉 묶어 버리겠다고 협박한 이유도 오스왈드가 부탁을 했기 때문이었다. 말은 부탁이겠지만, 아마도 부탁을 가장한 협박임이 틀림없었을 것이다. 입원한 지 2주가 조금 못 되어 나는 뒤통수를 꿰맨 실밥을 풀고 처음으로 머리를 감았다.

동시에 손목의 실밥도 녹아 없어졌고, 내가 처음으로 머리를 감은 그 기념비적인 날은 공교롭게도 다른 이들에게도 기념비적일 날이 될 수능 시험 날이었다. 내가 수시에 합격해 수능을 보지 않게 되었다는 건 정말로 불행 중 다행인 일이다. 아니었다면 나는 수능을 완전히 망친 채 올해 대학 입시는 완전히 포기해야만 했을 테고, 올해 대학을 포기했다면 그다음 해도, 또 그다음 해에도 대학에 합격하기란 아마도 불가능했을 거다.

수시에 합격했다고 해서 당장 대학 문제가 해결된 건 물론 아니었다. 나를 서포트 해 줄 부모님도 없고, 최정우도 그때쯤이면 미국으로 떠날 것이다. 하지만 내년 3월이면 나는 성인이 될 테고, 학자금 대출도 받을 수 있다. 고생스럽겠지만 지금처럼 이것저것에 발이 묶여 아무것도 하지 못하는 상황보다는 훨씬 더 나을 것 같았다.

나는 아침에 일어나자마자 제일 먼저 재현이에게 수능을 잘 보라는 문자를 보냈다. 재현이는 '너마저 수시에 붙어서 너무 쓸쓸하다. 다 미워'라는 답장을 보내왔다. 마음 같아선 그에게 뭐라도 선물해 주고 싶었지만 지금 내 처지에 가능할 리가 없었다. 대신 나는 배짱 좋게 수능이 끝나면 누구보다도 먼저 술을 사 주겠다고 약속했다. 단돈 몇 만 원 정도는 어떻게든 마련할 수 있을 테니까. 나는 그 생각만으로도 설렜다. 어른이 된다는 느낌이 그제야 실감이 났다. 감은 머리를 말리고 후련한 기분으로 머리카락을 빗어 내리고 있는데 아주머니가 소파에 떨어진 뭔가를 주워들었다.

"은금 양 거죠?"

부스럭거리는 소리를 내는 건 다름 아닌 약봉지였다. 캐비닛 위에 올라 있는 내 약봉지를 확인했다. 아닌데. 그건 내 것이 아닌데. 내 것은 저 위에 있는데……? 나는 그게 뭔지 정확하게 확인하기 위해 손을 뻗었고, 아주머니는 내 손 위에 약봉지를 들려줬다.

"……"

봉지가 손에 들리는 순간 약이 뭔지 단번에 알아차렸다. 내 것과 같은 것이니까. 수면제.

"떠…… 떨어져 있었나 보네요."

내 것이 맞는지 확인을 기다리는 것 같은 아주머니를 향해 더듬거리며 변명했다. 내 것이 아니었다. 최정우의 것이었다.

* * *

누군가 찬물을 끼얹은 것처럼 정신이 번쩍 들었다. 떠올려 보면, 그가 잠든 모습을 본 적이 없었다. 입원해서 퇴원을 목전에 두고 있는 지금까지 단 한 번도. 그는 늘 내가 잠들기 전에는 깨어 있었고, 깨어나면 언제나 자리에서 일어나 있었다. 왜 눈치채지 못했지? 다시금 과거의 망령이 날 집어삼키기 시작했다. 이번엔 훨씬 더 심각했다.

내가 '탁' 소리가 날 정도로 거칠게 약봉지를 책상 위에 올리자 정신과 의사의 맑은 눈이 봉지 위로 떨어졌다.

"왜 이걸, 최정우가 먹고 있어요?"

날 선 물음에 의사는 침착하게 봉지를 다시 내 앞으로 밀었다.

"바보 같은 질문이네. 나한테는 환자의 비밀을 보호할 의무가 있는데."

바보 같다고? 나는 그녀와 상담을 할 생각은 전혀 없었다. 내가 확인하고 싶은 건 이 약이 최정우 것이 정말로 맞는지였다. 오로지 그것뿐이었다.

"오늘은 기분이 좀 어때?"

나는 넌덜머리가 나서 책상을 손바닥으로 쾅 내리쳤다. 언제나 가장 먼저 묻는 그 질문에 이렇게 격하게 반응한 적이 없어서인지, 의사의 눈은 숨을 죽이고 학구적으로 나를 관찰했다. 그는 내 진료 항목 중에 '감정 조절 장애'를 추가해야 하는지 고민하는 듯했다.

"나 때문이죠?"

"……."

"나 때문에 먹는 거잖아요!"

절망적으로 소리쳤지만, 그녀는 긍정도 부정도 하질 않았다. 그녀의 동요 없는 태도에 나는 주저앉아 울음을 터트렸다. 어떤 때보다 더 서럽게.

"이건 모두 개인의 문제야."

"이게 어떻게 개인의 문제예요? 멀쩡한 사람을 내가 망쳐 놓고 있는데!"

나는 고함을 지르며 절규했다.

"수면제를 처방받는 건 아주 흔한 일이야. 심지어 감기약도 먹으면 졸리잖아. 네 남자 친구는 잠이 모자란 것뿐이야."

"이건 흔한 일이 아니에요. 미친 사이코가 자기 남자 친구를 완전히 망쳐 놓는 일이니까요."

"왜 네가 그를 망친다고 생각하니?"

"망치고 있으니까요!"

두 손에 얼굴을 묻고 몸을 웅크렸다. 내 인생에서 언제가 최악이냐고 묻는다면 망설임 없이 바로 지금이라고 대답할 수 있었다. 머저리 같은 년. 이렇게 많은 일이 벌어졌어도 모든 건 다시 제자리였다. 숨죽여 어둠 속에서 살아갈 때나, 모든 것을 고백하고 빛이 드는 양지로 나왔을 때나 언제나 똑같은 문제가 터졌다. 바로 나. 나 때문에.

나는 머저리였다. 내 문제에 사로잡혀 단 한 번도 그를 제대로 보질 못했다. 그가 망가지지 않을 리가 없었다. 평온한 일상에 돌을 던져 잔잔하고 맑던 그의 세계를 진흙탕으로 만든 게 바로 나였다. 나는 그를 좀먹어 가고 있었어. 그를 썩게 하고, 그의 정신을, 그의 영혼을 피폐하게 만들었다. 예상하지 못했다는 게 우습다. 나는 늘 그래 왔으니까. 이럴 바에는 아무것도 하지 말았어야 했다. 최정우란 사람을 욕심내서는 안 됐다. 그 어둠에서 빛으로 나오려고 발버둥 쳐서는 안 되는 거였다. 나만 없었다면 그는 이런 고통스러운 시간을 보내지 않아도 됐었다.

나는 아무런 고민 없이 그는 아무렇지 않은 거라 단정 지었다. 그가 뒤척이는 소리에서, 그의 야윈 것 같은 얼굴에서 알아봤어야 했는데도 아무것도 하질 않았다. 어떻게 이렇게까지 한심할 수가 있을까. 그가 요사이 여유 없이 일에 매달려 있는 것은 아마도 나 때문일 것이다. 그것에 관해 묻는 것도 싫어하고, 대답하긴 더 싫어하고, 신경 쓰는 것 자체를 못마땅하게 여기지만 병원비를 벌기 위해 일하고 있는 것이 분명했다. 2주째 자신의 편안하고 안락한 침대를 놔두고 좁은 병실의 불편하기 그지없는 소파에서 잠을 자야 하는 것도 나 때문이었다. 세상에.

그에게 여자 친구로서 해 줄 수 있는 수많은 것들, 잠자리를 포함한 그 많은 것들 중에 단 하나도 제대로 해 준 적이 없었다. 그의 인생에 늘 악영향만 끼쳐 왔고 심지어 지금은 완전히 망가뜨리고 있었다. 그는 나를 우물에서 건져 줬는데 나는 그를 대신 밀어 넣고 있는 것이다. 그걸 깨닫고 나니 눈앞이 깜깜해졌다. 내가 원하는 건 오로지 함께 있는 것뿐이었는데, 그를 좀먹어 가고 있었다. 나는 해악만 끼치고 있었던 거다.

"제게 항상 치유 프로그램을 받으라고 했잖아요."

"그래, 그랬지."

의사의 끊임없는 입원 권유를 거부한 건 단순했다. 그와 있을 시간이 없으니까. 두 달이란 입원 기간은 그와 지낼 수 있는 한정된 시간에 비해 너무도 길었다. 내겐 병동에서 낯선 사람들 사이에 섞여 치료라는 이름으로 상담을 받는 것보다 최정우와 함께 있는 편이 훨씬 더 안정적이고 행복했다. 그게 더 치유에 가까웠다. 하지만 그건 나만의 생각이었다. 이런 식으로 그의 옆에 남아 봤자 그에게 득이 될 게 하나도 없었고, 나는 그렇게까지 이기적인 사람은 되고 싶지 않았다.

"보호자의 동의, 받아 오면 돼요?"

의사는 한동안 말이 없었다. 그녀는 내가 이 상황에서 탈출하기 위해 입원을 택한다는 사실이 꽤 신경 쓰이는 듯했다.

"보호자 동의 받아 오면 들어갈 수 있는 거죠?"

한참의 망설임 끝에 의사는 대답했다.

"그래."

나는 이해했다는 듯 고개를 끄덕이며 자리에서 일어섰다.

"은금아."

의사가 만류하듯 이름을 한번 불렀지만 나는 뒤도 돌아보지 않고 그대로 진료실을 빠져나왔다. 나는 그에게 행복을 가져다주는 존재가 아니라, 불행을 가져다주는 존재였다. 그의 옆에 남아서는 안 되는 존재였다. 그렇다면 그에게서 멀어지는 수밖에 없다. 더는 그에게 기대서 그를 좀먹을 순 없으니까 말이다. 난 절대 그를 망치지 않을 거야. 어떤 경우에도 이번만은 그런 식으로 망칠 수 없어.

메피스토.

병실에 들어오자마자 달갑지 않은 명함을 집어 들었다. 나는 최정우처럼 그를 손에 쥔 패처럼 이용할 수가 없다. 그만큼 강하지도 똑똑하지도 않으니까. 그는 요구에 대한 대가로 내 영혼을 갈가리 찢어 버릴 것만 같았다. 그럼에도 불구하고 지금 손을 내밀 수 있는 존재라고는 내가 어떤 해악도 끼칠 수 없을 만큼 무시무시한 이 남자뿐이었다. 나는 명함에 찍힌 그의 연락처를 휴대폰에 꾹꾹 찍어 눌렀다.

― Hello.

수화기 너머 그의 낮은 음성이 들려왔다. 나는 심호흡을 하고, 악마와 거래를 시작했다.

"저, 은금인데……."

— 계속해.

인정머리라고는 눈곱만큼도 찾아볼 수 없는 딱딱한 목소리.

"입원 동의서에 사인이 필요해요."

침묵.

"당장이요."

— 어떤 종류의 입원인데?

"성폭행 피해자 치유 프로그램이요. 6주에서 두 달 정도 걸린대요. 보호자 동의서가 꼭 필요하대요."

— 폐쇄 병동?

"비슷해요."

휴대폰도 빼앗기고 허락 없이는 병동 밖으로 나갈 수 없다고 했다. 감금은 아니라고 했지만, 최정우와 함께 있지 못하는 거면 내겐 뭐든 같았다. 그리고 지금은 그게 바로 내게 필요한 것이었다. 억지로라도 그에게서 날 떨어트려 놓는 일.

"그리고……."

나는 다시 힘겹게 입을 뗐다.

"내 병원비랑 입원비…… 수술비…… 그거 다 대 줘요."

수화기 너머로 정적이 흘렀다. 이번엔 아까보다 좀 더 길었다. 하나부터 열까지 그에게 다 해결하라고 던지고 있지만, 램프의 지니라고 자신을 소개한 건 본인이었다. 그리고 나는 최정우에겐 단한 톨의 부담도 남기고 싶지가 않았다. 아주 조금이라도 그의 영혼을 좀먹는 일이 있다면 완벽하게 치워 버리고 싶었다. 그걸 위해서라면 뭐든 할 수 있었다.

"내 법적인 보호자가 되어 준다고 했잖아요."

— 그건 그 서류에 사인하고 난 다음의 문제야.

"지금 당장 필요해요. 당장이요!"

나는 한동안 가만히 휴대폰을 귀에 대고 묘한 신경전을 벌였다. 정말 파우스트가 된 기분이다. 예전 같았으면 진작 찌그러졌을 나지만 최정우를 망치는 것보다 무서운 게 없어지니, 얼굴에 철판을 깔고 덤빌 정도의 담력이 생겼다.

—너의 법적인 보호자 노릇을 하면서 동의서에 사인하고, 네 병원비를 다 대 주고 나면, 그럼 넌 내게 뭘 해 줄 거지?

당연히 그렇게 나올 것 같았다. 그는 도움이 투자라고 했으니 언젠가 원금을 회수하려 들 거라는 예상을 못 할 만큼 멍청하진 않았다.

"뭐든지요. 지금은 가진 게 없지만…… 원하면 장기라도 팔게요."

— 별로 재미있는 제안이 아닌데.

재미?

"재미요? 그럼 산 채로 눈이라도 뽑던가요."

내 말에 그가 박장대소했다. 정말로 농담이 아니야.

— 그거 재미있네.

그의 웃음이 한참 만에 잦아들었고 나는 침묵으로 제안에 대한 대답을 독촉했다.

— J.C.도 그 의견에 동의하나?

"상관없어요."

나는 송곳처럼 뾰족하게 대답했다.

— 꽤 잔인한 발언이군. 걘 널 위해 자신의 모든 걸 내놓고 있는데.

"나한테 그랬죠. 내 남자 친구는 아직 모든 일을 감당하기에 어리다고."

— 그래.

"그 말뜻을 이제 알아들었거든요."

수화기 너머로 아무 말도 들리지 않는 걸 보니 상황이 어떻게 돌아가는 건지 판단하는 것 같았고 나는 나만의 상념에 빠져들었다. 그를 망치지 않을 거야. 그의 발목에 족쇄를 채우지 않을 거다. 그의 등에 수천 톤의 짐을 지우고 그 밑에서 찌그러지는 모습을 보며 손 놓고 있진 않을 거야. 엄마처럼 사랑이란 이름으로 사랑하는 사람을 옭아매진 않을 거다. 나는 그보다 훨씬 더 괜찮은, 훨씬 더 멋진 사랑을 할 거야.

— 내가 충고 하나 하지.

그의 목소리는 처음보다 훨씬 더 낮아졌다. 불쾌했지만 듣는 사람의 집중력을 끌어당기기엔 충분했다.

— 그는 네가 알고 있는 것보다 훨씬 더 대단해.

더욱더 낮아지고 고압적인 목소리.

— 네 남자 친구가 그 나이에 미국 땅에 혼자 남아서 어떻게 살아왔을지 넌 상상도 못 하겠지만 그는 그걸 견뎌 왔어. 그게 내가 그를 좋아하는 이유야. 어떤 면에서는 그를 무척 존경해. 그런 남자가 너에게 자신의 모든 걸 걸고 있다는 건 대단한 행운이야.

모르는 게 아니야. 알기 때문에 더 놓아주려는 거다.

"나 때문에 수면제를 복용하고 있었어요."

— ······.

"나는 최정우를 망가뜨리지 않을 거예요."

— 네가 그를 망가뜨리고 있다고 확신해?

"네."

— 이게 최선이라고 확신해?

"네."

나는 단호하게 대답했다. 확신해. 이 상황을 정리하지 않으면 그는 망가질 거야. 날 위해 견디다가 완전히 무너질 거야. 그 꼴을 볼 수는 없어. 나는 늘 주변의 모든 걸 망쳐 왔다. 친구건 부모건 가릴 것 없이 상처를 주면서 살아왔다. 늘 그걸 겁냈지만 이렇게 절실하게, 사랑하는 사람이 망가지는 모습이 절망적으로 다가온 적은 없었다. 내가 그를 망칠까 봐 너무 겁이 난다. 그가 망가져 버리면 그것이야말로 내겐 지옥이었다. 죽음보다 훨씬 더 아팠다.

— 좋아. 내가 해결해 주지.

그가 휴대폰을 끊는 소리가 들렸고 나는 힘없이 휴대폰을 든 손을 바닥에 떨궜다. 처음으로, 그의 다정하지 않은 말투가 고마웠다. 쓸데없는 말로 감성을 건드리지 않는 점도.

나는 침대 위로 털썩 쓰러졌다. 이제 정말 그를 보내야 해. 그를 멀리 밀어 버려야 해. 이제 완전히 혼자가 될 거다. 하지만 내 선택이었다. 누구도 등을 떠민 사람은 없었다. 내 의지였다. 그가 없는 인생을 상상할 수 없어서 여기까지 왔다. 하지만 그가 없는 내 인생보다 그의 행복한 인생이 내겐 더 중요했다. 내가 죽는 꼴을 보느니 차라리 내 인생에서 사라지겠다던 그의 말을 이제 이해한다.

그를 보내고 나서도 한동안은 이렇게 그의 말을 곱씹으며 가슴 쓰려 할 게 뻔했다. 언제고 힘들 때면 그의 말이 가장 먼저 떠오를 거다. 지금도 그렇다. 새로 개통한 휴대폰에 찍힌 그의 사진을 살펴봤다. 온통 병실 안에서 찍은 것들뿐이고, 대부분이 그가 책을 보거나 뭔가를 할 때 몰래 찍은 것들이었다. 그중에 둘이서 같이 찍은 사진은 한 장도 없었다. 우리의 모습을 객관적으로 보게 되면, 거울에 비친 내 모습을 두려워하는 것처럼 우리의 모습이 이질적으로 느껴질까 봐 겁이 나 차마 용기를 낼 수가 없었다. 수많은 일이 지나고 난 이후에도 내게는 여전히 깨지 못하는 벽이 있었다. 만약 그걸 깰 용기가 있었다면 최정우를 덜 상처 줬을지도 모를 일이었다.

6시가 되자 최정우가 오기 전에 여사님을 먼저 보냈다. 기분도 우울했고, 아주머니가 있으면 내색할 수가 없어 불편했다. 단 몇 분이라도 혼자서 생각을 정리하고, 그를 맞을 준비를 할 시간이 필요했다. 어떻게 이야기를 꺼낼지, 그에게 어떤 식으로 이별을 고할지, 울음을 터트리거나 그에게 무너지거나 질척거리지 않으며 어떤 식으로 그를 보낼 수 있는지에 대해서 말이다.

시간이 지날수록 마음은 더 무거워졌다. 이게 정말 맞는 건지, 그를 보내고 혼자서 잘 견딜 수 있을지 점점 확신이 없어졌다. 가슴이 터질 것처럼 답답하다 못해 아파 왔다. 그러면서도 뼈저리게 느낀 건 인생은 늘 내가 생각한 대로 흘러가지 않는다는 사실이었다. 언제나 준비되지 않은 상태에서 날 덮쳐 왔고 정신을 차리기도 전에 모든 것을 쓸어 갔다. 지금 이 순간의 선택이 남은 모든 시간을 좌지우지한다는 걸 안다. 그래도 다른 답안이 없었다. 거기에서 오는 무기력함과 자괴감이 나를 무겁게 짓눌렀다. 하지만 그곳에서 벗어나기 위해 그를 막다른 골목에 세워 두는 짓은 이제 관둘 거다. 그를 내 골목에서 밀어낼 거야. 그러고 나면 그는 괜찮아질 거야. 모든 게 훨씬 더 나아질 거야.

여사님이 퇴근하고 30분 정도 흐르자 미닫이문을 열고 최정우가 들어왔다. 그에게선 막 겨울로 들어선 차가운 밤 내음이 느껴졌다. 그는 병실 문을 닫고 곁으로 오더니 나의 머리카락을 헝클어트리며 반짝 웃었다.

"붕대 풀었네?"

"여기도 풀었어요."

왼손을 들어 보였다.

"이제 좀 사람답다."

그의 농담에 나는 눈을 흘겼다. 평소와 전혀 다름없는 일상적인 행동들. 그는 키득거리며 외투를 벗고는 침대 위에 엉덩이를 대고 앉았다. 그와 마주 보며 사심 없이 밝은 얼굴을 보자 지끈하고 가슴이 아파 왔다. 날 위해 가면을 쓴 것처럼 보여서 더 아팠다. 누구도 그에게 이런 식으로 가면을 씌울 권리는 없다. 그게 나라면 더더욱 그랬다. 나는 최대한 자세히 그의 얼굴을 그리듯 바라봤다. 절대로 잊지 못하게. 그는 가방에서 종이 한 장을 꺼내 내게 건넸다. 나는 그의 얼굴을 좀 더 살피다 천천히 종이로 시선을 내렸다. '수술동의서.' 보호자란에 아빠의 필적으로 이름과 사인이 적혀 있었다. 나는 말을 잇지 못했다. 아빠. 아빠의 이름을 보자 울컥 눈시울부터 뜨거워졌다. 생각하고 싶지 않아서 기억 한편으로 치워 버렸지만 그날 이후 아빠가 어떻게 됐는지 전혀 알지 못했다. 딸이 발광하며 부모를 때리는 모습을 본 이후 아빠가 어떻게 지냈는지, 어떤 생각을 하고 있는지.

"받아 왔어."

그는 말없이 주머니에서 하얀 편지 봉투 하나를 내밀었다. 거기에도 아빠의 글씨가 쓰여 있었다.

'은금에게.

엄마 너무 원망하지 마라. 못난 아빠라 미안하다.'

봉투 안에는 5만 원짜리 10장이 들어 있었다. 아빠가 내게 보이는 최선의 애정이었다. 샛노란 지폐 열 장은 내가 애써 문밖으로 밀어냈던 모든 감정을 문 안쪽으로 불러들였다. 슬픔, 분노, 분통, 절망, 아픔, 사랑.

"이걸 어떻게 받았어요?"

"네가 받아들일 준비가 돼 있는 것 같지 않아서 말 안 했지만, 그날 너 데려가라고 한 거, 너희 아버지야."

아빠가?

"아버님이 동의해 줘서, 너 트랜스퍼한 거야."

아빠를 원망한 적은 한 번도 없었다. 아빠는 늘 소나무처럼 그 자리에만 오롯이 박혀 있는 사람이었고 딸에게 이리저리 휘둘리지 않았다. 대신 아빠를 쥐고 흔들 수 있는 건 엄마였다. 자신이 고생시킨 사람. 아빠에게 아픈 손가락은 자식이 아니라 엄마였다. 나는 아빠가 있으므로 엄마를 마음껏 미워했다. 그건 지금도 그렇다.

아빠에게 미안하다는 이야기를 들어 본 적이 없었다. 애초에 내게 미안할 일은 하지도 않는 사람이었지만 말이다. 그래서 그의 미안하다는 말이 너무도 슬펐다. 소나무 같던 아빠가 나라는 풍파에 꺾여 버린 것 같아서. 아빠의 나약함을 처음으로 목격해서. 그의 꼿꼿하던 어깨가 나 때문에 힘없이 처진 것 같아서. 못난 나 때문에 그는 까닭 없이 죄지은 부모가 되었다. 사과해야 하는 건 바로 나인데도 날 위해 고개를 숙였다. 한 번도 못난 아빠였던 적이 없었는데, 나는 그를 못나게 만들었다. 그게 못 견디게 슬프고 화가 났다.

내가 석고상처럼 그 자리에 굳어 있자 최정우가 한 칸 더 옆으로 다가와 딱딱한 어깨를 어루만졌다. 그의 품에 있으면 이 세상 모든 게 다 괜찮아 보였다. 그가 안아 주면 내 몸에 망가진 조각들이 제자리를 찾아가 서로를 붙들었고, 그가 부드러운 손으로 내 몸을 쓸어내리면 상처 하나 없이 매끈하게 치유되는 것만 같았다. 내게 그는 없어선 안 될 단 한 사람이었다. 그리고 나는 그의 인생에서 반드시 없어져야 할 단 한 사람이다.

"수술 날짜는 다음 주 수요일로 잡았어. 내일 수술 전에 필요한 검사를 하고, 그 이후엔 잠시 퇴원할 거야. 퇴원하면 며칠만 우리 집에……."

"저 퇴원 안 해요."

그의 말을 가로막았다.

"저 퇴원 안 할 거예요."

그는 여전히 다정한 얼굴로 다음을 기다렸다. 그에겐 충분한 설명이 아닌 듯 보였다. 나는 주먹을 꽉 쥐고 마음을 단단히 먹었다.

"전 여기 남을 거예요. 선생님은 가세요."

말의 맥락이 묘해지자 그의 눈썹이 아래로 꺾였다.

"치료 프로그램 그거 받을 거예요. 6주 동안요. 그러면 선생님한테 연락 못 해요."

"그건 언제 결정했어?"

나는 그에게 더 큰 폭탄을 던지기 위해 한 번 침을 삼켰다.

"제 연락처 지우세요. 저도 지울 거예요."

"뭐라는 거야."

그의 얼굴이 점점 얼음장처럼 차가워졌다.

"그 프로그램에 관한 이야기는 금시초문이야. 보호자의 동의도 없이 그게 가능해?"

"오스왈드 퀸튼이 해결해 준댔어요."

"너 그 사람이랑 따로 연락했어?"

"네. 명함 받았거든요."

냉정하고 고요한 분노 속에서도 최정우는 흔들림 없는 시선으로 내가 무슨 말을 하려는 건지, 어떤 결말을 원하는지 읽어 내고 있었다.

"그래서?"

거의 조롱에 가까운 어투로 그가 물었다. 숨통이 조여 왔지만 계속해서 그를 향해 액셀러레이터를 밟을 수밖에 없었다.

"그러니까 선생님은 내 인생에서 나가 줘요."

그의 얼굴에서 표정이 사라지고 한쪽 눈이 파르르 떨렸다. 이런 식의 선언이 그의 자존심을 상하게 한다는 걸 알고 있다. 어쩌면 나 같은 여자에게 이런 말을 듣는 게 치욕적으로 느껴질 수도 있었다. 나는 떨리는 목소리를, 떨리는 손끝을, 떨리는 마음을, 그에게 들키지 않기 위해 이를 악물었다. 하지만 자꾸만 눈물이 차고, 코끝이 멋대로 찡긋거렸다. 그의 눈이 혼란스러운 듯 날 보며 흔들렸고, 마른 아랫입술을 빨았다가 다시 놓기를 반복했다.

"뭣 때문에?"

"……."

"싫어."

아. 이건 예상하지 못한 단어인데. 그는 어처구니없다는 듯 어깨를 으쓱했다.

"내가 왜 그래야 해?"

"난 선생님한테 부담밖에 안 되고, 선생님은 나 때문에 이런 좁아터진 병실로 매일 돌아와야 하잖아요. 멀쩡한 집 놔두고 피난민처럼 지내고 있잖아요. 얼굴은 점점 수척해지고 몸은 점점 말라 가고. 나는 선생님한테 피해만 끼쳐요. 선생님이 평범한 생활로 돌아갔으면 좋겠어요. 예전처럼요. 나라는 족쇄에 얽매이지 마요."

그의 고개가 한쪽으로 갸우뚱 기울었다.

"나 때문에 망가지지 말아요. 내가 선생님을 망가뜨리지 못하게 해 줘요. 그럼 전 정말 못 살아요. 그땐 정말 죽을 거예요. 그러니까 차라리 내 인생에서 나가요. 이 진창에서 제발 발을 빼요."

콱 막힌 가슴을 부여잡고 떨리는 목소리로 최대한 침착하게 천천히 진심으로 빌었다. 그가 정말로 내 인생에서 발을 빼길 바랐다. 그 이후의 일은, 그 이후 일어날 나의 일은, 나중에 생각하면 될 일이었다. 다시 손목을 긋든, 자해를 하든, 아니면 그 갑갑한 집구석으로 되돌아가든 그를 내 어둠에서 몰아낼 수 있다면 그 이후의 일은 어떻게 되어도 아무 상관이 없었다. 나는 머릿속으로 끊임없이 이것만이 최선이라며 되뇌었고, 그는 도저히 이해할 수 없다는 듯한 얼굴로 물었다.

"그러니까 지금 나한테 도망가라는 거야?"

너무 비겁하게 들리는 말이라 그에게는 어울리지 않아서 나는 천천히 고개를 저었다.

"도망가라는 게 아니고, 그냥 돌아가라는 거예요."

"어디로?"

"일상으로요."

일상. 그는 그 단어를 혼자 조용히 되뇌다가 덤덤한 목소리로 대답했다.

"이게 내 일상이야."

나는 부정의 뜻으로 다시 한번 고개를 저었다. 이건 절대로 그의 일상이 아니야. 그의 일상은 빛나는 곳 어디쯤 자리 잡고 있어야 한다. 이런 어둠 속이 아니라.

"네가 바라는 일상은 타임머신을 타고 과거로 되돌아가지 않는 이상 불가능한 일이야. 넌 지금 나한테 말도 안 되는 걸 요구하고 있다고."

그렇지 않아. 이건 지극히 정상적이고 헌신적인 요구야. 그는 토하듯 한숨을 짧고 강하게 뱉어 내고는 전보다 훨씬 불쾌한 표정으로 쳐다봤다.

"지금 이건 네가 내게 할 수 있는 가장 한심한 짓이야."

한심하다고? 내가 어떤 마음으로 이런 말을 하고 있는지 그는 전혀 이해하지 못했다.

"이게 최선이에요!"

"장난해?"

내가 언성을 높이자 그의 언성도 덩달아 높아졌다.

"장난 아니에요! 이게 최선이라고요. 더 나은 방법이 없잖아요!"

"있어. 네가 입 다물고 있으면 돼."

입을 다물라니! 이 상황에서 어떻게 입을 다물고 있을 수가 있어? 그것이야말로 밑바닥까지 한심한 짓이라고. 나는 울컥 화가 났다. 설마 이별의 순간까지 싸움을 하게 될 줄은 정말 몰랐기 때문에 기가 막혀 그에게 꽥 소리를 질렀다.

"선생님, 수면제 먹잖아요!"

약봉지를 발견하고 어떤 심정이었는지 그는 이해하지 못한다. 그건 내 인생의 어느 순간보다도 충격적이고 절망적이었다. 그라면 더 나은 방법을 생각해 낼 수도 있었겠지만, 나로선 다른 방법이 없었다. 그런 절박함을 이해해 주지 못하는 그가 너무 원망스러워 입술과 목소리가 바르르 떨려 왔다.

"나는 여태껏 사람들을 망치기만 하면서 살았어요! 선생님이 그렇게 망가지는 게 싫다고요! 내가, 나뿐만 아니라 주변 모두에게 괴물이 되어 가는 것 같아서! 진짜 싫어요!"

급기야 울음을 터트리며 그에게 화를 냈다. 입 밖으로 내뱉으니 그런 감정을 느끼고 있는 자신이 아까보다 훨씬 더 한심하고, 그게 너무 서러워져서 도저히 참을 수가 없었다. 그는 한참을 떼 부리는 어린애처럼 엉엉거리며 우는 날 곤란한 표정으로 쳐다보기만 했다.

"너 만나기 훨씬 전부터 복용하던 거야."

뭐? 단단히 결심했던 마음에 찌르르 파문이 일었다.

"물론 먹었다가 안 먹었다가를 반복하기야 하지만 이 일 때문에 최초로 복용 중인 건 절대 아니야. 그리고 미안한데, 나 살 안 빠졌어. 수척해 보인다는 말은 네 개인적인 사견이니 일단 존중은 해 줄게."

예상치 못한 답이었기에 나는 울음을 멈췄고 그의 얼굴은 다음에 내뱉을 말을 위해서인지 약간 오만해졌다.

"아쉽게도 너라는 괴물은 별로 내 정신에 큰 타격을 입히진 못해."

순간 심심한 위로의 뜻이라도 전해야 할 것 같았다. 아니지 참. 지금 그럴 때가 아니야. 그의 뻔뻔한 어조 때문인지 빈정이 상했다. 비참하게 울어야 하는지 아니면 눈물을 닦고 그에게 미친개처럼 짖어 대며 화를 내야 하는지 고민될 정도였다. 그러면서 아주 묘하게도, 내가 그에게 점점 말려 가기 시작한다는 느낌을 받았다. 설마. 이 상황에서? 이런 상황에서조차도?

"어쨌든…… 어쨌든, 지금 먹고 있잖아요."

다시 원점으로 돌아가야 한다.

"선생님 인생에 지금 가장 큰 일은 나잖아요."

"일정 부분은."

부분적인 수긍. 표정의 단 한끝이라고 읽고 싶지만 그가 하는 말이 진심인 건지, 농담인 건지, 연기를 하고 있는 건지 전혀 읽지를 못하겠다.

"그러면서 나 때문이 아니라고 어떻게 단정 지어요?"

"너의 뭣 때문에 내가 수면제를 먹어야 하는데?"

내가 어떻게 대답해야 하는 걸까. 나는 할 말을 잃었다. 그는 어병한 내 눈앞에 손가락을 들어 이야기가 끝날 때마다 하나씩 접었다.

"네가 자해한 거? 그건 이미 납득한 일이고."

"……."

"네가 성폭행당한 과거? 그 일은 이미 충분히 설명했으니 넘어가고."

"……."

"그리고 네가 난동 부렸다가 마취제 맞은 거? 그건 꽤 웃기긴 했지."

"……."

창피함에 얼굴이 붉게 달아오르고 할 말을 찾지 못해 붕어처럼 입만 뻐끔댔다. 내가 얼마나 추접하게 굴었는지 그의 입으로 다시 들으니 새삼 충격적이기 때문이었다. 그걸 마치 소설책의 줄거리를 이야기하듯 넘어가는 이 사람은 더 충격적이고.

"신경 쓸 게 많고 잠자리도 불편하지만, 고작 2주야. 네가 불치병에 걸린 환자도 아니고, 나를 고작 그 2주를 못 견뎌서 수면제를 복용하는 상 등신으로 아는 거야?"

그건 아니야. 그를 폄하할 의도는 전혀 없었다. 아까까지만 해도 기세등등했던 내가 움츠러들듯 누그러지자, 그는 묘한 웃음을 띤 입술을 집게손가락으로 매만졌다. 무슨 생각을 하는 중일까? 평생 풀리지 않는 미스터리다. 나는 점점 중심을 잃고 이 미스터리한 남자에게 말려 가고 있었고 그것을 떨쳐 내지 않으면 결국 또다시 그가 의도하는 대로 끌려갈 것만 같았다. 정신 차려. 박은금.

"그럼, 수면제를 왜 먹는 거예요?"

"그거야 할 일이 많은데 잠은 잘 못 자고, 잠을 잘 자지 못하면 일하는 데 지장이 생기니까."

"왜 잠을 못 자는데요?"

내 말에 더 묘해지는 미소. 그는 대답하는 대신 그 묘한 미소만 짓고 있다. 이건 어떻게 해석해야 하는 걸까. 대답하기 곤란하다? 내 주장을 부정할 수가…… 없다? 그런 건가?

"결국 나 때문이잖아요. 결국 그런 거잖아요."

다시 눈시울이 뜨거워지며 목소리에 물기가 배어들자, 그는 결국 한숨을 내쉬며 입을 열었다. 입을 떼는 그의 표정은 재미있어 보이기도 하고, 무척 곤혹스러워 보이기도 했다.

"난 신체 건강한 남자야. 여자 친구와 한 방에 있으면서 아무렇지 않게 두 다리 뻗고 잘 만큼 인내심이 대단치는 않아."

엇. 이러면 안 되는데. 달콤한 기분이 심장으로 고인다. 나를 꿰어 내려고 미끼로 던지는 사탕인가? 이런 순간에 가슴이 뛰는 내가 어처구니가 없다. 지금 은 내가 이별을 고하는 상황이었다. 얼마나 마음을 다잡았는데, 얼마나 힘들게 결심했는데, 얼마나 마음을 칼같이 굳게 잡고 있었는데, 그럼에도 그의 사탕발림 한 번에 가슴이 뛰다니. 이게 말이 돼? 볼이 붉게 달아오르는 것을 무시하려 애쓰며 더 발끈했다.

"말도 안 돼요."

"왜 그게 말이 안 돼?"

"그건……."

떠올려 보면 그는 그럴 만한 상황을 주면 언제나 열성적으로 달려들던 사람이었다. 하지만 또 반대로 같이 자자고 열렬하게 제안했을 때 먼저 칼로 무 베어 내듯 잘라 거절한 것도 이 사람이었다. 대체 어느 장단에 맞춰 춤을 취야 할지를 몰라 나는 인상을 찌푸렸다.

"그런 시시한 이유로 수면제를 처방해 줄 리가 없잖아요."

그는 자조적으로 미소 지으며 다시 입술을 매만졌다. 조금 쓸쓸해 보이기도 했고 슬퍼 보이기도 했다.

"시시한 이유라는 것에는 동감할 수 없지만 네 말대로 그것만으로 수면제를 처방받은 건 아니야."

"그럼요?"

"좀 불안했어."

그것 봐. 결국 그렇잖아. 나는 옥죄어 오는 가슴을 진정시키기 위해 낮게 호흡했다. 그는 다시 상처 입은 표정을 짓는 날 보며 더 쓸쓸한 눈을 했다.

"네가 이럴까 봐."

내가? 이럴까 봐?

"이런 식으로 도망갈까 봐."

덤덤한 목소리 때문인지, 그 말은 무척이나 진실하게 들렸다.

"말도 안 되는 헛소리나 늘어놓으면서 꺼지라고 할까 봐."

그는 이마를 손가락으로 긁으며 잠시 뜸을 들이다가 다시 입을 열었다.

"네가 내 옆에 있는 건 별거 아니야. 네가 생각하는 것처럼 네 존재가 괴로운 건 더더욱 아니야. 네가 내 옆에 없을 때가 진짜 별거지."

나는…… 갑자기 멍해졌다. 내 안의 모든 것이 사라지고 그의 목소리만 머릿속에 가득 채워졌다.

"넌 네가 괴물이라고 생각하지? 근데 나한테는 아니야. 네 존재의 부재가 내겐 괴물이야."

또렷한 목소리였다. 그는 심리적으로 무거웠는지 떨쳐 내려는 듯 자세를 바꾸고 어깨를 한 번 털었다. 세상에……. 그의 모습에서 나는 내가 그의 감정에 상처 낼 수 있는 존재란 걸 처음으로 깨달았다.

"모르겠어. 네가 없는 일주일간 난 무서웠거든. 꽤 많이 그랬어. 그러고 나서 일종의 트라우마가 된 것 같아. 나는 좀…… 미친놈 같았거든. 오스왈드가 바로 옆에서 봤지. 이젠 친해진 것 같으니 언제든 전화해서 물어봐. 아마 기꺼이 알려 줄 것 같네."

오스왈드. 아까 전 통화할 때 그가 나를 만류하는 듯한 이야기를 충고랍시고 주절대던 게 떠올랐다.

"지금도 불안해. 넌 눈앞에 있지만, 언제 또 사라져 버릴지 모르잖아. 너와 관계가 있어 보이겠지만 깊이 들여다보면 너와는 아무 관계가 없어. 온전히 내 문제야. 네가 아니고 내 불안함에 대한 문제. 그래서 카운슬링을 받았어. 미국 생활을 하면서도 힘들 때면 늘 그래 왔으니까 대단치 않은 일이라고 생각했어. 설마 단순한 수면제 처방으로 이렇게 펄펄 뛸 줄은 꿈에도 몰랐지."

"……"

"나는 그 상황을 두번 다시 겪고 싶지 않아. 눈앞에서 너를 놓치는 거. 네가 또 내가 어쩔 도리도 없이 사라져 버리는 거. 그런 나한테 넌 뭘 하라는 거야."

나는 더 이상 할 말이 없었다. 헤어지기로 한 건, 그를 위해서였다. 그를 놓아주는 게 최선의 방법이라고 생각했으니까. 잊고 있었던 건 그는 내 사고방식으로 읽을 수 있는 남자가 아니란 사실이다. 그가 도저히 종잡을 수 없는 사람이란 걸 까맣게 잊고 있었다. 이미 주도권은 일찌감치 그에게로 넘어갔음을 인정해야 했다.

"어디 한번 계속해 봐. 뭘 어쩌겠다고?"

건방지게 까분다는 듯 그는 날 내려다봤다. 내가 헤어지잔 이야기를 다시 할 수 있을 리가 없잖아. 그는 내 부재가 괴물이고, 내가 했던 모든 헛짓거리는 다 대수롭지 않은 일이고, 내게 지옥의 고통을 선사했던 수면제 문제는 전혀 별것이 아니라는데 어떻게 이야기를 다시 할 수 있어? 거기다 내가 그에게 상처를 줄 수도 있다는 사실을 처음으로 깨달았는데 더더욱 못 하지. 하지만 그렇다고 해서 이 문제를 끝낼 순 없어. 그건 너무 허무해. 게다가 비록 오해였을지라도 이 관계의 끝이 어떻게 될지를 이미 경험했다. 지금은 아니라고 해도 언젠가 다시 이 상황을 맞닥뜨려야 할지도 모른다는 불안감은 좀처럼 가시질 않는다.

"입원해. 이왕 시작한 거 수술도 받고 치료도 받고 나오면 되겠네."

그렇게 간단한 게 아니야. 적어도 내겐 그랬다. 우리에겐 시간이 한정되어 있었고 그와 헤어질 목적으로 두 달간의 입원을 결심했다. 치료를 받고 나오면 우리에게 남은 시간은 불과 세 달 정도였고, 이제 와서 시간이 아깝다고 입원을 취소하기에는 이번 일이 준 충격이 너무 컸다. 다시 예전처럼 모든 걸 그에게 맡기고, 그가 내 치유제라 생각하며 속 편하게 살아선 안 된다는 깨달음.

"퇴원하면 넌 나랑 같이 미국으로 갈 거야."

"네?"

잘못 들은 것 같아 나는 다시 물었다.

"네가 명함만 비비면 나오는 램프의 지니가 어느 정도는 해결해 주겠지."

램프의 지니가 아니고 메피스토라니까. 속으로 그의 말을 정정하고 오스왈드가 정말로 날 미국으로 보내 주는 데 동의했는지에 대해 생각했다.

"정말 오스왈드가 도와준대요?"

"그가 먼저 꺼낸 제안이야."

"언제요?"

"오늘."

"오늘요?"

"응."

분명 통화를 마치고 나서 그에게 전화를 걸었을 것이다. 내가 헤어지려 한다는 걸 알고 있었다. 내가 하는 말을 모두 이해했고, 날 도와준다고 했다. 아니. 그는 문제를 해결해 준다고 했지 나를 도와주겠다고 하진 않았어. 그런 식으로 말장난을 하며 이중 플레이를 했군. 한글 수재 나셨네! 하지만 정말, 날 미국으로 보내는 걸 도울 생각이야? 왜? 뭣 때문에?

그 차가운 남자가 무엇 때문에 이렇게 호의적으로 나오는지 이해할 수 없었다. 분명한 건 무슨 도움이 됐건 나 때문은 아니란 거다. 그는 날 좋아하지 않아. 우린 딱 한 번의 만남과 딱 한 번의 통화가 전부인 사이였다. 그가 관심을 보인 항목이 뭐가 있나 곰

곰이 생각했다. 그가 도와줘야겠다는 생각을 하게 만드는 항목. 오로지 최정우와 관련되어 있을 때만이었다. 그는 최정우를 투자 상품이라고 이야기했지만, 하는 짓은 투자가가 아니라 자선사업가 수준이다. 정말 사랑하나?

"그 사람 혹시 게이예요?"

내가 묻자 그가 픽 웃었다.

"왜요?"

"너만 하는 질문은 아니거든."

"그 사람, 선생님 사랑하는 거 아니에요?"

이번엔 정말 웃기는 농담을 들은 듯 박장대소했다.

"왜 웃어요?"

"그 사람이 왜 날 사랑한다고 생각하는데?"

"그게 아니면, 왜 이렇게까지 잘해 줘요?"

"네가 꽤 마음에 들었나 보지."

"절대 아니에요. 나한테 관심도 없어 보였어요. 그 사람 진짜 선생님 사랑하는 거 같다니까요."

그는 키득대며 고개를 저었다.

"갖고 싶은 건 무슨 수단을 써서라도 갖는 사람이야. 진짜 날 좋아했으면 널 나랑 묶어서 유학을 보내 주겠다고 하는 게 아니라, 너를 나 모르게 어딘가에 쥐도 새도 모르게 파묻었어야지. 그게 그 사람 방식이니까."

와. 진짜 무서운 사람이구나. 앞으로 절대 대들지 말아야지. 나는 침을 꼴깍 삼켰다.

"오스왈드의 성적 취향이 게이일지, 바이일지, 내가 그걸 어떻게 알아. 어쨌든 나랑은 안 맞아.”

바이. 여자들을 액세서리처럼 달고 다니던 사진을 보면 오히려
그쪽이 더 설득력이 있네.

“그래서 어쩔 거야? 같이 갈 거야, 말 거야?”

그가 독촉했고 나는 다시 오스왈드에게로 건너간 제정신을 부
여잡았다.

“나랑 같이 미국에 갈 거냐고.”

그와 같이 미국에 간다고? 간절히 원했지만, 이미 좌절된 꿈이
었다. 그 이후로는 미국에 갈 수 있을 거란 생각은 한 번도 해 본
적이 없었다. 이미 포기했다고 해서 그 사탕이 달콤하지 않은 건
아니었다. 하지만 덥석 잡기에는 지금의 상황이 그때보다 훨씬 복
잡했다.

“정말…… 나 때문에 힘들지 않아요?”

“날 정말 힘들게 하고 싶거든 여기서 ‘No’라고 하면 돼. 그럼 원
하는 꼬라지를 보여 주지.”

“그건 싫어요.”

나는 이맛살을 찌푸리고 고개를 저었다.

“그럼 받아들여.”

“……..”

“간단한 거야. 그냥 결정만 해. 내 인생에 발을 들일 거야, 아니
면 말 거야.”

그렇게 달콤하게 말하지 마. 정신 못 차리겠으니까. 그의 인생에
발을 들인다는 건, 그와 함께 미국으로 간다는 건 어쩌면 영원히
그의 옆에 있을 수 있다는 말이었다. 하지만 나에게 그와 함께할

자격이 있을까? 지금은 내 부재가 그를 더 힘들게 한다고 말하지만, 내가 스스로를 제어하지 못하는 상황이 지속한다면 그때는 그의 인생과 내 인생을 동시에 망쳐 버릴 것이 분명했다.

무엇보다 나는 나를 장담할 수가 없었다. 나는 여전히 손목을 그었는지 모르고, 내가 어떤 사람인지도 알지 못한다. 다시 멘탈이 무너지는 상황이 되었을 때 잘 헤쳐 나갈지, 아니면 다시 눈이 뒤집혀 자해할지 알 수 없긴 마찬가지였다. 그에게 'yes'라고 말하는 건 쉬웠다. 그렇게 말하고 그를 따라가는 게, 어쩌면 '영원히 행복하게 살았습니다'로 끝나는 인생을 사는 게 가장 원하고 바라는 일이었다. 그렇지만 나는 안다. 지금의 나는 왕자님과 영원히 행복하게 살 수 있는 공주가 될 수 없었다. 그럴 만한 자격을 무엇 하나 갖추고 있지 않았다. 오히려 그의 인생을 옭아매는 가시덤불이 될 확률이 훨씬 더 높았다. 위험부담을 안고 그의 인생에 발을 들일 수는 없었다. 내가 원하는 결말을 희망할 수도 없었다. 그리고 또다시 같은 절망을 느끼고 싶지가 않았다.

내가 그를 망가뜨리고 있다는 자괴감. 사랑하는 사람을 나락으로 밀어 버렸다는 끔찍한 기분을 두번 다시 겪고 싶지가 않았다. 그렇기에 불가능했다. 그는 초조한 얼굴로 대답을 기다렸고 나는 대답 대신 휴대폰을 내밀었다.

"뭐야, 이게?"

"이거 가져가요."

그는 얼떨결에 휴대폰을 받아 들었다.

"선생님한테 연락하지 않을 거예요."

그의 얼굴이 잿빛으로 변했다. 처음으로 내 생각을 읽어 내지 못

하고 있는 것 같았다. 묘한 카타르시스가 느껴졌지만, 그가 정말 화내기 전에 재빨리 말을 이었다.

"수술이 끝나고 치료 프로그램이 끝나서 모든 게 다 괜찮아지면 그때 선생님을 찾아갈게요."

그는 여전히 이해하지 못한 듯 인상을 썼다.

"그게 대답이야?"

"네."

"네가 안 찾아오면?"

생각만으로도 가슴이 지끈한다. 난 지금 도박을 하고 있다. 확률이 얼마인지도 모르는 도박. 하지만 지금이 아니면 할 수 없는 도박. 그는 진지하게 침전된 눈동자로 다시 물었다.

"6주가 지나도 네가 안 찾아오면?"

"그럼…… 다 괜찮아진 게 아니겠죠."

"그럼 난 무작정 기다려야 해?"

"떠나도 돼요."

고통스럽겠지만 이건 진심이다. 헤어짐을 보류한다고 해서 그의 인생에 족쇄가 되고 싶다는 말은 아니니까. 나의 행복보다 그의 행복한 인생이 더 중요한 건 여전히 유효하니까.

"……."

아무 말 없이 생각에 잠긴 그의 얼굴을 보는 건 언제나처럼 좋았다. 나는 이별을 고하는 게 아니었다. 오히려 훨씬 희망적인 이야기를 하고 있었다. 그가 꼭 알아 줬으면 좋겠다. 그리고 그러면, 내 진심을 꼭 알아 볼 수 있을 거다. 그는 그런 남자니까.

"내가 찾아가서 문을 두드리면."

그의 눈이 나를 바라보는 게 좋아서 해맑게 웃어 보였다.

"그땐 정말로 저랑 자요."

한참 만에 그의 얼굴에 달콤하고 씁쓸한 미소가 떠올랐고 그는 따뜻한 손바닥으로 내 볼을 어루만졌다.

"그래. 얼마든지."

이것 봐. 어떤 부연 설명을 하지 않아도 나를 읽어 내잖아. 신기하게도 그는 누구보다도 날 이해해 주잖아. 이게 이젠 당연하게 느껴진다. 나는 그의 어떠한 것도 읽어 내지 못하는데, 그는 내 영혼까지 다 꿰뚫어 보고 있는 것 같았다. 그래서 이 사람이 강렬했고, 그래서 무서울 정도로 좋았다.

더 이상 그의 손바닥 위에 올라간 위태로운 유리잔으로 남지 않을 거다. 제대로 나를 마주할 거야. 내가 어떤 사람인지, 어떤 여자인지 꼭 알아낼 거야. 두번 다시 정신을 놓고, 부유물처럼 인생에 끌려다니며 헛짓을 하진 않을 거야. 그를 다시 만나기 전까지 제대로 된 내 인생을 살 준비를 다 해놓을 거야. 나는 그렇게 결심하며 정말로 거대한 희망을 품었다. 처음으로 내 인생이 가치 있게 여겨졌다.

그가 어떤 마음으로 내 제안에 응했는지 모른다. 그가 내 옆에서 사라지고, 병동을 옮기고, 갖고 있던 모든 소지품이 자해의 우려로 사라질 때에도, 아침저녁으로 보던 그의 얼굴 대신 눈을 뜨면 새하얀 벽만 기다리고 있을 때에도, 병동 안에서 알코올중독자, 자폐아, 우울증에 걸려 끊임없이 자살하려는 자살 충동자들과 한 곳에 섞여 그나마 내가 제일 정상 같다고 위로 받을 때에도, 그의 침묵 속에 숨겨진 수많은 이야기를 알아낼 수가 없었다.

연락하지 말자고 당당하게 이야기한 건 나였기에 첫눈이 내릴 때에도, 병동 안에 크리스마스트리가 장식될 때에도 그가 뭘 하고 있을지 어떤 모습을 하고 있을지 궁금해도 연락할 수 없었다. 그의 목소리를 듣지 못한다는 건 생각보다 괴로운 일이었다. 내가 조잘대며 떠들 때마다 그가 지어 보였던 그 미소를 볼 수 없다는 것도 마찬가지였다. 넘치게 하고 싶은 말들은, 그에게 꼭 전하고 싶은 말들은 전하는 대신 가슴속에 꼭꼭 새겼다. 갇힌 공간 안에서도 열심히, 그리고 무척 소중히 그에 대한 내 마음을 키워 갔다.

부모에게로부터 떨어지고, 그에게로부터 떨어지고 나서 처음으로 어딘가에 숨어들지 않는 대신 매일매일 더럽다고 생각되는 나와, 추악하다고 생각되는 나와 마주 봤다. 처음엔 그것이 무척이나 힘들었다. 부정하고 싶은 나와 마주 보는 건 매일 바퀴벌레만 득실대는 소굴에 벗은 몸뚱어리를 밀어 넣는 것과 같았다. 끔찍하고 무섭고, 구역질 날 만큼 싫었다. 매일 그 끔찍한 공간으로 밀어 넣어졌다.

어느 순간에는 실제로 구역질이 치밀어 올라 토를 하기도 했다. 어느 땐 울었고 어느 땐 온몸을 부들부들 떨며 완강히 거부했다. 그러면서도 모든 과정이 결국엔 더 나은 나를 만들어 주는 것이라고 자위했다. 그것만으로도 커다란 변화였다. 나는 그때의 끔찍함 대신 그 당시에 얼마나 살고 싶었는지에 대해 생각하게 되었고, 당한 일이 너무 슬퍼서 비참하다는 생각 대신에 그 사실이 날 얼마나 강하게 만들지에 대해 생각했다.

가장 힘든 일은 가해자에 대한 분노를 희석시키는 일이었는데,

그건 매번 실패할 수밖에 없었다. 애초에 그에 대해 아무것도 할 수가 없으니까. 그는 벌을 받지도, 감옥에 가지도 않았다. 나는 여전히 그에게 분노했고 여전히 그를 이해할 수 없었다. 결국 나는 방향을 틀어 엄마에게 그것을 대신 대입시켰다. 그녀의 존재는 늘 잡힐 듯 말 듯했다. 그녀를 이해할 수 있다가도 다음 순간에는 이해할 수가 없었다. 엄마를 이해할 수 없을 때면 아빠에게서 받은 편지 봉투를 꺼내 봤다. 단 한 푼도 쓰지 못한 5만 원짜리 10장이 그대로 들어 있는 봉투에 적힌 아빠의 손 글씨를 보고 있으면 엄마에 대한 분노가 조금씩 희미해졌다.

분노를 쏟고 나면 절망이 찾아오고, 절망이 휩쓸고 지나간 자리엔 슬픔이 차오르고, 그러고 나면 희망이 싹을 틔웠다. 어쩔 땐 밟히고, 스스로 잘라 내고 꺾여 버리지만, 어김없이 다음 순간에는 다시 싹이 텄다. 지독히 외로운 순간이 오면 미국에 혼자 남겨졌을 10대의 최정우도 나처럼 이불 속에 파고들어 혼자 울었을까 상상하곤 했다. 그도 기댈 곳이 하나도 없다고 여겼는지, 절망적인 순간에 이토록 무기력했는지, 그 과정을 어떻게 견뎠는지 궁금했다.

열여섯 살의 최정우를 만나면 꽉 안아 주고 싶다는 애정. 한없는 동정, 그 아픔을 같이 나누고 싶다는 동질감. 내가 느끼는 애틋함을 혹시 그도 느끼고 있진 않을까. 혹시나 그런 마음으로 기다려 주고 있는 건 아닐까. 그런 상상을 하고 나면 이불을 박차고 나갈 만큼의 힘이 생기곤 했다. 그와 떨어져 있었지만, 그를 생각하지 않는 날은 없었다. 모든 게 그에게로 향하는 계단처럼 여겨졌다.

창문 밖으로는 언제나 눈이 쌓이고, 녹았다가 다시 쌓였다. 몇 번이고 끊임없이 반복해서. 크리스마스트리의 불빛은 아직 꺼지지 않은 채 반짝이며 점멸했고, 겨울의 밤은 싸늘한 거리에 사람들의 와자지껄함에 파묻혀 있었다. 열기와 아쉬움과 희망이 뒤섞여 젖어 있는 거리 위로 누군가의 따뜻함을 위한 새하얀 연기들이 끊임없이 하늘로 치솟아 올랐다. 모든 것이 겨울이라고는 믿기지 않을 만큼 포근했고 밤이라고 할 수 없을 만큼 환했다.

띵동.

어두운 복도에 서서 벨을 누르고 답을 기다릴 동안 멀리 아파트 너머에서 긴 꼬리 음을 달고 솟아오르는 폭죽이 별빛처럼 환하게 잔빛을 쏟아 냈다가 잦아들기를 반복했다. 그리고 얼마 지나지 않아 깊고 고요한 타종 소리가 도시를 울렸다. 사람들의 환호와 폭죽의 연기 내음이 아파트 단지를 메아리처럼 감쌌다. 삐링하고 도어록이 해제되는 소리와 함께 내 발아래로 환한 빛의 파장이 서서히 번지다가 가만히 멈췄다. 나는 기쁘게 고개를 들었다.

"해피 뉴이어."

종소리가 울렸다. 아마도 열두 번 중 세 번째쯤. 아니 네 번째쯤. 놀란 그의 표정에 웃음기가 스쳤고 추위에 붉게 변한 코끝이 괜스레 찡해져 나는 멋쩍게 웃어 보였다. 그의 온기가 내게로 밀려들었다. 열린 현관문 안에서, 그리고 그의 몸에서 따뜻한 향기가 가득했다. 그는 열린 문 사이로 나를 당겨 꽉 품에 안았다.

"해피 뉴이어."

꼬리를 물고 이어지는 타종 소리 사이로 그의 부드러운 음성이 들렸다.

1월 1일.

나는 돌아왔고,

나는 어른이 됐다.

〈2권으로 계속〉